Kerstin Lange
Eine leise Ahnung von Glück

TINTE & FEDER

Das Buch

Ein Dorf bei Amiens, 1940: Während deutsche Soldaten durch den beschaulichen Ort marschieren, verspricht die junge Französin Carole, immer auf den kleinen Nachbarsjungen Emile aufzupassen. Als der Offizier Manfred bei Carole und ihrem Vater einquartiert wird, will sie nichts mit dem Deutschen zu tun haben. Heimlich wendet Carole sich dem Widerstand zu. Doch Manfred ist nicht der gewissenlose Besatzer, den sie erwartet. Schon bald kann sich Carole ihrer Gefühle für ihn nicht erwehren.
Düsseldorf, 2023: Verzweifelt sucht Louisa eine Pflegekraft für ihren Vater, der mit keinem zurechtkommt und selbst seine Nächsten vergrault. Als sie bei einer Familienfeier auf ein Geheimnis aus seiner Vergangenheit stößt, begibt sie sich auf Spurensuche. Kann sie so den letzten Wunsch ihrer Mutter erfüllen und sich mit ihrem Vater versöhnen?

Die Autorin

Kerstin Lange, geboren 1966 im Bergischen Land, arbeitete viele Jahre als Bilanzbuchhalterin, ehe sie sich ganz dem Schreiben widmete. Neben mehreren Krimis hat sie zahlreiche Kurzgeschichten veröffentlicht, für die sie mehrfach ausgezeichnet wurde. Kerstin Lange lebt mit Mann und Hund in Düsseldorf. »Eine leise Ahnung von Glück« ist ihr erster Roman.

Kerstin Lange

EINE LEISE AHNUNG VON GLÜCK

Roman

TINTE & FEDER

Die Recherche für den vorliegenden Roman wurde im Rahmen des von der Beauftragten der Bundesregierung für Kultur und Medien initiierten Programms NEUSTRART KULTUR durch die VG WORT gefördert.

Die Beauftragte der Bundesregierung
für Kultur und Medien

VG WORT

NEU
START
KULTUR

Deutsche Erstveröffentlichung bei
Tinte & Feder, Amazon Media EU S.à r.l.
38, avenue John F. Kennedy, L-1855 Luxembourg
Februar 2024

Umschlaggestaltung: zero-media.net, München
Umschlagmotiv: © corpholia design © Vaclav P3k © Tama2u / Shutterstock; © Joanna Czogala / ArcAngel
Entwicklungslektorat: Ute Köhler
Lektorat und Korrektorat: Media-Agentur Gaby Hoffmann, www.profi-lektorat.com

Gedruckt durch:
Amazon Distribution GmbH, Amazonstraße 1, 04347 Leipzig /
Canon Deutschland Business Services GmbH, Ferdinand-Jühlke-Straße 7, 99095 Erfurt /
CPI books GmbH, Birkstraße 10, 25917 Leck

ISBN: 978-2-49671-555-2
e-ISBN: 978-2-49671-554-5

www.tinte-feder.de

Kapitel 1

Frankreich, 19. Mai 1940

Carole suchte Emiles Hand und drückte sie fest. Ohne sich gegenseitig anzusehen, hielten sie den Blick auf das Grab gerichtet. Der Wildblumenstrauß brachte Farbe auf den grauen Stein, auf dem in schwarzer Schrift »Antoinette Renoir 1895–1939« stand. Wie jeden Sonntag besuchte Carole Renoir das Grab ihrer Mutter auf dem Friedhof de la Madeleine, der etwas außerhalb des Stadtzentrums von Amiens lag.

»Warum ist deine Maman tot?«, fragte Emile und betrachtete den Grabstein. Als er keine Antwort erhielt, schaute er Carole direkt an und bemerkte erschrocken, wie sie sich verstohlen eine Träne wegwischte. »Darf ich das nicht fragen?«

»Ach, Emile. Doch, natürlich. Aber das ist nicht so einfach zu erklären. Sie war krank. Sehr krank.« Vor Caroles innerem Auge tauchten die Bilder ihrer Mutter auf, wie sie hustend und leidend im Bett lag und von Woche zu Woche schwächer wurde. Den Tag, an dem sie ins Krankenzimmer ihrer Maman getreten war und den Tod gespürt hatte, würde sie nie vergessen. Wenige Stunden später war sie eingeschlafen und nicht mehr aufgewacht.

»Aber es gibt doch Ärzte.« Emile sah sie erstaunt an. »Die können einen wieder gesund machen.«

»Die Ärzte haben getan, was sie konnten. Aber die Krankheit war stärker.«

»Mein Papa hat kein so schönes Grab, an das meine Maman oder ich gehen können. Er liegt auch nicht auf diesem großen Friedhof.« Er schaute noch immer ungläubig auf die vielen kunstvollen Skulpturen, riesigen Kreuze und sehr großzügig gestalteten Familiengrüfte, die an kleine Kapellen erinnerten. »Hier liegen ja nur die reichen und wichtigen Leute. Und deine Maman.«

Carole musste ihm recht geben. Ihre Mutter entstammte einer einflussreichen Familie aus Amiens: Anwälte, Architekten und Industrielle. Selbstverständlich war auch ihre Mutter in dem Familiengrab beigesetzt worden. Für ihren Vater war ebenfalls ein Platz vorgesehen, obwohl er als Bürgermeister dem kleinen Ort Les Prés vorstand, acht Kilometer von Amiens entfernt.

»Mein Papa war von einem auf den anderen Tag nicht mehr da – nach dem Unfall. Dein Papa ist zwar alt, aber er lebt«, flüsterte Emile.

Carole schaute ihn zärtlich an und strich ihm mit der Hand über seine Wange. Er war der Sohn einer Witwe. Seine Familie wohnte in einem schmalen Haus direkt an der Somme. Emiles Vater hatte vor zwei Jahren sturzbetrunken mit Schwarzpulver experimentiert und dabei eine Explosion verursacht. Es war nicht viel von ihm übrig geblieben, das man hätte beerdigen können. Im Ort sagte man, dass er noch nie viel getaugt hätte. Er hinterließ eine überforderte Ehefrau mit vier Kindern, deren Einkommen gerade reichte, um nicht zu verhungern. Zudem fehlte ihr die Geduld für den jüngsten Sohn: den aufgeweckten und lebhaften Emile.

Er stromerte viel zu oft allein durch die Gassen, durchforstete Mülleimer, klaute Früchte von den Bäumen und

Gemüse aus fremden Gärten. Als Carole ihn eines Tages aus dem Küchenfenster beobachtet hatte, wie er vergeblich versucht hatte, über die Mauer des Nachbarn zu klettern, und sich einige Male dabei die Knie aufgeschlagen hatte, hatte sie ihn aus Mitleid ins Haus geholt, ihm die Wunde ausgewaschen und einen kleinen Verband angelegt. Ohne zu schimpfen, ohne ihn bloßzustellen. Anschließend hatte sie mit ihm das Mittagessen geteilt. An diesem Tag, als sie mit ihm an einem mit Tischdecke und Serviette gedeckten Tisch gesessen und gemeinsam mit ihm gegessen hatte, hatte sie für alle Ewigkeit einen Platz in seinem Herzen erobert. Aus seinen grau-blauen Augen hatte er sie zunächst ungläubig angestarrt, bis er schließlich bis zu den Ohrläppchen gestrahlt hatte. Diese ungebremste Freude hatte etwas in Carole bewegt, das bis heute anhielt und weit über das gute Gefühl zu helfen hinausging und sie immer noch zu Tränen rührte.

Von diesem Zeitpunkt an wich Emile Carole nicht mehr von der Seite. Er verbrachte mehr Zeit bei ihr als bei seiner Mutter. Jener war es durchaus recht, wie Carole in einem Gespräch mit ihr erfahren hatte. »Einer weniger, um den ich mich kümmern muss. Die anderen drei reichen mir vollauf«, hatte sie erklärt und Carole dabei noch nicht einmal angeschaut. Damals hatte Carole spekuliert, dass sie vielleicht einfach nur froh war, dass Emile nicht mehr permanent um sie herum war, denn er war das Ebenbild seines Vaters und erinnerte sie vermutlich zu oft daran, dass sie ihre Kinder allein großziehen musste.

Heute glaubte Carole, dass sie eine überforderte Frau war, über die einige Nachbarn lästerten, sie sei nicht ganz richtig im Kopf.

Carole war das Gerede einerlei, sie liebte es, wenn Emile sie besuchte. Er plapperte ohne Unterlass, saß niemals still und musste alles, was er sah, anfassen. Trotz seiner Lebendigkeit umgab ihn eine Aura von Verletzlichkeit und Einsamkeit. So wie Carole, seit ihre Mutter gestorben war.

Carole war dermaßen in ihre Gedanken vertieft, dass sie erst jetzt bemerkte, dass ihre Hand noch immer Emiles Wange berührte. Sein irritierter Blick signalisierte ihr, dass er das seltsam fand, und sie zog sie weg.

»Aber Maman sagt, wir sind ohne Papa besser dran. Ich weiß nicht, ob das wirklich so ist.«

Seine Worte stimmten Carole traurig. Egal, was für ein Mensch sein Vater gewesen war, so sollte man nicht über ihn reden. »Dein Vater schaut bestimmt auf dich herab und passt auf dich auf.«

»Vielleicht hat er deine Mutter im Himmel getroffen und die beiden haben sich angefreundet. Jetzt freuen sie sich, dass auch wir beide so oft zusammen sind.«

»Was für ein schöner Gedanke«, meinte Carole.

»Dein Vater ist nicht oft zu Hause. Zumindest sehe ich ihn nicht viel. Geht er auch manchmal mit dir hierhin?«

Carole schüttelte den Kopf. »Nein«, antwortete sie und presste die Lippen für einen Moment aufeinander, bevor sie weitersprach. »Es sind unruhige Zeiten. Er sorgt sich wie alle um sein Land, um seine Heimatstadt.« Mehr wollte sie nicht über ihn sagen. Die Wahrheit behielt sie lieber für sich.

Papa hielt es seit Mamans Tod vor einem Jahr nicht mehr zu Hause aus. Sie merkte es ihm an, wenn er mit den Augen den Sessel fixierte, auf dem sie abends gesessen, wo sie gelesen oder gestickt hatte. Am Esstisch starrte er schweigsam auf die Holzplatte. Es dauerte nie lange, bis er unruhig auf seinem Stuhl hin und her zu rutschen begann, wobei sein Blick wild im Raum umherschweifte und er krampfhaft vermied, Mutters Lieblingssitzplatz anzusehen. Er trank seinen Rotwein in einem Zug aus, schenkte augenblicklich nach und leerte erneut das Glas. Wie von Sinnen sprang er dann meist irgendwann auf und lief ein paar Mal im Raum herum. Wie ein Tiger im Käfig, kam es Carole jedes Mal in den Sinn, wenn sie ihn beobachtete, aber keine Worte fand, um seinen Schmerz zu lindern. Sie sah zu, wie er schließlich aus dem Haus floh, ohne Erklärung, ohne Abschied. Sie wusste, dass ihn sein Weg ins Café führte. Zu den anderen alten Männern, um dort weiterzutrinken. Gegen den Verlust, gegen die Trauer – für das Vergessen.

Nachts hörte sie ihn, wie er sich bemühte, leise ins Schlafzimmer zu gehen. Auf Socken, die Schuhe in der Hand, von denen ihm meist einer hinunterfiel, weil er das Gleichgewicht verlor und gegen eine Wand stieß. Carole lag in diesen Nächten mit offenen Augen in ihrem Bett und fragte sich, wie das Leben weitergehen sollte.

Aber all diese düsteren Gedanken waren nichts für Emile. Damit konnte und wollte sie ihn nicht belasten.

Wie von einer Tarantel gestochen flitzte Emile auf einmal los und riss sie aus ihrem Gedankenkarussell. »Komm, fang mich doch!«, forderte er sie auf. Er stürmte los, rannte eine kleine Anhöhe hinauf. Der Friedhof de la Madeleine erstreckte sich über eine riesige Distanz und war sehr hügelig. Als Carole nicht nachkam, drehte er sich um. »Wo bleibst du denn?«

Unwillkürlich musste Carole lächeln. So war der kleine Wirbelwind. Sie liebte seine Lebensfreude, seine kindliche Leichtigkeit, die ansteckte. Trübsal blasen lag nicht in seiner Natur. Mit Emile an ihrer Seite wurde der Himmel blauer, die Sonne strahlender und der Blumenduft intensiver.

»Ich bin zu alt für solche Spiele«, rief Carole, lief ihm dennoch lachend nach. Schmetterlinge flogen über die Wiese, der leichte Wind strich um ihr Haar.

Auf dem höchsten Punkt des Hügels blieb Emile abrupt stehen. Er drehte sich nicht um, sondern schaute auf eine Stelle in der Ferne und bewegte sich nicht.

»Was ist los? Keine Puste mehr?«, fragte Carole und berührte ihn triumphierend an der Schulter, als sie ihn erreichte. »Hab dich.«

Erst dann folgte sie seinem Blick. Am Fuß der Anhöhe, auf der sie standen, konnten sie den Hof der Bernards wahrnehmen. Dort gab es Milch und Kartoffeln zu kaufen. Seltsamerweise wirkte das Gebäude öde und verlassen. Auch die umliegenden Wiesen und Felder, auf denen sonst immer jemand beschäftigt war, waren wie leer gefegt. Stattdessen sah sie ein Stück hinter dem Hof einen riesigen Menschenzug gleich einer Prozession vorbeiziehen.

»Die fliehen vor den Deutschen«, flüsterte Carole.

Emile flüsterte nicht. »Dein Vater hat versprochen, dass das nicht passieren wird. Er hat gesagt, die französische Armee ist die größte und stärkste der Welt.« Trotz lag in seinen Worten.

Carole antwortete nicht. Sie sah weitere Flüchtende, ein nicht enden wollender Treck. Dazu Autos, die nur langsam vorankamen, eingebettet zwischen Menschen, die ihr Hab und Gut bei sich trugen. Entweder auf Fahrrädern, die sie schoben, oder auf Handkarren. Unfassbar viele hatten sich auf den Weg gemacht. Aus der Entfernung erkannte Carole keine Gesichter, stellte sich jedoch vor, wie sich Geschwister an den Händen hielten, um zusammenzubleiben. Sie spürte ihren Durst, ihren Hunger, ihre Furcht. Sie roch ihre Angst, diesen beißenden Geruch, den sie von sich selbst kannte, wenn sie sich voller Sorge und Unruhe einer unbekannten Situation stellen musste.

Sie schloss für einen Moment die Augen, atmete tief durch. Vielleicht war das Bild gleich wieder weg. Alles nur ein böser Traum, hoffte sie. Doch als sie die Augen erneut öffnete, waren die Menschen immer noch da. Ihre Landsleute aus den Küstenstädten im Norden flüchteten vor den Deutschen, flohen in Richtung Süden, weit weg von dem Krieg und den verhassten Deutschen, den Boches. Wie war es nur so weit gekommen?

Wie konnte das sein? Wo waren die Soldaten, die sie beschützen und das Land verteidigen sollten?

Carole schüttelte den Kopf und blickte nach rechts. Dort stand unerschütterlich die Kathedrale Notre-Dame d'Amiens. Die Heiligen würden die Stadt behüten, wenn es die Soldaten nicht konnten. Der Krieg war noch nicht in Amiens angekommen, auch wenn es in der Picardie einige heftige Schlachten gegeben hatte. Bisher glaubte sie ihre kleine Welt in Ordnung, hier gab es Wiesen, Bäume, Schmetterlinge und Mohnblumen. Und den Hof der Bernards. Noch immer sah sie dort weder Tier noch Mensch. Auch nicht Guillaume, den Sohn der Familie. Er war nur ein paar Jahre älter als Emile. Hatten sie sich alle versteckt? Aus Furcht vor den Menschen? Vor Plünderung oder Belagerung? Menschen in Angst waren unberechenbar.

Ein Geräusch vom Himmel durchbrach die friedliche Stille. Emile schaute hoch, Carole hob ebenfalls den Kopf. »Oh, ein Flugzeug! Das sind unsere, oder?«, rief er und wies mit dem Finger gen Himmel.

Zwei weitere Flugzeuge tauchten auf. Das Dröhnen der Motoren war laut. Carole konnte keine Nationalitätskennzeichen erkennen. Doch ihr schwante nichts Gutes. »Das ist nicht gut«, murmelte sie. »Das gefällt mir überhaupt nicht«, wiederholte sie leise. Sie nahm den kleinen Jungen in den Arm und drückte ihn fest an sich. »Ich denke, wir sollten ganz schnell nach Hause fahren.« Sie drehte sich um und blickte in Richtung des Gebüschs am Fuß des Hügels, hinter dem sie ihr Fahrrad versteckt hatte. In dieser Zeit war ein Fahrrad zu wertvoll, um es einfach irgendwo abzustellen.

»Was bedeutet das, Carole? Was passiert hier?« Emile wehrte ihre Umarmung ab, suchte aber ihre Hand und packte zu. Er hielt seine weit aufgerissenen Augen auf die Menschen am Horizont gerichtet. »Ich habe keine Angst, ich bin kein

Feigling«, behauptete er, doch seine zittrige Stimme strafte seine Worte Lügen.

Plötzlich ertönte ein entsetzliches Heulen, ein lauter, greller Ton, ein Pfeifen, das in jede noch so winzige Ecke des Kopfes drang. Emile ließ Caroles Hand los, um beide Hände schützend auf seine Ohren zu legen. Dabei schrie er schrill und schüttelte den Kopf mit geschlossenen Augen wild hin und her.

Carole versuchte, die Situation zu erfassen, und unterdrückte den Impuls wegzurennen. Stattdessen warf sie sich auf den Boden, wie man es ihnen bei Dorfversammlungen immer wieder eingetrichtert hatte, und riss Emile mit. Keine Angriffsfläche bieten, dachte sie und drückte sich fest gegen die Erde. Das alles war nicht real, sie waren in einem Albtraum gefangen. Auf dem Boden liegend, den Kopf etwas erhoben, nahm sie wahr, dass eine Bombe wie in Zeitlupe nach unten fiel. Vielleicht waren die Bahngleise weiter östlich das Ziel gewesen, getroffen wurde jedoch der Hof der Bernards.

Emile drückte sich zitternd ganz eng an ihren Körper, dabei winkelte er seine Beine an und krümmte den Rücken. Mit dem Einschlag der Bombe, der den Boden unter ihnen vibrieren ließ, hatte er aufgehört zu schreien, das Zittern blieb. Carole sah die Explosion. Sah die Staubwolken, den Krater im Boden, wo gerade noch ein Haus und ein Stall gestanden hatten.

Erneutes Dröhnen, gefolgt von dem heulenden Ton, der einer weiteren fallenden Bombe vorausging. Weiter weg, doch auch die traf nicht die Gleise, sondern fiel mittig in den Zug der Menschen. Unschuldige Menschen, die vor Krieg und Gewalt flüchten wollten.

Die nächste Bombe. Sie hörte keine Schreie, nur das Motorendröhnen und Heulen der Flieger, die Explosionen, die kein Ende nahmen. Carole zog ebenfalls die Beine an, dabei bemühte sie sich, ihre Ohren zu bedecken, um das todbringende Geräusch fernzuhalten. Sie ließ Emile nicht los, der sich immer fester an sie klammerte, ihre Körperhaltung nachahmte. Gegenseitig boten sie sich Schutz.

Der heulende Ton klang nur wenig gedämpfter. Wann hörte es endlich auf?

Ein erneuter Aufprall. Carole stellte sich die Explosion, den Staub, die Zerstörung und den Tod vor.

Sie spürte den schmalen Körper des Jungen schlottern, hörte ihn schluchzen und schniefen. Sie umschlang ihn, um ihn so festzuhalten, dass zumindest das Zittern aufhörte – vergeblich.

Bisher war der Krieg in ihrem Dorf in weiter Ferne gewesen, hatte ihr Leben nur am Rande berührt. Ihr Vater hatte davor gewarnt, dass Amiens Ziel der Deutschen sein könnte, und ihr verboten, zum Friedhof zu fahren. Sie hatte alle Bedenken beiseitegeschoben, weil sie und Emile es liebten, Zeit an dem schönen und ruhigen Ort zu verbringen. In welche Gefahr hatte sie ihn und sich nur gebracht!

Mit einem Schlag war alles anders.

»Wir werden alle sterben«, sagte Emile schluchzend. »Wie die Bernards. Sie müssen tot sein, oder nicht? Das hat niemand überlebt. Auch nicht die Kühe.«

Carole schüttelte den Kopf. »Alles wird gut«, versuchte sie, ihn zu beruhigen. »Und nein, wir werden nicht alle sterben«, erwiderte sie und bemühte sich, die Angst, die ihre Stimme zu ersticken drohte, zu verdrängen. Sie legte so viel Zuversicht in dieses Wort, wie sie aufbringen konnte. »Nein«, wiederholte sie. »Emile, das verspreche ich dir hier und jetzt. Dir wird nichts geschehen. Ich passe immer auf dich auf. Alles wird gut.«

Kapitel 2

Düsseldorf, Januar 2023

Es war ein gelber Tag. Gelb bedeutete Ärger. Louisas Vater saß in dem Ohrensessel am Fenster und schaute hinaus. Er trug die gelbe Wolljacke, die Mutter ihm an vielen Abenden auf dem Sofa sitzend gestrickt hatte.

Ärger versprach auch der Blick von Maria. Statt im weißen Kittel stand sie in Jeans und Pullover vor dem Bücherregal und hielt einen Staubwedel wie eine Waffe vor der Brust.

»Da sind Sie ja«, sagte sie.

Louisa nickte. Lächelte, obwohl ihr nach Schreien zumute war.

»Ich gehe. Es ist nicht auszuhalten. Ich bin kein Fußabtreter für Ihren senilen, bösartigen Vater. Meiner Meinung nach gehört er in ein Heim.«

Louisa hätte so viel erwidern können, aber sie besaß keine Kraft mehr. Maria war die dritte Hilfe, die sie engagiert hatte, um ihrem Vater nach dem Schlaganfall zur Hand zu gehen. Die dritte, die aufgab. Und Louisa konnte sie alle verstehen. Sie versuchte, Maria zu beschwichtigen.

»Er hat schwierige Tage.«

»Das ist die Untertreibung des Jahrhunderts. Das wissen Sie, Frau Ziegler. Außerdem ist er ein Rassist.«

»Das dürfen Sie nicht sagen, das stimmt nicht.« Sie warf ihrem Vater einen fragenden Blick zu. Er starrte stur aus dem Fenster, als bekäme er die Unterhaltung nicht mit.

»O doch«, fuhr Maria fort. »Er hat mich als …« Sie stockte kurz. »Das Wort will ich nicht wiederholen. Er hat mir vorgeworfen, aus Polen zu sein und nicht richtig Deutsch zu sprechen. Das ist in meinen Augen rassistisch.«

»Das tut mir leid, wissen Sie, er ist nur …« Hilflos zuckte sie die Schultern.

»Warum kümmern Sie sich nicht um ihn?«, fragte Maria. Ihre Mimik und Körperhaltung zeigten, dass sie wirklich eine Antwort erwartete.

»Ich bin beruflich zu eingespannt«, erklärte Louisa. Was nur die halbe Wahrheit war. Aber das ging Maria nichts an.

»Eine Alternative wäre sicherlich ein Ortswechsel«, schlug Maria vor. »Es gibt großartige Seniorenheime. An Geld mangelt es doch nicht.« Wie zur Unterstreichung breitete sie ihre Arme aus und zeigte auf die Möbel und die Gemälde. »Da hätte er Gesellschaft.«

»Ich werde mir etwas überlegen. Danke, Maria. Sie wissen, dass Sie nicht Staub wischen müssen? Legen Sie den Wedel weg, das ist doch nicht Ihre Aufgabe. Morgen kommt die Reinigungsfrau.«

»Er lässt mich sonst nichts tun. Vorhin meinte er, ich wäre nur gut zum Putzen. Er kann sehr verletzend sein.«

Louisa fasste nicht, was sie hörte. Sie kommentierte es nicht. »Lassen Sie uns ins Büro gehen und das Finanzielle regeln«, entschied sie stattdessen. Je schneller Maria aus dem Haus war, umso eher konnte sie mit ihrem Vater reden. Sie schaute zu ihm hin.

Er war stumm geblieben. Bewegungslos hatte er in seinem Sessel zugehört und abgewartet. Jetzt, als er ihren Blick bemerkte, nickte er kurz mit dem Kopf und sie erkannte die Andeutung eines Lächelns. Er hatte seinen Willen bekommen, dachte sie und verspürte eine unendliche Müdigkeit. Ihr fehlte allmählich die Kraft, das Drama rund um die Suche nach einer Betreuung für ihn auszuhalten.

Maria war ihr gefolgt, blieb im Türrahmen stehen. Ihre Sätze rissen Louisa aus ihren Gedanken.

»Vielleicht kann er den Tod seiner Frau einfach nicht verarbeiten. Alte Männer sind Gewohnheitstiere. Und nach seinem Schlaganfall …«

Louisa fiel ihr ins Wort. »Es ist gut, Maria. Sie haben Ihr Bestes gegeben. Ich werde eine Lösung finden.« Trotz ihrer Kraftlosigkeit lächelte sie Maria an. Ihr konnte sie keine Vorwürfe machen. Es lag an ihrem Vater, an nichts anderem.

Sie erledigten das Formelle und Louisa überlegte währenddessen, woher sie eine neue Pflegekraft nehmen sollte. Maria war die dritte, die sie mithilfe einer Agentur engagiert hatte. Die dritte, die das karge Gästezimmer im ersten Stock bezogen hatte, das mit einem schmalen Metallbett und einem alten Bauernschrank eingerichtet war.

Maria setzte an, sich zu verabschieden. Ihr war anzusehen, wie sie um die korrekten Worte rang. »Ihnen wünsche ich alles Gute, Frau Ziegler. Und viel Kraft. Auf Wiedersehen.«

Dass sie ihrem Vater nichts wünschte, sagte alles.

»Ihre Sachen haben Sie?« Louisa deutete auf die Sporttasche zu ihren Füßen. Viel einzupacken hatte Maria nicht. Die Zeit, die sie hier gewohnt hatte, hatte nicht gereicht, ihr Zimmer nach ihren Bedürfnissen einzurichten.

»Ja.«

»Wollen Sie sich noch von ihm verabschieden?«

»Sicher nicht.«

Louisa sah sie durchs Fenster in den grünen Fiat steigen und bedauerte ihre eigene Situation. Sie war überfordert. Mit ihrem Vater, mit dem aktuellen Chaos, mit ihrem jetzigen Leben. Sie seufzte. Maria hatte so kompetent auf sie gewirkt. Sie konnte gute Referenzen vorweisen. Sie war jung, aber nicht zu jung, eine Frau, die mit allem und jedem zurechtkam. Resistent gegen die Allüren eines alten und verbitterten Mannes. Das hatte Louisa zumindest gehofft.

Das Wort »Seniorenheim« ging ihr nicht aus dem Kopf. Natürlich wäre es das Einfachste. Der Erlös, wenn sie das Haus verkaufte, würde auf jeden Fall reichen. Interessenten gab es zuhauf, die Situation auf dem Immobilienmarkt kam ihr zupass, das zumindest war nicht das Problem.

Die Schwierigkeiten lagen an ihr. Oder vielmehr an dem Versprechen, das sie ihrer Mutter gegeben hatte.

»Lass Vater in seiner gewohnten Umgebung. Du darfst ihn nicht aus dem Haus vertreiben, Kind. Egal, was passiert. Das musst du mir versprechen.« Einer Todgeweihten versprach man alles.

Louisa schaute zur Wand, an der einige Fotos von Mutter hingen. Ein Schnappschuss in Schwarz-Weiß, der vor der Krebsdiagnose aufgenommen worden war, während sie am Rheinufer stand. Ein anderes Foto zeigte sie beim Austeilen von Suppe in der Armenküche der Altstadt. Auf jedem Foto sah man ihren gütigen Blick, der für jeden und alles Verständnis hatte. Ein Lächeln, das aus dem Herzen kam. Selbst der Krebs hatte es nicht vertreiben können.

Für sie war es eine Selbstverständlichkeit gewesen, anderen zu helfen. Egal, ob in der Nachbarschaft jemand krank geworden oder Unterstützung in der Suppenküche gesucht worden war: Sie hatte sich immer für die Armen und Schwachen engagiert. Louisa musste an das Telefongespräch mit dem Sozialarbeiter denken, als sie ihm von Mutters Tod berichtet hatte. Rinse van

Graal, ein Niederländer, war sehr betroffen gewesen, das hatte sie sogar durch das Telefon hören können. Neben dem Beileid, das er im Namen aller ausgesprochen hatte, hatte er sie eingeladen vorbeizukommen. »Um zu sehen, wie viel Gutes Ihre Mutter getan und hinterlassen hat.«

Bis jetzt war sie noch nicht da gewesen. Zu schmerzhaft war der Verlust für sie. »Ich sollte es mir anschauen«, murmelte Louisa beim Betrachten der Fotos. Wenn sie endlich Vater in guten Händen wusste.

Mutter hatte keine Chance gegen die zerstörenden Zellen gehabt. Von der Diagnose bis zum Tod waren nur fünf Monate vergangen. Sie hatte hart gekämpft, aber auch als Erste akzeptiert, dass es keine Heilung gab. Die Erinnerungen schmerzten noch immer und Louisa rang mit den Tränen. »Warum, Mama?«, sagte sie zu dem Bild. »Warum musstest du so früh gehen und mich mit ihm und diesem Chaos allein lassen?«

An jedes Wort ihres letzten Gesprächs erinnerte sie sich. »Er ist ein guter Mensch, glaube mir, Kind. Hätte ich es sonst so lange mit ihm ausgehalten?« Ihr Lächeln, das den Schmerzen zu trotzen versucht hatte, hatte friedlich gewirkt. So, als hätte sie mit allem abgeschlossen. Nur ihr Mann, den sie zurückließ, hatte ihr Sorgen bereitet. Und das schwierige Verhältnis zwischen Vater und Tochter.

Solange Louisa denken konnte, war es kompliziert mit ihnen gewesen. Es hatte zu viele Situationen gegeben, in denen es zum Streit gekommen war.

Sie war ein lautes und fröhliches Kind gewesen. Ständig in Bewegung, voller Ideen, Fantasien und Träumereien. Im Sommer lag sie gerne auf einer Blumenwiese und beobachtete die Wolken, die sich von Bären in Hunde verwandelten, oder sammelte Wiesenschaumkraut für ihre Mutter. Vater hatte für solche Dinge überhaupt kein Verständnis. Er war rational, faktenbasiert. Ein Arbeitsmensch. Er ging morgens aus dem Haus, kam am späten Nachmittag zurück. Dann erwartete er Ruhe und saß im Sommer im Garten, im Winter im Wohnzimmer in seinem Sessel. Dabei trank er einen Tee, den ihm Mutter brachte, oder ein Bier. Er hatte weder Interesse noch Verständnis für Louisas Erzählungen, ihre Schulerlebnisse und ihre Gefühle. Wenn sie ihm trotzdem von tanzenden Wiesenschaumkrautblüten erzählte, schaute er sie irritiert an und wollte ihr solche *seltsamen Ideen*, wie er es nannte, ausreden. »Vergeude doch keine Zeit mit solchem Firlefanz. Und jetzt lass mich in Ruhe, ich hatte einen schweren Tag.«

Dabei hatte sie alles, was sie schilderte, gesehen. Die Blumen schaukelten im Wind, als folgten sie einer Melodie, die nur sie wahrnahmen. Louisa hatte sie beobachtet, instinktiv die Bewegungen nachgeahmt und die Musik gespürt. Das hatte sie ihm dann nicht mehr erzählt, weil sie ahnte, dass er für solche Beobachtungen zu fantasielos war.

Schlimm wurde es in der Pubertät, ganz schlimm, als eine Berufswahl anstand. Er hatte schon mit seinem Hausarzt abgemacht, dass sie dort eine Ausbildung zur Arzthelferin beginnen sollte. Noch heute stieg ihr Blutdruck, wenn sie daran dachte.

»Was willst du denn mit Abitur? Das ist doch Zeitverschwendung. Mach was Ordentliches!«

Ihre Mutter hatte sie unterstützt und sich gegen ihn durchgesetzt. Abitur, dann Studium. Heute war Louisa eine gefragte Sprecherin. Für Radio- und Fernsehwerbung, aber auch als Synchron- und Hörbuchsprecherin hatte sie sich einen Namen gemacht. Eine Tätigkeit, die ihr Vater überhaupt nicht verstand. Wenn ihn jemand fragte, was seine Tochter beruflich mache, druckste er herum und antwortete so kryptisch, dass man leicht auf die Idee kommen konnte, sie würde sich prostituieren. Louisa hatte Glück, wenn ihre Mutter dabei war und es aufklärte. Sie war sicher, viele Bekannte ihres Vaters rätselten noch immer über ihren Beruf.

Dabei hatten ihre Eltern eine harmonische Ehe geführt. Ihre Mutter hatte über die Gabe verfügt, die besten Eigenschaften ihres Vaters zu wecken. Mit ihr an seiner Seite war er ein anderer Mensch gewesen. Dennoch hatte sich Louisa zeit ihres Lebens gefragt, was eine herzliche und lebensfrohe Frau wie ihre Mutter an diesem mürrischen Pessimisten fand. Irgendetwas hatte er bestimmt an sich, was sie noch nicht entdeckt hatte.

In ihren Augen war mit Mutters Tod das letzte bisschen Sympathische an ihm verschwunden. Er zog sich von Freunden, Bekannten und Nachbarn zurück und sprach kaum noch. Seine Kommunikation bestand von da an zum Großteil aus Gesten und Brummen.

Louisa hielt das Versprechen, das sie ihrer Mutter gegeben hatte, indem sie zunächst eine Haushaltshilfe einstellte. Dreimal die Woche kam Frau Sommer und sorgte für ihn. Sie kochte und backte seine Lieblingsgerichte. Sie räumte auf, saugte und putzte durch. Sie war es auch, die ihn nach seinem Schlaganfall gefunden und den Notarzt gerufen hatte. Ihrem raschen Handeln war es zu verdanken gewesen, dass er den Anfall halbwegs gut überstanden hatte. Die linke Hand blieb gelähmt, den Arm konnte er seitdem nur wenige Zentimeter beugen. Jetzt musste jemand im Haus sein, der ihn unterstützte und im Alltag half. Für Frau Sommer war das zu viel gewesen, sie sah sich nicht imstande, weiter für Vater zu arbeiten. Auch aus Angst, dass er beim nächsten Mal sterben könnte.

Seitdem half Renate Harnischmacher aus, die direkt nebenan wohnte. Sie unterstützte Louisa nicht nur bei der Betreuung ihres Vaters, sondern hatte sich mit ihr auch durch die Anträge für die Krankenkasse gearbeitet. Die Einordnung und Beantragung der Pflegestufe war für Louisa ein einziger bürokratischer Hindernislauf gewesen. Die Krankenkasse ließ sich Zeit, zum Glück gab es keine finanziellen Sorgen.

Aber selbstredend, dass für ihren Vater eine permanente Betreuung überhaupt nicht infrage kam. Er wollte niemanden um sich haben.

Die Pflegerinnen, die sich bei Louisa für die Stelle bewarben, waren begeistert von dem großen Haus, dem eigenen, wenn auch kleinen, Zimmer mit Bad. Nur mit ihrem Vater kam niemand zurecht. Die erste Frau, die sie engagiert hatte, hielt es nur drei Tage aus. Louisa konnte sich noch nicht einmal mehr an den Namen erinnern. Dann kam Johanna, mit der auch Louisa Probleme hatte, weil sie zu lieb und zu weinerlich war. Ihr reichte ein böser Blick, um in Tränen auszubrechen. Ihrem Vater reichten acht Stunden, bis Johanna weinend zusammenbrach. Schließlich Maria, die dritte, in die sie so große Hoffnung gesetzt hatte. Immerhin war sie vier Wochen geblieben.

Für die nächsten Tage würde Louisa wieder auf die Hilfe von Renate Harnischmacher zurückgreifen, die tagsüber immer mal wieder nach ihm sehen würde. Dank Babyfon war das gut machbar, aber keine Dauerlösung. Nachts würde sie selbst hierbleiben. Sie seufzte und verließ das Büro.

»Vater, wir müssen reden.«

Er saß noch immer in seinem Sessel und schaute aus dem Fenster in den Garten.

»Was beobachtest du? Ist das Vogelhäuschen wieder gut besucht?«

Er brummte.

»Wie denkst *du* denn, soll es jetzt weitergehen? Du kannst nicht allein bleiben, du brauchst Unterstützung. Ich tue mein Bestes, dir eine nette Hilfe zu besorgen, aber wenn du sie alle vergraulst, nutzt das keinem. Was passte denn an Maria nicht?«

Er gab keine Antwort.

Sie versuchte es anders. »Ich weiß, dass du Mama vermisst. Ich auch. Jeden Tag.«

»Was weißt du denn schon?«, stieß er hervor und stand auf. Er ging leicht gebeugt, was aber keine Folge des Schlaganfalls, sondern dem Alter geschuldet war. Mit knapp achtzig Jahren nicht verwunderlich.

»Soll ich heute Abend kochen oder sollen wir uns etwas bestellen? Ich habe gesehen, es ist Pasta da. Heute ist leider Mittwoch, der Hähnchenwagen steht erst morgen am Markt. Wonach ist dir?«

»Nudeln mit Tomatensoße«, murmelte er, bevor er aus dem Wohnzimmer verschwand.

Sie fand alle Zutaten im Vorratsschrank. Die Nudeln waren schnell gekocht, die Soße kam fertig aus einem Glas. Das Abendessen verlief schweigsam. Ihre Hoffnung, dass ihr Vater über seine Wünsche für die Zukunft sprechen würde, erfüllte sich nicht. Jeden Vorstoß in die Richtung wehrte er durch sein Schweigen ab. Damit kam er erstaunlich gut zurecht, wie sie zugeben musste. Gleichzeitig machte es sie unfassbar wütend, weil sie keine Möglichkeit fand, ihr Dilemma zu beenden. Ihre größte Angst bestand darin, dass ihn ein neuer Schlaganfall ereilte und niemand in der Nähe war, um ihn rechtzeitig zu finden und ihm zu helfen.

Das würde sie sich nicht verzeihen.

Louisa räumte den Tisch ab, stellte das schmutzige Geschirr in die Spülmaschine und schaltete den Fernseher an.

»Ich verschwinde ins Bett«, verkündete er. Mürrisch und kurz angebunden wie immer.

»Ich gehe davon aus, du brauchst keine Hilfe.« Was er konnte, konnte sie schon lange. Er antwortete nur mit einem Kopfschütteln.

Sie lauschte den Geräuschen, die er verursachte. Die oberste Treppenstufe knarrte, die Badezimmertür quietschte beim Öffnen. Sie hörte Wasser ins Waschbecken laufen und den Boiler anspringen. Den Toilettendeckel, die Spülung. Alles vertraute Geräusche ihrer Kindheit. Heute Nacht würde sie in ihrem alten Kinderzimmer schlafen. Ihr Bücherregal, der Kleiderschrank und das Bett waren immer noch die ursprünglichen Möbelstücke. Es war der Wunsch ihrer Mutter gewesen, alles so zu lassen. »So fühlt es sich an, als ob du nur kurz fort bist und jederzeit wiederkommst«, hatte sie ihr beim Auszug erklärt.

Ihre Mutter würde nicht mehr zurückkommen.

Louisa streckte sich. Sie sehnte sich nach ihrem Sofa, nach ihrem Bett, ihrer Wohnung. Sie wohnte mitten in der Stadt, hatte sich eine Dachgeschosswohnung in einem Mehrfamilienhaus gekauft. Ihr Vater fand das furchtbar. Ein Mensch brauchte ein Haus, und am besten eins, um das man herumgehen konnte. Keine Nachbarn, die über oder unter einem wohnten und einem, wenn sie wollten, das Leben zur Hölle machen konnten. Er verstand nicht, dass sie das Stadtleben bevorzugte, dass sie es liebte, in Cafés oder Restaurants zu gehen. Zu Fuß, ohne Auto, ohne Taxi. Spontan, ohne aus jedem Ausgehen einen Staatsakt machen zu müssen.

Er hatte sie in all den Jahren nie in ihrer Wohnung besucht. Mutter hingegen war regelmäßig gekommen, mindestens einmal im Monat. Dann hatten sie auf der Dachterrasse gesessen, den Ausblick genossen und Cappuccino getrunken.

Die gemeinsamen Nachmittage hatten sich immer wie das Treffen mit einer guten Freundin angefühlt. Sie unterhielten sich über Louisas Job, gaben sich gegenseitig Einrichtungs- und Dekorationstipps. Mit Mutter konnte Louisa auch über ihre erfolglose Partnersuche sprechen, über die unzähligen Dates, aus denen nie etwas Ernstes wurde.

Das einzige Thema, das sie ausließen, war das Verhältnis zu ihrem Vater. Louisa wusste, wie traurig ihre Mutter die Streitigkeiten machten. Sie konnte auch nicht erklären, warum es so war. Aber seine Art, Befehle zu geben, statt normal zu reden oder gar zu bitten, weckte in ihr sofort Widerspruch. Sie hinterfragte alles, und wenn etwas in ihren Augen keinen Sinn ergab, gehorchte sie auch nicht. Anfangs hatte sie zu diskutieren begonnen, später machte sie sich nicht einmal mehr die Mühe.

Ihr Vater wiederum sah nie einen Grund, sich zu erklären oder einen Schritt auf sie zuzugehen. Und so hatten sie sich öfter als einmal gegenübergestanden, zwei Kampfhähne, von denen keiner nachgeben konnte. Ihrer Mutter war es mit ihrer geduldigen Art gelungen, dass sie sich irgendwann beruhigt hatten und vernünftig geworden waren.

Mutter war fort, die Kämpfe blieben. Louisa wurde erneut bewusst, wie hilflos sie war.

Am nächsten Morgen wachte sie erst gegen acht Uhr auf, was ungewöhnlich war. Normalerweise schlief sie im Haus ihrer Eltern nicht gut und stand schon in den frühen Morgenstunden auf. Doch gestern Abend hatte sie lange gegrübelt, was sie als Nächstes tun könnte.

Es war ungewöhnlich leise, keine Geräusche waren zu hören. Sie stand auf, trat in den Flur hinaus und wunderte sich, dass die Schlafzimmertür einen Spalt offen stand. »Papa?«

Keine Reaktion. Vorsichtshalber klopfte sie an, bevor sie die Tür ganz öffnete. Das Zimmer war leer. Die Bettdecke lag zerknüllt am Fußende, das Laken warf Falten und das Kopfkissen fand sie auf dem Boden.

»Papa?«, rief sie hinunter ins Erdgeschoss. Niemand antwortete. Panisch begann sie, das Haus systematisch nach ihm abzusuchen. In ihrer Vorstellung lag er seit Stunden irgendwo, konnte sich nicht bewegen, weil er gefallen war und sich etwas gebrochen hatte. Im besten Fall, überlegte sie. Den Gedanken an einen zweiten Schlaganfall verbot sie sich. Sie rannte die Treppe zum Speicher hoch: leer. Der Keller ebenfalls. Er war weg. Ratlos stand sie in der Küche, als sie eine Autotür hörte. Vor dem Haus hielt ein Taxi. Sie beobachtete ihren Vater, der sich vom Beifahrersitz hochhievte, die helfende Hand des Taxifahrers wegschlug und laut vor sich hin schimpfte.

Ohne sich über ihren Schlafanzug Gedanken zu machen, öffnete sie die Haustür. »Papa! Wo warst du denn?«

Er ignorierte sie, genauso wie den Taxifahrer, und ging ins Haus.

»Können Sie mir das erklären?«, fragte sie den fremden Mann.

»Nun ja, er hat ein Taxi gerufen, ich bin gekommen und wir sind zum Friedhof gefahren. Dort bat er mich, auf ihn zu warten, und jetzt habe ich ihn wieder zu Hause abgesetzt.«

»Er hat doch hoffentlich bezahlt?«, fragte Louisa entsetzt.

»Natürlich. Er war großzügig.«

Das irritierte sie noch mehr. »Was bedeutet das? Er ist manchmal etwas …«

»Nein, er hat mir nicht aus Versehen zu viel gegeben, wenn Sie das denken. Es sei denn, Sie halten fünf Euro Trinkgeld fürs Warten für unangemessen.«

Sie fror und schlang die Arme um sich. »Natürlich nicht. Entschuldigung. Zum Friedhof haben Sie ihn gebracht? Südfriedhof?«

»Genau. Vorher musste ich noch an der Tanke halten, um ein paar Blumen zu kaufen.«

»Blumen an der Tankstelle?«

»Warum denn nicht? Die Blumenhändler hatten noch nicht auf.« Er schüttelte den Kopf. »Haben Sie sonst noch Fragen? Oder darf ich meinen Job weitermachen? Man wartet auf mich.«

In ihrem dünnen Pyjama begann sie zu zittern. Die Temperatur war nicht der einzige Grund. Sie war voller Angst gewesen. Ihr Vater brachte ihr Leben durcheinander. Ein Egoist, wie er im Buche stand. Nie dachte er an andere, nur an sich selbst.

»Ich muss mich um meinen Vater kümmern«, versuchte sie, sich zu erklären. »Ich hatte Sorge …« Sie verstummte, als sie den abweisenden Blick des Taxifahrers registrierte. Sie verstand ihn, er hatte kein Interesse an der komplizierten Familiengeschichte eines Fahrgasts. »Danke und auf Wiedersehen«, entgegnete sie und ging ins Haus. Sie schmiss die Tür zu und sah ihren Vater in der Küche stehen.

»Was bildest du dir eigentlich ein?« Sie hatte keine Ahnung, woher die Wut kam. Aber sie hatte genug. Genug von der Sturheit eines alten Mannes, der ihr Leben durcheinanderbrachte. Genug von dem Gefühl der Überforderung. Sie wollte ihr eigenes Leben zurück.

Er antwortete nicht, stattdessen schlurfte er ins Wohnzimmer, setzte sich in seinen Sessel am Fenster und würdigte sie keines Blickes. Dieser Sessel war genauso ein Relikt vergangener Zeit wie er, dachte sie. Es war nicht mehr der aus ihrer Kindheit, Mutter hatte sich irgendwann durchgesetzt und einen neuen angeschafft. An das Drama konnte sich Louisa noch gut erinnern. Vater hielt fest an dem alten Design. Es musste ein karierter Stoff sein. Ein Ohrensessel mit passendem Hocker, um die Füße hochlegen zu können. Ein Relaxsessel mit elektrischer Funktion würde sein Leben erleichtern, doch sie wagte nicht, es ihm vorzuschlagen.

»Antworte mir doch wenigstens ein Mal. Das bist du mir verdammt noch mal schuldig!«

Er reagierte noch immer nicht. Was hatte sie auch erwartet? Sie holte Luft, wollte neue Vorwürfe loswerden, ihrer Wut freien Lauf lassen.

Doch dann sah sie seine zuckenden Schultern, hörte Laute, die sie noch nie gehört hatte und die sie erstarren ließen.

Ihr Vater schluchzte. Hemmungslos und unkontrolliert.

Einen halben Meter von ihm entfernt stand sie, unfähig, auf ihn zuzugehen. Sie sah einen alten, traurigen, ihr in diesem Moment völlig unbekannten Mann, dessen Gefühle sich Bahn brachen und endlich ein Ventil fanden.

Louisa machte langsam ein paar Schritte und legte ihre Hand auf die noch immer zuckende Schulter. Sie sagte nichts, wartete ab, dass die Tränen verebbten. Da ging ein Ruck durch seinen Körper, er straffte sich und schüttelte ihre Hand schroff ab. Der Anfall ihres Vaters war so plötzlich vergangen, wie er gekommen war.

»Hier wird keine fremde Frau mehr wohnen. Und erst recht keine Ausländerin. Die wollen sich doch alle nur ins gemachte Nest setzen. Scharwenzeln um mich rum, als gäbe es was bei mir zu holen. Vielleicht sogar einen Trauschein. Hast du da mal dran gedacht?«

Louisa schaute ihn fassungslos an, wusste nichts zu erwidern.

»Weiß doch keiner, ob die überhaupt legal sind. Außerdem klauen die alle«, fuhr er fort. Er klang nicht erregt, sondern trug seine absurden Ideen ganz sachlich vor. So, als hätte es den Zusammenbruch vor wenigen Sekunden niemals gegeben. »Und jetzt will ich allein sein.«

Er war wieder da. Der Mann, den sie kannte. Der Mann mit Vorurteilen und haltlosen Behauptungen. Der Mann, der jede helfende Geste ausschlug. Die Angst, die sie gerade noch um ihn gehabt hatte, verschwand. In diesem einen Moment hatte sie ihn so verletzlich erlebt wie noch nie in ihrem Leben. In dem winzigen Augenblick war in ihr eine Ahnung aufgetaucht, was ihre Mutter in ihm gesehen hatte, was sie mit ihm erlebt hatte. Sie hatte recht gehabt. Insgeheim war da mehr in ihm als der gefühlskalte Mann, den sie kannte.

Louisa war verwirrt und enttäuscht. Sie fand keine Worte, für das, was sie fühlte.

Er erwartete ohnehin keine Antwort. Seine Körperhaltung sagte: Bleib mir fern. Lass. Mich. In. Ruhe.

Der Moment der Hoffnung, dass sie sich annähern und versöhnen würden, dass ein Vater-Tochter-Verhältnis entstehen könnte, war vorbei.

Sie trat zurück, schluckte. Es kostete ihre ganze Konzentration, sich zu sammeln und zusammenzureißen. Sie war bereit gewesen, ihn zu trösten, ihm näherzukommen.

Was dann geschehen war, fühlte sich an wie eine Eiswasserdusche. Nicht nur seine Wortwahl, auch sein Tonfall. Ohne Emotionen, barsch, kurz angebunden. Wie ein Fremder, der keinen Wert darauf legte, gemocht zu werden. Sie spürte, wie sich Wut in ihr sammelte. Wut auf sich, dass sie, wenn auch nur für eine kurze Zeit, Mitgefühl für den alten, kaltherzigen Mann aufbringen konnte! Ihre Wut wuchs so sehr, dass sie am liebsten den nächstbesten Gegenstand genommen hätte, um ihn an die Wand zu werfen. Ihr Vater war, was sie immer in ihm gesehen hatte: ein boshafter, verabscheuungswürdiger Mann.

Sie atmete mehrmals tief ein und aus. »Ich verstehe«, sagte sie dann und dachte an ihre Mutter. »Aber ohne Hilfe geht es nun mal nicht. Es gibt sicherlich auch männliche Ganztagspfleger. Die momentane Situation mit Pflegern ist ja auch überhaupt kein Problem. Die warten nur auf einen alten, griesgrämigen Mann. Wir werden aus Dutzenden auswählen können. Das wäre dann in Ordnung für dich?«

Nahm er ihren Sarkasmus wahr?

»Nur, wenn er Deutsch spricht. Ich will keinen Ausländer.«

»Ich sehe, was ich tun kann.«

Nach wie vor war ihr kalt, sie sehnte sich nach einem heißen Schaumbad. Doch nicht hier, sie musste ganz dringend raus aus diesem Haus. Weg von dem Mann, der ihr Vater war.

Ihr Handy klingelte und sie bekam einen Schreck, als sie sah, wer anrief. Tim, der Inhaber des Tonstudios und Freund aus Abiturzeiten, bei dem sie heute mit ein paar anderen Sprechern ein Hörspiel einsprechen sollte. Sie hatte den Termin in der Aufregung vergessen. »Ich muss los«, rief sie ihrem Vater zu. »Ich sag Renate Bescheid und stell das Babyfon an. Nur für den Fall der Fälle. Renate ist okay, oder?« Weil deutsch, wollte sie anfügen, doch sie verkniff sich den Zusatz.

»Ja.«

Sie biss sich auf die Unterlippe. Wie sollte sie diese Situation nur noch länger ertragen? Wieder hatte sich ihr Vater in ihr Leben gedrängt. Seinetwegen musste sie erneut einen wichtigen beruflichen Termin verschieben.

Louisas Blick fiel auf das Teeservice in der Vitrine des Wohnzimmerschranks. Chinesisches Porzellan. Dünn und zerbrechlich, mit feinen Blütenmotiven bemalt. Sie und ihre Mutter hatten oft gemeinsam am Tisch gesessen und Tee getrunken. Immer ohne Vater, seine dicken, wurstigen Finger hätten die Tassen gar nicht halten können, ohne sie zu zerbrechen. Es gab viele Augenblicke, in denen sie ihre Mutter vermisste. Beim Sitzen auf ihrer Dachterrasse, beim Versuch zu gärtnern. Wenn ihre Freundinnen mit ihren Familien im Urlaub waren und sie sich allein fühlte. Beim Kochen oder wenn ihr ein Rezept nicht einfiel, war ihre Mutter stets zur Stelle gewesen. Aber am allermeisten vermisste sie ihre Mutter im Umgang mit ihm.

Im Gegensatz zu ihrer Mutter fand sie nie die richtigen Worte in seiner Gegenwart, wurde von ihm missverstanden oder hatte schlichtweg ein falsches Timing. Dann kanzelte er sie ab, machte ihr deutlich, dass sie störte, dass sie unrecht hatte, dass ihr ganzes Dasein falsch war. Seine Ablehnung brachte ihren Puls innerhalb von Sekunden auf hundertachtzig, und in ihrer Vorstellung tauchten Gewaltfantasien auf, die ihr normalerweise fremd waren. Wie gerne hätte sie ihm eine Ohrfeige verpasst, ihn geschüttelt und ihn dabei von ihrer Wahrheit überzeugt. Ein unmögliches Unterfangen.

Während sie ihren Mantel anzog und ihre Habseligkeiten in die Tasche packte, sah sie ihn vor sich, wie er in aller Frühe mit einem Taxi zum Friedhof gefahren war, um Blumen auf Mutters Grab zu legen. Eine rührende Geste, selbst wenn die Blumen von der Tankstelle kamen. Und dann sein Zusammenbruch. War es gut, dass er endlich einmal loslassen konnte? Oder war es ein Zeichen, dass er an Kraft verlor, dass jederzeit ein körperlicher Kollaps zu erwarten war?

Selten hatte sie sich so unsicher und hilflos gefühlt. Sie wusste nicht mehr, was richtig oder falsch im Umgang mit ihm war. Und sie wusste einfach nicht, aus welchem Hut sie eine Betreuung für ihn zaubern sollte.

Beim Verlassen des Hauses schaute sie noch einmal nach ihm. Er saß unverändert am Fenster. »Ich bin weg.«

Das obligatorische Brummen.

Mehr kam nicht von ihm. Mehr konnte sie nicht erwarten.

Noch vor seiner Tür rief sie Tim an. »Tim, ich musste heute Nacht bei meinem Vater übernachten. Es ist schwierig, du kennst das ja. Ich …«

»Das heißt, du kannst heute nicht?« Tims Stimme klang kalt.

»Ich muss ein paar Telefonate führen und sehen, dass ich die Situation geregelt kriege. Wenn es gut läuft, kann ich in zwei, drei Stunden da sein.«

»Hier im Studio sind zwei Sprecher, die auf dich warten, um mit der Arbeit zu beginnen.«

»Ich weiß, es tut mir auch unfassbar leid, aber …«

»Mir auch, Louisa. Ich rufe jemand anders an. Jasmin müsste für die Rolle passen. Wir können nicht verschieben.«

»Jasmin wird es großartig machen«, erwiderte sie und spürte einen Stich der Eifersucht und Enttäuschung in ihrem Herzen. Die Rolle hätte sie gerne übernommen: eine Ermittlerin im Stil von Miss Marple.

»Ja, das denke ich auch. Ich drück dir die Daumen für deinen Vater. Melde dich, wenn du wieder Zeit und den Kopf frei hast. Ciao.«

Er legte auf.

Louisa atmete tief durch, bevor sie hinüber zum Nachbarhaus ging. Renate Harnischmacher fegte gerade den Eingangsbereich und Louisa überkam das Gefühl, dass sie auf sie gewartet hatte.

»Maria ist weg, nicht wahr?«, fragte sie.

Louisa nickte.

»Tut mir leid. Aber ich kümmere mich natürlich.« Sie lachte aufmunternd.

»Was würde ich nur ohne dich tun, Renate.«

»Dann hättest du jemand anderen. Es geht immer weiter. Heute Nacht schläfst du aber wieder hier, oder?«

Sie nickte. »Ich werde jetzt mal ein paar Pflegedienste kontaktieren. Denke, ich bin gegen achtzehn Uhr wieder da.« Sie machte eine kurze Pause. »Danke.«

»Nicht dafür, Herzchen.«

Louisa winkte ihr zum Abschied zu. Renate war eine immer fröhliche Frau, die das Herz am rechten Fleck hatte, wie man so sagte. Eine rheinische Frohnatur, deren Highlight im Jahr der Karneval war. Louisa vermutete, dass ihre Fröhlichkeit die Grimmigkeit ihres Vaters einfach an ihr abprallen ließ. Lachen schlägt Murren, wie beim Spiel Schere, Stein, Papier. Auch Renate lebte mittlerweile allein in dem großen Haus. Schon vor Jahren geschieden, hatte sie ihre Tochter Sabrina allein großgezogen. Soweit sich Louisa erinnerte, studierte sie Medizin und war in eine Studenten-WG gezogen. Sie sah sie selten.

Als Louisa im Auto saß und den Startknopf drückte, spürte sie, wie Tränen in ihre Augen traten. Der Motor brummte, doch ans Losfahren war nicht zu denken. Ihre Schultern sackten nach vorn, als läge eine Zentnerlast auf ihnen. Sie drückte erneut den

Knopf, der Motor erstarb. Mit beiden Händen fuhr sie sich über das Gesicht. Wie so oft war sie nach den Begegnungen mit ihrem Vater völlig erschöpft. Mal wieder hatte er ihr Leben durcheinandergebracht. Sie atmete ein paar Mal tief ein und aus. Tim schusterte ihr viele Jobs zu, was für ein gutes Auskommen sorgte. Sie wusste nicht, wie es ohne seine Unterstützung gehen sollte. Es war klar, dass sie andere Möglichkeiten finden musste, mit dieser Situation umzugehen. Schritt für Schritt, eins nach dem anderen. Bloß nicht in ein hektisches Chaos verfallen. Was war zu tun?

Sie brauchte eine männliche Pflegekraft. Am besten sofort. So weit, so gut.

Und dann begann sie zu grinsen, als ihr klar wurde, was sie zu tun hatte.

Endlich hatten sie und ihr Vater eine Gemeinsamkeit.

Sie suchten beide einen Mann.

Sie lachte laut auf und fuhr los.

Kapitel 3

Düsseldorf, Januar 2023

Louisa fand direkt vor ihrer Haustür eine Parklücke. Das Glück war mit ihr, dachte sie und nahm es als Zeichen, dass sie für die Betreuung ihres Vaters ebenfalls eine gute Lösung finden würde. Niemals hatte sie sich zuvor Gedanken darüber machen müssen, wie schwierig die Pflegekräftesituation in Deutschland war. Kein Wunder, dass man auf ausländische Kräfte angewiesen war, die diese Aufgabe gerne übernahmen. Da der heutige Termin im Studio ohne sie stattfand, war Zeit für das ausgiebige Schaumbad, von dem sie schon am Morgen geträumt hatte. Beim Eintauchen in das wohlig warme Wasser, das nach Lavendel roch, begann sie zu entspannen und zur Ruhe zu kommen. Sie überlegte ihre nächsten Schritte.

Wenn ihr Vater nicht so speziell wäre, dachte sie zum wiederholten Male, wäre vieles einfacher. Sie musste der Agentur mitteilen, dass es keinesfalls eine Frau sein durfte. Dieser Wunsch war schrullig, aber akzeptabel. Die Eigenart eines alten Mannes, der als Witwer keine andere Frau in seinem Haus ertragen konnte. Damit war er vermutlich nicht der Einzige.

Dass Louisa aber nun auch noch auf eine deutsche Kraft bestehen musste, würde ihr schwer über die Lippen kommen.

Sie stieg aus dem Wasser, trocknete sich ab, schlüpfte in einen bequemen Jogginganzug und setzte sich an ihre Küchentheke. In einem Körbchen, das dort stand, sammelte sie witzige Postkarten und wichtige Visitenkarten. Auch die Karte mit den Kontaktdaten der Agentur, die ihr die letzten Pflegerinnen vermittelt hatte, lag dort. Sie nahm sie in die Hand und drehte sie hin und her. Diese Firma vermittelte 24-Stunden-Pflegedienstbetreuungen – aus dem Ausland. Johanna, Maria und die, deren Namen sie sich nicht gemerkt hatte, weil sie nur so kurz da gewesen war, waren über diesen Kontakt gekommen. Es kostete sie Überwindung, erneut die Nummer zu wählen. Sie nannte ihren Namen und glaubte, auf der anderen Seite der Leitung ein Seufzen zu hören. »Ich verbinde Sie mit dem Chef«, erwiderte die Dame am Empfang.

»Hallo, Frau Ziegler«, begrüßte sie ein paar Sekunden später Herr Klostermann. »Schade, dass es mit Maria nicht funktioniert hat. Leider habe ich …«

»Es tut mir unendlich leid, wie das gelaufen ist«, unterbrach Louisa ihn. »Ich kenne aber jetzt das Problem. Mein Vater kann keine fremde Frau in seinem Haus ertragen. Nun habe ich gedacht, dass ein Mann …«

Das Lachen traf Louisa völlig unerwartet. »Frau Ziegler, ich bitte Sie. Ihr Vater hat drei Pflegerinnen vergrault. Selbst wenn ich einen freien Mann hätte, der allen Ansprüchen genügen würde, könnte und wollte ich es mir nicht leisten, ihn zu Ihnen zu schicken. Im Ernst: Ich wünsche Ihnen viel Glück. Auf Wiederhören.« Ohne auf eine Antwort zu warten, legte Herr Klostermann auf.

Louisa starrte fassungslos auf das Telefon. Was war das denn für ein arroganter Schnösel! Dann eben ohne ihn, dachte sie, und begann wütend damit, auf dem Laptop nach männlichen Pflegekräften zu googeln. Erbost malträtierte sie jeden Buchstaben auf der Tastatur mit ihren Mittelfingern. Das Zehnfingersystem beherrschte sie nicht, war jedoch mit zweien genauso flink. Augenblicklich erschienen Anzeigen von Vermittlern, die sich auf Pfleger aus osteuropäischen Ländern spezialisiert hatten. Ansonsten fand sie haufenweise Warnungen vor unseriösen Anbietern. Bei fast jedem konnte sie ihre Anfrage auf einem Kontaktformular hinterlassen, besondere Wünsche inbegriffen.

Sie dachte an Herrn Klostermann und die Wünsche ihres Vaters. Ihr Optimismus verschwand.

In der Suchliste tauchte ein Artikel auf, der sich mit der Situation von Pflegekräften beschäftigte. Sie las von den finanziellen Nöten, der gesellschaftlichen Missachtung, zumindest Nicht-Anerkennung. Louisa lehnte sich zurück und wippte auf dem Stuhl ein wenig hin und her. Sie konnte sich gut an die Bilder im Fernsehen während der Anfangsphase der Coronazeit erinnern, als man den Angehörigen der Pflegeberufe Standing Ovations von den Balkonen aus entgegengebracht hatte. Als ob man sich davon auch nur einen Laib Brot mehr kaufen könnte, hatte sie damals schon gedacht. Aber da war es für sie noch kein Thema gewesen. Zwar hatte sie sich dazu eine Meinung gebildet; was es für Betroffene jedoch wirklich bedeutete, hatte sie seinerzeit nur erahnen können. Und ihre Ahnungen, das wusste sie nun, waren weit entfernt von der Realität geblieben.

Sie stand auf und begann, etwas Ordnung zu machen. Nachdem sie Wäsche in den Schrank geräumt, das Bad zumindest oberflächlich geputzt und die Spülmaschine angestellt hatte, warf sie einen Blick zur Uhr. Es war Zeit zu gehen. Sie musste zurück in ihr Elternhaus. Mit einem Mann unter einem Dach schlafen, den sie nicht verstand und der ihr so fremd war, dass sie nicht glauben konnte, dass er ihr Vater war. Zuvor aber zum Markt, ein halbes Hähnchen besorgen.

Ihr Vater saß natürlich in seinem Sessel, den er sich in Richtung des Fernsehers gedreht hatte. Er schaute nicht auf, als sie ihm einen guten Abend wünschte. Sie hatte zwei Möglichkeiten: Entweder ließ sie sich von ihm anstecken und blieb genauso mürrisch wie er, oder sie versuchte, die Atmosphäre der miesen Stimmung zu durchbrechen.

In der Küche nahm sie zwei Teller, Besteck und Servietten und deckte den Tisch. »Das Hähnchen riecht fantastisch. Es war das letzte. Kommst du an den Tisch?«

Sie legte ihm beide Keulen auf den Teller, weil er es mochte, sie mit der Hand abzuknabbern. Sie hatte noch eine Portion Pommes frites gekauft und stellte die Schale in die Mitte. So konnte er auch mit seinen Einschränkungen ohne Probleme sein Lieblingsessen genießen. Sie fand noch Bier im Kühlschrank und schenkte zwei Gläser ein.

Das Essen verlief schweigsam. Er bedankte sich nicht, fragte nicht, wie die Suche nach einem Pfleger lief. Als Zeichen, dass er satt war, schob er wortlos den Teller von sich fort, trank das Glas leer und stand auf, um sich wieder vor den Fernseher zu setzen.

Louisa räumte den Tisch ab, die Spülmaschine ein. Sie blieb am Esstisch sitzen, klappte ihren Laptop auf und checkte die E-Mails, in der Hoffnung, eine Agentur hätte sich gemeldet. Vergeblich.

Als es an der Haustür klingelte, zuckte sie zusammen. Renate, die Nachbarin, stand davor. »Hallo, Renate. Was ist passiert? Oder fehlt dir was?« Renate fehlte immer etwas in der Küche.

»Nein, alles prima bei mir. Aber ich habe gerade mit meiner Tochter telefoniert und es könnte sein, dass ich eine Lösung habe. Zumindest vorläufig.« Renates Wangen wetteiferten mit ihren knallroten Lippen. »Außerdem tut ihr noch ein gutes Werk.«

Louisa spürte, wie sofort wieder Hoffnung in ihr aufstieg. Hoffnung, dass doch noch alles gut wurde. »Komm rein und verrat mir in Ruhe deinen Plan.«

»Kein Plan. Oder doch. Aber …« Sie trat ein, ging zielstrebig ins Wohnzimmer und nahm auf dem Sofa Platz. Dort saß selten jemand. Vater hatte seinen Sessel, Louisa saß immer am Esstisch.

»Heinrich, das betrifft dich. Hör zu.«

Louisa gefiel die Art, wie Renate mit ihrem Vater umging. Klare Ansagen, kein Geschnörkel. Tatsächlich blickte ihr Vater neugierig auf. Er stellte den Ton leiser.

Renate begann mit ausladenden Gesten zu reden. »Meine Tochter, die Sabrina, ihr kennt sie ja, sie ist jünger als du, Louisa, deshalb habt ihr auch so wenig miteinander zu tun gehabt. Aber sie studiert doch Medizin. Zweites Semester, also ziemlich am Anfang.« Louisa nickte. »Und sie kennt jemanden an der Uni. Der hat sein Medizinstudium in Ungarn absolviert. Das geht, die bieten ein Studium auf Deutsch an und es wird hier ohne Probleme anerkannt. Normalerweise«, fügte sie an. »Bei Jonas ist es nun so, dass es Probleme gibt. Bürokratie halt.« Sie seufzte. »Jetzt ist der wirklich sympathische junge Mann hier und sucht dringend eine günstige Unterkunft und einen Job, bis er seine Approbation bekommt und seinen Facharzt beginnen kann.«

Louisa erahnte Renates Vorhaben. Neugierig ließ sie sie weiterreden. Sie linste zu ihrem Vater, doch von seiner Mimik war nichts abzulesen.

»Es ist momentan ja nicht so einfach, einen Pfleger zu bekommen. Aber wenn Jonas die Betreuung deines Vaters übernehmen würde, dann hätte man zwei Fliegen mit einer Klappe geschlagen. Was meint ihr?« Sie strahlte über das ganze Gesicht. »Und weil ich ein Mensch bin, der gerne Dinge vorantreibt, habe ich ihn eingeladen, sich morgen um drei hier vorzustellen.« Sie klatschte in die Hände, stand auf und marschierte wieder zur Tür. »Alle Fragen klären sich bei dem Termin, aber das ist die Lösung, Herzchen. Manchmal liegt das Gute so nah.« Sie tätschelte Louisas Wangen.

»Renate, ich weiß das sehr zu schätzen, aber … vielleicht ist deine Freude etwas vorschnell. Das klingt zu einfach, um zu funktionieren. Du weißt doch, wie mein Vater ist. Kennst du diesen Jonas denn persönlich?«

»Jawohl. Er war mal hier, vor ein paar Jahren. Ich habe damals gedacht, er hätte ein Auge auf Sabrina geworfen. Auch. Aber sie ist ja etwas wählerisch und er ist dann nach Ungarn gegangen. In den Semesterferien kam er regelmäßig nach Düsseldorf. Aber das kann er euch alles selbst erzählen. Ein netter Typ, ich mochte ihn wirklich.«

Louisa konnte nicht glauben, was ihr Renate gerade offerierte. Eine Problemlösung, serviert auf dem Silbertablett. Sie verkniff sich allzu große Hoffnungen. Aber was, wenn es doch so einfach wäre?

Renate stieg die Stufen zur Haustür hinunter. »Ein bisschen anstrengen müsst ihr euch allerdings schon, damit er zu euch kommt«, sagte sie lachend, bevor sie durch die Hecke schlüpfte, die die Nachbargrundstücke trennte.

Die zweite Nacht in ihrem alten Kinderzimmer verbrachte Louisa nicht anders als die letzte. Getrieben von Sorgen um ihren Vater war sie immer wieder aufgewacht. Wie gerädert stand sie um sechs Uhr auf und schlich barfuß in die Küche, um sich einen Kaffee zuzubereiten.

Sie schaltete den Fernseher an, um das Gefühl von Gesellschaft zu haben. Es war mehr Hintergrundkulisse, als dass sie aktiv hinsah. Sie hörte nur mit einem Ohr zu, während sie ihren Kaffee trank. Ein Tornado hatte mal wieder in den USA gewütet. Seit Monaten glichen sich die Nachrichten. Erdbeben,

Überschwemmungen und extreme Dürre – der Klimawandel zeigte Wirkung.

Sie dachte an ihren Vater. An seine eigene kleine und engstirnige Welt, die sich um seine eigenen Befindlichkeiten drehte. In der die Probleme der übrigen Menschheit keinen Platz hatten und die nur von dem Wunsch nach einem deutschen Pfleger bestimmt war.

Louisa schüttelte den Kopf und versuchte, die Bilder, die über den Bildschirm flimmerten, aus ihrem Kopf zu vertreiben. Die Präsidenten der führenden Nationen würden hoffentlich wissen, was zu tun war.

Alles wurde gut.

Jede andere Überlegung verbot sie sich.

Kapitel 4

Frankreich, 22. Juni 1940

»Es ist vorbei! Der Krieg ist vorbei!«, rief Jean Dumont, als er aus seiner Bäckerei auf die Straße stürmte.

Um ein Haar hätte er Madame Pirotte umgerannt, als er mit den Armen wedelnd auf die Straße lief. Der ganze Mann wackelte, was bei seiner Größe keine Kunst war. Mit einem Meter sechzig war er einen halben Kopf kleiner als Madame Pirotte, aber beinahe doppelt so breit. »Das ist unser Glückstag«, sagte er, als er freudestrahlend vor ihr stand. Bevor sie wusste, wie ihr geschah, hob er seine Hände, nahm ihren Kopf und zog ihn zu sich heran. Seine Küsse waren nicht nur eine kurze Berührung, sondern schmatzten feucht auf ihren Wangen. Erst rechts, dann links. »Ist das nicht einfach wunderbar?«, fragte er.

Madame Pirotte verzog ihr Gesicht, fluchte und drückte ihn ein Stück von sich fort. »Nein«, entgegnete sie, während sie sich mit ihrem Ärmel über die Wangen wischte. »Sie benehmen sich kindisch, Monsieur Dumont. Freuen Sie sich nicht zu früh. Die Waffen ruhen, aber der Krieg ist nicht vorbei. Es kann keinen Frieden zwischen unseren Ländern geben. Niemals. Denken Sie an den Deutsch-Französischen Krieg im letzten Jahrhundert, den wir verloren haben. Damit begann die Feindschaft, der letzte Krieg hat sie verschärft, weil ihn die Deutschen verloren haben. Und nun ihre Besetzung unseres Landes. Zudem bedeutet ein Waffenstillstand nicht automatisch Frieden. Aber wir haben verloren und wir sind verloren. Sie haben uns gedemütigt. Warum wohl musste der Vertrag in Compiègne im gleichen Waggon wie damals unterschrieben werden? Das zeigt doch, wie böse und nachtragend sie sind. Jetzt werden sie uns alles nehmen, diese Boches.« Sie legte so viel Verachtung in ihre Stimme, wie sie konnte. Es bedurfte keiner großen Anstrengung. »Seit vier Wochen ist unser Dorf von ihnen besetzt. Jetzt sogar ganz offiziell und legitim. Schauen Sie sich an, was sie alles in Amiens zerstört haben. Es sind Barbaren. Das sollten Sie doch wissen.«

Auch die Familie des Bäckers hatte den Vater und einen Sohn im ersten Krieg verloren.

»Madame Pirotte, seien Sie doch nicht so pessimistisch.« Er ließ sich nicht von ihrer Düsternis anstecken und drehte sich zum nächsten Mann um, den er genauso euphorisch in den Arm nahm und ihn mit Luftküssen beglückte. Arthur, ein Veteran, verkrüppelt an Körper und Seele. Madame Pirotte kannte ihn gut. Früher waren sie befreundet gewesen, aber nach dem Krieg war er wie verwandelt. Er wäre lieber gestorben, als so weiterzuleben, hatte er ihr irgendwann anvertraut. Er kam nicht mehr zurecht, verbrachte seine Tage am Tresen mit Wein und Schnaps.

Mittlerweile war die schmale Gasse, in der sich die Bäckerei Dumont seit Jahrzehnten befand, voller Menschen, und Jean bewegte sich wie ein lachender und sprechender Gummiball hin und her. So schnell und schwungvoll, wie sie es ihm aufgrund seiner Körperfülle nicht zugetraut hätte. Auf die meisten wirkte seine Freude ansteckend, nur Madame Pirotte stand wie ein Symbol dunkler Vorahnungen stocksteif und ernst mittendrin.

»Wir werden sehen, Madame«, rief er ihr zu, als er auf die gegenüberliegende Straßenseite lief, um ein Kind zu umarmen. Madame Pirotte beobachtete die Menschen, die aus ihren Häusern kamen. Viele waren wie Jean voller Dankbarkeit, dass der Krieg vorbei war. Die Sonne kämpfte sich gerade durch eine dunkle Wolkenformation und tauchte alles in helles Licht.

»Auch der Himmel freut sich«, frohlockte der Bäcker und sah Madame Pirotte triumphierend an, als er wieder zurücklief.

»Machen Sie die Augen auf, Monsieur«, mahnte sie. »Dann sehen Sie nur noch Frauen, Kinder und Alte wie mich. Kaputte Häuser. Die jungen Männer sind in Gefangenschaft. Oder tot.«

»Aber jetzt können wir aufatmen, uns sammeln, neu ausrichten. Wir sind Franzosen.«

Sie atmete tief durch. »Bekomme ich noch ein Baguette?« Die Diskussion führte zu nichts. Sollten sie sich alle an dem Kriegsende freuen, sie sah es anders.

»Selbstverständlich, Madame. Aber Sie sind bekannt dafür, alles schwarzzumalen. Vielleicht zu sehr.«

Sie schnaufte statt einer Antwort und legte das Brot in ihren Korb. »Au revoir.«

Mittlerweile war nicht nur die kleine Gasse voller Menschen, auch auf dem Marktplatz standen die Nachbarn zusammen und berieten sich. In einigen Gesichtern las sie nun Angst und Unsicherheit. Zum Glück gab es noch vernünftige Menschen, dachte Madame Pirotte. Der Bäcker war von jeher ein Tölpel gewesen. Er hatte keine Ahnung, zu was die Boches fähig waren.

Ohne stehen zu bleiben, ging sie nach Hause. Die Nachbarn, die sie ansprachen, ignorierte sie. Sie wollte mit niemandem reden. Spekulieren, wie es nun werden würde, lag ihr nicht. Sie wusste, dass es nicht gut werden konnte. Und nichts konnte sie von dieser Meinung abbringen. Mittlerweile hatte sich auch die Sonne wieder hinter den Wolken versteckt.

Ihr Haus stand neben dem des Bürgermeisters Pierre Renoir, dem sie immer noch zur Hand ging. Direkt nach dem Tod seiner Frau hatte sie sich um den Haushalt und die Tochter Carole gekümmert. Renoir war sechzehn Jahre älter als seine Ehefrau gewesen und allein völlig überfordert mit dem Mädchen.

Mittlerweile war Madame Pirottes Hilfe nicht mehr nötig, dennoch fühlte sie sich Carole weiterhin verbunden. Auch wenn sie das niemals zugeben würde. Sie trug ihr Herz nicht auf der Zunge und war geizig mit körperlichen Zuneigungen. Mit Umarmungen und Begrüßungsküssen tat sie sich schwer. Ein kurzes Lächeln erschien auf ihrem Gesicht, als sie Carole entdeckte. Sie stand im Hauseingang, allein, die Jacke schützend vor der Brust zusammenhaltend. »Madame Pirotte, haben Sie es schon gehört?«

»Alle sprechen von nichts anderem.«

»Haben Sie auch Angst?«

Carole war ein verschlossener Mensch, bereits als Kind war sie so gewesen. Auch jetzt mit ihren fast zwanzig Jahren sprach sie wenig, machte sich jedoch über alles und jeden Gedanken. Früher hatte sie diese ihrer Mutter anvertraut, nun manchmal Madame Pirotte.

»Warum Angst? Nein, dafür habe ich schon zu viel erlebt. Wo ist dein Schatten, der kleine Emile?«

»Sie müssten ihn gesehen haben. Wahrscheinlich ist er mittendrin. Sie kennen ihn ja, Madame.«

Sie lächelte bei der Vorstellung, dass der vorwitzige Emile sich alles aus der Nähe anschauen musste.

»Ganz so schlimm wird es schon nicht kommen. Geh ins Haus und ängstige dich nicht weiter.«

»Wird sich viel verändern?«

»Wir werden sehen.«

Sie kamen zwei Tage später um die Mittagszeit. Madame Pirotte stand hinter dem Vorhang am Fenster und spähte auf die Straße. Deutsche Soldaten. Zu Fuß, zu Pferd und in Autos, mit Musik und Gesang. Ein beeindruckender Aufmarsch, der nichts mit der Besetzung nach den schrecklichen Luftangriffen am 19. Mai gemein hatte. Damals waren sie in Amiens und die umliegenden Dörfer eingefallen, hatten sie mit Waffengewalt besetzt. Wie durch ein Wunder war Les Prés davon verschont geblieben. Aber nun kamen sie auch in ihr Dorf. Neue Soldaten, junge Männer in sauberen, perfekt sitzenden Uniformen, gut gebaut und die Attitüde des Siegers ausstrahlend. Sie ahnte, was in den Köpfen der Mädchen vorging, die schon lange ihre Ehemänner, Brüder und Väter vermissten, die sich in Kriegsgefangenschaft oder fremden Gräbern befanden. Madame Pirotte biss sich wütend auf die Lippen. Was für eine alberne Armee waren die französischen Soldaten gewesen, die sich unbesiegbar geglaubt hatten.

Und jetzt besetzten die Boches ihr Land. Arrogant und überheblich marschierten sie ein, nahmen, was sie glaubten zu besitzen. Nicht mit ihr, dachte sie. Niemals.

Am Straßenrand sah sie alle ausharren. Den Bäcker Jean, den Apotheker und die anderen Männer, die zu alt waren, um ihr Land zu verteidigen. Junge Mädchen, die aufgeregt hinter vorgehaltener Hand flüsterten und kicherten, dabei den Kopf senkten, wenn sich zufällig ihre Blicke mit denen des Feindes kreuzten. Einige Frauen standen ebenfalls da, etwas zurückgesetzt an den Hauswänden. Sie verzogen keine Miene, standen nur da und passten auf ihre Töchter und Nichten auf.

Madame Pirotte machte den Mädchen keine Vorwürfe. Sie waren zu jung, um den anderen Krieg noch vor Augen zu haben. Sie waren unbedarft, wollten leben und genießen. Das Vorrecht der Jugend. Die Mütter und Großmütter blieben in ihren Häusern, betrachteten das Geschehen aus dem Fenster, versteckt hinter den Vorhängen. So wie Madame Pirotte, die von ihrem Salon aus alles im Blick hatte. Das war ihre Bestimmung, ihre Lebensaufgabe. Die Dinge um sie herum zu beobachten, zuzusehen, was andere taten. Wachsam zu sein.

Madame Pirotte lebte allein, die Liebe ihres Lebens war tot, ohne zu wissen, dass es sie, Lucille, gegeben hatte. Aus der Ferne hatte sie ihn angehimmelt, sich in vielen Nächten ins Glück geträumt. Sich vorgestellt, wie es wäre, mit ihm zu leben, mit ihm Kinder zu haben. Der einzige Mann, mit dem sie sich das in den immerhin zweiundsechzig Lebensjahren hatte vorstellen können. Er war in den Krieg gezogen, ohne von ihrer Liebe zu wissen. Es gab keine andere, das hätte sie erfahren. Sie hatte lange gewartet und gehofft, dass er den Krieg heil überstehen und zurückkommen würde. Es war ihr Mantra: Käme er lebend zurück, würde alles gut. Er würde sich in sie verlieben. Sie lebte in Tagträumen, plante die Hochzeit, das Eheleben. Sie überlegte Gerichte, die sie für ihn kochen, Kuchen, die sie für ihn backen würde. Er war ein Süßer, und das gefiel ihr. Sie backte besser, als dass sie kochen konnte.

Und dann kam der Tag, der alles veränderte. Sie kaufte Butter und Milch, amüsierte sich über den Klatsch der Hausfrauen um sich herum, ohne sich zu beteiligen. Zwei Frauen, die den Laden betraten. Und dann hörte sie den Namen, der sie elektrisierte. Jean-Philippe Larroque. »Er war so ein hübscher Mann. Und immer so zuvorkommend.«

Warum *war*, fragte sie sich. Sie haben sich versprochen, vertan, versuchte sie, sich zu beruhigen, während dunkle Vorahnungen von ihr Besitz ergriffen. Ihre Hand begann zu zittern.

»Die arme Mutter. Ihr einziger Sohn. Nun ist sie allein. Zum Glück ist das Wetter wieder besser. Wir sollten …«

Den Rest bekam Madame Pirotte nicht mehr mit. Es rauschte in ihrem Kopf, in ihren Ohren. Um sie herum wurde es dunkel. Kurz darauf fand sie sich auf dem Boden des Geschäftes wieder, in einer Milchlache, die ihren Mantel ruinierte.

Mit der Nachricht von seinem Tod war nichts mehr wie zuvor.

In der Kirche saß sie in der Bank, beobachtete die trauernden Mütter und Väter, die ihre Söhne verloren hatten, die Witwen, die ihren Mann, die Söhne und Töchter, die den Vater nie wiedersehen würden. Sie sah, wie die Nachbarn und die anderen Dorfbewohner Trost spendeten. Niemand tröstete sie, niemand wusste von ihrem Verlust. Von außen hatte ihr niemand angemerkt, dass sie sich seit diesem Ereignis komplett verändert hatte. Sie agierte wie immer, stand auf, brachte die Wohnung in Ordnung, kümmerte sich um ihre Mutter, die damals noch lebte. Kochen und backen, putzen und waschen. Automatisierte Handlungen, jeden Tag aufs Neue.

Nur ihr Herz war teilweise stillgelegt, aller anderen Aufgaben – außer gleichmäßig zu schlagen – enthoben. Es schlug nicht schneller vor Aufregung, es machte keinen Sprung mehr vor Freude. Gefühle waren gestorben, träumen konnte sie schon lange nicht mehr.

Sie lebte seit ihrer Geburt in diesem Ort, in diesem Haus. Jeder kannte sie. Madame Pirotte, die Alte, die selten lachte, die anpackte, wenn es nötig war, half, wenn man sie darum bat. Von sich aus ging sie nicht auf die Menschen zu. Aber wer sich traute, an ihre Tür zu klopfen, und nach einem Glas Wasser oder einem Stück Brot fragte, bekam es. Unwirsch, kurz angebunden ließ sie den Bittsteller vor der Tür stehen, bat niemals in ihre Stube hinein, sprach kein Wort mehr als nötig.

Die komische Alte, so wurde sie genannt, das wusste sie. Die meisten Kinder hatten Angst vor ihr. Nur Carole nicht.

Bei ihr war sie etwas weicher. Vielleicht weil sie die Trauer um den Tod ihrer Mutter so gut nachvollziehen konnte. Und dann der kleine Emile. Auch er hatte in ihr etwas verändert. Er war ein Kind nach ihrem Geschmack. Mutig und fröhlich. Es war schwierig, in seiner Nähe schlechte Laune zu behalten. Es wunderte sie nicht, als sie ihn nun auf der Straße entdeckte. Wie er mit einem Fuß zur Musik wippend den Zug der Deutschen mit großen Augen betrachtete. Madame Pirotte ging einen Schritt näher ans Fenster, um zu sehen, wer mit ihm da war. Niemand. Seine Mutter war wahrscheinlich zu Hause und nähte. Auch Carole entdeckte sie nirgendwo. Und ihr Vater stand wahrscheinlich am Rathaus, um den deutschen Kommandeur in seiner Funktion als Bürgermeister zu begrüßen und ihn willkommen zu heißen. Auf seine demütige Art, die ihr so widerwärtig war.

Sie waren die Verlierer, das wurde erwartet.

Sie registrierte, wie die Nachbarn von gegenüber die Vorhänge zuzogen, ihr dabei einen bösen Blick schenkten. Augenblicklich wich sie zurück. Auch sie empfand Hass und verachtete nichts mehr als die Boches, die das Land als das ihre betrachteten und sich nehmen würden, was sie wollten. Das würden auch die merken, die glaubten, sie könnten die Bestimmungen diktieren. Den ausgehandelten Waffenstillstand von Maréchal Pétain sah sie mit kritischen Augen. Und sie dachte an die Rede de Gaulles, der aus England zu seinen Franzosen gesprochen und zum Weiterkämpfen und Widerstand aufgerufen hatte. Das war ein Anführer! Einer, der nicht klein beigab, der sich nicht ergab. Seine Worte hallten nach wie vor in ihren Ohren. »Was auch immer passiert, die Flamme des französischen Widerstands darf nicht erlöschen, und sie wird nicht erlöschen.«

Sie war sich sicher, sie würde nicht aufgeben. Alles, was ihr möglich war, würde sie tun.

Der Krieg war aus, es herrschte Krieg. Wenn auch mit anderen Mitteln.

Sie fror und zog das Schultertuch fester um sich. Es war kühl in ihren Räumen, der Ofen war aus, die Sonne hatte noch nicht genug Kraft, um zu wärmen. Im Hochsommer würde es anders sein. Das zumindest war gewiss, während alles andere im Nebel lag.

Kapitel 5

Düsseldorf, Januar 2023

Louisa wollte sich ungern eingestehen, dass sie nervös war, aber schon eine Stunde vor dem Termin begann sie, in ihrem Elternhaus auf und ab zu laufen. Ihr Vater hatte zugestimmt, diesem Jonas eine Chance zu geben.

Als es klingelte, blieb Vater an seinem Lieblingsplatz sitzen. Er trug zum Glück nicht die gelbe Strickjacke, wie Louisa dankbar bemerkte. Ein gutes Zeichen. Sie machte den Fernseher aus. Die Debatten um die Verteidigungsministerin interessierten sie nicht. Sie musste ihre eigenen Probleme anpacken, schienen sie auch noch so bedeutungslos.

»Guten Tag, Herr …«, begrüßte sie den jungen Mann, und ihr wurde bewusst, dass sie nur den Vornamen des Studenten kannte.

Er lächelte. »Butkus ist mein Name. Jonas Butkus. Sie sind Frau Ziegler?«

Louisa nickte und war angenehm überrascht über seine Erscheinung. Jonas überragte sie fast um zwei Köpfe, sie schätzte ihn auf knapp zwei Meter Länge. Er war muskulös, seine Gesichtszüge waren jedoch weich und freundlich.

Sie mochte seine Stimme, die einen tiefen und warmen Klang besaß. Darauf achtete Louisa von Berufs wegen. Die meisten Menschen unterschätzten die Macht der Stimme und was sie beim Gegenüber auslösen konnte. Sympathie oder Antipathie in Sekunden, ohne dass man festmachen konnte, woran es lag. Die Stimme transportierte schneller als jede Mimik oder Körperhaltung Emotionen, die tief in einem vergraben waren. Und es brauchte eine gute Ausbildung, um die Stimme zu trainieren, damit sie nicht jede Emotion verräterisch nach außen trug.

»Hereinspaziert.« Mit einladender Armbewegung und einem aufgesetzten Lächeln bat sie ihn in die Diele. »Renate hat Sie angekündigt.«

»Danke.« Er schaute einen Moment verwirrt, dann lächelte auch er. »Ach ja, die Mutter von Sabrina, Frau Harnischmacher. Kommt sie auch?«

»Nein, das ist nicht geplant. Renate meinte, sie könne sich ja nicht um alles kümmern. Das müssten wir allein hinkriegen.« Sie lachte nervös auf.

Wieso sagte sie das? Das ging den Mann nichts an, er war ein Fremder.

»Das passt zu ihr.« Er kniff das linke Auge zu. Absicht oder hatte er nur etwas im Auge? Louisa konnte es nicht einschätzen.

»Sie haben ein schönes Haus«, sagte er und musterte die Bilder an den Wänden. »Sie lieben Kunst?«

»Es ist das Haus meiner Eltern. Meine Mutter mochte die Farben van Goghs.« Louisa verschwieg, dass die Gemälde keine Kunstdrucke, sondern zurechtgeschnittene Kalenderblätter waren, die in billigen Bilderrahmen zu neuer Bestimmung erwacht waren. Für Louisa etwas, das überhaupt nicht zum Stil ihrer Mutter passen wollte. Aber Mutter hatte ihre Einwände mit einem Lächeln weggewischt und weiterhin Kalenderblätter gesammelt und gerahmt.

»Soll ich die Schuhe ausziehen?« Sein Blick wanderte zu der hellen Auslegware, die mit Teppichen und Läufern bedeckt war.

»Nein, das brauchen Sie nicht. Es ist ein altes Haus und die Einrichtung ist viele Jahre alt. Mein Vater mag keine Veränderungen, wissen Sie ...«

»Die meisten Menschen möchten, dass alles bleibt, wie es ist. Ihr Vater ist nicht mobil?«

»Doch, doch«, erwiderte Louisa eilig. »Er zog es jedoch vor, in seinem Sessel am Fenster zu bleiben. Ich weiß nicht, ob Frau Harnischmacher Ihnen ...«

»Ihre Nachbarin hat mir gesagt, dass Ihr Vater gerne allein ist und nicht viel Wert auf Gesellschaft legt. Doch aufgrund seiner Beeinträchtigung braucht er Hilfe.«

Louisa holte tief Luft und lächelte ihn an. »So ungefähr. Kommen Sie, lernen Sie ihn kennen.«

Sie ging voraus und blieb an der Wohnzimmertür stehen. »Vater, der Besuch ist da.«

Zumindest drehte ihr Vater den Kopf und schaute nicht mehr in den Garten, sondern den Fremden an.

»Guten Tag, Herr Ziegler.« Jonas Butkus stellte sich neben den grünen Samtsessel und schaute ebenfalls hinaus. Louisa beobachtete irritiert, dass er ihrem Vater nicht die Hand reichte. Es wirkte nicht wie ein Versehen, sondern schien Absicht. Ihr Vater entspannte sich, wie sie erstaunt bemerkte. Schon jetzt hatte sie ein gutes Gefühl mit dem Neuen. Vielleicht würde endlich alles gut werden.

»Eine schöne Aussicht haben Sie hier. Ich bin Jonas«, stellte er sich vor. »Jonas Butkus. Sie wissen Bescheid, was meine Aufgabe ist?«

Ihr Vater reagierte befremdet. »Wie, Buschkutsch? Das ist kein deutscher Name. Aber Sie sind doch ... Ach, egal. Wenigstens können Sie sich ordentlich ausdrücken.«

Louisas Herzschlag setzte für einen Moment aus. Ihr gutes Gefühl verschwand.

»Ich höre auch auf Jonas.« Er blieb gelassen, schaute in den Garten. »Ist das immer dasselbe Rotkehlchen, das an das Futterhäuschen kommt?«

Vaters Gesicht erhellte sich. »Ja, das ist es. Fast immer um die gleiche Zeit.«

Irritiert sah Louisa, wie sie gemeinsam nach draußen blickten. Die Unhöflichkeiten ihres Vaters schienen an Jonas abzuperlen. »Es ist ein schöner Platz, den Sie hier haben«, sagte er gerade.

»Der beste im Haus.«

Louisa räusperte sich, bevor sie fragte, ob jemand Kaffee oder Tee trinken wollte.

»Schwarz, ohne Zucker«, erwiderte Jonas. »Und wie trinken Sie Ihren Kaffee, Herr Ziegler?«

Es kostete Louisas Vater sichtlich Überwindung, ihm gegenüber zuzugeben, dass er ihn genauso bevorzugte.

»Wie passend.«

Louisa ging in die Küche. Auf einem Tablett standen bereits Kekse und Gummibärchen, die sie in ihrer nervösen Unruhe vorbereitet hatte.

Es könnte schlechter laufen, machte sie sich Mut. Jonas machte einen guten Eindruck und ihr Vater schien ihn zu akzeptieren, dachte sie, während sie zwei Tassen unter den Auslauf des Kaffeeautomaten stellte.

Doch noch traute sie dem Ganzen nicht. So langsam musste sie das Thema auf die Betreuung bringen.

Als sie zurück ins Wohnzimmer kam, hatte ihr Vater erstaunlicherweise seinen Platz am Fenster aufgegeben und sich an den Esstisch gesetzt. Er diskutierte mit Jonas über Fußball. Vehement vertrat er seine Meinung, dass Düsseldorf niemals seinen Trainer Norbert Meier hätte aufgeben dürfen. Und er erzählte lebhaft, dass er seit seiner Jugend Fortuna-Fan sei und wie schön es gewesen wäre, als noch nicht das große Geld gelockt habe. Sprachlos lauschte Louisa der Unterhaltung. Seit Mutters Tod hatte Louisas Vater mit niemandem mehr so viele Worte gewechselt. Auch nicht mit ihr, und sie spürte einen Stich in der Magengegend.

Während sie überlegte, wie sie sich in das Gespräch einbringen konnte, wechselte ihr Vater das Thema.

»Kommen wir zum Punkt. Sie sind fertiger Arzt?«

Jonas nickte. »Ich habe in Ungarn Medizin studiert, weil ich hier keinen Studienplatz gefunden habe.«

»Schlechtes Abitur und der Numerus clausus, ich verstehe. Sie sprechen Ungarisch? Wo haben Sie in Ungarn gewohnt?«

»Ich habe Verwandtschaft dort. Meine Tante lebt in Budapest. Und ja, ich spreche die Sprache. Doch in Ungarn ist der Studiengang auf Deutsch und wird hier problemlos anerkannt.«

»Wo ist dann Ihr Problem?«

Jonas lächelte. »Eine komplizierte Sache. Irgendwie scheint doch etwas bei einer Prüfung nicht korrekt gewesen zu sein. Ich muss abwarten, dann erfolgt hoffentlich die Approbation. Nun bin ich hier in Deutschland und brauche einen Job und eine Unterkunft, bis ich die Facharztausbildung beginnen kann.«

Louisa sah, wie ihr Vater die Augen zusammenkniff. »Was schwebt Ihnen vor?«

»Innere Medizin.«

Vater nickte. »Ihr Vorteil ist, dass Sie keine dieser bescheuerten Pflegerinnen sind. Von denen kommt mir keine mehr ins Haus.« Bei dem letzten Satz schenkte er Louisa einen bösen Blick. »Aber ich benötige ein wenig Unterstützung. Ich bin nicht senil, nur körperlich etwas angeschlagen. Meine Hand ist nach dem Schlaganfall gelähmt geblieben, der Arm funktioniert noch nicht ganz. Sonst bin ich rüstig. Meine Tochter scheint das anders zu sehen.«

Peinlich berührt schaute Louisa zu Boden. »Vater, bitte. Darüber müssen wir nicht diskutieren«, murmelte sie.

Er beachtete sie nicht. »Diese Tussis, die meinen, sie müssten mich verhätscheln, kann ich nicht gebrauchen. Wenn Sie drauf achten, dass ich genug esse, wäre das gut. Manchmal vergesse ich das. Ich hoffe, Sie sind kein Vegetarier oder essen so anderen Quatsch, den ich nicht aussprechen kann. Quinoa – schon mal probiert? Wer braucht denn so etwas?« Er erwartete keine Antwort. Er empörte sich. »Ich brauche außerdem Tabletten gegen Bluthochdruck. Sie achten mit darauf, dass ich sie nehme. Putzen müssen Sie nicht, unsere Perle macht mir schon den Haushalt, seit ich Witwer bin. Meine Tochter hat keine Zeit. Sie spricht, wissen Sie.« Mehr musste er nicht sagen, sein verächtliches Grinsen unterstrich, was er von Louisas Beruf hielt. »Sie zeigt Ihnen gleich Ihr Zimmer. Sie haben sogar ein eigenes Bad direkt daneben. Mit Dusche. Auch den Rest regeln Sie mit ihr. Mit dem Finanziellen und dem Verwaltungskram will ich nichts zu tun haben. Das kann sie halbwegs gut. Vorausgesetzt, Sie mögen und können sich vorstellen, hier zu wohnen. Es wäre eine Zweckgemeinschaft.«

Louisa hatte ihren Vater schon lange nicht mehr so viel reden gehört. Er wirkte erschöpft. Ohne ein weiteres Wort, nur mit einem Kopfnicken in Jonas' Richtung, schlurfte er zu seinem Sessel und nahm dort Platz. Er schaute wieder in den Garten und wirkte so abwesend wie immer.

Wie sollte man diesen Mann verstehen, dachte Louisa. Sie wandte sich an Jonas. »Was meinen Sie, Herr Butkus? Es wäre tatsächlich eine Win-win-Situation für beide Seiten«, sagte Louisa. »Sie haben freie Kost und Logis, das Haus ist groß genug. Mittwochs kommt die Physiotherapeutin – wegen der Hand. Freitags zwischen neun und elf die Reinigungsfrau. Und

Renate wohnt nebenan. Könnten Sie sich vorstellen, es mit meinem Vater auszuhalten?«

»Wir haben noch nicht über Geld geredet.«

Louisa zuckte erschrocken zusammen. »Selbstverständlich erhalten Sie für die Betreuung Geld. Die Pflegestufe ist beantragt, ich warte …«

»Ich bin Mediziner, kein Pfleger, Frau Ziegler. Und tatsächlich gefällt mir die Art Ihres Vaters. Ich mag ihn, weil er mich an einen verstorbenen Onkel erinnert. Den Mann meiner Lieblingstante. Aber natürlich müssen wir das Zusammenwohnen ausprobieren. Für mich muss das noch nicht offiziell sein, Frau Ziegler. Aber nur für Unterkunft und Essen kann ich nicht hier die ganze Zeit auf Ihren Vater achtgeben. Sind sechshundert Euro für Sie akzeptabel?«

Louisa spürte, wie sie vor Anspannung die Luft angehalten hatte, und atmete nun erleichtert aus. »Ja, das passt wunderbar.« Sie reichte ihm die Hand. »Abgemacht.«

Sein Händedruck fühlte sich kraftvoll und resolut an.

Sie war sicher, er konnte es mit ihrem Vater aufnehmen.

»Kommen Sie, ich zeige Ihnen alles. Und wenn Sie wollen, können Sie heute schon bleiben.«

Louisa war endlich zu Hause und ließ sich erschöpft auf ihr Sofa sinken. Der Stoffbezug in strahlendem Blau lud zum Kuscheln und Entspannen ein. Ihr Blick fiel auf den großen Plastiksack, den sie mit dem drängenden Gefühl, ihr Leben aufräumen zu müssen, mit ausrangierter Kleidung vollgestopft hatte. Nun war ihr Kleiderschrank wieder übersichtlich, befreit von Hosen und Kleidern, die schon lange nicht mehr passten oder die sie einfach nicht mehr mochte. Seit sie im Fernsehen eine Filmszene gesehen hatte, in der ein Fremder Kleidung zusammengestellt hatte, weil die Protagonistin im Krankenhaus lag, bereitete ihr diese Vorstellung Albträume.

Nicht auszudenken, sie müsste Hosen, die zu eng waren, und Blusen, deren Knöpfe spannten, tragen. Solche Kleidungsstücke bewahrte sie seit Jahren auf, in der Erwartung, irgendwann wieder hineinzupassen. Die Hoffnung hatte sie nun begraben.

Sie hatte all die zu klein und zu eng gewordenen Pullover, Kleider und natürlich all die Fehlkäufe aussortiert und würde sie im Fair-Kaufhaus abgeben, sobald sie Zeit übrig hatte. Im Vertrauen darauf, anderen Menschen eine Freude zu bereiten. Diese Vorstellung half ihr, da sie sich trotz der Probleme in der Welt um ihren Vater zu kümmern hatte.

Nun ruhten all ihre Hoffnungen auf Jonas.

Sie schaltete Musik an und machte es sich mit der grauen Strickdecke gemütlich. Dabei schaute sie auf ihr »Wasserstück«. So nannte die Düsseldorfer Malerin Kathie Wewer ihre Werke, die an den schönsten Stränden Griechenlands entstanden waren. Nur dieses eine Bild schmückte die in sanftem Blau gestrichene Wand. Wasser, Sand, Steine und Felsen, dazu Sonnenfäden. Glänzende Fäden, die die Sonne auf dem Grund des Wassers reflektierten.

Wenn Louisa das Bild betrachtete – und sie konnte es Ewigkeiten anschauen –, vergaß sie Ärger und Stress um sich herum. Sie befand sich dann am Meer, genoss die Sonne auf ihrer Haut und den Wind, der sie sanft streichelte. Dazu passten der griechische Salat und das Gyros, die sie sich online bestellt hatte, sowie das Glas Weißwein daneben.

Begleitet von Gregory Porters Stimme schloss sie die Augen und träumte sich an diesen Ort. Weit weg von Alltagssorgen, Belastungen und Hilflosigkeit, weit weg von ihrem Vater, der Verantwortung und ihrem nicht vorhandenen Liebesleben.

Das Geräusch der Fernbedienung, die auf das Parkett fiel, riss sie aus ihren Träumen. Sie war eingeschlafen, ein sicheres Zeichen, wie erschöpft sie war. Verwirrt blickte sie auf ihre Armbanduhr. Erst neun. In früheren Zeiten wäre sie jetzt ausgegangen, hätte sich mit Bekannten oder Kollegen auf ein Glas Wein oder einen Aperol Spritz getroffen und so den Tag ausklingen lassen. Zu ihren Freundinnen Anne und Evi, ihren eigentlich besten Freundinnen, hatte sie schon lange keinen Kontakt mehr. Früher hatten sie oft zu dritt etwas unternommen. Als die beiden noch Junggesellinnen gewesen waren. Bei einer von Louisas ersten Hörspielproduktionen hatten sie sich im Studio kennengelernt und sich auf Anhieb verstanden. Gemeinsam hatten sie Ausstellungen und Konzerte besucht, unvergessen war der Abend mit Jamie Cullum in der Philipshalle, wie die Mitsubishi Electric HALLE damals noch geheißen hatte. Und erst die gemeinsame Woche auf Mallorca!

Louisa seufzte. Kurz darauf hatte erst Evi und dann Anne den Mann fürs Leben gefunden, geheiratet und Kinder bekommen. Evi einen Jungen, Anne zwei Mädchen – Zwillinge. Die Freundinnen sahen sich seltener, und bei den wenigen Telefonaten, die sie noch führten, stellte Louisa fest, dass sie bei den Gesprächsthemen der beiden nicht mitreden konnte. Der Kontakt beschränkte sich mittlerweile auf gelegentliche Nachrichten im Gruppenchat, Geburtstags-, Weihnachts- und Neujahrsgrüße.

Louisa war neununddreißig Jahre alt, doch fühlte und verhielt sie sich wie eine alte Frau. Dabei war sie weder krank, noch hatte sie körperlich hart gearbeitet.

Die letzten Wochen, eigentlich die letzten Monate, waren anstrengend gewesen. Mutters Tod, die damit zusammenhängende Bürokratie, hier eine Urkunde, dort eine Bestätigung, hatten ihr eine Menge Kraft abverlangt. Die vielen Termine, die Rennerei zu den richtigen Behörden, Entscheidungen, die sie hatte allein treffen müssen, weil ihr Vater nichts damit zu tun hatte haben wollen, hatten ihr viel Energie geraubt. Die ständige Sorge um ihn und die Ungewissheit, wie es weitergehen konnte, waren nicht spurlos an ihr vorübergezogen.

All das hatte dazu geführt, dass sie ihre Bekannten und Freunde vernachlässigt hatte. Die Anrufe und Einladungen waren weniger geworden, nachdem sie alle Verabredungen abgesagt hatte, meist kurzfristig. Auch das After-Work-Treffen mit den Leuten aus dem Tonstudio hatte sie stets ausgeschlagen. Von Rodolfo hatte sie seit Tagen nichts gehört. Rodolfo – sie lächelte bei dem Gedanken an ihn. Mit ihm verband sie seit dem Kennenlernen vor ein paar Monaten in der Altstadtkneipe »Uerige« eine lockere Beziehung, die, wenn sie sich trafen, dazu führte, dass sie meist in ihrem Bett landeten. Dafür reichte ihr Elan gerade noch neben der Arbeit und dem Lösen der Probleme rund um ihren Vater. Es war nichts Ernstes, ging jedoch über einen One-Night-Stand hinaus. Zumindest in ihren Augen. Doch seit Wochen herrschte Funkstille, wie sie nun irritiert feststellte. Das Einsprechen der letzten beiden Hörbücher hatte ihr viel Konzentration abverlangt und sie war abends zu erschöpft für Treffen jeglicher Art gewesen.

Noch nicht einmal eine WhatsApp oder Sprachnachricht hatte sie von ihm erhalten. Sie nahm ihr Smartphone in die Hand und las seine letzte Nachricht. Auf den Tag genau vor zwei Wochen hatte er sie gefragt, ob sie mit ihm ins Kino gehen würde. Erst in diesem Moment wurde ihr bewusst, dass die Frage der erste Schritt zu einer engeren Beziehung gewesen sein konnte. Ein wenig mehr als eine reine Kneipen- und Bettbekanntschaft. Und sie hatte abgelehnt, aber versprochen, sich zu melden, sobald es ruhiger in ihrem Leben werden würde. Dann hatte Maria gekündigt und die Hoffnung, endlich wieder Zeit für sich und Freundschaften zu haben, hatte sich damit zerschlagen. Doch nach dem Treffen mit Jonas empfand sie heute zum ersten Mal so etwas wie Entlastung. Kurzentschlossen schrieb sie ihm.

Heute einen neuen Betreuer für Vater gefunden. Ich glaube, es wird alles gut. OOXXOO, Lou

Lou, sein Spitzname für sie. Anfangs hatte sie ihn albern gefunden, mittlerweile hatte sie sich daran gewöhnt. Doch am liebsten mochte sie es, wenn er Louisa sagte. Mit seinem leicht italienischen Akzent klang ihr Name besonders aufregend und sexy.

Sie drückte auf »Senden« und wartete. Vielleicht hatte er Zeit und Lust vorbeizukommen. Vor allem Lust, dachte sie und lächelte bei dem Gedanken. Sex mit Rodolfo war aufregend und hatte ihr in den letzten Monaten die wenigen Momente beschert, in denen sie ihren Kopf tatsächlich hatte abschalten können.

Sie beobachtete das Display. Ein graues Häkchen. Zwei graue Häkchen. Bekommen hatte er sie. Warum las er sie nicht? Warum antwortete er nicht? Gebannt schaute sie aufs Display und kam sich dabei vor wie ein alberner Teenager. Es veränderte sich nichts. Natürlich hatte er anderes zu tun, als auf ihre Nachrichten zu warten. Das war schon vermessen von ihr zu glauben, dass er sofort reagierte, wenn sie ein Lebenszeichen von sich gab.

Dennoch schlummerte tief in ihr die Hoffnung, dass es genau so war.

Louisa stand auf und ging zum Kühlschrank. Ein Glas Wein verkürzte die Wartezeit. Wenn alles wieder in ruhigeren Bahnen lief, musste sie mal ihren Alkoholkonsum überdenken. Aber nicht heute, nicht jetzt.

Es kam keine Antwort. Wo immer Rodolfo war, er konnte oder wollte ihre Nachricht nicht lesen. Er hatte Besseres zu tun. Mit einer anderen? Der Gedanke beunruhigte sie zutiefst. Mehr, als sie sich eingestehen wollte. Gewiss, ihre Beziehung war locker, nichts Verbindliches. So hatten sie es beide genannt. Aber dennoch …

Mit wem konnte sie jetzt reden? Kurz überlegte sie, ob sie Anne oder Evi anrufen oder schreiben sollte. Doch den

Gedanken verwarf sie. Nach so langer Funkstille konnte sie unmöglich von ihrem Liebeskummer erzählen. Sie wussten noch nicht einmal von ihrer Affäre mit Rodolfo.

Ein letzter Blick aufs Display: keine Veränderung. Anstatt weiter unnütz herumzuliegen, beschloss sie, die Badewanne einzulassen. Mit Lavendelschaum zur Besänftigung der inneren Unruhe, wie die Verpackung versprach.

Sie verzichtete auf das viel zu grelle elektrische Licht und zündete stattdessen Teelichter an. Acht Stück brauchte sie für eine heimelige Wohlfühlatmosphäre. Die Anlage im Wohnzimmer stellte sie lauter und ließ die Türen auf, damit sie auch im Badezimmer ihre Lieblingsmusik hören konnte.

Sie ließ sich bis zum Kinn ins warme Wasser sinken, schloss die Augen und ihr Körper entspannte sich endlich. Sie verbot sich, an Rodolfo zu denken. Stattdessen beschloss sie, in Zukunft wieder mehr für sich zu tun. Sie sollte wieder anfangen zu joggen. Auf ihre Ernährung achten. Oder Urlaub machen! Vielleicht nach Griechenland reisen, an einem dieser traumhaften Inselstrände für zwei Wochen bleiben. Kraft tanken, sich erholen, die Natur genießen und sich nur um sich selbst kümmern. Oder eine Kreuzfahrt planen. Das schien als Single eine unkomplizierte Art des Urlaubs zu sein.

Sie hoffte, wenn ihr Vater und Jonas ein gutes Team werden würden, dass sie endlich Zeit für eine Reise hätte.

Kapitel 6

Frankreich, August 1940

Madame Pirotte schritt über den Marktplatz, den Blick geradeaus gerichtet. Nur ab und zu wagte sie, kurz nach rechts zu schauen. Einige deutsche Soldaten standen am Dorfbrunnen und erfrischten sich. Es war heiß, die Straßen staubten, der Wunsch nach Wasser war nachvollziehbar. Doch die Deutschen besaßen offensichtlich keine Scham. Sie stellten sich mit nacktem Oberkörper zur Schau, um sich zu waschen. Madame Pirotte hatte von der Reinlichkeit der Boches gehört, aber das ging eindeutig zu weit. Sie schaute nicht hin, genauso wie die anderen älteren Damen, die sich bemühten, keine Regung zu zeigen. Nur die eine oder andere Augenbraue wanderte nach oben, die Mundwinkel nach unten. Die jungen Frauen jedoch kicherten albern und blickten genauer hin. Muskulöse nackte Oberkörper attraktiver Männer bekamen sie selten zu sehen.

Seit fast vier Wochen hielten sich die Soldaten in ihrem Dorf auf und Madame Pirottes Meinung, wie man mit den Boches umzugehen hatte, war nicht so einfach umzusetzen. Ignorieren und schweigen war einfacher gesagt und geplant als getan. Die meisten Männer waren ausgesprochen freundlich.

Sie grüßten herzlich – meist in französischer Sprache –, boten Hilfe beim Tragen der Einkaufstaschen an und benahmen sich höflich sowie zuvorkommend. Dennoch traute Madame Pirotte ihnen nicht. Wölfe im Schafspelz, so nannte sie die Besatzer in Gedanken.

Die Natur zeigte sich von den Boches jedenfalls unbeeindruckt. Die Blumen erstrahlten trotz der Besatzung in voller Farbenpracht und die Apfelbäume hingen voll mit Früchten.

Zu Hause, wenn sich Madame Pirotte an das äußerste linke Eck ihres Fensters stellte, konnte sie einen Teil des Anwesens der des Comtes sehen. Adelig. Reich. Und feige. Die Familie war aus Angst um ihren Wohlstand und ihr Leben geflüchtet und hatte in ihrer Panik die meisten Möbelstücke im Haus gelassen. Ein wunderbarer Ort für die Soldaten, die sich dort einquartiert hatten.

Auch das örtliche Hotel, an dem sie nun vorbeigehen musste, war schnell mit den Soldaten gefüllt gewesen. Einige mussten sogar bei Privatleuten untergebracht werden. Sogar im Haus des Bürgermeisters logierte ein junger Soldat, wie Madame Pirotte unwillig zur Kenntnis nahm. Ein junges Mädchen, ein gut aussehender Soldat und ein weltfremder alter Mann. Sie hegte Zweifel, dass diese Konstellation gut ging. Auch wenn sich der Soldat vorbildlich benahm. Bis jetzt. Dieser Situation geschuldet verbrachte Madame Pirotte mehr Zeit als normalerweise im Haus der Renoirs. Einer musste ja achtgeben. Auf Carole konnte sie zählen, denn sie ignorierte den ungebetenen Gast und schwieg ebenfalls. Aber wer wusste denn schon, ob sich der Deutsche auf lange Sicht benehmen konnte?

Sie beschleunigte ihre Schritte. Seit die Boches überall waren, war ihr jeder Gang, den sie tun musste, unangenehm.

Die öffentliche Meinung der Bewohner über die Besatzer war durchwachsen. Einige Händler waren erfreut, denn sie konnten den Deutschen selbst den ältesten Ramsch als Souvenir zu überhöhten Preisen verkaufen. Ein schwacher Trost dafür, dass sie die Reichsmark neben dem Franc akzeptieren mussten und die Umrechnung nie zugunsten der Franzosen erfolgte.

Ansonsten nahmen sich die Besatzer, was sie brauchten und glaubten, es stände ihnen zu. Bronzestatuen transportierten sie ab, damit aus dem Metall Kanonen gefertigt werden konnten, Pferde wurden den Bauern entwendet – offiziell abgekauft, aber nur zu einem Drittel des regulären Preises.

Madame Pirotte machte sich keine Illusionen über die Zukunft. Frankreich wurde ausgenommen wie eine Weihnachtsgans. Die Höflichkeit der anwesenden Soldaten konnte sie nicht über die Grausamkeit der Sieger hinwegtäuschen. Von Vichy aus, dem freien Teil des Landes, trat Maréchal Pétain für eine moralische Erneuerung des Landes ein, die mit der Parole »Arbeit, Familie, Vaterland« das Prinzip der Französischen Revolution »Freiheit, Gleichheit, Brüderlichkeit« ablöste. Auch in Les Prés hatte man die alte Losung über dem Eingang des Rathauses entfernt, wo nun die neue übergroß prangte. Am liebsten hätte Madame Pirotte jedes Mal ausgespuckt, wenn sie daran vorbeiging, was ihr jedoch ihre gute Erziehung verbot.

Alle Waffen mussten abgegeben werden, doch natürlich hatte sie das Erbstück ihres Vaters, eine alte Pistole, gut versteckt hinter dem Haus vergraben. Wie alle Dorfbewohner mindestens eine Waffe in geheimen Verstecken verwahrten. Daneben lag das wertvolle Teeservice aus Silber.

Am Abend herrschte Ausgangssperre, es galt die Berliner Zeit, die Uhr wurde eine Stunde vorgestellt. Mit diesen Einschränkungen konnte man zurechtkommen. Jedoch wurde das Leben für die jüdischen Bewohner immer schlechter. Mit Verachtung begutachtete sie das Schild an der Gaststätte, dass dies ein arischer Betrieb sei und Juden keinen Zutritt hätten.

Zweisprachig natürlich.

Sie schüttelte den Kopf. Was passierte hier? Sie kannte die Bewohner des Dorfes ihr ganzes Leben lang, noch nie hatte es Einschränkungen für Juden gegeben. Und jetzt machten sie mit, in vorauseilendem Gehorsam, um den Deutschen keine Angriffsfläche zu bieten.

Endlich erreichte sie die Bäckerei. Doch sie war zu spät. Ein Schild an der Eingangstür verkündete, dass das Brot ausverkauft war. Dennoch betrat sie den Laden.

Jean Dumont stand hinter der Theke und bediente zwei Deutsche in Offiziersuniform. In der Auslage lagen nur noch zwei Baguettes, die sie verlangten. Es war eindeutig Ware vom vorigen Tag, wenn nicht sogar von vorgestern, keinesfalls frisch.

Sie zahlten einen Preis, von dem Madame Pirotte hoffte, dass sie ihn nie würde bezahlen müssen.

Die Offiziere verabschiedeten sich höflich, grüßten Madame Pirotte und sie neigte nur wenige Millimeter den Kopf, bevor sie die fast leeren Regale anvisierte.

Sie wandte sich Jean zu. »Bonjour, mein Lieber.« Sie konnte auch nett sein, wenn sie etwas wollte. Und sie brauchte Brot.

»Bonjour, Madame Pirotte. So freundlich heute? Wie geht es Ihnen?«

Sie wechselten ein paar Sätze über die Nachbarin des Pastors und ihre angebliche Affäre mit ihm, bevor Madame Pirotte zu ihrem eigentlichen Anliegen kam. »Ich lese an Ihrem Schaufenster, Brot ist ausverkauft? Wirklich?«

»Kein Brot mehr von heute, die beiden letzten Baguettes von gestern sind gerade verkauft worden.«

»Für einen überhöhten Preis, nicht wahr?«

»Alles wird teurer in diesen Zeiten.«

»Jean?«

Er sah sie ernst an. »Es ist wirklich nichts mehr da. Es wurde alles abgeholt für eine kleine Feier im Anwesen der des Comtes, wie man mir sagte.«

Sie glaubte, nicht richtig zu hören. Von wegen, mit den Deutschen würde alles besser.

»Ich gebe Ihnen ein halbes. Von mir. Zumindest ist es von heute.« Er zwinkerte ihr zu. »Verstecken Sie es gut im Korb, werden Sie damit erwischt, gerate ich in Teufels Küche.«

So weit war es nun gekommen. Sie ging nach Hause, den Kopf erhoben, stolz und abweisend. Niemand wagte es, sie anzuhalten.

Zu Hause angekommen, setzte sie den Kessel für das Teewasser auf.

Das einzige Mittel, das gegen die Kälte half, die sie trotz der sommerlichen Temperaturen in letzter Zeit immer häufiger überfiel. Sie kam von innen und ließ sie erzittern. Fehlende menschliche Wärme und Nähe. Sogar ihre Landsleute zögerten nicht, sich der Politik der Kollaboration anzuschließen, die Maréchal Pétain ausrief. Sie wusste, dass Franzosen ihre Nachbarn anzeigten, weil sie noch ein Gewehr im Haus versteckten oder Lebensmittel hamsterten und Schwarzhandel betrieben. Jeder war sich selbst der Nächste und Verrat bedeutete unter diesen Umständen auch Selbstschutz.

Sie seufzte tief und goss eine Kanne Tee auf, als der Wasserkessel pfiff. Sie ließ ihn nicht lange ziehen und schenkte den Tee in eine der zarten Porzellantassen mit dem feinen Rosenmuster ein. Das hatte Frankreich nicht verdient. Nicht ihr Frankreich. Einen winzigen Funken Hoffnung gab es jedoch. Er hieß Charles de Gaulle. Von England aus nutzte er das Radio und den Sender BBC, um zum Widerstand gegen die Deutschen aufzurufen. Mittlerweile war er vom Vichy-Regime in Abwesenheit zum Tode verurteilt worden.

Der englische Radiosender wiederholte fast täglich seine Rede über die Flamme des Widerstands, die nicht erlosch.

Und tatsächlich formierte sich Widerstand. Erst gestern waren Flugblätter gegen die Deutschen aufgetaucht.

Selbstredend, dass die Besatzer das mit aller Macht unterbinden wollten. Sie hatte gehört, dass man willkürlich Hausdurchsuchungen angeordnet und sogar Bürger verhaftet hatte. Genaues wusste sie noch nicht, aber sie machte sich keine Illusionen. Zivilen Ungehorsam würden die Machthaber nicht dulden.

Es klopfte an der Tür und sie erstarrte für einen Moment. Sie erwartete niemanden. Unangemeldeter Besuch war in diesen Zeiten selten willkommen. Schwerfällig und mit sehr langsamen Bewegungen ging sie zur Tür. »Madame Pirotte, ich bin es. Carole.«

Die Erleichterung brachte sie zum Lächeln, während sie die Tür öffnete, doch sie ließ es verschwinden, als Carole eintrat. Madame Pirotte behielt ihre Gefühle für sich. Dafür war sie bekannt, und das war gut so. Sie mochte das junge, schüchterne Mädchen sehr. Ein wenig sah sie sich selbst in dem Lockenkopf, der das Leben viel zu ernst nahm. Junge Leute sollten feiern und jeden Tag genießen. Doch Carole verbrachte die Tage mit Nachdenken. Meist über Ungerechtigkeiten. Und in letzter Zeit immer wieder über die Entscheidungen ihres Vaters, wie sie Madame Pirotte gelegentlich anvertraute. Sie verstand, dass er als Bürgermeister den deutschen Gesetzen und Befehlen Folge zu leisten hatte, doch er biederte sich an, hofierte den Kommandeur und hinterfragte nichts. Eifriger hätte kein deutscher Beamter sein können.

»Möchtest du etwas trinken? Einen Tee? Ich weiß, es ist eigentlich zu heiß dafür, aber mir war danach.«

»Gerne, Madame. Schön, dass Sie da sind.«

»Wo sollte ich schon sein«, murmelte sie und ging mit schlurfenden Schritten in ihre kleine Küche, holte eine weitere Tasse aus dem Schrank und goss aus der Porzellankanne Tee hinein. »Du siehst bedrückt aus, wenn ich das sagen darf.«

»Sie sind nicht mehr da«, sagte Carole nun mit zittriger Stimme.

»Wer ist nicht mehr da?«

»Die Rosenbaums.«

Madame Pirotte schob die Tasse zu ihr. »Setz dich und trink. Und dann erzählst du in aller Ruhe.«

Carole nahm auf einem der Holzstühle an Madame Pirottes kleinem runden Esstisch Platz und trank einen Schluck. Dabei schaute sie ruhelos durch den Raum.

»Was ist mit den Rosenbaums geschehen?«, fragte Madame Pirotte.

»Ich habe nie darüber nachgedacht, dass sie Juden sind. Zumindest nicht, bevor die Deutschen kamen. Sie?«

»Mich interessiert Religion nicht. Er war ein guter Arzt.«

»Ja, das stimmt. Er hat damals Maman behandelt, er hat alles getan, um ihr Leiden zu lindern. Heilen hätte sie niemand mehr können. Aber Vater sieht es auf einmal ganz anders. Er behauptet, dass …«

Madame Pirotte ahnte, was Carole auf der Seele brannte. Sie machte eine Geste mit der Hand, dass sie es nicht hören wollte. Pierre Renoir verbrachte zu viel Zeit mit den deutschen Offizieren, die keinen guten Einfluss auf ihn hatten.

»Sie sind gegangen«, fuhr Carole fort. »Heimlich, mitten in der Nacht. Ich weiß nicht, wohin. Wir leben so viele Jahre friedlich zusammen und auf einmal ist alles anders? Papa beschuldigt Monsieur Rosenbaum plötzlich, nicht genug für Maman getan zu haben. Er habe sich an ihrem Tod bereichert. Ich verstehe das nicht. Das ist völliger Unsinn. Wo soll das hinführen? Was ist an Juden so schlimm? Ich habe unendlich viele Fragen und keine Antworten. Wird es je wieder so sein wie früher? Wird Vater wieder der Alte? Ich erkenne ihn kaum mehr.« Nach diesen Worten sah sie Madame Pirotte ratlos an. »Um auf Ihre Frage zurückzukommen: Ja, ich bin bedrückt. Reichen diese Dinge, um betrübt und schwermütig zu sein?«

»Du bist zu jung für solch düstere Gedanken, mein Kind.« Sie nahm neben Carole Platz, die nun unruhig am Saum ihrer Bluse herumzupfte.

»Ich kann nichts dafür. Sie kommen einfach. Ich kann mit niemandem darüber reden«, gestand Carole. »Vater verbringt viel Zeit mit den Deutschen und ist damit beschäftigt, sie bei Laune zu halten, wie er es ausdrückt. Die anderen jungen Frauen und Mädchen sind völlig fasziniert von den jungen Soldaten. Sie …« Carole errötete und verstummte einen Moment, als müsste sie überlegen, wie sie die nächsten Worte formulieren konnte. »Sie flirten mit ihnen.« Ihre Empörung war offensichtlich. »Dabei wollten wir sie ignorieren. So wie den, der bei uns eingezogen ist. Ich nenne ihn nur den Deutschen, nie spreche ich ihn mit seinem Namen an.« Eifrig nickte sie mit dem Kopf. »Ich wünschte, die anderen würden es genau so handhaben. Sie sollten den Soldaten aus dem Weg gehen, die Augen niederschlagen. Doch sie lassen sich den Einkaufskorb tragen, lachen mit ihnen. Das geht nicht. Das ist nicht nur meine Meinung, so reden die Frauen in der Nachbarschaft, Madame. Ich höre ihre Worte hinter vorgehaltener Hand, aber nicht mehr flüsternd, sondern laut. Wie sie es nur wagen können, ihr Land zu verraten. Dabei habe ich das Gefühl, sie klagen auch mich an. Mein Verhalten ist untadelig, doch Vater ist ganz auf Pétains Seite. Auch Emile, der bei uns ja ein zweites Zuhause gefunden hat, ist völlig fasziniert von den jungen Männern. Er beobachtet sie, wann immer er kann. Er fragt mich über sie aus, doch ich weiß gar nicht, was ich sagen soll.«

Madame Pirotte kannte die Leute aus Les Prés, vor allem die Bewohnerinnen. Das ewige Lästern hinter dem Rücken, aber freundlich grüßen, wenn man sich zufällig traf. Dass Emiles ständiger Aufenthalt im Haus der Renoirs für Gerüchte sorgte, war wohl normal. Sie hatte sogar gehört, dass angeblich Pierre Renoir der leibliche Vater Emiles sein sollte. Was für einen Unsinn die Leute erfanden, hatte sie damals gedacht und gehofft, dass dieses Gerücht niemals zu Carole gelangen würde. »Es ist nicht nur Krieg da draußen, Carole. Das Leben geht weiter. Emile ist ein lebensfroher Bengel und voller Abenteuerlust. Er ist neugierig auf die Fremden, die so anders sind als das, was er kennt. Überlege mal, wie es bei ihm zu Hause ist. Ich kann ihn verstehen. Du hast einen guten Einfluss auf ihn, er wird schon kein Hitlerfreund.« Sie wollte einen Schluck trinken, doch ihre Tasse war leer. »Und verurteile die anderen Mädchen in deinem Alter nicht. Sie schauen doch nur und zumindest sorgen die Boches für Abwechslung. Nimm das nicht zu ernst. Nicht dass du denkst, ich verstehe dich nicht. Im Grunde teile ich deine Meinung. Auch ich blicke voller Argwohn, aber nicht mit Angst in die Zukunft. Selbst wenn wir nicht mehr kämpfen, zumindest nicht offiziell, ist noch immer Krieg. Die Deutschen wollen uns besitzen. Sie wollen unsere Kultur, unsere Lebensart zerstören. Das heißt aber nicht, dass alle so sind.«

Carole blickte sie irritiert an und für einen Moment bereute Madame Pirotte ihre drastischen Worte.

»Vater sagt ganz andere Dinge. Er klingt gar nicht mehr nach dem Mann, der er früher war. Ich fürchte mich vor der Zukunft. Was wird mit uns? Mit Frankreich, meinem Vater, mit mir?«

»Sitzt ihr abends nicht mehr zusammen und redet miteinander?«

»Nein, Vater ist zu beschäftigt. Wir essen zu Abend, obwohl ich glaube, er bekommt gar nicht mit, was er zu sich nimmt. Danach verschwindet er mit einer Karaffe Wein in seinem Arbeitszimmer. Oder trifft sich im Hotel mit diesem Kommandanten.«

Madame Pirotte hatte das unbändige Bedürfnis, über Caroles Locken zu streichen, doch sie hielt sich zurück. »Du kannst mich jederzeit besuchen kommen, wenn du magst, das weißt du. Wie sagte der Bäcker: ›Wir sind Franzosen. Wir schaffen alles.‹«

»Sie meinen Jean, Madame? Er ist ein Idiot.« Sofort schlug Carole sich die Hand vor den Mund.

Madame Pirotte lachte laut. Sie war berühmt für ihr dunkles, raues Lachen. »Jaja. Er ist das beste Beispiel für ›Arbeit, Familie, Vaterland‹«, sagte die alte Frau. »Doch mir sind Freiheit, Gleichheit und Brüderlichkeit lieber.«

»Mir auch, Madame.« Carole lächelte sie an, doch dann wurde sie plötzlich wieder ernst und ihr Blick bekam etwas Flehendes. »Aber sind wir denn die Einzigen? Sieht denn keiner außer uns, was sich alles verändert hat?«

»Ich weiß, Mädchen, da draußen scheinen nur noch Mitläufer zu sein. Aber …«

Carole blickte sie fragend an. Einen Moment zögerte Madame Pirotte und war sich unsicher, ob sie weitersprechen sollte, dann tat sie es doch. »Ich habe ein Radio. Es gibt Menschen im Ausland, die mit Maréchal Pétain nicht einer Meinung sind. Gewiss, er ist ein Held des Ersten Weltkriegs, doch ob er jetzt der Richtige ist, bezweifeln viele. Er macht mit Hitler gemeinsame Sache. Und nichts von dem, was er versprochen hat, passiert. Noch ist die Flamme des Widerstands klein, aber sie wächst. Wir brauchen uns nicht alles gefallen zu lassen. Doch das muss unter uns bleiben, Carole. Nun geh nach Hause. Und komm morgen Abend zu mir, wenn du willst.«

Kapitel 7

Düsseldorf, Februar 2023

Louisa hatte zum Glück wieder einen Auftrag über Tim bekommen und den ganzen Tag im Studio verbracht. Der letzte Abschnitt eines Ratgebers war eingesprochen. Tim nickte zufrieden. Erleichtert schaute Louisa zur Uhr und atmete tief durch. Endlich Feierabend. Die Arbeit hatte sie davon abgehalten, über Rodolfo nachzudenken. Am Morgen hatte er ihr kurz nach sechs Uhr eine WhatsApp geschickt, ohne auf ihre vor Tagen gesendete Nachricht zu antworten.

> Sorry, ich glaube, es bringt mit uns nichts. Mach es gut. Ciao.

Was für ein Arschloch! Voller Wut und Trauer war sie in ihrer Wohnung hin und her gelaufen und hatte überlegt, was und wie sie antworten sollte. Ihre ersten Eingebungen waren jenseits der Legalität. Sein Auto zerkratzen, ihm auflauern, ihn zur Rechenschaft ziehen. Alles Dinge, die unmöglich waren. Er hatte ihr nichts versprochen, sie waren kein Paar, es war eine Bettgeschichte gewesen, die nun vorbei war. Sie hätte auch gar keine Beziehung mit ihm haben wollen, wenn sie ehrlich zu sich war. Doch jeden Abend allein zu Hause zu sitzen war nicht erstrebenswert.

»Was ist los mit dir?«, wollte Tim wissen, wartete die Antwort jedoch nicht ab. »Ich denke, der neue Betreuer und dein Vater verstehen sich gut? Lust auf ein Glas Wein bei Pierre?«

Normalerweise hätte sie seine Einladung gerne angenommen. Doch statt sich darüber zu freuen, den Abend nicht allein verbringen zu müssen, spürte sie, wie sich Ärger in ihr ausbreitete. Wie konnte er die lange Suche nach einem Betreuer für ihren Vater so lapidar beiseiteschieben? Er hatte doch mitbekommen, dass ihr dadurch gut bezahlte Jobs entgangen waren. Im gleichen Moment spürte sie, dass die aufkeimende Wut nichts mit Tim zu tun hatte. Rodolfos Abfuhr – nicht die Tatsache an sich, aber die Art und Weise – kränkte sie mehr, als sie erwartet hätte.

»Was denn nun? Kommst du mit zu Pierre?«

»Nein, lieber nicht«, erwiderte sie pampiger als gewollt.

Er schaute sie erstaunt und irritiert an.

Sie wusste, dass sie kindisch reagiert hatte und mit Tim ein Unschuldiger ihre Wut abbekam. »Es tut mir leid«, lenkte sie ein. »Ich habe noch so viel zu Hause zu erledigen. Dann muss ich noch entscheiden, was ich zu Vaters Geburtstag mache. Ob ich überhaupt etwas organisieren soll.«

»Meinst du nicht, du solltest ihn entscheiden lassen?«

Louisa erstarrte und zog die Augenbrauen zusammen. Obwohl es eine ganz normale Frage war, klang es für sie wie eine unterschwellige Zurechtweisung. Dass sie in allen Belangen, die ihren Vater betrafen, falsch reagierte. Einen Vorwurf, den sie sich zu oft selbst machte.

Tim bemerkte ihre Verstimmung, sprang auf und entschuldigte sich. »Sorry, tut mir leid. Das sollte nicht so rüberkommen. Es ist kein Vorwurf.«

Klang aber so, dachte sie. »Ist schon gut. Heute nicht, vielleicht ein anderes Mal. Du bist doch nicht nachtragend?«

»So wenig wie du«, entgegnete er und lachte.

Louisa lächelte ebenfalls versöhnlich.

Sie fuhr mit der Straßenbahn. Die 705 brachte sie fast bis zur Haustür. Louisa blickte gedankenverloren aus dem Fenster auf die vorbeiziehenden Häuser, Autos und Passanten. Es begann zu nieseln und einzelne Fußgänger spannten ihre Regenschirme auf. Ein Mann mit drei großen Hunden im Schlepptau fing an zu rennen, als der Regen stärker wurde. Dann erregten ein Mann und eine ältere Frau, die vier Reihen vor ihr saßen, Louisas Aufmerksamkeit. Sie verstand nicht den genauen Wortlaut ihres Gesprächs, doch die Lautstärke nahm zu und vereinzelte Wörter drangen zu ihr. »Nein, das ist falsch. Du kannst dort nicht aussteigen, wenn du dahin willst.« Die leisere Frauenstimme war nicht weniger vehement. Das wiederum brachte ihr Gegenüber dazu, immer lauter zu reden.

Louisa amüsierte sich köstlich. Mutter und Sohn, bekam sie mit. Und so, wie es sich anhörte, war die Mutter verwirrt, geistig nicht ganz auf der Höhe. Sie hätte gerne eingegriffen, dem Sohn erklärt, dass es überhaupt keinen Sinn machte, seiner Mutter zu widersprechen. Sie konnte nicht anders, war in ihrer eigenen Welt gefangen – wie damals auch Louisas Oma mütterlicherseits, bevor sie vor acht Jahren gestorben war. Wäre ihr Vater senil oder dement, sie war überzeugt, dass sie damit besser klarkommen würde als mit seinem Schweigen. Demente Menschen wussten es nicht anders, verloren langsam den Bezug zur Realität und schufen ihre eigene Wirklichkeit. Ihr Vater lebte im Hier und Jetzt. Nichts vernebelte sein Hirn, nur seine eigene Sturheit.

Tim, mit dem sie nach dem Tod ihrer Mutter oft über Vater gesprochen hatte, sagte immer, sie solle ihn die Entscheidungen, die sein Leben betrafen, selbst fällen lassen. Stattdessen war sie ständig der Meinung, für ihn denken zu müssen. Warum konnte sie nicht aus ihrer Haut? Tim hatte vielleicht recht, sie benahm sich ihrem Vater gegenüber nicht immer fair. Behandelte ihn nicht wie einen selbstständigen, erwachsenen Mann.

Während sie ihren Gedanken nachhing, lief das Streitgespräch von Mutter und Sohn aus dem Ruder. Jetzt wurde auch die Mutter laut. Bevor die Situation eskalierte, stand der Sohn auf, dabei zog er kräftig am Arm seiner Mutter. »Wir müssen aussteigen.«

Abrupt wieder friedlich stimmte die Mutter zu. Louisa sah aus dem Fenster, wie sie auf dem Bahnsteig standen. Die ältere Frau war klein, wirkte zerbrechlich. Ihre weißen Haare sahen frisch onduliert aus. Als hätte sie sich für ihren Sohn hübsch gemacht. Der Sohn hingegen war ungepflegt. Ein dicker Fettfleck auf dem Pullover, abgelaufene Absätze, die Haare hatten schon lange keine Schere von professioneller Hand gesehen.

Schade, dachte Louisa, dass die Zeit, die sie miteinander verbrachten, nicht harmonischer ablief. Aber wer wusste schon, welche Kränkungen und Beleidigungen in deren Vergangenheit passiert waren. Andererseits, wenn sie wirklich senil war, hatte sie den Streit wenigstens bald vergessen.

Louisa spürte eine unendliche Traurigkeit in sich aufsteigen. Warum konnte sie selbst nicht besser mit ihrem Vater umgehen? War sie noch immer nicht darüber hinweg, dass er ihr als Kind nie der Vater gewesen war, den sie sich gewünscht hätte? Ein Vater, der mit ihr spazieren ging, der mit ihr Flugzeug spielte. Sie an den Füßen packte, hochhob und sich drehte. Dabei die Arme hoch und runter bewegte. So etwas hatte sie bei Freundinnen beobachtet. Noch heute hörte sie das Lachen und Juchzen, sah sich selbst als Außenseiterin danebenstehen.

Warum hatte ihr Vater nicht so sein können? Warum war er immer der griesgrämige Langweiler? Einer, der wirkte, als interessierte ihn nichts in seiner Umgebung, schon gar nicht seine Tochter. Wie immer, wenn sie über ihren Vater nachdachte, wuchs diese altbekannte Wut in ihr. Eine Wut über etwas, das ihr vorenthalten worden war.

Die Bahn erreichte ihre Haltestelle, sie stand auf und stieg aus. Zu Hause ließ sie den Aufzug wie immer links liegen und hechtete die Treppen hoch ins Dachgeschoss. Vier Stockwerke. Oben angekommen bekam sie kaum Luft und fühlte den Schweiß auf ihrem Rücken. Aber die Wut war verschwunden. Sie öffnete die Eingangstür, eilte durch den schmalen Flur ins Wohnzimmer und riss die Terrassentür auf. Ein paar Atemzüge lang sog sie die kalte Luft ein, bis sich ihr Herzschlag beruhigt hatte und die Hitze verschwunden war.

Erst dann schmiss sie ihren Mantel auf das Sofa, die Handtasche hinterher. Verschwitzt, erschöpft, hungrig. Zumindest an dem letzten Zustand konnte sie etwas ändern.

Als Nachteil ihrer Wohnung empfand sie, dass es keine offene Küche gab. Sie hätte gern den Fernseher laufen lassen, um sich beim Kochen mit Unterhaltungssendungen berieseln zu lassen. Der Vorteil war, dass sie ihr Chaos in der Küche nicht beseitigen musste und einfach die Tür schließen konnte.

Im Kühlschrank entdeckte sie noch zwei schrumpelige Zucchini und ein paar Möhren, deren Grün bereits ins Gelbliche glitt. Sie setzte Nudelwasser auf. Alles ging mit Pasta, dachte sie und begann mit dem Schälen der zwei Roscoff-Zwiebeln, die im Korb auf der Arbeitsplatte gelegen hatten. Sie bemühte sich, sie besonders gleichmäßig klein zu schneiden. Die Zucchini wusch sie unter fließendem Wasser, schnitt sie in schmale Scheiben, die Möhren in Streifen. Warum ihr Möhren in Streifen besser als in Scheiben schmeckten, war ihr schleierhaft.

Die Zwiebeln dünsteten in Olivenöl und der hinzugegebene gepresste Knoblauch verbreitete sein typisches Aroma. Das Wasser kochte und sie kippte die Tagliatelle aus der Packung hinein. Bevor sie zu weich wurden, gab sie die Nudeln mit etwas Nudelwasser und dem Gemüse in die Pfanne. Es entstand ein appetitliches Gericht, das sie, mit Platzset und Serviette angerichtet, im Esszimmer einnahm. Am Tisch und nicht auf dem Sofa. Achtsamkeit war der Schlüssel. Sie wollte versuchen, achtsamer durch ihr Leben zu gehen. Besser gesagt, ihr Leben bewusster wahrnehmen.

Sie ließ den Fernseher ausgeschaltet, um sich in Ruhe ein paar Gedanken zu dem Geburtstag ihres Vaters zu machen. Sollte sie Tims Ratschlag folgen und ihn einbeziehen oder einfach etwas organisieren? Würde er überhaupt feiern und irgendwelche Gäste begrüßen wollen? Es war der erste Geburtstag ohne Mutter. In den Jahren zuvor waren die Geschwister zu Kaffee und Kuchen eingeladen worden und Mutter hatte Vaters Lieblingskuchen gebacken. Sollte sie diese Tradition ohne Rücksprache mit ihm fortführen?

Als der Teller leer war, räumte sie den Tisch ab, ärgerte sich über den frischen Fettfleck auf dem Platzset und füllte die Spülmaschine. Ein Espresso und ein weiteres Glas Grauburgunder konnten beim Nachdenken nicht schaden.

Wenn sie das Geburtstagskaffeetrinken nicht organisierte, fiele die Familie auseinander. Sie hatten ohnehin wenig miteinander zu tun. Doch sie war sicher, es existierte dieses unsichtbare Band der Verbundenheit. Und ihr Vater war zu sehr in seiner Trauer und seiner negativen Lebensart gefangen, um aktiv zu werden.

Backen war nicht ihre Lieblingsbeschäftigung in der Küche, doch die Idee, ihm seinen Lieblingskuchen zu schenken, gefiel ihr. Es war ein Schritt in die richtige Richtung. Mutter hätte es gefallen, da war sie sicher.

Kurz entschlossen griff sie zum Telefon. Tante Hedwig fiel ihr ein, die ihr helfen konnte. Auch wenn sie selten telefonierten und sich noch seltener persönlich trafen, war sie dennoch die

Verwandte, der sie am nächsten stand. Sie war völlig anders als ihr Bruder und redete ohne Unterlass. Louisa war sich nicht sicher, ob sie einfältig oder einfach nur freundlich war. Was sie wusste, war, dass es mit ihr nie betretenes Schweigen gab.

Tante Hedwig nahm nach dem ersten Klingeln ab. »Brandt?«

»Hallo, Tante Hedwig«, antwortete Louisa.

»Was für eine Überraschung! Wie geht es meiner Nichte? Ich hoffe, gut – oder ist etwas mit Heinrich?«

»Nein, mit Vater ist alles in Ordnung. Ich rufe aus einem anderen Grund an. Ich überlege, Mutters Tradition beizubehalten, und wollte euch fragen, ob ihr zu Vaters Geburtstag kommt.«

»Ich habe mich schon gefragt, ob wir eingeladen werden. Das ist eine wunderbare Idee, mein Kind. Schön, dass dein Vater das will.«

»Er weiß noch nichts davon«, gab Louisa zu. »Es soll eine Überraschung werden.«

Louisa hörte, wie ihre Tante tief Luft holte und offensichtlich an mindestens zehn Gründen herumkaute, warum das wiederum keine gute Idee war. »Normalerweise schlage ich keine Einladung zu einer Feier aus, und in unserer Familie wurden Geburtstage schon immer gemeinsam verbracht. Aber dein Vater …«

»Warum tanzt er eigentlich so aus der Reihe?«, fragte Louisa und lachte dabei. Es sollte beiläufig klingen, geriet jedoch zu laut.

Statt in das Lachen einzusteigen, reagierte Hedwig gar nicht. Für Louisas Geschmack blieb sie einen Moment zu lange stumm. Sie begann sich zu wundern. Steckte mehr hinter dem Zögern ihrer Tante? »Wir kommen gerne«, sagte Hedwig dann endlich. »Aber vielleicht sollten wir abwarten, was Erich dazu meint. Als Bruder steht er ihm doch ein wenig näher. Zumindest seit sie beide Witwer sind. Soll ich das mit ihm besprechen? Er kommt heute Abend sowieso zu uns. Dann hören wir, was er dazu sagt, und ich melde mich bei dir.«

»Wenn du meinst.« Louisa konnte ihre Enttäuschung nicht verbergen.

Doch dann überlegte Hedwig es sich anders. »Ach, das ist doch Unsinn. Wir ziehen das durch und sehen uns übermorgen um drei Uhr bei Heinrich. Wenn es Ärger gibt, nehme ich das auf meine Kappe. Einverstanden?« Ihr Zögern war völlig verschwunden.

Louisa stimmte zu, beendete das Gespräch dennoch mit einem unsicheren Gefühl.

Dieses Abwägen sah Tante Hedwig gar nicht ähnlich. Doch sie schob die Bedenken zur Seite und studierte den Küchenkalender. Zwei Tage blieben ihr.

Sie goss sich ein weiteres Glas ein und suchte im Internet nach Rezepten für eine Käsesahnetorte. Mit Mandarinen. Es blieb ihr nur zu hoffen, dass er ihre Mühe zu schätzen wissen würde.

Kapitel 8

Düsseldorf, Februar 2023

Louisa hatte bereits eingekauft und die Blumendekoration abgeholt. In fünf Stunden sollte es ihr doch gelingen, einen perfekten Kuchen zu backen! Sie hatte diverse YouTube-Videos gesehen, Backbücher gewälzt und im Internet Rezepte gelesen und war überzeugt, die perfekte Käsesahnetorte kreieren zu können. So kompliziert konnte es nicht sein, wenn Millionen andere es ebenfalls schafften.

Sie war nervos. Plötzlich zweifelte sie wieder, ob die Überraschungsparty mit Überraschungskuchen bei ihrem Vater gut ankam. Was ihr zwischenzeitlich wie eine grandiose Idee erschienen war, fühlte sich inzwischen gar nicht mehr gut an. Doch dass Jonas die Idee ebenfalls für gut befunden hatte, gab ihr Zuversicht. Mittlerweile hatte er ihren Vater besser kennenlernen können.

Sie stellte ihr Tablet auf die Arbeitsplatte und rief das Video auf, das ihr beim Durchstöbern diverser Kochforen am meisten zugesagt hatte. Sebastian, Mitte zwanzig, zeigte mit viel Humor, dass Backen Spaß machte. Ihm ging jeder Schritt spielend von der Hand. Zuallererst Eiweiß für den Biskuitboden schlagen.

Das Eiweiß in dem Video sah aus wie gemalt, glänzend und steif. Das fertige Ergebnis wenige Minuten später war zum Anbeißen.

Louisa war optimistisch gewesen, dass es bei ihr ähnlich laufen würde. Doch die erste Hürde war bereits das Trennen der Eier. Was bei Sebastian ein Kinderspiel war, brachte Louisa an den Rand des Verzweifelns. Eierschalen gelangten in das Eiweiß, beim dritten Ei verletzte sie das Eigelb, und einige Tropfen gerieten in die bis dahin klare Flüssigkeit. Louisas hektische Bemühungen, die gelben Tropfen mit einem kleinen Löffel herauszufischen, wurden nach einigen Fehlversuchen belohnt.

Das Telefon riss sie kurz darauf aus ihrem Backwahn, der sie alles andere für ein paar Minuten hatte vergessen lassen. Als sie die Nummer erblickte, stockte ihr für einen Moment der Herzschlag. Warum rief ihr Vater an? Das konnte nichts Gutes bedeuten.

Bis sie ihre Finger gesäubert hatte, hatte er aufgegeben. Sollte sie zurückrufen? Noch während sie überlegte, klingelte es erneut. Sie nahm das Gespräch über Lautsprecher an.

»Vater! Alles Gute zum Geburtstag wünsche ich dir. Ich hoffe, du hattest eine gute Nacht!« Sie versprühte mehr Zuversicht, als sie spürte.

»Ich … Danke.« Gerade als sie aufatmen wollte, polterte er los. »Du kannst dir nicht vorstellen, wie schlecht ich geschlafen habe. Ständig habe ich wach gelegen und gehorcht, ob Jonas durchs Haus geht.«

»Hat er das schon mal gemacht?«

»Nein.«

»Wie kommst du dann darauf?«

»Weil er könnte.«

Louisa schüttelte den Kopf. »Jetzt ist Jonas doch schon ein paar Wochen bei dir und ich dachte, ihr versteht euch gut. Im Grunde ist alles so, wie du es haben wolltest. Bei den Damen hast du dich immer beschwert, dass sie angeblich nachts in deinen Schubladen gewühlt haben.«

Das war auch so ein Punkt, den sie ihm nicht austreiben konnte. Er war felsenfest überzeugt, dass jeder ihn ausspionieren wollte und nach Wertgegenständen suchte. Es hatte noch nie etwas gefehlt, was aber seine Beschuldigungen nicht besser machte. Sie hatte gehofft, dass es mit Jonas anders würde.

»Meinst du wirklich, ich brauche jemanden? Ich komme doch wunderbar allein klar.«

Nicht schon wieder, dachte sie. Sie hatte alles zu dem Thema gesagt, was es zu sagen gab. Ihr fielen keine neuen Argumente ein.

»Dass Jonas bei dir wohnt, heißt doch nicht, dass du unmündig bist. Er ist zur Sicherheit da. Du hast dir einen Mann gewünscht und bekommen.« Im Gegensatz zu ihr, dachte sie und grinste schief. »Oder hat Jonas sich irgendwie falsch verhalten?«

»Nein, es reicht seine Anwesenheit.«

Sie schloss die Augen. Da merkte sie, wie der Frust in ihr aufstieg. Aus den Tiefen ihres Inneren, wie ein Vulkan, der plötzlich heiße Lava spuckte. Sie war diese Diskussionen so leid. Hörte das denn nie auf? Warum konnte ihr Vater nicht vernünftig reden, ihr sagen, was ihn wirklich beschäftigte? *Es reicht seine Anwesenheit!* Was war das denn für eine Aussage? Sein Verhalten brachte sie an den Rand dessen, was aushaltbar war. Tränen der Wut traten in ihre Augen, die sie unwirsch mit dem Handrücken wegwischte. »Nein, Vater«, brach es aus ihr heraus, »du kannst nicht allein in dem riesigen Haus bleiben. Du kannst entweder in eine ebenerdige Seniorenwohnung ziehen oder in ein Heim gehen. Das sind die Möglichkeiten, die du hast. Allein in dem Haus mit deiner kaputten Hand und dem angeschlagenen Arm geht nicht. Mama hätte es auch so gewollt. Und jetzt will ich nie wieder etwas davon hören.« Ihre

Stimme überschlug sich. Sie hustete, musste sich räuspern – ein No-Go für die Stimmbänder. Am anderen Ende der Leitung blieb es still.

Augenblicklich bereute sie ihren Ausbruch. So weit hätte sie nicht gehen dürfen. Dass sie ihre Mutter erwähnt hatte, bewies, wie sehr sie mit den Nerven am Ende war. All ihre Hoffnung hatte sie in Jonas gesetzt, mit ihm schien eine positive Veränderung bei ihrem Vater einherzugehen. Das sollte schon wieder vorbei sein? Alles erneut von vorne beginnen?

Ihr Vater schwieg. Sie wusste, er würde nicht klein beigeben, es lag an ihr, den ersten Schritt zu unternehmen.

»Komm bloß nicht auf die Idee, mir irgendwas zu schenken.« Mit diesen Worten legte er auf.

Wieder einmal fühlte sich alles, was sie getan hatte, falsch an, sie hatte versagt. Sie würde niemals das Versprechen, das sie ihrer Mutter gegeben hatte, erfüllen können.

Die Tränen strömten, ließen sich nicht mehr aufhalten. Durch die durchnässten Wimpern nahm sie die Zutaten für den Geburtstagskuchen auf der Arbeitsplatte nur noch verschwommen wahr. Ihre Beine versagten den Dienst. Mit dem Rücken am Kühlschrank ließ sie sich auf den Boden gleiten und blieb einfach sitzen. Wann hatte sie sich das letzte Mal so hilflos gefühlt?

Während sie sich das fragte, tauchten Bilder von sich als Jugendliche vor ihrem inneren Auge auf. Als ihre damalige beste Freundin hinter ihrem Rücken ihren heimlichen Schwarm in einer Ecke des Schulhofs geküsst und sie die beiden erwischt hatte. Damals hatte sie auch geglaubt, ihre Welt stürze zusammen und ließe sich niemals wieder aufbauen. Ihre Mutter war für sie da gewesen, als sie die Schule unerlaubterweise verlassen hatte und mit verheultem Gesicht zu Hause angekommen war. Sie wollte sowieso nie wieder zurück in die Schule, wo sie neben der Verräterin Karin sitzen sollte. Mutter hatte sie getröstet, die

Tränen mit einem riesigen Stofftaschentuch weggewischt, sie in den Arm genommen und ihr Mut zugesprochen. »Du findest eine neue Freundin.« Mutter hatte verstanden, dass der Verrat der Freundin ihr viel mehr zusetzte als der Verlust des Jungen. Weder an den Namen noch an sein Aussehen konnte sie sich heute erinnern.

Nur das Gefühl von damals, der einsamste Mensch der Welt zu sein, war das gleiche wie gerade eben.

Sie schluchzte ein paar Mal unkontrolliert und dann versiegte der Tränenstrom. Aufgeben war keine Option, sie hatte keine Wahl. Erneut klingelte ihr Telefon. Es war unwahrscheinlich, dass ihr Vater anrief, um sich zu entschuldigen oder ihr die Hand zur Versöhnung zu reichen.

Die Nummer war ihr unbekannt. »Ja?«

»Jonas Butkus hier. Ich wollte Ihnen nur sagen, dass sich Ihr Vater beruhigt hat. Sie müssen sich keine Sorgen machen, alles bleibt wie besprochen. Wir sehen uns nachher. Allerdings ist die Überraschungsparty keine Überraschung mehr. Er weiß Bescheid und er findet es in Ordnung – auch wenn er das natürlich nie zugeben würde.«

»Danke.« Mehr bekam sie nicht heraus. Die Achterbahnfahrt der Gefühle fand kein Ende. Was auch immer Jonas gesagt hatte, er hatte die richtigen Worte für ihren Vater gewählt. Das gab ihr das Vertrauen, das sie brauchte. Ihr Blick fiel auf das Frühstücksbrettchen in der Spüle. Aufstehen, Krönchen richten und weitermachen.

Ein Kuchen wollte gebacken werden.

Eineinhalb Stunden später betrachtete sie ihr Werk. Es hatte wenig Ähnlichkeit mit Sebastians Torte, aber sie hatte genug Sahne-Quarkmasse, Puderzucker und Mandarinen übrig, um die unschönen Stellen zu kaschieren. Sie hoffte, dass die restliche Zeit reichte, damit im Kühlschrank die Gelatine anzog und die Torte ihre Festigkeit bekam.

Währenddessen hatte sie Zeit, um aufzuräumen, den Boden und die Arbeitsplatte zu wischen und eine Dusche zu nehmen.

Sie wählte ihr einziges Blümchenkleid statt der Jeans, um die Besonderheit des Tages zu unterstreichen. Oder um Jonas zu beeindrucken, durchfuhr sie ein plötzlicher Gedanke. Sie schob ihn beiseite, darüber wollte sie nicht näher nachdenken. Nicht jetzt.

Mit klopfendem Herzen stand sie kurz vor drei bei ihrem Vater an der Tür und überlegte, ob sie mit ihrem Schlüssel öffnen oder klingeln sollte. Sie entschied sich fürs Klingeln, schließlich lebte nun auch ein fremder Mann bei ihrem Vater. Jonas öffnete freudestrahlend. »Schön, dass Sie da sind. Oh, haben Sie gebacken?« Er zeigte auf die Transportbox in ihrer Hand. In der anderen trug sie den Korb mit Servietten, zwei Blumenbouquets und einer Flasche Champagner. »Die Verwandten sitzen übrigens schon am Tisch und sind bester Laune.«

»Ob die Stimmung so bleibt, wird sich zeigen. Wenn der Kuchen nicht schmeckt, schlägt die gute Laune vielleicht um.« Sein Lachen schob ihre Nervosität kurz beiseite.

Sie legte zunächst ihre Sachen in der Küche auf der Arbeitsplatte ab, bevor sie alle begrüßte. Bei der Beerdigung hatten sie sich zum letzten Mal gesehen. Die Versprechen, sich wieder mehr zu treffen, waren im Sande verlaufen.

»Hallo zusammen.«

Sie saßen alle in Gespräche vertieft am Tisch. So war es immer gewesen. In dem riesigen Raum, aufgeteilt in Wohn- und Essbereich, scharte man sich um den großen Holztisch. Nicht nur, weil die Polsterstühle wesentlich bequemer waren als das alte Sofa. Die dunkle, bis an die Decke reichende Schrankwand, in der der Fernseher hinter geschnitzten Türen verschwand, wirkte erdrückend, wenn man auf der Couch Platz nahm.

»Hallo, Louisa, wie schön, dass wir hier sein dürfen.« Tante Hedwig, frisch beim Friseur gewesen, schmuckbehangen und ihr bestes Kleid tragend, grinste bis zu den Ohrläppchen.

»Und alles Gute zum Geburtstag, Vater«, sagte Louisa. Sie ging einen Schritt auf ihn zu, wartete auf eine Reaktion.

Er sah kurz auf, presste ein »Danke« hervor und wandte sich dann wieder seinem Bruder Erich zu. Mehr würde sie nicht bekommen. Louisa vernahm Wortfetzen und reimte sich zusammen, dass die Männer über die neuen Elektroautos diskutierten. Im Gegensatz zu ihrem Vater fuhr Erich noch selbst. Auch er sollte den Führerschein lieber abgeben, dachte Louisa, wusste aber, dass sie dieses Thema besser nicht ansprach.

»Ich helfe dir in der Küche«, rief ihr Tante Hedwig zu und stand hektisch auf. »Zu zweit geht es doch viel schneller. Ich deck schon mal den Tisch.« Und dann auf dem Weg in die Küche etwas leiser: »Das ist ja nichts für diesen Jonas. Obwohl er einen guten Eindruck macht.« Ihr Gesichtsausdruck sagte das Gegenteil. »Er ist sicherlich ein netter junger Mann. Aber natürlich denke ich da auch an die vielen jungen Frauen aus Polen, die gerne nach Deutschland kommen, um hier ältere Menschen zu betreuen. Und mit dem Geld ihre Familien zu Hause unterstützen. Gab es denn keine, die passte? Einem Mann das zuzumuten …«

Louisa unterbrach sie. »Er hat einen guten Einfluss auf Vater. Und Vater mag ihn, das ist alles, was zählt.« Sie griff in ihren Korb. »Hier sind Servietten.«

»Na, zum Glück, ich hatte schon nach welchen gesucht.« Sie warf einen Blick auf die Transportbox. »Oh, ich habe auch eine Käsesahnetorte mitgebracht. Das ist doch der Lieblingskuchen deines Vaters.«

Erst jetzt bemerkte Louisa die Torte auf der Arbeitsplatte. Sie schluckte und biss sich auf die Lippen. Sie sah perfekt aus.

»Meine ist nicht so gut gelungen.« Mit offenen Karten zu spielen, erschien ihr die beste Strategie. Sie ging auf.

»Ach, Kind, mach dir nichts draus, meine ersten Versuche waren auch nicht gut. Das wird aber, glaub mir. Das kriegst du hin. Lass doch mal sehen … Aber das schaut doch prima aus«, lobte sie, als sie den Deckel abnahm. »Anders, aber gut.«

Mit dem Zeigefinger nahm sie etwas von der Füllung auf, die am Rand der Box hängen geblieben war. Als Louisa ihr Gesicht sah, wusste sie, dass irgendetwas Grundlegendes schiefgelaufen war.

»Beim nächsten Mal solltest du aber Zucker nehmen.«

»Ich … nein. Das kann doch gar nicht sein!«, erwiderte Louisa leichenblass und probierte ebenfalls. Als ihre Geschmacksnerven die salzige Quarksahnemischung wahrnahmen, traten ihr Tränen in die Augen. Aber nicht vor Wut und Enttäuschung, sondern vor Lachen. Es brach unkontrolliert aus ihr heraus, sie schüttelte sich, wischte sich über die Augen, hielt sich den Bauch. Und Tante Hedwig stimmte mit ein. Nicht hinter vorgehaltener Hand, sondern offen und herzlich.

»Louisa, das verrate ich nur dir. Das ist mir beim allerersten Treffen mit den Schwiegereltern auch passiert. Anders als heute ist es aber nicht vorher aufgefallen. Du kannst dir die Gesichter nicht vorstellen, als sie in Erwartung der luftigen Quarkmasse das salzige Etwas zu sich nahmen. Es war zum Schießen.« Noch einmal kicherte Hedwig laut los und legte dabei den Arm um Louisa.

Wie zwei Verschwörerinnen steckten sie die Köpfe zusammen und beschlossen, den misslungenen Kuchen direkt draußen in der Mülltonne zu entsorgen. Zum allerersten Mal seit dem Tod ihrer Mutter hatte Louisa das Gefühl, eine Vertraute in ihrer Familie zu haben.

Als sie gemeinsam am Tisch saßen – Tante Hedwig hatte die Servietten zuvor noch zu Blüten gefaltet –, Kaffee und

Kuchen genossen und alle Höflichkeiten ausgetauscht hatten, dauerte es nicht lange, bis die Gespräche auf die aktuelle politische Lage kamen. Der Rücktritt der Verteidigungsministerin, der Ausbau erneuerbarer Energie, der Abgesang auf Autos mit Verbrennungsmotor und die Zunahme der Elektroautos.

»Wo sollen die denn alle laden? Und dann überlegt euch, wie gefährlich die sind! Viel zu leise, die hört man doch nicht. Da sind Unfälle vorprogrammiert, wenn man als Fußgänger die Straße überquert. Und jetzt kommt mir bloß nicht mit Klimaschutz.« Erich lehnte sich selbstgefällig zurück. Louisa hatte vergessen, dass Erich immer anderer Meinung als alle anderen und Provokation sein liebstes Hobby war.

Jonas, der bis eben ruhig am Tisch gesessen hatte, verschluckte sich an seinem Kaffee. »Wie können Sie denn nur aktuelle Untersuchungen ignorieren? Unstrittig ist doch, dass wir alle etwas für den Klimaschutz tun müssen. Und beim Autofahren haben wir Bürger es in der Hand. Sie und ich. Oder leugnen Sie etwa den Klimawandel?« Er blieb ruhig, doch seine Stimme wurde schneidender. »Entschuldigen Sie, aber mir liegt der Klimaschutz sehr am Herzen. Ich möchte der nachfolgenden Generation nicht einen komplett kaputten Planeten hinterlassen. Das ist unser nicht würdig.«

»Das sind doch nur Hirngespinste. Vor allem von der ›Letzten Generation‹. Fühlen Sie sich denen etwa zugehörig?«

Jonas blieb ruhig und gelassen.

»Ich teile deren Meinung, dass wir etwas ändern müssen. Viel zu lange haben wir auf Kosten der Nachfolgenden gelebt. Das können Sie nicht einfach ignorieren.«

Erich kniff die Augen fest zusammen, eine tiefe Zornesfalte erschien auf seiner Stirn.

»Kleben Sie sich auch auf Straßen fest?« Dabei schlug er sich auf die Oberschenkel, lachte laut und sah Beifall heischend in die Runde. Niemand fiel in seinen Heiterkeitsausbruch ein, ganz im Gegenteil: Es blieb für einen Moment ganz still am Tisch.

»Nein, ich bin gegen solche Aktivitäten. Aber welche Möglichkeiten haben die denn? Niemand hört ihnen zu, sie werden teilweise als Terroristen eingestuft. Ihre Ziele sind ehrenhaft, auch wenn ihre Mittel nicht immer richtig sind. Ich denke, Sie sind in zwanzig Jahren unter der Erde und haben mit den Auswirkungen der aktuellen Politik nichts mehr am Hut.«

Erich ging nicht darauf ein. »Die sollen mal vernünftig arbeiten«, fing er stattdessen an. »So, wie wir es getan haben. Die Automobilindustrie war immer ein großer Motor unserer Wirtschaft, wo soll das denn hinführen, wenn wir alle diese E-Autos fahren? Was ist mit den Batterien? Sondermüll, Kinder werden ausgebeutet, um diese seltenen Erden abzubauen. Unser Wohlstand, unsere Wirtschaft ist in Gefahr. Wir werden von den Chinesen und Indern abgehängt. Und dann diese Reden von Fachkräftemangel! Wir können doch nicht alle in unser Land lassen. Wer soll das denn bezahlen?«

»Mit Verlaub, Sie schmeißen alles durcheinander. Tatsächlich überholen uns andere Länder, weil wir zu sehr an alten Dingen festhalten. Wir sind zu starr, um uns neuen Gegebenheiten anzupassen. Die Bürokratie ist ein Problem, aber auch konservatives Denken. Auch was die Fachkräfte aus dem Ausland angeht.«

Nun hatte sich Jonas doch in Rage geredet. Es war ihm sichtlich peinlich und er versuchte, die Stimmung wieder aufzulockern. »Just my two cents.«

»Und was hat Geld damit zu tun?«, wollte Hedwig irritiert wissen.

Louisa lächelte als Erste. »Das sagt man, wenn man seine unbedeutende Meinung kundtun will. Aber so unbedeutend war das gar nicht, Jonas. Ich würde mich gerne mal in Ruhe darüber mit Ihnen unterhalten. Aber vielleicht ist das nicht das richtige Thema für den heutigen Tag.«

Erneut herrschte betretenes Schweigen am Tisch.

»Wir werden keine Lösung für die Probleme dieses Landes finden. Nicht heute.« Günther machte eine beschwichtigende Geste mit der Hand.

Erich lehnte sich beleidigt zurück. »Ich denke mir das doch nicht aus, ich höre den Politikern zu.« Hedwig tätschelte seinen Arm, um ihn zu beruhigen. Was nur mäßig gelang. »Woher stammt denn eigentlich der Name Butkus? So ganz deutsch klingt das ja nicht.«

Vater schaute irritiert auf. »Was soll das denn jetzt? Geht es auf einmal um deutsche Abstammung? Ein nicht ganz passendes Thema an meinem Geburtstag, oder? Müsst ihr mir das nach all den Jahren mal wieder vorhalten?« Mit einem lauten Klirren knallte er seine Kuchengabel auf den Teller.

Die Stimmung kippte mit einem Mal bedrohlich und Louisa begriff nicht, was geschah. »Wer hält dir was vor, Vater?«, fragte sie und schüttelte verunsichert den Kopf.

Sie erhielt keine Antwort, registrierte aber, wie Hedwig unruhig auf ihrem Stuhl hin und her rutschte.

»Aber, Heinrich, niemand hat dir das je vorgeworfen.«

»Von wegen!«, fuhr Louisas Vater nun plötzlich seine Schwester an. »Mein ganzes Leben lang habt ihr es mich spüren lassen und ich habe es immer geschluckt! Aber in meinem Alter brauche ich mir das nicht mehr gefallen zu lassen. Wenn ihr nicht mit mir feiern wollt, dann verschwindet doch wieder!«

»Heinrich, so war das doch gar nicht gemeint.« Hedwigs Versuch, ihn zu beruhigen, misslang.

»Ich brauche euch nicht. Ich brauche niemanden! Damals nicht und heute erst recht nicht. Das gilt für euch alle.«

Louisa erwartete, dass er jeden Moment wie zur Bekräftigung seiner Worte mit der Faust auf den Tisch hauen würde. Doch er verzog nur wieder sein Gesicht, wirkte abweisend und kühl. Mister Unnahbar.

»Kann mir mal einer erklären, wovon ihr sprecht?«, meldete sich Louisa zu Wort. Keiner antwortete. War das Familientreffen doch eine schlechte Idee gewesen? »Worum geht es hier bitte?«, hakte sie noch einmal nach, als keiner antwortete.

»Na, um die Adoption«, sagte Hedwig und ergriff ihre Kaffeetasse. »Aber das ist wirklich kein Thema für die Geburtstagsparty.«

»Was für eine Adoption?«, wunderte sich Louisa. »Bin ich etwa adoptiert?« Der Gedanke schoss ihr urplötzlich durch den Kopf. War ihr Vater gar nicht ihr leiblicher Vater? Sie erschrak selbst davor, dass sie in diesem Moment ein Gefühl der Erleichterung empfand. Das würde so vieles erklären. Niemand antwortete.

»Geht es um mich?«, hakte sie noch einmal nach.

»Sei nicht dauernd so egoistisch«, blaffte ihr Vater sie nun von der gegenüberliegenden Seite des Tisches an. »Wir reden über mich. Ich bin quasi ein Waisenkind, mein Vater, er war Kurts Cousin, ist im Krieg gefallen. Deshalb haben mich Hedwigs und Erichs Eltern adoptiert. Das ist die Kurzversion.« Auf der Stirn ihres Vaters zeigte sich seine Zornesfalte.

»Wie bitte? Wieso weiß ich denn nichts davon?«, staunte Louisa.

»Ich wollte nicht, dass es jemand erfährt. Deine Mutter musste mir versprechen, dass auch sie es für sich behält. Wäre es denn für dich in irgendeiner Art bedeutsam gewesen?«

Louisa stand auf und lief aufgeregt vom Tisch bis zur Schrankwand und wieder zurück. Hitze stieg in ihr auf »Das weiß ich nicht. Das kommt jetzt so plötzlich.«

»Beruhige dich, Kindchen.« Hedwig setzte ein Lächeln auf. »Wir sind doch eine Familie. Auch wenn wir uns nur zu Geburtstagskaffees, Beerdigungen und an Weihnachten treffen.

Da redet man über andere Themen. Außerdem: Wir wussten es ja alle. Da muss man nicht drüber sprechen.«

»Jaja«, entgegnete ihr Vater. »Es wusste jeder, da hast du recht. Aber Familie? Wem willst du was vormachen? Ich war stets ›der Angenommene‹, der Sohn einer Hure. Und daran hat sich für euch bis heute nichts geändert. Ich denke, die Kuchenzeit ist vorbei. Ich bin müde.« Er schob seinen Stuhl zurück, stand auf und schleppte sich hinüber zu seinem Sessel.

Sein Bruder Erich erhob sich schwerfällig von seinem Stuhl. »Dann wünsche ich noch einen schönen restlichen Tag. Auf Wiedersehen«, sagte er brüskiert. »Wie typisch für dich.«

Hedwig und Günther beeilten sich, ihm zu folgen.

Louisa begleitete ihre Verwandtschaft zur Tür. »Was meint Vater damit?«, wandte sie sich leise an Hedwig. »Er war stets ›der Angenommene‹? Und wieso ›Hure‹? Wer ist denn seine Mutter?«

»Ach«, druckste sie herum. »Dein Vater war schon immer so empfindlich. Es ist doch alles gut gegangen, er hat eine Familie bekommen. Wahrscheinlich ist er nur verbittert, weil deine Mutter heute nicht dabei sein konnte. Ich kann das verstehen.« Abrupt wechselte sie das Thema. »Lass uns die Tage mal telefonieren. Und das mit dem Kuchen bleibt unter uns.« Sie kicherte verstohlen und folgte ihrem Mann, der bereits ungeduldig auf dem Bürgersteig wartete und von einem Bein auf das andere wechselte.

Ihr Vater war in den Garten gegangen, Jonas stand bei ihm und gemeinsam unterhielten sie sich angeregt. Wahrscheinlich über die Vögel, dachte Louisa, während sie den Tisch abräumte. Politik und Religion hatten bei Familienfeiern nichts zu suchen, war die Meinung ihrer Mutter gewesen. Sobald ein Gespräch sich in diese Richtung zu entwickeln drohte, hatte sie eingegriffen und dem Störenfried den Mund verboten. Wie recht sie gehabt hatte. Aber Louisa hatte den Verlauf des Gesprächs nicht vorhersehen können. Immerhin hatte sie durch diesen Disput nun etwas erfahren, das sie bisher nicht gewusst hatte.

Sie nahm ein Tablett, stellte den Champagner und drei Gläser darauf und atmete tief durch, bevor sie in den Garten ging. Der Gartentisch war noch voller Schmutz des Winters, dennoch stellte sie das Tablett darauf ab. Sie schenkte ein und sah zu, wie die Kohlensäure am Glasrand nach oben stieg. Sie traute sich nicht, ihren Vater anzusehen, aus Angst, er könnte sie fortschicken. Erst als die Gläser gefüllt waren, reichte sie ihm eins und setzte ein strahlendes Lächeln auf.

»Auf dich, Vater, auf deinen Ehrentag. Und jetzt reden wir.«

Kapitel 9

Frankreich, August 1940

Die Vorhänge waren zugezogen. Nur eine Kerze sorgte für schummeriges Licht. Carole war aufgeregt, sie wusste nicht, was sie erwartete.

Madame Pirotte hatte so geheimnisvoll geklungen. Erst in diesem Moment wurde Carole bewusst, dass sie etwas Gefährliches, etwas Verbotenes taten. Nebenan wohnte der Deutsche, im ganzen Dorf lebten sie wie die Heuschrecken und sie saß mit der alten, griesgrämigen Madame Pirotte hier. Es waren schon Dorfbewohner für weniger inhaftiert worden. Und nicht zuletzt machte ihr Vater gemeinsame Sache mit den Deutschen, auch wenn er es anders nannte.

Sie wagte, wenn auch nur im kleinen geheimen Kämmerlein, den Aufstand. Ohne böse Absichten, versuchte sie, ihr Tun selbst zu beschwichtigen. Es war eine kleine, simple Auflehnung, aus dem Gefühl heraus, dass die Welt, wie sie aktuell war, sich nicht richtig anfühlte. Die neuen Herrscher Frankreichs waren Fremde, die das ursprüngliche französische Leben gar nicht verstanden. Und auch nicht verstehen wollten.

Sie beugten sich ganz nah mit ihren Oberkörpern an den Lautsprecher des wuchtigen holzverkleideten Clarville-Radios, um alles hören zu können. Radio Londres, der französischsprachige Sender der BBC, war eingestellt. Madame Pirotte bewegte vorsichtig einen der drei Drehknöpfe und das Knirschen und Rauschen wurde leiser. Der Besitz des Radios war etwas Besonderes. Normalerweise lag eine Decke darüber, damit man es nicht sofort erkannte. Der Pegel schlug ein paarmal heftig aus und pendelte sich dann im linken Bereich ein. Sie durften keine heimlichen Lauscher und Spitzel auf ihr Tun aufmerksam machen.

Es klang überraschend klar, als de Gaulle zu sprechen begann.

Er hatte eine besondere Art, die Silben zu betonen, wie Carole feststellte. Aber nicht nur die Weise, wie er sprach, sondern auch die Worte, die er fand, elektrisierten Carole. Sie warf einen Blick zu Madame Pirotte und sah an ihren glänzenden Augen, dass es ihr genauso erging.

Minute um Minute lauschte Carole, wagte kaum zu atmen, um keine Silbe zu verpassen. Jeder Satz dieses Mannes traf Carole wie eine Erkenntnis. Ihr Land durfte sich nicht von den Deutschen versklaven lassen. Es war, als hätte de Gaulle für ihre Empfindungen, ihre Gefühle, genau die richtigen Worte gewählt.

Als die Rede nach fünf Minuten zu Ende war, schwiegen beide, bis Madame Pirotte schließlich die Stille durchbrach. »In seiner ersten Rede sagte er, dass die Flamme der französischen Résistance nicht erloschen ist. Und dass sie auch nicht erlöschen darf. Deshalb sagte ich, dass wir nicht allein sind.«

War das schon Volksverrat, was sie hier beging? Durfte sie, die Tochter des Bürgermeisters, als aufrechte Französin überhaupt den Gedanken haben, gegen Pétain zu sein?

Carole fühlte sich seltsam zerrissen, vielleicht noch mehr durcheinander als vor der Rede de Gaulles.

»Wer ist der Mann?«, fragte sie schließlich. Sie war sicher, Madame Pirotte wusste es.

»Auch er ist ein Soldat wie Pétain. Stammt aus Lille. Er hat im Krieg gekämpft und kam in ein Lager. Man munkelt, er habe fünf Fluchtversuche unternommen.« Zum ersten Mal schaute sie Carole fest an. »Er ist ein Kämpfer. Einer, der nicht aufgibt. Er spricht wohl Deutsch und war sogar in einigen deutschen Städten stationiert. Und er kennt Pétain, er war in seinem Kabinett. Er ist zielstrebig, Karriere ist ihm wichtig. Er war der jüngste General der französischen Armee.«

Carole wollte ihn sich vorstellen. »Wie sieht er aus? Dick und klein? So wie Papa? Wie alt ist er?«

Madame Pirotte lachte. »O nein, er sieht ganz anders aus als dein Vater. De Gaulle ist groß, fast schlaksig, mit sehr großen Ohren. Um die fünfzig müsste er sein. Gegen Pétain ein Jungspund. Er versucht, Churchill zu überzeugen, uns zu helfen. Es gibt einige, die nach England gehen, wie de Gaulle. Wie sehr man ihn hier fürchtet, siehst du daran, dass man ihn zum Tode verurteilt hat. Pétain will ihn lieber tot sehen, aber de Gaulle hat die Unterstützung Englands.« Madame Pirotte entfuhr auf einmal ein spitzer Schrei. »Hör nur«, sagte sie mit mühsam unterdrückter Stimme und winkte Carole, still zu sein.

Gerade wurde im Radio bekannt gegeben, dass Churchill Charles de Gaulle als Präsident aller Franzosen anerkannt habe.

»Wir werden es schaffen, die Deutschen aus unserem Land zu vertreiben. Davon bin ich felsenfest überzeugt.«

Madame Pirotte neigte sich näher zu ihr. »Hast du eines dieser Flugblätter gesehen, die vor einigen Wochen auf dem Marktplatz und überall in den Straßen lagen? Genau das ist es, wozu de Gaulle das Volk aufruft. ›Franzosen, wehrt euch, noch ist nichts verloren!‹ Das hat mir besonders gefallen.« Sie lächelte.

»Ja, ein paar wenige habe ich noch herumliegen sehen, aber die Deutschen haben sich beeilt, sie einzusammeln.« Als Carole in Madame Pirottes aufgeregtes Gesicht blickte, ihr Lächeln wahrnahm und die Augen, die noch nie so geleuchtet hatten, stieg ein ungeheuerlicher Verdacht in ihr auf. »Madame …«, begann sie zögerlich, »haben Sie damit etwas zu tun? Haben Sie die Flugblätter verteilt?«

Das Lächeln verschwand, doch ihre Augen glänzten weiter im Kerzenschein. »Kannst du dir vorstellen, dass ich heimlich im Dunkeln Flugblätter verteile?« Sie schüttelte den Kopf und schaute Carole nachdenklich an.

Sie glaubte ihr.

»Aber es ist besser, du weißt nicht alles, mein Kind. Ich bin eine alte Frau, mein Leben ist nicht mehr viel wert. Du bist jung und intelligent und hast im besten Fall ein langes Leben vor dir. Aber glaub mir: Der Ton wird rauer. Auf beiden Seiten.«

Kapitel 10

Düsseldorf, Februar 2023

Louisa, Jonas und ihr Vater prosteten sich zu. Sie sah ihren Vater erwartungsvoll an, aber trotz ihrer forschen Aufforderung schwieg er. Irgendwann wandte sie wie er den Blick in den Garten, der selbst im Winter wunderschön anzusehen war. »Mutter würde sich freuen, dass dieser Strauch wieder so großartig blüht«, bemerkte Louisa, um die Stille zu durchbrechen.

»Der Strauch ist eine Zaubernuss, Hamamelis«, erwiderte ihr Vater mit Blick auf die rosa Pracht. »Solltest du wissen.«

Die Sonne verschwand gerade hinter den Häusern und es wurde augenblicklich kühler. Nächste Woche war endlich März, ein Hauch von Frühling lag bereits in der Luft. Mit einem frustrierten Kopfschütteln ging Louisa hinein, die anderen beiden folgten ihr. Louisa setzte sich neben Jonas an den Esstisch und sah ihren Vater noch einmal fragend an.

Er nahm nicht Platz, sondern blieb hinter einem Stuhl stehen, die Hände, eine zur Faust geballt, auf die Lehne gestützt. »Was willst du wissen?« Er schaute Louisa wie immer nicht in die Augen, sondern konzentrierte sich auf einen Punkt hinter ihr.

»Warum weiß ich nicht, dass du adoptiert wurdest?« Louisa blickte ihm direkt ins Gesicht, versuchte, seine Aufmerksamkeit zu erlangen.

»Keine Ahnung.« Immer noch hatte er einen mürrischen Gesichtsausdruck aufgesetzt. Wollte er es wirklich bei dieser Antwort belassen? Dann redete er doch weiter. »Es gibt keinen Grund dafür. Mit deiner Mutter habe ich darüber gesprochen, als wir uns kennengelernt haben. Als Erklärung für das kühle Verhältnis zu meiner Verwandtschaft. Dich betrifft es ja nicht einmal. Und nun weißt du es.« Er trank einen Schluck Champagner und nickte zustimmend. »Ein Bier ist mir dennoch lieber.« Und damit schien das Gespräch für ihn beendet.

Louisa wusste nicht, was sie entgegnen sollte. Würde sich jemals etwas ändern zwischen ihnen? Alles, was sie tat oder sagte, war für ihren Vater falsch, zumindest nicht richtig.

Jonas ergriff das Wort. »Der Champagner ist ausgesprochen gut. Vielen Dank. Aber ich gehe dann lieber in mein Zimmer. Sie haben eine Familiensache zu besprechen. Ich möchte nicht stören.«

»Es wäre schön, wenn Sie blieben.«

Louisa hatte es gedacht, ihr Vater ausgesprochen. Vielleicht würde Jonas, der mehr Zugang zu ihrem Vater zu haben schien als sie selbst, das Gespräch in die richtige Richtung lenken?

Er hob abwehrend die Hände. »Ich trinke das Glas gerne noch mit Ihnen aus, möchte aber nicht Partei ergreifen. Ich lasse mich ungern instrumentalisieren …«

»Nein, das verstehen Sie falsch«, widersprach Louisas Vater. »Sie müssen keine Partei ergreifen. Einfach nur anwesend sein. Meine Tochter neigt zu Übertreibungen und ist absolutistisch. Sie sind für mich da. Sie werden für mich bezahlt.«

Louisa leerte ihr Glas in einem Zug. Sollte sie nach Hause fahren? Hin- und hergerissen zwischen Neugier und verletztem Stolz blieb sie sitzen. Erwiderungen, Rechtfertigungen, Vorwürfe lagen ihr auf der Zunge. Sie versuchte einen anderen Weg. »Ich möchte nur etwas mehr über unsere Familiengeschichte wissen«, erklärte sie mit versöhnlicher Stimme. »Ich habe heute erfahren, dass meine Großeltern gar nicht meine leiblichen Großeltern waren. Ich denke, der Wunsch, die Hintergründe zu erfahren, ist weder absolutistisch noch dramatisch.«

»Meinetwegen.«

Louisa entging nicht, wie er abschätzig die Augenbrauen hob.

»Aber es sieht dir ähnlich, daraus so ein Thema zu machen. Dabei gibt es nicht viel zu erzählen. Vater ist im Krieg gefallen, Mutter unbekannt. Mal was Neues, man hört sonst ja nur von unbekannten Vätern. Ich wurde von Verwandten meines Vaters adoptiert. Solche Geschichten gab es häufig in der Zeit, nichts Besonderes.«

Louisa dachte an ihren Großvater, sah sein ernstes, verschlossenes Gesicht vor sich. »Ich frage mich, ob das der Grund war, warum mein Opa nichts mit mir anfangen konnte. Weil ich nicht sein richtiges Enkelkind war. Mit Petra und Bianca war er ganz anders.«

»Jetzt hör aber auf! Was für ein Unsinn. Dein Großvater war eben ein ruhiger Zeitgenosse. Das hat nichts mit Blutsverwandtschaft zu tun. Deine Cousinen wohnten näher, deshalb hatten sie vielleicht mehr Kontakt. Das ist alles.«

Jonas schwieg. Louisa erinnerte sich. An gemeinsame Sonntage mit Kaffee und Kuchen. An das Kartenspiel der Männer. An das Fangenspielen der Enkelinnen im Garten. An die Kaninchen. An die Stachelbeerbäume. Sie sah Bianca auf dem Schoß der Oma sitzen, das Pfennigglas leeren. Einen schwarzen Behälter mit Deckel, so groß wie ein Marmeladenglas. Sie erinnerte sich an die Ein- und Zwei-Pfennig-Türmchen, die auf der Wachstuchtischdecke gestapelt und anschließend unter den drei Enkelinnen gerecht verteilt wurden. Sie erinnerte sich an aufgeregte Vorfreude, wie sie zu dritt gespannt zuschauten, wie die Türme in die Höhe wuchsen. Als alle Münzen verteilt waren, zogen sie zusammen los und stürmten den kleinen Kiosk um die Ecke. Sie konnten kaum über die Ladentheke gucken, zeigten mit dem Finger auf die Gläser und fragten bei jeder Süßigkeit, wie teuer ein Stück war. Dann wurde überlegt und gerechnet, wie man die größte Auswahl an den Leckereien ergatterte. Lutschbonbons in Weiß und Rosa, gepresst in Blütenform. Rote Lutscher, Traubenzucker, Lakritzschnecken und Fruchtgummi-Schnuller oder Kirschen, die sie sich als Schmuck an die Ohren hängten. Wenn sie das Geschäft schließlich verließen, lächelte die Frau hinter der Theke, deren Name ihr nicht mehr einfiel, nicht mehr ganz so herzlich.

Auch wenn Louisa diese Erinnerung in diesem Moment ein Grinsen ins Gesicht zauberte, wusste sie auch, dass sie damals gefühlt hatte, dass Bianca und Petra öfter in den Genuss der Pfennigleerung kamen als sie. Angesprochen hatte sie es aber nie.

Sie goss sich nach und trank noch einen Schluck. »Kannst du dich noch an irgendetwas aus deinen ersten Jahren erinnern? Gibt es Fotos?«, bohrte Louisa irgendwann nach, ohne den Blick von ihrem Glas zu heben.

»Nein.«

»Wie hieß dein Vater? Wie alt warst du, als du von Kurt und Regine adoptiert wurdest?« Sie hatte so viele Fragen.

Ihr Vater sog angestrengt die Luft ein, ehe er antwortete. »Manfred hieß mein Vater. Er war in Frankreich stationiert, bevor er nach Russland versetzt wurde. Ich nehme an, er hat dort mit einer Französin rumgehurt. Ich bin das Ergebnis.«

Er presste die Lippen fest aufeinander, als hätte er genug gesagt. Erst als sie ihn flehend ansah, redete er weiter. »Ich bin im Februar 1943 geboren. Mit mir hat nie jemand darüber gesprochen, es war ja auch nicht so wichtig. Es gibt zuhauf

Kinder von deutschen Soldaten und Französinnen. In meinem Fall haben mich ein Cousin meines Vaters und seine Frau nach Deutschland geholt. Mehr weiß ich nicht, mehr hat mich nie interessiert.«

»Woher wussten sie von deiner Existenz? Gibt es Briefe? Unterlagen?«

Er zuckte die Schultern. »Keine Ahnung. Am besten fragst du Hedwig. Sie hat damals nach Kurts Tod seine Sachen gesichtet.« Er verschränkte die Arme. »Versteh doch, ich habe daraus nie etwas Besonderes gemacht. Was hätte mir das auch gebracht? Es war einfach so. Ich kenne niemand anderen als Kurt und Regine. Sie sind meine Eltern gewesen. Für mich hätte sich nichts geändert, auch wenn ich mir noch so oft den Kopf über meine Herkunft zerbrochen hätte.«

»Das heißt, du wusstest es auch schon ganz früh?«

Er nickte. »Ja, ich wuchs mit dem Wissen auf, dass ich angenommen worden bin. Und alle anderen im Ort wussten es auch. Wäre auch schwierig zu erklären gewesen, wo auf einmal ein Kind hergekommen war, weil Regine vorher keinen Schwangerschaftsbauch gehabt hatte. In der Schule, beim Bäcker, beim Metzger, auf der Arbeit. Also nichts mit ›Überraschung, Überraschung, du bist gar nicht unser Sohn‹ oder so einen Nonsens. Ich kann mich nur wiederholen: Es war einfach so und Punkt.«

Ihr Vater wirkte erschöpft. Er hatte mehr als normalerweise geredet. In Louisa keimte Hoffnung auf, dass sein Wille, sich mitzuteilen, ein Versuch war, ihre Beziehung zu verbessern. Aber sie nahm noch etwas anderes wahr. Während des Erzählens hatten sich seine Stimme und seine Körperhaltung verändert. Louisa meinte, auch etwas Dunkles, Schmerzhaftes in seinem Gesicht gelesen zu haben. Als hätte er sich dabei an Dinge erinnert, die nicht ins harmonische Bild passten, das er ihr vermitteln wollte. Was hatte er seinen Geschwistern vorhin an den Kopf geworfen – sie hätten ihn immer spüren lassen, dass er der Angenommene war?

Wie vorhin schon schaute er sie nicht direkt an. Er schloss die Augen, versteckte hinter vorgehaltener Hand ein Gähnen. Zeitweise zuckte sein rechter Mundwinkel. Jonas blickte ruhig und abwartend von einem zum anderen.

Was verbirgst du, Vater? Sie stellte die Frage nicht laut, denn sie wusste, dass sie keine Antwort erhalten würde. Alles war gut – war es das, was er ihr vermitteln wollte? Für einen Moment glaubte sie, dass Fürsorge seine Motivation war, doch den Gedanken schob sie schnell zur Seite. Meist ging es um ihn, warum sollte es nun anders sein? War es ihm schlichtweg zu mühsam, mit ihr darüber zu sprechen, war sie es ihm nicht wert? Oder war da etwas in ihm verborgen, das er selbst nicht an die Oberfläche lassen wollte?

Plötzlich überrollte Louisa eine Welle der Zuneigung für ihren Vater. Gleichzeitig tauchten tausend weitere Fragen auf, doch sie spürte, es war nicht die Zeit, sie zu stellen. Ihr Glas war leer, und sie beschloss, nach Hause zu fahren. Sie wollte diesen kostbaren Moment nicht durch weiteres Nachhaken zerstören.

»Danke für deine Offenheit, Vater. Am besten mache ich mich auf den Weg. Du bist gut versorgt. Mach dir noch einen gemütlichen Abend und hab eine gute Nacht.«

Sie stand auf. Jonas erhob sich ebenfalls und begleitete sie zur Tür. »Ihr Vater ist erschöpft. Aber Ihre Tante ist sicher redefreundlicher.« Er lachte.

Redefreundlich, eine nette Umschreibung für Tante Hedwig, dachte Louisa und nickte lächelnd. »Sie haben recht. Ich werde Tante Hedwig mal zu einem Bummel in die Stadt einladen und sie erzählen lassen. Das müsste funktionieren.«

Er grinste, und Louisa bemerkte zum ersten Mal sein Grübchen im Kinn. Das hellblaue Hemd unterstrich seine grün-blaue Augenfarbe. Und anders als am Nachmittag waren drei Knöpfe geöffnet und sie entdeckte ein paar Brusthaare. Was für ein außerordentlich attraktiver Mann, dachte sie, verwarf den Gedanken schnell wieder und wandte sich zum Gehen.

Als sie zu Hause ankam, war sie zu aufgewühlt, um den Abend auf dem Sofa zu verbringen. Am Morgen hatte sie nur grob die Verwüstung ihrer Backversuche beseitigt. Sie betrachtete die fleckigen Edelstahlflächen in ihrer Küche. Dunstabzugshaube, Spüle und Kühlschrank hatten eine dringende Reinigung nötig. Warum nicht sofort?

Sie kramte Eimer, Mikrofasertücher und Reinigungsmittel zusammen, suchte über Spotify eine Playlist, die irgendjemand extra zum Putzen zusammengestellt hatte, und legte los. Im Takt der Bässe polierte sie die Edelstahlflächen, dass man sich darin spiegeln konnte. Sie leerte die Mülleimer und stellte die Beutel neben die Wohnungstür, um sie beim nächsten Gang nach draußen in den Containern zu entsorgen.

Eineinhalb Stunden später betrachtete sie zufrieden ihr Werk. Kühlschrank, Herd und Dunstabzugshaube blitzten vor Sauberkeit.

Ihr Elan war ungebrochen und sie nahm sich noch das Badezimmer vor. Sie reinigte die Toilette, entfernte Kalkablagerungen an Duschwand und -kopf sowie den anderen Armaturen. Dabei summte sie die Melodien oder sang laut mit, wenn sie die Texte der Lieder kannte, die aus den Lautsprechern dröhnten. Fast wie früher als Kind, als sie englische Texte mitgeträllert hatte, ohne die Sprache zu kennen. Sie war dankbar, dass sie allein lebte und niemand zuhörte.

Völlig erledigt setzte sie sich schließlich auf den Badewannenrand und betrachtete zufrieden ihr Werk. Es war inzwischen spät geworden, aber sie verspürte keinen Hunger. Verschwitzt von der körperlichen Anstrengung stieg sie unter die Dusche. Als sie mit nassen Haaren vor dem Spiegel stand und sich kämmte, wurden ihre Bewegungen langsamer, bis sie innehielt. Sie trat näher an ihr Spiegelbild heran und betrachtete sich eingehend. Niemand in ihrer Familie, den sie kannte, hatte solche dunklen, dicken Haare. Mutters Haare waren dünn und glatt gewesen, Vater kannte sie nur mit Glatze. Sie suchte nach Ähnlichkeiten und musste feststellen, dass sie wenig von ihren Eltern geerbt hatte. Die Mundpartie ähnelte der ihres Vaters, aber ihre Nase glich keiner ihrer Eltern, auch nicht der Verwandtschaft ihrer Mutter – soweit sie es von den Fotos beurteilen konnte. Ihre Großeltern mütterlicherseits hatten in Süddeutschland gelebt und waren früh verstorben. Mutter war das einzige Kind gewesen.

Die Frage, die sie während des Putzens so erfolgreich verdrängt hatte, pochte nun unüberhörbar in ihrem Kopf: Wer waren ihre leiblichen Großeltern väterlicherseits?

Sie hoffte, dass Tante Hedwig Fotos aus der alten Zeit aufbewahrt hatte und sie wenigstens eines ihres Großvaters zu Gesicht bekäme. Und ihre Großmutter? War es denkbar, dass wirklich niemand etwas über sie wusste?

Kapitel 11

Frankreich, September 1940

Carole kochte Apfelkompott. Sie schwitzte. Für Ende September war es noch immer sehr warm.

Die Äpfel an ihrem Baum im Garten waren bereits reif, zumindest die, die heruntergefallen waren. Bevor die Vögel alle auffraßen, hatte Carole sie aufgesammelt und kochte sie nun ein. Madame Pirotte hatte ihr die Zubereitung gezeigt und das Rezept verraten.

Das Knirschen von draußen verriet ihr, dass sie Besuch bekam. Es klang nicht nach schweren Stiefeln, wie sie im ersten Moment glaubte, sondern nach einem Leichtgewicht.

Emile, dachte sie, und die Aussicht, mit dem kleinen, altklugen Jungen Zeit zu verbringen, brachte sie zum Lächeln.

Die letzten Tage hatte er sie nicht täglich besucht, und sie musste zugeben, dass sie ihn vermisste.

Emile klopfte kurz an – darum hatte sie ihn gebeten und ihm erklärt, dass das eine Frage der Höflichkeit wäre –, wartete aber nicht, bis sie ihn hereinrief.

»Salut, Carole«, grüßte er, trat ein, schnappte sich einen kleinen Apfel und setzte sich auf einen Stuhl. »Darf ich den haben? Ich habe solch einen Hunger.«

»Salut, Emile. Schön, dich zu sehen«, erwiderte sie und blickte nicht auf, während sie einen Apfel entkernte. »Wie geht es dir sonst, außer dass du Hunger hast?« Sie drehte sich um und presste die Lippen missbilligend aufeinander, als sie seine mit Schrammen und Flecken übersäten Arme sah. »Was ist denn mit dir passiert?«

Er biss in den Apfel, verzog dabei das Gesicht zu einer Grimasse. »Die sind aber sauer.«

»Dann hast du die Ausnahme erwischt.« Sie lachte. »Also, was ist passiert? Erzähl!«

»Nichts, zumindest nichts Schlimmes. Ich bin vom Baum gefallen. Es tut nicht weh, ich bin nur schmutzig.«

Es fiel ihr schwer, seinem Blick, dem sie nicht böse sein konnte, zu widerstehen. Neben den lädierten Armen bemerkte sie auch seine aufgeschlagenen Knie. Schlimmer war jedoch der Riss im Pullover, der ihr nicht entging, auch wenn er ihn zu verstecken versuchte.

»Und was ist das?« Sie zeigte darauf. »Deine Mutter wird sich freuen.«

»Ich mag es nicht, wenn du etwas sagst und es nicht so meinst. Maman wird toben, wenn sie mich so sieht. Ich dachte, dass ich vielleicht hier, also, dass du …« Er griente. »Bevor ich zu ihr gehen muss.«

Eigentlich wollte sie mit ihm schimpfen, ihm Vorhaltungen machen, ihm erklären, dass er besser auf sich achtgeben musste. Auch auf seine Kleidung. Doch während die Vorwürfe in ihrem Kopf schwirrten, ertappte sie sich bei dem Gedanken, wie sie den Riss unauffällig reparieren konnte. Er war ein cleverer Junge mit einem enormen Bewegungsdrang, dem man nichts vormachen konnte. Warum er nur mit allem so schnell sein musste, war ihr jedoch ein Rätsel. Normal zu gehen lag ihm nicht, er rannte stets. Dabei nahm er oft die Ecke eines Möbelstücks oder einen Türrahmen mit.

»Ich schau mal, was ich tun kann. Beim nächsten Mal könntest du es vielleicht ein wenig langsamer angehen. Die Schrammen sind mir egal, die heilen. Kaputte Kleidung hingegen ist ein Problem.« Sie schaute streng auf den angebissenen Apfel, den er auf den Holztisch abgelegt hatte. »Der wird aufgegessen.«

Er stand abrupt auf und salutierte wie ein deutscher Soldat vor ihr. »Bien sûr, Mademoiselle.«

Sie schaute ihn traurig an. »Du hast sie wieder beobachtet?«

Emile ging nicht darauf ein, sondern nahm den Apfel und biss dieses Mal ein kleineres Stück ab. Er blinzelte sie an, während er intensiv kaute. Mit vollem Mund spricht man nicht, hatte sie ihm eingetrichtert. Auf eine Antwort würde sie vergeblich warten.

Sie wandte sich wieder ihrem Kompott zu.

»Mir ist aufgefallen, dass du ständig nur von ›dem Deutschen‹ redest. Er heißt Manfred, wusstest du das?« Emile schaffte es immer wieder, sie zu überraschen. »Manfred Ziegler«, fügte er an. »Ich finde, es klingt seltsam. Manfred«, wiederholte er langsam und versuchte, den Namen ohne französischen Akzent auf deutsche Art auszusprechen.

Sie hielt kurz inne, dann rührte sie weiter mit dem Holzlöffel in der Apfelmasse. »Woher weißt *du* das? Hast du ihn nach seinem Namen gefragt?« Und hatte er ihm gesagt, dass sie ihn immer »den Deutschen« nannte, dachte sie, fragte aber nicht laut nach.

»Er ist nett. Er schenkt mir manchmal Dinge. Auch schon mal einen Apfel. Aber der ist dann nicht so sauer wie der hier.« Er hielt ihn demonstrativ in die Höhe.

»Er hat einen Cousin, der wie ein Bruder für ihn ist. Manfred spricht ganz gut Französisch für einen Ausländer. Der Cousin heißt Kurt. Die haben sich auch oft gezankt, als sie noch Kinder waren.«

Carole nahm den Topf von der Kochstelle und setzte sich zu ihm an den Tisch. Er brauchte jemanden zum Reden, einen Mann. Er hatte keinen Vater, keinen Opa, keinen Bruder. Nur eine Mutter, die sich mit Näharbeiten über Wasser hielt, und drei Schwestern, und niemand hatte Zeit für ihn. Es verwunderte sie nicht, dass er die Soldaten, vor allem ihren Deutschen, Manfred, bewunderte und die Nähe zu ihm suchte. Sie waren die Sieger, die Helden. Sie sahen gut aus und rochen angenehm. Von Verlierern und Verlusten wollte kein Kind etwas wissen.

Carole konnte es verstehen, zumal auch ihr der Soldat in ihrem Haus nicht zuwider war, aber sie musste Emile begreiflich machen, dass er mehr Nationalstolz an den Tag legen musste. »Du weißt, dass Hitler uns besiegt hat? Dass wir verloren haben?«

»Nein, wir haben kapituliert. Das ist nicht das Gleiche. Aber Hitler hat gesiegt, das ist schon richtig. Er ist auch viel tapferer.«

Eine fürchterliche Ahnung überkam sie. »Wer hat mit dir darüber gesprochen?«

»Na, Manfred.«

»Was hat er noch gesagt?«

»Dass wir Franzosen überhaupt keine Angst haben müssen. Und wie sehr er die französische Lebensart und die Kultur liebt. Er ist hier viel lieber als zu Hause, hat er mir verraten. Sein Zuhause, also der Ort, hat einen ganz komischen Namen. Ich kann ihn kaum aussprechen. Duselheim … Nein, es war anders. Duseldorf. Klingt das nicht seltsam?«

»Düsseldorf heißt der Ort, Emile.«

Sie hatten ihn beide nicht kommen gehört und zuckten bei der dunklen Stimme des Offiziers zusammen. Seit wann schlich er im Haus herum, durchfuhr es Carole. Wollte er sie bespitzeln? Sie schluckte mehrmals. »Es ist wirklich schwer auszusprechen«, sagte sie zu Emile und versuchte ein Lachen.

Er hatte nur Augen für den Deutschen. »Da bist du ja. Ich bin von einem Baum gefallen und mein Pullover hat einen Riss. Carole kann das flicken, sie kann einfach alles.«

Liebevoll lächelte sie ihn an. »Nicht alles, mon petit«, flüsterte sie und dachte dabei an ihre Mutter. »Aber ich gebe mir Mühe.« Sie bemühte sich, ganz normal zu klingen und dabei die Angst, die der Deutsche mit seinem leisen Eintreten verursacht hatte, zu verdrängen. Spionierte er sie aus? Wusste er von Madame Pirottes Radio? Ahnte er ihre Verehrung für de Gaulle? Und noch schlimmer, durchfuhr sie der Gedanke, hatte er sie beobachtet, dass sie bei der Nachbarin gewesen war?

»Bitte entschuldigen Sie mein Eintreten, ich habe angeklopft, aber Sie waren so vertieft, Emiles Erzählungen zu lauschen, dass Sie mich nicht gehört haben. Er ist schon ein grandioser Geschichtenerzähler.«

»Das klingt, als würde ich es mir ausdenken«, empörte sich Emile. »Aber das stimmt doch gar nicht. Ich lüge nie. Du hast es mir verboten, Carole. Nur manchmal, in Ausnahmefällen, ist ein bisschen Flunkern erlaubt. Stimmt doch, oder?«

»Ich denke, gegen Notlügen kann auch der liebe Gott nichts haben.« Carole hatte es bisher geschafft, mit ihrem Deutschen kein Wort zu wechseln. Auch dieses Mal gelang es ihr, ohne dass es unhöflich wirkte. Emile redete für sie mit. »Ich kümmere mich jetzt erst einmal um deinen Pullover, damit wir auf der sicheren Seite sind und du von deiner Maman keinen Ärger bekommst. D'accord?«

Er nickte heftig und Carole nutzte die Gelegenheit, aus dem Raum zu verschwinden. Sie hoffte, dass bei ihrer Wiederkehr der Deutsche weg war. Hinter der geschlossenen Tür atmete sie erst einmal tief durch.

»Sie ist eine großartige Frau, oder?«, hörte sie Emile fragen, und die Bewunderung in seiner Stimme war nicht zu überhören.

»Sehr«, antwortete der Deutsche, und die Art, wie er das Wort aussprach, ließ Carole erröten. Hastig strich sie sich ihr Kleid glatt und stürzte in den ersten Stock.

Kapitel 12

Düsseldorf, Februar 2023

»Ich wollte mich noch einmal für den schönen Nachmittag bedanken.« Sobald Louisa den Anruf angenommen hatte, redete Tante Hedwig sofort drauflos. »Es war so nett, mit der ganzen Familie mal wieder beieinanderzusitzen. Und mit Jonas scheinst du ja einen Volltreffer gelandet zu haben. Ich habe Heinrich schon lange nicht mehr so entspannt erlebt.«

Louisa wusste nicht, wie sie die Art ihrer Tante finden sollte. Hedwig fiel mit der Tür ins Haus, redete ohne Punkt und Komma. Auf ein »Hast du einen Moment Zeit?« oder »Passt es dir?« wartete man bei ihr vergeblich. Gegen ihren Willen musste Louisa schmunzeln. Aktuell hatte sie keine Lust, über den Nachmittag vor zwei Tagen und seine überraschende Wendung nachzudenken, doch Hedwig ließ ihr keine Wahl. »Das Missgeschick mit dem Kuchen, Louisa … Ach, das hat mich so an früher erinnert. An mich selbst. Wie du jetzt weißt, war auch ich nicht immer die perfekte Hausfrau.« Sie kicherte albern und es klang künstlich, als hätte ihre Tante ein wichtiges Anliegen, traute sich aber nicht, es auszusprechen.

»Danke, Tante Hedwig. Kann ich etwas für dich tun oder rufst du einfach nur so an?«

»Nun ja … Wenn du schon fragst …« Nach dem Verlegenheitslachen eine Verlegenheitspause, ein Verlegenheitsräuspern. »Ich habe gedacht, dass du vielleicht reden willst? Eigentlich dachte ich, du rufst an. Du musst doch tausend Fragen haben.«

Hatte sie, dachte Louisa. Laut sagte sie jedoch: »Ich wollte mich melden, wusste aber nicht, wie ich das Thema ansprechen sollte. Ich bin nicht immer so direkt.«

»Weißt du, Politik und Religion …«, fuhr ihre Tante fort, »das sind Themen, da gerät man schnell aneinander. Die haben an der Kaffeetafel nichts verloren, das hat deine Mutter auch immer gesagt. Solche Streitereien, die daraus entstehen, darf man nicht so ernst nehmen.« Erneut dieses Lachen, das Louisa an das Wiehern eines unsicheren Fohlens erinnerte.

»Mich hat nicht die politische Einstellung irritiert«, entgegnete Louisa. »Aber dass mein Vater gar nicht dein leiblicher Bruder ist, beschäftigt mich noch immer.« Sie wollte Einzelheiten. Sie war neugierig, wie ihre leiblichen Großeltern gewesen waren und wie sie ausgesehen hatten. Doch diese Fragen konnte ihr auch Hedwig nicht beantworten. Waren sie humorvolle Menschen gewesen, die gerne gelacht hatten? Oder waren sie ernsthafte, nachdenkliche Charaktere gewesen? Wem sah Vater ähnlich? Von wem hatte er seine mürrische Art? Es gab so viele Fragen, auf die sie wahrscheinlich nie eine Antwort erhalten würde. Wer sollte ihr die auch geben? Die, die es gekonnt hätten, waren seit Jahrzehnten tot.

»Ach, Louisa. Da wollte niemand drüber reden. Es hat auch keiner gefragt.«

Was waren sie für eine seltsame Familie, dachte Louisa. Es stimmte, über Persönliches redete niemand. Keiner fragte nach, alles blieb an der Oberfläche. »Ich kann mir Vater als Kind überhaupt nicht vorstellen. Wie war er?«

»Wie Heinrich als Kind war?«, wiederholte Hedwig erstaunt. »Nun … Das weiß ich gar nicht. Er ist ja ein paar Jahre älter als Erich und ich, und wir hatten nicht viele Gemeinsamkeiten. Er hatte andere Freunde und Interessen.«

»Aber ihr habt doch unter einem Dach gelebt. Er war dein großer Bruder. Ich möchte ihn besser verstehen lernen.«

Louisa nahm das Telefon mit aufs Sofa, legte die Füße hoch und zupfte an einer Haarsträhne herum, während sie sich erklärte. »Ich meine, das Verhältnis zwischen uns war nie besonders gut, wie du weißt, und ich möchte es gerne verändern. Seit Mamas Tod haben wir schließlich nur noch uns. Aber manchmal habe ich das Gefühl, einem völlig Fremden gegenüberzusitzen. Wir sind zum Beispiel nie einer Meinung. Egal bei welchem Thema, selbst beim Wetter. Sage ich, der Winter ist kalt, bin ich verweichlicht. Sage ich, es ist zu warm für die Jahreszeit, fühlt er sich angegriffen. Als würde ich ihm persönlich die Klimakrise ankreiden.« Louisas Kehle wurde enger und sie schluckte dagegen an. »Nun habe ich erfahren, dass er seine leibliche Mutter nicht kennt, und das scheint ihn geprägt zu haben. Wie ein schwarzer Fleck in seinem Lebenslauf. Ich kenne keine Fotos von ihm als Kleinkind, kein Klassenfoto, kein Foto, das ihn mit Freunden zeigt. Gibt es Familienfotos von Feiern? Hochzeiten, meinetwegen auch Beerdigungen, auf denen vielleicht auch sein leiblicher Vater zu sehen ist? Weißt du, was ich meine?«

Es blieb still am anderen Ende. Louisa hörte ihre Tante schlucken und sich räuspern. Dazu kam ein Geräusch, das sie zunächst nicht einordnen konnte. Ein Klicken, ein tiefer Atemzug. »Seit wann rauchst du?«, fragte sie verwirrt.

»Ach«, Hedwig atmete lang gezogen aus. »Eigentlich schon immer. Na ja, immer mal wieder, heimlich. Günther sieht es nicht gerne, aber manchmal brauch ich einfach eine Zigarette. Und jetzt gerade ist so ein Moment.«

Ihr fiel keine Erwiderung ein. Louisa hatte noch nie geraucht, fand den Geruch nach Nikotin und abgestandenem Rauch, wie er einem früher aus Kneipen entgegengeschlagen war, ekelhaft. Das Bild ihrer Tante mit den dauergewellten Haaren und den nachgeahmten Chanelkostümen, die sie so gerne trug, passte nicht zu einem Glimmstängel.

»Mit Spitze?«

»Bitte? Was meinst du?«

»Ich stelle mir vor, wie du mit einer Zigarettenspitze rauchst, so wie früher die Schauspielerinnen. Das würde zu dir passen.«

Ein Lachen, das dieses Mal von Herzen zu kommen schien. Und Louisa stimmte mit ein. In den letzten zwei Tagen hatte sie Dinge über ihre Tante erfahren, die sie ihr in all den vorangegangenen Jahren nicht zugetraut hätte. Hedwig, die Perfekte, konnte zugeben, dass ihr ein Kuchen misslungen war. Und sie rauchte heimlich. Wow. Sie musste ihre Meinung über sie revidieren. Vielleicht auch die über ihre Familiengeschichte, zumindest anders über ihren Vater denken. Aber andererseits – änderte das etwas daran, wie schwierig der Umgang mit ihm war?

»Ein schönes Bild, Louisa. Aber nein, ich muss dich enttäuschen. Ich rauche nicht mit Spitze, sondern eine ganz ordinäre Filterzigarette. Marlboro. Noch nicht mal light.«

Reitende Cowboys im Sonnenuntergang und Tante Hedwig wollten in Louisas Vorstellung nicht zusammenpassen. Dennoch fühlte sie sich ihrer Tante in diesem Augenblick merkwürdig nah. Sie schien immerhin die Einzige in ihrer verkorksten Familie zu sein, mit der man ein vernünftiges Gespräch führen konnte. »Was hältst du davon, wenn wir uns die Tage in der Stadt treffen und einen Kaffee zusammen trinken?« Der Gedanke kam Louisa spontan, und erst als sie ihn ausgesprochen hatte, hörte er sich für sie merkwürdig an. Noch nie hatte sie sich in der Vergangenheit mit ihrer Tante verabredet. Umso überraschter war sie, als ihre Tante begeistert zusagte.

»Was für eine fantastische Idee. Morgen? Bis dahin schaffe ich es auch zu schauen, was ich an Fotos in meinen Kisten und Alben finde.«

»Zu Heinemann? Passt dir drei Uhr?«, schlug Louisa vor.

»Das passt.« Bevor Louisa noch etwas sagen konnte, legte Hedwig auf.

Okay, dachte Louisa, ein wenig überrumpelt von ihrem eigenen Vorschlag. Vielleicht würde sie nun endlich mehr über die Familiengeschichte erfahren, die schließlich auch ihre war. Ein leichtes Grummeln in ihrem Unterleib zeugte davon, dass sie aufgeregter war, als sie sich eingestehen wollte. Sie stand vom Sofa auf, ging in die Küche und stellte den Wasserkocher an. Sie brauchte einen Tee. Melisse, zur Beruhigung.

Tante Hedwig wartete vor dem Eingang.

»Du hättest doch schon reingehen können.«

»Auf gar keinen Fall. Was sollen denn die Leute denken? Dass mich jemand versetzt hat?« Entrüstet schüttelte Hedwig den Kopf und Louisa musste schmunzeln. »Da habe ich meine Prinzipien. Aber natürlich bin ich auch immer fünf Minuten zu früh. Vater hat immer gesagt: ›Fünf Minuten vor der Zeit ist des Soldaten Pünktlichkeit.‹« Sie blickte auf ihre Armbanduhr und warf Louisa einen strengen Blick zu.

Sie tat es ihr gleich. Drei Minuten Verspätung. Aber nur, weil ihr die Bahn vor der Nase weggefahren war und sie die andere Linie hatte nehmen müssen.

»Den Satz kenne ich von meinem Vater auch. Aber mal ehrlich: Der passt doch nicht mehr in unsere Zeit.«

»Pünktlichkeit ist eine Sache der Höflichkeit.« Tante Hedwig hob zur Unterstreichung den Zeigefinger. »Aber vielleicht ist das ein Generationenkonflikt. Wir wurden dazu erzogen.«

Louisa spürte, wie der Ärger in ihr aufkam. Das hatte nichts mit ihrer Tante zu tun, aber das Thema brachte Erinnerungen hervor. Unzählige Diskussionen mit ihrem Vater, bei denen keiner gewonnen hatte. Louisa hatte diskutieren, eine sinnvolle Erklärung haben wollen. Ihr Vater hatte lediglich gewollt, dass sie gehorchte. Ohne Wenn und Aber und der Frage nach dem Warum.

Doch darüber wollte sie heute nicht nachdenken. »Komm, lass uns reingehen, die haben hier eine fantastische Kuchenauswahl.«

Der Themenwechsel schien ihr angebracht, um nicht in das alte Muster der Rebellion zu verfallen. Sie brauchte eine Verbündete und keinen Feind.

Sie entdeckten einen freien Tisch in einer lauschigen Ecke und nahmen Platz. Umständlich zog Hedwig ihren Mantel aus, darunter kam das obligatorische Kostüm im französischen Stil zum Vorschein. Alles wie immer. Erst jetzt bemerkte Louisa die große Einkaufstasche, die schwer aussah. Ihre Tante legte sie auf den leeren Stuhl neben sich. »Hast du Fotos gefunden?«, fragte sie aufgeregt.

»Eins nach dem anderen. Aber ja, ich kann dich beruhigen, ich habe einiges gefunden. Kaffee oder Tee?«

»Espresso. Und einen Mandelkuchen.«

»Wieder so eine Sache, an der man merkt, dass wir unterschiedlichen Generationen angehören. Ich gebe zu, ich mag am liebsten Frankfurter Kranz und einen Filterkaffee. Meinst du, das kriege ich hier?«

»Wir sind in einem Traditionshaus. Das denke ich schon.«

Nachdem sie die Bestellung aufgegeben hatten, saßen sie sich eine Zeit lang stumm gegenüber.

»Danke«, sagte Louisa schließlich.

»Wofür?«

»Dass wir uns treffen. Wir haben wenig miteinander zu tun gehabt in den letzten Jahren, aber seit Mutters Tod …« Sie wusste nicht, wie sie es ausdrücken sollte. »Mit Vater ist es seit jeher schwierig, aber wenn Mutter dabei war, blieb es erträglich. Sie wirkte wie ein Filter. Wenn sie danebensaß, waren seine Behauptungen nur halb so absurd, er wirkte weniger streng und streitlustig.« Louisa hob hilflos die Schultern. »Ich habe noch immer keine Ahnung, wie sie es gemacht hat, was ihr Geheimnis war, aber mit ihr an seiner Seite war er ein besserer Mensch.«

Tante Hedwig nickte. »Das stimmt. Dein Vater war eigentlich schon immer so, wie er jetzt ist. Ein Prinzipienreiter, der alles streng nach Vorschrift tat und das auch von anderen erwartete. Er war wenig tolerant.«

»War er wirklich immer so? Schon als Kind?«

Die Kellnerin kam mit ihrer Bestellung und solange blieben sie stumm.

Hedwig trank einen Schluck ihres Kaffees, mit Milch und drei Stück Zucker, wie Louisa verwundert bemerkte, und sprach dann endlich weiter. »Zwischen Heinrich und mir liegen sechs Jahre, zwischen ihm und Erich sieben. Wir waren die Nachzügler.« Sie lächelte bei diesem Wort, als hätte es eine besondere Bedeutung für sie. »Erst als ich in die Schule kam, habe ich verstanden, dass er adoptiert war. Meine Klassenkameraden haben das immer wieder gerufen – ›die Schwester von dem Angenommenen‹ – oder Schlimmeres. Das hat mich sehr beschäftigt, gebe ich zu …«

Sie rührte in ihrer Tasse, ohne den Blick zu heben.

»Warum? Ich meine, ihr wart eine Familie. Das war doch eigentlich egal.«

»Na ja, das sagst du so.« Sie rührte weiter, wechselte jedoch die Richtung. »Wenn ich als Kind einkaufen war und gefragt wurde, wer ich bin, dann hieß es ständig: ›Ach ja, die Zieglers.

Die mit dem angenommenen Sohn. Sehr ehrenwert, was für eine edle Geste‹, haben sie dann immer gesagt, als wären meine Eltern Heilige. Die hatten keine Ahnung, wir haben mehr als einmal was auf den Hintern gekriegt. Aber das war damals so. Selbst in der Schule … da könnte ich dir Geschichten erzählen …« Sie trank einen Schluck und Louisa hoffte, dass jetzt keine ellenlangen Erzählungen aus der Schulzeit kamen. Ihre Befürchtung bewahrheitete sich nicht, wie sie beim nächsten Satz ihrer Tante erleichtert feststellte. »Ehrlich gesagt, ich habe das alles am Anfang gar nicht verstanden. Die Begriffe ›Angenommener‹ oder ›Hurensohn‹ klangen seltsam in meinen Ohren. Ich habe Heinrich immer angehimmelt. Er war mein großer Bruder. Aber natürlich gab es mal Streit. Und dann habe ich ihn manchmal so genannt, einfach, weil alle ihn so nannten, und ich wusste, dass es nichts Schönes ist. Ich sehe sein Gesicht noch heute vor mir, als ich es das erste Mal getan habe. Er ist blass geworden, hat sich umgedreht und ist gegangen. Dabei sah er unendlich traurig aus.« Sie schluckte. »Ich war damals erschrocken, wie sehr ihn das verletzt hat.«

Louisa blickte ihre Tante nachdenklich an. »Das muss schwer für ihn gewesen sein. Habt ihr mal darüber geredet?«

»Nie. Jedes Mal, wenn ich davon anfangen wollte, mich entschuldigt habe oder einfach neugierig war, was er über seine Adoption wusste, hat er den Kopf geschüttelt und gesagt, es sei gut und er sei mir nicht böse. Aber danach war er meist noch schweigsamer.«

»Hattet ihr sonst ein gutes Verhältnis? Und was war mit Erich?«

»Erich und er haben sich nie gut verstanden. Viel später habe ich erst begriffen, dass es mit dem Recht des Erstgeborenen zu tun hatte. Vater und Mutter hatten vor uns damit abgeschlossen, Kinder bekommen zu können. Und deshalb waren sie wohl auch dankbar, dass sie Heinrich adoptieren konnten. Aber dann hat es doch geklappt, erst kam ich, kurz darauf Erich. Das war schon etwas Besonderes damals: der erstgeborene Sohn, das eigene Kind. Heute klingt es fremd, aber meinen Eltern war das wirklich wichtig. Die Zeiten waren so.«

Louisa versuchte, sich in ihren Vater hineinzuversetzen. Zu wissen – und zu spüren, dass man nirgendwo wirklich dazugehörte, musste etwas in ihm ausgelöst haben, ihn verändert haben.

Tante Hedwig setzte ein heiteres Lächeln auf. »Der Frankfurter Kranz ist superlecker. Und dein Mandelkuchen?«

»Ebenfalls gut. Danke.«

Sie wurden von einem anderen Gast abgelenkt. An den Nebentisch setzte sich ein elegant gekleideter älterer Herr, der sehr viel Platz einnahm. Umständlich schob er die Stühle umher, setzte sich erst auf den einen, dann auf den anderen Stuhl, rief nach der Bedienung, erst dann beschloss er, seinen Mantel auszuziehen, stand wieder auf, dabei schmiss er den Zuckerstreuer zu Boden. Die Vase mit der einzelnen roten Gerbera wackelte bedrohlich, blieb aber stehen. Der Mantel landete auf dem anderen Stuhl und er besetzte den, auf dem er noch nicht Probe gesessen hatte.

Louisa amüsierte sich über die Blicke, die ihre Tante dem Mann zuwarf. »Gibt's denn so was? Das ist eine Zumutung«, flüsterte sie Louisa zu.

Als hätte der Mann sie gehört, grüßte er nun sehr galant in ihre Richtung. »Küss die Hand!«, sagte er und deutete eine Verbeugung an.

Hedwig nickte verlegen. »Ach, Sie sind Österreicher?« Es war keine Frage, eher eine Feststellung, die sein seltsames Verhalten erklärte.

Louisa bemerkte, wie eine leichte Röte die Wangen ihrer Tante überzog. Viele Gelegenheiten, mit fremden Männern zu sprechen, hatte sie in ihrem Alltag bestimmt nicht.

»Aus Wien, gnädige Frau. Habe die Ehre.«

Das Rot auf den Wangen vertiefte sich und tatsächlich kicherte sie kurz. Noch während Louisa überlegte, ob sie das kommentieren sollte, wandte sich Hedwig wieder ihr zu, sprach weiter und schenkte dem Fremden keinen weiteren Blick.

»Eigentlich habe ich zu Heinrich nie ein inniges Verhältnis aufgebaut, obwohl ich immer zu ihm aufgeblickt habe. Er war reserviert. Wenn ich Ärger in der Schule hatte, habe ich meine Klassenkameradinnen beneidet, weil sie ihren großen Bruder geholt haben und der sich für sie eingesetzt hat. Heinrich hat das nicht gemacht. Er hat immer gesagt, dass ich meine Streitigkeiten selbst regeln muss. Erst viel später habe ich verstanden, dass er sich vermutlich nicht in den Vordergrund drängen wollte. Er war jedes Mal derjenige, den man zuerst verdächtigte, wenn etwas passiert ist. Dem man die Schuld an einem Streit oder einer Rauferei gab. Er war halt der …«

»Angenommene«, vollendete Louisa. Sie schüttelte den Kopf. Nie zuvor hatte sie sich Gedanken um die Kindheit ihres Vaters gemacht. Nie in Erwägung gezogen, dass es vielleicht einen Grund dafür gab, dass er so war, wie sie ihn kannte. »Was für furchtbare Erfahrungen.«

Die Kellnerin kam an den Tisch des Wieners und nahm seine Bestellung auf. Auf die Frage, ob es auch bei ihnen noch etwas sein dürfe, bestellte Louisa nochmals Kaffee und Espresso.

»Ach, weißt du, wenn ich ehrlich bin, habe ich mir selten darüber Gedanken gemacht. Ich war ein Kind und der Altersunterschied war sicherlich auch eine Hürde. Ihn interessierten andere Dinge als mich. Er ist früh arbeiten gegangen. Ich glaube, er musste Geld nach Hause bringen, wir hatten es ja nicht so dicke.«

Für Louisa formte sich allmählich ein Bild von einem einsamen Jungen, der zunächst als einziger Sohn alle Zuwendung erhalten hatte. Bis dann auf einmal noch zwei weitere Kinder kamen. Leibliche Kinder. Das Geld war knapp, die Zeiten schwierig. Er war das sprichwörtliche fünfte Rad am Wagen, überflüssig. Zum ersten Mal fühlte Louisa Mitleid. Nicht mit ihrem Vater, sondern mit dem Jungen, der er damals gewesen war.

»Zeig mal die Fotos, bitte.«

Hedwig kramte umständlich in der großen Tasche und holte ein Album heraus. Es war alt, der Einband teilweise zerschlissen. »Schau mal, das sind wir.«

Direkt auf der ersten Seite klebte ein Familienfoto in Schwarz-Weiß. Vater, Mutter und drei Kinder. Ein Mädchen von vielleicht vier oder fünf Jahren mit zwei geflochtenen Zöpfen, das aufgeweckt in die Kamera schaute. Der etwas kleinere Junge vor ihr musste Erich sein. Der große Junge war dann ihr Vater Heinrich. Louisa schätzte ihn auf vielleicht zehn Jahre. Er war sehr groß für sein Alter, reichte seinem Vater schon bis zur Brust. Auffällig war, dass er etwas abseits stand. Nur wenige Zentimeter, dennoch schien es, als wollte er nicht dazugehören. Oder war das einfach nur Zufall? Louisa erkannte in seinem Gesicht noch immer den Mann von heute, ihren Vater. Sie beugte sich ein Stück tiefer über das Album. Sein Blick wirkte traurig, aber auch trotzig. Beim Betrachten des Fotos fühlte sie sich ihrem Vater, zumindest dem Menschen, der er damals war, verbunden. Sie hätte ihn gerne an die Hand genommen, ihm übers Haar gestrichen und fest umarmt.

»Kannst du dich an den Tag erinnern?«, fragte sie.

Hedwig lachte so laut, dass der Wiener am Nebentisch aufschaute. »Ach nein, beim besten Willen nicht. Ich kann mich an fast gar nichts erinnern, was die damalige Zeit betrifft. Manchmal sehe ich Szenen vor mir, aber dann weiß ich nicht, ob das überhaupt real war oder ich es mir eingebildet oder gar geträumt habe. Ich weiß, dass ich gerne zur Schule gegangen bin. Aber auch da fehlen mir Details. Ich könnte dir zum Beispiel nicht sagen, wie mein Lehrer hieß. Oder meine Klassenkameraden. Meine beste Freundin war Edith, aber dann ist Schluss mit den Erinnerungen.« Sie betrachtete das Bild erneut. »Wenn ich ihn mir so ansehe, scheint er sich an diesem Tag nicht gerade wohlgefühlt zu haben in seiner Haut. Vater war oft sehr böse auf ihn und Heinrich hat nicht selten richtig Ärger bekommen. Ärger bedeutete immer Prügel, meist mit einer Holzlatte. Das kann man sich heute wirklich nicht mehr vorstellen. Irgendwie hatte Heinrich oft das Pech, dass es sich am Ende ins Gegenteil verkehrte, egal, was er tat, auch wenn er es gut meinte.«

Louisa zog die Augenbrauen zusammen. »Wie meinst du das? Fällt dir ein Beispiel ein?«

Hedwig überlegte. »Einmal war etwas mit Vaters Moped, das Heinrich reparieren wollte. Aber dann gab es Streit, weil einem Nachbarn ein Werkzeug fehlte, und Heinrich wurde verdächtigt, es gestohlen zu haben. Hinterher stellte sich heraus, dass Heinrich nichts damit zu tun hatte. Aber die Tracht Prügel hat er trotzdem bekommen. Wenn ich hier mit dir sitze, fallen mir doch noch Einzelheiten ein. Obwohl es so lange her ist.«

Louisa blätterte weiter. Kleine Schwarz-Weiß-Fotos, manche mit filigran gezacktem weißem Rand. Hedwig entdeckte sie auf fast jedem Bild, Erich war viel seltener zu sehen, ihr Vater kaum. Die obligatorischen Weihnachtsfotos. Alle in feinem Zwirn, ordentlich gekämmt, vor dem Weihnachtsbaum, an dem die echten Kerzen brannten. Eine Puppe, ein Holzroller. Weihnachtsgeschenke für die Kinder. Ein stolzer Blick der Eltern. Auf manchen lächelte sogar ihr Vater. Leider gab es kein Datum zu den Fotos. Louisa konnte die Jahreszahl nur anhand der Größe der Kinder ungefähr schätzen. Auch in der Familie Ziegler war das Wirtschaftswunder der Fünfzigerjahre erkennbar. Nicht nur die Kleidung wurde opulenter, Opa und Oma nahmen an Gewicht zu.

Louisa erinnerte sich in diesem Moment an Omas dicken Bauch und die weichen Arme, wenn sie sie umarmt hatte. An ihre Kittelschürze, die sie zu Hause immer trug. Im Winter mit Pullover, im Sommer nur mit BH. Sie war immer bemüht, es anderen recht zu machen. Sie war so ganz anders gewesen als ihr Opa, der meist wortkarg in seinem Keller verschwand, wenn Louisa zu Besuch war. Sein ganzer Stolz war seine Eisenbahnsammlung gewesen. Soweit sie wusste, war ihr Opa nicht als Soldat im Krieg gewesen, sondern bei der Reichsbahn beschäftigt. Wahrscheinlich kriegswichtig. Beim Betrachten der Fotos wurde Louisa bewusst, wie wenig sie über ihre Familie wusste. Sie hatte keine Ahnung, wie sie damals lebten und dachten, wovon sie träumten. Ob sie glücklich gewesen waren. Auf den gestellten Fotos war es unmöglich, das zu erkennen. »Wart ihr glücklich?« Die Frage rutschte ihr raus.

Hedwig sah überrascht auf, dann atmete sie einmal tief ein und aus. »Glücklich? Ehrlich gesagt habe ich nie darüber nachgedacht, damals schon mal gar nicht. Wir waren froh, so doof das klingt, wenn wir Kuchen essen durften. Mama hat immer samstags gebacken.« Sie schaute auf den Teller, wo nur noch einige Krümel lagen.

»Magst du noch eins, oder möchtest du meins aufessen? Ich kann nicht mehr«, bot Louisa an.

Hedwig mochte. Sie nahm Louisas Teller zu sich hinüber, tauschte die Kuchengabeln aus und probierte den Mandelkuchen. »Oh, der ist aber auch lecker.«

Sagte man nicht immer, Essen sei der Sex des Alters, fiel Louisa ein, als sie in Hedwigs zufriedenes Gesicht blickte.

»Ich habe schon immer alle Teller leer gegessen. Von allen. Vielleicht hängt es tatsächlich mit meiner Kindheit und der damaligen Zeit zusammen. Die Fotos wecken Erinnerungen. Und Hunger.« Sie schob sich das nächste Stück genüsslich in den Mund.

Genau dafür sind Fotos da, dachte Louisa. Um der Erinnerung auf die Sprünge zu helfen. Das Gedächtnis spielte einem viel zu oft einen Streich. Louisa kannte es von sich selbst. Dinge, die unangenehm waren, veränderte das Gehirn, damit es sich besser anfühlte. Oder verteilte die Schuld auf andere. Sie blätterte weiter und fand das Hochzeitsfoto ihrer Eltern. Das kannte sie. Unwillkürlich musste sie lächeln. Es war das einzige Bild, auf dem ihr Vater wirklich glücklich aussah. Und das letzte Foto in dem Album, das eingeklebt war. Allein in der rechten Ecke auf der grauen Pappe hinter Seidenpapier. Die folgenden Seiten waren leer, aber hier und da waren noch Klebereste zu erkennen. Es wirkte, als wären alle anderen herausgenommen worden. Tatsächlich fand Louisa die losen Bilder zwischen den nächsten beiden Seiten. Darunter auch einige blasse Farbfotos. »Darf ich die Alben mitnehmen und in Ruhe zu Hause durchsehen?«

Ihre Tante nickte kauend. »Selbstverständlich. Aber das war nicht unser letztes Treffen, oder? Ich bin gerne mit dir zusammen.« Hedwig tätschelte mit der Hand Louisas Oberschenkel. »Familie muss doch zusammenhalten. Und dein Vater ist nun ja gut versorgt mit Jonas.«

»Du ahnst nicht, was für ein Drama das mit den drei Damen vorher war. Ich war wirklich verzweifelt.« Beim Gedanken an die letzten Monate schloss sie für einen Moment die Augen. »Das kannst du dir nicht vorstellen.«

Ihre Tante hob verschwörerisch die Augenbrauen. »Na ja, deinen Vater kenne ich schon eine Weile. Ich habe ein Bild vor Augen.« Sanft drückte sie Louisas Unterarm. »Trotzdem – Familie ist wichtig. Auch wenn man das meist erst im Alter versteht. Wenn man so jung ist wie du, dann lächelt man darüber.«

Familie, dachte Louisa. Ihre Eltern waren ihre Familie, Geschwister hatte sie keine. Tanten, Onkel und Cousinen oder Cousins war sie in den letzten zwanzig Jahren nur auf großen

Feiern oder Beerdigungen begegnet. Ansonsten spielten sie einfach keine Rolle in ihrem Leben. Doch jetzt, da sie wusste, dass in ihr das Blut Unbekannter floss, dachte sie anders darüber. Sie war neugierig.

»Familie«, murmelte sie. Wer war ihre?

Kapitel 13

Frankreich, Oktober 1940

»Ist das Abendessen fertig?«

Carole sah ihren Vater heute zum ersten Mal. Er wirkte übernächtigt. Dunkle Augenränder und Tränensäcke zierten sein Gesicht – Zeugnisse durchzechter Nächte.

Carole hatte nicht gehört, wann er gestern nach Hause gekommen war. Sie war kurz vor Mitternacht zu Bett gegangen, da war er noch unterwegs gewesen. Für ihn als Freund der Deutschen galt die Sperrstunde nicht. Sie schüttelte den Kopf. »Ich decke gleich den Tisch. Madame Pirotte ist noch da und hat mir beim Kochen geholfen.«

»Ich vermisse das Lachen deiner Mutter«, sagte Vater plötzlich. Er legte »Le Progrès de la Somme« auf den Tisch, die einzige Tageszeitung, die noch erschien und deren Artikel streng von den Deutschen vor Veröffentlichung kontrolliert wurden, stand auf und schaute aus dem Fenster. »Wenn sie lächelte, war alles gut. So schlimm konnte nichts sein, wenn sie frohen Mutes war. Ich vermisse sie jeden Tag, jede Stunde.« Seine Stimme klang gepresst. »Wie sehr ich mich nach den alten Zeiten sehne.«

Carole blickte bestürzt zu Boden. Die sentimentalen Geständnisse ihres Vaters irritierten sie. Es sah ihm überhaupt nicht ähnlich. Meistens gab er den unnahbaren, den starken Mann, den nichts umwerfen konnte. »Ist etwas passiert?«, erkundigte sie sich besorgt.

»Nein, nicht wirklich. Es ist nur …« Er setzte sich wieder. »Hast du gehört, dass das Judenstatut verkündet wurde?«, fragte er leise, wobei er sie nicht anschaute.

Sie schüttelte den Kopf. »Was bedeutet das genau?«

»Jüdische Franzosen dürfen keine öffentlichen Ämter mehr ausüben. Sie dürfen nicht in der Armee, den Schulen und als Journalisten arbeiten. Selbst aus Radio und Kino werden sie ausgeschlossen. Ganz neu ist sogar, dass die Präfekten Ausländer jüdischer Rasse internieren dürfen.«

»In Lager bringen? Warum das denn?«

Sie erhielt keine Antwort.

»Dann kann ich die Rosenbaums verstehen. Sie haben das wohl vorhergesehen.«

»Auch wenn ich in meiner Trauer etwas gegen ihn gesagt habe: Er war ein guter Arzt. An Mamans Tod trug er keine Schuld.«

Überrascht schaute sie ihn an. Vertrauliche Momente zwischen ihnen waren selten. Wie gerne hätte sie jetzt seine Hand genommen und sie kurz gedrückt. »Auch ich vermisse Mutter«, erwiderte sie stattdessen. »Und die Zeit, bevor die Deutschen …« Sie brach ab. »Emile ist auch so ein Mensch. Er ist ein fremdes Kind und kann Mutter nicht ersetzen. Aber seine Fröhlichkeit ist ansteckend.«

»Ja. Das stimmt.«

Der Augenblick schien günstig. »Papa, darf ich etwas fragen?«

»Worum geht es?«

»Die Deutschen …« Sie sah, wie sich augenblicklich seine Miene verhärtete. »Gibt es Beschwerden über unseren? Hat er sich danebenbenommen?«

»Nein, nein. Das wollte ich nicht zum Ausdruck bringen. Er ist äußerst zuvorkommend. Auch wenn ich ihn kaum sehe. Er nimmt den Seiteneingang zum Kommen und Gehen, wie du es ihm gesagt hast. Er isst mit den anderen. Wenn ich ihn treffe, grüßt er höflich auf Französisch. Sein Akzent ist furchtbar, aber das ist wohl normal.« Ihr Vater nickte zufrieden. »Ja, selbst wenn sie alle Vokabeln und Redewendungen beherrschen, klingt unsere Sprache aus ihrem Mund seltsam kalt.«

»Warum verbringst du so viel Zeit mit ihnen?« Endlich war es raus.

Sie sah ihm an, dass ihm ihre Frage nicht gefiel. In anderen Momenten hätte er ihr wohl keine Antwort gegeben.

»Es ist Politik. Für dich schwer zu verstehen, weil du nicht alle Details kennst. Aber sich gegen unsere Besatzer zu stellen, kann weitreichende Folgen haben.«

»Aber es muss doch ein Mittelweg existieren. Sich nicht anzubiedern, aber auch nicht gegen sie zu kämpfen. Es mag einige geben, die ein ehrliches und freundliches Wesen haben, aber es sind keine normalen Zeiten. Wir befinden uns im Krieg und die Männer sind Soldaten. Als solche befolgen sie Befehle. Befehle von Vorgesetzten, die nicht hier sind, die uns nicht kennen. Als Mensch mögen sie Sympathien für uns hegen, als Soldat ist es ihnen nicht erlaubt.«

»Und gerade deswegen dürfen wir sie nicht reizen. Es ist eine heikle Gratwanderung.« Er sah sie eindringlich an. »Ich versuche, das Beste für uns als Familie zu erreichen. Vielleicht werden wir einige Opfer bringen müssen. Es ist doch gar nicht so schlimm im Moment. Die Ausgangssperre, na ja, ist zu verkraften. Dann zahlen wir halt in ihrer Währung. Wir haben den Krieg verloren, und wenn das die einzigen Repressalien sind, kann man damit gut leben. Wir haben Pétain, der uns durch diese Zeit der Tränen führt. Alles wird wieder gut.«

Den letzten Satz flüsterte er.

»Auch für die Juden?«

Früher war ihr Vater für Carole ein Held gewesen. Was er sagte, hatte Gewicht, war durchdacht und intelligent. Zumindest in der Vergangenheit. Jetzt kamen ihr nicht zum ersten Mal Zweifel. Das, was im Ort vor sich ging, dass jüdische Familien erfasst wurden, dass sie nicht mehr arbeiten durften, dass sie plötzlich verschwanden, war nicht gerecht. Unmöglich, dass ihr Vater das guthieß.

In diesem Moment hoffte sie, dass er es so wie sie betrachtete, dass er nicht damit einverstanden war, was mit den Menschen jüdischen Glaubens passierte. Er sah sie nicht an, als er sich streckte und den Kopf hob. Mit seinen nächsten Worten zerstörte er jede Hoffnung in ihr.

»Es passiert alles zum Wohl des Landes und der Bevölkerung. Das verstehst du nicht. Kümmere dich lieber wieder um deine Angelegenheiten.«

In die Stille hinein klopfte es kurz an der Tür und Madame Pirotte betrat das Esszimmer. »Bon soir, Monsieur Renoir.«

Ihr Vater nickte knapp mit dem Kopf.

»Ich will auch gar nicht stören, ich wollte nur nicht ohne ein Wort aus dem Haus gehen.«

»Sie essen doch mit uns, dachte ich«, sagte Carole. »Nicht wahr, Papa?«

»Wenn Sie ohnehin schon hier sind«, hörte sie ihren Vater antworten.

Carole, dankbar, das Essen nicht allein mit ihrem Vater verbringen zu müssen, lächelte Madame Pirotte an und gemeinsam deckten sie den Tisch. Doch die Redseligkeit ihres Vaters war verflogen. Er verfiel wieder in seine alte Gewohnheit, starrte auf seinen Teller, während er aß, und sprach kein Wort. Die

Stimmung war bedrückt, schweigend nahmen sie ihre Suppe zu sich.

Als Vaters Teller leer war, stand er abrupt auf. »Ich muss noch mal außer Haus. Es wird wieder spät werden. Warte nicht auf mich.«

Ein weiterer Saufabend, schoss Carole durch den Kopf. Aber sie hatte Zeit für Madame Pirotte und war gespannt, ob es weitere Geheimnisse gab.

Kapitel 14

Düsseldorf, Februar 2023

Im Café hatte Louisa mit Hedwig nur oberflächlich in den Fotoalben geblättert. Vereinzelt hatte sie auf ein Bild gezeigt, sich über Kleidung und Frisuren der Zeit lustig gemacht. Jetzt, zu Hause, legte Louisa die drei Alben auf den Esstisch. Aus einem fielen einige lose Fotos heraus. Neugierig und mit einer Spur Ehrfurcht nahm sie den Stapel in die Hand, besah sich jedes einzelne Foto in Ruhe und legte sie nebeneinander auf den Tisch. Ernst dreinblickende Gesichter, gestellte Posen. Bilder, auf denen selten jemand lachte.

Das kleinste der drei Alben, ein brauner Kartoneinband mit weißer Spitze beklebt, enthielt die ältesten Fotos. Auf der ersten Seite klebte mittig ein Hochzeitsbild der Eltern Kurt und Regine. Die Hochzeit hatte 1937 in Düsseldorf stattgefunden, wie sie der Beschriftung unter dem Foto entnahm. Hatte Hedwig den Bildern die Untertitel gegeben? Auf der nächsten Seite folgte ein Foto mit der Hochzeitsgesellschaft. Darauf müsste ihr leiblicher Großvater zu sehen sein, dachte sie und beugte sich näher an das Bild. Hinter dem Brautpaar stand ein Mann in Uniform.

Manfred Ziegler – sie nahm an, dass er es war – überragte seinen Cousin um einen ganzen Kopf. Sie versuchte, Einzelheiten zu erkennen, eine Ähnlichkeit, was aufgrund der Qualität des alten Fotos schier unmöglich war. Dennoch erkannte sie einen stolzen Mann mit Ausstrahlung.

Sie blätterte weiter auf der Suche nach einem besseren Bild. Doch statt Aufnahmen von Verwandten folgten Landschaftsaufnahmen und Fotos einer Messe, betitelt »Reichsausstellung 1937«. Hakenkreuze und Reichsflaggen, Springbrunnen, eine riesige Reiterstatue. Das war eindeutig der Düsseldorfer Nordpark, dachte sie verwundert. Irgendwie brachte sie die Zeit des Nationalsozialismus nicht mit ihrer Familie in Verbindung. Was natürlich unsinnig war, denn ihre Großeltern hatten in dieser Zeit gelebt, geheiratet und gearbeitet. Doch so richtig bewusst war es ihr noch nie geworden.

Louisa blätterte weiter. Sie betrachtete das kleine Häuschen, das Kurt und Regine erst allein, später mit Heinrich bewohnten. Ein großer Garten nebendran. Selbstversorger. Damals eine Notwendigkeit, heute aus ökologischer Sicht erstrebenswert.

Es folgte ein Soldatenfoto, eine Studioaufnahme. Ihr wirklicher Großvater. Eine Gänsehaut überkam sie. Louisa betrachtete aufmerksam jedes Detail seines ausdrucksstarken Gesichts. Seine Augenbrauen, die Nase, den Mund. Ein Mann, der unfassbar viel Vitalität versprühte. Hohe Wangenknochen, ein spitz zulaufendes Kinn, dazu eine große gebogene Nase. Sie stand auf und holte einen Handspiegel aus dem Badezimmer. Abwechselnd betrachtete sie den Mann auf dem Foto und ihr Spiegelbild. »Wie meine«, entfuhr es ihr.

War es tatsächlich so oder nur Einbildung, weil sie unbedingt jemandem ähnlich sehen wollte? Egal, was es war, sie wusste, dass sie diesen Mann gerne kennengelernt hätte.

Sie suchte nach weiteren Fotos, wurde aber nicht fündig. Stattdessen stieß sie endlich auf ein Bild von ihrem Vater.

»Heinrich 1946« stand in akkurater Druckschrift darunter. Ein in sich versunken wirkender Junge, der auf einer Decke unter einem Baum saß und an seinen Schuhen herumzupfte. Ein schmächtiger Junge von vielleicht drei Jahren, der so viel Traurigkeit ausstrahlte, dass es Louisa selbst beim Betrachten des Bildes zu Herzen ging.

Sie schaute zur Uhr und erschrak. Hatte sie tatsächlich so lange hier gesessen? Sie hustete, stand auf und trank einen Schluck Wasser direkt aus der Leitung. Die Suche nach ihrer Vergangenheit berührte sie mehr, als sie sich hatte vorstellen können.

Sie verspürte keinen Hunger, aber ein unbändiges Verlangen nach einem Kaffee. Die Maschine bereitete auf Knopfdruck einen Americano zu und sie kehrte mit der Tasse an den Esstisch zurück.

Louisas Blick fiel wieder auf das Foto des kleinen traurigen Jungen. Zum ersten Mal seit Langem verspürte sie das Bedürfnis, ihn anzurufen. Mit ihm zu sprechen, ihn zu fragen, wie es ihm gehe, seine Stimme zu hören.

Sie schob die Gefühle zur Seite und nahm stattdessen Zettel und Stift in die Hand und schrieb auf, was sie über den Vater ihres Vaters erfahren hatte.

Manfred Ziegler. Ein Hallodri? Womanizer, wie man heute sagte? Geboren 1917, gestorben im Januar 1943 an der Ostfront. Noch einmal betrachte sie das Porträtfoto. Ihr Vater hatte wenig Ähnlichkeit mit seinem Erzeuger. Aber manchmal übersprang die Vererbung eine Generation. Wie bei ihr, dachte sie und fuhr mit dem rechten Zeigefinger über ihren Nasenrücken. Die hatte sie von ihrem Großvater geerbt, wie sie mittlerweile sicher war. Wie oft hatte sie sie verflucht, gerade in ihrer Pubertät, als sie sich ständig mit anderen Mädchen ihres Alters und berühmten Schauspielerinnen verglichen hatte.

Immerhin wurde sie um ihr dichtes braunes Haar beneidet, das manche an Pferdehaare erinnerte.

Neugierig nahm sie die anderen Alben zur Hand und blätterte Seite um Seite um. Hedwig auf der Schaukel, Hedwig mit dem Nikolaus. Hedwig unter dem Weihnachtsbaum. Hedwig mit einer Puppe auf der Wiese. Hedwig mit ihrer Mutter. In diesem Album war die Kindheit ihrer Tante akribisch mit Fotos dokumentiert. Louisa lehnte sich zurück und legte ihre Beine auf den Tisch.

Sie konnte verstehen, dass man sich über Nachwuchs freute und viele Fotos schoss. Aber das andere Kind komplett ignorieren? Das kam ihr ungerecht und grausam vor. Ihr Vater hatte sich doch sicherlich auch über ein Geschwisterkind gefreut, einen Spielkameraden, einen Verbündeten gegen die Eltern, die Erwachsenenwelt, überhaupt die Großen. So zumindest hatte sie es sich in ihrer Kindheit selbst oft ausgemalt. Aber vielleicht täuschte das Album auch, und ihre Fantasie ging mit ihr durch. Schließlich waren es Hedwigs Alben. Vielleicht hatte sie schlichtweg kein Interesse daran gehabt, die Bilder ihrer Brüder aufzubewahren? Sie sah das dritte und letzte Buch durch. Was sie insgeheim befürchtet hatte, bestätigte sich. Dieses Album war Erich gewidmet. Und nur Erich. Auf einem Foto erkannte sie Hedwig, wie sie gemeinsam im Garten liefen. Auf anderen saß er auf dem Schoß seines Vaters, spazierte stolz an der Hand seiner Mutter.

Aber keine Situation mit dem großen Bruder Heinrich war festgehalten worden. Louisa spürte unfassbares Mitleid mit ihrem Vater. Seine leiblichen Eltern hätten ihn sicherlich mit Liebe überschüttet, ihn im Arm gehalten, mit ihm gespielt …

Sie hielt inne. Hätten sie? Selbst wenn seine Eltern verheiratet gewesen wären und den Krieg überlebt hätten, wären sie mit Wiederaufbau und Überleben beschäftigt gewesen. Louisa bezweifelte, dass man die Kinder so wie heute verhätschelt hätte.

Momente mit ihren Freundinnen Evi und Anne kamen ihr in den Sinn. Vor allem Evi hatte am Anfang ihrer Mutterrolle die Auszeichnung Helikoptermutter in Gold verdient. Später passten dann Kindermädchen auf, damit sich Evi als Vorzeige-Ehefrau präsentieren konnte. Anne war etwas gemäßigter, was wahrscheinlich den quirligen Zwillingen geschuldet war. Und sofort war da auch wieder Louisas Gefühl, nicht dazuzugehören. Ein Gefühl, wie sie es auch in dem Gesicht des Dreijährigen zu entdecken glaubte. Das Empfinden, immer der Außenseiter zu bleiben, der Angenommene, der Hurensohn. So hatte er es an seinem Geburtstag selbst genannt. Eine Wunde, die nicht verheilt war. Warum dieses böse Wort?

Louisa fiel auf, dass unter den wenigen Bildern ihres Vaters im ersten Album kein einziges Babyfoto war. Das älteste war das, das ihn als Kleinkind unter dem Baum zeigte. Als hätte es sein Leben vor 1946 nicht gegeben.

Mit einem zwiespältigen Gefühl stapelte Louisa die Alben aufeinander und stand auf. Sie hatte nun eine Vorstellung, wie ihr Opa ausgesehen hatte, doch das war auch schon alles. Sie hatte noch immer keine Ahnung, wer ihre Großmutter war.

Louisa dachte wieder an Anne und Evi. Sie hatten ewig nicht miteinander gesprochen, obwohl sie sich bei jedem Treffen oder Telefonat versicherten, den Kontakt beizubehalten und auf gar keinen Fall abzubrechen.

Louisa nahm ihr Smartphone zur Hand. Doch dann verwarf sie den Gedanken wieder. Sie war nicht in Stimmung für Gespräche über Haushalt, Kinder und Familie.

Stattdessen holte sie ihren Laptop und begann zu googeln. Ihr leiblicher Großvater war Soldat gewesen, sie wusste, er war in Russland gefallen. Irgendwo gab es bestimmt Daten und Fakten über ihn. Deutsche Bürokratie und Sorgfalt waren in diesem Land Grundtugenden. Bei dem Gedanken fiel ihr Jonas ein, der das angesichts der Probleme mit seiner Approbation sicherlich anders sah.

Die Suche nach Quellen zur Auskunft über Wehrmachtssoldaten ergab tatsächlich einige Treffer. Sie fand die Seite einer Bloggerin, die detailliert beschrieb, wie sie vorgegangen war, um nähere Informationen zu ihrem Großvater zu erhalten. Auch sie hatte nur gewusst, dass er in Russland gefallen war, weder ob er beim Heer, bei der Luftwaffe oder vielleicht sogar in der Waffen-SS gewesen war, noch kannte sie die einzelnen Stationen seines Soldatenlebens. Aufgeregt las Louisa nach, wie sie über das Bundesarchiv schließlich sein Leben rekonstruiert hatte. Louisa schaute sich die Website des zuständigen Amtes an: Abteilung personenbezogener Auskünfte zum Ersten und Zweiten Weltkrieg in Berlin. Um Informationen zu bekommen, musste man einen Benutzerantrag stellen und einen Auftrag für eine personenbezogene Recherche erteilen. Man bat um Verständnis, dass es eine Zeit dauern konnte, bis man eine Auskunft erhielt. Aber schließlich war es Louisas einzige Chance, mehr über ihre Vorfahren herauszufinden. Praktischerweise konnte man alles online erledigen. Dennoch zögerte sie. Sollte sie hinter dem Rücken ihres Vaters einfach über seinen Vater recherchieren? Stand ihr das zu? Ja, verdammt noch mal, dachte sie. Es war ihr Großvater.

Und trotzdem wollte sie noch einmal mit ihrem Vater und Hedwig sprechen. Vielleicht kriegte sie doch noch etwas aus ihnen heraus, das die Spurensuche nach ihrem Großvater – oder sogar ihrer Großmutter – erleichtern würde.

Kapitel 15

Frankreich, Januar 1941

Carole hatte entgegen den Anweisungen ihres Vaters die Vorhänge nicht komplett zugezogen. Sie liebte es, wenn der Vollmond in ihr Zimmer schien. In ihrem Bett zu liegen und das beinah magische Licht zu erleben, das die Möbelstücke größer und schöner wirken ließ, genoss sie in vollen Zügen. Die perfekte Kulisse für einen Traum, in dem alles den Eindruck von Schönheit und Frieden erweckte. Es war fast wie früher.

Früher, das klang so lange her, nach einer längst vergangenen Zeit, doch es war noch nicht mal ein Jahr her, als ihre Mutter noch lebte, als die Nation glaubte, sie hätten die größte Armee der Welt, als ihr Vater ein angesehener Bürgermeister war, der bei seinen Mitmenschen beliebt war.

Was war jetzt?

Ihren Vater erkannte sie nicht wieder. Er trank zu viel Wein und schlief zu wenig. Mochte es an dem Schmerz um den Verlust von Maman liegen oder an der Trauer um die Niederlage Frankreichs: Nichts entschuldigte sein Dahinvegetieren, seine Lethargie, seine Ignoranz der Realität und sein Anbiedern beim Feind.

Der Mond wanderte weiter, das Licht veränderte sich im Raum. Carole richtete sich auf, schob das Kissen in den Rücken, um angenehmer sitzen zu können. An Schlaf war nicht mehr zu denken, zum Aufstehen war es noch zu früh, wie sie bemerkte, als sie zur Kaminuhr schaute. Sechs Uhr. Irgendwo weit entfernt bellte ein Hund, ein Hahn krähte; ansonsten war es friedlich und ruhig. Die Idylle eines Wintermorgens, an dem die Welt in Ordnung schien. Sie wünschte sich, sie könnte den Moment festhalten und konservieren.

Das Knallen einer Tür störte diesen besonderen Augenblick. Wer schlich aus dem Haus? Musste der Deutsche schon los? Sie bezwang ihren Drang, aus Neugier aufzustehen und aus dem Fenster zu schauen. Auf keinen Fall wollte sie etwas tun, das ihn glauben ließ, sie wäre an ihm interessiert.

Er war der Feind, der Besatzer, der ihnen neue Regeln und Gesetze aufdrückte und dafür sorgen musste, dass sie eingehalten wurden.

Niemand wollte etwas mit den Deutschen zu tun haben. Es sei denn, sie kauften Wein und andere Dinge zu überzogenen Preisen. Da konnte er noch so gut aussehen, reden und riechen – sie kämpfte dagegen an.

In ihrem warmen Bett gestand sie sich zum ersten Mal ein, dass sie gegen dieses Gefühl tatsächlich angehen musste. Gegen die Sympathie, die sie für den Feind empfand. Den Erbfeind. Im Geschichtsunterricht lernten bereits die Schüler, dass zwischen den beiden Ländern kein Frieden herrschen konnte. Niemand durfte ihre Sympathie erraten, noch nicht mal vermuten. Vielleicht gab es irgendwann eine Versöhnung zwischen den Ländern, dachte sie wehmütig. In der nächsten oder übernächsten Generation. Doch würde man sie jetzt mit dem Deutschen im Dorf zusammen sehen, wäre sie für ewig gebrandmarkt.

Sie schob diese Grübeleien beiseite und dachte an Emile. Augenblicklich sah sie ihn vor sich. Seine aufgeschrammten Beine, seine zerrissene Jacke. Er war in den letzten Wochen schon wieder gewachsen und die Temperaturen lagen seit Tagen unter dem Gefrierpunkt. Er brauchte dringend eine neue Hose. Seine Mutter versuchte, über die Runden zu kommen, indem sie für andere nähte. Aber niemand hatte mehr Geld oder Stoffe, um sich neue Kleidung anfertigen zu lassen. Und Emile stand nicht an erster Stelle der Familienpriorität, wie sie wusste.

Sie dachte an die alten Kleider ihrer Mutter, die noch immer im Schrank hingen. Bislang hatte sie es nicht über sich gebracht, sie auszusortieren. Vielleicht fand sie dort einen passenden Stoff, aus dem sie für ihn eine Hose nähen konnte?

Sie sprang aus dem Bett und schlich an die Tür des Elternschlafzimmers. Sie hatte ihren Vater nicht nach Hause kommen hören, drückte sicherheitshalber aber ganz leise die Klinke hinunter. Ihr Eindruck hatte sie nicht getäuscht, das Bett ihres Vaters war unberührt.

Sie öffnete den Kleiderschrank und ging Mamans Kleider durch. Natürlich kam nichts mit Blumen oder Mustern infrage. Sie stellte sich Emiles empörtes Gesicht vor, wenn sie ihm so etwas anbieten würde. Aber dann fand sie ein Winterkleid aus unifarbenem braunem Stoff und ihr Herz begann vor Freude heftiger zu schlagen. Das war es! Daraus eine Hose, vielleicht sogar noch eine kurze Jacke genäht, das wäre perfekt für den kleinen Mann.

Ihre Nähkünste waren übersichtlich, Madame Pirotte nähte deutlich besser als sie. Da sie Emile genauso gern wie sie hatte, war sie von der Idee sicher ebenso begeistert. Sie nahm das Kleid mit in ihr Zimmer, hängte es an den Schrank. Emile würde großartig darin aussehen.

Sie zog sich um und wusch sich die letzte Müdigkeit aus ihrem Gesicht, als sie von draußen einen lauten Tumult vernahm. Sie eilte zum Fenster und sah einen Mann mit einem Huhn im Arm vorbeirennen. Immer wieder drehte er sich gehetzt um. Da bemerkte sie den Grund dafür: Ein paar deutsche Soldaten, mit Gewehren im Anschlag, verfolgten ihn. Im zackigen Militärjargon riefen sie sich Befehle zu, die Carole nicht verstand.

Sie hatte den Mann nicht erkannt. Aber Diebstahl wurde in einer Zeit, wo jeder hungerte, weil Lebensmittelkarten rationiert waren, mit schweren Strafen belegt. Dass jedoch mehrere bewaffnete Soldaten einen Mann wegen eines Huhns verfolgten, fand sie übertrieben. Sie konnte erkennen, wie der Mann erschöpft stehen blieb. Er ließ das Huhn fallen, aber statt die Hände zu heben, schob er die rechte in seine Jacke. Was tat er denn da, fragte sich Carole und rief fast zeitgleich »Nein«, als ihr bewusst wurde, wie es auf die Soldaten wirken musste, die den Mann nun umstellten. Zu spät. Eine Salve an Schüssen streckte den Mann nieder. Carole sah ihn langsam zu Boden gehen. Blut tropfte aus seiner Brust und seinem Bauch. Er hob für einen winzigen Moment seinen Kopf, dann sackte er auf den Boden.

Wieder ertönte das unerträgliche, ihr in den Ohren schmerzende militärische Gebrüll. Sie wandte sich ab und schluchzte auf, während sie ihre Hand zur Faust ballte und darauf biss. Warum? Was hatte der Mann den Soldaten getan? Er hatte ein Huhn gestohlen. Wahrscheinlich hungerten er und seine Familie schon eine Zeit lang, und er hatte keinen anderen Ausweg gesehen. Doch noch etwas anderes wurde ihr in diesem Augenblick bewusst: Der Mann hatte lieber sterben wollen, als in die Hände der Deutschen zu fallen. Sonst hätte er sich anders verhalten. Es gab unzählige Gerüchte über Folter und andere Gräueltaten der Besatzer, denen sie bisher wenig Bedeutung beigemessen hatte. Aber nun fragte sie sich, ob sie doch stimmten. Eine beliebte, weil sehr einfache Methode sollte der Wassereimer sein. Allein bei der Vorstellung, dass ihr Kopf in einen Eimer mit kaltem Wasser gedrückt wurde, bekam Carole Atemnot. Beim Gedanken an Elektroschocks, gebrochene Gliedmaßen und gezogene Fingernägel gefror ihr das Blut in den Adern. Dabei ging es bei den Folterungen angeblich in den seltensten Fällen um das Verbrechen, das zur Verhaftung geführt hatte. Das waren meist Lappalien. Den Besatzern ging es um Wissen, hieß es. Ums Auskundschaften, Schnüffeln, Denunzieren und Geheimnisse aufdecken. Sie brauchten Spione, um die Widerständler ausfindig zu machen, um für einen Gegenschlag gewappnet zu sein.

Was für ein stolzer Mann, dachte sie. Einer, der lieber erschossen wurde, als sich zu ergeben. Auch wenn die Führer der Länder gemeinsame Sache machten, galt das noch lange nicht für die Menschen, die dort lebten.

Carole dachte an Charles de Gaulle, der von England aus und mit Unterstützung Churchills den Kampf weiterführte. Sie dachte an Madame Pirotte und an die vielen unbekannten Helfer, die im Untergrund, im Dunkeln agierten, um das Land zu befreien.

Sie stand wie gelähmt am Fenster, unfähig, sich zu bewegen. Und was tat sie, fragte sie sich, während sie nach draußen starrte und die Tränen ihren Blick trübten. Dann sah sie ihn, ihren Deutschen. Manfred Ziegler stand abseits seiner Kameraden. Der Einzige, der nicht vor Freude lachte oder eine alberne Grimasse schnitt. Stattdessen drehte er seinen Kopf zur Seite, als sich einer seiner Kameraden mit einem Bein auf den Unterleib des Toten stellte und sein Gewehr siegesgewiss in die Luft hielt. Er hob seinen Kopf und schaute zu ihrem Fenster. Dem ersten Impuls folgend, wollte sie sich zurückziehen, im Inneren des Raums verschwinden, damit er sie auf gar keinen Fall bemerkte. Ihre Blicke trafen sich und für einen Rückzug war es zu spät. Sie erkannte den Schmerz in seinen Augen, konnte seine Scham fühlen. Ich werde so etwas nie gutheißen, so bin ich nicht, sagte sein Blick.

In diesem Moment traf sie die Erkenntnis mit voller Wucht, was sie sich, seit er in ihrem Haus lebte, nicht eingestehen konnte und wollte. Er war ein gut aussehender, charmanter, intelligenter, gebildeter, verständnisvoller Mann. Ein Mann, mit dem sie sich vorstellen konnte zu lachen und zu tanzen.

Sie fühlte zu ihm eine tiefe Verbundenheit. Ein Gefühl, das sie noch nie zuvor gespürt hatte. Wäre da nicht das unüberbrückbare Hindernis: die feindliche Uniform.

Kapitel 16

Düsseldorf, März 2023

Es gab die unausgesprochene Vereinbarung, dass Louisa einmal in der Woche bei ihrem Vater und Jonas vorbeikam, um nach dem Rechten zu schauen und für Fragen oder Sorgen da zu sein. Mehr für Jonas als für ihren Vater.

Meistens fuhr sie donnerstags hin und brachte zwei halbe Hähnchen und Pommes frites vom Markt mit. Mittlerweile eine lieb gewonnene Tradition.

Freudig nahm sie wahr, dass sich Jonas und Vater prächtig verstanden, wie ihr Renate Harnischmacher auch immer wieder versicherte. Louisa betete, dass es noch dauern würde, bis die Unregelmäßigkeiten mit Jonas' Studium und die Anerkennung der Approbation geklärt waren.

Überrascht stellte sie fest, dass Jonas, ähnlich wie ihre Mutter, Wunder bei ihrem Vater bewirkte. In seiner Gegenwart mutierte er zu einem netten, umgänglichen Menschen, der manchmal sogar Witze machte.

Was ihr aber gleichzeitig bewusst wurde, bereitete ihr keine Freude: Sobald sie in der Nähe war, kippte sein Verhalten ins Gegenteilige. Sie grübelte, warum das so war. In ihrem Versuch, eine Erklärung zu finden, begann sie wild zu spekulieren. Vielleicht hatte sich ihr Vater einen Sohn gewünscht. Das wäre auch der Grund, warum er mit ihr noch nie etwas hatte anfangen können.

Sie befahl sich, die Raterei zu unterlassen. Spekulationen halfen keinem weiter. Am wenigsten ihr. Weder ihre Mutter noch ihr Vater hatten in diese Richtung etwas angedeutet. Er sprach auch nie davon, dass er gerne Opa werden würde, und äußerte damit seinen Unmut, dass noch immer kein Mann an ihrer Seite war und Familienplanung in weiter Ferne lag.

Dafür war es langsam eh zu spät. Louisas Ambitionen, Kinder in die Welt zu setzen, tendierten gegen null. Klimarettung, politische Rangeleien und die anderen Konflikte in der Welt, ob schwelend oder offen ausgetragen, machten keine Lust auf Nachwuchs.

Ein weiterer Grund war, dass sie keine alte Mutter sein wollte. Die Kinder ihrer Freundinnen Anne und Evi kamen demnächst in den Kindergarten. Wenn sie jetzt mit einem Baby ankäme, würde sie sich als Anfängerin in Anbetracht so großer mütterlicher Erfahrung in ihrem Umfeld unwohl fühlen. Und sie war sicher, dass die beiden nicht mit Ratschlägen geizen würden.

Aber, und das gestand sie sich nur in wenigen stillen Momenten ein, das war eine Ausrede.

Sie konnte sich sich selbst als Mutter nicht vorstellen. Zumindest nicht so, wie es Anne und Evi waren, die einzigen Mütter, mit denen sie ein paar wenige Berührungspunkte hatte. Die anderen sah sie nur beim Einkaufen im Supermarkt oder auf der Schadowstraße. Dass auf einmal zuckerfreie Ernährung in den Vordergrund rücken sollte und wo man die gesündesten Bioprodukte erhielt und alles andere selbst zubereitete und auf gar keinen Fall mehr Fertigprodukte kaufte, passte beim besten Willen nicht in ihre Welt.

All diese Gedanken machte sie sich, während sie mit Hähnchen und Pommes im Auto zu Vater und Jonas fuhr.

Sie hatte auch das Fotoalbum dabei, das Vaters Leben zumindest ein wenig archivierte. Sie hoffte, es gäbe die Gelegenheit, es sich gemeinsam anzuschauen, und hälfe ihrem Vater beim Erinnern.

Jonas öffnete bereits die Tür, als sie noch parkte. Hatte er auf sie gewartet? Sofort glaubte sie, es wäre etwas passiert. »Ist etwas mit Vater?«, rief sie ihm zu, als sie aus dem Auto stieg.

»Nein, warum? Ich habe Sie nur zufällig gesehen. Ich grüße Sie.«

Eigentlich sollten sie sich duzen, dachte sie zum wiederholten Male, wusste aber nicht, ob es an ihr oder an ihm lag, das vorzuschlagen. Sie war im weitesten Sinn Arbeitgeber und älter – laut Knigge war es an ihr. Ihr Gefühl hingegen sagte etwas anderes. Irgendwann würde sie spüren, wenn der richtige Moment gekommen war.

Sie brachte das Essen in die Küche und öffnete den Küchenschrank mit den Esstellern, wo sie nur auf Gläser stieß.

»Wir haben umgeräumt. Ihr Vater fand die Lage der Teller und Tassen unpraktisch.«

Louisa verschluckte sich fast an ihrer eigenen Spucke. »Bitte?«

Jonas grinste schief. »Unten links im Schrank neben dem Backofen.«

»Ist das Besteck denn noch da, wo es immer war?«

»Ja, gegen den Platz ist nichts einzuwenden.«

Sie fand die Veränderungen richtig und fragte sich, warum zuvor niemand auf die Idee gekommen war.

Sie holte die Teller und deckte den Tisch. Jonas erschien mit Besteck und stellte die Küchenrolle auf den Holztisch. Es fehlte die Tischdecke, die immer auf dem Tisch gewesen war. Sie konnte sich an keinen Tag erinnern, an dem nicht eine

Baumwolltischdecke den Holztisch geziert hatte. Sie starrte auf die blanke Tischplatte, auf der die Küchenrolle stand. Irritiert und mit vielen Fragen im Blick schaute sie Jonas an. »Männerservietten«, antwortete der. »Ich kenn es nicht anders in einer Männer-WG. Und das sind wir doch.«

Louisa schluckte jede Erwiderung hinunter. Eine tiefe Traurigkeit ergriff von ihr Besitz. Mutters Hinterlassenschaften waren nicht mehr heilig. Es tat weh, das anzusehen, obwohl es der richtige Schritt für die Zukunft war. Für Louisa fühlte es sich dennoch völlig falsch an. »Ist mein Vater gut drauf?«, fragte sie, um das Thema zu wechseln.

»Klar, tatsächlich kenne ich ihn nicht anders.«

Sie zog überrascht die Augenbrauen in die Höhe. »Gut. Ich habe ein Fotoalbum mitgebracht. Hedwig hat es mir gegeben. Vielleicht mag er es mit mir nach dem Essen anschauen, und wenn er sich noch an etwas erinnert, wäre es natürlich hilfreich. Ich habe auch erfahren, dass es beim Bundesamt eine Stelle gibt, die über Wehrmachtsangehörige Auskünfte erteilt. Dort könnten wir sicher mehr über seinen Vater erfahren.«

Sie hatte nicht bemerkt, dass ihr Vater hinter sie getreten war.

Ohne ein Wort der Begrüßung setzte er sich auf seinen Stuhl. »Ohne Tischdecke ist es viel umweltfreundlicher. Weniger Wäsche, weniger Belastung des Wassers. Auch meine Generation ist für Umwelt- und Klimaschutz.«

Hatte er ihre Bemerkung gehört und wollte lieber über Politik reden, als auf Spurensuche zu gehen? Jedenfalls konnte sie sich nicht erinnern, dass sich ihr Vater jemals Gedanken über diese Dinge gemacht hatte.

Louisa sah zu, wie Jonas ihrem Vater die Keulen auf den Teller legte. Sie hörte, wie er sich höflich dafür bedankte, und fühlte sich wie in einem Film. Einem skurrilen Film. Einerseits empfand sie Dankbarkeit, dass sie mit Jonas so einen Glücksgriff getan hatte. Parallel spürte sie einen Schmerz. Sie gehörte nicht dazu. Sie war nicht Teil dieser WG. Sie hatte es nicht geschafft, diese Seite an ihrem Vater nach außen zu kehren.

»Was die Fotos angeht, wir können ja gleich mal gucken und in die Vergangenheit abtauchen.« Er lachte und schaute dabei Jonas an. Er hatte sie gehört, wollte aber lieber mit Jonas darüber reden.

Der Kloß in ihrem Hals nahm zu, der Appetit war ihr vergangen. Sie nahm eine Fritte in die Hand, knabberte daran, tauchte sie gedankenverloren in die Mayo, während sie einen Vater erlebte, der sich ganz anders gab, als sie ihn kannte.

»Es freut mich zu sehen, dass es so gut mit der Betreuung läuft«, bemerkte sie betont geschäftsmäßig. In ihren Ohren klangen ihre Worte gestelzt und aufgesetzt, was niemanden zu irritieren schien. Die Männer griffen herzhaft zu, und als alles aufgegessen war – inklusive ihrer Portion –, Jonas den Tisch abgeräumt und abgewischt hatte, forderte ihr Vater sie auf, das Album zu zeigen.

Sie reichte es ihm und legte die losen Bilder auf den Tisch. Danach setzte sie sich neben ihn, in der Hoffnung, er würde ihr mehr über die Fotografien erzählen können. Und wollen. Jonas blieb in der Küche und befüllte die Spülmaschine, wofür sie dankbar war.

Louisa beobachtete stumm, wie er Seite für Seite des Albums durchblätterte, aber keine Miene verzog. »Von Hedwig hast du das?«

Sie nickte.

»Ich kenne die Fotos gar nicht. An das Haus, eigentlich war es ein Häuschen, erinnere ich mich durchaus. Es war winzig klein. Wir hatten kein Badezimmer, so wie wir es heute kennen. Ein Raum, natürlich ohne richtige Heizung. Wenn man baden wollte, legte man Holz in den Ofen und fachte es an, um warmes Wasser zu bekommen. Und dann wurde nacheinander gebadet. Alle im gleichen Wasser.«

Louisa schüttelte sich.

Ihr Vater redete weiter. »Dazu gab es die Stube. Küche und Stube waren nur mit einem Vorhang getrennt. Eigentlich ganz modern. Offene Küche.« Er lachte. »Dort hat man sich dann am Morgen am Spülbecken die Zähne geputzt.«

»Und das Wohnzimmer? War das auch wie heute integriert?«, erkundigte sich Jonas, der sich wieder an den Tisch gesetzt hatte.

»Nein.« Vater schüttelte den Kopf. »Ihr müsst euch das so vorstellen: Ihr kamt ins Haus, links ging eine Treppe hoch. In der Mitte war die Toilette. Scheißhaus, haben wir gesagt. Immerhin kein Klo im Garten mit Herzchenausschnitt an der Tür.« Jetzt lachte er nicht. »Es war immer kalt dort. Und das meine ich wirklich so. Es gab keine Heizung in dem Raum, Isolierung war ein Fremdwort. In der oberen Etage war der Heuboden, davor das Kinderzimmer. Wir haben alle drei in einem Raum geschlafen, erst später wurde aus dem Heuboden das Jungszimmer. Es hat immer ein Balken oder eine Holzdiele geknirscht. Vater hat das Haus selbst gebaut. Zumindest hat er das behauptet.«

Er blätterte um. Fasziniert beobachtete Louisa, wie er in die Vergangenheit einzutauchen schien. Es war, als sähe er alles wieder vor sich, während er von früher erzählte. Warum hatte sie ihn nicht schon viel eher nach seiner Kindheit gefragt?

»Der Garten war wirklich großartig. Aber auch viel Arbeit. Kartoffeln mussten umgegraben werden. Daran kann ich mich noch sehr gut erinnern. Und gefühlt war immer ich dran. Aber du hast nach dem Wohnzimmer gefragt. Das war heilig! Wenn man geradeaus ging, war rechts ein Raum, das Bad.« Bei dem Wort schüttelte er den Kopf. »Bad klingt so modern, nach wohlig duftenden Badezusätzen. Wir wuschen uns mit Kernseife.« Er lachte erneut kurz auf. »Ihr könnt euch das heute nicht mehr vorstellen. Wir haben maximal einmal in der Woche gebadet. Natürlich kam es darauf an, wie dreckig wir waren.« Er blätterte weiter und hielt bei einem Foto inne.

Louisa sah auf dem Foto einen Weihnachtsbaum und bemerkte ein Lächeln auf seinem Gesicht. »Das muss 1955 oder 56 gewesen sein. Nur an hohen Feiertagen wie Weihnachten durften wir in die gute Stube. In der Ecke stand dann der kleine Tannenbaum. Den haben wir jedes Jahr aus dem Garten in einen Topf gepflanzt und auf den Tisch in der Ecke im Wohnzimmer gestellt. Und nach den Feiertagen wurde er wieder ausgesetzt. Ich weiß gar nicht, wann wir den ersten Tannenbaum gekauft haben.« Louisa hatte ihren Vater noch nie von früher erzählen hören.

»Kannst du dich an die Zeit vor Düsseldorf erinnern?«, fragte Louisa leise. Er schüttelte den Kopf. Nein. »Da war ich zu jung.«

»Das ist er«, sagte er plötzlich und zeigte auf ein Foto. Er atmete schwer. »Mein Vater war Soldat, er ist bei Stalingrad gefallen«, erklärte er Jonas.

Nicht ihr, wie Louisa bemerkte. Sie verspürte einen Stich.

»Der Krieg hat vielen Eltern die Söhne gestohlen«, erwiderte Jonas. »Das Foto stammt von 1939, wenn man dem Schriftzug glauben kann. Da gab es noch den Nichtangriffspakt mit Stalin. Der Russlandfeldzug kam erst später. Wo war Ihr Vater davor?«

»Du bringst es direkt auf den Punkt, Jonas. Darüber wurde bei uns nie geredet. Mein Vater war Soldat und ist in Russland gefallen, mehr wurde nicht gesagt und ich habe nicht gefragt. Die Wahrheit erfuhr ich wahrscheinlich als Letzter.«

»Was für eine Wahrheit? Welches Geheimnis verbargen sie vor dir?«, mischte sich Louisa ein, wobei ihr Herzschlag einen Moment aussetzte. Bitte, lass ihn nicht im Konzentrationslager gearbeitet oder noch Schlimmeres getan haben, schickte sie Stoßgebete gen Himmel.

»Dass er in Frankreich ein Mädchen geschwängert hat«, sagte ihr Vater schließlich. »Aber das weißt du ja.«

Sie atmete hörbar aus. »Puh, für einen Moment hatte ich Angst, dass …«

»Hätte er für Hitler gearbeitet, wäre es wahrscheinlich nicht so schlimm gewesen, zumindest nicht für mich. Nicht damals.«

»Was kann denn …« Sie sah in sein Gesicht und wusste, dass sie besser den Mund halten sollte. So hatte er sie als Kind angeschaut, wenn sie zu vorlaut gewesen war.

»Sei doch nicht so naiv, Louisa. Im Nachkriegsdeutschland waren offiziell und nach außen auf einmal alle gegen Hitler, doch viele haben ihn verehrt. Mein Vater hat sich während des Krieges mit dem Feind eingelassen. Das war Verrat, fast so schlimm wie Desertieren oder Befehlsverweigerung. Das galt übrigens in beiden Lagern.«

Sie schüttelte den Kopf, obwohl sie ahnte, was ihr Vater meinte. »Opa hatte eine Affäre. Das gab es damals wie heute. Wo ist das Problem?«

Sie zuckte zusammen, als er mit einer harschen Bewegung das Album zusammenklappte und von sich schob.

»Du hast überhaupt keine Ahnung«, sagte er lauter. »Mein Vater hat sich mit dem Feind eingelassen. Mit einer französischen Hure. Und ich bin das Ergebnis. Ein Bastard. Weißt du, was das damals für manche Menschen bedeutete?«

»Das ist doch so lange her«, wollte Louisa entgegnen, doch etwas an seiner Körperhaltung hinderte sie daran.

»Ich war nicht nur der Angenommene. Ich war das Kind der Schande. Und das haben mich alle spüren lassen. Und wenn ich ›alle‹ sage, dann meine ich das auch. Und nicht nur ab und zu, sondern immer. Egal, ob in der Schule, in der Freizeit oder später bei der Arbeit. Und natürlich zu Hause.« Er schob seinen

Teller zur Seite. »Ich geh zu Bett. Es wäre gelogen zu behaupten, dass es eine Freude war, dich zu sehen.«

Das Piepen hörte nicht auf, egal, wie häufig sie auf das Bedienfeld drückte. Langsam dämmerte ihr, dass nicht der Herd das Geräusch verursachte, den sie eben noch vor sich gesehen hatte. Sie hatte geträumt, war erwacht und merkte nun, dass ihr Telefon klingelte. Es lag direkt neben ihr auf dem Nachttisch. Umständlich richtete sie sich auf und angelte nach ihrem Handy. »Ja?«

»Ich bin's, Jonas. Ich bin mit Ihrem Vater gerade auf dem Weg in die Uniklinik. Alle Anzeichen sprechen für einen Herzinfarkt. Der Notarzt ist allerdings schon wieder zuversichtlich. Kommen Sie?«

Ihr Kopf war augenblicklich hellwach. Ihr Körper brauchte einen Moment. Wie spät war es? »Natürlich«, sagte sie und legte auf.

Sie schlüpfte in Joggpants und Sweatshirt, die sie erst ein paar Stunden zuvor auf ihren Stuhl geworfen hatte. Die Knitterfalten strich sie mit den Handflächen glatt. Im Badezimmer feuchtete sie einen Waschlappen an und fuhr sich damit übers Gesicht. Das musste reichen. Der Blick in den Spiegel offenbarte die schreckliche Realität. Es half kein Gummiband, um die Haare zu bändigen; sie griff zur Mütze. Auf dem Weg zur Haustür stolperte sie über ihre Schuhe, und zum wiederholten Male ärgerte sie sich über ihre Unordentlichkeit. Ohne die Schnürsenkel zu nutzen, quälte sie sich in die Sneakers und fand erst im Aufzug die richtige Passform. Sie blickte in den großen Spiegel und atmete zum ersten Mal seit Jonas' Nachricht tief durch. Ihr Vater lag in der Uniklinik. Es hatte einige Minuten gedauert, bis sie begriffen hatte, was die Nachricht bedeutete. War es ihre Schuld? Lag es an ihrer Neugier und Beharrlichkeit, dass sein Herz verrücktspielte? Sie hatte ihn in die Enge gedrängt, er hatte über etwas gesprochen, das er für sich behalten wollte.

Nervös wechselte sie ihr Standbein. Vielleicht hatte sie in ihm eine Erinnerung geweckt, die er in seinem Innern sicher verborgen geglaubt hatte. Die Frage, ob sie schuld an seinem Zustand war, quälte sie noch, als sie mit ihrem Mini einen Parkplatz auf dem Gelände der Uniklinik suchte. Selbst um diese Uhrzeit waren die Plätze am Eingang der Notaufnahme belegt. Neben einem SUV fand sie endlich eine Lücke, die groß genug war. So klein der Mini auch war, gerade parken konnte sie ihn nicht. Sie stand immer schief, egal, wie viel Platz sie hatte.

Der Klinikkomplex wirkte wie eine Stadt für sich. Zum Glück wusste sie, wohin sie musste, sonst hätte sie sich sicherlich verfahren. Für jede Fachabteilung gab es ein eigenes Gebäude.

In der Notaufnahme war die Hölle los. Mütter mit Kindern saßen auf den harten geflochtenen Metallbänken und warteten. Seltsamerweise quengelten nicht die Kleinen, sondern die Erwachsenen, die den Gang auf und ab gingen.

Wer suchte nachts die Notaufnahme auf, wenn es nicht wirklich ernst war? Bei einem älteren Herrn, der einen Weekender bei sich trug, hatte sie den Eindruck, er bereitete sich auf einen Ausflug vor. Vermutlich war das so, wenn man allein lebte, niemanden hatte, mit dem man sich beratschlagen konnte. Louisa bezweifelte, dass die Hausärzte einen nächtlichen Anruf entgegennehmen würden. Vielleicht kam zur Einsamkeit Panik hinzu, die zur Luftnot führte. Dann war die Tasche fürs Krankenhaus gepackt. Hier kümmerte man sich. Um Krankheiten und um Einsamkeit.

Erleichtert entdeckte sie Jonas ein paar Meter entfernt. Zufällig schaute er in diesem Moment in ihre Richtung und sie hob den Arm. Er eilte auf sie zu.

»EKG wurde schon gemacht. Die Werte scheinen in Ordnung. Blut wurde gerade abgenommen, wir warten auf die Laborergebnisse. Sicherheitshalber liegt er in einem Behandlungszimmer. Ich habe hier auf Sie gewartet.«

»Ist es nicht Zeit, dass wir einander duzen?«, entfuhr es ihr, und sie stellte die nächste Frage, ohne seine Antwort abzuwarten. »Wo hast du ihn gefunden und was ist eigentlich genau passiert?«

Sie wollte mit der Hand durch ihre Haare streichen, hielt inne, als ihr einfiel, dass sie noch immer die Mütze trug. Sie widerstand dem Impuls, sie abzunehmen, aus Angst, wie es darunter aussah.

»Als du gefahren bist, ist er nicht direkt in sein Schlafzimmer gegangen, sondern wir haben noch zusammen ein Bier getrunken, wobei wir über das Wetter und die Bundesliga gesprochen haben. Er wirkte eigentlich in Ordnung, vielleicht etwas stiller und nachdenklicher als normal. Ich habe ihn in Ruhe gelassen. Manchmal muss man ein Thema sacken lassen. Als ich ihn ins Bett brachte, hat er sogar einen Scherz gemacht.«

Redete Jonas wirklich von ihrem Vater? Scherze? Ihm musste es schlecht gehen. Oder Jonas konnte Wunder vollbringen.

»Und dann?«

»Ich habe noch etwas gelesen, muss darüber eingeschlafen sein. Plötzlich hörte ich Rufe. Ich bin sofort aufgestanden und ging in sein Schlafzimmer. Er saß auf der Bettkante und betastete mit der Hand sein Herz. Dabei klagte er über Luftnot und Übelkeit. Der Puls war unregelmäßig, ihm stand kalter Schweiß auf der Stirn. Ich habe direkt den Notruf gewählt, aber wollte noch die Ankunft der Sanitäter abwarten, bevor ich dich anrief.«

Es klang entschuldigend.

»Das war vollkommen richtig«, beruhigte sie ihn.

»Ich weiß.«

Sie errötete, sie hatte ihn missverstanden. Natürlich wusste er, was er tat.

»Wasser? Oder einen Schokoriegel? Dort vorn gibt es einen Automaten. Du siehst so aus, als könntest du was vertragen.«

Louisa nickte. Mit einem Mal wurden ihre Knie weich, sie verlor für eine Sekunde das Gleichgewicht. Sie setzte sich auf einen freien Platz und schaute Jonas nach, wie er sich am Automaten zu schaffen machte. Sie hätte ihm Münzen mitgeben sollen, dachte sie. Und dann fiel ihr siedend heiß ein, dass sie in der Eile keine Tasche mitgenommen hatte. Kein Portemonnaie, keine Papiere. Weder Ausweis noch Führerschein. Sie konnte noch nicht einmal den Parkplatz bezahlen.

»Danke, Jonas«, entgegnete sie, als er ihr den Riegel und das Wasser reichte. »Ich habe noch ein Problem.«

»Was denn?«, erkundigte er sich, bevor er das Papier von seinem Schokoriegel riss und hineinbiss.

»Kannst du mir nachher Geld leihen, damit ich das Parkticket bezahlen kann? Ich bin ohne alles aus dem Haus.«

Er lachte. »Dachte ich mir schon.«

»Warum?«, fragte sie irritiert.

»Die Mütze statt Kamm, aber verkehrt herum, den Pullover auf links.«

Sie schaute an sich herunter. Die Nähte des Pullis befanden sich außen und sie trug unterschiedliche Socken. »Sehr schlimm?«

Er schüttelte den Kopf. »Sympathisch.«

Sie biss gerade in den Riegel, als der Arzt erschien. »Frau Ziegler?« Er wartete die Antwort gar nicht erst ab. »Ihrem Vater geht es so weit gut. Er ist stabil. Es gibt keinerlei Hinweise auf einen Infarkt. Das EKG ist in Ordnung, auch die Blutwerte sind vorbildlich für einen Mann in seinem Alter. Ich möchte noch Ultraschall und eine Röntgenaufnahme machen, um ganz sicher zu sein. Es kann alles Mögliche sein, ich vermute jedoch einen eingeklemmten Nerv im Nacken. Das kann schon mal zu solchen Symptomen führen. Dennoch würde ich Ihren Vater heute Nacht gern zur Beobachtung hierbehalten.«

Der Arzt irritierte Louisa. Er schaute sie nicht an, sondern blickte stetig im Raum umher. Ob es an ihrem Aussehen lag oder sein ganz persönlicher Tick war, konnte sie nicht entscheiden. »Ich bin aktuell der einzige Kardiologe in der Notaufnahme, ich muss mich noch um andere Patienten kümmern. Wie gesagt, es ist nicht akut und wir lassen ihn hier. Sie müssen sich keine Sorgen machen.«

Er drehte auf dem Absatz um und Louisa stand da wie der sprichwörtliche begossene Pudel.

»Wo parkst du? Ich löse dich gerne aus«, bot Jonas an.

»Das ist nett, und ich bring dich dafür nach Hause. Deal?«

»Auf jeden Fall.«

Kapitel 17

Frankreich, Januar 1941

Freudig zeigte Carole Madame Pirotte das braune Kleid, das ausgebreitet auf Caroles Bett lag. »Was meinen Sie, gäbe der Stoff eine schöne Hose für Emile her? Er wächst so schnell und er trägt immer zu kurze Sachen – egal, ob Hosen oder Hemden.«

Ihre Nachbarin befühlte den Stoff mit ihrem rechten Zeigefinger und Daumen und nickte anerkennend. »Schön warm. Das kann ich mir für ihn gut vorstellen. Er könnte eine passende Hose gebrauchen. Du magst ihn sehr, oder?«

Carole drehte ihr den Rücken zu und ging die paar Schritte zum Fenster, um es zu schließen. Sie wollte nicht, dass die alte Frau ihre Gefühle für Emile von ihrem Gesicht ablesen konnte. »Na ja, irgendjemand muss sich ja um ihn kümmern«, antwortete sie lapidar.

»Es ist keine Schande zuzugeben, dass man jemanden mag. Er ist ein großartiger Junge. Ich mag ihn auch sehr.«

Sie wandte sich wieder Madame Pirotte zu. »Ja, ich gebe es zu, er ist mir ans Herz gewachsen. Wenn er in meiner Nähe ist, dann ist alles etwas heller. Ich weiß, es klingt albern, aber er hat diese Wirkung auf mich.« Sie lachte verlegen. »Dabei möchte ich ihn immer beschützen, ihn von allem Bösen fernhalten. Seine ständige Herumtreiberei bereitet mir Sorgen. Er sollte in die Schule gehen, statt die Soldaten zu beobachten. Seiner Mutter scheint es egal zu sein. Dabei ist das so gefährlich! Wenn ich nur daran denke, wird mir ganz anders.« Sie schüttelte den Kopf, als würden so ihre Befürchtungen verschwinden. »Aber diese Hose wird ihn freuen. Ich sehe ihn schon darin vor mir. Vielleicht reicht der Stoff auch für eine passende kurze Jacke? Er ist so dürr, viel Stoff brauchen wir nicht.«

Madame Pirotte nickte nachdenklich. »Für die Kinder ist die Lebensmittelknappheit am schlimmsten. Sie wachsen nicht ihrem Alter entsprechend. Emile ist neun, oder?« Ohne eine Antwort abzuwarten, wollte sie wissen: »Seine Mutter kümmert sich gar nicht mehr um ihn?«

»Doch, doch«, entgegnete Carole schnell. »Aber sie hat so viel mit ihren Mädchen zu tun. Fünfzehn, zwölf und zehn Jahre alt sind die drei nun. Ich denke, für Emile ist einfach keine Zeit.«

Carole begann, die Nähte des Kleides aufzutrennen, nachdem sie vorsichtig den weißen Spitzenkragen vom Stoff gelöst hatte. Sie kämpfte gegen die Tränen, als sie an das Weihnachtsfest vor drei Jahren dachte, als ihre Mutter dieses Kleid getragen hatte. Damals war die Welt noch in Ordnung gewesen. Mit dem Wissen von heute hätte sie ihrer Mutter keine Widerworte gegeben und sie öfter in den Arm genommen. Es war viel zu wenig gemeinsame Zeit geblieben.

»Der Tisch im Esszimmer ist groß genug, da können wir den Stoff ausbreiten«, schlug Madame Pirotte vor. Gemeinsam gingen sie die Treppe hinunter, jede einen Teil des Kleides auf dem Arm.

Als die Schnittteile auf dem Tisch ausgebreitet lagen, holte Carole eine alte Hose von Emile, die sie flicken sollte. Wie immer heimlich, damit seine Mutter nichts davon mitbekam.

Sie legte sie auf den braunen Stoff und nickte zufrieden. »Das passt auf jeden Fall. Ein bisschen mehr Naht am Bund, aber nicht viel, und fünf Zentimeter mehr an der Beinlänge.«

Madame Pirotte, die mehr Erfahrung mit der Schneiderei hatte, zeichnete mit einem Reststück Kreide die Umrisse auf. Carole schaute aufmerksam zu und blickte dabei stetig zur Uhr. »Er taucht bestimmt gleich auf. Ich bringe alles schnell in mein Zimmer, damit er nichts errät.« Sie beeilte sich, den Stoff vorsichtig zusammenzulegen, und trug ihn zügig in ihr Zimmer. Als sie zurückkehrte, hörten sie Stimmen von draußen. »Gerade noch rechtzeitig«, sagte sie und lachte. Doch Emiles Stimme war nicht dabei. Sie klangen lauter und aggressiver.

»Was ist da los? Hoffentlich nicht wieder eine Verhaftung«, sorgte sich Madame Pirotte. Die Tür wurde aufgerissen und Manfred Ziegler stand im Eingang. Er wirkte erhitzt, kreisrunde rote Flecken auf den Wangen und die blasse Nase verliehen ihm ein bizarres Aussehen.

»Was ist passiert?«, rief Carole und spürte, wie ihre Knie nachgaben. »Ist etwas mit Vater?« Davor fürchtete sie sich schon die ganze Zeit, seit er so viel trank. Mittlerweile beschränkte sich das Trinken nicht nur auf die Abend- und Nachtstunden, sondern er griff auch tagsüber, wann immer sich die Gelegenheit ergab, zum Alkohol. Nicht nur Wein, sondern oft auch schwarzgebrannten Schnaps, der besonders stark war.

Der Deutsche schüttelte den Kopf. Im ersten Moment war sie erleichtert, doch als er noch immer nicht mit der Sprache herausrückte, klammerte sich eine eiskalte Hand um ihr Herz, die Drohung von etwas Furchtbarem lag in der Luft. Sie konnte den Deutschen nicht ansehen, hatte Angst vor dem, was er ihnen mitteilen wollte.

»Wer ist es?«, fragte schließlich Madame Pirotte.

»Emile.«

Caroles Aufschrei war nicht laut. Sie erstickte ihn mit der Hand vor dem Mund, ihre Knie gaben nach, sie schloss die Augen und verlor das Gleichgewicht. Madame Pirotte bemerkte ihr Schwanken, schritt auf sie zu, um sie festzuhalten. Doch der Deutsche war schneller. Noch bevor Carole zu Boden sinken konnte, war er bei ihr und fing sie auf.

»Ein Glas Wasser«, rief er der alten Frau zu, die sofort zur Anrichte lief, auf der der Wasserkrug stand. Der Deutsche bettete Carole auf das Sofa und legte ein Kissen unter ihre Füße. Madame Pirotte kniete sich mit dem vollen Glas vor Carole nieder, half ihr, den Kopf zu heben, und bat sie, einen Schluck zu nehmen. Gehorsam trank Carole, doch sie verschluckte sich. Sie schlug um sich, traf das Glas, das zu Boden fiel, nachdem sich der Inhalt auf das Kleid von Madame Pirotte ergossen hatte.

Carole richtete sich auf und schaute den Deutschen voller Hass an. Zum ersten Mal, seit der Deutsche im Haus ihres Vaters einquartiert worden war, richtete sie direkt das Wort an ihn. »Was ist mit ihm passiert? Was habt ihr mit ihm gemacht?«, schrie sie ihn an. Ihre Stimme glich einem Kreischen und brach schließlich. Carole flüsterte nur noch: »Warum?«

Manfred Ziegler rang sichtlich nach Worten, um es zu erklären. Er begann zu stottern. Trotz Uniform kam nun ein Mensch zum Vorschein, der nichts mit dem deutschen Soldaten, der im Stechschritt das Haus verließ, gemein hatte. Ein feinfühliger, sensibler und erschütterter Mann, der berichtete, was passiert war.

»Er war unterwegs, wie so oft. Er saß im Baum, versteckt, was immer er auch dort vorhatte. Wissen Sie, er hat uns gerne und oft beobachtet. Wir haben ihn gewähren lassen, die meisten von uns kennen …« Er zögerte. Carole blickte ihn finster an und sah seinen Adamsapfel hüpfen, als er schluckte. »… kannten und mochten ihn. Wenn wir etwas zu essen übrig hatten, haben wir es ihm gegeben. Er sah immer so hungrig aus.« Die Erinnerung zauberte ihm für einen Augenblick ein Lächeln ins Gesicht. »Er hat sogar unsere Sprache lernen wollen. Erfolgreich, er war ein talentierter Junge.«

Carole keuchte laut.

Der Deutsche pausierte, als suchte er nach Worten.

»Ein paar der Kameraden hatten frei. Sie haben getrunken, im Keller fanden sie noch ein paar Flaschen Champagner. Dann haben sie Schießübungen gemacht. Einen Wettbewerb, so haben sie gesagt. Sie hatten ihn nicht bemerkt …«

Carole schloss die Augen. Ihr Herz war dermaßen schwer, dass sie kaum atmen konnte. Sie sah Emile vor sich, wie er im Baum saß und die Soldaten beobachtete. Er hatte sie so gerne heimlich betrachtet. Hatte er geahnt, dass es gefährlich für ihn werden könnte? Vielleicht hatte er noch versucht, vom Baum herabzusteigen, sich in Sicherheit zu bringen. Die Bilder in ihrem Kopf brachten sie an den Rand des Wahnsinns.

»Wir haben ihn alle gemocht. Er hatte so viel …«

»War er sofort tot?«, fiel ihm Madame Pirotte ins Wort.

Der Deutsche nickte.

»Warum? Warum?«, wiederholte Carole schreiend, und ihre Stimme überschlug sich beinahe. »Das macht doch gar keinen Sinn. Er war ein Kind, das niemandem etwas Böses …«

»Es gibt einen neuen Kameraden, er ist ganz frisch aus Deutschland. Ein Jungspund. Er wollte sich wohl gegenüber den anderen beweisen, aber der ungewohnte Champagner hat ihn unvorsichtig und albern werden lassen. Er hat aus Übermut ein paar Mal in die Luft geschossen. Die Kameraden sagten, nichts deutete darauf hin, dass Emile auf dem Baum saß.«

Sie schüttelte den Kopf, ihre Hände zitterten. Ihre Stimme erklang wieder in normaler Lautstärke, doch plötzlich war sie scharf wie eine Rasierklinge. »Er war ein unschuldiges Kind. Er hat euch Soldaten bewundert. Eure Uniformen, den Stechschritt, die Ordnung. Er hat euch so manches Mal imitiert.

Nicht, um sich lustig zu machen, sondern weil er keinen Mann in seinem Leben hatte, zu dem er aufsehen konnte. Keinen Vater, keinen Bruder, keinen Lehrer. Er hat Sie gemocht, wissen Sie das überhaupt?«

Sie sah ihm direkt ins Gesicht. »Und Sie haben ihn umgebracht.«

Carole stand auf, wehrte die Hände von Madame Pirotte ab, die sie aufhalten wollte. »Weiß es seine Mutter schon?«

Er blickte zu Boden und schüttelte den Kopf. »Ich wollte nicht, dass Sie es von jemand anderem erfahren. Deshalb bin ich direkt hierhergekommen.«

Sie ging weiter, verließ den Raum und lief in ihr Schlafzimmer. Sie schloss die Tür und stand einige Sekunden wie erstarrt mitten im Raum. Emile war tot. Er war tot, tot wie ihre Maman. Ihr Blick fiel auf den braunen Stoff und auf Emiles alte Hose, die sie noch nicht geflickt hatte und die sie hastig nur wenige Minuten zuvor auf das Bett geworfen hatte.

Die Welt von vor ein paar Minuten und die jetzige waren völlig fremd, wie von einem anderen Stern. Vor wenigen Minuten noch hatte ihr Herz vor Freude gehüpft über die Überraschung, die sie dem Kleinen hatte bereiten wollen. Nun war ihr Herz tot, gestorben wie Emile. Sie warf sich aufs Bett, ihre Hände krallten sich in den braunen Stoff, der mal ein Kleid ihrer Mutter gewesen war.

Die Tränen flossen ohne Unterlass, ihr Körper zuckte und bebte unkontrolliert. Sie schrie ihren Schmerz und ihre Wut in das Kissen, schlug immer wieder mit der Hand auf die Matratze. Dabei merkte sie nicht, dass sie wiederholt die Bettkante traf, die Haut an ihrer Hand aufplatzte und zu bluten begann.

Sie wollte nicht wahrhaben, dass Emile nicht mehr zu ihr kommen konnte. Dass er nie wieder bei ihr sitzen würde und über das Leben philosophieren und dabei saure Äpfel essen würde. Dass er tot war, erschossen von diesen widerlichen

Deutschen. Sie hörte Emiles helle Stimme, wie er von dem netten deutschen Soldaten schwärmte, den er so sehr mochte und verehrte. Dann sah sie das Gesicht Manfred Zieglers vor sich, spürte seinen Schmerz und seine Zerrissenheit.

Sie wimmerte, presste ihr Gesicht in das Kissen, um den Laut zu unterdrücken. In diesem Moment wünschte sie sich nichts sehnlicher, als auch zu sterben.

Kapitel 18

Düsseldorf, März 2023

Gemeinsam gingen sie zum Parkautomaten. Jonas nahm ihr das Ticket ab, steckte es in den Schlitz und bezahlte. »Kannst du fahren oder bist du zu aufgewühlt?«

»Nein, es geht schon. Danke dir.«

Als sie nebeneinander im Auto saßen, wurde Louisa bewusst, dass sie ihm noch nie so nah gewesen war. Er gefiel ihr sehr als Mann, auch wenn sie einige Jahre älter war als er, aber das war ja kein Problem mehr heutzutage. Die französische Gattin des Präsidenten war fünfzehn Jahre älter als er. Dann rief sie sich zur Vernunft. Worüber dachte sie eigentlich nach? Er war der Pfleger ihres Vaters, er war für ihn da. Nicht für sie.

Die Autofahrt dauerte um diese Uhrzeit nicht lang, die Straßen waren leer, bis auf wenige Taxis und einige Nachtschwärmer. Vor dem Haus hielt sie an. Es war seltsam, dass sie einen fremden Mann vor ihrem Elternhaus absetzte. Sie konnte sich an Situationen erinnern, in denen sie nach Hause gebracht worden war, im Auto noch knutschend, um den Abschied hinauszuzögern. Niemals hatte sie einen Freund mit in ihr Zimmer genommen. Das hätte sie nie gewagt. Die

Peinlichkeit des nächsten Morgens, wenn sie auf ihren Vater träfe, hatte sie sich ersparen wollen.

Vielleicht der Grund, warum sie so früh ausgezogen war.

»Danke, Jonas. Für alles. Ich bin sehr froh, dass wir dich getroffen haben und es mit dir und meinem Vater so gut läuft.«

»Er erinnert mich an den verstorbenen Mann meiner Lieblingstante. Die aus Ungarn. Er war auch so ein Kauz.«

»Du hast ein Händchen für ältere Menschen, weißt, sie zu nehmen. Das wird dir helfen, wenn du als Arzt tätig wirst. Mir fehlt das völlig.«

»Wenn es nur irgendwann mal so weit wäre.«

Hoffentlich nicht so schnell, dachte sie, behielt es aber für sich. »Gibt es keine Neuigkeiten?«

Er stöhnte auf. »Doch, ich muss zum gefühlt dreißigsten Mal ein Formular ausfüllen. Es zermürbt einen.«

»Das ist deutsche Bürokratie. Mit dem Antrag für die Pflegeversicherung läuft es ähnlich.«

»Mist.«

Sie nickte. Einen Moment schwiegen sie beide. Er sollte aussteigen. Sie sollte nach Hause fahren.

»Möchtest du noch einen Kaffee trinken? Oder etwas anderes?«

Sie wollte auflachen, weil die Situation so komisch war. Meinte er wirklich Kaffee, oder war es ein Synonym für mehr?

Wie sehr würde sie sich in diesem Moment gerne anlehnen, in den Arm genommen werden, sich fallen lassen, alle Probleme verdrängen, einfach bis zum nächsten Morgen zur Seite schieben. Für eine winzige Ewigkeit nicht daran denken.

»Ich habe noch eine Flasche Wein offen.«

Er meinte definitiv mehr. Sollte sie sich darauf einlassen? Ihr Verstand sagte Nein, ihr Herz brüllte »Warum nicht?«.

»Klingt gut.«

In der Küche stellte Jonas zwei Gläser auf die Arbeitsplatte und füllte sie mit einem Grauburgunder aus der Pfalz. »Auf deinen Vater, dass er wieder fit wird! Es war wohl zu viel Aufregung für ihn.«

Louisa hatte keine Lust, über ihren Vater zu reden. »Prost«, sagte sie und schaute ihm dabei tief in die Augen.

»Freu dich, dass er geistig noch so gut drauf ist. Können nicht alle von ihren Vätern in dem Alter sagen. Du solltest deinen Frieden mit ihm machen.«

Das Gespräch nahm eine Richtung, die sie nicht erwartet hatte. »Unsere Beziehung ist eine komplizierte, vertrackte Geschichte und für einen Außenstehenden nicht leicht nachzuvollziehen«, erklärte sie, stellte ihr Glas ab und legte ihre Hände daneben. »Auch meine Mutter hat es ständig versucht und es bis zu ihrem Tod nicht geschafft. Dabei bemühe ich mich wirklich. Aber sie war immer für andere da. Hat Vater dir erzählt, dass sie in der Suppenküche gearbeitet hat? Alle dort haben sie geliebt, hat mir der Sozialarbeiter gesagt. Ich sollte mir mal ihr Vermächtnis anschauen, meinte er.«

Jonas ergriff ihre Hand und drückte sie leicht. »Vielleicht solltest du es tun. Denn manchmal ändert so etwas die eigene Sicht der Dinge. Vielleicht hilft dir so ein Richtungswechsel auch bei deinem Vater. Ich denke nämlich, du bemühst dich überhaupt nicht, ihn zu verstehen. Du machst dein Ding und erwartest, dass er dich und dein Verhalten toleriert. Das, was du dir von ihm erhoffst, kannst du selbst nicht leisten.«

Irritiert starrte sie ihn an, glaubte, sich verhört zu haben. Was sollte dieser übergriffige Kommentar? Jonas hatte nichts verstanden. Abrupt richtete sie sich auf und entriss ihm ihre Hand. »Ich denke, du begreifst das nicht. Jedes Kind verdient es, geliebt zu werden. Nicht das Kind muss beweisen und darum kämpfen, dass es wert ist, geliebt zu werden. Die Eltern, in meinem Fall mein Vater, müssen sich bemühen und nicht umgekehrt.«

Sie spürte, wie sich Tränen in ihren Augen bildeten. Wie hatte sie nur annehmen können, in Jonas' Bett Trost zu finden. Es war alles zu viel für sie. Sie war enttäuscht und erschöpft, wollte nur noch raus aus diesem Haus.

»Gute Nacht«, brachte sie noch hervor, bevor sie sich umdrehte und aus der Haustür hinausstürmte. Sie schloss den Mini auf, setzte sich und startete den Motor. Keine Sekunde länger durfte sie in seiner Sichtweite bleiben. Krampfhaft drängte sie die Tränen zurück. Bloß nicht heulen. Nicht vor ihm. Nicht hier. Ganz tief in ihrem Innern spürte sie die Angst, dass er recht haben könnte.

Kapitel 19

Frankreich, August 1941

Der Alltag hatte sich spürbar verändert. Lebensmittel für Franzosen waren noch knapper geworden; sie gab es nur gegen Marken oder zu horrenden Preisen auf dem Schwarzmarkt. Fantasie und gute Kontakte waren gefragt, um das Leben erträglich zu machen. Das erduldete Carole wie alle anderen, es blieb ihr nichts anderes übrig. Was sie viel mehr belastete, war das Gefühl von Einsamkeit. Noch nie hatte sich Carole dermaßen allein gefühlt. Die Welt, wie sie sie kannte, war verschwunden. Und die Hoffnung, dass alles wieder wie früher werden würde, nahm mit jedem Tag ab, der die Okkupation der Deutschen andauerte. Jede neue Veränderung akzeptierte sie mit dem Gedanken, dass es ohnehin unausweichlich war.

Zurückblickend hatten sich die Kleinigkeiten im Verlauf der Besatzung jetzt zu einem Berg angehäuft und das Leben im Ort massiv verändert. Der Wandel war langsam und schleichend, zunächst kaum wahrnehmbar gekommen. Nachbarn zeigten Nachbarn an, denunzierten sie, nutzten lang schwelende Konflikte, um den Rivalen besiegen zu können.

Die Lebensmittelkarten, der Hunger, das Handeln auf dem Schwarzmarkt. Die Deutschen, die immer häufiger ihre freundliche Maske fallen ließen und statt Höflichkeit ihre Macht demonstrierten. Der Stechschritt wurde lauter, das Grüßen zackiger.

Mittlerweile war ihr Vater ein Fremder für sie. Sie sah ihn nur noch angetrunken, wenn er überhaupt noch den Weg nach Hause fand. Er verbrachte mehr Zeit mit den Offizieren als mit Carole. Ihre Familie existierte nicht mehr, sie bestand nur noch aus den Toten.

Sie öffnete das Fenster in ihrem Schlafzimmer, um frische Luft hereinzulassen. Während sie die Kissen aufschüttelte und das Laken glatt strich, dachte sie an Emile. Wäre er jetzt hier, würde er sie mit irgendeiner Geschichte zum Lachen bringen, sie vielleicht leicht in die Seite stoßen, um sie zu ermahnen, dass das Leben trotz allem schön war. Bei der Erinnerung an ihn begann sie zu lächeln, und sie wünschte von ganzem Herzen, dass er bei ihr wäre. So sehr sie sich auch anstrengte, Emiles Gesicht heraufzubeschwören, sich sein Lachen vorzustellen, um seine Leichtigkeit und Fröhlichkeit zu fühlen – es funktionierte nicht. Nicht mehr. Emile war tot, erschossen von einem übereifrigen jungen deutschen Soldaten. Ihr Bett war gemacht, sie schloss das Fenster und ging in die Küche, um die Hausarbeit fortzusetzen.

Carole erinnerte sich nicht, wann sie das letzte Mal glücklich gewesen war. Es gab noch etwas anderes, was sie zunehmend irritierte und sie sich nur in wenigen Momenten eingestehen konnte: die Wirkung, die der Deutsche auf sie hatte. Sie sollte ihn hassen, doch in ihrem Innern überwogen ganz andere Gefühle. Und trotz Emiles Tod waren sie in letzter Zeit noch stärker geworden. Wenn sie ihm zufällig im Flur begegnete, er sie begrüßte und mit seinen blauen Augen ansah, spürte sie ein Kribbeln im Bauch und ihr Herz machte einen Sprung.

Am meisten zogen sie seine Hände an. Sie waren vollkommen. Keine Schwielen, keine Druckstellen, keine Hornhaut. Die Nägel waren stets sauber, wie immer er das anstellte. Die Momente dauerten nicht lang an. Wenn er aus der Tür schritt, hinterließ er seinen typischen eigenen Geruch, der sie so ansprach. Er roch nicht nach Parfüm, irgendeinem aufgelegten Duft. Er roch nach sich selbst. Nach Natur, nach Wald. Lag es an den Zigaretten, die er rauchte? Sie wusste es nicht. Aber sie bemerkte ihn, wenn er sich ihr näherte. Noch bevor sie ihn sah, atmete sie seinen Geruch ein. Ein Gefühl von Wohligkeit überkam sie dann, was sie sich augenblicklich verbot zu fühlen. Er war der Deutsche. Er verkörperte den Feind, den Besatzer. Sie trugen Schuld am Hunger, an der Zerrissenheit ihres Landes. Das Wohlgefühl wich der Wut. Wut auf die Umstände und vor allem auf sich selbst, dass sie überhaupt derart denken und fühlen konnte. Doch Wut war besser als Einsamkeit. Die Wut brachte sie dazu zu putzen, zu kochen, die Dinge zu tun, die sonst liegen blieben.

Sie nahm sich den Abwasch vor und hielt nach zwei Tassen inne.

»Bonjour, Mademoiselle Carole.«

Das war er. Sie fühlte sich in ihren Gedanken ertappt und nickte nur stumm zur Erwiderung. Noch nie hatte sie ihn mit Namen begrüßt. Zumindest nicht laut. Manchmal übte sie seinen Namen abends in ihrem Zimmer, wenn sie allein war. Er klang so fremd in ihren Ohren, dennoch bereitete es ihr Spaß, ihn auszusprechen. Manfred. Sie hatte seine Kameraden gehört, wie sie ihn riefen, und bemühte sich, Tonfall und Klang nachzuahmen. Es gelang ihr selten.

Was sie sich nicht eingestehen wollte, war, dass sie es mochte, wie er »Carole« aussprach. Es klang härter als bei ihren Freunden und viel fremder, denn er betonte die zweite Silbe, was für sie seltsam zärtlich klang. Wie eine sanfte Berührung, ein Streicheln. Sie durfte ihm nie in die Augen schauen, wenn er sie ansprach, denn sie fürchtete, dass er bemerkte, wie sehr es ihr gefiel.

Natürlich hatte sie analysiert, woran es lag. Es lag nicht an ihm, es lag daran, dass es zwei Sekunden Auszeit in dieser schrecklichen Zeit bedeutete. Zwei Sekunden, länger dauerte es nicht, »Carole« zu sagen. Aber sie reichten, um für diesen Moment eine Welle von Glückseligkeit zu produzieren. Zumindest redete sie sich das ein. Jeden anderen Gedanken verbot sie sich.

Sie wusch die nächste Tasse ab, schaute nicht auf, sondern konzentrierte sich ganz auf ihr Tun.

»Ich frage mich, ob ich mich von Ihren Büchern bedienen darf. Zufällig habe ich beim Hinausgehen gesehen, dass im Zimmer nebenan zwei Schränke voll mit Büchern stehen.«

Ihr fiel die Tasse aus der Hand. Mamans Zimmer. Mamans Bücher. Sie schaute ihn nach wie vor nicht an, griff stattdessen nach der Tasse, die seltsamerweise nicht zerbrochen war, und legte sie auf das Trockentuch. »Die Bücher?«, wiederholte sie.

»Mademoiselle Carole, ich versuche, Ihre Sprache besser zu verstehen. Da kann es helfen, die Klassiker im Original zu lesen. Ich verspreche Ihnen, ich werde sie sorgfältig behandeln. Ich reiße keine Blätter ein, knicke keine Ecken um. Während des Lesens esse ich auch nicht, sodass keine Fett- oder andere Flecken entstehen.«

Ob sie wollte oder nicht, sie musste lächeln.

»Bücher sind für mich wertvoll wie Freunde. In der Fremde, wenn man allein ist, helfen sie, die Einsamkeit zu mindern.«

Sie hörte seine Worte und verstand, was er meinte. »Ich lege Ihnen den Schlüssel auf den Tisch im Flur. Nehmen Sie, was Sie wollen. Sie sind der Sieger.«

Das hatte sie nicht sagen wollen, es war ihr rausgerutscht. Auch wenn die Deutschen sich nahmen, was sie wollten, war er nicht so. Er stahl nicht, er fragte um Erlaubnis. Es war unfair, ihn mit den anderen über einen Kamm zu scheren.

Es tat ihr leid, sie spürte, wie er zusammenzuckte, wie sehr ihn ihre Worte verletzten.

Aber es war gesagt, sie konnte es nicht zurücknehmen.

»Das ist sehr freundlich von Ihnen, Mademoiselle Carole. Merci.« Diesmal kein sanftes Streicheln, sondern eine donnernde Ohrfeige.

Und sie hatte sie verdient.

Sie schaute nicht mehr auf, hörte, wie er mit lauten Schritten zur Tür ging, wie er sie zufallen ließ.

Mechanisch erledigte sie den Abwasch und schlüpfte danach in Mamans Zimmer. Sie schloss die Tür sorgfältig hinter sich und betrachtete den Raum ihrer Mutter. Zwei Bücherschränke, ein Schreibtisch. Eine Récamiere zum Lesen. Ein Beistelltisch.

Hier hatte sich Mutter aufgehalten, wenn sie hatte allein sein wollen. Ohne Vater, ohne Kind. Als Kind hatte sie es nicht verstanden, dass Maman Zeit für sich gebraucht hatte. Heute lächelte sie über ihr Selbstverständnis, dass Maman immer für sie da zu sein hatte.

Jetzt war sie für diesen Raum verantwortlich, ihren Vater hatte sie selten ein Buch lesen sehen. Aber Mutter hatte Victor Hugo, Jules Verne und Gustave Flaubert geliebt. Vor allem Jules Verne, der in Amiens auf dem Friedhof, wo auch Maman lag, seine letzte Ruhestätte gefunden hatte. Ein Gedanke, der sie seltsam tröstete, weil sie wusste, dass es ihrer Mutter gefallen hätte.

Aber nicht nur die französischen Schriftsteller hatten es ihr angetan, sondern auch englische und deutsche. Es gab sogar einige Klassiker als Erstausgabe in der Originalsprache. Maman hatte versucht, die Seele des Textes im Original einzufangen, um ihn so besser zu verstehen. Als Nebeneffekt hatte sie ein paar Wörter der fremden Sprachen gelernt. Sie hätte keine Konversation halten können, mit »Atem«, »Herz« oder »Wunsch« kreierte man keine sinnvollen Sätze. Aber manche Wörter waren selbst im harten Deutsch wunderschön. Sie hätten sich verstanden. Maman und er. Gemeinsam hätten sie über Literatur diskutiert, sich vielleicht gegenseitig etwas vorgelesen. Wie hätte sie »Manfred« ausgesprochen?

Andere hätten wahrscheinlich über die Bitte des Soldaten gelacht, ihr kam sie überhaupt nicht lächerlich vor. Dass er an sie mit diesem Wunsch herangetreten war und nicht an ihren Vater, zeigte, dass er ebenfalls diese Verbundenheit zwischen ihnen beiden spürte.

Ihr Vater hätte ihm sofort den Schlüssel ausgehändigt, wahrscheinlich noch zwei oder drei Diener gemacht, um seine Bereitschaft zur Kooperation mit den deutschen Soldaten zu demonstrieren. Er ging stets mit gutem Beispiel voran und tat, was Maréchal Pétain verlangte. In Caroles Augen war es ein Ausverkauf Frankreichs, die eigenständige Vichy-Regierung ein Marionettentheater. So wie ihr Vater eine Marionette der Deutschen geworden war. Von ihren Abenden mit Madame Pirotte am Radio, den Gesprächen mit ihr durfte niemand wissen. Carole war sicher, dass Madame Pirotte engere Verbindungen zur Résistance pflegte, als sie ihr anvertraute. Aber Carole war stolz auf sie und ihr Tun. Was hätte ihr Vater alles bewirken können, wenn er etwas mehr von Madame Pirottes Courage besäße.

Maman, dachte sie, was würdest du in dieser Situation machen? Wärst du wie Papa oder wie Madame Pirotte, die Charles de Gaulle so sehr verehrte?

Hier mit den vielen Büchern fühlte sie sich ihrer Mutter besonders nah. Sie schloss einen der Bücherschränke auf, berührte mit dem Zeigefinger die Buchrücken. Manche sahen aus wie neu, andere wirkten häufig benutzt. Ein Gedichtband war besonders zerfleddert. Louise Labé. Carole erinnerte sich, dass Maman an manchen Abenden in dem Sessel gesessen und darin geblättert hatte. »In den Zeilen finde ich Trost«, hatte sie oft gesagt. Dabei hatte sie nie lang gelesen, manchmal nur ein paar Minuten, dann hatte sie das Buch zugeschlagen und gelächelt. Carole wusste nicht, warum sie Trost gebraucht hatte. Sie hatte den Satz immer hingenommen, ohne ihn zu hinterfragen. Jetzt hätte sie gerne darüber geredet. Sie nahm den Band zur Hand und schlug ihn auf. Automatisch öffnete er sich an einer Stelle, die häufig gelesen worden war. Die erste Zeile traf sie tief ins Herz: Je vis, je meurs.

So fühlte sie sich. Sie lebte, sie starb. Sie war innerlich zerrissen. Ihr fehlten die Menschen, die sie liebte.

Wie lange sie bereits im Raum saß, wusste sie nicht, als ein Klopfen an der Tür sie aufschreckte.

Der Deutsche trat ohne Aufforderung ein. Der Sieger nahm sich, was er wollte. Seine Wangen waren leicht gerötet, seine Augen glänzten.

»Mademoiselle Carole. Zunächst möchte ich mich bei Ihnen entschuldigen. Es tut mir leid. Mein Abgang war unhöflich.« Er machte eine Pause, in der er sie ernst ansah. »Dann muss ich Ihnen etwas mitteilen, das wichtig für Sie sein könnte.«

»Oui?« Sie legte das Buch offen auf den Beistelltisch. Sein Blick folgte ihrer Bewegung.

Er lächelte, als er den Titel las. »Oh, das kenne ich.« Seine nächsten Worte überraschten sie.

»Je vis, je meurs: je me brule et me noye.«

Er rezitierte die erste Strophe dieses Gedichts, das ihre Emotionen so treffend beschrieb, in seinem beinahe perfekten Französisch.

»Woher kennen Sie Louise Labé?«

»Nicht alles, nur dieses Gedicht von ihr. Es wurde von Rainer Maria Rilke übersetzt. Die Zeilen haben seit ihrer

Entstehung bis jetzt nichts von ihrer Kraft verloren. Auch auf Deutsch nicht. ›Ich leb, ich sterb: Ich brenn und ich ertrinke.‹«

»Rilke war Deutscher?«

»Österreicher, in Prag geboren.«

Sie nahm den Gedichtband wieder in die Hand und las leise die weiteren Verse des Gedichts vor.

Er schaute durch das Fenster hinaus in den Himmel, während er zuhörte. Um seinen Mund erschien ein sanftes Lächeln. Sein Gesicht passte weder zur Uniform noch zur Waffe, trotz Hakennase. Als sie geendet hatte, blieb es einen Moment still.

»Ich kenne kein Gedicht, das besser den Zwiespalt im Leben eines Menschen beschreibt. Den Tränen folgt das Lachen, das Unglück dem Glück. Auf Deutsch klingt es nicht so schön wie im Original, weil unsere Sprache so viel härter ist. Doch der Inhalt berührt in jeder Sprache.«

In diesem Moment sah sie nur ihn. Ein gefühlvolles Wesen. Politik und Krieg rückten in weite Ferne. Wie gerne hätte sie seine Hand genommen, sie sanft gedrückt, sich an ihn gelehnt, seinen Duft in sich aufgenommen.

»Nun«, er schüttelte fast unmerklich den Kopf, »weshalb ich hier bin: Ich wollte Ihnen sagen, wir haben jemanden verhaftet.« Er wirkte freudig erregt, was sie irritierte. »Sein Name ist Gerard Claude.«

Der Zauber des Augenblicks verschwand abrupt. Sie sah ihn an, versuchte, das Gefühlschaos, das in ihr brodelte, zu verbergen. Sie sah seine blauen Augen, die so freundlich in die Welt blickten, seine Lippen, die viel zu voll für einen Mann waren, und über die gerade noch so einfühlsame Worte gekommen waren. Dann wanderte ihr Blick tiefer, sie sah die Uniform, und der Krieg, der für einen Moment verschwunden war, erstand in aller Brutalität wieder auf. Gerard. Natürlich kannte sie ihn. Jeder im Ort kannte ihn. Er war ein Haudegen, einer, der immer gegen alles war. Sie wusste, dass er die Deutschen hasste und gegen sie agitierte.

»Warum haben Sie ihn verhaftet? Warum glauben Sie, dass es wichtig für mich ist? Soll ich mich freuen, dass Sie einen Franzosen festgenommen haben?« Sie setzte sich auf ihre Hand, um das Zittern zu verbergen. Doch ihre Stimme klang kühl und beherrscht.

»Er hat versucht, die Telefonleitungen zu zerstören. Er wurde auf frischer Tat ertappt. Und die Kameraden haben …«

Er stockte und sie spürte erneut eine Welle der Wut in sich aufsteigen. Warum erzählte er ihr das, nachdem sie einen so intimen Moment erlebt hatten? Wusste er, dass sie Gerard kannte? »Was wollten Sie noch sagen? Sie haben was?«, hakte sie scharf nach. Jedes Wort von ihr glich einem Peitschenhieb, baute die Distanz zwischen Sieger und Besiegtem wieder auf.

Er blickte zu Boden. »Wir haben auch einige Flugblätter bei ihm gefunden.«

Sie schloss die Augen. Was bedeutete das?

»Er hat gestanden, dass er Mitglied einer Widerstandsgruppe ist.«

Hörte sie einen Hauch von Bedauern in seinen Worten? Gestanden. Dieses Wort war begleitet von Folter, Angst und Schmerz. Sie mochte sich nicht vorstellen, was sie mit ihm gemacht hatten. Die deutschen Soldaten waren bekannt für ihre brutalen Methoden. Madame Pirotte hatte Geschichten erzählt, was Verräter in den Gefängnissen erwartete. Die Erwähnung von Flugblättern machte sie nervös. Was hatte er noch preisgegeben? Wussten die Deutschen, dass Madame Pirotte …

»Er hat auch noch etwas anderes gestanden«, sprach der Deutsche weiter, und Carole hielt für einen Moment die Luft an. »Er hat Emile an dem Tag, als er …« Er stockte, aber nur kurz. »Gerard hat ihn dazu überredet, die Soldaten zu beobachten und ihm alles, was er sah und hörte, mitzuteilen.

Emile verstand unsere Sprache schon sehr gut. Er war ein pfiffiger und kluger Junge.«

Sie schüttelte den Kopf, sie wollte das nicht hören. Sie sah ihn wieder vor sich, spürte, wie er ihre Hand ganz fest drückte. Sie hörte ihr Versprechen wie durch einen dichten Nebel: »Ich passe immer auf dich auf.«

Sie hatte ihn nicht beschützen können.

Nun erfuhr sie, dass ein Franzose ihn benutzt hatte. Einen kleinen Jungen, der den Feind bespitzeln sollte. Emile hatte es sicher als Spiel aufgefasst, nicht ahnend, dass er sich in Todesgefahr begab und mit dem Leben bezahlte.

»Jetzt wissen Sie, warum Emile dort war. Er wurde benutzt.«

»Einer Ihrer Kameraden hat ihn erschossen. Ein Kind. Daran ändert sich nichts.« Ihre Stimme war eiskalt, voller Abscheu.

Er sah sie traurig an. »Ja, ein Kind, das nach Hause gehört hätte. Auch ich habe ihn unfassbar gern gehabt.« Den letzten Satz flüsterte er dermaßen leise, dass sie ihn kaum verstand.

»Und jetzt soll ich dankbar sein, dass Sie Gerard geschnappt haben? Um Emiles Seelenfrieden, um meinen oder gar um Ihren? Wie konnten Sie ihn erwischen?«, zischte sie, nicht in der Lage, ihre Wut zu verbergen.

Erst in diesem Moment hob er den Kopf und blickte ihr direkt in die Augen. »Ob Sie es glauben oder nicht: Einige Ihrer Landsleute denken, es sei ihre Pflicht, uns zu unterstützen. Jemand hat ihn verraten.« Er verließ den Raum mit zackigen Schritten und hocherhobenen Hauptes, blieb jedoch in der Tür einen Moment stehen. »Sie sollten dennoch wissen, dass Sie sich um die Flugblätter keine Sorgen machen müssen. Ich war gekommen, um Ihnen auch das zu sagen. Ich bin …« Doch dann hielt er inne, drehte sich abrupt um und verschwand. Zurück blieb nur der Hauch seines Tabakgeruchs.

Carole schloss die Augen, konzentrierte sich auf ihren Atem. Sie dachte an Gerard. Madame Pirotte kannte ihn gut, einige Male hatte Carole ihn auch in ihrem Haus gesehen. Sie hoffte sehr, dass er ihre Nachbarin nicht in etwas hineingezogen hatte. Aber hatte sie gewusst, dass er den kleinen Emile zum Ausspionieren missbraucht hatte? Niemals hätte sie dem zugestimmt.

Obwohl sie die Nachricht aufwühlte, trieb sie die Frage um, wie der Deutsche das mit den Flugblättern gemeint hatte. Was wollte er ihr damit mitteilen? Eine versteckte Botschaft?

Die Deutschen fackelten nicht lange mit Verrätern. Gerard würde hingerichtet werden. Wahrscheinlich würden sie ihn in die Zitadelle von Amiens bringen.

Egal, was Gerard getan hatte, er hatte es für Frankreich getan. Aber er hatte Emile benutzt. Eine eiserne Faust umklammerte ihr Herz. Die Angst um ihre so lieb gewonnene Madame Pirotte lähmte ihr Tun und Denken. Den Verlust eines weiteren ihr nahestehenden Menschen würde sie nicht ertragen.

Das Klopfen an der Haustür riss sie aus ihrer Starre.

Sie atmete einige Male ein und aus, richtete ihr Kleid und hoffte, dass ihr die Angst nicht anzusehen war.

»Madame Pirotte«, rief sie, als sie die Tür öffnete. »Geht es Ihnen gut? Ist etwas passiert?«

Unwirsch schüttelte die alte Frau den Kopf. »Warum sollte es mir denn nicht gut gehen?« Sie trat ein und setzte sich an den Tisch. »Hast du gehört, dass sie Gerard verhaftet haben?«

»Ja, der Deutsche hat es mir gerade erzählt. Ich habe Angst …«

»Ach, papperlapapp! Unkraut vergeht nicht. Was ich jedoch bedenklich finde: Jemand hat Gerard verpfiffen.«

»Und die Flugblätter?«, flüsterte Carole.

»Was für Flugblätter?«

»Der Deutsche sagte, dass man bei Gerard Flugblätter gefunden habe. Aber er meinte auch, es gäbe keinen Grund, sich deswegen Sorgen zu machen.«

Madame Pirotte schaute sie nachdenklich an. »Wirklich? Wie erstaunlich. Ich habe ihn eben getroffen. Ich dachte, er sei hier gewesen, um sich zu verabschieden.«

»Verabschieden? Warum? Davon hat er nichts erwähnt.«

»Er hat Urlaub. Morgen fährt er für eine Woche zu seiner Familie nach Deutschland.«

»Er hat Familie?«, fragte Carole irritiert, und vor ihrem geistigen Auge sah sie ihn an der Seite einer blonden Frau, die ein Kind auf ihrem Arm trug. Alle deutschen Frauen waren blond.

»Er besucht seine Mutter und seinen Cousin.«

»Ach so.« Sie wandte ihr Gesicht ab, um sich mit keiner Regung zu verraten, und hoffte, dass sie nicht errötete. Sie hasste sich dafür, dass sie ihren Körper nicht unter Kontrolle hatte. »Warum erzählt er Ihnen das? Ich dachte, auch Sie sind dagegen, mit ihnen zu reden.«

»Ich denke, es kann uns noch nützlich sein, wenn wir uns gut mit ihm stellen.«

Carole starrte sie ungläubig an. Sie musste an Gerard und die vielen anderen Widerstandskämpfer denken, die für ihre Überzeugungen ihr Leben ließen. Selbst Emile hatte, wenn auch unbewusst, gegen das System gekämpft. Und hatte es mit dem Leben bezahlt.

Lieber als einen hingerichteten Gerard würde sie den Mörder Emiles tot sehen. Als sie ihren Vater gefragt hatte, wie die Strafe für den Todesschützen ausfiele, hatte sie keine befriedigende Antwort erhalten. »Sie töten sich doch nicht gegenseitig«, hatte er gemeint, ohne ihr in die Augen zu blicken.

Das hatte sie ihm sofort geglaubt.

»Wie meinen Sie das, Madame? Wobei kann der Deutsche nützlich sein, wenn er nun eine Woche fort ist?«

Sie bekam keine Antwort, sie hatte nicht wirklich eine erwartet. »Pass auf dich auf, Carole. Heute Abend kommst du besser nicht zu mir. Wir sehen uns morgen.«

Sie fühlte sich völlig durcheinander. Die seltsamen Andeutungen ihrer Nachbarin, das Verschwinden des Deutschen und ein verhafteter Franzose, der nicht nur im Widerstand aktiv war, sondern auch für Emiles Tod Verantwortung trug.

Der Deutsche war nun eine Woche fort. Aber ihr blieb ein Wirrwarr an Gefühlen, die er in ihr auslöste. Der, wenn sie es richtig verstand, eine schützende Hand über Madame Pirotte hielt. Was immer das auch bedeuten sollte.

Kapitel 20

Düsseldorf, März 2023

Sie hatte den Termin im Studio abgesagt. Sie hatte die halbe Nacht nicht geschlafen, war verwirrt, an konzentriertes Arbeiten war ohnehin nicht zu denken. Das Gespräch mit Jonas hing ihr sehr hinterher. Sie war wütend. Auf ihn, weil er den Finger in eine Wunde gelegt hatte, die sie so nicht wahrgenommen hatte. Auf sich, weil sie blöde Kuh etwas ganz anderes erwartet hatte und in dem schwachen Moment zu weit gegangen wäre. Zum Glück war es nicht dazu gekommen. Sie hatte sich wieder im Griff.

Sie beschloss, ihren Vater aus dem Krankenhaus abzuholen. Nicht weil er es verlangte, sondern weil sie es wollte. Vielleicht, um etwas gutzumachen, ohne zu wissen, was.

Es war jedoch noch zu früh, um in die Klinik zu fahren. Zur Ablenkung nahm sie ihren Laptop und googelte über Kriegskinder. Sie fand zahlreiche Einträge im Netz und stieß auf verschiedene journalistische Artikel, die sich mit dem Thema befassten. Sie las, dass sich während der deutschen Besatzung viele Französinnen mit deutschen Soldaten eingelassen hatten und es unzählige Kinder gab, die einen deutschen Soldaten als Vater und eine Französin als Mutter hatten. Die Historiker sprachen von »horizontaler Kollaboration«.

Die meisten »Kinder der Schande«, wie sie genannt wurden, blieben in Frankreich. Oft in katastrophalen Verhältnissen. Die einen kamen zu den Großeltern, andere in Heime. Geliebt hatte sie keiner. Denn die Mütter sahen in ihnen ebenfalls etwas, das sie ins Unglück gestoßen hatte. Wer wurde schon gerne täglich an einen Fehltritt erinnert?

Warum ihr Vater in Deutschland aufgewachsen war, wusste sie nicht. Das hatte sie auch bei den Gesprächen mit Hedwig nicht herausfinden können. Als sie zur Uhr sah, erschrak sie, wie schnell die Zeit vergangen war. Sie klappte den Laptop zu, schnappte sich die Autoschlüssel vom Haken und lief zum Auto.

Jetzt am Tag erschien ihr der riesige Parkplatz der Uniklinik wesentlich übersichtlicher, doch eine Lücke zu finden war noch schwieriger. Als sie endlich eine erspähte, die groß genug war – weit entfernt vom Eingang –, musste sie rückwärts einparken. Mit dem dritten Korrekturzug stand sie endlich gerade. Sie war nervöser, als sie zugeben wollte.

Auf dem Weg zum Gebäude ging sie noch einmal ihre vorbereiteten Sätze durch, um jeglichen Vorwurf ihres Vaters im Keim zu ersticken. Sie hatte sich nichts vorzuwerfen, ihre Neugier war berechtigt. Sie hatte jedes Recht der Welt zu erfahren, wer ihre Großeltern waren.

Vor dem Eingang der Klinik standen diejenigen, die die letzten Züge ihrer Zigarette inhalierten, um für das gewappnet zu sein, was die nahe Zukunft für sie bereithielt. Dort waren auch einige Kranke mit der Zigarette in der einen Hand und dem Tropf in der anderen. Sie sah aber auch noch etwas anderes und erstarrte. Jonas trat gerade lachend durch die elektronische Tür, ihren Vater an seiner Seite, dem er stützend unter die Arme griff. Der Anblick war nicht so schlimm, viel schlimmer war, dass beide lachten. Laut und von Herzen. Über sie, überlegte Louisa und blieb stehen.

Sie hätte vorher anrufen und ihn fragen sollen, ob sie ihn abholen sollte. Oder es direkt bleiben lassen. Was für eine Schnapsidee. Auf keinen Fall wollte sie von den beiden bemerkt werden. Noch eine Schmach Jonas gegenüber würde sie nicht ertragen.

Sie ging ein paar Schritte zurück und fand Schutz hinter einem VW-Bus. Von hier konnte sie die beiden beobachten, ohne selbst gesehen zu werden.

Sie fuhr sich mit den Händen durch die Haare.

Jonas stützte ihren Vater, und statt einer abweisenden Körperhaltung, wie Louisa es von ihm kannte, wandte er sich dem jungen Arzt zu.

Sie, die nie etwas mit ihrem Vater hatte zu tun haben wollen, sollte glücklich sein, dass sich ihre Probleme so gelöst hatten. Sie dachte an die Zeit vor Jonas mit den drei Pflegerinnen, das Chaos, die ständige Angst – und ihre Verzweiflung. Doch statt Freude machte sich ein ganz anderes Gefühl in ihr breit: Eifersucht.

Sie musste sich eingestehen, dass sie eifersüchtig auf einen fremden Mann war. Einen gut aussehenden, aber völlig fremden. Was wusste sie schon von ihm? Die paar Details, die sie von der Nachbarin erfahren hatte. Er stand auf ihre Tochter. Sein Studium wurde nicht anerkannt. Nichts, was vertrauenswürdig war. Hätte sie ihn in das Haus ihres Vaters einquartiert, wenn sie nicht so verzweifelt nach einem Pfleger gesucht hätte? Wenn sie nicht so egoistisch gewesen wäre?

Hätte sie misstrauischer sein müssen? Sich die übelsten Szenarien ausmalen? Jonas war vielleicht der Kopf einer Einbrecherbande, die die Häuser alter Leute ausraubte. Oder, und der Gedanke war nicht besser, er gehörte zu einer Bande, die alte Leute überredete, in undurchsichtige Geschäfte zu investieren. Entsetzt stellte sie fest, dass ihr Leben immer komplizierter statt einfacher wurde. Nach wie vor geduckt hinter dem VW-Bus stehend fragte sie sich, woher diese Zweifel stammten. Waren sie bloß das Ergebnis ihrer aufkommenden Eifersucht? Ihrer Minderwertigkeitskomplexe, weil ihr Vater einen Fremden ihr vorzog?

Sie schaute zu, wie die beiden auf ein Taxi zugingen. Jonas bugsierte ihren Vater auf den Beifahrersitz. Er redete mit dem Taxifahrer und nahm selbst auf der Rückbank Platz. Ein Außenstehender hätte die beiden für Vater und Sohn gehalten. Oder für Opa und Enkel. Auf jeden Fall für zwei Männer mit einer innigen familiären Beziehung.

Louisa schimpfte vor sich hin, als sie dem abfahrenden Taxi hinterherblickte.

So hatte sie es sich nicht vorgestellt. Gedankenversunken ging sie zu ihrem Auto und setzte sich hinein. Sie startete den Motor und fuhr los. Erst als sie vor der Schranke stand und aufgefordert wurde, ihr Ticket einzustecken, wurde ihr bewusst, dass sie vorher hätte bezahlen müssen. Sie fluchte, schaute in den Rückspiegel und sah hinter sich in einem roten Porsche bereits einen Mann wild mit den Armen fuchteln.

Jemand hupte. Sie stieg aus, um dem Fahrer das Missgeschick erklären. Doch bevor sie seine Fahrertür erreichte, schrie der Mann los. »Ich habe es eilig«, fuhr er sie an und schloss das Fenster wieder.

Der Porschefahrer setzte zurück, sodass sie Platz zum Rangieren hatte und ihren Mini an die Seite in die dafür vorgesehene Bucht stellen konnte. Sie war nicht die Erste, der das passiert war. Musste man so bösartig und aggressiv reagieren? Sie schüttelte den Kopf über so viel Unverständnis. Auf einem Parkplatz an einem Krankenhaus gab es zuhauf irritierte und verwirrte Menschen. Die wenigsten gingen zum Vergnügen in eine Uniklinik. Ängste, Hoffnung, Leben und Tod lagen schließlich dicht beieinander und sollten für gegenseitiges Verständnis sorgen. Weit gefehlt, wie ihr das Erlebnis mit dem Porschefahrer zeigte, der zügig weggefahren war und schon nicht mehr zu sehen, aber noch zu hören war.

Louisa stieg schnaufend aus und ging zum Kassenautomaten.

»Das wird immer schlimmer«, sagte eine Frau mit Hut vor ihr, die die Situation beobachtet hatte.

Louisa schätzte sie auf Mitte vierzig.

»Die Welt verändert sich – und nicht zum Guten.« Sie nahm ihre Quittung entgegen, nickte kurz mit dem Kopf und ging mit klappernden Absätzen davon.

Die Welt veränderte sich, dachte Louisa und gab der Fremden recht. Doch nicht nur das große Weltgeschehen änderte sich rasant. Auch ihre kleine Welt war alles andere als heil. Ratlos blieb sie kurz darauf einen Moment im Auto sitzen. Im Tonstudio brauchte sie heute nicht mehr zu erscheinen. Es war fast Mittag. Statt nach Hause zu fahren, beschloss sie, die Suppenküche zu besuchen, in der ihre Mutter gearbeitet hatte. Schließlich hatte sie der Mitarbeiter eingeladen, jederzeit vorbeizukommen.

Sie parkte im Parkhaus am Landgericht und legte die wenigen Meter zum Oberbilker Markt zu Fuß zurück.

Auf der gegenüberliegenden Straßenseite blieb sie stehen und beobachtete die Essensverteilung aus der Entfernung. In einem Imbisswagen standen eine Frau und ein Mann, die den Wartenden – weitaus mehr, als sich Louisa vorgestellt hatte – Schüsseln mit dampfendem Inhalt reichten. Um den Wagen herum befanden sich fünf Stehtische, an denen gegessen werden konnte. Louisa zweifelte, ob sie dort einfach auftauchen sollte, und beschloss, wieder umzukehren, als ein großer, schlaksiger Mann auf sie zukam und sie mit unüberhörbar niederländischem Akzent ansprach. »Kann ich dir helfen?«, fragte er. »Wir sind für alle offen. Es gibt Erbsensuppe.«

Irritiert schüttelte sie den Kopf. »Nein. Doch …« Sie lachte verlegen. »Ich möchte nichts essen. Danke fürs Angebot.« Sie holte tief Luft. »Ich bin Louisa Ziegler. Hatten wir telefoniert? Meine Mutter hat hier geholfen.«

Er strahlte plötzlich über das ganze Gesicht. »Natürlich. Ich erinnere mich an das Telefonat. Mein herzliches Beileid noch mal. Ich bin Rinse. Du willst sehen, was deine Mutter bewirkt hat. Sie war ein großartiger Mensch.«

Obwohl er wusste, dass sie kein Essen wollte, blieb er beim Du, was sie befremdlich fand. Aber irgendwie auch cool. Er war sowieso ein interessanter Typ. Kinnlanges, gewelltes Haar, das mehr zu einem Surfer passte als zu einem Sozialarbeiter. Seine Jeans saß locker auf den Hüften und sie bemerkte das Gummiband seiner Unterwäsche, auf dem in Großbuchstaben ein amerikanischer Designer zu lesen war. Der blaue Wollpullover war von guter Qualität und unterstrich seine Augenfarbe. Beim genauen Hinschauen entdeckte sie die Fältchen um seine Augen herum. Er wirkte nicht mehr ganz so jugendlich, wie aus der Entfernung gedacht. Sie schätzte ihn auf Mitte vierzig.

»Sei mir nicht böse«, sagte er. »Aber du kannst nicht hier stehen bleiben. Da fühlen sich unsere Gäste beobachtet. Komm, hilf mit. Es ist Schichtwechsel.« Völlig überrumpelt stand Louisa ein paar Minuten später an der Seite von Rinse im Imbisswagen und verteilte Essen an Bedürftige.

Es blieb ihr keine Zeit zum Nachdenken, während sie die Teller mit Erbsensuppe füllte und weiterreichte. Sie war überrascht, wie viele Menschen hier eine warme Mahlzeit bekamen. Ihre einzige am Tag.

Ehe sie sichs versah, war der Suppentopf leer. Und auf den Tischen türmten sich die schmutzigen Teller.

»Das war für den Anfang gar nicht schlecht«, sagte Rinse und grinste sie an. »Ist es unverschämt, wenn ich frage, ob du noch beim Aufräumen helfen kannst? Uns ist heute eine Helferin krank geworden.«

Es fühlte sich surreal an. Aber wider Erwarten machte Louisa die Arbeit Spaß. Rinses Lächeln war unwiderstehlich und sie sammelte ebenfalls mit einem Lächeln die Teller ein.

»Hier in den Kisten stapeln wir sie. Ich nehme sie mit nach Hause, dort kommen sie in die Spülmaschine. Für morgen. Wie du sicher weißt, stehen wir von Montag bis Freitag hier. Alles Ehrenamtliche. Ich danke dir von Herzen, Louisa.« Rinse reichte ihr die Hand. »Dich hat der Himmel heute geschickt. Wenn du magst, kannst du gerne wiederkommen. Dann bleibt auch Zeit für einen Kaffee. Heute muss ich leider zu einem wichtigen Termin.«

»Überrumpeln kannst du einen schon«, sagte sie schmunzelnd. »So etwas ist mir noch nie passiert. Ruf mich an, wenn ihr wieder Hilfe braucht. Heute war es Zufall, dass ich freihatte. Aber es gibt sicher einen Tag, an dem ich wiederkommen kann. Es hat Spaß gemacht.«

Sie zog ihre Visitenkarte aus der Tasche und reichte sie ihm.

»Ich melde mich«, sagte er, nahm zum Abschied ihre Hand und hielt sie länger als nötig.

Zu Hause machte sich Louisa einen Kaffee und sank erschöpft aufs Sofa. Was für ein verrückter Tag. Erst der erfolglose Versuch, ihren Vater abzuholen, dann der völlig anders gelaufene Nachmittag!

Sie überlegte, ob sie ihren Vater anrufen sollte, um zu fragen, wie es ihm ging. Und dann wollte sie ganz nebensächlich von dem Nachmittag in der Suppenküche erzählen. Jonas' Kritik am Verhältnis zu ihrem Vater setzte ihr zu. Vielleicht lag es wirklich an ihr, daran etwas zu ändern.

Eigentlich hatten sich ihre Probleme alle gelöst. Sie hatte um Unterstützung und Entlastung gebeten und bekommen, was sie sich gewünscht hatte. Endlich konnte sie wieder ein normales Leben führen. Jeden Job als Sprecherin annehmen, mit Anne und Evi öfter essen gehen und vielleicht sogar ehrenamtlich in der Suppenküche helfen. Dieser Rinse war wirklich ein sympathischer Typ.

Sie sollte erleichtert sein, dass sich alles so gut gefügt hatte. Doch neben Erleichterung fühlte sie eine unendliche Traurigkeit in sich.

Kapitel 21

Frankreich, September 1941

Es war ein sonniger Spätseptembertag. Obwohl die Sonne schien, wärmten ihre Strahlen nicht mehr genug, um ohne Jacke im Garten zu sitzen. Carole saß auf der Holzbank, die ihr Vater vor Ewigkeiten gefertigt hatte, unter ihrem Lieblingsbaum, einer großen Kastanie. Sie sah hoch und bewunderte die ausladenden Äste, die die Kinder der Nachbarschaft häufig zum Klettern nutzten. Früher auch sie und natürlich Emile, wenn er da gewesen war. Er war oft fast bis in die Krone hinaufgeklettert und hatte sie aufgefordert, ihm zu folgen. Caroles Erklärungen, sie sei dafür zu alt, hatte er mit einem Lachen kommentiert, aber sie nicht weiter gedrängt.

Jetzt blickte Carole in die Krone des Baumes und wünschte sich ihn herbei. Sie war allein, bis auf ein paar Vögel, die von einem Ast zum nächsten hüpften und dabei zwitscherten.

Eine Woche war vorbei, der Heimaturlaub des Deutschen sollte zu Ende sein. Doch bisher war er noch nicht wieder aufgetaucht. Sie musste oft an ihre letzte Begegnung in Mamans Zimmer denken. An Gerard, der mittlerweile an einen anderen Ort in ein Gefängnis gebracht worden war. Sie wusste nicht, wohin, war sich aber sicher, dass sie ihn nicht mehr wiedersehen würde.

Auf der Erde lagen einige Kastanien. Sie hob eine besonders gleichmäßig geformte auf und strich immer wieder mit den Fingern darüber. Ein Handschmeichler. Sie liebte das glatte, seidige Gefühl in der Hand.

Hier an diesem Ort erinnerte alles an ihre Mutter. Sie hatte oft die Kastanien gesammelt, sie mit bunten Herbstblättern in eine Schale gelegt und sie im Haus aufgestellt.

Die Gabe, einfache Dinge schön zu präsentieren, fehlte Carole gänzlich.

Die Tränen kamen ohne Vorwarnung. Carole konnte sie nicht aufhalten. Sie liefen die Wangen hinunter, tropften auf ihre Jacke, ihren Rock.

Sie hatte kein Taschentuch eingesteckt und nutzte stattdessen den Ärmel ihrer Strickjacke. Früher wäre sie ins Haus gegangen, um eins zu holen. Doch nun war es egal. Eigentlich war ihr seit Emiles Tod alles egal. Alles war anders geworden, auch sie. Zumindest konnte sie hier an diesem Ort ihrer Trauer freien Lauf lassen. Sie musste nicht so tun, als wäre sie stark und alles wäre gut.

Sie war dankbar, dass ihr Vater nur noch selten Zeit zu Hause verbrachte. Vor einigen Tagen hatte sie gehört, dass er Trost bei einer Frau gefunden hätte, bei der er nachts blieb. Sie war keine Dorfbewohnerin, sondern eine Fremde, die das Hotel führte, seit die ursprünglichen Besitzer enteignet worden waren. Wenn ihr Vater doch mal nach Hause kam, schaute er sie mit den glasigen Augen eines Trinkers an und sprach von ihrer Mutter. Wie er sie kennengelernt hatte, wie er nie gedacht hatte, dass sie ihn alten Kerl nehmen würde. Er war immer davon ausgegangen, dass er vor ihr sterben würde. Die Tatsache, dass er den Krieg überlebt hatte, war in seinen Augen verwerflich. Sie ertrug sein wehleidiges Gerede nicht, seine Anwesenheit bereitete ihr mittlerweile körperliches Unwohlsein. Und wenn sie ganz ehrlich zu sich war, wäre es auch ihr lieber gewesen, er wäre an Mutters Stelle gegangen.

»Excusez-moi.«

Die Stimme war direkt hinter ihr, kam ohne Vorwarnung.

Sie drehte sich ruckartig um. Der Deutsche.

»Verzeihung«, sagte er und reichte ihr ein sauberes weißes Taschentuch.

»Merci«, bedankte sie sich automatisch. Sie schnäuzte sich völlig undamenhaft, laut und inbrünstig, um ihre Aufregung zu überdecken. Er war wieder da. Es war egal, was der Deutsche von ihr dachte. Sie hielt das Tuch vor sich und zuckte die Schultern.

»Es wäre mir eine Freude, wenn Sie es behielten. Meine Mutter hat mich ausreichend damit ausgestattet.«

Er blieb stehen, was ihr genauso unpassend erschien, als wenn er sich neben sie setzen würde.

»Meine Mutter war sehr erfreut, dass ich einige Tage bei ihr war. Und für meinen Cousin bin ich ein Held, weil ich Soldat und in Frankreich bin. Alle anderen haben sich natürlich auch gefreut, mich zu sehen.«

Alle anderen? Was das wohl hieß? Ob er eine Freundin hatte? Was wollte er von ihr? Reichte es nicht, dass er als Besatzer stetig das Überlegenheitsgefühl vor sich hertrug? Seine nächsten Worte überraschten sie.

»Je vis, je meurs: je me brule et me noye.«

Er hatte es nicht vergessen.

»Ich habe Ihnen etwas mitgebracht.« Er hielt ihr ein Buch hin. »Rainer Maria Rilke. Für Sie.«

Er legte es neben sie, als Carole sich nicht rührte.

Er schaute in den Himmel. »Ich leb, ich sterb«, sagte er dabei und lächelte. »Sie wissen, dass mir all das, was geschehen ist, sehr leidtut. Der Soldat, der Emile aus Versehen erschossen hat, ist übrigens versetzt worden. Nicht weil er geschossen hat, sondern weil er betrunken war. Er ist an der Ostfront.«

Sie nickte. Nur nicht mehr als nötig mit ihm sprechen.

»Von der Front kehrt selten jemand zurück. Sie müssen sich also nicht fürchten, ihm eines Tages auf der Straße zu begegnen.«

Es war irrational, mit einem Deutschen, einem Besatzer, im Garten unter einer riesigen Kastanie zu sitzen, Gedichte aufzusagen und über den Krieg und seine Auswirkungen zu reden.

»Auch ich vermisse den kleinen Jungen. Er hat die Welt ein bisschen heller und strahlender gemacht.«

Er hatte kein Recht, über Emile zu sprechen. Es war ihr Emile. Ihren Blick hielt sie noch immer auf die Kastanien zu ihren Füßen gerichtet. Konnte sie es sich erlauben, einfach aufzustehen und ohne ein weiteres Wort zu gehen?

Als hätte er ihre Gedanken erraten, fuhr er fort. »Es ist vielleicht in Ihren Augen nicht recht, dass ich über ihn rede und ihn mochte. Ich könnte sogar verstehen, wenn sie mir die Schuld an seinem Tod geben. Nicht weil ich geschossen hätte, das habe ich natürlich nicht. Aber weil ich Deutscher bin. Wegen dieser ganzen Kriegssituation. Glauben Sie mir, läge es in meiner Verantwortung, würde ich es anders machen.« Einen Moment schwieg er, dann fügte er hinzu. »Ich kenne wenige Menschen, in deren Gesellschaft man das Gefühl hat, die Welt ist gar nicht so schlimm.«

»Wie meine Mutter.« Sie biss sich auf die Lippe, doch ehe sie es verhindern konnte, sprudelten die nächsten Worte nur so aus ihr heraus. »Sie war auch so ein fröhlicher, besonderer Mensch. Alles war ein wenig heller, ein wenig bunter und ein wenig lebhafter mit ihr. Bis zu ihrer Erkrankung.« Carole unterbrach sich und schluckte. Sie drehte weiterhin die Kastanie in ihrer Hand.

Der Deutsche setzte sich endlich, hielt jedoch den größtmöglichen Abstand auf der Bank ein.

»Ich hoffe, Sie halten es nicht für unpassend, dass ich Ihnen ein Geschenk aus meiner Heimat mitgebracht habe. Rilke ist es wert, gelesen zu werden. Ich möchte nicht, dass Sie mich für den übergriffigen Sieger halten, der Ihnen etwas aufzwingen will. Das liegt auf gar keinen Fall in meiner Absicht. Betrachten Sie das Buch als kleines Dankeschön, dass ich bei Ihnen wohnen darf. Ich mag Ihr Haus sehr. Es ist wohnlich und behaglich. Man spürt sofort, dass eine Frau im Haus ist. Bei den Kameraden in den anderen Unterkünften geht es anders zu.« Er holte tief Luft. »Ich bin gerne hier.«

Während er redete, schaute er sie nicht an, sondern an ihr vorbei. Wieder nahm sie seinen Geruch wahr. Eine angenehme Mischung aus Holz und Tabak, dazu ein Duft, den sie kannte, aber nicht benennen konnte. Für einen Moment schloss sie die Augen. Dann wurde ihr schlagartig bewusst, was sie hier tat.

Sie saß mit einem Deutschen, einem Soldaten, in ihrem Garten unter einem Baum. Wäre es kein Krieg, gäbe es nicht die französische Kapitulation, könnte man sie für ein Liebespaar halten. In diesem einen winzigen Moment war diese Vorstellung sehr real in ihrem Kopf. Sie konnte sich vorstellen, ihm ganz nah zu sein. Sich an seine Brust zu lehnen und seinen Herzschlag zu spüren. Seine Wärme wahrzunehmen, sich beschützt und behütet zu fühlen. Dann würde er ihr Gesicht in seine Hände nehmen, ihr tief in die Augen schauen und seinen Mund ganz dicht an ihren beugen. *Ich bin gerne hier*, hatte er gesagt.

In diesem Augenblick fiel ihr ein, woran sie sein Duft erinnerte. An in Leder gebundene Bücher. An die Bibliothek ihrer Mutter. Die Sehnsucht nach einer Umarmung wurde in diesem Moment so stark, dass sie erschrak. Sie sprang auf. Stammelte etwas Unverständliches und lief ohne ein weiteres Wort ins Haus.

Madame Pirotte, die ihr entgegenkam, schaute sie besorgt an. »Was ist passiert, Carole?«

»Nichts«, sagte sie und rannte weiter die Treppe hinauf in ihr Zimmer. Sie riss die Holztür auf und schmiss sie hinter sich zu. Blind vor Tränen warf sie sich aufs Bett und weinte hemmungslos. Über den Tod Emiles, über den Verlust ihrer Mutter, einen Vater, der nicht für sie da war, über Gefühle, die nicht sein durften. *Ich bin gerne hier.* Seine Worte hallten in ihren Ohren.

In ihren Händen knetete sie das weiße Taschentuch.

Kapitel 22

Düsseldorf, März 2023

Sie hatten es tatsächlich geschafft. Evi, Anne und Louisa saßen in dem Bistro an der Rheinpromenade am hinteren Tisch auf der Empore und redeten alle auf einmal. Als sie es merkten, blieb es für einen kurzen Moment still, dann brachen sie in großes Gelächter aus.

»Wie lange ist es her, dass wir zusammen essen gegangen sind?«, fragte Louisa.

»Wartet mal, die Zwillinge sind jetzt fast drei …« Anne schlug die Hand vor den Mund. »Kann das wirklich sein, dass es über drei Jahre her ist, dass wir uns getroffen haben?«

»Stimmt, beim letzten Mal warst du hochschwanger und völlig unleidlich.« Evi lachte, dann schwieg sie betreten. »Sorry. Auf jeden Fall danke an dich, Louisa, dass du das Treffen angestoßen hast und so beharrlich warst. Prost!« Sie hob das Glas Prosecco und die anderen beiden stießen an.

»Auf uns.«

»Auf die alten Zeiten!«

Anne seufzte und stellte das Glas ab. »Beinah hätte ich wieder absagen müssen. Eigentlich wollte Jan auf die Kinder aufpassen, doch er musste einen beruflichen Termin wahrnehmen. Zum Glück ist meine Schwiegermutter eingesprungen. Ich kann also nicht so lange. Es tut mir leid.«

»Wie läuft es denn mit Jan?«

»Gut, warum?« Anne reagierte gewohnt schnippisch, wenn die Rede auf ihren Mann kam. Es war kein Geheimnis, dass er eigentlich nie Kinder hatte haben wollen. Anne hatte ihn damals unter Druck gesetzt, und dann waren die Zwillinge gekommen. Keine einfache Situation.

»Wisst ihr schon, was ihr essen wollt?«

Alle steckten den Kopf in die Speisekarte, die aus einem einmal gefalteten DIN-A4-Blatt bestand und mit kleiner Computerschrift beschrieben war.

»Das liest sich alles so lecker, ich kann mich gar nicht entscheiden«, meinte Evi.

»Gibt es die Muscheln nur als Vorspeise? Wie schade ist das denn?«, stellte Anne fest.

»Ich bleibe vegetarisch«, bemerkte Evi.

»Ich nehme auf jeden Fall Pasta«, verkündete Louisa.

Für einen kurzen Moment keimte in ihr der beruhigende Gedanke auf, dass es beinahe wie früher war. Sie saß mit ihren Kolleginnen nach einer gemeinsamen Produktion beisammen. Gleich ginge es los mit dem Lachen über die eigenen Versprecher und das Lästern über den Regisseur. Doch dann blickte sie auf Evis botoxglatte Stirn und ihre Rolex am Handgelenk, Annes graue Strähnen und ihre herabhängenden Mundwinkel. Beide arbeiteten nicht mehr als Sprecherinnen. Anne blieb mit den beiden Kindern keine Zeit, und Evi gefiel sich in der Rolle als Ehefrau und Anhängsel ihres Mannes. Ihren Sohn, Hugo, erzogen Kindermädchen und Au-pairs. Manchmal waren sie als Vorzeigefamilie in der regionalen Presse abgebildet, wenn ihr Mann irgendwo repräsentierte. Als

Vorstandsmitglied der Sparkasse sah man ihn auf zahlreichen Wohltätigkeitsveranstaltungen.

Louisa fiel aber noch etwas anderes auf: Die Unbekümmertheit von früher, die Gemeinsamkeiten, das Lachen über die gleichen Situationen – all das war nicht reproduzierbar. Sie hatten nichts mehr gemeinsam. Diesen Graben zwischen ihnen spürte sie ganz deutlich. Gerade in diesem Moment, während die beiden in die Speisekarte schauten und sich völlig unbeobachtet fühlten. Louisa musterte den dicken Klunker an Evis Ringfinger, der mit Sicherheit echt war. Damit kauften sich andere ein Auto. Oder ein E-Bike, dachte sie. Und ihr wurde klar, dass sie keiner von ihrem Vater, seiner Herkunft, seiner Geschichte erzählen konnte.

Der Kellner kam und riss sie aus ihren Gedanken. Er nahm mit rheinischem Gleichmut ihre Bestellung auf. »Zweimal vegetarische Pasta, einmal Muscheln mit Pommes. Dazu den Grauburgunder und eine Flasche stilles Wasser«, wiederholte er, während er die Order in einer nur ihm bekannten Geheimschrift niederschrieb, wie Louisa bei einem Blick auf seinen Zettel bemerkte. Ob sie wirklich das Richtige bekommen würden?

Der Kellner ging und die Freundinnen blickten ihm erst hinterher, dann sich an. »Netter Hintern, netter Typ. Gefällt mir«, spottete Evi.

»Wäre mir zu jung«, entgegnete Anne. »Aber wir sind ja in festen Händen. Was ist mit dir, Louisa? Gibt es Neuigkeiten? Endlich ein Mister Right in Sicht?«

Louisa lächelte verlegen. Mit Rodolfo, Jonas und Rinse waren in der letzten Zeit drei Männer in ihr Leben getreten, von denen die beiden nichts wussten und Louisa auch nichts erzählen wollte. Mit dem italienischen Liebhaber war es zu Ende, bevor es richtig beginnen konnte, Jonas war tabu und Rinse …

Der niederländische Streetworker gefiel ihr, obwohl er eigentlich überhaupt nicht ihr Typ war. Sie schob den

Gedanken an ihn zur Seite und konzentrierte sich wieder auf ihre Freundinnen.

Die Getränke kamen und der Kellner schenkte den Wein großzügig in die Gläser ein. »Nein, nicht so viel«, protestierte Evi. »Ich muss noch fahren!«

»Prost, ihr Lieben!« Anne hob das Glas. Ihres und Louisas waren zu voll, um einen schönen Ton zu erzeugen, als sie anstießen. »Auf die alten Zeiten.«

Sie tranken alle einen Schluck und dann prustete Evi los. »Wisst ihr noch: den Hoffnungsschwimmer? Oder das Vorschwein?«

Auch Anne lachte laut auf. Sie erinnerten sich gerne an die besten Versprecher während der Hörspielaufnahmen zu ihrem gemeinsamen Projekt, bei dem sie sich kennengelernt hatten. »Ja, und dann das wache Fleisch«, fügte Anne an. »Wie oft musste ich den Satz sagen, bis er endlich richtig war? Der Geist ist willig, aber das Fleisch … Erst war es flach, dann wach. Und als es endlich richtig war, bekam ich einen Hustenreiz. Hilfe, war das peinlich.«

Louisa lachte mit, konnte sich jedoch der Ausgelassenheit ihrer Freundinnen nicht anschließen. Sie fühlte sich wie die Zuschauerin einer Theatervorstellung. Die vergangenen Erlebnisse waren zwar lustig gewesen, sie aber jedes Mal zu erwähnen, wenn sie sich trafen, kam ihr einfältig vor. Seit dem Tod ihrer Mutter war ihr eigenes Leben nicht mehr so unbeschwert wie zuvor, das von Anne und Evi sicherlich ebenso wenig. Im Grunde genommen bestätigte es das, was sie schon lange gefühlt hatte: Diese Freundschaft war nicht aufzuwärmen. Nichts Neues, nur noch alte Kamellen, die wiederholt wurden. Der Alltag, das Leben, wie es jetzt jede Einzelne von ihnen führte, hatte keinen gemeinsamen Nenner mehr. Und keine schien zu interessieren, wie es wirklich in der anderen aussah.

Louisa wollte es dennoch probieren. Sich ihnen anvertrauen, vielleicht einen Ratschlag einholen. Dafür hatte man doch Freundschaften, oder? Doch bevor sie fragen konnte, erschien eine andere Kellnerin und stellte ihnen die Teller hin.

»Wie putzig! Die kleinen Muscheltöpfe. Und die Siebe. Perfekt für die Pommes. Und es riecht fantastisch.« Anne bemerkte und schätzte wie immer jedes Detail. »Aber ob ich davon satt werde?« Die Kellnerin vernahm den letzten Satz und entgegnete, dass es ein wunderbares Tiramisu gäbe. Ganz frisch und lecker.

»Da steht mit Sicherheit mein Name drauf. Habe ich schon lange nicht mehr gegessen.«

Evi stahl sich eine Fritte von ihrem Teller und hielt erschrocken inne, als Anne sie anfuhr.

»Lass das, das sind meine«, wetterte sie, und ihre Stimme klang nicht freundlich, auch wenn ein Lächeln ihrer Ansage die Schärfe nehmen sollte.

Louisa wäre nicht überrascht gewesen, hätte Anne Evi auf die Finger gehauen.

Anne merkte offensichtlich, dass ihre Reaktion übertrieben war. »Entschuldige, das ist ein natürlicher Reflex als Mutter. Die Zwillinge klauen sich alles von meinem Teller, ich muss wirklich sehen, dass ich etwas abbekomme. Dabei sind sie auch noch total wählerisch, ich bin ja dankbar, dass sie überhaupt etwas mögen und essen.«

Louisa erinnerte sich an die letzten Fotos, die Anne vor einer Woche, als sie sich verabredet hatten, geschickt hatte. Die Zwillinge sahen alles andere als unterernährt aus. Natürlich durfte man nicht erwähnen, dass sie als großartige Mutter dicke Kinder hatte, die absolut unerzogen waren und jedem auf dem Kopf herumtanzten.

»Habe ich euch erzählt, dass ich sie zur musikalischen Früherziehung anmelden konnte? Wir haben tatsächlich einen

Platz bekommen, und ich bin unendlich dankbar dafür. Sie lernen jetzt, Xylophon zu spielen. Es ist so niedlich, sie vollkommen konzentriert bei der Sache zu sehen.«

»Ist es nicht etwas …«, Evi suchte mit einem an die Decke gerichteten Blick nach einem passenden Wort, »unharmonisch am Anfang?« Sie senkte ihre Augen auf das Essen. »Ich kann mich an meine Blockflötenanfänge erinnern und auch, dass meine Mutter mir die Flöte irgendwann entwendet hat. Sonntagmorgens gegen sieben Uhr war meine präferierte Zeit – das fand sie nicht witzig. Hugo haben wir erst gar nicht die Möglichkeit angeboten. Andreas möchte, dass er Schlagzeug lernt. Na ja, das Haus ist ja groß genug, dann kann er in den Keller ziehen.«

Louisa wollte auflachen, weil sie sich sehr gut vorstellen konnte, wie ein Blockflötenkonzert eines Anfängers klang, doch sie unterdrückte ihren Impuls, als sie Annes empörten Gesichtsausdruck registrierte. Stattdessen kaute sie weiter auf ihren Nudeln und enthielt sich, während die beiden das Thema vertieften.

»Ich finde, man muss den Kindern die Möglichkeit der Entfaltung und Entwicklung geben«, hielt Anne dagegen. »Da sind die eigenen Befindlichkeiten nicht wichtig. Als Mutter hat man zurückzustecken.« Sie setzte ein Märtyrer-Gesicht auf.

Louisas Blick wanderte verwundert von einer zur anderen. Sie hatte keine Ahnung, wo das Streitgespräch hinführen sollte, und war dankbar, dass sie allein auf der Empore saßen.

»So ein Blödsinn«, widersprach Evi gerade, »kein Wunder, dass du so aussiehst, wie du aussiehst.«

Aua, dachte Louisa, was für ein Tiefschlag.

»Du hast als Mutter doch noch ein eigenes Leben verdient. Man kann sich nicht völlig opfern, nur für das Wohl der Kinder. Grenzen zu ziehen halte ich für genauso wichtig. Und nicht nur ich. Erst letztens las ich einen Artikel, in dem es genau darum ging. Die Vorstellung, dass man sich als Mutter völlig aufgeben muss, ist hinfällig. Und auch nicht gesund für das eigene Wohlbefinden. Später kommt das Empty-Nest-Syndrom dazu. Weil diese Mütter verlernt haben, ihr eigenes Leben zu leben, fehlt ihnen jeglicher Lebensinhalt, sobald die Kinder sie nicht mehr brauchen. Und das beginnt bereits, wenn sie in die Schule kommen. Nicht erst, wenn sie ausziehen. Ich lasse mir mein Leben nicht nehmen.«

Bei Evis Monolog wurde Annes Mund immer spitzer und die Falte zwischen den Augenbrauen tiefer. Sie richtete ihren Oberkörper auf, als nähme sie eine Angriffshaltung ein.

»Ich denke nicht, dass du mit Au-pair und Putzhilfe und Gärtner das beurteilen kannst. Du kennst das wahre Leben überhaupt nicht und lebst in einem reichen Umfeld. Und außerdem ist jedes Kind anders. Das lässt sich nicht pauschalisieren.«

Louisa lehnte sich sprachlos zurück und schaute die beiden an. Anne war wütend, Evi beleidigt.

»Falls du es vergessen hast: Auch ich bin Mutter«, betonte Evi. »Ich glaube, dass weder Reichtum noch Armut Eigenschaften einer guten Mutter sind.«

»Ja, aber du hast dich noch nie um Dinge sorgen müssen, die für andere Mütter ganz normal sind.«

»Kommt. Lasst es. Das ist nicht fair«, mischte sich Louisa ein, da sie hoffte, die Eskalation des Streits noch verhindern zu können. »Nicht mir gegenüber. Ich dachte, ihr trefft euch regelmäßig und unternehmt viel gemeinsam.«

»Das war mal, jetzt muss Evi ja repräsentieren.«

Mittlerweile war Louisa der Appetit vergangen. Sie hatte mit vielem gerechnet, aber nicht, dass sich Anne und Evi an die Gurgel gingen.

Für einen Moment war es ganz still, niemand nahm eine Gabel oder ein Glas in die Hand. Keiner sagte ein Wort, sie starrten auf den Holztisch.

Endlich ergriff Evi das Wort. »Es tut mir leid, Anne, falls ich dich verletzt haben sollte. Das lag nicht in meiner Absicht. Dass Andreas so erfolgreich im neuen Job ist und dass es sich so entwickelt hat, konnte niemand vorhersehen. Ich bin weder abgehoben noch weltfremd geworden. Auch wenn ich die Unterstützung, die ich aktuell erfahre, sehr genieße. Aber ich bin doch immer noch der Mensch, der sich vor Aufregung verspricht und für lustige Wortkonstruktionen sorgt.« Sie legte ihre Hand auf Annes und schaute sie intensiv an. »Entschuldige.«

»Angenommen.«

Sie hoben erneut das Glas und stießen an. Bisher hatten sie auf der Empore allein gesessen, was ganz ungewöhnlich für das Bistro war. Nun füllten sich die anderen Tische und es wurde lauter. Endlich begannen auch Evi und Anne zu essen.

Evi sprach weiter. »Wir wissen manchmal gar nicht, wie gut wir es haben. Wenn ich die Mütter mit ihren Kindern in Syrien oder Afrika sehe, die Verzweiflung in ihren Augen, das Wissen um eine unsichere Zukunft …«

Evi legte das Besteck nieder. »Auch sie kämpfen wie die sprichwörtlichen Löwen um ihre Kinder. Die Angst, dass die Kinder verhungern, verschleppt werden oder gar als Kindersoldaten missbraucht werden, muss unerträglich sein.«

»Ja«, stimmte Anne zu. »Das Band zwischen Mutter und Kind ist fest, aber in solchen Fällen wüsste ich nicht, ob ich mein Kind vielleicht fortschicken würde. In Sicherheit, in ein anderes Land, wo es bessere Bedingungen vorfindet. In der Hoffnung, es eines Tages wiederzusehen.«

Louisa nickte. »Wir haben alle gut reden. Wir sind nicht in der Situation. Ich kann als Nicht-Mutter sowieso nur spekulieren. Trennt man sich tatsächlich so einfach von seinem Kind und schickt es auf eine gefährliche Reise in eine ungewisse Zukunft?«

»Nein, natürlich nicht so einfach. Was für eine schwere Entscheidung! Wir haben alle gut reden. Es ist eine rein hypothetische Überlegung. Aber sich vorzustellen, wie die Mütter im Sudan, in Syrien und Afrika jeden Tag Angst um ihre Kinder haben müssen, dass die Versorgung nicht funktioniert, weder ernährungstechnisch noch ärztlich – man kann den Gedanken nachvollziehen. Und wahrscheinlich würde man es auch tun. Aber ich weiß es nicht. Das Gefühl, sein Kind wegzuschicken, muss furchtbar sein.«

Evi sah es genauso. »Man trennt sich wirklich bloß im äußersten Notfall von seinem Kind. Nur, wenn ein Zusammenbleiben nicht möglich ist. Eine solche Ausnahmesituation kann ein Krieg sein. Oder aber die generelle Situation in einem Land. Ich denke an politische Veränderungen, das Verschwinden des Rechtsstaates, der Demokratie.«

Louisa stocherte in den Nudeln herum.

»Schmeckt es dir nicht?«, erkundigte sich Evi.

»Doch, es ist superlecker. Aber irgendwie hatte ich gar nicht so viel Hunger. Und ich denke darüber nach, was ihr gesagt habt. Was glaubt ihr als Mütter: Machen sich die Mütter Gedanken darüber, was die Trennung bei dem Kind auslöst? Oder hat man nur das Beste für das Kind im Blick? Ich meine, ich bin zwar keine Mutter, aber eine Tochter. Und die Vorstellung, meine Mutter hätte mich weggegeben …«

»So habe ich das noch gar nicht gesehen.« Evi zuckte die Schultern. »Kommt, lasst uns das Thema wechseln. Wir sollten uns freuen, dass wir uns diese Fragen nicht stellen müssen. Hoffentlich nie«, fügte sie an und trank ihr Weinglas leer. Ihr Wasserglas war unberührt, bemerkte Louisa.

»Ich gebe Evi recht«, sagte Anne. »Lasst uns lieber wieder über spaßigere Dinge reden. Erinnert ihr euch noch an den Gesichtsausdruck des Tonregisseurs, als ich zu spät zur Aufnahme kam, weil mein Auto nicht ansprang, der Bus nicht kam und ich zu Fuß im strömenden Regen die drei Kilometer zurücklegen musste?«

Sie lachte wild.

Als der Kellner ihre leeren Teller abräumte, bestellten sie Nachtisch und drei Espresso. Anne und Evi waren wieder mitten in den alten Geschichten. Louisa lachte an den richtigen Stellen, schließlich kannte sie alle Anekdoten auswendig. Doch sie war lediglich körperlich anwesend. Ihre Gedanken schweiften zu einer Frau, die ihr Kind weggegeben hatte, und zu einem alten Mann, der ihr Vater war und noch immer so verloren wie ein kleines Kind wirkte.

Und noch ein anderer Gedanke drängte sich in ihr Bewusstsein. Sie brauchte etwas Neues in ihrem Leben. Neue Bekannte, eine neue Aufgabe. Vielleicht war die Arbeit in der Suppenküche doch nicht so abwegig, wie sie zunächst geglaubt hatte. Sie würde die Arbeit ihrer Mutter fortsetzen, denn schließlich war da noch der schlaksige, langhaarige Streetworker, der ihr Interesse geweckt hatte.

Kapitel 23

Frankreich, März 1942

Carole stand an der Spüle und wusch ab. Nichts wirkte so entspannend auf sie wie die monotone Arbeit des Geschirrspülens. Sie genoss das warme Wasser auf der Haut und dachte an nichts. Als sie die dunkle Stimme ihres Vaters vernahm, zuckte sie vor Schreck zusammen.

»Ich muss nach Amiens«, sagte er.

Sie drehte sich zu ihm um. »Ich wusste nicht, dass du hier bist. Dachte, du bist in der Mairie.« Er sah krank und elendig aus. Die Augenringe wurden von Tag zu Tag dunkler, sein ehemals pausbäckiges Gesicht glich dem eines Habichts.

»Nein, heute geh ich nicht hin.«

»So wie du aussiehst, gehörst du ins Bett. Nicht an den Schreibtisch und schon gar nicht nach Amiens. Du solltest dir eine Auszeit nehmen.« Sie vermied es, die andere Frau anzusprechen. Wenn sie sie ignorierte, war sie nicht da.

Er brummte und setzte sich an den Tisch. »Dafür habe ich keine Zeit. Ich muss zur Kommandantur. Unser Deutscher fährt mich hin. Ich habe gedacht, vielleicht möchtest du mit? Mal etwas anderes sehen?«

Die Überraschung stand ihr wahrscheinlich ins Gesicht geschrieben. Einen Ausflug hatte sie schon ewig nicht mehr gemacht. Die Aussicht, mit einem Auto zu fahren, statt das Fahrrad zu nutzen oder zu Fuß unterwegs zu sein, etwas anderes zu sehen, klang verlockend. Auch wenn Amiens nicht Paris war und durch den Fluss in zwei Zonen geteilt, wäre ein Besuch eine Abwechslung. Vielleicht konnte sie etwas kaufen, was es hier nicht gab.

»Glaub nicht, dass ich nicht weiß, was du leistest, Carole. Ich kann nicht gut Danke sagen, mein Kopf ist voll mit Verordnungen und Forderungen der Deutschen, die ich irgendwie umsetzen soll. Du bist viel allein, das ist mir bewusst. Du machst den Haushalt, kümmerst dich um Wäsche und Essen. Und um mich, zumindest, wenn ich hier bin.« Sein Lächeln misslang.

»Möchtest du einen Kräutertee? Der macht dich vielleicht etwas fitter und lässt dich klarer denken.« Sie wartete die Antwort nicht ab und stellte ihm eine Tasse hin, holte die Blechdose mit den getrockneten Kräutern aus dem Regal und setzte Wasser auf. »Wann musst du los?«

»In einer halben Stunde. Was ist – magst du mitfahren?«

Früher hatten sie oft solche Ausflüge nach Amiens unternommen. Mit Mutter. Dann hatten sie ihre besten Sonntagskleider angezogen und die Familie ihrer Mutter besucht, sich in ein Café gesetzt oder an einem Gottesdienst in der Kathedrale teilgenommen, sich vor die Dewailly-Uhr gestellt, an der es unentwegt Neues zu entdecken gab. Doch das war in einem anderen Leben gewesen, dachte sie, als sie sich ihrem Vater gegenübersetzte und ihr Kleid glatt strich. »Ich weiß nicht, Papa. Es ist alles so anders geworden.«

»Ich weiß, was du meinst. Aber du lebst. Und du solltest nicht so tun, als gäbe es keine Freuden mehr.«

»Was ist mit dir?«

Noch nie in ihrem Leben hatte sie ihren Vater so traurig erlebt wie in diesem Moment.

»Natürlich«, sagte er, »auch ich lebe.«

Seine Stimme strafte seine Worte Lügen. Er war dem Tod näher als dem Leben, dachte Carole. Es war ihm wichtig, dass er ihr etwas Gutes tun wollte. Eine plötzliche Welle der Zuneigung überkam sie für den alten, ihr so fremd gewordenen Mann.

»Warum nicht?«, rief sie plötzlich und schlug mit ihrer Hand auf den Holztisch. »Ich komme mit.« Sie überfiel eine Aufregung, die sie schon lange nicht mehr verspürt hatte. »Ja, verdammt noch mal, warum nicht!«

Er schaute erstaunt auf, und auch in seinem Gesicht bemerkte sie plötzlich eine Regung, die sie ewig vermisst hatte.

Er lachte, wenn auch nur für einen kurzen Moment. »Gut, dass das niemand gehört hat. Vor allem nicht deine Mutter.« Und dann sagte er etwas, das so traurig klang, dass sie ihn am liebsten in den Arm genommen hätte. »Gut, dass sie das alles nicht erleben muss.«

Sie antwortete nicht.

»Der Deutsche setzt mich am Rathaus ab und ich möchte dich bitten, ihm die Stadt zu zeigen. Ein paar Sehenswürdigkeiten haben wir ja noch.«

Ihr Lachen erstarb. Deshalb also hatte er sie gefragt. Es ging nicht darum, ihr etwas Gutes zu tun. Er verfolgte ganz andere – eigene – Ziele.

Eine Stunde später saß sie im Heck des Daimlers. Das Fahrzeug war beeindruckend, was sie sich nicht anmerken ließ. Noch nie war sie in einem solchen Automobil mitgefahren. Der Deutsche und ihr Vater schwärmten von dem Wagen, doch sie hörte nur mit halbem Ohr zu. Sie hatte darauf verzichtet, sich schick zu machen. Es sollte keinesfalls der Eindruck entstehen, dass sie einem deutschen Soldaten gefallen wollte.

Manfred Ziegler fuhr besonnen und vorsichtig. Als sie in Amiens ankamen, sah sie schon von Weitem die spitzen Türmchen der Kathedrale. Aber auch die Zerstörung, die die Bombardierung vor der Kapitulation angerichtet hatte. Es hatte kaum Zeit und Muße gegeben, alles wieder aufzubauen. Was ihr aus dem Autofenster ebenfalls auffiel: Die Horloge Dewailly war noch immer verschwunden. »Früher stand hier eine wunderschöne Uhr«, ergriff sie das Wort. »Ein Treffpunkt, ein Wahrzeichen unserer Stadt. Ich habe gehört, die Deutschen haben sie abgebaut. Ich hoffe, sie wird nicht eingeschmolzen. Für Kanonen.« Den letzten Satz flüsterte sie.

Ihr Vater drehte sich mit bösem Blick zu ihr um. »Carole, ich bitte dich.«

Der Deutsche durchbrach den Schweigemoment. »Mademoiselle Renoir, Sie irren. Soweit ich weiß, wurde die Uhr abgebaut und in Sicherheit gebracht.«

Ihr lag eine spitze Erwiderung auf der Zunge, doch der Blick ihres Vaters ließ sie verstummen.

»Ich setze Ihren Vater ab, parke den Wagen und würde mich freuen, wenn Sie mit mir durch die Stadt gehen und ein paar Dinge erklären? Die Kathedrale ist sehr alt, ich weiß kaum etwas über sie.«

Carole sah ihn an, hin- und hergerissen zwischen Abscheu und Anziehungskraft.

»Das macht meine Tochter sehr gerne«, antwortete ihr Vater an ihrer Stelle. »Ich danke Ihnen für das sichere Kutschieren.«

War Carole wenige Sekunden zuvor verwirrt gewesen, war sie jetzt verstimmt. Wie sie es hasste, wenn ihr Vater über sie bestimmte.

Der Deutsche parkte, stieg aus und öffnete ihrem Vater die Tür. Sie blieb stumm im Auto sitzen und schaute den beiden Männern hinterher, wie sie im Rathaus verschwanden.

Als Ziegler zurückkam, ignorierte sie ihn und starrte demonstrativ an ihm vorbei. Er nahm wieder auf dem Fahrersitz Platz. »Ich hätte mir gerne von Ihnen die Stadt zeigen lassen. Irre ich mich, wenn ich glaube, Ihnen ist nicht danach?«

Sie nickte nur.

Ohne ein weiteres Wort startete er den Motor und fuhr los. Sie rollten an der ehemaligen Wohnstätte von Jules Verne vorbei. In der Ferne sah sie die Kirche Saint-Leu. Sie hätte ihm einiges über die Sehenswürdigkeiten erzählen können, doch da er nicht fragte, blieb sie weiter stumm.

Er fuhr aus der Stadt hinaus, aufs Land, vorbei an Wäldern, Wiesen und Bächen. An einer Wiese weit außerhalb der Stadt hielt er an. Warum sprach er kein Wort? Und was hatte er vor? Unruhig rutschte Carole auf der Rücksitzbank hin und her und schaute stur aus dem Fenster. Die Natur sah trostlos aus. Der Winter war lang und kalt gewesen, die Wiesen platt und braun, die meisten Büsche kahl.

»Es tut mir leid«, sagte er schließlich und hielt seinen Blick durch die Windschutzscheibe gerichtet. »Ihr Vater steht sehr unter Druck. Das soll keine Entschuldigung sein, nur ein Versuch der Erklärung. In Deutschland werden viele Forderungen beschlossen, die das Vichy-Regime zu realisieren hat. Pétain gibt es weiter an seine Untergebenen, bis zu den Bürgermeistern, die letztendlich für die Umsetzung sorgen müssen. Ich würde liebend gerne weiter mit Ihnen fahren, aber mangels Sprit und dem Verbot der Verschwendung muss ich hier stehen bleiben. Ich liebe diesen Ort. Die Weite. Den Frieden. Manchmal reicht es, wenn man in der Natur ist, um zur Ruhe zu kommen.«

Wie gut er sie verstand! Sie war ihm dankbar. Für sein Gespür und sein Verständnis. Er hatte es richtig eingeschätzt, sie brauchte einen Augenblick, um sich zu fangen, ihre Gefühle zu sortieren. Du sollst Vater und Mutter ehren, forderte die Kirche.

Die Gedanken, die sie für ihren Vater hegte, waren Sünde, die sie beichten sollte. Sie stieg aus und blickte auf die Wiese, die sich nicht von Krieg, Besatzung, Hunger, Leid und Verfolgung beeindrucken ließ. Carole ging einige Schritte, blieb dann mitten auf der Straße stehen und schloss die Augen. Sie spürte den kalten Wind auf ihren Wangen, hörte leises Vogelgezwitscher und wünschte sich in diesem Augenblick nichts sehnlicher, als dass die Welt um sie herum immer so friedlich bliebe.

Nach einigen Minuten hörte sie seine Schritte neben sich. »Sie haben ein wunderschönes Land. Ich liebe diese Natur und die Weite. Auch wenn im ersten Krieg viele Menschen ihr Leben ließen. Heute erinnert nichts mehr an die Schlachten von damals.«

Sie standen nebeneinander. Ihre Arme berührten sich und sie ließ es zu. Seine Nähe fühlte sich gut, aber auch aufregend an. »Mademoiselle Carole?«

»Oui?«

Er drehte sich zu ihr und sah sehr ernst aus. Das Grübchen in seinem Kinn bemerkte sie in diesem Moment zum ersten Mal. Auch seine kleine Narbe unterhalb des rechten Auges.

»Ich habe immer daran geglaubt, dass ich das Richtige tue. Dass ich auf der richtigen Seite stehe. So bin ich erzogen worden und ich habe es nie infrage gestellt.«

»So wird wohl jeder Soldat denken, der sein Heimatland liebt. Auch die französischen.«

Er nickte. »Ich habe vieles gesehen, mit dem ich nicht einverstanden bin, Carole.«

Zum ersten Mal verzichtete er auf die förmliche Anrede.

»Ich versuche, Mensch zu bleiben. Nicht alles, was ich sehe und vermute, muss ich an meine Vorgesetzten weitergeben. Sie sollen wissen, dass Sie mir vertrauen können. Immer. Für Sie würde ich …« Er brach ab.

Sein Gesicht war dem ihren sehr nah gekommen. Er schaute sie mit einem Blick an, den sie nicht genau deuten konnte. Natürlich war sie schon mal geküsst worden. Aber von Jungs, nicht von einem Mann. Sie erwiderte den Blick und schloss auch nicht die Augen, als sich seine Lippen näherten und schließlich ihren Mund berührten.

Sie lehnte sich an seine Brust, seine Hände umfassten sanft ihren Kopf und die Berührung endete in einem leidenschaftlichen, nicht enden wollenden Kuss.

Als sie sich voneinander lösten, standen sie noch eine Weile eng beieinander. Jetzt schloss Carole die Augen, um den Gefühlen, die in ihr tobten, nachzuspüren, sie tief in ihrem Herzen einzufangen.

»Ich wünschte, dieser Moment würde niemals enden«, flüsterte er in ihr Ohr.

Er sprach ihren Wunsch aus. Nie hatte sie sich einem Menschen näher gefühlt als in diesen Sekunden puren Glücks.

»Wir müssen aber zurück. So leid es mir tut.«

Sie nickte und trat einen Schritt zurück. Dabei ordnete sie ihre Frisur und strich ihren Mantel glatt. »Das müssen wir wohl.«

Sie nahm wieder Platz im Heck des Mercedes und lächelte. Wie anders war ihr noch auf der Herfahrt gewesen.

Als Ziegler vor dem Hôtel de Ville parkte, ausstieg und ihr die Tür aufhielt, atmete sie noch einmal tief seinen Geruch ein. »Und jetzt würde ich mich freuen, wenn ich Ihnen ein wenig die Stadt zeigen dürfte. Das wollten Sie doch, oder?«

Die Verblüffung war ihm deutlich anzusehen. »Es wäre mir eine Ehre, mit einer so hübschen Dame wie Ihnen Zeit zu verbringen«, antwortete er galant.

Sie spürte, wie sie errötete.

»Fangen wir vielleicht an der Uhr an, von der Sie sprachen? Wo stand sie und was hat es damit auf sich?«

Jedes Kind kannte die Geschichte der Uhr, für die Louis Dewailly, ein ehemaliger Bürgermeister von Amiens, verantwortlich war. Carole ratterte dankbar die Geschichtszahlen herunter. »Im Jahr 1888 beschloss Dewailly, eine monumentale Uhr zu bauen, damit die Menschen der Stadt, die keine Uhr besaßen, ihren Zug nicht verpassten. Er starb am 2. April 1892 und vermachte der Stadt fünfundzwanzigtausend Francs für die Installation der Uhr am Place Gambetta. Den Platz kennen Sie, er ist 1940 komplett durch Ihre Bomben zerstört worden. Ein Wunder, dass unsere Kathedrale noch steht.«

Er kommentierte ihre bissigen Bemerkungen nicht.

»Es gab viel Streit zwischen dem Architekten Emile Ricquier und dem Bildhauer Albert Roze, doch die Statue, die den Frühling darstellen sollte, wurde 1896 endlich fertig und 1897 eingeweiht. Sie ist riesig und aus Bronze gefertigt. Meine Angst über ihren Verbleib ist durchaus berechtigt. Von den Einwohnern wird sie übrigens ›Marie ohne Hemd‹ genannt.«

»Das klingt interessant. Ist wirklich eine nackte Frau zu sehen?«

»Das interessiert Männer immer.« Carole unterdrückte ein Lächeln, als sie ihm ansah, dass er nicht wusste, ob ihr Kommentar scherzhaft oder vorwurfsvoll gemeint war. »Ja. Damals gab es einen Skandal. Manchmal hat man ihr auch ein Hemd übergezogen. Ich denke, heute würde man sich einfach freuen, wenn sie wieder an ihrem Platz stehen würde.«

»Hallo, Manfred.«

Die Stimme gehörte einem Deutschen in Uniform, der auf sie zukam. Carole verstand kein Wort der Unterhaltung zwischen den beiden. Sie ahnte, dass es nicht nur erfreuliche Nachrichten waren, wenn sie den Gesichtsausdruck ihres Deutschen richtig interpretierte.

»Wir müssen zurück, es gibt wohl Probleme«, wandte er sich an sie.

Der andere lächelte verschämt und zog dann eine Kamera hervor. »Darf ich, Mademoiselle?«, fragte er nun in holprigem Französisch. »Sie ist neu.«

Bevor sie etwas erwidern konnte, schoss der Soldat ein Foto von ihnen beiden.

»Und noch mal, jetzt auch mit einem Lächeln«, sagte er und hampelte so albern herum, dass Carole und Manfred beide herzhaft lachen mussten.

Eine Stunde später waren sie wieder in ihrem Dorf. Es war, als hätte es diesen Ausflug und die intimen Momente nie gegeben. Der Deutsche und ihr Vater eilten nach ihrer Ankunft sofort zur Kommandantur. Sie sah ihnen nach und stellte irritiert fest, dass es keinen Unterschied zwischen der Gangart ihres Vaters und dem Stechschritt des Soldaten gab. Kollaboration bis ins kleinste Detail.

Es musste etwas Dramatisches geschehen sein, dass solch eine Aufregung herrschte. Vielleicht wusste Madame Pirotte etwas. Sie beschloss, sie aufzusuchen, als es an der Gartentür klopfte. »Oui«, rief sie und ging zur Tür, die wie immer um diese Zeit nicht verschlossen war.

Ihre Nachbarin trat ein.

»Wenn man vom Teufel …«, begann Carole lachend, dann hielt sie inne. »Was ist los, Madame Pirotte?«

Die Nachbarin wirkte nervös und schaute sich ständig hektisch um. »Bist du allein? Ist der Deutsche da?«

»Ja, nein. Also, ich bin allein im Haus. Weder Papa noch der Deutsche sind hier. Aber ich habe gerade an Sie gedacht.«

Darauf ging Madame Pirotte nicht ein. »Ich brauche deine Hilfe«, sagte sie und schob die Tür hinter sich zu.

Es war das erste Mal, dass Madame Pirotte sie um etwas bat. Noch nie hatte Carole sie nervös und aufgelöst erlebt. »Was ist denn nur geschehen?«, fragte Carole, erhielt aber keine Antwort.

Sie sah die weißen Knöchel der Hand, mit der Madame Pirotte ein Päckchen umklammerte.

»Kannst du es verstecken?«, fragte sie hastig.

»Was ist das?«, forschte Carole, doch dann hielt sie inne. Sie wollte es nicht wissen. »Natürlich«, erwiderte sie.

»Ich habe keine Zeit für Erklärungen. Versteck dies. Schnell, es pressiert.« Sie legte das Bündel auf den Tisch, das in Stoff eingeschlagen war. »Ich verschwinde wieder durch den Garten. Später mehr.«

Carole blickte ihr nach, hörte die Tür knarren, den Kies knirschen. Wäre nicht das Päckchen, das auf dem Tisch lag, hätte sie glauben können, dass sie das gerade Erlebte geträumt hätte. Tausende Fragen schwirrten durch ihren Kopf: warum, wieso, weshalb. Gleichzeitig überlegte sie, welches Versteck sie wählen sollte, denn dem Wunsch musste sie nachkommen. Jetzt. Madame Pirotte war niemand, der zu Übertreibungen neigte.

Sie nahm das Päckchen, das ungewöhnlich schwer war, und ging in den ersten Stock in ihr Zimmer. Ihr Blick fiel auf die Wäschetruhe, dann auf ihre Kommode. Platz wäre in beiden. Sie zweifelte jedoch, ob es gute Verstecke waren. In diesen Zeiten gab es nur einen, vor dem Dinge und Gegenstände geheim gehalten werden mussten, und das waren die Deutschen. Die alte Pistole ihres Großvaters lag unter Vaters Bett verborgen. Da er so eng mit dem Kommandeur verbandelt war, war die Wahrscheinlichkeit, dass man Vaters Zimmer durchsuchte, gering. Vielleicht wusste der Kommandant auch, dass nicht alle Franzosen ihre Waffen abgegeben hatten. Zumindest er schien von den vielen Befehlshabern, die in ihrem Ort waren, einer der wenigen, wenn nicht sogar der einzige, mit gesundem Menschenverstand zu sein.

Ihre Vermutung, dass Madame Pirotte doch tiefer im Widerstand aktiv war, als sie zunächst angenommen hatte, verhärtete sich. Mit einem Mal dachte sie wieder an die Flugblätter, von denen der Deutsche vor einigen Monaten gesprochen hatte. In was zog Madame Pirotte sie hinein? Was, wenn die Besatzer auch ihr Haus durchforsten wollten, weil sie von den Besuchen bei Carole wussten? Sie konnte nur hoffen, dass der Stand ihres Vaters als Bürgermeister reichte, um einen gewissen Schutz zu haben. Dennoch machte sich Panik in ihr breit. Fieberhaft in ihrer Haltung erstarrt überlegte sie, wo sie das Päckchen verbergen könnte.

Der Einfall kam plötzlich und erschien ihr genial. Sie musste schnell handeln. Sie fasste sich ein Herz, ging mit entschlossenen Schritten zum Zimmer des Deutschen und probierte, die Tür zu öffnen. Er schloss nur ab, wenn er wichtige Unterlagen mit nach Hause nahm, das wusste sie. Ansonsten ließ er es unverschlossen, damit sie auch in seinem Zimmer Staub wischen und den gröbsten Schmutz beseitigen konnte. Wie erwartet öffnete sich die Tür. Ein kurzer Blick, dann drangen Rufe von draußen in das Zimmer. Sie trat ans Fenster und sah, dass mehrere Soldaten in Madame Pirottes Haus marschierten. War es eine Durchsuchung? Wollten sie sie verhaften? Für einen Moment schloss sie die Augen, fasste sich ein Herz und legte das Päckchen unter das Bett. Es war nicht zu sehen, dennoch nahm sie den Schlüssel von der Innenseite und schloss von außen ab. Sie steckte den Schlüssel in ihre Kittelschürze und lauschte angespannt auf die Geräusche von draußen.

Von ihrem Fenster aus guckte sie noch einmal hinaus und erblickte einen Wagen. Der Fahrer saß am Steuer. Einer stand bewaffnet vor der Tür. Sie spürte Angst in sich aufsteigen, sie kroch vom Magen zum Herzen, das bis zum Hals pochte.

Äußerlich kühl und gefasst, innerlich brodelnd eilte sie die Treppe hinunter und stellte sich vor das Haus. Nichts war unverdächtiger als eine neugierige Nachbarin.

Sie grüßte den Soldaten und fragte ihn, was denn der Krach bedeuten würde.

Er antwortete nicht, sein Blick ließ sie frösteln und verhieß nichts Gutes. Aus dem Haus drangen die laute und kräftige Stimme ihrer Nachbarin und eine noch lautere Erwiderung in schlechtem Französisch. Carole wollte ins Innere gehen, doch der Soldat versperrte ihr mit seinem Gewehr den Weg. »Non.«

Kein gutes Zeichen.

Sie war nicht die Einzige, die auf der Straße war, um zu schauen, was vor sich ging, wenn auch aus anderem Grund. Einige standen beisammen und feixten. Carole konnte sich gut vorstellen, wie sie sich die Mäuler zerrissen. Madame Pirotte verstand es nicht, Freundschaften aufzubauen. Mit ihrer burschikosen Art eckte sie oft an und hatte schon häufig den einen oder anderen Nachbarn verprellt. Und sie wusste von ihrem Vater, dass viele die Besatzung der Deutschen nutzten, um alte Befindlichkeiten und Streitigkeiten anzuzeigen, und so für Ärger bei den Betroffenen sorgten. Warum sich selbst die Finger schmutzig machen, wenn es doch so viel einfacher funktionierte.

Aber solange sie bei Madame Pirotte nichts Kompromittierendes fanden, und dafür hatte sie hoffentlich gesorgt, würde alles gut.

Carole dachte an die Nachrichten von Aktivitäten der Résistance, an explodierende Fahrzeuge, Brücken, Sprengsätze auf Routen, die die Boches nehmen mussten – immer bedeuteten sie Tod, oft für beide Seiten.

Marielle, eine alleinstehende Frau, war erst vor Kurzem abgeholt worden, aus ihrer Wohnung abgeführt und in ein Lager gebracht worden. Man munkelte, dass sie die Résistance unterstützt hatte und ihre Tochter Sylvie versteckt wurde. Carole hatte keine Ahnung, von wem und wo ihr Versteck war, aber dass sie nicht mit ihrer Mutter eingesammelt worden war, war gewiss. Das hatte der Offizier, der ihren Vater im Haus besucht hatte, laut genug gebrüllt. Sylvie war klein und schmächtig, ein stiller Charakter, sie konnte überall versteckt sein. Vielleicht sogar ganz in der Nähe? Ob Madame Pirotte für Sylvies Rettung gesorgt hatte? Carole dachte an das Päckchen unter dem Bett ihres Deutschen und lächelte. Endlich konnte sie ihrer Nachbarin, die sich in den vergangenen Jahren so sehr um sie gekümmert hatte und ihr eine solche Stütze war, etwas zurückgeben.

Carole hörte, wie die Stimmen im Inneren des Hauses lauter wurden. Eine davon erkannte sie – es war der neue Kommandant Koch, der für Les Prés zuständig war. Seit sein Vorgänger versetzt worden war, herrschte ein rauerer Ton.

Koch war ein fanatischer Hitler-Anhänger. Carole sah ihn vor sich, mit erhobenem rechtem Arm und die Hacken zusammenschlagend. Er war Carole von Grund auf unsympathisch, auch weil er Vater schon mehrfach zu Hause besucht hatte. Seine Art, sich zu bewegen, seine Art zu lächeln. Sie hatte nie das Gefühl, dass seine Freundlichkeit von Herzen kam, sondern dass er damit stets etwas bezweckte. Er war so ganz anders als ihr Deutscher. Weniger feinfühlig, weniger musisch. Sie konnte sich nicht vorstellen, dass er Gedichte von Labé kannte.

In diesem Moment trat er aus dem Haus von Madame Pirotte. »Heil Hitler, Madame Renoir.« Er verzog seine Mundwinkel zu einem unangenehmen Lächeln. »Wollen Sie sehen, was mit Ihrer Nachbarin passiert? Wir mussten ein paar Hinweisen nachgehen. Aber falls es Sie beruhigt, wir haben nichts Verdächtiges gefunden. Was aber nicht heißt, dass es nichts gibt. Oder gab.«

Er nestelte umständlich an seinen Handschuhen, dann drehte er sich zu seinen Soldaten um, die ebenfalls herausgetreten waren. Der nächste Befehl ließ sie zusammenzucken.

»Im Nachbarhaus schauen, marsch.«

Drei eifrige Soldaten marschierten ins Nachbarhaus und brüllten etwas, als sie die Tür mit Gewalt öffneten, was Carole nicht verstand.

»Madame, auch Ihr Haus werde ich, um nichts außer Acht zu lassen, durchsuchen müssen. Aber das können wir gemeinsam tun. Es ist eine reine Formsache.«

Sein eiskalter Ton bescherte ihr eine Gänsehaut. »Natürlich, wenn Sie es für erforderlich halten. Aber glauben Sie wirklich, dass jemand etwas in unserem Haus verstecken würde?«

Sie konnte seinen Blick nicht deuten. »Leider ja. Natürlich nicht mit Ihrem Wissen, Madame«, fügte er süffisant an.

»Natürlich nicht. Kommen Sie, Monsieur le Commandant. Aber Papa ist nicht da. Vielleicht wäre es besser, wenn auch er im Haus ist.«

Er folgte ihr in die Stube, ließ den Blick durchs Zimmer schweifen, während er sich an den Tisch stellte, seine Handschuhe abstreifte und sie auf den Tisch legte. »Wir können auf ihn warten, wenn es Ihnen lieber ist. Aber da Sie doch nichts zu verbergen haben, denke ich nicht, dass es nötig ist.«

Er zog den Stuhl ein wenig vom Tisch weg, nahm Platz und grinste sie an.

Carole fühlte sich unwohl. Sie war allein im Haus. Und dieser Deutsche begutachtete sie unverschämt von oben bis unten.

»Ich finde es bemerkenswert, wie ihr Französinnen es schafft, selbst in Kriegszeiten hübsch auszusehen. Eure Frisuren und eure Kleider haben immer das gewisse Etwas. Bis jetzt habe ich noch nicht herausgefunden, was es ist. Sonst würde ich es meiner Frau verraten.«

»Sie sind verheiratet?«

»Ja. Seit fünf Jahren. Wir haben vier Kinder. Alles Mädchen.« Die Enttäuschung in seiner Stimme war nicht zu überhören. »Wir üben, bis ein Stammhalter kommt.«

Sein Lachen bescherte ihr einen kalten Schauer, ihr fiel keine Entgegnung ein. Sie begann, das Geschirr in den Schrank zu räumen. Bei den Tellern zögerte sie, denn die mussten in den Hochschrank. Sich vor den Augen des Fremden zu recken, zu riskieren, dass ihr Rock hochrutschte, wollte sie vermeiden.

»Madame Carole …«

»Mademoiselle.«

»Wie bitte?«

Die Belehrung war ihr rausgerutscht. Seine herablassende Art, *Madame* auszusprechen, fand sie unerträglich. »Es sind die Feinheiten unserer Sprache. Aber ich denke, das gibt es auch bei Ihnen? Heißen unverheiratete Frauen nicht Fräulein?« Sie knotete ihre Hände ineinander.

Die drei Soldaten, die das Nachbarhaus durchsucht hatten, traten ein und meldeten Vollzug. »Nichts Auffälliges gefunden!«

Der Zusammenprall ihrer Hacken klang wie einer.

»Dann macht hier weiter.«

»Wie bitte?«, entfuhr es Carole. »Sie wollen also tatsächlich mein Haus durchsuchen? Mein Vater, der ein Freund von Ihnen ist und stets mit Ihnen kooperiert und …«

»Ich wüsste nicht, was dagegenspricht. Ihr Pétain ruft zur Kooperation mit uns auf. Sie sollten sich dem nicht widersetzen.« Er lehnte sich an die Stuhllehne, wieder mit seinem ekelhaften Lächeln.

Ein Wink von ihm und seine Männer zogen in unterschiedliche Richtungen davon und begannen, das Haus zu durchsuchen.

»Bringt aber nicht so viel durcheinander wie bei den anderen. Das sind wir Monsieur Renoir schuldig«, rief der Kommandant ihnen hinterher.

Carole blieb stehen, sie folgte nicht der Einladung des Kommandanten, sich zu ihm zu setzen. Sie hörte die Soldaten Türen öffnen, Schubladen aufreißen, Schränke öffnen. Sie steckte ihre Hände in die Schürze und schloss ihre Finger fest um den Schlüssel. Innerlich betete sie, nach außen hin besann sie sich auf ihre Aufgaben als Gastgeberin. »Darf ich Ihnen dennoch etwas zu trinken anbieten? Ein Wasser?«

»Gern.«

Sie stellte ihm das Glas hin, schenkte aus der Karaffe ein. Sie setzte sich ihm gegenüber, ihre Hände auf den Tisch ablegend.

»Merci beaucoup, das ist doch korrekt, oder?«

Sie nickte.

»Ich mag die französische Lebensart. Konversation. Was gibt es Schöneres, als mit einer hübschen Französin allein in einem Haus zu sein?«

Sein Grinsen war unerträglich.

»Erzählen Sie von Ihrer Frau. Wo wohnen Sie in Deutschland? Wie heißen Ihre Kinder?«

Sie musste die Zeit überbrücken, irgendwie sinnvoll gestalten.

»Nun gut, meine Mädels.« Er holte aus seiner Tasche ein Foto. »Marianne, Mechthild, Monika und die Kleine ist Mia.«

Er legte es auf den Tisch und schob es ihr hin. Seine Hand drohte, ihre zu berühren, und sie nahm sie vom Tisch.

»Wie niedlich sie sind!«, rief sie aus. »Alle beginnen mit dem gleichen Buchstaben. Aus welchem Grund, wenn ich fragen darf?« Sie zügelte sich. Nur höfliche Konversation, nicht zu viel Interesse zeigen. Aber die Mädchen mit ihren hellen Zöpfen und feinen Kleidchen sahen wirklich süß aus.

»Aus Tradition. Der Name meiner Frau ist Margarete«, beantwortete er ihre Frage. Er strich mit dem Zeigefinger über das Foto. »Alle blond und blauäugig. So wie es der Führer mag. Wir kommen unserer Pflicht nach.« Selbstgefällig nahm er einen Schluck, dann lehnte er sich zurück. »Meine Männer sind sicher gleich fertig.«

In diesem Moment erschien ein Soldat. »Bisher nichts Außergewöhnliches zu berichten. Aber ein Zimmer ist abgeschlossen.«

Carole blickte auf. »Sie wissen, dass wir einen Ihrer Soldaten hier beherbergen. Manfred Ziegler. Natürlich schließt er sein Zimmer ab. Ich kann Ihnen auch nicht helfen, den Schlüssel hat er.«

Kommandant Koch sah sie eindringlich an. »Selbstverständlich.« Er stand auf und nahm umständlich die Handschuhe auf, ohne sie anzuziehen. »Sonst alles in Ordnung?«, wandte er sich an seine Soldaten.

»Jawoll.«

»Dann werden wir nun verschwinden, Mademoiselle Carole. Für die Umstände entschuldige ich mich. Aber es ist immer noch Krieg. Es gibt Menschen in Ihrem Umfeld, die uns schaden wollen. Das können und werden wir nicht zulassen. Das verstehen Sie sicherlich.«

»Sie tun nur Ihre Arbeit, Monsieur le Commandant. Wir wollen ja alle in Frieden leben.« Sie erstickte beinahe an ihren Worten.

»Es tauchen immer wieder Flugblätter auf«, teilte Koch ihr mit. »Auf denen wird zum Widerstand aufgerufen. Das ist böse. Das ist gegen unsere Gesetze. Das ist nicht akzeptabel. Wo kämen wir hin, wenn wir dem Widerstand nichts entgegensetzten, wenn wir ihn zuließen? Man nähme uns nicht ernst, wir verlören an Glaubwürdigkeit. Deshalb ist unser oberstes Ziel, die Hintermänner zu finden.« Er machte eine Pause. »Und natürlich auch Frauen.«

»Ich kann Ihnen versichern, dass weder Madame Pirotte noch ich damit etwas zu tun haben. Wenn Ihnen anderslautende Aussagen vorliegen, dann kann ich nur vermuten, dass uns jemand Böses will. Madame Pirotte ist eine alte Frau, nicht immer einfach im Umgang, aber herzensgut. Und ich? Ich bitte Sie, mein Vater ist stets auf Ihrer Seite.«

Er lächelte.

Warum lächelte er, fragte sich Carole. Erneut überkam sie ein kalter Schauer.

»Es ist schön, dass Sie das sagen. Es zeugt von Solidarität. Und Gemeinschaft. Zusammenhalt. Alles Tugenden, die wunderbar sind. Wir Deutschen stehen jedoch mehr auf Ordnung, Regeln und Gehorsam.« Er machte eine Pause. »Vor allem Gehorsam. Aber ich weiß ja nun, dass nichts an den Verdächtigungen dran ist. Ich entschuldige mich aufrichtig und wünsche Ihnen einen schönen Tag.«

Sie traten aus der Tür und waren fort.

Carole begann zu zittern. Erst nur ihre Hände, dann folgten die Knie, schließlich die Beine. Sie musste sich setzen, um nicht umzukippen. Die Übelkeit überwältigte sie urplötzlich. Sie riss den Stuhl beim Aufstehen um und rannte durch die Hintertür in den Garten. Der Schwall Erbrochenes ergoss sich hinter einen Rosenbusch, es roch bitter und ekelerregend, was sie erneut würgen ließ.

Als sich ihr Magen beruhigt hatte, lehnte sie sich an den Baum und versuchte, auch ihren Atem und das Rauschen in ihren Ohren zu kontrollieren. Zumindest das Zittern hatte aufgehört.

»Es tut mir leid«, hörte sie wie durch einen Nebel die leise Stimme ihrer Nachbarin. »Ich habe nicht damit gerechnet, dass sie auch dein Zuhause durchsuchen. Aber du scheinst ein gutes Versteck gefunden zu haben.«

»Ist es vorbei?«

Madame Pirotte legte ihr eine Hand auf die Schulter. »Für den Moment. Geht es wieder?«

Carole nickte.

Madame Pirotte reichte ihr ein Glas Wasser. »Hier. Dann sollte es besser werden.« Langsam und mit kleinen Schlucken trank Carole das Glas leer. Sie nahmen auf der Bank Platz und blieben eine Zeit lang stumm nebeneinander sitzen.

Carole sprach als Erste. »Soll ich Ihnen verraten, wo es liegt?«

»Nur wenn du willst.«

»Unter dem Bett.«

»Da haben sie nicht nachgesehen? Bei mir wurden alle Schränke und Schubladen ausgeräumt und auf dem Boden verteilt. Selbst das Bettzeug liegt auf dem Boden. Das Versteck wäre bei mir sofort entdeckt worden.«

»Sie haben ja auch keinen Deutschen in Ihrem Haus wohnen. Unter seinem Bett liegt das Päckchen.«

Carole zog den Schlüssel aus ihrer Schürze und hielt ihn hoch.

Madame Pirotte schaute ungläubig darauf und begann wild zu lachen. »Das ist grandios«, rief sie und strich sich eine Haarsträhne aus dem Gesicht, die sich aus ihrem Dutt gelöst hatte. »Die Gefahr scheint vorbei. Ich nehme es gleich wieder mit.«

»Möchten Sie mir …«

»Nein. Es reicht, was du getan hast. Mehr musst du nicht wissen. Zu deiner Sicherheit.«

Kapitel 24

Düsseldorf, April 2023

Am heutigen Tag stand für Louisa Einsprechen im Homestudio an. Sie hatte den Auftrag erhalten, eine Ansage für eine Telefonanlage einer Firma neu zu besprechen und den Probetext eines neuen Hörspiels einzulesen. Bei dem Casting war sie aufgrund ihrer Stimmproben und dem Support von Tim in die engere Auswahl gekommen. Nun ging es darum, ob ihre Stimme für die spezielle Rolle passte. Sie war zuversichtlich, jetzt galt es, die Verantwortlichen davon zu überzeugen, dass sie die Richtige war.

Sie liebte die Arbeit von zu Hause aus, denn sie konnte nebenher auch ihren Bürokram und die Bügelwäsche erledigen. Noch im Pyjama stellte sie sich ans Mikrofon oder setzte sich an den Schreibtisch, um die Aufnahme zu bearbeiten.

Sie musste keinen Wecker stellen, sondern stand auf, wie es ihr persönlicher Biorhythmus vorsah. Sie musste auch nicht freundlich »Guten Morgen« rufen, wenn ihr gar nicht danach war. Und es entfiel die ständige Kleidungsfrage, die sie wirklich jeden Morgen umtrieb. Zum Aufnehmen trug sie am liebsten Leggins und weite Shirts, damit nichts drückte, zwickte oder gar am Mikrofon raschelte. Ein nicht immer angemessenes Outfit für die Öffentlichkeit, wie sie fand.

Immerhin waren Leggins keine Jogginghosen, denn wenn man die trug, hatte man die Kontrolle über sein Leben verloren, wie der großartige, aber leider verstorbene Karl Lagerfeld behauptet hatte.

Allein im Homeoffice musste sie sich weder schminken noch frisieren. Ein Gummiband reichte, um die Haare aus dem Gesicht zu halten, damit sie bei der Aufnahme nicht störten.

In den letzten Wochen hatte sie der erste Weg noch vor der Kaffeemaschine an ihren Laptop geführt.

Das Wehrmachtsamt hatte ihr für ihre Anfrage eine Bearbeitungszeit von drei bis vier Wochen zugesagt. Die waren um und sie wartete gespannt auf die Informationen. Leider wusste sie nicht, ob sie Antwort per Mail oder Brief zu erwarten hatte. Wo hatte ihr Großvater Manfred seine Soldatenzeit verbracht? Wo in Frankreich war er gewesen? Vielleicht in Paris, überlegte sie. Sie hatte aus ihrer Verwandtschaft nicht mehr herausbekommen, und sie zauderte, ihren Vater weiter zu belästigen, aus Angst, sein Herz würde wieder verrücktspielen.

Dachte sie bis vor ein paar Wochen noch, sie hätte in Jonas einen Verbündeten gegen ihren Vater gefunden, vermied sie nun Situationen, in denen sie mit ihm allein war.

Seine Worte hatten sie verletzt. Doch sie musste neidlos anerkennen, dass er es mit seiner Art schaffte, ihren Vater zu Dingen zu bringen, die sie nie für möglich gehalten hatte. Ihr Vater konnte tatsächlich schallend lachen. Zum wiederholten Male dachte sie, was für ein Glück es war, dass ihre Nachbarin sie mit Jonas bekannt gemacht hatte. Und dennoch erwies es sich als Fluch und Segen gleichermaßen.

Der Computer fuhr hoch und sie startete das Mailprogramm.

Ein Fünf-Euro-Gutschein für ihre nächste Bestellung beim regionalen Supermarkt, die Parfümerie stellte ihr eine

Supercreme vor, die sie in nur wenigen Minuten um Jahre jünger erscheinen ließ, ein Getränkeunternehmen lieferte in 120 Minuten auch Lebensmittel in Bioqualität und ein Buchreport teilte ihr die Neueinsteiger der Spiegelbestsellerliste mit.

Sie sollte ihre Einwilligungen zu einigen Newslettern überdenken, kam ihr in den Sinn, und sie machte sich ein wenig enttäuscht erst einmal einen Cappuccino, um ihre Lebensgeister in einen Arbeitsmodus zu bringen. Beim Aufschäumen der Hafermilch dachte sie an ihre Sprechtrainerin, die sie während der Ausbildung betreut hatte. Sie warnte stets vor Milchkonsum, da er die Schleimproduktion im Rachen verstärken sollte. Gemerkt hatte Louisa davon nichts, und doch war sie irgendwann auf Hafermilch umgestiegen.

Ihr morgendliches Aufwärmtraining für Stimme und Stimmbänder sowie zur Lockerung des Körpers startete sie immer nach dem ersten Koffeinschub mit Milchschaum, egal, aus was der bestand.

Sie fuhr mit der Zunge den Innenraum ihres Mundes ab, lockerte mit der Hand ihren Kiefer, flatterte mit den Lippen, erst die obere, dann die untere, bis ein angenehmes Prickeln auftrat. Sie streckte ihre Arme in die Luft, pikste in imaginäre Luftballons und machte die entsprechenden Geräusche dazu. Dann ließ sie den Oberkörper nach vorne fallen, schüttelte sich aus, lockerte die Arme, den Schultergürtel, um sich dann ganz langsam wieder aufzurichten. Dann wackelte sie, tanzte locker durch ihre Wohnung und übte zum Abschluss einige Zungenbrecher für eine korrekte Artikulation.

Bei diesen Übungen war sie von Herzen dankbar, allein zu leben. Die Vorstellung, dass ihr jemand zuschaute, wie sie ihren Unterkiefer mit offenem Mund hängen ließ, mit der Zunge hin und her wackelte, sie dehnte und zusammenrollte, war ihr unerträglich. Niemand sah dabei intelligent aus. Ihr fiel Rodolfo ein und der Gedanke versetzte ihr einen Stich. Sein Spott wäre ihr sicher gewiss gewesen.

Er war sowieso nicht der Richtige, schob sie die Enttäuschung über seine Abfuhr beiseite und konzentrierte sich ganz auf den Text, den sie heute einsprechen sollte. Sie kontrollierte alle Fenster, ob sie geschlossen waren, und setzte sich dann ans Stehpult ihrer selbst gebauten Kabine, die sie in einer Ecke im Schlafzimmer eingerichtet hatte. Hier waren Wände und Decke mit Akustikplatten beklebt, die für einen sauberen und reinen Klang sorgten. Ihr Mikrofon, ein Kondensator-Studiomikrofon, war schon einige Jahre alt, für ihre Heimaufnahmen aber noch immer perfekt. Sie nahm es vorsichtig aus der Aufbewahrungsbox, platzierte es in der elastischen Aufhängung und verband es mit dem Interface, Laptop und Kopfhörer. Sie stellte den richtigen Abstand zum Popschutz her und begann, als sie die Software gestartet hatte, mit einer Testaufnahme.

Normalerweise bereitete ihr das keine Probleme, doch der Firmenname war ein Kunstwort aus Deutsch und Englisch und so sperrig, dass die Aussprache ihre ganze Konzentration erforderte. Drei Anläufe brauchte sie, um den Namen korrekt auszusprechen, und war darüber derart erleichtert, dass sie sich bei dem nachfolgenden viel einfacheren Wort verhaspelte.

»Verdammt«, fluchte sie vor sich hin, »reiß dich zusammen!« Sie trank einen Schluck lauwarmes Wasser, das ihr während der Aufnahme besonders gut bekam, und sammelte ihre Gedanken.

Ihr kleiner Selbstanschiss wirkte und sie beendete zumindest die deutsche Version fehlerfrei. Die englische und spanische Variante bereitete ihr keine Probleme, und witzigerweise ging ihr der Firmenname bei der Sprachmelodie der anderen Sprachen viel leichter von der Zunge. Sie hörte alle Aufnahmen Korrektur, kürzte zwei zu lange Pausen, verlängerte eine zu kurz geratene. Zum Schluss musste sie nur noch die Aufnahmen so bearbeiten, dass sie eine gleichmäßige Lautstärke erhielten. Sie blickte zur Uhr: Der Vormittag war um.

»Die Zeit rast, wenn man sich amüsiert«, zitierte sie Tim und musste über den Spruch selbst lachen. Es war harte Arbeit gewesen. Wohl auch, weil sie mit ihren Gedanken zu oft in die Vergangenheit und zu den unbekannten Familienmitgliedern abgeschweift war. Sie beschloss, den Text für das Hörspiel später einzusprechen, und stattdessen die Post von unten zu holen.

Sie nutzte nicht den Aufzug, sondern lief zu Fuß aus der vierten Etage zum Briefkasten. Auch hier lag wie in ihrem elektronischen Postfach hauptsächlich Werbung. Prospekte der Supermarktketten und Discounter, die mit Dumpingpreisen lockten. Sie schaute schon lange nicht mehr in diese Blättchen. Bei den kleinen Mengen, die sie kaufte, war es nicht wirklich wichtig und es kam ihr auf zwei Euro nicht an. Sie musste eher darauf achten, so einzukaufen, dass sie nichts wegschmeißen musste, weil es verdarb.

Den Aufkleber »Keine Werbung« hatte mal wieder jemand abgekratzt. Ihr fehlte die Kraft, ihn zu erneuern. Es wäre das fünfte Mal. Wenn das die Strategie des Unbekannten war, war sie erfolgreich. Während sie die bunten Blätter aus dem Kasten zog, fiel ihr ein weißer Umschlag auf die Füße. Sie bückte sich und ihr Herz setzte für einen Moment aus. Der Absender prangte groß auf der linken oberen Ecke.

Bundesarchiv, PA. Berlin.

Da war er endlich, der Brief, auf den sie so lange gewartet hatte. Ihr Hoffen und Warten war zu Ende, es gab die Antworten auf ihre drängenden Fragen, die sie um den Schlaf brachten.

Sie packte die Werbung zusammen, wobei ihr vor Aufregung einige Blätter aus der Hand glitten. Sie hob sie wieder auf und schmiss dann alles in den dafür vorgesehenen Korb unter den Briefkästen.

Mit dem weißen Umschlag in der Hand stieg sie Stufe für Stufe die Treppe hinauf. In ihrer Wohnung legte sie ihn auf die Arbeitsplatte und machte sich einen weiteren Cappuccino.

Sie verstand sich selbst nicht. Nachdem sie so lange gewartet hatte, hatte sie geglaubt, sie würde den Umschlag noch am Briefkasten aufreißen. Doch sie war gelähmt vor Nervosität. Sie betrachtete ihn aus sicherer Entfernung. Was würde er ihr offenbaren? Wo war Manfred Ziegler, ihr leiblicher Großvater, stationiert gewesen? Welche Geheimnisse gab dieser Brief über sein Leben preis? Oder würde er nur zu noch mehr Fragen führen?

Schluck für Schluck trank sie den Kaffee.

Vielleicht würden sie die Antworten weiterforschen lassen.

Vielleicht aber auch nicht.

Eine weitere Frage, die sich ihr seit Recherchebeginn aufgedrängt hatte, war die nach ihrem Vater. Wie würde er die Wahrheit verkraften? Hatte er genug Reserven, um sich einer neuen Wahrheit zu stellen? Würde er es überhaupt wollen?

Sein ganzes Leben hatte er den anderen geglaubt, wenn sie sagten, er sei der Sohn einer Hure. Dass es ihn eigentlich gar nicht geben sollte. Sein Selbstbild war so negativ, dass Louisa sich wunderte, wie er es bis ins hohe Alter geschafft hatte, ein halbwegs normales Leben zu führen.

Mit einer Ausnahme: Er konnte nicht lieben. Nein, das stimmte nicht, korrigierte sie sich in Gedanken. Er konnte seine Liebe nicht zeigen, außer ihrer Mutter.

»Öffne ich die sprichwörtliche Büchse der Pandora?«, fragte sie sich laut selbst. Der Kaffee war leer, sie stellte die Tasse ab, nahm ein Messer mit einer langen Klinge aus der Schublade und schlitzte den Umschlag an der oberen Kante sauber auf. Sie zog das Blatt heraus.

Sehr geehrte Frau Ziegler,
auf Ihre Anfrage teile ich Ihnen mit, dass zwar nicht alle Personalpapiere Ihres Großvaters hier vorliegen, wir Ihnen aber eine Abschrift des Wehrstammbuchs senden können.

Aufgeregt setzte sie sich hin und überflog die Eintragungen.

Z I E G L E R, Manfred, geboren am 06.01.1917 in Düsseldorf. Verstorben am 27.01.1943 in Stalingrad, heutiges Wolgograd. Damalige Wohnadresse: Kölner Str. 57 in Düsseldorf.

Seine Truppeneinsätze waren überschaubar. Einberufen bereits 1939, kam er im August 1940 nach Les Prés, gelegen in der Region Hauts-de-France im Departement Somme, Frankreich. 1941 hatte er zwei Mal Heimaturlaub: vom 01.08. bis 07.08. und vom 20.12. bis 27.12.1941.

Am 03.09.1942 wurde er an die Ostfront versetzt, wo er 1943 bei Stalingrad fiel.

Waren das die Informationen, die sie brauchte, um weiterzuforschen? Er war in Frankreich gewesen, das hatte sie ja schon gewusst. Den Ort kannte sie nicht, aber dafür gab es ja das Internet. Les Prés gehörte heute zu Amiens, wie sie über Google erfuhr. Die Stadt lag im Norden Frankreichs, 150 Kilometer von Paris entfernt.

Jetzt hatte sie zumindest einen Ort, an dem sie weitersuchen konnte.

Aber auf eine Frage, die sie brennend interessierte, würde sie wahrscheinlich nie eine Antwort bekommen: Was für Menschen waren ihre Großeltern gewesen? War ihr Opa ein großzügiger, herzensgütiger, offener Mensch gewesen oder eher verschlossen und kauzig wie ihr Vater? Und ihre Großmutter? Wo hatten die beiden sich kennengelernt?

War sie tatsächlich eine französische Hure, die sich einem deutschen Soldaten hingegeben hatte? Ohne Zuneigung, ohne Liebe, nur aus Berechnung? Oder hatte er sie etwa gezwungen?

Ihr wurde übel. War ihr Vater das Produkt einer Vergewaltigung? Was für eine schreckliche Vorstellung.

Aber vielleicht war auch alles ganz anders gewesen, beruhigte sie sich. Sie versuchte, sich in die unbekannte Französin, die ihre Oma war, hineinzuversetzen. Fragte sich, wie es damals gewesen war, schwanger zu sein. Sie erinnerte sich gut daran, als ihre Freundinnen erzählt hatten, dass sie Kinder haben wollten. Wie weit im Vorfeld sie geplant hatten, um nicht überrascht zu werden. Sie hatten Vitamine und Spurenelemente zu sich genommen, um schon vor der Schwangerschaft alle Eventualitäten berücksichtigt zu haben. Was für ein Theater die beiden veranstaltet hatten! Louisa schüttelte den Kopf. Geburtsvorbereitungskurse gemeinsam mit dem Vater, Ernährungsumstellung auf frische Kost, kein Fast Food mehr, denn diese Produkte kamen plötzlich direkt aus der Hölle. Alles wurde akribisch auf Inhaltsstoffe überprüft. Kosmetika, Duschgel und Shampoos mussten zertifiziert sein. Damals hatte es die ersten Risse in der Beziehung zu ihnen gegeben, weil Louisa diese Wandlung als merkwürdig empfunden und sich bei Telefonaten und Treffen gewundert hatte, dass sich alles nur noch um den Nachwuchs drehte.

Louisa grinste bei dieser Erinnerung schief. Zum Glück sahen ihre Freundinnen das alles mittlerweile wieder lockerer und die Lage hatte sich entspannt. Für Anne hatte sich ohnehin alles anders als geplant entwickelt. Mit Zwillingen stand die Welt plötzlich kopf. Statt sich in Ruhe auf ein Kind zu konzentrieren, wie sie es sich ausgemalt hatte, musste sie plötzlich zwei gleichzeitig versorgen. Bei den Zwillingen passierte in der Tat alles zur gleichen Zeit, egal, ob die Windel voll war oder sich der Hunger meldete. Der eine Besuch, den Louisa geschafft hatte, war ihr für immer in Erinnerung geblieben. Jedes Gespräch, nein, jeder Satz war von Babygeschrei unterbrochen worden. Anne, die von jeher sehr viel Wert auf ihr Äußeres gelegt hatte, hatte furchtbar ausgesehen. Dunkle Ränder unter den Augen als Zeichen von zu wenig Schlaf, schmutzige T-Shirts, weil eins der Babys immer neben das Schultertuch gespuckt hatte. Die Haare strähnig und glanzlos, die Fingernägel abgekaut. Damals hatte sie sich geschworen, niemals ein Kind haben zu wollen. Mittlerweile hatte sich alles normalisiert. Anne war wieder eine Vorzeigefrau, mit gepflegten, wenn auch von grauen Strähnen durchzogenen Haaren, Mani- und Pediküre und einem ebenmäßigen Teint.

Sie schob die Erinnerungen an Anne und Evi beiseite. Ihre Gedanken kehrten zu der unbekannten Französin zurück, die ihre leibliche Großmutter war.

Kapitel 25

Frankreich, Mai 1942

Seit drei Tagen war Madame Pirotte nicht da. Sie war für ein paar Tage zu ihrer Schwester gefahren, die mit vier Kindern allein lebte, plötzlich krank geworden war und Unterstützung brauchte. Auch wenn Madame Pirotte fast zwanzig Jahre älter als ihre Halbschwester war, zögerte sie nie, ihr zu helfen, wenn es nötig wurde. Und mit vier Kindern, das jüngste war gerade sechs Monate alt, gab es immer viel zu tun. Dank Caroles Vater bereiteten die Ausweise und Erlaubnisse für die Reise nach Blancfossé keine Probleme.

Doch als ihr Vater am Morgen auftauchte und ihr mitteilte, dass er den Kommandanten Koch nach Paris begleiten müsse, war sie für einen Moment irritiert. Weitere Erklärungen gab er nicht, und um ehrlich zu sein, wollte sie es auch nicht wissen. Es konnte nichts Gutes sein.

Zum ersten Mal in ihrem Leben war sie allein und nutzte die Ruhe im Haus. Sie sang leise eine Melodie und tanzte zu ihr in der Küche. Sie drehte sich und dachte voller Wehmut an frühere Zeiten zurück, als das normal gewesen war, dass Maman eine Melodie gesummt oder sogar am Klavier eine Weise gespielt und Carole sich im Takt der Musik bewegt hatte. Ihr Lachen hatte das ganze Haus erfüllt. Das Klavier existierte nicht mehr. Papa hatte es nach Mamans Tod verschenkt.

Nach Emiles Tod hatte sie sich vorgenommen, sich schöne Momente zu schaffen, um das Negative zu verdrängen. Damit sie über das Dunkle und Böse nicht weiter nachdenken musste. Und falls das Schicksal ihr etwas Schönes bot, griff sie zu, um diesen Moment in ihrem Herzen zu konservieren. Um den Schrecken, die geschahen, etwas entgegenzusetzen.

Vergessen war nicht möglich. Dafür passierte viel zu viel, was nicht zu vergessen war.

Vielleicht war das der Grund für Papas Trunkenheit. Mit genug Wein ertrug man alles leichter. Dinge verschwammen, waren weich gezeichnet. Und im Kopf formten sich die Gedanken: Ist doch alles gar nicht so schlimm. Es wird schon wieder. Für sie war das die Erklärung, dass er nur so den Befehlen der Besatzer, denn Pétain und seine Männer waren bloß deren Marionetten, Folge leisten konnte.

Carole hatte aufgegeben, Verlorenem nachzutrauern. Egal ob einem geliebten Menschen oder einem vertrauten Gegenstand. Die Zeiten erlaubten es nicht, wenn man sich nicht selbst verlieren wollte.

Doch sie hatte die Hoffnung auf bessere Zeiten noch nicht ganz aufgegeben. Vielleicht lag es an den Worten Charles de Gaulles, denen sie immer wieder lauschte und deren Bedeutung für sie nicht nachließ. Sie hatten kein bisschen von ihrer Strahlkraft und ihrem Trost verloren. Ganz im Gegenteil: Je mehr alles um sie herum ins Chaos stürzte, umso mehr hoffte sie auf diesen einen Mann, der in England die Fäden in der Hand hielt und die Kraft und Überzeugung ausstrahlte, die verhassten Deutschen zu besiegen.

Sie hielt inne. Für den Moment der Bewegung war sie in die Vergangenheit abgetaucht und war ihrer Maman so nah, als wäre sie noch immer bei ihr. Es hatte geholfen, ihre düstere Stimmung zu vertreiben, doch sie konnte nicht völlig der Gegenwart entfliehen.

Sie beschloss, das schöne Wetter für einen Spaziergang zu nutzen. Der Korb mit der auszubessernden Wäsche wartete auch noch später auf sie.

Ihre Füße trugen sie durch das Dorf. Dank der angenehmen Frühlingstemperaturen waren die Menschen einen Hauch netter und fröhlicher als normal. Sie grüßte freundlich, winkte den Arbeitenden auf den Feldern, als sie das Dorf hinter sich gelassen hatte. Emile war hier viel herumgefahren, wenn ihm jemand sein Fahrrad geliehen hatte. Er hatte Carole oft davon erzählt. Er war dann ein Forscher, ein Entdecker, auf der Suche nach fremden Schätzen gewesen. Hier auf dem Land war sie ihm näher als auf dem Friedhof, den sie immer seltener betrat.

Sie dachte an den Tag, als sie mit ihm das Grab ihrer Mutter in Amiens besucht hatte. Der Tag, an dem der Krieg für sie Realität geworden war.

Wenn sie die Augen schloss, hörte sie die Fliegerbomben, spürte wieder ihre und seine Angst. Sie dachte an ihr Versprechen, das sie nicht hatte erfüllen können. Niemand hatte ihn beschützen können. Die Mohn- und Kornblumen am Wegesrand lenkten sie ab, zauberten ihr ein Lächeln ins Gesicht. Ein weiterer Beweis, dass das Leben lebenswert war und es trotz allem noch Schönes gab.

»Au revoir, Emile«, flüsterte sie und machte sich auf den Rückweg.

Als sie vor ihrem Elternhaus stand, versuchte sie, es so zu sehen, wie es ein Fremder tun würde. Der Deutsche hatte gesagt, wie gut es ihm gefiel, dass es eine besondere Atmosphäre versprühte. Sie betrachtete den Efeu, der an der Seitenwand emporkletterte, den Giebel und den Erker, den Balkon, der von

Mamans Zimmer ausging. Im Vorgarten blühten die Wildrosen, vereinzelt summten Bienen herum.

Ein Ort des Friedens.

Im Haus erwartete sie Stille. Auch wenn ihr Vater sich nur noch selten hier aufhielt, musste sie jederzeit mit ihm rechnen. Aber jetzt war er für drei Tage in Paris. Drei Tage, in denen das Haus ihres war. Wenn man von dem Deutschen absah. Ein leichtes Kribbeln erfasste sie bei dem Gedanken, völlig allein mit ihm zu sein. Leider schien er in den letzten Tagen viel zu tun zu haben, denn sie sah ihn selten. Manchmal hörte sie ihn, wenn er abends durch die Seitentür ins Haus kam. Dann lag sie im Bett und lauschte auf die Geräusche, die er verursachte. Hinein ging er mit seinen schweren Stiefeln, dann hörte sie seine Schritte auf Socken, weil er die Schuhe ausgezogen hatte, um so leise wie möglich in sein Zimmer zu gelangen. Aus Rücksicht, um niemanden zu wecken. Um sie nicht zu wecken.

Sie lief in den ersten Stock und betrat das Zimmer ihrer Mutter. Früher hatte es nach ihr gerochen, vermischt mit einem Hauch Lavendel. Dieser sanfte Geruch, den sie immer wahrgenommen hatte, wenn sie den Raum betreten hatte, war nicht mehr da, so sehr sie es sich auch wünschte. In der Luft hing nun ein Duft von altem Papier, vermischt mit dem Geruch von Leder und Staub. Sie eilte zum Fenster, öffnete die Läden und riss es weit auf.

Sie drehte sich um und wollte das Zimmer so wahrnehmen, wie es auf einen Fremden wirken musste. Wie hatte der Deutsche das Betreten des heiligen Raumes erlebt? Hatte er noch Mamans Duft nach Lavendel bemerkt? Hatte er das Rascheln ihrer Kleidung gehört, wenn sie sich entlang der Bücherregale bewegt, mit dem Zeigefinger über die Buchrücken gestrichen und dabei überlegt hatte, welches sie nehmen und lesen sollte?

Was für ein Unsinn in ihrem Kopf ablief. Hoffentlich verlor sie nicht den Verstand, wie es einigen der Dorfbewohner in diesen Zeiten erging. Aber es war einfacher, sich in Tagträume zu flüchten, als sich der Realität zu stellen.

»Bonjour, Mademoiselle.«

Sie schrak zusammen, ein leiser Schrei entfuhr ihr und sie drehte sich um. Manfred. Warum war er hier?

»Es tut mir so leid, ich bin untröstlich. Ich dachte, Sie hätten …«

»Nein, ich benehme mich töricht«, unterbrach sie seinen Redefluss mit einem Kopfschütteln. »Ich dachte nur, ich wäre allein.« Sie spürte seine Distanz. Ihre Worte konnte man als Abfuhr deuten, was jedoch nicht in ihrer Absicht lag. Sie wollte sich erklären, dachte an den einen Nachmittag – an ihren ersten Kuss. Warum benahm er sich jetzt so, als hätte es den innigen Moment zwischen ihnen nicht gegeben? Sie suchte nach Zeichen in seinem Gesicht.

Er schaute sie an, direkt und ohne seine typische Zurückhaltung, und zeigte auf ein Buch in seiner Hand. »Ich wollte es zurückbringen. Man sollte Dinge in Zeiten wie diesen nicht auf die lange Bank schieben. Man weiß nie, wie lange man noch hat.« Bei seinen Worten lächelte er matt. Es war kein fröhliches Lächeln, mehr ein ergebenes.

»Ist etwas passiert? Wieso glauben Sie, das Schicksal meine es nicht gut mit Ihnen?«

»Es hat mich schon viel zu lange verschont. So viele Kameraden …« Er brach ab. »Haben Sie gehört, dass Krieg in Russland ist?«

Sie nickte. Natürlich hatten die Deutschen einen Nichtangriffspakt gebrochen. Aber das sagte sie nicht.

»Die Russen machen es uns nicht so leicht.«

»Sie meinen, wie wir? Die Belgier und die Franzosen?«

Er nickte, dabei wirkte er unfassbar traurig. Eine Traurigkeit, die von seinem ganzen Körper Besitz ergriffen hatte. Und seiner Seele, wie sie bemerkte, als sie in seine Augen schaute. Er war tief in seinem Innern verletzt, verwundet an Stellen, die für sie nicht sichtbar waren. Er war keiner dieser dummen Soldaten, die mit »Heil Hitler« grüßten und Befehle brüllten und hinter jedem Satz ein »Jawoll« anhängten, statt in normaler Lautstärke zu reden.

Ihr lag die Frage auf der Zunge, was er über Krieg dachte, wie seine persönliche Meinung war. Im gleichen Moment bezweifelte sie, dass sie eine ehrliche Antwort erhalten würde. Er war Soldat. Ein deutscher Soldat.

»Wie geht es Ihrer Familie in Deutschland?«, erkundigte sie sich stattdessen. »Sind alle wohlauf?«

Er blickte sie mit seinen blauen Augen an, die sie an Seen, tiefe Bergseen, erinnerten. Er nickte. »Meine Mutter schreibt mir regelmäßig. Es geht ihr gut. Den Umständen entsprechend, kann man sagen. Wir sind nicht reich, waren es noch nie. Der Krieg hat uns ärmer gemacht, er hat uns den Vater und einen Bruder genommen. Mein Cousin hilft ihnen, wo immer er kann. Er ist kein Soldat. Und es ist sehr unwahrscheinlich, dass ich den Krieg überlebe.«

»Wie können Sie so etwas sagen?«, rief sie. Ihre Stimme wurde lauter, leidenschaftlicher. »Sie müssen optimistisch bleiben. Es gibt immer Hoffnung. Wer die Hoffnung aufgibt …«

Der Blick, mit dem er sie bedachte, ließ sie verstummen. Sie wusste, was er bedeutete. Und dass er recht hatte. Was war schon Hoffnung? Sein Leben war verwirkt. Mit dem Eintritt ins Soldatenleben hatte er geschworen, sein Vaterland zu verteidigen, bis in den Tod. Ihr kleiner Ort hatte es ihm so einfach gemacht, Feind und Tod waren weit weg. Bücher anstatt von Grabenkämpfen.

»Für mich gibt es wenig Zuversicht. Ich darf es nicht laut sagen, schon gar nicht gegenüber meinen Vorgesetzten. Ich bin gerne Soldat geworden. Ich habe von Ehre und Heldentum geträumt und danach gelebt. Der Krieg hat seine eigenen

Gesetze und Regeln. Die müssen sein. Befehle müssen ausgeführt werden – ohne hinterfragt und bezweifelt zu werden. Man muss sich als Offizier und Soldat immer hundertprozentig auf seine Kameraden und Vorgesetzten verlassen können.«

Mittlerweile tigerte er im Raum hin und her. Drei Schritte zum Fenster, Drehung, drei Schritte zur Tür.

»Das habe ich gesucht, es gab mir Halt nach dem Tod meines Vaters und meines Bruders.« Ein müdes Lächeln. »Zweifeln gehört nicht zu den Aufgaben eines Soldaten. Aber dieser Krieg kann nicht gewonnen werden. Das wissen alle. Und je mehr diese Gewissheit in den Köpfen der Offiziere verankert ist, desto grausamer werden die Befehle. Krieg ist grausam und selten gerecht. Krieg bringt die schlechtesten Eigenschaften eines Menschen zutage.«

Er drehte um und wandte sich zurück zur Tür. Seine Arme verschränkte er auf dem Rücken, die Schultern blieben nach vorn gebeugt. Er hatte viel nachgedacht. Es kam Carole vor, als bräuchte er ein Ventil, um nicht an seinen Gedanken zu ersticken. Sie unterbrach ihn nicht.

»Niemals wird es ein großdeutsches Reich geben. Die Russen sind aus anderem Holz geschnitzt, sie werden sich nicht ergeben. Und wenn es in den Winter geht, dann sind wir verloren. Wir haben keine Ausrüstung, keine warmen Stiefel, keine warme Kleidung. Wir haben nichts, was uns vor den tiefen Temperaturen schützen kann. Wir werden frieren, Hände und Füße verlieren und dann den kalten Tod finden. Vielleicht denken Sie, dass ich übertreibe. Vielleicht tue ich das. Ich würde es mir wünschen, aber der Realist in mir sagt, dass es so kommen wird.«

Es blieb eine Weile still. Dann sah er ihr ins Gesicht. Den Blick kannte sie. Mutlosigkeit. Aller Hoffnung beraubt. Und sie verstand plötzlich seine Distanz zu ihr. Er wollte sie schützen.

Es konnte nicht gut sein, einem deutschen Soldaten nahezukommen, der solch ketzerische Gedanken aussprach.

Mit einer Hand nahm er die Mütze ab und strich sich durchs Haar. »Es tut mir leid, falls ich Sie schockiert habe. Es lag nicht in meiner Absicht. Trotz meiner Zweifel bin ich Soldat und tue meine Pflicht. Eine Alternative gibt es nicht. Dennoch hätte ich Sie nicht mit meinen finsteren Gedanken belästigen sollen, verzeihen Sie. Meine einzige Entschuldigung ist, dass Sie mir in einem äußerst selten vorkommenden schwachen Moment gegenüberstehen und ich zu einem Menschen sprechen musste. Einem Menschen, der mir viel bedeutet.«

Wahrscheinlich war er schon lange nicht mehr so ehrlich zu jemandem gewesen. Zu wem auch? In den Briefen nach Hause musste er Zuversicht heucheln. Gegenüber seinen Kameraden oder Vorgesetzten glichen solche Gedanken Hochverrat. Sie sah ihn an und hätte sich so gerne in seine Arme geworfen, erneut seine Lippen auf ihren gespürt, seinen Herzschlag Brust an Brust wahrgenommen. Noch nie hatte jemand ihre Gedanken so klar formuliert, ihr so tief aus der Seele gesprochen. Sie wollte ihm sagen, dass weder ihr Vater noch Madame Pirotte in der Nähe waren. Dass er nicht vorsichtig sein musste.

Carole empfand den unwiderstehlichen Drang, sich an ihn zu lehnen. Sie wollte ihn trösten und selbst Trost finden. Sie wollte die Kraft seiner Umarmung spüren, um in irgendeiner Weise Zuversicht zu erleben. Um nicht zu vergessen, wie es sich anfühlte: das Glück. Irgendwo gab es das Glück. Jeden Morgen ging die Sonne auf, die Blumen, die Vögel, der Regen ließen sich nicht vom Krieg der Menschen aufhalten. Sie lebten.

Sie machte einen Schritt auf ihn zu. Nicht auf den Deutschen, nicht auf den Soldaten in Uniform. Sondern auf einen verletzlichen Menschen, der nach Zärtlichkeit und Menschlichkeit dürstete. Sie sah Manfred. Den Mann, den sie geküsst hatte, dem sie so nah gewesen war, und sie wollte diesen

Moment wiederholen, noch einmal erfahren. Sie bemerkte, dass auch er sich auf sie zu bewegte. Doch dann schüttelte er sich, und es war, als hätte das Kaleidoskop des Augenblicks ein anderes Muster angenommen. Er wirkte wieder distanziert.

»Es tut mir leid.«

Sie drehte ihm den Rücken zu, blickte aus dem Fenster in den kleinen Garten und suchte nach passenden Worten, um an den Nachmittag anknüpfen zu können. Als sie sich wieder umdrehte, hatte er das Zimmer verlassen.

Der Tag neigte sich rasch dem Ende zu. Sie vertrödelte ihn mit Aufräumen, Kochen, ein wenig Gartenarbeit. Sie tat nichts richtig, begann alles, um es dann halb fertig niederzulegen, denn immer wieder schlich sich sein Gesicht in ihre Gedanken. Hatte er den Kuss bereits vergessen oder verbot er sich jeden Gedanken daran, um sie und sich selbst zu schützen? Allein im Haus und ohne Madame Pirotte fehlte ihr Struktur. Sie konnte den Deutschen verstehen, wenn er sagte, ein Soldatenleben sei einfach. Man musste nicht nachdenken, man tat, was einem befohlen wurde. Vorausgesetzt, dass man das eigenständige Denken ausschaltete.

Der Abend nahte, ihr Magen begann zu knurren. Sie schnitt ein paar Scheiben Brot ab, legte sich einige Scheiben Schinken und etwas Käse zurecht. Dank des Amtes ihres Vaters und Madame Pirottes Kontakten hatten sie trotz der Rationierung immer mehr Lebensmittelkarten zur Verfügung als die meisten anderen Bewohner – wenn es denn etwas gab. Ein Glas Rotwein in einer Karaffe stellte sie auf den Tisch. Einem Impuls folgend, breitete sie eine weiße Tischdecke über den Tisch, fügte eine passende Serviette hinzu und stellte sogar eine kleine Vase mit frischen Blumen vor sich hin. Es war an der Zeit, sich selbst etwas Gutes zu tun. Sich selbst zu feiern. Zufrieden betrachtete sie den Tisch.

Es sah aus, als erwartete sie Besuch. Wie viel schöner wäre es, könnte sie das mit jemandem teilen.

Sie setzte sich und lauschte den Geräuschen im Haus. Er war in seinem Zimmer, das wusste sie. Doch es war unfassbar leise im Haus. Schlief er? Oder lag er auf seinem Bett und las? Sollte sie zu ihm gehen, ihm anbieten, mit ihr zu Abend zu essen? Hatte dieser Gedanke die ganze Zeit in ihrem Unterbewusstsein gearbeitet, während sie sich eingeredet hatte, sie täte sich selbst etwas Gutes?

Das plötzliche Knarzen seiner Zimmertür klang unnatürlich laut. Sie richtete sich auf und lauschte weiter. Die Holzdielen knirschten, sobald er einen Fuß auf eine Stufe setzte. Rechter Fuß, linker Fuß, immer abwechselnd, bis er im Flur angekommen war.

»Guten Abend«, sagte er. »Ich möchte mich für mein Verhalten am Nachmittag entschuldigen.«

Sie drehte sich um und war überrascht, ihn in Zivil zu sehen. Vor ihr stand kein Soldat, sondern ein gut aussehender, gut riechender Mann. Sie erkannte die Sehnsucht in seinen Augen, die sie so sehr nachempfand.

Statt auf seine Entschuldigung zu antworten, ging Carole zum Schrank, holte ein zweites Gedeck, ein zweites Glas. »Möchten Sie Platz nehmen?«

Er nickte.

In den nächsten Stunden gab es nur sie beide. Sie erzählten einander ihre unterschiedlichen Leben. Zum ersten Mal sprach Carole zu einem Fremden von ihrer Mutter, wie sie vor der Krankheit gewesen war. Sie hätte sich gewünscht, sie hätten sich kennengelernt. Er als Manfred, nicht als der deutsche Soldat. Er berichtete von seiner Mutter, seinem gefallenen Vater und dem gestorbenen Bruder, aber noch viel mehr von seinem Cousin, dem er sich sehr verbunden fühlte.

Als sie aufgegessen hatten und sie den Tisch abräumte, half er ihr wie selbstverständlich. Ihre Hände berührten sich und ein Schauer lief ihr über den Rücken.

Sie sahen sich in die Augen. Eine Weile zögerten sie, dann beugte er sich zu ihr hinunter. In dem Moment, in dem sie seinen zarten Griff im Nacken und erneut seine weichen Lippen auf ihren spürte, war es, als gäbe es nur sie beide auf der Welt. Beide wussten, diese Nacht würden sie nicht allein verbringen.

Die Sonnenstrahlen schienen durch die halb geschlossenen Läden und weckten Carole. Sie dehnte und reckte sich und fühlte sich für einen Moment absolut glücklich. Bis die Gegenwart sie einholte.

Was hatte sie getan? Der Zauber des gestrigen Abends war verschwunden und hatte einer grausamen Realität Platz gemacht. Wo war er? Was dachte Manfred über diese Nacht, die nie hätte passieren dürfen? Was, wenn jemand davon erfuhr?

Sie zog ihren Morgenmantel über, trat aus ihrem Zimmer und ging in die Küche. Nichts deutete auf den vergangenen Abend hin. Nur eine einzige Rose lag auf dem Platz, wo sie gestern gesessen hatte. Wie zufällig, aber sie wusste, es war kein Zufall, sondern eine Nachricht an sie.

Er war weg, zu seinem Dienst gegangen. Doch die Nacht hatte es gegeben, sie war nicht nur ein Traum gewesen. Carole nahm die Rose in die Hand, eine rote, prächtig anzusehen. Sie sog ihren Duft ein, schloss dabei die Augen und dachte an die vergangene Nacht. Wieder spürte sie seinen Mund auf ihren Lippen, seine zärtlichen Hände auf ihrer Haut. Erlebte den Moment erneut, als er vorsichtig ihr Kleid geöffnet und über ihre Schultern gestreift hatte. Sie hatte ihre Scheu vor dem Neuen, dem Unbekannten verloren, ihre Angst war einem Verlangen gewichen, für das sie sich im Dunkeln der Nacht nicht geschämt hatte. Manfred war ein zärtlicher, erfahrener

Liebhaber gewesen und zum ersten Mal seit sehr langer Zeit hatte sie keine Angst verspürt. Mit ihm an ihrer Seite würde ihr nichts passieren, hatte sie gedacht und war mit diesem wohligen Gefühl eingeschlafen.

Sie öffnete die Augen und blickte wieder auf die Rose. Dieses Gefühl wollte sie in sich bewahren. Genau wie sie diese Rose aufbewahren, trocknen und bei sich tragen würde.

Sie hatten etwas Ungeheuerliches getan. Etwas ungeheuer Schlimmes und etwas ungeheuer Schönes.

Egal, wie schrecklich die Zeiten noch wurden, diese Nacht konnte ihr niemand nehmen. Sie wusste, dass sie ihr ganzes Leben lang davon würde zehren können.

Kapitel 26

Frankreich, Juli 1942

In der Tageszeitung »Le Progrès de la Somme«, die ihr Vater regelmäßig las, standen hauptsächlich deutsche Propagandanachrichten. Carole nahm sie nur manchmal zur Hand, wenn ihr etwas Besonderes ins Auge stach. Wie heute, wo gleich mehrere Artikel wiederholten – neben den Erfolgen der deutschen Truppen –, dass seit Anfang Juli alle Juden in der besetzten Zone einen gelben Stern mit dem Wort »Juif« tragen müssten, der sie als Juden brandmarkte. Zuwiderhandlungen wurden bestraft.

Der Ton wurde deutlich rauer.

Diese Kennzeichnung, die die Justiz als Durchbruch feierte – wie auch die französische Gendarmerie –, sorgte dafür, dass das Ziel, die jüdische Bevölkerung zu separieren und in Lager zu stecken, viel einfacher zu erreichen war, wie die Verhaftung ausländischer und staatenloser Juden im Auftrag des Sicherheitspolizeikommandos vor ein paar Tagen gezeigt hatte. Carole war außer sich, dass französische Polizisten sich ohne Gegenwehr dafür hergaben. Aber selbst ihr Vater nahm das billigend in Kauf, denn alles, was Pétain und Laval beschlossen, stand für ihn außer Frage.

Es war so falsch! Dabei hatten viele Juden in Frankreich Schutz gesucht, waren hierher geflohen und hatten bis zum Sieg der Deutschen ein gutes Leben führen können. Andere waren von jeher Teil des Ortes, Teil der Gemeinschaft gewesen.

In den Lagern, in die sie gebracht wurden, herrschten unwürdige Bedingungen. Es hieß, Männer und Frauen würden in unterschiedlichen Baracken untergebracht, Kinder seien von ihren Eltern getrennt.

Carole fühlte sich wütend und ohnmächtig zugleich. Nur in den seltenen Stunden, die sie mit Manfred allein verbrachte, wenn Vater unterwegs war, zählte lediglich der Augenblick und gestattete ihnen beiden die Flucht in eine andere Welt. Ein gestohlenes, doch auch wundervolles Glück.

Was konnte sie nur tun? Sie wusste, dass Madame Pirottes Rolle im Widerstand größer war, als sie zugab, Details gab ihre Nachbarin allerdings nicht preis. Es sei besser, wenn sie nicht alles wisse, hatte sie einmal auf Caroles vorsichtige Nachfrage entgegnet und ihr damit zu verstehen gegeben, dass das alles war, was sie dazu sagen würde. Regelmäßig informierte sie sie über die Lügen der Deutschen. Nichts lief so gut für die Besetzer, wie sie es gerne gehabt hätten.

Dabei nahmen auch in ihrer näheren Umgebung die Verhaftungen zu. Zwei junge Männer, die Carole flüchtig kannte, waren erwischt worden, als sie die Telefonkabel der deutschen Armee durchtrennt hatten. Sie waren in den Gräben der Zitadelle erschossen worden.

Das hielt die anderen Aktivisten, die im Untergrund wirkten, aber nicht davon ab, die Deutschen weiterhin zu behindern. Sabotierte Bahngleise ließen Züge entgleisen, Schleusen wurden gesprengt. Und immer wieder tauchten Flugblätter und geheime Zeitungen auf, die die Taten der Deutschen öffentlich anprangerten. Doch ihr verblendeter Vater glaubte diesen Artikeln nicht und hielt alles für Erfindungen der Kommunisten und anderer, die Frankreich schaden wollten.

Die Abende, die er zu Hause verbrachte, wurden stetig seltener, gemeinsame Abendessen gab es kaum noch. Und wenn, dann endete jegliches Gespräch im Streit. Immer über das gleiche Thema: das Vichy-Regime, Laval und Pétain.

Den Namen de Gaulle durfte sie zu Hause nicht in den Mund nehmen. Mittlerweile fragte sich Carole auch, ob ihr Vater sie oder Madame Pirotte anzeigen würde, wenn er etwas von den verbotenen Aktivitäten ahnen würde. Die Hausdurchsuchung hatte er zum Glück mit einem Lachen abgetan und absurd genannt.

Es klopfte. Sie hatte keine Schritte auf dem Kies vernommen. In Zeiten wie diesen wusste man nie, wer mit welchen Absichten vor der Tür stand. Für einen winzigen Moment dachte sie an Emile, und eine Welle der Traurigkeit nahm von ihr Besitz.

Sie stellte den Besen, mit dem sie gerade den Küchenboden fegte, zur Seite und strich mit den Händen ihre Kittelschürze glatt. Langsam ging sie zur Tür und öffnete. Die Zeiten, in denen sie jedes Klopfen mit einem sorglosen »Herein« erwidert hatte, waren vorbei. Umso erstaunter war sie, als Madame Pirotte vor ihr stand. »Warum treten Sie denn nicht ein?«

»Weil ich wissen wollte, ob du vorsichtiger geworden bist.«

»Test bestanden?«

Madame Pirotte konnte sich ein Lächeln nicht verkneifen und setzte sich an den Holztisch.

»Etwas zu trinken, Madame?«

»Ein Glas Wasser. Merci.«

Carole stellte ein volles Glas vor sie hin. »Haben Sie die Zeitung gelesen?«

»Du meinst dieses deutsche Propagandablatt? Das hat den Namen Zeitung überhaupt nicht verdient. Freiwillig werde ich es nicht in die Hand nehmen. Die lügen sowieso nur. Die Wahrheit erfahren wir daraus nicht.« Sie blickte zu Boden.

»Was meinen Sie damit?«, wollte Carole wissen.

»Gestern gab es in der Hauptstadt Razzien von unserer Polizei. Sie haben ausländische jüdische Familien aus ihren Wohnungen getrieben. Männer, Frauen, Kinder. Sie sprechen von zwölftausend Menschen, die sie ins Vélodrome gebracht haben.«

Carole erblasste. »Zwölftausend Menschen?«, flüsterte sie. »Für so viele ist doch gar kein Platz.«

»Es gab Vorgaben, dass es über dreißigtausend sein sollten. Und um zu zeigen, wie wenig die Besatzer von unserer Nationalität halten, wollten sie die Razzia am 14. Juli stattfinden lassen. Aber das war selbst unseren Beamten zu heikel, am Nationalfeiertag eine solche Räumung durchzuführen. So ging es zwei Tage später los.«

»Und es waren wirklich französische Beamte, die die Menschen aus ihren Wohnungen geholt und ins Vel' d'Hiv' gebracht haben? Was haben sie mit ihnen vor?« Fassungslos stand Carole vor ihrer Nachbarin und malte sich die Verzweiflung der Menschen aus.

»Ich weiß es nicht, vermute aber, sie sollen deportiert werden. Und das ist noch nicht das Ende. Dieser Hitler hat ganz genaue Pläne. Nicht nur die Ausrottung der jüdischen Rasse, sondern er will auch uns Franzosen demütigen. Unser Land zerstören. Und das, ich verspreche es dir in die Hand, wird niemals gelingen.« Sie verzog ihr Gesicht zu einer Grimasse.

Carole sah ihr an, wie ernst sie es meinte.

»Wir werden jeden Tag mehr. Die Aktionen werden genauer, sind besser geplant. Wir werden ihnen wehtun, wo immer es geht.« Sie donnerte ihre Faust auf den Tisch.

»Haben Sie denn gar keine Angst?«

»Ich habe Angst. Angst, dass Frankreich untergeht. Und ich werde tun, was ich kann, um das zu verhindern. De Gaulle wird mit Nachrichten versorgt. Wir helfen, wo wir können, im Untergrund.« Sie sah sich um. »Wo ist dein Vater?«

»Nicht hier. Mal wieder bei irgendeiner Sitzung. Meinen Sie, er hat von dieser Aktion gewusst?«

Madame Pirotte zuckte die Schultern. »Ich hielt deinen Vater mal für einen guten und weisen Mann. Welche queren Gedanken heute in seinem Kopf herrschen, kann ich nicht sagen. Vielleicht hat er anfangs geglaubt, es würde alles nicht so schlimm werden. Jetzt kommt er nicht mehr da raus.«

Sie ging ein paar Schritte hin und her, dabei schaute sie Carole unentwegt an.

»Bedrückt Sie noch etwas?«

»In der Tat. Ich weiß, dass ich dir vertrauen kann. Aber ich möchte dich nicht in Gefahr bringen. Ich brauche deine Hilfe. Geht dein Vater noch oft in euren Keller?«

»Nein. Seine Weinvorräte sind im Hotel, wo die meisten Deutschen wohnen. Sonst gab es keinen Grund für ihn, den Keller zu betreten.« Sie wollte lachen, doch beim Anblick Madame Pirottes unterließ sie es. »Um was geht es? Ich helfe gerne, das wissen Sie doch.«

»Je weniger du weißt, desto besser ist es. Nur so viel: Es gibt zwei Familien, die vor dieser Razzia im Vorfeld gewarnt wurden und sie ernst nahmen. Sie sind geflohen, wollen nach England.«

»Geht das denn so einfach?«

»Ach, Carole, natürlich nicht. Neue Papiere mit gefälschten Stempeln, andere Namen, die nicht jüdisch klingen. Aber wir haben überall Unterstützer. Nur …«

»Was ist passiert? Wo brauchen Sie meine Hilfe?«

»Ein Mädchen hat hohes Fieber bekommen. Sie konnten sie nicht mitnehmen, sonst hätte sie die ganze Gruppe in

Gefahr gebracht. Das Fieber ist nun fast verschwunden. Aber das Versteck ist nicht mehr sicher. Wir brauchen für einen, vielleicht auch zwei Tage einen neuen Unterschlupf. Dann kann sie mit einer anderen Frau über den Kanal reisen.«

»Wer ist sie?«

Madame Pirotte überging ihre Frage. »In eurem Keller gibt es doch den Verschlag. Wenn wir den herrichten und mit ein paar Decken gut tarnen, dürfte es machbar sein.«

Carole überlegte angestrengt. »Natürlich. In Mamans Bibliothek steht eine Kiste mit Decken und anderen Dingen, die gebraucht werden könnten. Wir müssen nur einen passenden Zeitpunkt für die Einquartierung wählen. Am besten, wenn Vater und der Deutsche nicht da sind.«

»So wie jetzt?«

»Heißt das …«

Madame Pirotte nickte.

Carole wurde schwindelig. »D'accord.« Mehr brachte sie nicht heraus.

»Hol die Decken, bring sie nach unten. Dazu einen Eimer und einen Krug mit Wasser. Ich komme gleich durch das Gartentor. Es muss schnell gehen.«

Carole nickte. »Und die Eltern haben sie einfach zurückgelassen?«

»Nicht einfach. Aber alles andere hätte das Leben des Mädchens und der Gruppe gefährdet. Wie hättest du gehandelt?« Sie wartete keine Antwort ab. »Wir müssen uns beeilen. Vite.«

Der Schwindel verschwand genauso schnell, wie er gekommen war. Dafür war keine Zeit. Sie zögerte nur kurz, als sie die Holzkiste ihrer Mutter öffnete und die Wolldecken sah. Zwei Stück. Die würden gute Dienste leisten und helfen, den kleinen Lagerraum, der kaum noch genutzt wurde, ausreichend zu polstern, damit es das Mädchen bequem hatte. Carole schickte ein Stoßgebet zum Himmel. »Es ist für einen guten Zweck, Maman.« Zweifellos hätte ihre Mutter genauso selbstverständlich geholfen. Auch gegen den Willen des Vaters. Sie fand noch eine dicke Jacke, die ebenfalls dienlich sein konnte. Ein Kissen nahm sie aus ihrem Zimmer. Sie eilte die Treppen hinunter in den Keller und blieb abrupt stehen. Madame Pirotte und das Mädchen warteten bereits im hinteren Keller.

»Salut«, sagte Carole mit mehr Zuversicht, als sie tatsächlich verspürte, und lächelte das Mädchen freundlich an. Sie war sehr schlank, fast dürr. Ihre langen, dünnen Haare hingen herab wie Algen, die man aus dem Meer gezogen hatte, sie wirkten ebenso stumpf und glanzlos wie ihre Augen. Das Fieber hatte seine Spuren hinterlassen. Ihr Alter war schwer zu schätzen. Der Statur nach sieben oder acht Jahre, dem Gesicht und den Augen nach vierzehn. Behutsam trat Carole einen Schritt auf sie zu, doch sie wich furchtsam einen Schritt zurück.

Hatte Carole bis zu diesem Moment noch mit ihrer Hilfsbereitschaft gehadert, gab es bei dem Anblick keinen Zweifel mehr. »Hast du Hunger?« Sie hielt ihr ein Stück Brot hin. Zögerlich nahm die Kleine das Brot und biss vorsichtig hinein. Plötzlich begann sie wie wild zu zittern. Carole legte ihr Mamans dicke Jacke um, drückte sie fest und sprach beruhigend auf sie ein. »Alles wird gut. Hier hinter diesem Verschlag kannst du dich verstecken. Mit den dicken Decken und Kissen sollte es sogar ganz gemütlich werden.« Sie versuchte, verschwörerisch zu lächeln, und griff in ein Regal. »Hier ist eine Kerze, falls du mehr Licht brauchst. Aber du solltest vorsichtig damit sein.«

»Ich weiß.« Die Stimme des Mädchens war brüchig, der Tonfall bestimmt. »Ich bin dem Tod von der Schippe gesprungen. Mal wieder.«

Carole wagte nicht, sich vorzustellen, was das Mädchen erlebt hatte. »Wie heißt du? Wie alt bist du?«, fragte sie freundlich.

Das Mädchen schaute zu Boden und schüttelte den Kopf. Vielleicht hatte man ihr eingetrichtert, dass sie nichts Persönliches verraten durfte. Um sich und alle anderen zu schützen.

»Herzlich willkommen«, sagte Carole verständnisvoll und stellte sich vor, dass sie dieses Mädchen wäre, fühlte ihre Angst, als sie plötzlich allein gelassen worden war. Stimmten die Aussagen von Madame Pirotte, waren die Flics in Paris rigoros gegen die jüdischen Bewohner vorgegangen – egal, ob Kind, Greis, Frau oder Mann. Was hatte sie gesehen? War das Fieber eine Reaktion darauf? Carole zog sich den Schal fester um die Schultern und schüttelte sich.

»Wie lange muss ich hierbleiben?«, wandte das Mädchen sich an Madame Pirotte.

»Nur bis morgen, falls der Plan aufgeht. Natürlich kann immer etwas dazwischenkommen. Aber hier bist du sicher, niemand vermutet in diesem Haus einen Flüchtling. Carole wird dir Suppe bringen, sobald die Luft rein ist.« Sie zeigte auf einen Eimer in der Ecke. »Für dringende Bedürfnisse. Du wirst abgeholt und dann geht es mit einer jungen Frau zu deinen Eltern. Du musst keine Angst haben.«

»Ich habe keine Angst mehr. Ich bin nur müde.«

»Leg dich hin. Reichen dir die Decken? Notfalls habe ich noch …«

»Es reicht. Danke.« Sie sprach wie eine Erwachsene, ging hinter den Verschlag auf ihr Lager, legte sich nieder und deckte sich zu.

Gemeinsam mit Madame Pirotte verschloss Carole den Eingang und überprüfte von allen Seiten, dass nichts ungewöhnlich aussah. Zufrieden betrachteten sie ihr Werk und gingen zurück in die Küche.

»Sind die Eltern in Sicherheit?«, fragte Carole.

»Ich warte noch auf Informationen. Aber ich denke schon. Hätten sie es nicht geschafft, wüssten wir es inzwischen.«

Carole zupfte an einer Haarsträhne. »Papa ist kein Problem, denke ich. Auch der Deutsche wird sich nicht plötzlich in den Keller verirren. Aber was, wenn sie wieder krank wird? Sie sieht furchtbar aus.«

Madame Pirotte legte ihr die Hand auf die Schulter. »Es tut mir leid, dass ich dich überrumpelt und mit hineingezogen habe. Es musste so schnell gehen und mir fiel keine bessere Lösung ein. Im Notfall werde ich sagen, dass du von alledem nichts wusstest. Ansonsten gilt: Je weniger du weißt, umso besser für dich.«

»Ich habe Angst.«

»Angst zu haben ist menschlich. Und nicht alle sind zu Helden geboren. Es ist einfacher mitzulaufen, als sich dagegenzustellen. Ich meine das nicht böse.«

»Dann wäre ich ja wie mein Vater. Ich kann es nicht mit meinem Gewissen vereinbaren. Holt es einen denn sonst nicht ein?«

»Ich bin eine alte Frau. Mich darfst du nicht fragen. Ich habe nicht mehr viel zu verlieren.« Sie machte eine kurze Pause, in der sie sich aufrichtete und ihre Schultern straffte. »Aber ich bin bereit.«

Vor Caroles innerem Auge entstanden Bilder von Menschen, die vor Bottichen knieten und deren Kopf ins Wasser getaucht wurde. Sie sah Männer im Kreis drumherum stehen, die lachten. Sie sah Männer, die sich freuten, elektrische Stromstöße verteilen zu dürfen. Sie sah Männer, die mit Begeisterung einen Hammer benutzten, um Gelenke zu zertrümmern. Für einen Moment wurde ihr wieder schwindelig, was Madame Pirotte zu bemerken schien.

»Carole, geht es dir gut? Setz dich. Du bist ja ganz blass. Du darfst dir keine Sorgen machen. Alles wird gut. Denk an das Mädchen, wie tapfer es ist. Gemeinsam schaffen wir es. Und um mich alte Schachtel musst du dich nicht sorgen. Ich bin es nicht wert und schon gar keine Heldin. Aber die kleinen Gesten des Ungehorsams ergeben zusammengenommen etwas Großes und wirken. Vielleicht ist das Ergebnis nicht sofort sichtbar. Aber irgendwann. Denn ich bin fest überzeugt, dass Unrecht nicht für immer bestehen kann. Und so gesehen sind wir alle Helden. Vielleicht versucht ja auch dein Vater im Zuge seines Amtes, Dinge …«

»Nein, Madame Pirotte, er ist ein Nazifreund. Das können Sie nicht schönreden.«

Statt eine Antwort zu geben, schaute die alte Frau zur Seite. Doch Carole konnte ihren Blick nicht von ihr wenden. Sie war die Einzige, die ihr geblieben war, dachte sie. Sie würde es nicht ertragen, sie auch noch zu verlieren. Carole wandte sich ab, bevor Madame Pirotte die Tränen in ihren Augen entdeckte.

Dann riss sie sich zusammen. Sie dachte an die glanzlosen Augen des fremden Mädchens, an den Schmerz ihrer Eltern, an die Todesangst der flüchtigen Juden. Sie wollte nicht so sein wie ihr Vater. Sie wollte nicht, dass ihretwegen Menschen leiden und sterben mussten. Sie wollte Mensch sein und bleiben. Das jüdische Mädchen brauchte Helfer und Freunde für ihre Flucht und sie war da. Sie wollte den Menschen unterstützen, der ihr am nächsten stand, Madame Pirotte. Ihres Zeichens Widerstandskämpferin und eine glühende Anhängerin Charles de Gaulles.

Ihr Dilemma war riesig. Auch wenn sie das Richtige tat und half, war sie auch diejenige, die mit dem Feind unter einem Dach lebte, für den sie Zuneigung empfand. Mit dem sie Nächte verbracht hatte, die sie für immer in Erinnerung behalten würde. Wie einen Schatz, von dem niemand wissen durfte. Doch es war wie verhext, in letzter Zeit trafen sie sich kaum noch allein. Ständig war jemand dabei, der auf keinen Fall merken durfte, dass sie etwas Besonderes verband. Ein scheues Lächeln, ein kurzer Blick, mehr durfte nicht sein. Dabei sehnte sie sich täglich so sehr nach einer Berührung, einem Kuss und verbot sich im selben Moment ihre Sehnsucht. Würde irgendwann mal wieder etwas normal sein? Der Tatsache, dass sie mit ihrer Periode überfällig war, maß sie keine Bedeutung bei, denn mit dem Beginn des Krieges hatte sich ihr Organismus verändert. Den Verdacht, dass sie schwanger sein könnte, hatte sie bisher erfolgreich verdrängt.

Die Übelkeitswelle kam ohne Vorwarnung, der Drang, sich zu übergeben, war übermächtig. Sie drehte sich um und fand nichts anderes als eine Schüssel, die auf der Anrichte stand. Sie erbrach mehrmals und fühlte sich hundeelend.

Madame Pirotte sah ihr eindringlich ins Gesicht. »Hast du etwas Falsches gegessen?«

Carole zuckte nur die Schultern, hoffend, dass der Brechreiz verschwand.

Madame Pirotte nahm den Blick nicht von ihr. »Im Moment kursiert eine Magen- und Darmerkrankung. Vielleicht hast du dich angesteckt. Wobei …«

Carole riss sich zusammen. »Eine Magenverstimmung wird es sein. Also nichts, was eine Tasse Kamillentee nicht wieder beheben kann«, brachte sie mühsam hervor. Rasch wandte sie sich ab und stürmte hinaus.

Die kühle Morgenluft half gegen die Übelkeit, und nach ein paar tiefen Atemzügen fühlte sie sich besser.

Madame Pirotte folgte ihr. Nachdenklich beobachtete sie sie.

»Eigentlich hast du eher immer einen robusten Magen gehabt«, sagte sie.

»Mhm.«

»Seit wann bist du denn so empfindlich?«

Carole tat, als hätte sie die Frage nicht gehört.

»Meine Schwester hatte auch mal eine Magenverstimmung über mehrere Wochen. Allerdings hatte ihr Zustand eine andere Ursache, wie wir einige Monate später feststellen konnten. Eine alte Tante von uns behauptete immer, sie könne es einer Frau ansehen, wenn sie in anderen Umständen sei. Sie hätten einen besonderen Glanz in den Augen, der Gang und die Körperhaltung verändere sich. Was natürlich Unsinn ist.«

Carole ignorierte das Gesagte. Reiß dich zusammen, befahl sie sich und richtete sich auf. Das Äußere bestimmte das Innere, dachte sie und schaute Madame Pirotte mit mehr Wärme und Herzlichkeit an, als sie tatsächlich empfand. Sie hatte gehört, dass morgendliches Erbrechen eine Begleiterscheinung einer Schwangerschaft sein konnte. Konnte, aber nicht musste. Ihre Übelkeit kam in Wellen, unabhängig von der Tageszeit, und traf sie meistens völlig unvorbereitet. Mit diesem Wissen beruhigte sie sich, seit der Brechreiz sie quälte. Aufmerksam beobachtete sie, ob ihr Körper noch andere Veränderungen zeigte. Sie verspürte keinen Heißhunger auf bestimmte Nahrungsmittel, auch ihr Bauch wurde nicht praller. Nur der Busen spannte an manchen Tagen. Aber das kam vor. Es war ein Virus. Ganz sicher.

Der Blick der alten Frau irritierte sie jedoch. Ihre Schwester hatte vier Kinder bekommen, sicher hatte Madame Pirotte Erfahrung. Konnte sie zu ihr Vertrauen haben?

»Hast du mit deinem Vater gesprochen, seit er aus Paris wieder da ist?«, riss die alte Frau sie aus ihren Gedanken.

Sie schüttelte den Kopf. »Nein. Warum sollte ich? Er ist mit seinen Bestimmungen und Gesetzen und was weiß ich beschäftigt. Allerdings schimpft er mehr über die Juden.« Eine erneute Welle der Übelkeit überrollte sie und sie schloss die Augen, bis sie vorbei war. Sie wechselte zu einem anderen Thema, das sie ebenfalls beschäftigte. »Können Sie mir sagen, was man mit den Juden vorhat? Was ist das Ziel? Ich verstehe das nicht.«

Ihre Nachbarin antwortete nicht sofort. Sie legte den Kopf schräg, als grübelte sie über die richtigen Worte nach. »Das Ziel ist immer das gleiche. Hitler will die Vernichtung der Juden. Aller. Egal, ob alt oder jung.«

»Das heißt, sie wurden vom Vélodrome aus in ein Lager gebracht?«

»Ja, wenn die Gerüchte stimmen. Ich habe gehört, sie werden in Waggons gesteckt wie Vieh. Kein Mitleid, kein Zuspruch. Die Männer wurden von den Frauen, die Kinder von den Müttern getrennt. Und dann ins Lager. Die Gesunden, Kräftigen müssen arbeiten. Die anderen …« Sie machte eine Pause. »Ich habe gehört, einige sind erschossen worden. Wer weiß, was sonst noch mit ihnen geschieht.«

Wut und Verbitterung klangen aus ihren Worten. »Und das auf Befehl unserer Besatzer. Was glaubst du, wird mit uns passieren, wenn wir nicht mehr spuren? Die Geiseltötungen sind das eine. Wir sind in ihren Augen ebenfalls nichts wert. Sie haben unser Land ausgelutscht, sie nehmen uns die Männer, die noch hier sind, weg, damit sie in ihren Fabriken arbeiten. Wir werden ausgenutzt und ausgepresst, bis nichts mehr übrig ist. Sie werden unseren Stolz brechen und uns irgendwann, wenn wir zu nichts mehr nutze sind, genauso töten.«

Caroles Augen wurden vor Entsetzen stetig größer. Das Szenario, das Madame Pirotte aufzeigte, war die Hölle auf Erden.

Aber der einzige Gedanke, der Carole in diesem Moment beherrschte, war der an Manfred. Wusste er von diesen Verbrechen? Haderte er deshalb mit seinem Soldatenleben? Sie zweifelte keinen Moment, dass die Erzählungen Madame Pirottes wahr waren.

»Wir müssen uns noch viel mehr wehren. Wir müssen sie bekämpfen. Sie sind nicht unbesiegbar. Dass sie trotz des Nichtangriffspakts die Sowjetunion angegriffen haben, bringt sie zu Fall. Von wegen Blitzkrieg. Die machen es den Boches nicht so einfach wie wir. Es zeigt, dass man ihnen nicht trauen kann. Und sie werden fallen.«

Caroles Magen rebellierte erneut. Ohne weitere Vorwarnung übergab sie sich und konnte gerade noch den Kopf zur Seite drehen.

Am nächsten Morgen, kurz nach acht Uhr, klopfte es an der Tür. Madame Pirotte stand mit einer ihr unbekannten Frau davor, die sich immer wieder hektisch umblickte.

»Bist du allein?«, flüsterte Madame Pirotte.

Carole ahnte, was bevorstand, und begann zu zittern. »Ja.«

Die Unbekannte drängte sich an ihr vorbei und nahm ihr Kopftuch ab.

Madame Pirotte folgte ihr ins Haus und ging direkt weiter in den Keller. »Ich hole sie.«

Carole stand in der Küche und betrachtete die Frau neugierig. Sie war kaum älter als sie selbst, wirkte aber viel erwachsener. »Sie bringen das Mädchen weg?«, fragte sie.

Sie nickte. »Wir müssen uns beeilen. Je weniger du weißt, umso besser. Es ist wirklich niemand sonst im Haus?«, vergewisserte sie sich ein weiteres Mal, und Carole beruhigte sie.

In diesem Augenblick kehrte Madame Pirotte mit dem Mädchen an der Hand zurück. Sie sah besser aus, aber noch immer nicht gesund. Zumindest das Fieber war nicht wiedergekehrt. Die fremde Frau reichte ihr eine Strickjacke und ebenfalls ein Kopftuch.

»Wir haben andere Papiere. Du heißt jetzt Mauricette Douillet und bist zehn Jahre alt. Kannst du dir das merken?«

»Natürlich«, erwiderte sie.

Sie schien weder ängstlich noch nervös. Wie ein Mensch, der schon alles gesehen hatte. Carole wollte sie drücken, umarmen, ihr alles Gute wünschen. Doch die Unbekannte nahm das Mädchen an die Hand und eilte mit ihr aus der Haustür. Carole und Madame Pirotte blickten den beiden nach.

»Bonne chance«, flüsterte Madame Pirotte, legte für einen winzigen Augenblick ihre Hand auf Caroles Arm und drückte leicht zu, bevor sie zurück in ihr Haus ging.

Auch Carole wollte gerade ins Haus zurückkehren, um ihre Hausarbeit zu erledigen, und stand Manfred gegenüber. Für einen Augenblick blieb die Zeit stehen. Es gab nur sie beide. Carole sah sein Lächeln, das Zuneigung und Liebe verströmte. Doch augenblicklich verschwand es, er sah sich ängstlich um, ob jemand in der Nähe war, der sie beobachten konnte. Doch da war niemand.

»Bonjour, Mademoiselle Renoir«, sagte er laut. »Bonjour, Carole, mon amour«, raunte er hinterher.

Sie spürte, wie eine leichte Röte ihre Wangen überzog, und schaute zu Boden.

»Entschuldige, wenn ich dich erschreckt habe. Normalerweise bin ich um diese Zeit schon längst bei meinen Kameraden. Aber ich hatte etwas in meinem Zimmer vergessen.« Er kam näher. Näher, als schicklich gewesen wäre. Wie gerne hätte sie sich an seine Schulter gelehnt. Seine Umarmung gespürt. Es war ein unmöglicher Wunsch. Nicht nur, weil er der Feind war und niemand merken durfte, was sie für ihn empfand, sondern weil gerade noch ein jüdisches Kind an ihrer Seite gewesen war, das sich vor den Deutschen verstecken musste und bisher nicht außer Gefahr war. Sie liebte ihn, aber konnte sie ihm trauen?

»Geht es dir gut?«, forschte er besorgt, als bemerkte er ihre Unruhe.

»Oui. Alles gut«, antwortete sie und schaute ihm ins Gesicht, nahm wieder seinen warmen Blick wahr, sein Lächeln, und ihr Herzschlag setzte für einen Moment aus.

»Eine Freundin?« Er blickte der Frau mit dem Kind hinterher.

»Non, oui. Das war Mauricette«, wiederholte sie den Namen, den sie gerade gehört hatte, und ihre Knie begannen zu zittern. »Eine Freundin.« Während sie es betont beiläufig sagte, betete sie, dass die beiden ihr Ziel unbehelligt erreichen würden.

»Mauricette? Ein schöner Name«, sagte er. »Einer, der sehr französisch klingt«, fügte er nachdrücklich an.

Etwas an seinem Tonfall irritierte sie. Was wusste er?

»Bon voyage, Mauricette«, hörte sie ihn flüstern, bevor er sich abrupt umdrehte und in sein Zimmer verschwand.

Kapitel 27

Düsseldorf, April 2023

Louisa musste sich eingestehen, dass sie ein wenig enttäuscht war über den Brief des Bundesarchivs für Wehrmachtsangehörige. Aber was hatte sie erwartet? Zumindest kannte sie nun den Namen des Ortes, an dem ihr Großvater stationiert gewesen war.

Während sie ihre Stimme für die bevorstehende Aufnahme der angeforderten Hörprobe vorbereitete und ihren Körper mit Dehnübungen lockerte, überlegte sie, was sie mit den Informationen anfangen konnte. Sie schob ihre Überlegungen zur Seite und begann damit, den einzusprechenden Text durchzugehen. Drei Seiten, auf denen die junge Prinzessin Lesea mit ihrer besten Freundin über einen möglichen Putschversuch debattierte und danach in einen sentimentalen Monolog verfiel. Dabei merkte Louisa, wie ihre Gedanken unentwegt abwanderten. »Jetzt reiß dich zusammen«, schimpfte sie laut und schlüpfte in die Haut der jungen Prinzessin. Der Auftraggeber wollte zwei unterschiedliche Interpretationen. Es gelang ihr nicht von Anfang an, ihre Stimme so einzusetzen, dass die Angst vor der Gefahr, aber auch der Mut der jungen Heldin deutlich wurde.

Als sie glaubte, sie wäre bereit für die Aufnahme, versprach sie sich öfter als normal und fing viermal von vorne an.

»Verdammt noch mal!«, fluchte sie vor sich hin. Es half, denn beim nächsten Versuch gelang zumindest der Anfang einwandfrei. Sie tauchte ab in die fiktive Welt Leseas und kämpfte und litt mit ihr.

Beim Abhören der Aufnahme nickte Louisa ein paarmal und war zufrieden mit ihrer Arbeit. Sie schnitt die Versprecher, die sie beim Einsprechen mit einem lauten »Noch mal« markiert hatte, heraus und kürzte eine zu lange Pause. Mit Rauschunterdrückung und Normalisieren der Lautstärke war die Aufnahme fertig und sie schickte die Probe an Tim.

Danach hatte sie endlich Zeit, weiter zu ihrem Großvater zu recherchieren. Sie startete den Browser ihres Laptops. Viele Informationen gab es im Internet über Les Prés nicht. Bis 1956 war es eine eigenständige Gemeinde gewesen, ab dann gehörte es zu Amiens. Auch dort war sie noch nie gewesen, aber zumindest existierten Fotos von der Notre-Dame d'Amiens, die doppelt so groß war wie die berühmte Namensdoppelgängerin in Paris.

Louisa hatte sich wenig mit der Zeit des Zweiten Weltkriegs und den Jahren danach im Kontext mit Frankreich befasst. Ihr Wissen beschränkte sich auf ein paar Geschichtsstunden in der Schule. Heute wurden beide Länder nicht müde, die besondere und innige Freundschaft und Verbundenheit zwischen ihren Ländern zu bekräftigen.

Und aus diesem Land stammte ihre Oma. Aus einer kleinen Gemeinde nahe Amiens. Sie hatte keine Ahnung, wie sie ausgesehen hatte, ob sie ein lustiger oder ernster Mensch gewesen war. Sie wusste noch nicht einmal ihren Namen. Im Gedächtnis ihres Vaters war sie eine Hure und eine Landesverräterin. Sie hatte sich der sogenannten horizontalen Kollaboration schuldig gemacht.

Die weiteren Recherchen im Netz schockierten sie. Sie fand Fotos von Frauen, denen mitten auf dem Dorfplatz die Haare geschoren wurden. Anschließend wurden sie durch die Straßen gejagt, dabei bespuckt oder mit Steinen beworfen. Was sie aber noch viel mehr berührte, war das Schicksal der Kinder, die aus solch einer Liaison hervorgingen.

Sie waren Aussätzige, Ausgestoßene, die niemand wollte. Am schlimmsten traf es wohl die, die auch noch blond waren und blaue Augen hatten. So sah kein Franzose aus, schrieb eine Betroffene in einem Artikel, den Louisa gerade aufgerufen hatte. Dank der Möglichkeit im Internet, sich Websites direkt übersetzt anzeigen zu lassen, konnte sie die Erfahrungen französischer Betroffener lesen.

Die Frau, die anonym bleiben wollte, erzählte von ihrer Kindheit. Der Vater, längst wieder in Deutschland, hatte sich seiner Verantwortung entzogen. Die Mutter hatte das Mädchen bei ihren Großeltern gelassen. Dort musste es arbeiten, viel mehr als die Nachbarskinder. Sie schrieb, dass sie am meisten Liebe und Nähe vermisst hätte. Niemand hatte sie jemals in den Arm genommen. War sie gefallen und hatte sich das Knie aufgeschlagen, erntete sie Spott und Häme. Dabei hatte sie noch Glück gehabt, schrieb sie. Andere kamen ins Heim. Die französischen Kinderheime in den 1950er-Jahren waren Verwahranstalten, in denen vor allem Gehorsam gelehrt wurde und wo die Ausführung mit körperlicher Gewalt und anderen Strafmaßnahmen durchgesetzt wurde.

»Uns wollte niemand«, las Louisa, und ihre Augen füllten sich mit Tränen. »Für meine Mutter war ich ein ewiges Mahnmal für das, was sie erträumt und verloren hatte. Sie gehörte zu denen, die öffentlich gebrandmarkt worden waren. Danach zog sie weg, ließ mich bei meinen Großeltern. Für die war ich ein Kind der Schande. Ein ewiges Schandmal. Um mich kümmerte sich niemand richtig, ich lief einfach nebenher.

Die einzige körperliche Nähe, die ich bekam, waren Schläge. Irgendwie haben sie mich großgezogen, obwohl sie mich am liebsten weggegeben oder versteckt hätten. Ich aß zu viel, war zu laut und frech. Statt dankbar leise in der Ecke zu sitzen und artig das tun, was man mir aufgetragen hatte, wagte ich, mich zu bewegen und herumzulaufen. Wenn mir etwas misslang, wenn ich in ihren Augen einen Fehler beging, war das für sie kein Wunder. Ich trug die Gene des Feindes in mir. So aufzuwachsen sorgt für kein gutes Selbstbewusstsein. Man hat verinnerlicht, dass man anders ist, schlechter als alle anderen. Und vor allem, dass man nie gut genug ist.«

Die Erzählungen berührten Louisa so sehr, dass sie erst einmal ein Glas Wasser trinken musste, bevor sie weiterlesen konnte. Sie füllte das Glas direkt aus dem Wasserhahn, trank es in einem Zug leer und setzte sich wieder an den Laptop.

Sie erfuhr, dass die Verfasserin einem Verein angehörte, der 2005 in Frankreich gegründet worden war, um diesen Kindern eine Plattform zu geben. Zum Erfahrungsaustausch, zum Treffen und als Hilfestellung, um Verwandte zu finden. Mittlerweile existierte sogar die Möglichkeit, die deutsche und die französische Staatsbürgerschaft zu beantragen. Aber der Verein war nicht nur dem Nachwuchs von französischen Frauen und Angehörigen der deutschen Wehrmacht behilflich, egal ob zivilen oder militärischen Ranges, sondern auch deren Nachkommen. Also auch ihr.

Sie tippte den Namen des Vereins in die Suchmaschine ein und fand die Website sofort. Weitere Geschichten von unehelichen Kindern waren hier zu lesen. Der anonymen Schreiberin war es noch gut gegangen. Louisa erfuhr fassungslos von Heimkindern, die misshandelt und vergewaltigt worden waren. Weil sie es nicht anders verdient hätten.

Louisa klappte den Laptop zu, schenkte sich einen Wein ein und ging hinaus auf die Terrasse. Sie blieb an der Terrassentür stehen, es war zu windig, um ans Geländer zu treten. Sie trank einen großen Schluck, dann schloss sie für einen Moment die Augen und atmete tief durch. Was für eine schreckliche Zeit das damals gewesen sein musste. Wie sehr die Kinder gelitten hatten. Und nicht nur während ihrer Kindheit.

Die anonyme Verfasserin hatte sehr deutlich beschrieben, wie schmerzhaft der Gedanke war, nicht geliebt, nicht gewollt worden zu sein. Die meisten hatten für etwas gebüßt, für das sie keine Verantwortung trugen. Wie konnten erwachsene Menschen Kindern so etwas antun? Sie konnten am allerwenigsten für ihre Situation.

Sie schaute in den Himmel und nahm einige Sterne wahr. Je mehr sie sich anstrengte, umso mehr sah sie. Natürlich auch Flugzeuge, die mit ihren blinkenden Lichtern für Bewegung am Firmament sorgten. Der Flughafen war nicht weit.

Sie wohnte mitten in der Stadt, richtige Dunkelheit gab es hier nicht. Dafür sorgten die Straßenlaternen, die Beleuchtung in den anderen Wohnungen, die nicht mit Jalousien oder dicken Vorhängen vor den Blicken Fremder geschützt waren. Das waren auffallend viele, fand Louisa. Sie sah Menschen auf dem Sofa sitzen, die in Fernseher starrten, in denen Spielfilme, häufiger Krimis oder Shows, in denen sich die Kandidaten der Lächerlichkeit preisgaben, liefen. Sie schaute zur Uhr. Viertel vor zehn. Der Spielfilm war gleich zu Ende, höchstwahrscheinlich würden einige auf dem Sofa sitzen bleiben und die Nachrichten sehen.

Auch Louisa versuchte, sich regelmäßig zu informieren, was in der Welt vor sich ging, und sah die Nachrichtensendungen. Talkshows, in denen Politiker sich in Szene setzten, konsumierte sie selten. Diese Selbstdarstellung der eigenen Person ertrug sie immer weniger.

Auch jetzt, an diesem Abend, wollte sie nichts von neuen Katastrophen hören, weder von Dürre- oder Hochwassernachrichten noch von Hurrikans oder Erdbeben.

Sie wollte dem kleinen Jungen, der ihr Vater mal gewesen war, ganz nah sein. Es fiel ihr schwer, in dem griesgrämigen Mann von heute den verletzbaren Jungen von damals zu sehen. Doch irgendwo tief in ihm drin mussten noch Reste von dem kleinen Heinrich versteckt sein. Einem Jungen, der sich nach Nähe und Liebe sehnte und immer wieder enttäuscht wurde. Mit Narben an Körper und Seele, die auch so viele Jahre später noch schmerzten. Wen wunderte es, dass er sich einen Schutzpanzer angelegt hatte, den keiner durchbrechen konnte?

Bis auf ihre Mutter, dachte Louisa. Sie fragte sich, ob sie die Geschichte seiner Herkunft gekannt hatte. Hatte er mit ihr über seine Gefühle reden können? Oder hatte ihre Mutter mit ihrem unfassbar großen Herzen und ihrer Intuition gespürt, dass er nicht der grobe Mann war, den er so gerne nach außen mimte? Sie erinnerte sich an die Worte, die sie am Krankenbett gesagt hatte. »Er ist anders, als du denkst.«

Damals hatte sie sich nur kurz gewundert und gedacht, dass sie das sagen musste. Als Rechtfertigung für die lange Zeit, die sie bei ihm geblieben war. Mit dem Wissen von heute sah Louisa es anders. Ihr Handy klingelte, und sie ging ins Wohnzimmer, weil ihr kalt wurde. Die Nummer war ihr unbekannt.

»Ja?«

»Louisa, hier ist Rinse.«

»Oh.« Sie konnte ihre Überraschung nicht verbergen. »Hallo.«

»Es ist etwas her, doch ich wollte mich noch einmal für deine spontane Hilfe bedanken.«

»Nicht der Rede wert.« Wie nett sein Akzent klang, dachte sie. »Brauchst du noch einmal Hilfe?«

Er lachte. »Immer. Aber deshalb rufe ich nicht an. Ich dachte, also, um ehrlich zu sein … Vielleicht …«

Sie war neugierig, blieb aber stumm.

»Ich hatte das Gefühl, dass dir die Arbeit Spaß macht. Und eventuell kann ich dich überreden, samstags bei uns mitzumachen. Wir wollen das Angebot um den Tag erweitern, aber es fehlen uns Helfer. Wir sind, wie du weißt, eine private Initiative und werden von offizieller Seite nicht unterstützt. Vielleicht kann ich dir bei einem Essen etwas mehr über die Arbeit erzählen und dich begeistern. Was meinst du?«

Dieser Niederländer war ein Weltmeister im Überrumpeln. Aber nicht unangenehm. Jetzt war es an ihr zu stammeln. »Also, eigentlich … Was hast du … Welcher Tag schwebt dir denn vor?«

»Wäre dir morgen zu kurzfristig? Oder eher übermorgen?«

Sie überlegte kurz. Wenn sie für morgen zusagte, müsste er glauben, sie hätte kein Privatleben. Auch wenn es so war, brauchte sie es ihm ja nicht auf die Nase zu binden. »Übermorgen könnte ich es einrichten.«

»Treffen wir uns um achtzehn Uhr? Kennst du das Bistro am Rheinufer?«

»Ich liebe es! Uhrzeit passt.«

»Prima. Ich freu mich.«

Sie wollte gerade »Ich mich auch« antworten, als er schon aufgelegt hatte.

Wie merkwürdig, wunderte sie sich, trat ans Fenster und schaute noch einmal in den Himmel. Schon wieder ein Flugzeug. Doch dann erkannte sie, dass es eine Sternschnuppe war.

Ein gutes Zeichen. Sie hatte einen Wunsch frei. Dabei trat das Bild des großen, schlaksigen Niederländers vor ihr inneres Auge. »Warum nicht?«, murmelte sie voller Vorfreude.

Louisa stand vor dem offenen Kleiderschrank und war ratlos. Sollte sie das grüne Strickkleid mit Overknee-Stiefeln anziehen? Oder doch lieber zu Jeans, Pullover und Sneakers greifen? Der

Plisseerock fiel raus; der war mit Sicherheit zu schick für Rinse. Sie wählte schließlich das Kleid und drehte sich ein paar Mal vor dem großen Spiegel. Es brachte ihre Figur perfekt zur Geltung und die Farbe harmonierte mit ihren Augen und den Haaren. Die band sie zu einem lockeren Pferdeschwanz und verzichtete bis auf Kajal und Lippenstift auf Make-up.

Um zehn vor sechs stand sie am Eingang des Bistros und wartete nervös. Das war ihr noch nie passiert, dass sie zu früh zu einer Verabredung kam. Dabei war sie noch immer unsicher, ob es sich für Rinse um ein Arbeitsessen handelte oder es doch ein Vorwand für eine tiefere Bekanntschaft war.

»Hi, Louisa.« Die Begrüßung riss sie aus ihren Gedanken und sie drehte sich um.

Mensch, sieht der gut aus, durchfuhr es sie. Er trug wieder Jeans, hatte aber diesmal ein weißes Hemd an.

»Sollen wir?« Er hielt ihr die Tür auf und ließ sie zuerst eintreten.

Der Kellner erkannte sie und grüßte überschwänglich. »Man merkt, du bist hier öfter«, sagte Rinse. »Weißt du auch schon, was du essen möchtest?«

»Noch nicht genau.«

»Ich trinke keinen Alkohol, aber wenn du gerne einen Wein trinken möchtest, habe ich kein Problem damit.«

Irritiert schaute sie ihn an. »Hat das besondere Gründe?«

»Du meinst, ob ich trockener Alkoholiker bin?« Er lachte. »Nein, ich mache mir nichts daraus. Zudem ist es Gift für den Körper. Nervengift. Das Gefühl, ein Glas Wein beruhigt, ist darauf zurückzuführen.«

So gern sie auch einen Wein getrunken hätte, sie bestellte eine Apfelschorle.

Auch bei der Essensbestellung überraschte er sie. »Ich bin Vegetarier. Die Pasta mit Gemüse ist sehr zu empfehlen.«

»Ich weiß«, antwortete sie und wählte das gleiche Gericht wie er. Das Treffen verlief schon jetzt ganz anders als erwartet.

Während sie auf ihre Bestellung warteten, redete Rinse über sein Herzensprojekt. Sie hatte gehofft, mehr über ihn persönlich zu erfahren, wurde jedoch enttäuscht. Er teilte ihr Statistiken mit, wie viel Menschen zu ihnen kamen, dass es in den letzten zwei Jahren viel mehr geworden waren, aber die Spendenbereitschaft gesunken war. Zu mehr als »Wie interessant« oder »Das wusste ich gar nicht« kam sie nicht.

Die Teller waren leer, Rinse orderte die Rechnung, die er auch bezahlte, und ehe sichs Louisa versah, standen sie wieder draußen. »Möchtest du noch ein Stück am Rhein spazieren gehen?«

Der Abend hatte Louisa völlig verwirrt. »Ich habe morgen einen anstrengenden Tag vor mir, ich denke, es wird Zeit für mich, nach Hause zu gehen.«

»Ich würde mich freuen, wenn wir uns wiedersehen, Louisa. Ein Abend ohne geschäftliche Fakten.«

Er verabschiedete sie mit Wangenküsschen, was sie sehr überraschte. Sie versprach, sich zu melden, und machte sich auf den Weg nach Hause.

Als sie dort eine Flasche Wein öffnete und sich ein großes Glas einschenkte, dachte sie, dass es mit Abstand das seltsamste Date ihres Lebens gewesen war.

Kapitel 28

Frankreich, September 1942

Madame Pirotte überraschte Carole, als sie sich im Garten ausruhte. Die Übelkeit war verschwunden, doch die Müdigkeit setzte ihr schwer zu. Mittlerweile war sie sich sicher, den Grund für ihren Zustand zu wissen. Alle Veränderungen ihres Körpers sprachen für eine Schwangerschaft. Hinter vorgehaltener Hand hatte sie von Frauen gehört, die unfreiwillig schwanger gewordenen Frauen halfen, das Kind zu verlieren. Hätte sie eine Adresse gewusst, wäre sie hingegangen, auch wenn auf Abtreibung hohe Strafen standen. Sie hatte ebenfalls gehört, dass es in den ersten Monaten der Schwangerschaft auch aus natürlichen Gründen zu Abbrüchen kommen konnte. Wütend und traurig zugleich hatte sie beschlossen, das Schicksal herauszufordern.

Doch egal, was sie unternommen hatte, dem Kind in ihr ging es gut. Es hatte die langen Märsche bergauf, bergab, das Treppensteigen und andere körperliche Aktivitäten gut überstanden. Mittlerweile spürte sie sogar, wenn es gegen die Bauchdecke strampelte. So wie gerade eben.

»Salut, Carole. Wie geht es dir heute?«

»Sehr gut, Madame Pirotte.«

Sie setzte sich neben Carole und schloss für einen Moment die Augen. »Bist du allein?«

»Ja. Papa ist in der Mairie, der Deutsche bei seinen Kameraden.«

»Du nennst ihn immer noch ›der Deutsche‹?«

»Ja, wie denn sonst?«

»Ich habe Nachricht bekommen, dass alles gut funktioniert hat. Alle Pakete sind ohne Verluste angekommen.«

Es dauerte einen Moment, bis Carole verstand, was ihre Nachbarin damit sagen wollte. »Oh, das ist wunderbar.« In den letzten Tagen hatte sie immer wieder an das Mädchen gedacht, das vor einigen Wochen im Keller in ihrem Verschlag allein hatte ausharren müssen. Dass ihre Familie und nun auch sie es nach England geschafft hatte, war ein gutes Omen. Carole nahm die Hand ihrer Freundin und drückte sie fest. »Ich freue mich, das ist wirklich großartig.«

Madame Pirotte zog ihre Hand weg und schaute Carole eindringlich an.

»Ich muss ernsthaft mit dir reden«, fuhr Madame Pirotte fort. »Deine Übelkeitsanfälle in den vergangenen Wochen haben mir Sorgen bereitet.«

»Die sind vorbei«, unterbrach Carole ihre Nachbarin.

»Wie schön«, antwortete Madame Pirotte. »Das passt. Mir ist aber auch aufgefallen, dass du ein wenig pausbäckiger geworden bist. Für eine überstandene Magen- und Darmerkrankung siehst du erstaunlich gut aus.«

Sie wusste es, dachte Carole, sagte aber nichts.

»Es ist nicht zu übersehen, dass du dir öfter an den Bauch fasst oder den Rücken streckst. Bei meiner Schwester habe ich das auch manchmal bemerkt. Immer, wenn sie schwanger war. Bist du schwanger?« Sie sah Carole nicht an. Sie stellte die Frage ganz beiläufig und schaute dabei in die Krone der Kastanie.

Wie konnte sie glauben, dass sie vor ihrer Nachbarin ein Geheimnis bewahren konnte? »Ist es so offensichtlich?«

»Nicht für jeden. Du trägst ein Kind von dem Deutschen in dir?«

Sollte sie widersprechen? Lange konnte sie ihren Zustand ohnehin nicht verheimlichen. Es gab kein Zurück, das wusste sie. »Ja«, sagte sie erst zögerlich, dann sprudelten die Worte immer schneller aus ihrem Mund.

Sie vertraute Madame Pirotte an, was passiert war, als sie mit dem Deutschen allein im Haus gewesen war. Erzählte von dem Gefühl der Zusammengehörigkeit, ihrer Einsamkeit, dem Ohnmachtsgefühl gegenüber den Veränderungen, die sich in ihr Leben schlichen und die sie akzeptieren musste.

»Wenn ich richtig gerechnet habe, bist du am Ende des vierten Monats. Man sieht dir bisher nichts an. Meine Schwester ist nicht wieder richtig auf die Füße gekommen nach ihrer Krankheit. Wir schicken dich zu ihr. Ich bin zu alt und schaffe es nicht mehr, mich um sie und ihren Nachwuchs zu kümmern. So werden wir argumentieren, damit es glaubwürdig ist. Du bringst das Kind bei ihr zur Welt. Und dann sehen wir weiter. Es gibt immer einen Weg.«

Madame Pirottes Stimme klang sachlich. Weder anklagend, noch erlösend, als würde sie sich jede Emotion verbieten. Carole fühlte sich nach ihrer Beichte erleichtert, doch die Schuldgefühle blieben.

»Aber, Madame, ich kann doch nicht einfach von hier weggehen, von Vater, von …«

Die alte Frau schaute an ihr vorbei in den Garten und ihr Blick blieb an dem großen Kastanienbaum hängen. »Er mag anders sein. Ich habe ihn auch als netten Mann kennengelernt. Aber das kann keine Zukunft haben, das weißt du? Wenn wir die Deutschen besiegen, ist er immer noch der Feind und das Kind ein Bastard. Was immer du auch geglaubt hast zu fühlen, was immer du dir erlaubt hast zu träumen: Es kann nicht funktionieren.«

Caroles Augen wurden feucht. Natürlich hatte ihre Nachbarin recht. Es konnte keine gemeinsame Zukunft geben. Sie beide hatten sich in den wenigen Nächten aneinandergeklammert wie zwei Ertrinkende, die nicht schwimmen konnten. Sie gaben sich gegenseitig Halt, zumindest in den gestohlenen Stunden hatte es funktioniert. Doch tief in sich wussten sie, dass sie dem Untergang geweiht waren, und hatten losgelassen. Seit einer kurzen Zeit gingen sie sich aus dem Weg. Carole konnte nicht mit ihm sprechen, ihn kaum anschauen, aus Angst, etwas Unüberlegtes zu tun. Sie hatten mehrmals eine Grenze überschritten, die sie nie hätten übertreten dürfen. Nun würde jeder für sich – allein – untergehen. Es war nicht die Zeit für Tagträumereien. Vielleicht im nächsten Leben.

Nur, sie war nicht mehr allein. Sie trug ein Kind in sich, die Verantwortung für ein anderes Leben lag in ihr.

»Madame Pirotte, ich danke Ihnen. Einfach dafür, dass Sie da sind, für Ihre Anwesenheit. Auch für Ihre Hilfe und Ihr Angebot. Wenn Sie sagen, dass ich gehen muss, dann werde ich gehen. Wir werden sehen, was passiert.«

Sie suchte ein Zeichen im Gesicht der alten Frau, ob sich mit der Beichte irgendetwas an ihren Gefühlen geändert hatte, doch sie sah nur die bekannte starre Mimik.

Carole stand auf und registrierte verwundert, wie Madame Pirotte sich ebenfalls erhob und einen Schritt auf sie zu machte. Die Umarmung der alten Frau kam völlig überraschend.

»Merci«, flüsterte Carole, und ihre Augen füllten sich mit Tränen. Sie hielten sich gegenseitig fest. Carole spürte verwundert, dass ihre Schulter feucht wurde. Sie löste sich behutsam aus der Umarmung, und noch bevor sie etwas sagen konnte, verabschiedete sich ihre Nachbarin und eilte zurück in ihr Haus. Aufgewühlt, dankbar und irritiert schaute Carole ihr hinterher.

Es war eine gute Option, die ihr Madame Pirotte in Aussicht gestellt hatte. Wahrscheinlich der beste Ausweg.

Sie traf Manfred inzwischen kaum noch. Immer öfter blieb er auch über Nacht bei seinen Kameraden, was sie sehr begrüßte. Tagsüber fiel es ihr leicht, in den normalen Alltagstrott zu fallen, wenn sie ihn nicht sah. Für ihren Schlaf war es ebenfalls besser, wenn er nachts nicht im Haus war. Die Vorstellung, dass er im gleichen Haus, nur ein paar Schritte entfernt, ebenfalls in seinem Bett lag, verfolgte sie bis in ihre Träume. Sie träumte von einem anderen Leben, vom Glück der Zweisamkeit, von einem Familienleben, nach dem sie sich so sehr sehnte und das sie seit dem Tod ihrer Mutter schmerzlich vermisste.

Sie erwachte häufig schweißgebadet, das Laken völlig zerknittert. Wie oft hatte sie sich gedreht und gewälzt, die Decke weggestrampelt, in der Gewissheit, dass diese nächtlichen Wunschvorstellungen niemals Wirklichkeit werden konnten.

Dann begannen die Zwiegespräche mit Gott. Sie zweifelte schon länger an dem Allmächtigen. Wie konnte er zulassen, dass Menschen Dinge wie das Erschießen und Ermorden Unschuldiger taten und ohne Schuld weiterlebten?

Wie konnte er zulassen, dass sie in dieser Zeit schwanger wurde? Das war ein schlechter Scherz. Vielleicht gab es doch mehrere Götter, wie die Griechen es glaubten, und die Menschen waren ihr Spielzeug. Was für ein grausames Spiel.

Es war zwei Uhr am Nachmittag und Carole lag auf dem Sofa. Sie war dankbar, dass sie allein war. Müde und verschwitzt strich sie sich mit sanften Bewegungen über ihren leicht gewölbten Bauch.

Müdigkeit und Erschöpfung nahmen zu und sie ruhte sich aus, wann immer es möglich war.

Sie schloss die Augen und träumte vor sich hin. Dabei dachte sie nicht an die Zukunft, sondern nur an das Hier und Jetzt. Alles, was über die nächsten Stunden hinausging, existierte für sie nicht. An nächste Woche, nächsten Monat zu denken, verbot sie sich.

Viel zu schnell konnte das Leben vorbei sein. Den Moment genießen, ganz bei sich zu sein, bedeutete für sie Glück. Ein momentanes, ein kurzes Glück. Immerhin.

Sie stellte sich das Kind in ihrem Innern vor. Wie es sich wohl anfühlte, nichts zu kennen, was einem Angst machen konnte. Unschuldig und unwissend.

Ein Klopfen riss sie aus ihren Gedanken. Leise und zaghaft. Erst dachte sie, sie hätte sich verhört. Doch es klopfte erneut. Dieses Mal fester. Dazu ein leiser Ruf. »Carole?«

Sie erschrak. Was wollte Manfred von ihr?

Das war nicht abgesprochen, nicht abgemacht. Sofort überfiel sie eine dunkle Ahnung. Alles, was vom Alltäglichen abwich, bedeutete nichts Gutes. Nicht in diesen Zeiten. Vorsichtig erhob sie sich, schlich zur Tür und öffnete.

Manfreds blaue Augen wirkten gehetzt, verwirrt.

»Was ist passiert?«, fragte sie.

»Darf ich kurz eintreten?«

Sie ließ ihn ein.

Er begann schnell und hektisch zu reden, schaute sie nicht dabei an. »Ich habe nicht viel Zeit. Ich muss mich verabschieden.«

»Ich verstehe nicht …«

»Ich werde versetzt, muss an die Front nach Osten. Russland ruft.«

»Aber –«, sie legte ihre Hand auf seinen Unterarm, »du hast doch gesagt, dass das den sicheren Tod bedeutet.«

Er nickte. Erst jetzt blickte er sie an, sah auf ihren Bauch. Hier in der sicheren Umgebung ihres Zimmers hatte sie auf die Schürze verzichtet, die sie normalerweise trug und die mit ihren Rüschen den Bauchansatz verdeckte.

»Du bist …« Er wechselte die Gesichtsfarbe, rang um Worte und trat einen Schritt zurück.

Er wich aus, bemerkte sie mit Entsetzen. Was sollte sie sagen? Jedes Wort war zu viel und gleichzeitig zu wenig, um alles zu erklären. Wie oft hatte sie in der letzten Zeit im Bett gelegen und gewünscht, sie könnte einfach an seine Tür klopfen und bei ihm Trost finden. Sich ihm in die Arme werfen und etwas Nähe spüren. Sie starrte ihn an, hin und her gerissen zwischen dem Wunsch, er würde sie fest in den Arm nehmen und an sich drücken und er würde sich einfach in Luft auflösen. Auf der Stelle verschwinden, damit sie nichts erklären müsste.

»Warum hast du nichts gesagt?« Sie sah seine Verwunderung, seine Trauer in den Augen, bemerkte, wie er den Kopf schüttelte. »Es tut mir leid.«

»Was tut dir leid?«, raunte sie.

»Alles. Dass ich dich allein lassen muss. Dass ich dich vielleicht nie wiedersehen werde. Dass ich mein Kind nie sehen werde.« Er setzte sich auf das Bett und verbarg sein Gesicht in den Händen. »All das tut mir unendlich leid.«

Sie sah seinen Schmerz. Jede Faser seines Körpers strahlte ihn aus. Sie dachte an seine weiße, kaum behaarte Brust, seine Muskeln, die sich angespannt hatten, als er sie in den Arm genommen hatte. An das Wohlgefühl, das sie empfunden hatte.

»Es gab nie eine Chance für uns«, flüsterte sie. »Wir hatten eine Ahnung von Glück, das wir hätten haben können. Es soll nicht sein.«

»Meine Liebe«, sagte Manfred nun. Er ergriff ihre Hände und fiel auf die Knie. »Ich muss fort, aber ich gebe dir mein Ehrenwort, dass ich dich heiraten würde, wäre es mir möglich. Ich würde für dich und das Kind sorgen. Ich würde sogar alles aufgeben. Mein Leben in Deutschland, meine Familie dort. Ich kann dir jetzt nichts geben. Außer dem Versprechen, dass ich auf mich aufpassen werde. Vielleicht ist Gott mit mir. Vielleicht werde ich Russland überleben. Es gibt stets ein wenig Hoffnung. Und wenn, dann komme ich zurück und werde immer bei dir sein.« Er schluckte. »Aber schreiben kann ich. Wenn mir etwas zustoßen sollte …« Er hielt einen Moment inne, als müsste er sich sammeln. »Ich werde meinen Cousin in Deutschland bitten, dich zu unterstützen, sich um dich und das Kind zu kümmern. Irgendwann wird dieser Krieg vorbei sein und wir werden uns wiedersehen.«

Carole hörte seine Worte, ohne sie zu verstehen. Was in ihrem Kopf hängen blieb, war, dass der Abschied da war. Wieder einmal war sie ohne Hoffnung auf die Zukunft.

Dieser Moment veränderte alles.

Manfred stand wieder auf. Er legte einen Arm auf ihre Hüfte und blickte sie fest an. »Dieses Versprechen gebe ich dir: Sollte ich zurückkehren, und ich werde alles tun, damit das passiert, dann werde ich dich heiraten. Wir werden ein kleines Haus besitzen mit einem Garten und einer Schaukel für unseren Sohn oder unsere Tochter. Wir werden glücklich sein.« Für einen Moment erschien ein Schatten auf seinem Gesicht. »Natürlich nur, wenn du mich überhaupt willst.«

Sie nahm seine Hände in die ihren und drückte sie, so fest sie konnte. Ihr Hals wurde eng, sie brachte kein Wort heraus. Manfred war der Mensch, den sie lieben könnte. In ihrer Vorstellung für immer. Wie lang *für immer* auch bedeutete.

Und sie spürte, dass auch er sie lieben würde. »Ja, ich will«, brachte sie schließlich unter Schluchzen hervor.

Von draußen drangen laute Stimmen herein, die Befehle klangen wie Hundebellen, die Trillerpfeifen passten dazu. Ihre Zeit lief ab. Sie prägte sich jede Falte, jede Linie, jede Sommersprosse, die sich auf seiner Nase tummelte, ein. Das Blau seiner Augen, die braunen Wimpern, die blonden Augenbrauen. Sein Gesicht hatte einen leicht bräunlichen

Farbton angenommen und wirkte fast golden. Ganz anders als sein übriger Körper, an den sie sich so gut erinnern konnte.

Das Brüllen wurde lauter. »Ziegler!«, hörte sie seinen Vorgesetzten.

Manfred erbleichte. »Es wird Zeit. Meine Sachen sind gepackt.« Plötzlich rannte er aus dem Zimmer und kam atemlos mit etwas in der Hand zurück, das einem Stück Papier ähnelte. »Mehr habe ich nicht, was ich dir in diesem Moment geben könnte. Aber ich mag die Vorstellung, dass du es in der Hand hältst und dabei an mich denkst. Leb wohl, meine Liebe. Au revoir.«

Er drehte sich abrupt um und verschwand aus ihrem Blickfeld. Sie hörte ein letztes Mal seine Schritte auf der Treppe, ein letztes Mal sein Öffnen und Schließen der Tür und ein letztes Mal das Knirschen seiner Stiefel im Kies vor dem Haus.

Sie hörte die Rufe und Befehle in deutscher Sprache, die sie nicht verstand, aber dennoch wusste, was sie bedeuteten. Die Motoren der Fahrzeuge starteten. Carole bewegte sich nicht, sie stand wie gelähmt vor Angst an der Stelle, an der sie vor wenigen Minuten ihre große Liebe gespürt hatte. Das Brummen entfernte sich, bis es völlig verstummte. Er war fort.

Geblieben war das Gefühl der Leere, des Alleinseins. Das Kind in ihr gab keine Hoffnung, ganz im Gegenteil: Es war zusätzlicher Ballast. Sie blickte auf das, was er ihr in die Hand gedrückt hatte. Ein Foto. Sie und Manfred in Amiens. Das Foto, das der Kamerad von ihnen gemacht hatte.

Die Tränen liefen ihre Wangen hinab. Sie hatte den Mann, den sie hätte lieben können, verloren. Aus Russland kam kaum jemand zurück, das hatten auch die Männer hinter vorgehaltener Hand auf der Straße getuschelt. Die deutsche Propaganda erzählte etwas anderes, doch sie logen, um die Moral aufrechtzuerhalten. Das Lügenmärchen vom unbesiegbaren deutschen Volk. Das hatten die Franzosen am Anfang des Krieges auch geglaubt. Keine Armee der Welt könnte Frankreich bezwingen, so hatten alle gedacht.

Guerre, Krieg, das deutsche Wort dafür hatte sie gelernt. Ein kurzes Wort in beiden Sprachen, das so viel in sich barg. Angst, Schrecken, Gewalt, Schmerz, Zerstörung, Verderben. Hungern. Sie verstand nicht viel von Politik, hatte keine Antwort auf die Frage, ob es das wert war. Was sie jedoch genau wusste, war, dass der Krieg alles, was Liebe bedeutete, vernichtete.

Kapitel 29

Düsseldorf, Mai 2023

Drei Wochen war es her, dass Louisa mit dem Verein über das Anfrageformular auf deren zweisprachiger Website Kontakt aufgenommen hatte. Ihre anfängliche Euphorie war herber Enttäuschung gewichen. Bis jetzt hatte sie noch nichts gehört. Zumindest eine Art Eingangsbestätigung hätte sie sich gewünscht. Einen Hinweis, dass man sich um ihr Anliegen kümmern werde, es aber eine Zeit dauern könne.

Sie hatte in der Nacht schlecht geschlafen, war dauernd aufgewacht, als sie von deutschen Soldaten und Kindern geträumt hatte. Sieben Uhr morgens war nicht ihre normale Zeit zum Aufstehen. Doch sie wertete die Träume in der Nacht als Zeichen, dass sie mit ihren Forschungen endlich weiterkommen würde. Umso enttäuschter war sie, dass der Posteingang leer blieb.

»Dann eben nicht!«, fluchte sie vor sich hin und erhob sich so abrupt, dass ihr Stuhl nach hinten kippte. Im letzten Moment konnte sie ihn festhalten, bevor er auf das Parkett fiel. Zumindest ihre Reflexe funktionierten, dachte sie.

Dennoch brauchte sie eine Dusche. Heiß und lang, um die düsteren Gedanken zu vertreiben. Das Schicksal der Wehrmachtskinder berührte sie mehr, als sie sich eingestehen wollte. Den Drang, mit ihrem Vater darüber zu sprechen, unterdrückte sie. Sie wollte abwarten, bis sie etwas Genaueres wusste. Spekulationen brachten niemanden weiter. Ihre Konversation belief sich auf das Organisatorische mit Jonas.

Sie hielt ihr Gesicht den Wasserstrahlen entgegen und genoss das prickelnde Gefühl auf der Haut. Langsam begann sie sich lebendiger und wohler zu fühlen, was auch an dem Versprechen des Duschgels lag: revitalisierend mit Granatapfelduft.

Ob sie noch eine E-Mail schicken sollte? Wer wusste schon, ob ihre erste Nachricht nicht im Spamordner gelandet war?

Ihre Gedanken kehrten wieder zu den Kriegskindern zurück. Es waren die Kinder, die keiner wollte, sie waren wie ihr Vater. Sie glaubte, wenn sie ihre Geschichten besser verstehen würde, würde sie auch ihn besser verstehen. Jonas' Zurechtweisung war auf fruchtbarem Boden gelandet. Sie spürte, dass ihr das wichtig war. Sie wollte ergründen, erfahren, verstehen. Nicht nur um seinetwillen, sondern auch um ihrer selbst willen. Diese Erkenntnis traf sie völlig unerwartet. Mit Mutters Tod und der Verantwortung für ihren Vater, die sie ungewollt übernommen hatte, war ihr Leben aus den gewohnten Schienen geraten. Das Wissen über den blinden Fleck in der Familiengeschichte setzte ihr mehr zu, als sie sich bisher hatte eingestehen wollen. Und sie hatte das Gefühl, würde sie das Rätsel lösen, wäre auch ihr Leben wieder normal. Wie eine komplizierte Wenn-dann-Funktion, die zum Ergebnis führte, wenn man sie richtig anwendete.

Mit einem Handtuchturban und einem Kaffee setzte sie sich erneut an den Laptop und kontrollierte ihr Bankkonto. Heute war Bürotag. Sie musste Rechnungen sortieren und abheften und begleichen. Und den säumigen Kunden auf die Füße treten.

Die Firma, für die sie die Telefonanlage eingesprochen hatte, hatte noch immer nicht überwiesen. Sie würde nachhaken müssen, dieses Mal telefonisch. Das war der Teil ihrer Selbstständigkeit, der ihr nicht lag. Mahnen, ihrem Geld hinterherlaufen, mit einem Anwalt drohen – Dinge, für die sie über ihren Schatten springen musste. Obwohl sie mittlerweile geübt darin war, ärgerte sie sich darüber. Sie konnte bei ihrem Bäcker auch kein Zahlungsziel vereinbaren. Es sollte doch eine Selbstverständlichkeit sein, seinen Verpflichtungen nachzukommen. Mittlerweile schlug die Kirchturmuhr achtmal, was sie für eine angemessene Uhrzeit für ein mahnendes Telefonat hielt. Sie machte sich einen neuen Kaffee, setzte sich wieder an ihren Schreibtisch und griff zum Telefon.

Ihr Instinkt trog sie nicht. »Guten Morgen, Louisa Ziegler am Apparat. Bin ich in der Buchhaltung?«

Sie trank einen Schluck und nickte befriedigt, als ihr eine freundliche Stimme das bestätigte.

»Genau. Es geht um die Rechnung, die Sie bis vorgestern bezahlen wollten.«

Aufmerksam lauschte sie den Erklärungen der Angestellten. »Tatsächlich? Schicken Sie mir den Beleg? Per E-Mail? Nicht dass ich Ihnen nicht traue, aber ich habe gleich einen Termin mit meinem Anwalt und …«

Es wirkte. »Herzlichen Dank und einen schönen Tag«, wünschte sie und grinste, als sie den Ton für eine eingehende Nachricht hörte. Der Absender war Frau Giezen aus der Buchhaltung. Und noch eine E-Mail befand sich im Eingangsordner, deren Absender ihr im ersten Moment nichts sagte.

»Sehr geehrte Frau Ziegler«, las sie, und ihr Herz schlug auf einmal etwas schneller, als sie erkannte, dass das die sehnlichst erwartete Antwort auf ihre Anfrage war.

Herr Moutain, wie sie erfuhr, hatte sich Zeit genommen und sehr viel geschrieben. Auf Deutsch, was Louisa besonders freute. Er bedankte sich für die Kontaktaufnahme und stellte sich zunächst vor.

> Ich stamme aus dem Elsass, dort habe ich auch meine Frau kennengelernt. Daher bin ich zweisprachig aufgewachsen.
>
> Meine Frau und mich verbindet ein ähnliches Schicksal. Sie ist die Tochter eines französischen Zwangsarbeiters und einer deutschen Zivilistin, mein Vater war ein zwangsrekrutierter Elsässer, der gegen die eigenen Landsleute kämpfen musste. Für die Deutschen war er Kanonenfutter, für die Franzosen ein Verräter. Dennoch hat sich eine französische Bäuerin in ihn verliebt, die meine Mutter wurde. Wir haben den Verein gegründet, weil wir wissen, wie sehr man nicht nur als Kind unter seiner Herkunft leiden kann. Viele Verhaltensmuster, die sich im Erwachsenenalter als negativ und sogar störend im Hinblick auf die Entwicklung entpuppen, haben ihren Ursprung in der Kindheit. Nicht zu wissen, wohin man gehört, keine Wurzeln zu haben, nicht geliebt zu werden.

Louisa atmete tief durch. Die Worte berührten sie so sehr, dass sie eine Pause brauchte. Sie ging ins Bad, um endlich ihren Turban zu entfernen, der ihr Kopfschmerzen verursachte. Oder lag es an den aufwühlenden Worten? Sie schob den Gedanken zur Seite.

Ihre Haare waren beinahe trocken, sie kämmte sie vor dem Spiegel durch. Immer wieder zog sie den Kamm durch ihre Haare und überlegte dabei, ob sie so viel Persönliches preisgegeben hatte, dass Monsieur Moutain derart emotional schrieb. Oder war es seine Art?

Das Herz auf der Zunge zu tragen war eine Eigenschaft, der sie nichts abgewinnen konnte. Menschen, die, kaum dass man sich begegnete, ihre komplette Lebensgeschichte erzählten, waren ihr völlig suspekt. Fremdschämen vorprogrammiert. Wen interessierte schon, dass die Mutter fremdgegangen oder der Opa ein Quartalssäufer war?

Sie wechselte endlich den Bademantel gegen Jeans und Pullover. Dann setzte sie sich wieder vor ihren Laptop.

> Liebe Frau Ziegler, wenn Sie Ihren Vater überzeugen könnten, seine Erfahrungen mit uns zu teilen, wäre das für unsere Mitglieder sehr hilfreich. Jede Geschichte hilft, das eigene Trauma zu verarbeiten. Und manchmal kommen dann doch noch Erinnerungen zutage, die man verloren glaubte.
>
> Ich weiß von Ihnen, dass der Soldat Manfred Ziegler in der Nähe von Amiens stationiert war. Wir werden unsere Suchmaschinerie anwerfen und uns wieder melden, sobald wir Informationen für Sie haben.
>
> Mit herzlichen Grüßen
> Xavier Moutain

Louisa stöhnte auf. Schon wieder warten! Wie sehr sie es hasste, zur Untätigkeit verdammt und abhängig von anderen zu sein. Es ging jedoch winzige Schritte nach vorne, nachdem sie schon geglaubt hatte, sie würde mit ihren Recherchen nicht weiterkommen. Aber immerhin, es lief in die richtige Richtung.

Sie überlegte, wie der Brief von Xavier Moutain auf ihren Vater wirken würde. Ihre Sorge um seinen Gesundheitszustand wuchs. So oft wie in letzter Zeit hatte sie sich nie Gedanken um ihn gemacht. Sie musste ihm unbedingt von diesem Verein erzählen. Von den Menschen, die Ähnliches erlebt hatten wie er. Eine Selbsthilfegruppe, die sich auf die Fahne geschrieben hatte, füreinander da zu sein.

In ihren Augen würde es ihrem Vater helfen. Sie war überzeugt, dass sein Schwächeanfall psychischer Natur gewesen war. Mit Gleichgesinnten darüber zu reden wäre der erste richtige Schritt. Sie sollte mit Jonas sprechen, doch nach dem peinlichen Erlebnis war sie ihm gegenüber gehemmt. Nicht nur, dass sie ihn attraktiv fand und abgeblitzt war, da war noch dieser Stachel in ihr, der sie pikste, wenn sie die Stimmung zwischen den beiden wahrnahm.

Jonas zu übergehen wäre riskant. Vaters schroffe Art konnte sehr verletzend sein, auch wenn sie mittlerweile glaubte, ihr Schutzpanzer wäre dick genug. Über die vielen Jahre war so viel zwischen ihnen unausgesprochen geblieben und hatte für Missverständnisse gesorgt. Auf beiden Seiten, wie sie wusste. Aber sie war dermaßen gefangen in ihrem inneren Disput mit ihm, dass sie ständig die gleichen Fehler beging. So sehr sie sich auch anfangs bemüht hatte, die richtigen Worte zu finden, vorherzusehen, wie er sie aufnahm und interpretierte – am Ende gab es Streit, knallende Türen und Geschrei. Ein Satz, eine Geste von ihm genügten, und sie war in ihrem gewohnten Gedankenkreislauf und reagierte pampig. Auf Knopfdruck. Das konnte ihr Vater perfekt. Knöpfe drücken. Er wusste, was und vor allem wie er Dinge sagen musste. Das Ergebnis waren Tränen, natürlich von Louisa, heimlich im Auto auf dem Weg nach Hause oder vor dem Einschlafen.

Jonas hatte recht. Wenn sie ihr Verhalten änderte, würde er mit seiner Taktik keinen Erfolg mehr haben. Es lag an ihr, diesen Kreislauf zu durchbrechen.

Zum ersten Mal ließ sie den Gedanken zu, dass ihr Vater vielleicht gar nicht anders konnte. Dass auch er sich einen Schutzpanzer aufgebaut hatte, Jahr für Jahr eine Schicht mehr, der nach den vielen Jahrzehnten seines Lebens so dick und undurchdringbar wie ein mittelalterlicher Schutzwall war.

Sie musste an das Versprechen denken, das sie ihrer Mutter gegeben hatte. Louisa war ehrlich genug, sich einzugestehen, dass sie die einfühlsame Art ihrer Mutter niemals besitzen würde. Es lag in ihrer Natur, anders zu sein. Sie konnte die alten Verletzungen nicht wie einen schmutzigen Mantel ablegen und einfach einen neuen überziehen. Ihr fiel der Nachmittag in der Suppenküche ein. Vielleicht konnte sie doch empathischer sein, als sie dachte. Sie würde es gerne wiederholen. Sie war dran, sich bei Rinse zu melden, doch davor scheute sie sich nach dem merkwürdigen Abendessen.

Selbst Troja war eingenommen worden, sprach sie sich Mut zu, dann sollte sie es auch irgendwie mit ihrem Vater schaffen. Es kam einfach auf die richtige Taktik an. Immerhin hatte sie einen Trumpf: Jonas, ihr trojanisches Pferd. Es galt nur, ihren Schatten zu überspringen.

Sie griff zum Telefon, atmete mehrmals hintereinander tief ein und aus. Sich zu erkundigen, wie es ihrem Vater ging, war legitim. Vielleicht ergab sich aber auch eine Gelegenheit, mit ihm über diesen Verein in Frankreich zu sprechen.

Sie erreichte niemanden. Seltsam, dachte sie und schaute noch einmal zur Uhr. Normalerweise war ihr Vater um diese Zeit stets zu Hause. Er war ein Gewohnheitstier und wich selten, eigentlich nie, von seinen Verhaltensweisen ab. Sie nahm erneut das Telefon zur Hand und lief unruhig hin und her, während sie die Wahlwiederholung drückte. Sie hörte das Freizeichen und wartete. Vergeblich. Was, wenn ihr Vater hingefallen war und sich ein Bein gebrochen hatte? Jonas war nicht verpflichtet, ständig um ihn zu sein. Auch er musste mal raus, ging einkaufen oder zum Sport. Die Bilder ließen sich nicht aus ihrem Kopf verbannen. Sie sah ihn auf dem Rücken liegend, bewegungslos, ein Bein seltsam verdreht. Dehydriert und kraftlos. Blutend. Je mehr sie darüber nachdachte, umso schlimmer wurden die Szenarien. Kopflos drehte sie sich ein paarmal im Kreis, bevor sie sich zwang innezuhalten.

Jonas hatte ein Handy, auf dem sie ihn immer erreichen konnte, wie er ihr versichert hatte.

Sie wählte die Nummer und war überrascht, dass er sofort abnahm. »Hallo, Louisa, was kann ich für dich tun?«

Er klang völlig entspannt. Im Hintergrund hörte sie Vögel zwitschern und Kinder lachen. Ein Verdacht keimte in ihr auf. Hatte ihr Vater sie einfach ignoriert und saß mit Jonas im Garten bei einem späten Frühstück? Sofort spürte sie wieder Eifersucht in sich aufsteigen.

»Ich kann meinen Vater nicht erreichen«, sagte sie. »Er geht nicht ans Telefon.«

Jonas lachte. »Kann er auch nicht. Er ist bei mir.«

»Was heißt das?«

»Wir sind im Südpark und sitzen gerade auf einer Bank und genießen die Sonne. Wir hatten Lust, an die frische Luft zu gehen und vor allem mal etwas anderes zu sehen als immer dieselben Bäume und Büsche.«

Sie hörte mit offenem Mund zu, unfähig, etwas zu erwidern.

»Es geht deinem Vater gut, warum denn auch nicht?«, fragte er. »Es ist ja alles gut geregelt. Du musst dir keine Sorgen machen, du hast doch mich.«

Louisa vernahm im Hintergrund Lachen und Gerede, erkannte die Stimme ihres Vaters. Er war es, der lachte. Machte er sich über sie lustig?

Eine unbändige Wut breitete sich in ihr aus. Wut auf sich selbst, weil sie nicht loslassen konnte. Weil sie sich verantwortlich fühlte und sich sorgte – und sich trotzdem nicht um ihren Vater kümmern konnte, kümmern wollte.

»Wenn du Sehnsucht nach ihm hast, dann komm doch heute Abend vorbei. Wir spielen. Ein Dritter ist immer herzlich willkommen.«

»Ihr spielt?«, brachte sie mühsam heraus. »Mein Vater spielt?«

»Ja, wir spielen Karten. Er liebt es. Wusstest du das nicht? Im Moment ist Mau-Mau angesagt. Wir haben aber auch schon gepokert und Einunddreißig gespielt. Skat kann ich leider nicht und dafür bräuchten wir definitiv eine dritte Person. Er ist ein harter Gegner und ein unfassbar schlechter Verlierer. Aber das muss ich sagen: Er bleibt immer fair. Schummeln liegt ihm nicht. Moment«, bat er und sie hörte, wie er mit ihrem Vater sprach. »Sie kann doch dazukommen, oder? Macht zu dritt mehr Spaß.«

Sie hielt den Atem an. Jonas fragte ihren Vater, ob sie beim Kartenspielen erwünscht sei. Und sie hörte zu, ob sie dabei sein durfte. Ihre Hand begann vor Anspannung zu zittern. Würde er Nein sagen? Eine Ablehnung würde sie unfassbar hart treffen, trotz allem.

Sie verstand die Antwort nicht, vielleicht hielt Jonas das Mikrofon zu, um ihr eine Demütigung zu ersparen.

»Gegen sechs Uhr?«, sagte er dann. »Früher geht nicht, wir wollen gleich noch ins Kino.«

»Kino?«, wiederholte sie irritiert, um sicherzustellen, dass sie sich nicht verhört hatte. Zu abstrus kam es ihr vor, dass ihr Vater ins Kino ging und Karten spielte.

Dinge, die sie noch nie mit ihm gemacht hatte.

Dinge, die sie als Kind gerne mit ihm erlebt hätte.

»Ja, klar«, antwortete Jonas, als wäre es das Natürlichste der Welt.

»Ich bin um sechs Uhr da.« Kaum hatte sie es gesagt, legte sie auf. Die Neuigkeiten musste sie erst einmal verdauen.

Jonas hatte eine Beziehung zu ihrem Vater innerhalb weniger Wochen aufbauen können, für die ihr ganzes bisheriges Leben nicht gereicht hatte. Sie hatte geglaubt, ihr Vater wäre zu so etwas nicht fähig. Nun stellte sie fest, dass es einzig und allein an ihr lag. Das ganze Dilemma, die Entfremdung, die Enttäuschungen – all das war ihre Schuld.

Sie war die Barriere, die Störung, das Hindernis an einer guten Vater-Tochter-Beziehung. Etwas an ihr war nicht kompatibel mit ihm. Sie war zu kompliziert, zu nachtragend, zu empfindlich. Es musste jemand wie Jonas kommen, der ihren Vater zu einem glücklicheren Menschen machte.

Eine Erkenntnis, die sie bis ins Mark traf und ihr körperlich wehtat. In ihrem Hinterkopf pochte ein heftiger Kopfschmerz, der am Nacken begann und bis zur Stirn schlich. Langsam und unnachgiebig. Doch um nichts in der Welt wollte sie den Abend verpassen.

Kapitel 30

Frankreich, Januar 1943

Caroles Schwangerschaft verlief planmäßig, wenn sie Madame Pirotte glauben konnte. Ihr war nicht mehr übel, die ständige Müdigkeit ließ langsam nach und Heißhunger auf absurde Kombinationen hatte sie noch immer nicht. Ihr Bauch ließ sich zum Glück gut mit Kleidung kaschieren und war nicht besonders auffällig. Sie wischte gerade den Küchenboden, als ihr Vater in den Türrahmen trat. »Kommandant Koch kommt zum Abendessen.«

Carole verdrehte die Augen. »Und was, bitte, soll ich ihm anbieten? Suppe?«

»Warum nicht. Er soll ruhig spüren, dass wir genauso wie alle verzichten. Wir könnten ein Huhn schlachten. Wenn wir eins hätten.«

Sie schaute ihren Vater an. Er vernachlässigte sich und ließ sich immer mehr gehen. Sie schämte sich für sein Aussehen. Er hatte in den letzten Monaten zugenommen. Aber nicht an Muskelmasse, sondern er wirkte aufgedunsen und aufgebläht. Er war ein Mann, dem man ansah, dass er zu viel Alkohol trank und zu wenig schlief. Ein Mann, dem nichts mehr wichtig war, einer, der seinen Glauben an sich verloren hatte. Das war ihr Vater und der Bürgermeister der Gemeinde Les Prés. Doch niemand schaute mehr zu ihm auf, niemand nahm ihn ernst. Er war eine Marionette der Deutschen geworden. Carole vermutete, er trank so viel, weil er wusste, was man von ihm dachte, und weil er nichts dagegen tun konnte.

Wäre Maman nicht gestorben, hätte er sich selbst unter der deutschen Besatzung nicht so entwickelt. Davon war Carole überzeugt. Alles wäre anders geworden. Besser, liebevoller. Vielleicht hätte sich auch Carole nicht so verändert.

Es war müßig, sich darüber Gedanken zu machen, wie etwas gelaufen wäre, wären bestimmte Ereignisse nicht eingetreten.

Sie rief sich zurück ins Hier und Jetzt. Ihr Vater verließ den Raum und Carole ging hinüber zu ihrer Nachbarin. »Madame Pirotte, ich habe ein Problem.«

»Ich hoffe sehr, dass es nur eins ist«, antwortete sie mit einem langen Blick auf ihre Körpermitte.

»Ihr Humor hat nachgelassen, Madame. Das ist ein schlechter Scherz.«

»Was brauchst du?«

Sie erzählte, dass sie ein Essen für ihren Vater und den Kommandanten für den Abend zubereiten sollte und weder eine Idee noch viele Zutaten hatte.

Madame Pirotte redete nicht viel, verkniff sich auch die Bemerkung, was für eine dumme Idee das war, und schaute stattdessen in ihre Vorräte. »Suppe mit Einlage. Ein Schinken, etwas Käse. Mehl. Daraus lässt sich doch etwas zaubern. Gibt es einen besonderen Grund für den Besuch?«

»Nein, soweit ich weiß nicht. Aber ich denke, es kann nicht schaden, ihn für sich einzunehmen.«

»Du könntest die Gelegenheit nutzen, ihm von meiner Schwester und ihrer Hilfsbedürftigkeit zu erzählen. Ich denke, es wird Zeit.« Dabei blickte sie erneut auf Caroles Bauch.

»Ich werde sehen, dass ich das anspreche. Mein Vater muss es ja ebenfalls erfahren«, antwortete Carole und errötete dabei.

Kommandant Koch, der Neue, war zwar ein harter Hund und fanatischer Hitler-Verehrer, zeigte aber beim Abendessen eine ganz andere Seite von sich. Auch verfügte er über bessere Manieren, vor allem bessere Tischmanieren als der vorherige, wie Carole während des Essens feststellte.

»Ein feines Mahl, Mademoiselle Carole«, sagte er, als er die Serviette auf den Tisch legte. »Mein Kompliment. Aber Sie haben kaum etwas gegessen. Ist Ihnen nicht gut?«

Sie erschrak, als sie seinen Blick auf sich spürte. Ahnte er, was mit ihr los war?

»Non, non«, widersprach sie. »Es ist alles in Ordnung mit mir. Wenn man kocht, bleibt nicht viel Hunger übrig. Sie wissen, das ständige Probieren.« Sie lachte verlegen. »Es sollte ja etwas Besonderes werden.«

»Etwas Besonderes ist es auf jeden Fall geworden. Es liegt aber nicht nur an Ihren Kochkünsten. Auch Ihr Haus hat einen ganz eigenen Charme. Und dieser Raum besticht durch seine besonders behagliche Einrichtung.« Er ließ seinen Blick durch das Esszimmer wandern und blieb an den Fotos hängen. »Ihre Mutter? Eine sehr schöne Frau«, sagte er und wandte sich Carole wieder zu. »Sie haben mir hoffentlich die Hausdurchsuchung verziehen? Wir haben in Deutschland ein Sprichwort: Dienst ist Dienst und Schnaps ist Schnaps.«

»Ich verstehe«, erwiderte Carole und sprach weiter, ohne auf die Durchsuchung einzugehen. »Wir nutzen dieses Zimmer im täglichen Leben nicht, nur für besondere Anlässe. Es ist noch immer so, wie es meine Mutter gestaltet hat. Wir haben nichts verändert.« Sie blickte auf die helle Leinentischdecke und die passenden Servietten, die noch zur Aussteuer ihrer Mutter gehörten und in einer großen Kiste im Schlafzimmer aufbewahrt wurden.

Koch nickte anerkennend. »Man sagte mir, dass unser einquartierter Soldat hier ebenfalls sehr zufrieden war.« Die Erwähnung Manfreds traf sie unvorbereitet. Für einen winzigen Augenblick schrak sie zusammen. Wie sehr sie ihn vermisste, es schmerzte beinahe körperlich. Ihr Vater ergriff das Wort und Koch wurde abgelenkt.

»Ein ordentlicher deutscher Soldat. Sehr gut erzogen, man hat ihn kaum bemerkt.«

Würde sich Manfred über dieses Lob freuen, fragte sie sich.

»Würden Sie einem meiner Männer erneut ein Zimmer zur Verfügung stellen? Aktuell ist kein Bedarf, es sind alle gut untergekommen, aber man weiß ja nie …«

Sein Lachen gefiel Carole überhaupt nicht und ihr wurde bewusst, dass sie mit keinem anderen fremden Soldaten unter einem Dach wohnen wollte. Das war ein Ding der Unmöglichkeit.

Sie stand auf und räumte das Geschirr in die Küche, um mit dem Abwasch zu beginnen. Dabei fiel ihr die Reise zu Madame Pirottes Schwester ein. Sie sollte handeln, bevor sich die Männer in Papas Arbeitszimmer zurückzogen, um wichtige Angelegenheiten zu besprechen und dabei zu rauchen und ein Glas Cognac oder auch zwei zu trinken.

»Madame Pirottes Schwester ist krank, Papa«, sagte sie, als sie ins Esszimmer zurückkehrte.

»Ach ja? Sie hat doch so viele Kinder, oder?«

»Du erinnerst dich richtig. Vier. Es ist schwierig für sie. Madame Pirotte möchte sie unterstützen, aber sie ist ja selbst nicht mehr die Jüngste. Ich würde sie gerne begleiten, um mir ein Bild zu machen. Notfalls bleibe ich eine Weile dort, denn vier Kinder zu versorgen ist harte Arbeit. Alles ohne Mann, er ist ja in Deutschland.« Sie lachte etwas zu laut, hoffte, dass ihre Stimme nicht verriet, wie aufgeregt sie war. Bei einem Widerspruch wüsste sie nicht, was sie tun sollte.

»Er arbeitet in Deutschland?«, wunderte sich der Kommandant.

Ihr Vater antwortete für sie. »Ja, für die Reichsbahn in Berlin, im Zuge der Organisation Relève.«

»Was für ein Vorbild«, lobte Koch. »Und wer ist Madame Pirotte?«

»Unsere Nachbarin. Sie hat uns immer zur Seite gestanden. Vor allem, als Maman starb. Sie lebt allein und ich denke, es ist ihr ein Bedürfnis zu helfen. Sie hat nicht viel Abwechslung.«

»In der Tat werde ich in den nächsten Wochen die Dienste Ihres Vaters sehr beanspruchen. Es geht um den Arbeitsdienst. Wir brauchen noch mehr Franzosen, die uns unterstützen.« Sein Lachen war widerlich. Er nickte ihrem Vater wohlwollend zu.

Endlich sagte er auch etwas. »Wie lange, glaubst du, bist du fort?«

»Bis sie die Kinder wieder selbst versorgen kann. Madame Pirotte kehrt schnell zu dir zurück und ich bleibe so lange dort, wie es nötig ist.«

Er brummte zustimmend, sah sie jedoch nicht an. Sein Blick klebte an dem Kommandanten.

»Wenn Sie morgen in die Kommandantur kommen, werde ich Ihnen und Ihrer Nachbarin sicherheitshalber einen Passierschein ausstellen. Er ist unbegrenzt gültig. Wann immer Sie fahren möchten, können Sie los. Ein kleines Dankeschön für diese Einladung und das wunderbare Essen. Selbstverständlich können Sie meinen Wagen und Fahrer bis Amiens haben. Wie heißt der Ort, wohin Sie müssen?«

Carole hörte ihren Herzschlag in den Ohren hämmern. »Blancfossé. Eine kleine Gemeinde auf der Hochfläche des Plateau Picard, ungefähr dreißig Kilometer von hier.«

»Kein Problem.« Er schlug mit der Hand auf den Tisch. »So, Monsieur Renoir, aber jetzt kommen wir zu unseren Angelegenheiten.« Er stand auf. »Können wir uns zurückziehen?«

»Selbstverständlich. In mein Arbeitszimmer. Dort steht auch noch eine gute Flasche.« Er zwinkerte mit dem linken Auge.

»Mademoiselle Carole, es war mir ein Vergnügen«, sagte Koch und verbeugte sich vor ihr. »Ich erwarte Sie dann morgen.«

Carole atmete langsam aus. Das war leichter gewesen als erwartet. Von einer großen Sorge befreit sah sie den Männern nach, wie sie im Nebenraum verschwanden. Sie konnte ihr Glück kaum fassen, dass ihr Reisewunsch ohne Widrigkeiten akzeptiert worden war.

Aber eine andere Erkenntnis war unübersehbar. Ihr Vater hatte nichts mehr zu sagen. Der Kommandant hatte nicht einmal so getan, als hätte er noch irgendeine Befugnis. Er war eine Marionette geworden, sein Amt Makulatur. Selbstständig durfte er keine Entscheidungen mehr treffen, setzte nur noch seine Unterschrift unter ein Schreiben oder eine Reiseerlaubnis. Selbst ihren Wunsch, von hier fortzugehen, hatte er mit keinem Wort kommentiert.

Sie erledigte die Hausarbeit in Windeseile und lief dann ins Nachbarhaus. Sie klopfte an der Tür in der vereinbarten Kombination, viermal kurz, zweimal lang hintereinander, damit Madame Pirotte wusste, dass sie es war.

Die Tür öffnete sich so schnell, als hätte sie hinter der Tür auf sie gewartet.

»Wie ist es gelaufen?«

»Wunderbar. Bestens. Morgen bekomme ich für uns den Passagierschein und dann können wir zu Ihrer Schwester reisen. Wann können Sie los?«

»Ende der Woche? Freitag? Dann bleiben uns drei Tage zum Packen und Vorbereiten.«

Mit klopfendem Herzen ging Carole gemeinsam mit Madame Pirotte am nächsten Tag zum Büro des Kommandanten, um die Passierscheine abzuholen. Auch wenn der Mann am gestrigen Abend kompetent und ehrlich gewirkt hatte, blieben Zweifel, ob es wirklich so einfach sein würde. Tief in ihrem Innern misstraute sie den Besatzern. Zu oft hatten sie Entscheidungen rückgängig gemacht, Erlaubnisse widerrufen und von jetzt auf gleich Gesetze anders interpretiert. Ehrenvolle Deutsche suchte man vergeblich. Der Führer machte es vor: Täuschen, Lügen und Ignorieren von Nichtangriffspakten. Umso mehr freute sich Carole mit ihren Landsleuten über Rommels Niederlage in Afrika. Auch wenn Koch noch am Abend zu ihrem Vater gesagt hatte, dass sie das Ruder herumreißen würden.

Doch ihre Befürchtungen und Bedenken erwiesen sich als nichtig. Sie wurden ins Büro eingelassen, der Kommandant war höflich, aber nicht zudringlich, gab ihnen die Reisepapiere und wünschte eine gute Fahrt. »Der Fahrer steht Ihnen am Freitag gegen zehn Uhr früh zur Verfügung und chauffiert Sie nach Amiens. Au revoir.« Ein kurzes Nicken und schon standen sie wieder auf der Straße.

Sie schauten sich an und lächelten. »Wer hätte gedacht, dass es so einfach wird«, freute sich Madame Pirotte.

»So richtig glauben werde ich es erst, wenn wir bei Ihrer Schwester sind. Aber ich wünschte, das wäre meine einzige Sorge. Wie soll das alles nur werden, Madame? Was passiert mit dem Kind?«

Carole flüsterte den letzten Satz. Das Kind. Sie nannte es immer das Kind. Jeden Gedanken, ob es ein Junge oder Mädchen sein könnte, verbot sie sich. Nur auf ihre Träume hatte sie keinen Einfluss. Dahinein drangen Bilder von Manfred, wie er ein Kind auf dem Schoß hielt und es schaukelte. Dazu sang er ein Kinderlied mit seiner warmen, einfühlsamen Stimme. Die Traumbilder waren so real, dass sie beim Aufwachen einen

Moment brauchte, um in der Realität anzukommen. Es kostete Kraft, das Wissen um Manfred an der russischen Front. Das waren die anderen Träume, aus denen sie weinend erwachte. Manfred blutüberströmt im Schützengraben, frierend, von einer Gewehrsalve oder Granate getroffen. Fehlende, erfrorene Gliedmaßen. Es war eiskalt in Russland, hatte sie gehört. Die Kleidung zu dünn, die Versorgungslage katastrophal. Die Deutschen kämpften nicht nur gegen den Feind, sondern auch gegen den Winter. Carole stellte sich vor, wie er ihr Foto in der Hand hielt, und spürte, wie er an sie dachte. Sie sah ihn in seiner Uniform im Schnee liegen, Blut um ihn herum. Sah seine offenen, toten Augen und fühlte einen unendlichen Schmerz. War es eine Vorahnung, eine Prophezeiung? Oder war er bereits tot? Sie ertrug die Bilder nicht, fürchtete sich vor dem Einschlafen und las bis tief in die Nacht, um sich abzulenken. Natürlich fielen ihr irgendwann doch die Augen zu, so sehr sie sich auch wehrte, und die Bilder von ihrem toten Geliebten tauchten wieder auf. Sie glaubte nicht daran, dass er lebend von der russischen Front zu ihr zurückkommen würde. Ihr Verstand verbot ihr den Gedanken. Sie erstickte jeden Versuch ihres Unterbewusstseins im Keim und nahm die Realität an. Doch tief in ihr, ganz verborgen unter der Vernunft, hatte sich ein Funken Hoffnung eingenistet, der nicht komplett verstummte.

Madame Pirottes Pragmatismus riss sie aus ihren Fantasien.

»Einen Schritt nach dem anderen. Ich denke, so werden wir das Kind schon schaukeln.« Sie lächelte.

Carole konnte nicht anders, als zurückzulächeln, und spürte eine tiefe Zuneigung zu der alten Frau. Ihre Zuversicht und ihr Mut verdrängten Caroles dunkle Ahnungen und Befürchtungen. Mit ihr würde sie das, was vor ihr lag, schaffen. Sie trug ein Kind unter ihrem Herzen, von einem Mann, den sie liebte. Alles würde gut.

Zurück in ihrem Zimmer dachte sie zum ersten Mal an die bevorstehende Geburt. Die vielen Schauergeschichten von unerträglichen Schmerzen, die sich Frauen erzählten, wenn sie unter sich waren, machten ihr Angst. Madame Pirotte konnte wenig dazu sagen, aber ihre Schwester war erfahren in diesen Dingen und würde Carole beistehen. An diese Hoffnung klammerte sie sich.

Ansonsten gab es so viele Fragen, so viele Dinge, auf die sie keinen Einfluss hatte. Sie fühlte sich wie ein Rädchen im Getriebe, winzig klein und unscheinbar. Eine Momentaufnahme in der Geschichte, die ihren Lauf nahm. Ob mit ihr oder ohne sie. Doch auch das kleinste Schräubchen konnte ein riesiges Getriebe zum Aufgeben zwingen.

Vielleicht würde ihr Kind der Mensch sein, der etwas Bahnbrechendes für die Menschheit erfand. Vielleicht würde ihr Kind, das sich so standhaft gegen ihre Versuche, es zu verlieren, gewehrt hatte, auch den Mut aufbringen, in seinem Leben etwas zu verändern. Mit diesen Gedanken nahmen plötzlich Unruhe und Angst ab. Genau, dachte sie, es konnte sein, dass ihr Kind wichtig für die Menschheit wurde. Und sie war der Ursprung. Die kaum über die Grenzen von Les Prés hinaus bekannte Mademoiselle Carole Renoir war ein winzig kleines Teil in der Geschichte und konnte etwas dazu beitragen, diese zu verändern.

So aberwitzig war die Vorstellung, dass sie laut auflachte. Es war kein fröhliches Lachen, eher ein kurzer Aufschrei, der sich einen Weg bahnte und in einem hysterischen Kichern endete.

Kalter Schweiß legte sich auf ihre Haut, und allmählich begann das Kichern abzuebben, wurde von Sekunde zu Sekunde weniger, bis sie endlich wieder zu Atem kam. Völlig erschöpft stand sie im Raum, leicht nach vorne gebeugt. Die Erkenntnis traf sie komplett unvorbereitet: Sie wurde verrückt. Hysterisches Lachen war das erste Anzeichen. Sie drehte durch, die Schwangerschaft benebelte ihre Sinne. Hysterie gepaart mit größenwahnsinnigen Gedanken, das konnte sie niemals jemandem anvertrauen. Selbst Madame Pirotte würde an ihrem Verstand zweifeln, der einzige Mensch, der ihr noch beistand.

Aber ihr Leben enthielt so viele Heimlichkeiten und Geheimnisse, dass es auf ein paar mehr auch nicht ankam.

Kapitel 31

Düsseldorf, Mai 2023

Dank dreier Aspirintabletten waren zumindest die Kopfschmerzen verschwunden. Louisa gestand sich ein, dass sie nervös war. Lag es an ihrem Vater, an Jonas oder an den allgemeinen Umständen? Ihre Situation war völlig absurd: Endlich musste sie sich nicht mehr um ihren Vater sorgen; er war gut betreut und versorgt. Alles lief bestens, doch ihr ging es keinen Deut besser als zuvor. Sie schlief nach wie vor schlecht ein, und wenn sie schließlich eingeschlafen war, schreckte sie stündlich auf. Sie konnte sich nicht erinnern, wann sie sich das letzte Mal ins Bett gelegt hatte und erst am Morgen aufgewacht war.

Und nun stand sie vor der Tür ihres Elternhauses und ihr Herzschlag pochte wie bei einem Teenager bei seiner ersten Verabredung. Ihre Finger zitterten, als sie die Klingel betätigte und wartete, dass man ihr öffnete.

Es dauerte ungewöhnlich lange. Nach einer ganzen Weile tauchte Jonas' Schatten hinter dem dicken Glas in der Tür auf. »Hereinspaziert«, rief er gut gelaunt und ließ sie eintreten.

»Guten Abend«, erwiderte sie. Wie steif und offiziell sie klang. Als wäre dieser Ort nicht jahrelang ihr Zuhause gewesen.

»Wie war es im Kino? Was für einen Film gab es denn?« Sie dachte an die Blockbuster-Filme in den Sälen der großen Kinoketten, an Action und Dolby Surround. Ihr Vater wollte nicht in das Bild passen.

»Komm erst einmal rein und häng deinen Mantel auf. Es war ein toller Tag. Ich liebe die Filmkunst-Kinos. Dort gibt es intellektuelle Unterhaltung für Herz und Kopf. Kein plattes Haudrauf-Format. Deinem Vater hat's gefallen, auch wenn es völliges Neuland für ihn war. Du erzählst mir jetzt aber nicht, dass es auch für dich uninteressant ist, oder? Denn es ist wirklich empfehlenswert.«

Seine Worte sorgten für einen erneuten Stich ins Herz, denn ihr fiel spontan niemand ein, mit dem sie ins Kino gehen könnte. Das behielt sie jedoch für sich. »Im Bambi? In der Innenstadt?« Es war das einzige Kino, das sie kannte, das keiner amerikanischen Kette angehörte. Besucht hatte sie es noch nie, aber auch das würde sie niemals freiwillig zugeben.

»Nein, da läuft ein anderer Film. Wir waren im Cinema. Französische Woche. Den Humor der neueren französischen Filme mag ich sehr. Feinsinnig, dennoch humorvoll. Dein Vater hat herzhaft gelacht.«

Sie schüttelte unmerklich den Kopf, bemühte sich jedoch, sich ihre Irritation nicht anmerken zu lassen. Die Informationen musste sie erst mal verdauen: Ihr Vater spazierte im Park, er ging ins Kino und amüsierte sich, außerdem spielte er Karten. Dinge, die sie nie in ihrem Leben mit ihm in Verbindung gebracht hätte. Dinge, die er nie mit ihr gemacht hatte.

Auf einen Menschen wie Jonas schien ihr Vater gewartet zu haben. Was sagte das über sie selbst aus? Über ihre Beziehung zu ihm? Es tat weh, und die Erkenntnis, dass sie all die Jahre gegen den Mann gekämpft hatte, um – wie sie jetzt schmerzhaft bemerkte – im Grunde nur seine Zuneigung zu erhalten, bereitete ihr beinahe Übelkeit. Ein bitterer Geschmack bildete sich in ihrem Mund und sie schluckte mehrmals hintereinander, um ihn zu verscheuchen.

»Was ist los mit dir? Du siehst erschöpft aus. Ein langer Tag?«

Sie nickte. »Ja, der Bürokram war dran. In meinen Augen die Schattenseite der Selbstständigkeit. Aber ich kann es mir nicht leisten, dafür jemanden einzustellen. Letztendlich müsste ich trotzdem alles kontrollieren.« Louisa versuchte ein Lächeln, obwohl ihr zum Heulen war.

»Wir bringen dich schon auf andere Gedanken. Das wird lustig.«

Hätte ihr jemand vor drei Monaten gesagt, dass ein Abend mit ihrem Vater lustig werden könnte, hätte sie die Person für verrückt erklärt. Sie trat ins Wohnzimmer, ihr Vater saß bereits am Tisch und mischte Karten. Er summte dabei eine Melodie, die sie zunächst nicht erkannte.

»Guten Abend«, grüßte Louisa in den Raum. Sie konnte ihn nicht direkt anschauen.

»Wurde auch Zeit, wir sind spät dran«, entgegnete er ohne Gruß. »Jonas und ich beginnen immer um Punkt sechs.«

Sie wollte sich gerade erklären, doch im letzten Moment sah sie Jonas' Kopfschütteln.

Sie folgte seiner Regieanweisung. Nichts anderes war es, wie ihr augenblicklich klar wurde: Sie war Statist in einem Film. Es war surreal, hatte nichts mit den Erlebnissen ihrer Kindheit zu tun. Der Mann, der immer noch wie ihr Vater aussah, verhielt sich wie ein anderer Mensch. Als hätte er eine Gehirnwäsche erlebt. Sie reagierte nicht auf seine Provokation, nahm Platz und beschloss, unvoreingenommen mitzuspielen.

Als fünf Spielkarten vor ihr lagen, nahm sie sie auf und blickte in die Runde. »Mau-Mau?«

»Ja«, antwortete Jonas. »Ich erklär noch mal kurz die Regeln: Gespielt wird im Uhrzeigersinn, bei einer Sieben muss der Nächste zwei Karten vom Stock ziehen. Es sei denn, er hat auch eine Sieben, dann muss der Nächste vier zusätzliche Karten nehmen. Eine Acht bedeutet, der Nächste muss aussetzen. Gelegt werden muss entweder die Farbe oder der Kartenwert. Also Zehn auf Zehn, Dame auf Dame, egal, ob Kreuz, Pik, Karo oder Herz. Mit einem Buben darf man sich die Farbe wünschen.«

»Mit Farbe ist im Übrigen nicht Rot oder Schwarz gemeint, sondern Herz, Kreuz, Pik oder Karo«, meldete sich ihr Vater zu Wort, ohne jemanden anzuschauen. Louisa war klar, dass er sie gemeint hatte, und spürte, wie sie errötete. Was für ein böser alter Giftzwerg er doch war.

»Ich bin doch nicht dement, Heinrich«, frotzelte Jonas und nahm der Situation damit die Schärfe.

Louisa lächelte ihn dankbar an. »Los geht's«, sagte sie tapfer.

Wider Erwarten verlief das Spiel völlig harmonisch. Jonas hatte ihren Vater als einen schlechten Verlierer bezeichnet, doch selbst als der sechs zusätzliche Karten ziehen musste und zweimal hintereinander verlor, verging ihm nicht die gute Laune.

Die Rollen waren vertauscht: Jonas war der perfekte Gastgeber. Er stellte Knabbereien auf den Tisch, sorgte für Getränke und dafür, dass die Gläser nicht leer wurden. Wasser und Apfelschorle für sie, Altbier für die Männer.

Ihr Vater wirkte gelöst und entspannt, fast so wie früher, als Mutter noch gelebt hatte. Die Stimmung war gut. Nachdem sie ein weiteres Spiel beendet hatten, hielt sie den Augenblick für gekommen, von ihrer Recherche und dem Kontakt mit dem französischen Verein zu erzählen.

»Ich habe Neuigkeiten«, fing sie vorsichtig an. »Im Internet habe ich einen Verein gefunden, in dem sich sogenannte Kriegskinder zusammentun, um über ihre Erfahrungen und Erlebnisse zu reden und sich auszutauschen. Sie helfen auch bei der Suche nach den leiblichen Eltern. Meist sind es die Väter, die verschw…«

»Ich wusste gar nicht, dass du ein Kriegskind bist«, unterbrach Vater mit schneidender Stimme ihre Erzählung, trank einen Schluck Bier und blickte stur an ihr vorbei.

Sie stockte, nahm all ihren Mut zusammen, um ruhig zu widersprechen. Lass dich nicht provozieren, mahnte sie sich. »Aber ein Kriegsenkelkind. Die Vergangenheit beschränkt sich nicht nur auf eine Generation.« Sie lehnte sich zurück und verschränkte die Arme. Dabei sah sie ihn unbeirrt an. »Ich muss das tun. Ich will wissen, wo meine Wurzeln sind.«

»Es geht also gar nicht um mich?«, bemerkte er beiläufig, wobei jedes Wort wie eine Anklage klang.

»Nein«, antwortete sie. »Es geht um mich. Es ist mein Leben, ich will es wissen, und es hat ausnahmsweise nichts mit dir zu tun. Es geht um mein Seelenheil, um meine Neugier, meine Vergangenheit. Du hast deinen Frieden scheinbar gemacht.«

»Was willst du dann hier?«

Sie spürte, wie sie erbleichte. Gute Frage, dachte sie, was wollte sie eigentlich hier? »Ganz ehrlich? Ich hatte auf eine Annäherung gehofft. Dass uns das Lüften deiner Vergangenheit näher zusammenbringt.« Sie erhob sich. »Das war mein letzter Versuch. Danke, Jonas, ich finde allein hinaus. Ich bin hier aufgewachsen und die Türen habt ihr ja noch nicht versetzt.«

Wie ferngesteuert setzte sie einen Fuß vor den anderen. Ins Wohnzimmer, in den Flur. Nahm ihren Mantel vom Garderobenhaken. Sie hatte nicht gemerkt, dass Jonas ihr gefolgt war, und zuckte zusammen, als er sie ansprach.

»Familie ist oft schwierig. Missverständnisse kommen überall vor. Andere Erwartungen, andere Wünsche. Während die einen vergessen, alles Vergangene hinter sich lassen und nur im Hier und Jetzt sein wollen, gehen die Neugierigen allem auf den Grund, erforschen jedes Detail. Das kann wehtun und nicht jeder ist bereit dafür. Die Folgen sind nicht absehbar, machen Angst. Das, was man kennt, ist vertraut, damit kann man umgehen. Ich möchte deinen Vater nicht verteidigen. Wie er dich behandelt, gefällt mir ganz und gar nicht. Aber ich versuche zu verstehen.«

Louisa schnaubte, als sie in ihren Mantel schlüpfte.

»Wenn er einsam in seinem Sessel am Fenster sitzt und in den Garten schaut, sehe ich nicht einen alten Mann vor mir, sondern einen kleinen, bis in die Tiefe seiner Seele verletzten Jungen.« Er berührte sie sanft am Arm. »Vielleicht hilft dir dieses Bild, ihn anders zu nehmen. Vor allem nicht so persönlich. Er ist nicht gegen dich.«

Sie schluckte. Der Kloß in ihrem Hals wurde immer größer. »Wenn du das sagst.«

Sie knöpfte den Mantel zu und wandte sich zur Tür. Sie konnte ihn nicht anschauen, sie musste raus aus diesem Haus.

Beim Versuch, ihr die Tür aufzuhalten, stießen sie zusammen und kamen sich ganz nah. Sie roch sein Deo, seinen Atem, der an Gummibärchen erinnerte. Für einen Moment schloss sie die Augen und wünschte sich, von ihm in den Arm genommen zu werden. Sie widerstand dem Impuls, sich an seine Brust zu lehnen, endlich zu weinen und sich von ihm trösten zu lassen. Das Kind in ihr wollte beschützt werden. Irgendwo in ihr klingelte eine Alarmglocke. Du bist kein Kind, das, was du dir in diesem Moment wünschst, geht nicht. Niemals. So weit durfte es nie kommen.

Sie wunderte sich, dass Jonas auch keine Anstalten machte, sich zurückzuziehen. Zwei Sekunden standen sie so dicht beieinander, doch dann riss sie sich los und stürmte aus dem Haus. Sie wagte nicht, noch einmal zurückzublicken. Falls Jonas noch an der Tür lehnte und ihr hinterherblickte, wäre sie versucht gewesen umzukehren. Hätte er die Tür geschlossen gehabt, wäre sie verletzt.

Im Auto sitzend musste sie sich erst einmal beruhigen. Sie war unfähig, den Motor zu starten und loszufahren. Sie wusste nicht, wohin. Nach Hause wollte sie nicht. Die Vorstellung, einen weiteren Abend allein in der Wohnung zu verbringen, zu viel Wein zu trinken, um zu vergessen, und dann betrunken ins Bett zu gehen, widerstrebte ihr.

Sie brauchte Menschen um sich herum. Am besten fremde. Small Talk über unverfängliche Dinge, belanglose Themen, die keine Gefühle auslösten. Ein bisschen Banalität wäre hilfreich in ihrem chaotischen Gefühlsleben. Sie hätte gerade sogar freiwillig an einem Tupperabend teilgenommen, was sie bisher erfolgreich hatte verhindern können.

Die Vorstellung, Hausfrauen bei Problemen der Vorratshaltung zuzuhören, Rezepte auszutauschen oder über Putzmittel zu diskutieren, erschien ihr in diesem Moment wie der Himmel auf Erden. Das Leben könnte so einfach sein. Sie blickte zum Haus zurück, das Wohnzimmer war hell erleuchtet. Mehr war nicht zu sehen. Vielleicht lästerte Vater gerade über sie, dachte sie. Sie konnte sich gut vorstellen, dass er in Jonas einen Verbündeten suchte. Sie hörte ihn beinahe, wie er mit ihm über seine undankbare Tochter redete, die nur an sich dachte und ihn und seine Wünsche nicht respektierte.

In diesem Moment sehnte sie sich so sehr nach Nähe, dass es fast körperlich schmerzte. Sie dachte an Rinse. Er war so anders als alle Männer, die sie je getroffen hatte, dass sie ihn nicht aus ihrem Kopf bekam. Sie atmete erneut tief durch. Sie hatte seine Telefonnummer, er wartete auf ihren Anruf. Warum nicht? Sie versuchte ihr Glück.

»Hallo, Rinse, hier ist Louisa. Lust auf einen Drink? Gerne alkoholfrei.«

Kapitel 32

Frankreich, Januar 1943

Mit klopfendem Herzen stand Carole an der Straße, einen braunen Pappkoffer zu ihren Füßen, in den alles gepackt war, was sie für die nächsten Wochen brauchte. Oder glaubte zu brauchen. Es war ein unfassbar kalter Dezember gewesen und der Januar startete genauso frostig. Um sich zu wärmen, schlug sie die Arme um sich. Ihre Gedanken wanderten wieder zu dem Unbekannten, was vor ihr lag.

Für das Kind war gesorgt. Der jüngste Sohn von Madame Pirottes Schwester war gerade knapp über ein Jahr und sie konnte alles von ihm nutzen. Zuversicht und Panik waren Caroles häufigste Gefühle und wechselten sich ständig ab. Nicht selten passierte es, dass sie morgens erwachte und voller Euphorie an die Zukunft dachte. In ihrer idealen Vorstellung kamen Manfred und sie zusammen. Die Bilder seines Todes wischte sie weg. Sie wusste nicht wie, auch nicht wann, aber in diesem einen Moment war sie überzeugt, dass er gesund zu ihr zurückkehren würde. Sie blendete Vernunft und Realität aus, sah sich und Manfred in ihren Tagträumen in dem Häuschen und dem Garten, von dem er beim Abschied gesprochen hatte, während der gemeinsame Sohn im Sandkasten spielte. Ein Sohn, ein Stammhalter, der alle Eigenschaften Manfreds in sich vereinte. Ein Abbild seines wunderschönen Antlitzes mit seinen blauen Augen, seinen schmalen Händen und seinen feinen Fingern. Sie sah ihn älter werden, Klavier spielen wie ihre Mutter, während Carole und Manfred sich an den Händen hielten und stolz zuhörten.

Manchmal dauerte das schöne Gefühl eine Stunde und sie sonnte sich in Zuversicht und Hoffnung. Sie legte ihre Hand auf den gewölbten Bauch und sang ein Kinderlied.

Manchmal dauerte es nur fünf Minuten. Dann drängte sich wieder das Bild des blutüberströmten Manfreds oder seines zerfetzten Leichnams in einem Schützengraben vor den Sandkasten und die Rosenhecke.

Immer häufiger erlebte sie die Momente, dass ihr die Schwangerschaft Ruhe und Gelassenheit verlieh. Das Kind, das beschlossen hatte, in ihr zu wachsen, gab ihr Halt.

In dem Maße, wie sie sich gewünscht hatte, es würde auf natürliche Weise verschwinden, war sie jetzt dankbar und glücklich, dass es bei ihr war. Ein Teil von ihr, ein Teil von ihm. Ein Stück Liebe. In dieser dunklen Zeit mit so wenig Hoffnung hatte ein Kind beschlossen, zur Welt zu kommen. Diese Tatsache machte sie demütig und stark zugleich.

Ein Wagen hielt vor ihr an. Ein Soldat, jünger als Manfred, stieg eilig aus und begrüßte sie. »Bonjour, Madame«, klang furchtbar mit seinem Akzent. Sein »Heil Hitler« passte wesentlich besser zu ihm. »Sie sollten zwei Damen sein.«

Carole schaute zum wiederholten Male zur Haustür ihrer Nachbarin, die sich in diesem Moment endlich öffnete. Es war, als hätte Madame Pirotte hinter der Tür gewartet. Warum war sie noch immer so skeptisch? Mit langsamen Schritten trat sie auf die Straße und band ein dunkles Kopftuch über ihr graues Haar.

Der Fahrer begrüßte auch sie und nahm ihren Koffer, der nicht viel größer als Caroles war, und packte beide in den Kofferraum. Sie nahmen auf der Rücksitzbank Platz. Aufgeregt drückte Carole die Hand ihrer Nachbarin und spürte erstaunt, wie kalt diese war.

Der Fahrer sprach kein Wort. Es war offensichtlich, dass es ihm nicht recht war, den Chauffeur für die beiden Damen zu spielen.

Am Bahnhof in Amiens hielt er an, stieg aus, holte das Gepäck aus dem Auto und stellte es auf dem Bürgersteig ab.

»Au revoir.« Er nickte, kletterte in den Wagen, schloss die Tür und fuhr davon.

Gegen ihren Willen musste Carole lachen. »Sie sind einfach keine Sympathieträger.«

»Nein, sie kennen nur Befehle, ›Jawoll‹ und ›Heil Hitler‹.« Madame Pirotte imitierte das Jawoll und die Begrüßungsfloskel und beide kicherten wie Teenager, was ihnen den bösen Blick eines Bahnbeamten einbrachte.

Augenblicklich rissen sie sich zusammen, sie wollten nicht mehr Aufmerksamkeit als nötig auf sich ziehen. Eins hatten sie gelernt: Die Aufmerksamkeit der Deutschen zu wecken konnte unangenehme Folgen haben. Fragen, die man nicht beantworten konnte oder wollte, bis hin zu Festnahmen, weil es den Soldaten so gefiel.

Carole und Madame Pirotte kauften am Schalter Fahrkarten, zeigten ihre Ausweise und atmeten erst auf, als sie nebeneinander im Abteil saßen.

Der Zug fuhr los und Carole sah sich um. Jeder Platz war belegt. Was ihr besonders auffiel: Keiner der Reisenden lächelte, alle wirkten angespannt und besorgt. Sie wandte den Blick ab und dachte an ihre letzte Bahnreise, die eine Ewigkeit her war. Wie sie als Fünfjährige ihre Mutter begleitet hatte und während der Fahrt kein Wort mit ihr gesprochen hatte. Dem Morgen der Reise war ein fürchterlicher Streit vorangegangen. So sehr sie sich anstrengte, den Grund wusste sie nicht mehr. Doch an ihre Wut und ihr Türenknallen erinnerte sie sich sehr gut. Und an Maman, die sich energisch vor sie gestellt hatte: »Es gibt zwei Möglichkeiten: Du beendest diese Albernheit oder wir bleiben hier. Du hast fünf Minuten.«

So war ihre Mutter gewesen. Sie hatte stets einen Plan gehabt, eine Lösung gefunden, mit der rebellische Mädchen zur Vernunft gebracht werden konnten.

Carole schaute aus dem Fenster und wischte verstohlen die Träne weg. Niemand sollte sie weinen sehen. Mitleid war nichts, mit dem sie umgehen konnte.

Der ältere Herr, der ihr gegenübersaß, bemerkte es trotzdem. Er lächelte und reichte ihr ein Taschentuch, das er umständlich aus seiner Jackentasche zog.

»Non, merci«, antwortete sie und schüttelte den Kopf. Er schien beleidigt zu sein, was ihr jedoch vollkommen egal war.

Dann zuckten sie beide zusammen, als eine barsche Stimme »Ausweiskontrolle« rief. Erst auf Deutsch, dann eine andere Stimme auf Französisch.

Carole sah drei Männer durch den Zug gehen und sich von jedem Mann den Ausweis zeigen lassen. Frauen schienen sie zu überspringen.

»Wir suchen einen Mann, der für das Attentat vorgestern verantwortlich ist. Unseren Informanten zufolge soll er sich auf der Flucht und hier im Zug befinden. Sollten Sie ihn gesehen haben, möchten wir Sie daran erinnern, dass es Ihre Pflicht ist, uns zu unterstützen. So lange bleibt der Zug hier stehen.«

Carole wunderte sich mal wieder, dass allein die Stimme der Deutschen furchteinflößend war.

Der Zug durfte nicht weiterfahren, bevor sie den Gesuchten erwischt hatten.

Carole nahm die Furcht in den Augen der Überprüften wahr. Mit zittrigen Händen überreichten sie ihre Ausweise.

Der Blick, mit dem der Deutsche die Pässe kontrollierte, wieder ins Gesicht des Überprüften schaute und das zwei- bis dreimal wiederholte, als würde mit jedem Augenaufschlag der Mann schuldiger, ließ Carole erschaudern. Von ihrem Platz aus konnte sie gut das ganze Abteil überblicken. Ganz am Ende sah sie einen jungen Mann, der auffällig auf seinem Sitz hin und her rutschte. Ob es der Gesuchte war, wusste sie nicht. Aber Schuld stand ihm ins Gesicht geschrieben. Angstvoll schweiften seine Blicke umher. Der Schaffner, der die Beamten begleitete, redete immer wieder eindringlich auf sie ein und sprach von Fahrplänen, Anschlusszügen und Pünktlichkeit.

Carole betete, dass die Beamten sich von ihm überzeugen ließen, von der Überprüfung absahen und ausstiegen, bevor sie den jungen Mann kontrollieren konnten. Doch dieser Wunsch war unrealistisch. Hatten sich die Deutschen etwas vorgenommen, beendeten sie es auch. Die Einwürfe des Schaffners schienen sie nicht zu interessieren.

Die durchdringenden Blicke streiften Madame Pirotte und Carole, blieben dann an dem Mann mit dem Taschentuch hängen. »Papiere!«, brüllte einer der Deutschen.

Wieder begann der Mann umständlich in seiner Tasche zu kramen. Kreisrunde, feuerrote Flecken formten sich an seinem Hals, auf der Stirn entstanden Schweißperlen, wie Carole beobachtete.

»Vite, vite, Monsieur.«

Die Aufforderung, sich zu beeilen, bewirkte das Gegenteil. Der Mann wurde noch nervöser, ließ seine Brieftasche fallen, lächelte verlegen und stotterte eine Entschuldigung. Es war offensichtlich, dass der Mann etwas zu verbergen hatte.

Das sah der Deutsche genauso. Als er endlich das Gewünschte in seinen Händen hielt, studierte er es akribisch.

Die Luft war zum Zerreißen gespannt. Caroles Herz klopfte bis zum Hals. Um sich abzulenken, nahm sie jedes Detail des Soldaten in sich auf. Blank geputzte Stiefel, jedes Hosenbein zierte eine akkurate Bügelfalte. Die Schnalle des Gürtels glänzte, es haftete nicht der kleinste Fussel auf der Uniform. Von ihm ging ein steriler Geruch aus, obwohl es im Abteil miefig und stickig war. Wie schafften sie es nur, immer so akkurat aufzutreten, wunderte sich Carole. Sie hatte noch keinen mit schmutzigen Stiefeln oder fleckigen Uniformen gesehen.

Unmenschlich, kam ihr in den Sinn.

»Mitkommen!«, befahl der Deutsche in diesem Moment und bestätigte das Urteil, das Carole gerade über ihn gefällt hatte.

»Aber warum, ich habe doch nichts ... Meine Papiere sind in Ordnung, ich weiß gar nicht ...« Der Mann stotterte, brachte keinen Satz vollständig zu Ende, seinen letzten Einwand winselte er.

Der Schweiß lief von der Stirn zum Mund in einem kleinen Rinnsal und tropfte auf seine Brust. Unter den Armen bildeten sich große, dunkle Flecken, und als sie den Blick von ihm abwandte, bemerkte sie auch den dunklen Fleck in seinem Schoß. Seine Angst war riechbar, was den Deutschen freute, denn für einen winzigen Moment glitt ein Lächeln über sein Gesicht. Carole suchte im Schutz ihrer Handtasche Madame Pirottes Hand und drückte sie. Dabei schloss sie fest die Augen. Sie hörte, wie der Mann abgeführt wurde. Für Protest hatte er keine Kraft mehr, sein Wimmern und Winseln verursachten ihr Übelkeit. Was hatte er getan? Was würden sie mit ihm machen?

Sie öffnete die Augen und schaute aus dem Fenster. Der Mann, der so freundlich gewesen war und ihr sein Taschentuch gereicht hatte, konnte nicht stehen. Seine Knie gaben immer wieder nach, er hing zwischen zwei anderen Soldaten mit weniger glanzvollen Uniformen, sein Blick war zum Boden gerichtet.

Sie schleiften ihn weiter, die Menschen auf dem Bahnsteig sahen teilnahmslos zu. Der Zug setzte sich in Bewegung, doch Carole konnte nicht aufhören, aus dem Fenster zu starren, um dem Mann nachzublicken, so lange es möglich war.

Niemand im Abteil sprach ein Wort.

Sie dachte an das Mädchen, das in dem Kellerverschlag versteckt gewesen war. Sie war gut bei ihrer Familie in England angekommen. Alle hatten es geschafft. Das gerade Erlebte zeigte ihr wieder einmal, wie wichtig es gewesen war, ihr geholfen zu haben. Und auch, wie gefährlich es für alle Beteiligten war. Madame Pirotte tat richtig daran, in jedem Moment vorsichtig und misstrauisch zu sein.

Zusammenhalt, schoss ihr durch den Kopf. Sie mussten zusammenhalten, dann hatten die Deutschen keine Chance.

Kapitel 33

Düsseldorf, Mai 2023

Louisa öffnete die Augen. Das Sonnenlicht blendete sie. Sie lag mit ihrer Unterwäsche bekleidet unter der Bettdecke und versuchte, sich zu erinnern, wie die letzte Nacht gelaufen war.

Sie hatte sich mit Rinse in einer Bar verabredet, und während er alkoholfreie Mojitos schlürfte, trank sie Aperol Spritz. Zu viele. Sie hatte ihm von all ihren Problemen mit ihrem Vater und Jonas erzählt, bis Rinse gemeint hatte, er würde sie besser nach Hause begleiten. Sie hatte ihn auf einen Kaffee eingeladen, in der Hoffnung, ihn ins Bett zu bekommen. Doch Rinse hatte sich als Gentleman entpuppt, sie ins Bett gebracht und war gegangen.

Louisa fühlte sich schlecht. Zu der Scham gesellten sich Kopfschmerzen von zu viel Alkohol.

Es war noch früh am Morgen, doch statt sich noch einmal umzudrehen, stand sie auf. Eine heiße Dusche half immer, sich besser zu fühlen.

Während Louisa sich abtrocknete und anzog, dachte sie an ihre Mutter. Sie war schon lange nicht mehr auf dem Friedhof gewesen. Auch wenn sie im Gegensatz zu ihrem Vater die Besuche am Grab mied, mochte sie die Atmosphäre und Ruhe an diesem Ort. Sie betrat den Eingangsbereich, wo ein großes Schild Fahrräder und Hunde verbot. Während sie zum Grab ihrer Mutter ging, sah sie am anderen Ende des Friedhofs ein paar Menschen in dunkler Kleidung zusammenstehen. Ein Leichenwagen parkte ein paar Meter entfernt.

Sie konnte sich noch sehr gut an Mutters Beerdigung erinnern. Wie beliebt sie tatsächlich gewesen war, hatte Louisa erst an diesem Tag erfahren. Unzählige Menschen hatten ihr Beileid bekundet, Louisas Hand geschüttelt und betont, was für ein besonderer Mensch ihre Mutter gewesen war. Ja, dachte Louisa, sie war ein ganz besonderer Mensch gewesen. Und zu gerne hätte sie mit ihr geredet, sie um ihren Rat gefragt, wie sie sich ihrem Vater und Jonas gegenüber verhalten sollte. Und was sie zu Rinse sagen würde.

Auf dem Grab lag ein frischer Blumenstrauß. Ihr Vater war schon hier gewesen. Vielleicht wieder mit dem Taxi, dachte sie und lächelte bei der Erinnerung an Vaters Ausflug, bevor Jonas in ihr Leben getreten war.

»Du hast es immer gewusst«, flüsterte sie. »Im Laufe der vielen Jahre hast du immer wieder versucht, mir das zu sagen. Wir sind uns viel zu ähnlich.«

Sie kniete sich hin, um etwas Unkraut aus der Erde zu ziehen, das der Gärtner übersehen hatte. Dabei dachte sie an ihre Jugend und dass sie jede Andeutung ihrer Mutter in diese Richtung vehement geleugnet hatte. Sie hatte sich von jeher als eine weltoffene und tolerante Person betrachtet. Außerdem war sie vorurteilsfrei, kreativ und geistreich. Eigenschaften, die sie mit ihrem Vater nicht verband.

Aber was sie bei sich selbst eigenwillig nannte, war bei ihrem Vater eigensinnig. Sie war geradlinig, er dickköpfig. Sie verfolgte ein Ziel konsequent, er hielt trotzig an etwas fest.

Wie gerne hätte sie jetzt ihre Mutter an ihrer Seite gehabt, die sie in den Arm genommen und ihr über das Haar gestrichen hätte. Die ihr gesagt hätte, dass sie sich nicht schämen müsste. Nicht schämen für den unsinnigen Kampf, aber auch nicht für ihre Ähnlichkeit. Sie hatte das Glück erlebt, eine verständnisvolle Mutter gehabt zu haben. Sie war mit Liebe und Einfühlungsvermögen aufgewachsen, ihr Vater mit Hass und Ablehnung.

Zwei Menschen mit gleichen Charakterzügen, die sich in unterschiedlicher Umgebung beinahe gegensätzlich entwickelt hatten.

Einer steht im Dunklen, der andere im Licht, doch die im Dunkeln sieht man nicht. Nichts konnte es besser beschreiben als dieser Gedanke aus der Dreigroschenoper.

Ihren wahren Vater hatte sie in all den Jahren nicht gesehen. Und ja, wahrscheinlich war es falsch zu erwarten, dass nur er sich ändern musste. Auch sie musste ihm eine Chance geben. Sie spürte, dass sie ihm näherkommen wollte. Sein Schwächeanfall hatte ihr offenbart, dass er nicht der kalte sture Hund war, für den sie ihn immer gehalten hatte.

All das wurde ihr klar, während sie auf Knien das Grab säuberte und sich ihrer Mutter ganz nah fühlte. Hoffentlich war es noch nicht zu spät.

»Danke, Mama«, flüsterte sie und stand auf. Erst jetzt bemerkte sie die Frau am Grab nebenan, die ebenfalls Unkraut zupfte und mit ihrem toten Mann, wie Louisa aufgrund der Inschrift annahm, zu reden schien. Sie grüßten sich freundlich mit Kopfnicken, wie zwei Verschwörer, die etwas Seltsames taten.

Sie fühlte sich viel besser, wie ihr bewusst wurde, als sie zum Auto ging. Die Sorgen waren noch da, aber sie war überzeugt, dass sie sie in den Griff bekam.

Zu Hause kochte sie sich ein paar Spaghetti mit Tomatensoße, setzte sich an den Küchentisch und aß genussvoll. Den obligatorischen Kaffee nach dem Essen nahm sie auf der Terrasse und las die Onlineausgabe der Rheinischen Post auf ihrem Tablet. Fortuna hatte gewonnen, das würde ihren Vater freuen. Sie stellte sich vor, wie er mit Jonas darüber diskutierte, und sofort spürte sie wieder Eifersucht. Sie kämpfte sie erfolgreich nieder, zwang sich, den Artikel über das Spiel komplett zu lesen, statt ihn nur zu überfliegen. Sie las sogar die Analyse der einzelnen Spieler und die Hypothese, dass die Düsseldorfer Mannschaft erst mal in der Zweiten Bundesliga bleiben würde. Die Mitteilung, dass in der kommenden Saison die Karten für die Heimspiele gratis ausgegeben werden sollten, sprach in ihren Augen dafür, dass auch Fortuna nicht mit einem schnellen Aufstieg rechnete. Ein Ansatz, über den sie mit Vater diskutieren konnte?

Der Spielplan des Düsseldorfer Schauspielhauses wurde vorgestellt und Louisa überlegte, ob sie ihren Vater nicht mal zu einem Theaterabend einladen sollte. Wenn er mit Jonas Karten spielte und ins Kino ging, hätte er vielleicht Interesse an einem Abend mit seiner Tochter.

Das klingelnde Geräusch einer ankommenden E-Mail riss sie aus ihren Überlegungen. Ihren Laptop hatte sie in ihrem Schlafzimmer gelassen und auf dem Tablet hatte sie das Mailprogramm nicht installiert. Hin und her gerissen zwischen Neugier und Bequemlichkeit verharrte sie in ihrer Sitzposition. Allein dass sie darüber nachdachte aufzuspringen, zeigte ihr, wie sehr sie ein Sklave der Technik geworden war. Direkt nach ihrer Anfrage bei der A.N.E.G., dem Verein für Kriegskinder, hatte sie minütlich ihr E-Mail-Programm synchronisiert. Immer in der Hoffnung, sofort eine Antwort zu erhalten, was im Nachhinein völlig lächerlich anmutete. Zum einen wartete ein Verein nicht ausgerechnet auf eine E-Mail von Louisa Ziegler. Zum anderen waren Mails asynchrone Medien.

Louisa versuchte, sich auf den Inhalt des Artikels zu konzentrieren, den sie gerade las. Ein Fleischsommelier beanstandete, dass es für Nutrias Abschussprämien gab und dass die Kadaver einfach liegen gelassen wurden. Für ihn sei die naheliegendste Lösung, sie als Nahrungsmittel anzubieten.

Louisa verzog das Gesicht. Sie dachte an die Nutrias, die im Wassergraben am Eller Schloss lebten und die sie ausgesprochen putzig fand. Doch dann wanderten ihre Gedanken erneut zu der E-Mail. Sie hielt es nicht mehr aus, sie musste wissen, wer ihr geschrieben hatte, und lief ins Schlafzimmer.

Drei neue Nachrichten. Tim schrieb ihr, ob sie sich zum Essen verabreden wollten, er hätte eventuell einen Job für sie. Der Newsletter einer Baumarktkette informierte sie über reduzierte Gartenmöbel. Der Name des dritten Absenders sagte ihr nichts: Nicolas Rochard. Spam? Neugierig las sie weiter und jedes Wort ließ ihren Puls schneller schlagen.

Nicolas Rochard stellte sich als ein französischer Familienforscher vor, der ihre Kontaktdaten von der A.N.E.G. erhalten hatte. Endlich, dachte sie. Sie überflog die Sätze, die mit einem Programm übersetzt worden waren, wie sie dem letzten Satz entnehmen konnte.

Vielleicht las es sich deshalb ein wenig holprig? Sie begann von Neuem und studierte Satz für Satz.

Wenn sie die Informationen richtig verstand, hatte Nicolas Rochard nach dem Ausräumen eines Dachbodens Unterlagen gefunden, die auf eine Freundin seiner Großtante und einen Deutschen hinwiesen, und fragte nun, ob sie eventuell mit einem Manfred Ziegler bekannt sei?

Er freue sich auf eine Antwort, gerne per E-Mail, seine Deutschkenntnisse seien gut, wenn auch nicht perfekt. Schriftlich könne er mit einem Übersetzungsprogramm arbeiten. Aber seine Anfrage habe keine Eile. Sicherheitshalber hatte er auch keine Telefonnummer hinterlassen. Nur seinen Namen. Noch nicht einmal einen Wohnort.

Im Grunde genommen hatte sie nur die Möglichkeit, ihm auf diese Kontaktaufnahme zu antworten und ihm mitzuteilen, dass ihr Großvater Manfred Ziegler hieß und dass sie über den Verein Kontakte gesucht hatte, um mehr über ihn und seine Stationierung in Amiens beziehungsweise Les Prés in den Jahren 1940 bis 1942 zu erfahren. Ihrem ersten Impuls folgend antwortete sie ihm sofort. Doch nach dem ersten Satz überkam sie eine nicht fassbare Furcht davor, dass Manfred Ziegler etwas getan haben könnte, für das es keine Entschuldigung gab. Dass sie und ihr Vater mit einem Erbe konfrontiert wurden, dem sie nicht gewachsen waren. Bisher hatte sie ihr Wissen über die Taten der deutschen Besatzer während des Krieges verdrängt beziehungsweise nicht mit ihrer Familie in Verbindung gebracht. Ihr ging es nur um die Frage nach der Herkunft ihres Vaters. Da hatten Gräueltaten keinen Platz.

Die vage E-Mail des unbekannten Nicolas Rochard weckte in ihr Befürchtungen, über die sie nie nachgedacht hatte. So viele Tage hatte sie auf eine Reaktion auf ihre Anfrage gehofft und jetzt war sie unsicher.

Sie machte das, was sie immer tat, wenn sie Informationen brauchte: Sie suchte den Namen im Internet. »Nicolas Rochard Frankreich« gab sie in die Suchmaske ein.

Sie fand einen Nikolas Rochard, der in der Nähe von Cannes lebte. Ihn schloss sie aus, da er bereits 75 Jahre alt war und vor Kurzem seinen Geburtstag groß gefeiert hatte, wie sie der Glückwunschanzeige einer Lokalzeitung entnehmen konnte. Dieser Nicolas müsste jünger sein, vermutete sie. Er nutzte das Internet und behalf sich mit einem Übersetzungsprogramm. Seine Sprache klang zwar gestelzt, aber nicht alt.

Sie versuchte es mit dem Namen in den sozialen Netzwerken und wurde bei Instagram auf Anhieb fündig. Das Profilbild zeigte die Rückansicht eines Mannes mit Baseballkappe, der von einem Hügel zum Horizont schaute. Er lebte in Amiens, und in seinem letzten Post schrieb er, dass er sich auf die spannende Suche nach seinen Vorfahren und ihrer Geschichte machte.

Volltreffer. Louisa las seine weiteren Einträge. Viele gab es nicht. Entweder löschte er regelmäßig seine Beiträge oder er war nur ein sporadischer Poster. Sie erfuhr weder, was er beruflich machte, noch etwas aus seinem Privatleben. Ob er verheiratet war, Kinder oder Haustiere hatte, blieb unbeantwortet. Aus den geposteten Fotos schloss sie, dass er ein begeisterter Wanderer und auf seine Heimatstadt besonders stolz war. Aber nie war er von vorne zu sehen. Wie seltsam, fand Louisa. Die meisten Menschen in den sozialen Netzwerken stellten sich mit Freude selbst dar. Selfies in allen Positionen, aus allen Perspektiven. Nicolas' Fotos waren Landschaftsaufnahmen.

Sie wollte nichts überstürzen und beschloss, endlich ihre Vorsätze umzusetzen, und zog ihre Laufkleidung an.

Laufen half. Das gleichmäßige Aufsetzen der Schuhe und der regelmäßige Rhythmus des Atems brachten Klarheit und Ruhe in ihre Gedanken. Die Wettervorhersage hatte Regen angekündigt, was sie nicht störte. Bei Regen zu laufen war ihr sogar am liebsten, denn dann waren wenige andere Läufer unterwegs. Sie musste Ordnung in ihr inneres Chaos bringen, die obskure Furcht bezwingen, die sich in ihr ausbreitete und immer mehr Raum einnahm.

Die ersten Schritte waren schwer. Doch nach wenigen Metern fiel sie in einen meditativen Trab und ihre Gedanken drifteten zu dem fremden Franzosen, der sie kontaktiert hatte. War er derjenige, auf den sie hoffen konnte, dass sie mehr über ihren Vater, ihren Großvater und natürlich ihre leibliche

Großmutter erfahren würde? Wäre das Rätselraten endlich zu Ende?

Eventuell war er jemand, der ganz andere Ziele verfolgte. Natürlich konnte auch er nicht sicher sein, ob dieser Manfred Ziegler derjenige war, den er suchte. Vielleicht war es für ihn ebenfalls ein Fischen im Trüben. Niemand würde alle Karten auf den Tisch legen, wenn er nicht sicher war, dass die Adressaten die richtigen waren.

Sie lief die Runde durch den Schlosspark, nahm die Brücke zum Eller Forst und schlug die Richtung zum Unterbacher See ein. Wie immer half ihr die Natur, zu sich zu finden. Das Grün der Blätter, das Zwitschern der Vögel und das Quaken der Enten und Blesshühner auf dem Wasser erdeten sie und gaben ihr ein Glücksgefühl. Sie dachte an die Nutrias, die zum Abschuss freigegeben wurden, und schüttelte sich bei der Vorstellung, sie zu essen.

Endlich war sie in ihrem Rhythmus. Ihr Körper fühlte sich leichter an, auch wenn sie die Anstrengung an ihrem Puls merkte. Sie genoss den Blick auf das Wasser, sah vereinzelt Stand-up-Paddler in Neoprenanzügen. Der angekündigte Regen blieb aus. Es wurde Zeit, dass sich der Sommer durchsetzte, sie sehnte sich nach ihren abendlichen Schwimmrunden im See.

Langsam formten sich in ihrem Kopf Sätze für eine Antwort an Nicolas Rochard.

Zu Hause duschte sie ein zweites Mal an diesem Tag und genoss das wohlige Gefühl, sich verausgabt zu haben. Mit einem isotonischen Drink setzte sie sich an den Laptop und tippte die zuvor gut überlegten Sätze. Natürlich auf Deutsch, auch sie nutzte die Übersetzungssoftware und hoffte das Beste.

> Sehr geehrter Herr Rochard,
> herzlichen Dank für Ihre Anfrage. Ich habe

mich mit dem Verein in Verbindung gesetzt, da ich erst vor Kurzem erfahren habe, dass der Mann, den ich zeit meines Lebens für meinen Großvater gehalten habe, es gar nicht ist. Mein Vater wurde von einem Verwandten adoptiert. Ein etwas anderer Fall, als er sonst üblich ist. Mein leiblicher Großvater Manfred Ziegler hatte zu seiner Verantwortung gestanden und seinen Cousin gebeten, sein Kind zu sich zu nehmen. Leider sind alle, die mir mehr dazu berichten könnten, gestorben. Ich weiß nichts über meine Großmutter. Aufgrund meiner Recherchen habe ich aber erfahren, dass Manfred Ziegler in der Nähe von Amiens in der Gemeinde Les Prés stationiert war und dort eine Frau kennengelernt haben muss. Auch wenn das Schicksal meines Vaters etwas anders verlief als das der meisten Kriegskinder, hat er unterschwellig doch sehr unter seiner nicht geklärten Herkunft gelitten.

Vielleicht können wir uns gegenseitig helfen und unterstützen? Ich sehe Ihrer Antwort entgegen.

Mit freundlichen Grüßen
Louisa Ziegler

Etwas schwülstig und altmodisch formuliert, wie sie beim Überfliegen der Zeilen fand, und sie zögerte, den Text abzuschicken. Sie beließ es dabei, der Ton passte perfekt zu der Situation und vielleicht war das für die Übersetzung ins Französische genau richtig. Zumindest las es sich sehr professionell. Sie drückte auf »Senden«. Wieder musste sie warten.

Sie nahm gerade den letzten Schluck aus ihrem Glas, als sie eine Antwort erhielt, die nicht nur über einen kurzen Text verfügte, sondern auch über einen Anhang.

> Ihr Manfred Ziegler scheint der gleiche Mann
> zu sein, den ich suche. Vielleicht erkennen
> Sie ihn auf dem anhängenden Foto?

Louisas Hände wurden feucht. Mit einer solch raschen Antwort hatte sie nicht gerechnet. Sie blickte auf den Anhang, zu aufgeregt, um ihn zu öffnen.

War er das wirklich, fragte sie sich, als sie den Mann in Uniform betrachtete, der neben einer Frau stand. Er lächelte und wirkte viel sympathischer als auf dem Foto von Hedwig. Sie holte das Album, um die Bilder miteinander zu vergleichen, und war sich sicher, dass es ein und derselbe Mann war. Noch mehr faszinierte sie jedoch die Frau, die neben ihm stand. Eine schlanke, hübsche Frau mit dunklen Locken. Louisa saß wie hypnotisiert vor dem Bildschirm und war nicht in der Lage, ihren Blick zu lösen. Ein gestelltes Foto vor einer großen Kirche mit einem Paar, das sich gegenseitig anblickte. Beim Betrachten der beiden bekam Louisa Gänsehaut und Tränen traten in ihre Augen. Was sie sah, war ein verliebtes Paar. Die Frau mit dem Lockenkopf und einem etwas zu hervorstehenden kantigen Kinn, um als schön zu gelten, schaute glücklich lächelnd zu dem Mann neben ihr. Automatisch fuhr Louisa über ihr Kinn. Daher habe ich es, schoss ihr durch den Kopf. Auch ihre Haare ähnelten denen der unbekannten Frau. Für sie gab es keinen Zweifel, dass das ihre Großmutter war.

Sie wusste keinen Namen. Sie sah nur den verliebten Blick, den sie dem Mann an ihrer Seite schenkte. Vertrauensvoll und voller inniger Liebe.

Da war weder Berechnung noch Koketterie. Alles, was ihr Vater über seine Mutter gehört hatte, war aus Unkenntnis und vielleicht auch Hass entstanden, denn letztendlich hatten die Deutschen den Krieg verloren. Eine Tatsache, die Ende der 1940er-Jahre nicht jedem gefallen haben musste.

Wer bist du, fragte sie leise und fuhr mit dem Finger über ihren Bildschirm. Ich will dich kennenlernen, will deine Gedanken, deine Zukunftspläne wissen. Hast du in diesem Augenblick schon gewusst, dass du ein Kind haben wirst und dass dein Geliebter an die Ostfront muss? Dass es keine Zukunft für euch geben wird? Hast du dennoch von einem gemeinsamen Leben geträumt und gedacht, dass ihr irgendwie durchkommt, die Kriegszeit unversehrt übersteht?

Eine unfassbare Traurigkeit ergriff von ihr Besitz und sie spürte die Tränen, die ihr nun ungehemmt über die Wangen liefen.

Kapitel 34

Frankreich, Februar 1943

Der Winter dauerte noch immer an. Es war kalt und ungemütlich. Wenn die Sonne schien, nahm Carole einen Stuhl, setzte sich ans Fenster ihres Schlafzimmers und wärmte ihr Gesicht hinter dem Glas und träumte vom Frühling. Sie stellte sich vor, wie wunderschön die Landschaft aussehen müsste, wenn die Natur aus dem Winterschlaf erwachte. Wenn Knospen und bunte Blüten an Bäumen und Büschen erschienen, Vögel sangen und Bienen sowie Schmetterlinge durch die Luft flogen.

Aktuell war sie zur Untätigkeit verbannt. Ihre Körpermitte lud ungewöhnlich aus, ihre Brust schmerzte, genau wie ihr Rücken, und ihr Gang erinnerte an den einer Ente. Es gab viel zu wenige Bücher in den Regalen, und die, die hier standen, trafen nicht ihren Geschmack. Selbst wenn sie sich bemühte, fand sie keine Ruhe zum Lesen.

Madame Pirotte, die kurz nach ihrer Ankunft nach Les Prés zurückgekehrt war, war vor drei Tagen wieder angereist, um ihre Hilfe anzubieten. Zum einen, weil sie bei der Geburt dabei sein wollte, und zum anderen, um ihre Schwester zu unterstützen. Die beiden Buben kränkelten, und es galt, die anderen Kinder und vor allem Carole abzuschirmen, damit sich niemand anstecken konnte.

Auch wenn die beiden Schwestern unterschiedlicher nicht sein konnten, schienen sie sich gut zu verstehen. Madame Pirotte mit ihrem pragmatischen, manchmal schwarzen Humor und Josefine, eine mütterliche, fürsorgliche Person, die bis zur Selbstaufgabe für ihre Familie da war. Für Carole blieb wenig Zeit. Um ihre Langeweile zu vertreiben, hatte ihr Madame Pirotte bei ihrer Ankunft ein Stück Papier und einen Bleistift hingelegt. Carole hatte erst widerwillig, dann mit immer mehr Begeisterung zu zeichnen begonnen. Zunächst alltägliche Gegenstände, gestern hatte sie sich das erste Mal an Gesichter gewagt.

Carole gähnte, ohne die Hand vor den Mund zu legen; wen sollte es stören. Sie dachte oft an Manfred und hatte versucht, ihn aus dem Gedächtnis zu zeichnen. Sie sah ihn vor sich, wie er ihr den Rilke-Band überreichte, wie er mit ihr unter der Kastanie saß. Sie begann zu träumen und sah sich im Hochzeitskleid, sah ihn an ihrer Seite, während sie den Kinderwagen durch die Straßen schoben. Sie sah ihn im Bett liegen, nachdem sie sich geliebt hatten, die zerwühlten Kissen und Laken glatt streichen. Sein Haarschopf war ebenso durcheinander und sie roch sogar seinen männlichen Duft. Die Vorstellungen waren so real, dass ihr Verlangen schmerzte. Ob das Ziehen in ihrem Unterbauch mit der Sehnsucht zu tun hatte oder aber anzeigte, dass ihre Niederkunft kurz bevorstand, konnte sie nicht unterscheiden.

Im hintersten Eck ihres Herzens war sie jedoch sicher, dass Manfred tot war. Gestorben an der Front, vielleicht mit ein paar Kameraden an seiner Seite, ansonsten allein. Ohne jemanden, der ihn liebte. Sie durfte nicht daran denken, denn dann verfiel sie in eine tiefe Trauer, aus der sie nur schwer wieder herausfand.

Die Wunschvorstellungen von Manfred halfen, den Kummer beiseitezuschieben, damit er nicht ihr Dasein bestimmte. Eine Traumwelt, aus der sie gar nicht mehr erwachen wollte.

Sie blickte von ihrem Platz auf den Tisch, auf dem die angefangene Zeichnung von Manfred lag, und stand auf. Als sie gestern begonnen hatte, seine Gesichtszüge auf das Papier zu bringen, hatte sie sich mit ihm unterhalten. Über ihren Alltag und die Natur. Themen, die den Krieg berührten, hatte sie ausgelassen. Jetzt nahm sie das Papier in die Hand, zog mit ihrem Zeigefinger seine Konturen nach und fragte ihn, welchen Namen er sich für das Kind wünschte.

»Josefines Überzeugung nach wird es ein Junge. Ich hätte gern ein Mädchen, doch ich denke, ich sollte Josefines Erfahrung vertrauen. Es könnte ein Henri sein. Gefällt dir der Name?« Oder ein Manfred, aber das wagte sie nicht, laut zu sagen, aus Angst, dass Josefine zufällig in diesem Moment das Zimmer betrat und dadurch erfuhr, dass der Vater ein deutscher Soldat war. Madame Pirottes Version einer unglücklichen Liebe hatte Josefine als Erklärung, warum Carole bei ihr entbinden musste, gereicht.

Lügen, dachte Carole, überall Lügen und Heimlichkeiten. Sie nahm den Stift zur Hand und begann, die Zeichnung zu vollenden. »Ich liebe dich«, sagte sie leise und spürte die Tränen in ihren Augen. Rigoros wischte sie ihre Augen trocken und ermahnte sich, nicht wehleidig zu werden. »Es reicht«, sagte sie laut und versuchte, sich vom Sofa zu erheben, als ein stechender Schmerz in ihren Unterleib fuhr.

Seit dem frühen Morgen spürte sie ein Ziehen in der Magengegend, das sich in unregelmäßigen Abständen wiederholte, hatte dem aber keine größere Bedeutung beigemessen. Sie hatte von Wehen gehört, die äußerst schmerzhaft sein sollten, die werdende Mütter für den Moment in den Wahnsinn trieben. Das, was sie spürte, waren keine Schmerzen, sondern nur ein unangenehmes Ziehen. Niemand hatte mit ihr im Detail über die bevorstehende Geburt gesprochen. Sie wusste nicht wirklich, was sie erwartete. Die Gewissheit, dass so viele Frauen auf dieser Welt Kinder geboren hatten, gab ihr die Sicherheit, dass auch sie es schaffen würde. Die Gruselgeschichten alter Frauen, die nichts unterhaltsamer fanden, als Angst und Schrecken zu verbreiten, tat sie als das ab, was sie waren: Schauermärchen.

Mit der Hoffnung auf eine schnelle Niederkunft kamen aber auch die Zweifel und die Angst. Sie konnten zu zweit nicht auf Dauer auf Josefines Hof bleiben. Sie hatte Carole angeboten, das Kind gegen eine finanzielle Zuwendung bei ihr zu behalten, bis der Krieg vorbei war. Der Vorschlag klang gut, Henri oder Henriette konnte mit Geschwistern auf diesem Hof in der Natur aufwachsen. Wahrscheinlich wäre es das Beste für ihr Kind, auch wenn der Gedanke, es hier zurückzulassen, schmerzte.

»Was bist du? Ein Henri oder eine Henriette?«, fragte sie laut und legte ihre Hand auf den Bauch.

Sie ruckelte sich das dicke Kissen im Rücken zurecht, um ihre Rückenschmerzen abzuschwächen. Neben Wasser in den Beinen, dem unförmigen Gefühl und dem watschelnden Gang quälten sie seit Wochen Rückenschmerzen.

Ein Lachen riss sie aus ihren Gedanken.

Veronique, die jüngste Tochter Josefines, öffnete die Zimmertür einen Spalt und steckte ihren Kopf hindurch. »Bonjour, Carole.«

Wieder das Lachen, das Carole ebenfalls zum Lachen brachte. Ob ihr Kind so wie sie wäre? Ein Mädchen, das Glück in die Herzen der Mitmenschen brachte? Der Gedanke hatte so viel Tröstliches. »Bonjour, Veronique, ma petite.« Plötzlich schrie sie laut auf. Ein Schmerz, als wäre ein Dolchstoß in ihren Unterleib gefahren. Ihr wurde heiß und sie drückte die Hände gegen ihren Unterleib, um den Schmerz zu nehmen. Veronique rief panisch nach ihrer Mutter, die kurz darauf mit Madame Pirotte ins Zimmer gelaufen kam. »Geht es los?«

Carole konnte nur nicken.

»In Ordnung, darauf haben wir gewartet. Keine Angst, alles wird gut.« Josefine klatschte in die Hände. »Alle raus«, wandte sie sich an ihre Kinder, die neugierig an der Tür lungerten. »Du kannst bleiben, Lucille.«

»Ich habe nichts anderes vor.«

»Carole, können Sie aufstehen und mit mir in Ihr Schlafzimmer gehen? War das die erste Wehe?«

Carole wollte antworten, doch in diesem Moment durchzog ein erneuter Schmerz ihren Unterleib.

»Das war die nächste. Schneller als gedacht. Eigentlich dauert es beim ersten Kind länger.«

Carole stützte sich auf der Lehne des Sofas ab und versuchte, sich aufzurichten. Dabei schloss sie vor Schmerz die Augen. Alles, aber auch wirklich alles, was sie je über Wehen gehört hatte, war nicht mit dem zu vergleichen, was sie gerade empfand. Sie suchte hilfesuchend Madame Pirottes Blick. Die Angst, dass etwas mit dem Baby nicht in Ordnung sein könnte, kam ohne Vorankündigung und schnürte ihr den Hals zu. Ihr Atem ging schneller, ihr wurde übel.

»Das ist doch alles richtig so, oder?«, fragte sie stockend.

Josefine lächelte ihr aufmunternd zu. »Es ist normal, dass man beim ersten Kind unsicher ist. Ich kann dich beruhigen, es geht alles seinen Gang. Die Natur hat es so eingerichtet. Auch wenn es bei jedem Kind anders ist. Aber ich bin nun sicher, es ist ein Junge.«

Carole wollte fragen, was für den Jungen sprach. Ob ein Junge schmerzhafter war. Doch vor Schmerz presste sie nur die Lippen aufeinander.

Als hätte Josefine ihre Gedanken erraten, sagte sie: »Bei einem Mädchen kommt einem jede Wehe schlimmer vor als die vorherige. Das ist meine Erfahrung.« Josefine lachte kurz.

Das Lachen ärgerte Carole. Es gab keinen Grund, ihre Schmerzen lustig zu finden. Sie war verwirrt, verängstigt, leichte Panik stieg in ihr hoch. Dennoch gab es keinen Weg zurück, das wusste sie.

»Bisher ist noch jedes Kind herausgekommen.« Josefine lachte erneut. »Das Wasser kocht, Tücher liegen bereit. Hier ist ein Stück Holz. Manchmal hilft es, wenn man kräftig zupacken kann, sobald einen eine Wehe überrollt.«

Carole lag mittlerweile im Bett und Madame Pirotte saß neben ihr und hielt das Holzstück in den Händen. »Du kannst auch meine Hand nehmen, wenn's hilft.«

Josefine hantierte ständig mit einem Tuch oder Waschlappen und redete ohne Unterlass. »Tja, wenn man vorher wüsste, was auf einen zukommt. Ein sinnlicher Moment, manchmal auch etwas länger«, sie kicherte verschmitzt. »Über die eventuellen Folgen redet keiner. Und die Frauen baden das allein aus. Das sagt einem natürlich keiner. Sei froh, dass dein Kerl nicht hier ist. Der würde alle nur verrückt machen. Alle fünf Minuten fragen, ob es denn so weit wäre, ob alle gesund sind. Und fragen, ob die Schreie normal sind. Schäm dich nicht. Wenn dir nach Schreien zumute ist, dann brüll, so laut du kannst.«

Was für Aussichten, dachte Carole. Dann wanderten ihre Gedanken zu Manfred. Würde er genauso sein wie die Männer, die Josefine kannte? Nervös vor der geschlossenen Tür auf und ab wandern, ständig zur Wanduhr schauen und bei jedem Schrei zusammenzucken? Wahrscheinlich ja. Auch wenn Manfred sich in vielen Dingen von den anderen Männern, die sie kannte, unterschied, wäre er bei einer Geburt sicher so wie alle.

Sie trug sein Kind in sich, in ein paar Minuten oder Stunden würde sie es im Arm halten. Einen richtigen Menschen, der aus einem der glücklichsten Momente ihres Lebens entstanden war. Warum war Glück nur so flüchtig? Warum ließ es sich nicht festhalten?

Die nächste Wehe überraschte sie, heftiger und intensiver als alle zuvor.

»Jetzt wird's ernst«, sagte Josefine, und ihr Lachen verschwand.

Der abrupte Wechsel der Laune ihrer Hebamme beunruhigte Carole. Die Leichtigkeit, die sie noch vor ein paar Minuten zur Schau gestellt hatte, war besser zu ertragen gewesen.

»Ruhig atmen, Carole. Ich bin da, es sieht alles gut aus.«

Madame Pirottes Stimme gab ihr Ruhe und das Gefühl, in guten Händen zu sein. Josefine tastete ihren Bauch ab, kontrollierte den Abstand der Wehen und redete unaufhörlich in einem gefälligen Singsang. Carole verstand keins ihrer Worte, doch der Klang allein reichte, um das Gefühl der Hilflosigkeit zu vertreiben. Mit der ersten Presswehe glaubte Carole zu sterben.

Die alte Nachbarin tupfte ihr die Stirn ab, drückte ihre Hand, wenn sie danach suchte, und sprach ihr immer wieder Mut zu. »Du machst das großartig, alles ist prima.«

»Das Köpfchen ist schon zu sehen. Weiter so!« Josefine klang zuversichtlich, doch ihre Worte beruhigten Carole nicht ganz.

Bevor sie antworten konnte, folgte die nächste Wehe.

»Hecheln, Liebes, versuch zu hecheln.«

Sie wollte entgegnen, dass es einfacher gesagt als getan sei. Dass sie ihr nicht auf den Geist mit diesem Hecheln gehen sollten. Sie wollte dieses Ding aus ihrem Körper pressen, es sollte endlich aufhören. Doch dann kam die Ermahnung, dass sie nicht pressen sollte.

»Was denn jetzt?«, schrie sie und nahm das Holzstück in die Hand, als bereits die nächste Wehe einsetzte.

Dann ging alles ganz schnell.

»Nicht so eilig, mein junger Herr«, rief Josefine, kurz darauf erklang das Geschrei des Neugeborenen.

Als Carole das Schreien hörte, spürte sie eine unfassbare Erleichterung, erst jetzt merkte sie, wie angespannt sie gewesen war und wie viel Angst sie gehabt hatte. Alles in ihr löste sich.

»Es ist da?«, fragte Carole.

»Ja, was für eine Frage? Glaubst du, ich brülle so?« Nun lachte Josefine wieder. »Es ist ein Junge, ein strammer Kerl. Wie ich vermutet habe. Jetzt warten wir noch auf den Rest und dann gebe ich dir den kleinen Kerl, nachdem ich ihn gesäubert habe. Vielleicht hat er schon Hunger. Lass der Natur ihren Lauf.«

Josefine war eine erfahrene Hebamme, die Carole exzellent versorgte und ihr dann ein kleines, in saubere Tücher gewickeltes Etwas in den Arm legte. Carole war völlig erschöpft, fühlte sich ausgelaugt. Gleichzeitig war sie stolz und glücklich, auch wenn sich beim Anblick des Kleinen alles unwirklich anfühlte. Das war ihr Kind? Ihrer und Manfreds Sohn?

»Was halten Sie von ›Henri‹?«, fragte sie und sah zuerst Madame Pirotte, dann Josefine an. Die beiden Schwestern standen ebenfalls glücklich lächelnd um sie herum.

»Henri scheint gut zu ihm zu passen«, versicherte ihr Madame Pirotte.

»Der Name bedeutet Macht und Reichtum. Dinge, die er in seinem Leben brauchen kann. Schau nur, er hat Hunger.« Josefine wusste, worauf es ankam. Henri suchte mit spitzem Mündchen Caroles Brust und begann, ohne ihre Hilfe zu saugen.

Carole suchte nach Zeichen einer Ähnlichkeit. Wenn überhaupt, sah er ihrem Vater ähnlich – bis auf die Augen. Zumindest kein verräterisches blondes Haar.

»Die meisten Kinder haben blaue Augen, wenn sie zur Welt kommen. Das verwächst sich. Schau dir Veronique an, sie hatte am Tag ihrer Geburt die blauesten Augen, die du dir vorstellen kannst. Und jetzt?«

»Sie gleichen braunen Seen.« Lächelnd fuhr Carole mit ihrem Zeigefinger über die noch schrumpelige Wange Henris. »Die Haare sind so dunkel. Und so viele«, staunte Carole.

»Nichts bleibt wie kurz nach der Geburt.« Josefine lächelte vielsagend. »Sieh nur, er scheint satt und müde zu sein. Wir lassen dich jetzt in Ruhe. Versuch auch du zu schlafen und wieder zu Kräften zu kommen.« Sie nahm Henri aus Caroles Arm und legte ihn in eine mit dicken Decken ausgeschlagene Kiste neben ihrem Bett. Die Schwestern verließen den Raum.

Carole konnte nicht anders, als ihren Sohn weiter anzuschauen und zu bewundern. Henri war das schönste Kind der Welt. Ein schöneres hatte sie noch nie gesehen. Sie war begeistert von den kleinen Fingern, die bereits zupacken wollten, wenn sie ihm ihren Zeigefinger hinhielt. Die kleine Nase, der winzige Mund und die Lippen, die er selbst im Schlaf immer wieder spitz zusammenführte und dabei aussah wie ein kleiner Fisch. Dann fielen auch Carole die Augen zu.

Als sie ihn am nächsten Morgen das erste Mal badete, hatte Carole Angst, ihm wehzutun, ihn zu zerbrechen. Doch Josefine nahm ihr die Scheu und bald war es das Normalste der Welt. Ständig musste sie ihn berühren, anschauen und bewundern. Sein Anblick erfüllte Caroles Herz wie nichts zuvor.

Doch all das konnte Carole nicht darüber hinwegtäuschen, dass sie in keinem Moment eine gemeinsame Zukunft mit ihm sah. In den Monaten der Schwangerschaft war es ihr immer wieder gelungen, mit Tagträumen der Realität zu entfliehen und sich eine Traumwelt aufzubauen. Seit Henri auf der Welt war, gelangen ihr keine dieser Fluchten. Sie sah sich nicht an seiner Seite, wenn er sein erstes Wort sprach, sie sah ihn nicht die ersten tapsigen Schritte laufen. Sie sah ihn nicht im Garten spielen oder auf der Wiese schaukeln. Der Gedanke, dass er hier bei Josefine mit den anderen Kindern weitaus besser aufgehoben war als bei ihr in Les Prés, drang immer weiter in ihr Bewusstsein. Henri verdiente es, in einer friedlichen Umgebung aufzuwachsen, fern von Krieg, Tod und Hoffnungslosigkeit. Das wurde ihr im Wochenbett klar, in all den Momenten, in denen sie Henri betrachtete, der selig schlief und von all dem Bösen in der Welt nichts ahnte. Henri und sie würden nicht zusammen sein können. Er würde bei Josefine und den Kindern aufwachsen, in dieser liebevollen, friedlichen Umgebung, wo er Geborgenheit und Fürsorge erfahren würde. Sie würde Josefine Geld zukommen lassen müssen, woher auch immer. Madame Pirotte würde sie sicher unterstützen. Vielleicht sogar auch Manfreds Cousin, wenn ihn der Brief ihres Geliebten erreichen würde.

Doch eine Frage blieb, die sie umtrieb. Wie sah ihre Zukunft aus? Sie konnte unmöglich wieder zurück zu ihrem Vater, zurück in ihr altes Leben. Sie war nicht mehr die Carole, die sie vor der Geburt Henris gewesen war. Die Vorstellung, in ihrem Elternhaus zu leben, als würde es Henri nicht geben, fühlte sich scheinheilig und falsch an.

Plötzlich schien ihr Weg klar vor ihr zu liegen. In einer Welt ohne Krieg und ohne Besatzung wäre ein glücklicheres Leben möglich. Die Rede de Gaulles fiel ihr ein. Es musste Menschen geben, die für eine bessere Zukunft kämpften. Für Henris Zukunft. Für Frieden, für die Kinder und das Land. Und da war es ihr endgültig klar: Sie musste kämpfen. Nicht in Les Prés, sondern in Paris. Sie würde ihren Teil dazu beitragen, Frankreich zu befreien. Für ihr Land, gegen die Besatzer. Das war sie Henri schuldig.

Irgendwann, wenn dieser Krieg vorbei, die Deutschen aus Frankreich verschwunden wären, hätten sie und ihr Kind eine

Chance. Sie würde zu ihrem Sohn zurückkehren. Und ein winziger Funke Hoffnung in ihr flüsterte Carole immer noch zu, dass vielleicht sogar ein gemeinsames Leben mit Manfred möglich war – wenn der Allmächtige ihr wohlgesonnen war, ihre Gebete erhörte und Manfred im Osten beschützte.

Kapitel 35

Frankreich, März 1943

Carole suchte vergeblich die Sonne am Himmel. Der Winter war so kalt und grau gewesen, sie sehnte sich nach Wärme und Licht. Die Schmerzen der Geburt waren verblasst, die Albträume verschwunden. In der letzten Nacht hatte sie zum ersten Mal durchgeschlafen. Auch, weil Josefine ihr das Füttern Henris abgenommen hatte.

Seit ihr Körper aufgehört hatte, Milch zu produzieren, musste die Hofziege Ela herhalten. Für Henri machte es keinen Unterschied, er gedieh prächtig und sein Aussehen veränderte sich täglich. Carole wandte ihr Gesicht wieder dem Bettchen zu und sah ihm zu, wie seine Augen neugierig die Umgebung betrachteten. Er strampelte mit seinen Armen und Beinen und dabei gluckste er vor sich hin, als würde er sich selbst etwas erzählen wollen. Er war ein ruhiges Kind, quengelte selten und schrie nur kurz und bestimmt, wenn er hungrig war. Sobald er sein Fläschchen bekam, sog er gierig die Milch ein und schlief satt und zufrieden wieder ein. Momente wie jetzt, in denen er wach blieb, waren rar. Carole beugte sich zu ihm herab. Eine Locke löste sich und streifte seine Wange. Er verzog seinen kleinen Mund, als wollte er protestieren, doch kein Laut war zu hören. Sie setzte sich neben sein Bettchen und begann ein Kinderlied zu singen. »Sur le pont d'Avignon …«

»Was für ein hübsches Bild ihr beiden abgebt«, unterbrach sie eine bekannte Stimme.

»Madame Pirotte! Wie schön, Sie zu sehen«, rief sie aus.

»Ich bin gerade angekommen«, sagte ihre Nachbarin und trat ans Bettchen. Etwas an ihrer Bewegung hatte Henri erschreckt und er begann laut zu brüllen.

»Stimme hat er, da kann man sich nicht beschweren«, rief Carole lachend und nahm ihren Sohn heraus.

»Er wird ein hübscher Junge«, meinte Madame Pirotte. »Ganz die Maman. Auch du siehst gut aus, Carole. Reifer, wenn ich das sagen darf.«

Die wiegenden Bewegungen beruhigten den Kleinen und Carole legte ihn wieder hin, was ihm jedoch nicht passte. Sobald er die Waagerechte erreichte, begann sein Geschrei von Neuem. »Dann nicht«, sagte sie zu ihm und an ihre Nachbarin gewandt: »Ich hoffe, Sie meinen mit ›reif‹ nicht ›alt‹.«

Madame Pirotte grinste. »Josefine ist zufrieden mit euch, ihr habt alles gut überstanden. Ich denke, es wird Zeit zurückzukehren. Nur …«

Carole erschauderte. »Bedrückt Sie etwas, Madame? Gibt es Nachrichten von zu Hause? Ist etwas mit Vater?«

»Nein, nicht wirklich. Aber im Hotel in Les Prés gab es einen Brand und die Soldaten sind umquartiert worden. Einige leben nun bei euch im Haus.«

Carole stellte sich vor, wie sie tranken und grölten. Und ihr Vater mittendrin.

Josefine trat ins Zimmer. »Kommt ihr? Ich habe Tee gekocht, den Kuchen kann man auch essen. Was für ein liebes Kind«, sagte sie und trat zu Carole. »Soll ich ihn dir abnehmen?« Sie wartete die Erwiderung gar nicht ab und nahm Henri auf ihren Arm. Es schien, als streckte er ihr die Hände entgegen, was unsinnig war. »Meine waren von ganz anderem Kaliber, vor allem Veronique. Mon Dieu, wenn ich daran denke!« Sie lächelte.

Carole bemerkte, wie die strenge Stirnfalte, die Josefine normalerweise den ganzen Tag begleitete, mit einem Mal verschwand, ihre Augen bekamen Glanz, ihre Stimme verlor den gehetzten Tonfall und erhielt einen gefühlvolleren Klang.

Fasziniert beobachtete Carole diese Verwandlung und sie schmerzte der Gedanke, dass Josefine viel besser mit dem Kleinen zurechtkam als sie. Ob es nur an ihrer Erfahrung lag? Nicht zum ersten Mal dachte Carole, dass Josefine eine viel bessere Mutter war als sie selbst. Sie liebte ihn, doch wenn sie ihn ansah, verschwammen seine Gesichtszüge abwechselnd zu Emiles und Manfreds, und sie musste den Blick abwenden, um nicht in Tränen auszubrechen.

Wie selbstverständlich trug Josefine Henri auf dem Arm aus dem Zimmer. Carole und Madame Pirotte folgten ihr zum Küchentisch.

Das, was Madame Pirotte über zu Hause erzählte, gefiel Carole nicht. Mehrere Soldaten wohnten nun in ihrem Haus. In ihrem Zimmer? Verwundert stellte sie fest, dass es sie jedoch nicht so empörte, wie es das vielleicht normalerweise getan hätte. Die Wochen, die sie hier auf dem Land verbracht hatte, Henris Geburt und sein Dasein, hatten etwas in ihr verändert. Sie war nicht mehr dieselbe Carole, die sie vor der Geburt gewesen war. Das bestätigte sie in ihrem Entschluss, während sie am Tisch saß und den Schwestern zusah. Sie fühlte sich nicht zugehörig, war eine Außenseiterin, eine Beobachterin. Henri war am Daumen nuckelnd auf Josefines Arm eingeschlafen und fühlte sich sichtlich wohl.

Sie dachte an Manfred, an Papa, an ihr Dorf. Ihr Leben, wie sie es kannte, war definitiv für immer vorbei.

Vor dem Krieg war ihre Zukunft bestimmt und vorhersehbar gewesen, jetzt war alles möglich. Sie wollte die vielen Widerstandskämpfer, Frauen wie Männer, die sich in Paris organisierten, unterstützen. Es gab neue Gruppen mit so klangvollen Namen wie »Maquis«.

Carole war sich sicher, in Paris könnte sie etwas bewegen, statt hier auf dem Land Däumchen zu drehen und zuzuschauen, wie ihr Land zerstört wurde. Im Untergrund mit anderen Gleichgesinnten, alle vereint mit dem Ziel, Frankreich wieder zu dem zu machen, wofür es seit der Revolution stand. Stolze Franzosen, die sich nicht von Paragrafenreitern dominieren lassen wollten.

»Geht es dir nicht gut, Carole?«, riss Josefine sie aus ihren Gedanken. »Möchtest du ihn nehmen?« Sie gab ihr den schlafenden Säugling, und als Carole ihn auf den anderen Arm nehmen wollte, wachte er auf und begann zu weinen. Sofort war Josefine wieder bei ihm. »Er hat sicher schlecht geträumt. Schau, jetzt lächelt er wieder.« Sie wiegte ihn ein paar Mal hin und her. »Er entwickelt sich prächtig. Er ist ein hübscher Junge.«

»Josefine, Madame Pirotte, ich muss Ihnen etwas mitteilen, ich habe einen Entschluss gefasst.«

Josefine schaute sie ernst an, als ahnte sie Unheilvolles. »Das hat nichts mit dir zu tun, dass er gerade geweint hat. Das hat nichts mit den Fähigkeiten einer guten Mutter zu tun. Das darfst du nicht persönlich nehmen.«

Carole schüttelte den Kopf. »Das weiß ich«, erwiderte sie und lächelte verkrampft.

Josefine legte eine Hand auf ihren Arm. »Wenn du dir Gedanken über dich und deine Gefühle machst: Eine Geburt verändert eine Frau. Es dauert manchmal, bis alles wieder ins Gleichgewicht kommt. Das ist eine enorme Umstellung für Körper und Geist. Es braucht Zeit, um sich daran zu gewöhnen. Bei der einen Frau geht es schneller, bei der anderen langsamer.«

»Das ist es nicht, Josefine. Ich glaube, es ist die richtige Zeit für Veränderungen.«

»Wie meinst du das? Dass du wieder zurück zu deinem Vater gehst? Ich denke, es ist der richtige Zeitpunkt. Ich werde mich gut um Henri kümmern. Ich hoffe, das weißt du. Wo vier Kinder satt werden, wird ein fünftes nicht verhungern. Und du kannst ihn natürlich jederzeit sehen.«

Madame Pirotte blickte sie eindringlich an. Carole hatte das Gefühl, sie wüsste, was in ihr vorging. Sie hatte schon immer in ihr lesen können wie in einem offenen Buch.

»Ein besseres Zuhause als Ihres kann ich mir für ihn nicht vorstellen. Ich werde Geld für Henri schicken, doch ich gehe nicht zurück nach Les Prés.«

Josefine wich ein paar Zentimeter zurück und schaute abwechselnd auf ihre Schwester und sie.

»Wie meinst du das?«, fragte Madame Pirotte nun mit gerunzelter Stirn.

Carole schluckte. »Auf mich wartet nichts und niemand in meinem Heimatdorf. Mein Elternhaus ist belegt, habe ich gerade gehört.«

»Wir haben wenig Platz hier. Für die letzten Wochen war es für alle zumutbar, aber jetzt … Ein paar Tage kannst du sicher noch bleiben«, unterbrach Josefine. »Aber das funktioniert nur, wenn wir …«

Carole schüttelte den Kopf. »Keine Sorge, ich werde nach Paris gehen.«

»Oh.«

Carole sah, wie sie nach Worten suchte, zu einer Erwiderung ansetzte, es sich anders überlegte und ihren Mund wieder schloss. Carole war auf Vorhaltungen, Vorwürfe, Anschuldigungen gefasst, aber nicht auf die nächste Frage. »Dein Entschluss steht fest?«

Sie nickte. »Ja.«

»Bist du denn schon wieder richtig auf den Beinen? Traust du dir die Reise zu? Wo wirst du in Paris wohnen, hast du eine Unterkunft? Und was willst du dort überhaupt?« Josefine konnte nicht aus ihrer Mutterrolle. »Lucille, was sagst du dazu?«

»Carole ist eine tapfere Frau, die weiß, was sie will«, entgegnete Madame Pirotte nur.

Josefine schüttelte den Kopf. »Manche Entscheidungen sollte man nicht einfach aus einem Gefühl heraus fällen. Ein Frauenkörper ist nach einer Geburt geschwächt und manchmal spielt der Geist auch ein klein wenig verrückt.« Sie schritt ans Fenster. »Nach vier Kindern kann ich das beurteilen. Auch ich hatte manchmal Gedanken, die sich nicht für eine Mutter gehören.«

Carole wurde wütend und gleichzeitig sehr traurig. »Ich denke nicht, dass man unsere Situation vergleichen kann. Sie *sind* eine Mutter, das sehe ich, wie Sie Ihre Kinder umsorgen, wie Sie sie ansehen. Wenn ich meinen Sohn betrachte, denke ich, was für ein unfassbares Wunder er ist. So herzig und liebreizend, ich liebe ihn wirklich.« Zu ihrem Entsetzen spürte sie, wie sich Tränen in ihren Augen sammelten, und sie musste schlucken, um weitersprechen zu können. »Und deswegen muss ich gehen. Denn noch mehr als Zuneigung empfinde ich Wut. Wut und Ohnmacht für unsere Situation als Französinnen. Dagegen muss ich etwas tun, ich kann nicht nur zugucken. Er soll es einmal besser haben. Darum gehe ich fort.«

Noch immer am Fenster stehend flüsterte Josefine: »Ich denke, ich verstehe dich. Vielleicht besser, als du glaubst.« Sie drehte sich um. Ihr Lächeln misslang. »Du bist stark. Du wirst etwas verändern. Du kannst das.«

Carole glaubte, Bewunderung aus ihrem letzten Satz zu hören.

»Aber Sie haben wunderbare Kinder und erziehen sie zu großartigen Menschen. So wie meine Mutter es getan hat.«

Sie sahen sich stumm an, bis Madame Pirotte die Stille durchbrach.

»Jeder tut das, was er kann. Du, Josefine, erziehst die Kinder, Carole unterstützt Frankreich. Wir werden uns um Henri kümmern. Wenn der Krieg vorbei ist und wir wieder frei sind, wird alles anders.« Madame Pirotte nickte ihr aufmunternd zu. »Wie willst du nach Paris gelangen?«

Carole schüttelte den Kopf. »Ich dachte, mit dem Zug.«

»Aktuell überprüfen sie alles noch intensiver. Aber ich habe eine Idee. Ich kenne einen Geschäftsmann, der alle zwei Wochen nach Paris fährt. Er engagiert sich ebenfalls für … unsere Sache. Sein Wagen wird nicht kontrolliert, nur seine Papiere, und auch das nicht immer. Manchmal winken sie ihn einfach durch. Das scheint mir unauffälliger und ungefährlicher für dich als eine Reise mit dem Zug.« Sie legte ihre Hand auf Caroles Schulter. »Ich werde mich umhören und dir eine Adresse in Paris geben, an die du dich wenden kannst.«

Josefine schaute auf den Säugling in ihrem Arm, den sie sanft hin und her wiegte. »Ich weiß, was ihr denkt, und ihr habt recht. Ich bin feige und habe Angst. Um meine Kinder, aber auch um mich. Ich bin keine Heldin. Wäre ich eine, gäbe es bei mir einen Radioempfänger, wie du einen hast, Lucille. Ich verstecke auch keine Widerstandskämpfer, sondern folge den Anweisungen und Befehlen der Besatzer.«

Bestürzt sah Carole, wie sie weinte.

»Hier, in meiner gewohnten Umgebung, fühle ich mich sicher. Aber auch ich kenne de Gaulles glühende Reden, bekomme mit, was die Deutschen uns antun. Ich verspreche dir, Carole, bis du wieder da bist, werde ich mich um deinen Sohn kümmern wie um meinen eigenen. Du tust das Richtige.«

Kapitel 36

Frankreich, April 1943

Caroles kleiner Koffer war gepackt. Die Verabschiedung von Madame Pirotte, die extra aus Les Prés gekommen war, Josefine und Henri war kurz und knapp, aber sehr tränenreich. Zuletzt hatte sie Madame Pirotte das Foto von Manfred und ihr aus Amiens und einen Brief in die Hand gedrückt. »Für ihn. Damit er weiß, wer seine Eltern sind. Und ich weiß, Sie finden die richtigen Worte für Papa. Kann ich auch auf Sie zählen, wenn sich Manfreds Cousin meldet, um Henri zu unterstützen? Vielleicht wird Josefine nicht zu schlecht von mir denken, wenn sie die Wahrheit über Henris Vater von Ihnen erfährt.«

Madame Pirotte hatte das Bild in die Hand genommen, dann eilig versteckt. Dabei wischte sie sich die Tränen aus den Augenwinkeln und nickte. Carole fiel auf, dass ihr Rücken in den letzten Wochen krummer geworden war und ihr Haar noch grauer, fast weiß, im Licht der Aprilsonne glänzte.

Jetzt stand sie allein an der Straße, die am Hof vorbei in den nächsten Ort führte, und während sie auf den Geschäftsmann wartete, stellte sie sich ihre Zukunft vor. In Paris war sie nicht die Tochter des Bürgermeisters. Dort war sie ein Niemand und bekam die Gelegenheit, ein neues Leben zu beginnen.

Es häuften sich die Nachrichten, dass die Deutschen gigantische Verluste an der Ostfront hinnehmen müssten, und in den letzten Wochen hatte sich Manfred nachts nicht mehr in ihre Träume verirrt. Sie wusste, was das bedeutete. Er war tot. Wenn sie an ihn dachte, sah sie ihn ohne Uniform auf einer Wiese sitzen. Ein Wunschbild. So hätte es sein können, so würde es aber nie passieren. Vielleicht zu einer anderen Zeit in einer anderen Welt. Sie schob die trüben Gedanken zur Seite, als ein Auto am Straßenrand hielt.

Ihr Fahrer begrüßte sie mit einem angedeuteten Kopfnicken, stellte sich als Frederic vor und blickte sich nervös um. Ihren Koffer nahm er zu sich nach vorne. Sie sollte sich im Kofferraum unter Decken verstecken. Zum Glück war sie nicht so groß und wieder schlank, die Geburt sah man ihr nicht mehr an.

»Wir müssen uns beeilen«, hetzte er. »Vite, vite.«

Jetzt, da der Abschied gekommen war, sie ihren Sohn zurückließ und in eine ungewisse Zukunft aufbrach, flatterte ihr Herz. Sie war dankbar, nicht reden zu müssen, sie hätte kein Wort herausgebracht. Umständlich kletterte sie in den Wagen und legte sich unter die Decken.

»Kein Wort, kein Stöhnen, kein Niesen«, befahl er. »Es darf nichts zu hören sein, wenn wir den Kontrollposten erreichen. Verstanden?«

»Ja«, flüsterte Carole und versuchte, sich einigermaßen bequem hinzulegen. Sie zog die Beine an, legte die Arme fest an den Körper. Dabei schloss sie die Augen und schickte kleine Stoßgebete zum Himmel. »Bitte, lass alles gut gehen«, betete sie inbrünstig. Der Zettel mit der Adresse knisterte in ihrer Manteltasche. Hoffentlich gab es dort noch den geheimen Unterschlupf und Gleichgesinnte. In diesen Zeiten konnte sich die Lage jeden Tag ändern.

»Ich sag Bescheid, wenn wir durch sind. Dann kannst du dich von mir aus aufsetzen. Aber hier bei mir will ich dich nicht haben.«

Er hatte Angst, dachte Carole. Wer wollte es ihm verdenken? Jeder Bürger, der den Regeln zuwiderhandelte, musste mit dem Schlimmsten rechnen: Verhaftung, Gefängnis, Folter und viel zu oft dem Tod. Sie hatten keine Scheu, Franzosen gegeneinander auszuspielen. Sie zwangen Männer, ihre Nachbarn zu bespitzeln, indem sie drohten, ihren Frauen etwas anzutun. Der Mann konnte nicht sicher sein, dass Carole keine Spionin war und ihn nicht denunzieren würde. Ein Glück, dass er dieses Risiko auf sich nahm.

Auch sie fürchtete sich. Unfassbar sogar. Die Furcht nahm ihr die Luft zum Atmen, vernebelte ihre Sinne. Sie bewirkte aber noch etwas anderes. Trotz. Und Stolz. So wollte sie nicht leben. Nicht mit dieser ständigen Angst, dem ewigen Misstrauen in die Mitmenschen. Angst war weder ein guter Berater noch ein guter Begleiter. Angst fraß die Seele von innen auf. Nicht nur bei einem Menschen, sondern auch bei einem ganzen Volk. Sie war entschlossen, alles zu tun, was in ihrer Macht stand, um ihr Vaterland zu befreien. Für die Zukunft. Für Henri. Sie hoffte auf ein besseres Leben für ihn.

Obwohl Frederic langsam fuhr, spürte sie jedes Schlagloch, jede Unebenheit der Straße. Ein Gegenstand hatte sich durch die Erschütterung aus seiner ursprünglichen Position gelöst und drückte ihr unangenehm in den Rücken. Sie konnte ihn nicht identifizieren, wagte aber auch nicht, ihre Position zu verändern, um nachzusehen.

Irgendwann verlangsamte Frederic sein Fahrtempo, drehte das Fahrerfenster herunter und grüßte. Hatte er tatsächlich »Heil Hitler« gesagt? Carole hielt den Atem an.

Sie verstand nicht alles, aber der Tonfall war locker und freundlich. Ein gutes Zeichen. Erst nach Frederics »Auf Wiedersehen« stieß sie den angehaltenen Atem wieder aus.

»Die erste Kontrolle ist überstanden, noch eine.« Frederics Stimme war die Erleichterung anzumerken. »Kannst dich gerne kurz aufrichten und die Knochen sortieren. Dann wieder hinlegen«, rief er ihr zu und pfiff leise eine ihr unbekannte Melodie.

Als Erstes tastete sie nach dem Fremdkörper, der sie geärgert hatte, und erschrak, als sie erkannte, dass es eine Pistole war. Es war nicht die einzige. Insgesamt lagen dort fünf Waffen. Sie kannte sich nicht gut genug aus, um zu wissen, was das für welche waren. Es war auch egal. Waffen, egal welcher Art, waren verboten.

Sie war nicht das einzige gefährliche Gut, das der angebliche Geschäftsmann transportierte. Ihr wurde schlagartig klar, was passiert wäre, hätte man die Ladung des Kofferraums kontrolliert: Sie war diejenige, die des Waffenbesitzes beschuldigt worden wäre. Frederic baute mit Sicherheit darauf, dass ihn seine lange Bekanntschaft mit den Deutschen gerettet hätte. Sie war benutzt worden. Und hatte Glück gehabt.

Der Waffentransport erklärte Frederics überbordende Freundlichkeit dem Kontrollposten gegenüber, aber auch seine Nervosität. Was führte der alte Mann im Schilde, fragte sie sich. Sollte er sein Ding durchziehen, sie würde ihren Weg gehen. Je weniger sie voneinander wussten, umso besser. Was man nicht wusste, konnte man nicht verraten.

Carole machte es sich bequemer und legte die Pistole wenige Zentimeter zur Seite. Sie sah nur den Himmel, ab und zu ein paar Baumwipfel und verlor jedes Zeitgefühl.

Als Frederic plötzlich »Achtung« zischte, schlug ihr Herz erneut wie wild, doch dieses Mal wurde der Wagen einfach durchgewunken. Erleichtert, aber mit vor Angst feuchten Händen, vernahm sie wieder sein melodisches Pfeifen.

»Noch zwei, drei Minuten, dann sind wir an der Stelle, wo ich dich rauslasse. Du weißt, wohin du musst?«

Sie nickte, obwohl er die Bewegung nicht sehen konnte. Er schien auch keine Antwort zu erwarten, weder fragte er nach, noch sah er in ihre Richtung.

Hoffentlich war die Adresse korrekt, dachte Carole in einem Anflug von Panik. Auf was für einen Wahnsinn hatte sie sich eingelassen? Sie war eine Frau vom Land mit wenig Lebenserfahrung, und bis auf das Verstecken des einen Mädchens hatte sie keine Berührung mit der Widerstandsbewegung gehabt. Radio zu hören zählte sie nicht dazu. Madame Pirotte hatte ihr eine Adresse, einen Namen und ein Losungswort genannt. Sie konnte nur beten, dass die Adresse noch korrekt war, weil sie sonst nicht wusste, wo sie hingehen sollte. Ihre Nachbarin hatte sie eindringlich vor Spitzeln und Spionen der Deutschen gewarnt, ihr eingebläut, nicht jedem zu vertrauen.

Es wurde dunkel um sie herum, Frederic fuhr in die Garage, ihren Bestimmungsort.

»Vite, beeil dich. Ich habe nicht ewig Zeit.«

Carole kletterte aus dem Kofferraum, nahm ihren Koffer von Frederic entgegen und überlegte, ob sie die Waffe zurücklegen sollte. Nein, beschloss sie, sie würde sie behalten. Manchmal musste man auch Risiken eingehen. Doch Frederic schlug die Decke zur Seite und betrachtete die Pistolen. »Ich …« Carole begann zu stottern.

Der Fahrer grinste schief. »Eine war ohnehin für dich. Pass gut darauf auf.«

»Danke«, brachte sie schließlich heraus.

»Wir kämpfen für die gleiche Sache, wenn auch mit anderen Mitteln. Viel Glück.« Mit diesen Worten drehte er sich um und lud die anderen Waren aus seinem Fahrzeug aus. Carole blieb unsicher stehen. Er blickte sich noch einmal zu ihr um. »Was machst du noch hier? Ich denke, du weißt wohin?«

Da ihr keine sinnvolle Antwort einfiel, beließ sie es bei einem leisen »Adieu«.

Langsam machte sie sich auf den Weg. »Aus der Garage links, die erste rechts, dann die Straße bis zum Ende laufen, dann die dritte rechts. Ein zehn Minuten langer Fußweg«, so hatte ihr Madame Pirotte die Route eingebläut. Sie hoffte inständig, dass es richtig war. »Beweg dich ganz natürlich. Sei selbstbewusst«, hatte sie ihr noch mit auf den Weg gegeben. Und tatsächlich: Mit jedem Schritt wurde Carole selbstsicherer, straffte die Schultern und ging mit aufrechtem Gang die Straße hinunter.

Als Kind hatte sie die Hauptstadt einige Male besucht und sie damals als laut, anstrengend und erschreckend empfunden. So viele Menschen war sie nicht gewohnt gewesen. Ihre Gefühle hatten sich nicht geändert. Uniformierte Soldaten patrouillierten durch die Straßen und flößten ihr Angst ein, die sie zu unterdrücken versuchte. Deutsche Fahnen wehten statt der Trikolore im Wind. Auf der gegenüberliegenden Straßenseite sah sie ein Café, an dessen Fensterscheibe ein deutsches Werbeplakat angebracht war. Die Übermacht des Gegners war offensichtlich. Das Gewicht der verbotenen Pistole wog schwer und im Hinterkopf blieb die Angst vor einer Festnahme. Dennoch beschritt sie unbeirrt den empfohlenen Weg und verbot sich jeden negativen Gedanken, bis sie schließlich vor dem Mehrfamilienhaus stand. Es bestand aus vier Stockwerken, im Eingang saß eine Concierge, die sie abweisend und abfällig betrachtete. »Zu wem wollen Sie denn?«, grummelte sie und zeigte ein Gebiss, bei dem mehrere Zähne fehlten.

Carole zuckte zusammen. Sie wusste nicht, ob sie bereits hier das Losungswort nennen sollte. »Zu Chabrol?«, sagte sie zögerlich.

»Kenn ich nicht. Wer schickt Sie?«

Die Frage verunsicherte Carole zutiefst. Durfte sie Madame Pirottes Namen nennen oder brachte sie ihre Nachbarin in

Gefahr? »Madame Pirotte«, flüsterte sie und hoffte, keinen Fehler zu begehen.

»Ach so, dritter Stock, linke Wohnung, Kindchen.«

Mit jeder Stufe, die sie erklomm, wurde sie langsamer. Zweifel überfielen sie. Doch es gab kein Zurück. Sie dachte an Madame Pirotte, an Josefine und an Henri, für den sie all das auf sich nahm. Für eine bessere Zukunft für alle.

Schnaufend erreichte sie die Wohnung. Es gab kein Namensschild, keine Klingel. Sie klopfte wie aufgetragen drei Mal und wartete.

»Oui?«

Sie nannte das Losungswort und die Tür wurde ihr augenblicklich geöffnet.

»Carole?«

Sie nickte.

»Komm rein, vite.«

Carole tat, wie ihr geheißen, und trat in die dunkle Wohnung. Die Vorhänge waren zugezogen, sie erkannte lediglich Umrisse. Die Frau, die ihr geöffnet hatte, war älter, als sie aufgrund der Stimme vermutet hatte.

»Wir können immer neue Gesichter gebrauchen. Gestern sind ein paar von uns in einer anderen Wohnung aufgeflogen und verhaftet worden. Wir müssen diese Wohnung ebenfalls verlassen und umziehen. Pack mit an.«

»Besteht denn akute Gefahr?« Carole spürte augenblicklich, wie sich ihr Puls beschleunigte. »Ich hätte eine Waffe, die ich abgeben kann. Wenn ihr euch verteidigen müsst.«

Ungläubig schüttelte die Frau ihren Kopf. »Zeig her.«

Carole zog die Waffe mit zittrigen Händen aus dem Koffer und überreichte sie der Fremden. »Kommt her«, rief sie in den Raum hinter sich, während sie die Pistole in den Händen drehte. Aus dem Dunklen erschienen drei Männer, alle in ihrem

Alter. Sie kreisten sie ein und musterten sie mit abschätzigem Blick. Carole spürte ihre Feindseligkeit.

»Sie ist ein Spitzel. Wir sollten ganz schnell sehen, dass wir sie loswerden.«

»Nein, sie wusste das Losungswort«, widersprach die Frau.

»Der Einwand ist ein Witz. Erst gestern sind wir wieder verraten worden.« Der Dritte im Bunde visierte Carole eindringlich an. »Wer bist du? Woher kommst du?«

Stotternd begann Carole, ihnen von Madame Pirotte zu erzählen, von der Flucht mit Frederic und der Waffe, die er ihr überlassen hatte.

»Ich kenne Frederic«, wandte er sich an die anderen. »Nicht sein richtiger Name, ein zuverlässiger Mann, der uns oft mit seinem Wagen hilft und Gegenstände unter den Augen der Deutschen transportiert. Ihre Geschichte stimmt.«

Carole spürte, wie ihr übel wurde. Sie hatte geglaubt, sie würde mit offenen Armen empfangen und nicht als Feindin angesehen werden. »Ich möchte helfen.«

»Also gut. Ich bin Jacques. Herzlich willkommen.«

Kapitel 37

Düsseldorf, Mai 2023

Endlich hatte sie einen Anhaltspunkt, einen Menschen, der ihr bei ihrer Suche helfen konnte. Sie musste dringend ihrem Vater und Jonas die Neuigkeit mitteilen, dass sich Nicolas Rochard gemeldet hatte. Sie überlegte noch, ob sie die Straßenbahn oder das Auto nehmen sollte, als ihr Telefon klingelte. Tim.

»Tut mir leid, Louisa. Den Job hast du nicht gekriegt.«

»Bitte? Wovon sprichst du?«

»Von dem Casting. Die haben sich für eine andere Sprecherin entschieden. Ich habe vorhin mal in deine Probe reingehört. Nicht deine Sternstunde. Kannst du besser.«

Louisa war so perplex, dass sie keine Antwort fand.

»Bist du noch dran?«

»Wo sollte ich denn sonst sein?«

»Werde nicht schnippisch. Ich kann den Verlag verstehen. Was ist denn los mit dir? Wirst du krank? Du hast doch jetzt eine Betreuung für deinen Vater, oder ist das schon wieder nichts mehr?«

»Doch, schon.« Sie spürte, wie enttäuscht sie war. »Es ist eigentlich alles in Ordnung. Ich bin nur …« Was sollte sie ihm erzählen? Von Schlafstörungen und Eifersuchtsanfällen, von Selbsterkenntnis und einem fremden Mann aus Frankreich?

»Mach's gut, Louisa. Der Job, über den ich mit dir sprechen wollte, hat sich leider auch zerschlagen. Ich hoffe, ich hab bald wieder etwas für dich«, hörte sie Tim sagen und auflegen.

Sie verstand die Absage nicht, hatte aber keine Zeit, sich damit zu beschäftigen. Sie musste zu ihrem Vater und zu Jonas und ihnen von Nicolas erzählen. Sie wollte nicht mehr länger warten und nahm den Mini.

Erst als sie den Wagen vor dem Haus ihres Vaters parkte, wurde ihr klar, dass es nicht selbstverständlich war, dass ihr Vater zu Hause war. Nicht mehr. Sie nutzte wie immer die Klingel statt den Haustürschlüssel, den sie nur für Notfälle behalten hatte.

Lautes Lachen drang zu ihr nach draußen, doch niemand öffnete. Sie klingelte erneut, dieses Mal hielt sie den Knopf etwas länger gedrückt.

Endlich vernahm sie Schritte. »Hallo, Louisa, mit dir haben wir überhaupt nicht gerechnet«, begrüßte Jonas sie.

»Ich habe Neuigkeiten«, sagte sie und trat in den Flur. Auf dem weißen Teppich lagen ein paar Läufer, um die helle Farbe nicht zu ruinieren. Sie zog ihre Schuhe aus und hängte ihren Mantel an den Haken. »Ich muss mit euch reden.« Sie ging ins Esszimmer, wo ihr Vater am Tisch saß und zufrieden aussah. So gelöst hatte sie ihn schon lange nicht gesehen.

»Hallo, Papa.«

Er nickte. »Was gibt es?«

Aufgeregt setzte sie sich neben ihn. Jonas war mittlerweile auch an den Tisch gekommen. »Ich habe euch doch erzählt, dass ich nach dem Wehrmachtsamt auch diesen Verein angeschrieben habe.«

Das Gesicht ihres Vaters verdunkelte sich augenblicklich. Jonas schaute sie fragend an. »Ja?«

»Und dann habe ich nie wieder etwas gehört. Bis heute. Heute hat sich ein Nicolas gemeldet. Nicolas Rochard räumt das Haus seiner Großmutter auf und hat beim Ausmisten des Dachbodens alte Kisten entdeckt, wie das so üblich ist, und in einer Kiste hat er Unterlagen gefunden. Die sind von seiner Großtante, also der Schwester seiner Oma.«

»Aha.«

»Es sind Briefe, Ansichtskarten und Fotos. Ein paar Briefe hat er gelesen und in denen gibt es Andeutungen, dass Manfred Ziegler und eine Carole Renoir ein Liebespaar gewesen waren, und zwar in der Zeit, während dein Vater in Frankreich stationiert war. Diese Carole wiederum muss eine Zeit lang bei seiner Oma gewohnt haben, wie aus einem anderen Brief hervorgeht. Er möchte wissen, ob wir vielleicht mehr Informationen darüber haben. Diese Carole ist wohl verschollen. Mehr hat er mir nicht über sie gesagt, aber ein Foto von ihr geschickt. Auf dem ist nicht nur sie, sondern auch Manfred.« Sie schaute triumphierend in die Runde, sah aber weder Überraschung noch Freude. Es blieb gespenstisch still.

»Seid ihr gar nicht neugierig? Habt ihr gar nichts dazu zu sagen?«

Vater zuckte die Schultern. Jonas stülpte die Lippen nach vorne.

»Schwierig, oder?«, meinte er schließlich.

Sie verstand diese Reaktion nicht.

»Was daran sollte bitte schwierig sein? Das ist ein Hinweis. Es zeigt deinen Vater und vielleicht auch … Papa, sie könnte deine … ihr könnt euch überhaupt nicht vorstellen, wie hübsch die Frau ist. Und sie hat Locken, so wie ich. Die Aufnahme zeigt sie fast im Halbprofil, und ihr werdet es kaum glauben: das Kinn, der Wirbel am Haaransatz …« Ihre Hand wies auf ihren. »Wie bei mir.«

»Hast du das Foto mitgebracht?«, wollte ihr Vater in völlig ungerührtem Ton wissen.

»Oh, ich dachte schon, es fragt keiner.« Sie lachte nervös, kramte umständlich in ihrer Tasche und holte ihren Laptop hervor.

»Auf dem Computer?«

»Ja, wo denn sonst, Vater. Das geht doch alles viel schneller als auf dem Postweg.«

Sie klappte ihren Laptop auf und öffnete den Anhang. Über den ganzen Bildschirm erschien das Schwarz-Weiß-Foto. »Schaut mal.« Aufgeregt sah sie von einem zum anderen. »Das sind sie. Das müssen sie sein. Meine Großeltern. Deine Eltern, Vater.«

Sie blickte ihn mit erwartungsvoll aufgerissenen Augen an, doch seine Mimik war völlig regungslos. Er starrte auf das Bild.

»Jetzt sagt doch was! Ist das nicht der Wahnsinn? Die Frau sieht aus wie ich.«

Ihr Vater räusperte sich.

»Eine gewisse Ähnlichkeit besteht«, stimmte Jonas zu. Er schaute Heinrich immer wieder an, als wollte er sich vergewissern, dass es ihm gut gehe.

Seine Gesichtsmuskeln waren nach wie vor wie eingefroren. Er starrte auf das Foto und nichts regte sich an ihm. Kein Zucken, kein Blinzeln.

»Vater, da sind deine Eltern abgebildet. Etwas mehr Euphorie habe ich schon erwartet.«

Endlich kam Bewegung in ihn. »Ich kenne nur ein Foto von meinem Vater in Uniform oder als Kind. Der da sieht ganz anders aus.«

Louisa war auf den Einwand vorbereitet. »Aber das ist er. Das ist definitiv Manfred Ziegler, dein Vater«, rief sie.

Er beachtete sie gar nicht. Mühsam erhob er sich, schlug Jonas' helfende Hand fort und schlurfte zu seinem Sessel.

Er setzte sich und starrte durchs Fenster in den Garten. Ein bekanntes Bild. Wieder gefangen in seiner eigenen Welt, in die er niemanden einlud.

Sie schaute Jonas um Hilfe suchend an. »Was habe ich falsch gemacht?«

Doch anstelle einer mitfühlenden Antwort fuhr er sie leise an: »Wenigstens fragst du dich das mal. Ein Fortschritt. Aber du könntest an deinem Timing arbeiten. Ist dir schon mal der Gedanke gekommen, dass dein Vater wirklich unter dieser Suche und den Umständen leidet und dass ihn das alles belastet? Er war schon im Krankenhaus und du machst einfach weiter. Und statt behutsam vorzugehen, stürmst du hier rein nach dem Motto ›Hoppla, hier komme ich, und jetzt müsst ihr alle mit mir freudig tanzen, weil ich etwas herausgefunden habe.‹« Er holte Luft. »Es geht dir doch nur um dich und nicht um deinen Vater. Du verstehst ihn überhaupt nicht. Und noch schlimmer: Du gibst dir noch nicht einmal Mühe.«

Verblüfft starrte sie ihn an. Sie wollte sich wehren, die Situation umkehren und ihm Vorwürfe machen und ihn zurechtweisen. »Warum sagst du das? Was liegt denn heute in der Luft? Erst kriege ich eine Absage für eine Hörbuchproduktion, die ich sicher glaubte, und jetzt benehmt ihr euch völlig daneben. Ich denke, dass es Vater guttut, wenn er seine Vergangenheit kennt, die Wahrheit über seine Herkunft. Er ist nicht der Sohn einer Hure, das sieht man auf diesem Bild ganz deutlich und das sollte er wissen! Egal, was passiert ist. Die beiden haben sich geliebt. Schau doch mal, wie sie sich angucken. Und ich will wissen, wie Vater schließlich nach Deutschland kam. Fragst du dich das nicht?«

»Nein, ich frage mich das tatsächlich nicht. Weißt du eigentlich, was du mit deinen Aussagen bei deinen Mitmenschen auslöst? Bist du in der Lage, dich in jemand anderen hineinzuversetzen? Ich denke, du bist Sprecherin. Funktioniert es nicht ähnlich wie bei der Schauspielerei: Man muss die Rolle des anderen einnehmen, sich in sein Tun, seine Gedanken fühlen? Kein Wunder, dass du den Job nicht bekommen hast.«

Noch niemand hatte ihr fehlende Empathie vorgeworfen. Zugegeben, die Absage hatte sie getroffen. Aber doch nicht, weil sie … Oder doch? Der Stachel des Zweifels regte sich. Er bohrte sich in ihre Gedanken und ließ sie nicht los. Nein, dachte sie. Stopp.

Jonas' nächste Worte trafen sie völlig ungeschützt. »Meist ist das, was wir selbst für unsagbar wichtig halten, ziemlich nebensächlich für andere. Ich mag deinen Vater. Er ist ein toller Mann. Wir haben Spaß miteinander. Ich glaube, du stresst ihn einfach mit deiner ichbezogenen Suche.«

Sie glaubte, nicht richtig gehört zu haben. Ihr Vater war das Problem, schon immer, nicht sie. »Was soll das?«, fauchte sie schließlich. »Ich meine es doch nur gut. Und auch ich habe ein Anrecht darauf zu wissen, wer meine Großmutter ist.« Sie klappte den Laptop zu. »Ehrlich gesagt habe ich mir das etwas anders vorgestellt.« Sie versuchte, die Fassung zu bewahren, während sie ihre Sachen zusammenpackte und nur noch den Gedanken hatte, aus diesem Haus zu verschwinden.

An der Tür hielt Jonas sie noch einmal auf. »Warte bitte einen Moment, Louisa.« Er sah sie entschuldigend an. »Sei nicht böse auf mich, ich wollte dich nicht verletzen. Aber es gibt noch etwas Dringendes, was ich mit dir besprechen muss.«

Widerwillig blieb sie stehen. »Habe ich noch etwas falsch gemacht?«

Er schüttelte den Kopf. »Nein. Es ist etwas anderes. Ich muss nächste Woche nach Ungarn.«

»Was sagst du? Das geht doch nicht. Ich meine …« Irritiert sah sie ihn an.

»Meine Tante Charlotte. Ich muss zu ihr, es geht ihr sehr schlecht.«

»Mir geht es auch nicht gut«, erwiderte Louisa leise. Und seine letzten Worte noch im Ohr, fügte sie an: »Vater auch nicht.«

»Charlotte hat mich aufgezogen und bei ihr habe ich während des Studiums gelebt. Jetzt wurde bei einer Routineuntersuchung ein Tumor in ihrer Brust entdeckt. Ich bin der Einzige, der sie bei den Gesprächen mit den Ärzten unterstützen und bei den Möglichkeiten einer Therapie beraten kann.«

»Aber was ist mit meinem Vater?«

Sein Blick verriet Enttäuschung. »Vielleicht muss seine Tochter sich mal mit ihm beschäftigen und auf ihn achtgeben.«

Aus dem Hintergrund hörten sie ihn. »Ich bin kein Kind. Niemand muss auf mich aufpassen oder mich beschützen.«

Louisa fuhr sich mit den Händen über das Gesicht. »Was soll ich denn bloß tun? Ich muss Renate fragen, ob sie einspringt.«

»Warum kümmerst du dich nicht ausnahmsweise mal um ihn, und zwar nicht aus Pflichtbewusstsein gegenüber deiner Mutter, sondern weil du es möchtest, weil du ihn kennenlernen willst. Wenn du ihm endlich einmal zuhörst, dann wird er vielleicht auch hören, was du zu sagen hast. Du bist deinem Vater viel ähnlicher, als du ahnst, und vielleicht …«

»Ich glaube, ich habe verstanden, was du meinst. Aber ich kann jetzt keine Entscheidung treffen.«

»Nein, das musst du auch nicht. Ich werde nächste Woche nach Ungarn fahren, so oder so. Ich hoffe, die Zeit reicht für dich, dass du dich drauf einstellen kannst. Es tut mir leid, aber Charlotte ist ein wichtiger, wenn nicht sogar der wichtigste Mensch in meinem Leben. Und manchmal gibt es Dinge, die man tun muss.«

Er ließ sie einfach stehen, drehte sich um und ging zu ihrem Vater. »Heinrich, alles in Ordnung bei dir?«

Luisa stand noch einen Moment an der Tür und schaute zum Wohnzimmer hinüber. Sie sah den Rücken ihres Vaters, der sein Gesicht zum Fenster gewandt hatte. Sah Jonas, der ihm eine Hand auf die Schulter legte. Nicht nur die körperliche Nähe traf sie bis ins Mark. Sie sah, wie sie miteinander redeten. So leise, dass sie kein Wort verstand. Die beiden waren ein Team. Diese Erkenntnis schmerzte und in ihrem Kopf schwirrten Rechtfertigungen, Erklärungen, Beschimpfungen und Selbstzweifel – alles gleichzeitig.

Hatte Jonas recht? War sie viel zu sehr auf sich selbst fixiert, auf ihre eigenen Befindlichkeiten, statt auf ihren Vater einzugehen? War das nicht das, was sie immer ihrem Vater vorgeworfen hatte? Sie dachte an ihre Mutter, die versucht hatte zu beschwichtigen, zu vermitteln. Und ja, Louisa war wie ein Elefant im Porzellanladen hineingestürmt, hatte ihre Befindlichkeiten auf den Tisch gebracht, als gäbe es niemand anderen auf dieser Welt. In diesem Punkt hatte Jonas recht.

Sie war kein Bestandteil mehr dieser Familie, ein Fremder hatte ihren Part übernommen. Ein Fremder, den sie engagiert hatte. Nun gut, dachte sie. Diese Suppe hatte sie sich selbst eingebrockt. Sie holte tief Luft. »Ich melde mich morgen, damit wir die Details besprechen können.«

Sie hörte sein »Okay«, bevor sie die Tür schloss. Ihr Vater reagierte gar nicht.

Louisa schüttelte den Kopf und stieg in ihr Auto. Sie begriff nicht, was gerade passiert war. Niemand teilte ihre Freude, ganz im Gegenteil. Sie führten sich auf, als wäre sie die Überbringerin einer Hiobsbotschaft. Aber sie hatte noch andere Familienmitglieder. Hedwig. Sie nutzte die Freisprechanlage.

»Hallo, Louisa. Was kann ich für dich tun?«

»Wie kommst du darauf, dass du etwas für mich tun kannst?« Louisa schmunzelte, als sie die unbeschwerte Stimme ihrer Tante hörte.

»Na, weil du sonst nicht anrufen würdest.«

»O Gott, bin ich wirklich so durchschaubar?«

Hedwig druckste herum, dann antwortete sie klar und unmissverständlich. »Eigentlich ja.« Und nach einer kurzen Pause. »Aber ich find's nicht schlimm. Man weiß immer, woran man bei dir ist, und das macht das Leben einfacher.«

Diese Beschreibung klang in Louisas Ohren nicht nach einem netten Menschen.

Hedwig hakte nach, als sie zu lange stumm blieb. »Was ist denn los mit oder bei dir?«

Inzwischen war es auch egal, dachte Louisa. Für Rücksichtnahme war es eh zu spät. »Ich hatte dir doch von dem Wehrmachtsamt und dem Verein in Frankreich erzählt. Heute bekam ich eine Nachricht, die mich weiterbringen könnte. Ein Mann hat sich gemeldet, er hat etwas auf dem Dachboden seiner Großmutter gefunden, und es scheint so, als wäre mein Großvater mit einer Bekannten seiner Großtante zusammen gewesen. Einer Carole.«

Sie brach ab. Wie sollte sie davon berichten, ohne wieder als empathielose Egoistin dazustehen? »Also, ich bin zu Vater gefahren und habe ihm das Foto gezeigt, das dieser Mann mir geschickt hat. Ich glaube, es zeigt tatsächlich Manfred mit meiner leiblichen Großmutter. Ich gebe zu, ich dachte, Vater würde begeistert sein. Leider hat er überhaupt nicht so reagiert, wie ich mir das vorgestellt habe. Um ehrlich zu sein, glich es eher einem Rausschmiss.«

»Nicht dein Ernst?«

»Leider doch. Vater ist in sein altes Muster gefallen und Jonas offenbarte mir, dass er nächste Woche nach Ungarn muss. Zu seiner Tante. Also stehe ich wieder allein mit Papa da und weiß überhaupt nicht, wie ich damit umgehen soll. Ihn interessiert die Vergangenheit nicht. Dabei habe ich so viel Energie in die Suche gesteckt. Und ich bin mir sicher, dass es gut für ihn wäre, wenn er wüsste, wo er herkommt.« Sie sprach zu schnell, ihre Stimme überschlug sich beinahe.

»Möchtest du vielleicht vorbeikommen? Ich würde sehr gerne das Foto sehen. Außerdem bin ich allein. Erich trifft sich mit seinen Freunden zum Skatabend bei Georg.«

»Sagtest du Skatabend? Es ist Nachmittag.«

»Wir werden alle nicht jünger.«

Louisa lachte auf. »Weißt du was, ich bin gleich da.«

Ihre Tante Hedwig hatte das große Glück, seit Jahrzehnten in einem Einfamilienhaus in Golzheim zu wohnen. Bevorzugte Wohnlage, direkt in der Nähe vom Rhein. Unbezahlbar mittlerweile.

»Komm rein, Kind. Ich bin schon sehr gespannt.«

Am Wohnzimmertisch klappte Louisa erneut den Laptop auf, las Nicolas' E-Mail vor und zeigte ihr das Foto.

»Das ist eindeutig Manfred. Das sieht man doch. Was für ein hübscher Mann! Er wirkt glücklich. Und ich gebe dir recht, die Frau sieht ein kleines bisschen aus wie du. Zumindest wäre geklärt, wenn sie denn deine Großmutter ist, woher du diese wunderbaren Locken hast. Niemand in unserer Familie hat Locken.«

Dankbar schaute Louisa ihre Tante an. »Ja, das habe ich auch gedacht. Die Ähnlichkeit ist nicht von der Hand zu weisen, oder?«

Hedwig nickte. »Und Heinrich hat gar nicht darauf reagiert?«

»Doch, gebrummt hat er. Und dann hat er sich in seinen Sessel gesetzt und in den Garten geschaut. Er hat noch nicht mal Tschüss gesagt.«

»Aber er trug nicht seine gelbe Strickjacke?«

Gegen ihren Willen musste Louisa lachen. »Nein. Guter Punkt.«

»Dann ist noch nicht alles verloren«, fiel Hedwig in ihr Lachen ein. »Du musst diesen Nicolas kennenlernen. *Ihr* solltet ihn kennenlernen. Sicherlich gibt es dort, wo er das

Foto gefunden hat, noch mehr Unterlagen bezüglich deiner Großeltern. Und vielleicht ist es sinnvoller, ihn in Frankreich zu treffen. Und da Jonas fortmuss, nimmst du deinen Vater mit. Ihr beide unternehmt eine Reise nach Frankreich. Auf den Spuren der Vergangenheit.« Sie schlug Louisa begeistert mit der Hand auf den Oberschenkel. »Oh, das klingt so aufregend.«

Völlig überrumpelt kniff Louisa die Augen zusammen und schüttelte dabei leicht den Kopf.

»Was für eine Schnapsidee. Ich kann doch nicht …«

»Warum denn nicht? Klingt für mich wie die perfekte Lösung. Ihr könnt endlich ein wenig zusammenrücken und gleichzeitig Licht ins Dunkel der Vergangenheit bringen. Zwei Fliegen mit einer Klappe! Du musst nur deinen Vater überzeugen.«

Louisa unterbrach sie. »Wie sollte das denn bitte funktionieren?«

»Dafür hast du Jonas. Eine Woche bleibt dir, bis er zu seiner Tante muss. Eine Woche, um ihn für dein Vorhaben zu gewinnen. Hast du Jonas auf deiner Seite, ist das mit deinem Vater ein Kinderspiel.«

»Und wie soll ich das anstellen? Er hat keine hohe Meinung von mir, das kam vorhin sehr klar zum Ausdruck.«

»Ein Eierlikörchen? Damit kommen einem die besten Ideen.«

Kapitel 38

Paris, Oktober 1943

Carole schob den Kinderwagen durch die nächste Gasse. Das Kissen zeigte nur den dunklen Haarschopf einer Puppe und sie hoffte inständig, dass niemand einen Blick unter die Decke werfen wollte. Da sie neu in Paris war, bestand für sie immerhin nicht die Gefahr, von einem Passanten erkannt und in ein Gespräch verwickelt zu werden. In ihrer Aufmachung sah sie aus wie eine junge Mutter aus gutem Hause, die mit ihrem Säugling an der frischen Luft spazieren ging. Sie musste noch zwei Briefkästen beliefern und dann ein Päckchen abgeben. Sie hatte keine Ahnung, was für Papiere in dem Griff des Kinderwagens steckten, nur dass es lebensgefährlich war, damit erwischt zu werden.

Trotz der Gefahr war sie dankbar, endlich etwas tun zu können. Von Anfang an hatte sie aktiv sein wollen, aber die Männer hatten ihr schnell klargemacht, dass Frauen an der vordersten Front nicht erwünscht waren. Meist stand sie während der Treffen abseits, hörte den leidenschaftlichen Reden zu und gab ab und zu einen Kommentar ab, der lächelnd zur Kenntnis genommen, aber nicht weiter beachtet wurde. Jacques kümmerte sich um sie, bat sie sogar oft um ihre Meinung, doch hatte das wenig Einfluss auf die anderen, die ihr noch immer mit Argwohn begegneten.

In einer Stunde trafen sie sich wieder in der mittlerweile dritten Wohnung, in der sie seit ihrer Ankunft in Paris vor einem halben Jahr lebte. Ein hohes Tier der FTP-MOI sollte kommen und über Fortschritte der einzelnen Aktionen berichten. Die unterschiedlichen Gruppen, die im Widerstand aktiv waren, waren für Carole nach wie vor schwierig zu unterscheiden. Auch wenn es de Gaulle mit dem Conseil national de la Résistance geschafft hatte, politische Gruppen, unterschiedliche Gewerkschaften und vereinzelte Widerstandsgruppen unter einem Dach zu vereinen, herrschten diverse Konflikte. Vor allem seit Jean Moulin, ein Vertrauter de Gaulles und der erste Präsident des CNR, verhaftet worden war. Er hatte die persönliche Folter Klaus Barbies überstanden, ohne etwas zu verraten. Gerüchten zufolge hatte sein Herz bei der Überführung in ein Konzentrationslager aufgehört zu schlagen. Das klang so harmlos. Mitgefangene, die freigelassen worden waren oder hatten fliehen können, berichteten, Barbie habe Moulin Beine, Arme und die meisten Rippen gebrochen und er sei kaum noch zu erkennen gewesen. Nach wochenlanger Tortur hatte er sich an der Grenze zum Koma befunden.

Carole hatte von vielen gehört, die lieber aus dem Fenster gesprungen waren, als ihr Frankreich zu verraten. Seitdem fragte sie sich immer wieder, wie sie reagieren würde. Im Grunde wusste sie nichts. Die Namen, die sie kannte, waren alle falsch, die Adressen der Wohnungen, zu denen sie nach einer Entdeckung wechselten, kannte sie vorher ebenfalls nicht.

Sie schaute sich noch einmal um, ob sie auch nicht verfolgt oder beobachtet wurde. Sie bog um die nächste Ecke und lief einem jungen Mann in den Arm. Erschrocken hielt sie inne. Der Fremde begutachtete sie abschätzend von oben bis unten, und ihr wurde erst leichter ums Herz, als er sie mit ihrem Decknamen ansprach. »Chloé?«

Sie nickte ängstlich.

»Luft rein?«

Erneutes Nicken.

»Lass den Kinderwagen hier. Du gehst am besten durch den Hof und nimmst die Tür zur anderen Straße. Hier ist ein anderer Hut.«

Sie tauschte ihren blauen gegen den grünen Hut und hoffte, die Täuschung würde gelingen, sollte sie doch verfolgt worden sein. Schnell machte sie sich auf den Weg zurück. Das war auch neu in Paris: Sie war dauernd in Eile. So wie auch die Angst ihr ständiger Begleiter war.

Nach dem vereinbarten Klopfzeichen ließ sie Jacques ein.

»Hallo.« Er lächelte sie an.

Sie mochte ihn. Er heiterte sie immer wieder mit Witzen auf, wenn ihr zum Weinen zumute war. Sie fühlte sich in seiner Gegenwart wohl, auch wenn sie ihn als Mann unattraktiv fand.

Er war es, der ihr Zeichentalent entdeckt hatte, dafür sorgte, dass sie die Ausweise fälschen durfte und damit endlich eine Aufgabe hatte. Sie machte es so gut, dass ihre Aufträge, gefährliche Botengänge zu erledigen, weniger wurden. Ihre Fähigkeit war ein wichtiger Bestandteil für das Fortbestehen der Organisation.

Nur einige Augenblicke, nachdem sie eingetreten war, klopfte es drei Mal an der Tür – zwei Mal kurz, einmal lang – und sie zuckte wie stets zusammen. Jacques bedeutete ihr mit einer Geste, dass sie in den hinteren Raum gehen sollte. Erst dann öffnete er die Haustür.

Vier Männer drangen durch den Eingang. Euphorisch, aufgeregt und viel zu laut. Alle Ermahnungen, leiser zu sein, verpufften im Stimmengewirr.

»Es hat funktioniert«, rief einer der vier. »Aubrac und dreizehn weitere Gefangene haben es geschafft, sie sind frei. Es ist uns gelungen, die Deutschen zu hintergehen, wir werden es auch schaffen, sie aus unserem Land zu vertreiben!«

Allgemeiner Jubel und Freudenrufe übertönten Jacques' Ermahnungen, leiser zu sein.

»Habt ihr Wein? Darauf müssen wir anstoßen.«

Plötzlich wurde Jacques lauter. »Seid doch leiser, verdammt noch mal. Hört ihr das denn nicht?«, rief er und lief zum Fenster. Mit einer Handbewegung schob er den dicken Vorhang ein Stückchen zur Seite. »Merde, sie sind euch gefolgt! Raus, schnell, wir müssen verschwinden.«

Carole stand wie erstarrt, es war ihr unmöglich, sich zu bewegen. Waren die Deutschen den Männern oder ihr gefolgt? Es war einerlei, es war vorbei. Sie kamen, um sie alle festzunehmen. Sie würden sie ins Gefängnis Fresnes bringen, sie foltern und anschließend hinrichten. Sie hatte gewusst, dass ihr das passieren könnte. Und nun war es so weit.

Zunächst spürte sie Jacques' Rütteln nicht, bis er ihr eine schallende Ohrfeige gab. Sie erwachte aus ihrer Starre, doch bevor sie reagieren konnte, zog Jacques sie in ein Nebenzimmer, bis zu dem Schrank an der Wand. Sie fühlte nichts, war eine Marionette, die sich willenlos bewegen ließ. Er öffnete die Tür, schob diverse Kleidungsstücke zur Seite und zeigte ihr an, weiter still zu sein. Er entfernte drei Holzbretter und zwängte Carole durch die Lücke. Dann quetschte er sich ebenfalls hindurch, verschloss den Spalt und drängte sie mit sanftem Druck einige Schritte weiter in einen schmalen Gang, bis es nicht mehr weiterging.

Sie standen dicht beieinander, sie spürte seinen Atem an ihrem Hals, roch seine Angst.

Dann fielen Schüsse.

Kapitel 39

Düsseldorf, Mai 2023

Nach dem Besuch bei ihrer Tante setzte sich Louisa auf ihre Dachterrasse und zog Bilanz.

Wenn sie ganz ehrlich zu sich war, und das fiel ihr schwer, hatte Jonas recht. Nicht in allen Punkten, aber in Bezug auf ihren Vater bewies er ein gutes Gespür.

Der jahrelange Disput zwischen ihnen, die immerwährenden Kämpfe hatten sie glauben lassen, dass er falschlag. Mit allem. Sie war die Gute, er der Böse. Sie hatte die Einwände ihrer Mutter ignoriert, ihr unterstellt, sie sei verblendet.

Dass Heinrich Ziegler ein pessimistischer, griesgrämiger Mann war, daran gab es keinen Zweifel. Dass er grundsätzlich mit allen Einschätzungen und Einstellungen in den vorangegangenen Jahren danebengelegen hatte, konnte sie heute nicht mehr beurteilen. Die leise Stimme in ihr sagte jedoch, dass er nicht immer falschgelegen haben konnte. Allein aufgrund von Wahrscheinlichkeiten.

Jonas' Vorwürfe brachten sie zum Nachdenken. Sie hatte, und damit hatte er ins Schwarze getroffen, ihrem Vater nie eine Chance gegeben. In ihr breitete sich ein Gefühl aus, das sie im

Umgang mit ihrer Familie nicht kannte: Sie schämte sich. Und zwar für ihr eigenes Verhalten.

Hedwigs Idee, mit ihrem Vater nach Frankreich zu reisen, hielt sie nach wie vor für eine Schnaps- beziehungsweise Eierliköridee. Je länger sie darüber nachdachte, umso unmöglicher fand sie den Vorschlag.

Aber das Problem blieb. Sie musste die Zeit, in der Jonas in Ungarn war, überbrücken. Wären sie eine normale Familie, hätten sie eine normale Vater-Tochter-Beziehung, wäre die Reise ein grandioser Plan. Aber er hatte nichts mit der Realität zu tun.

Wie sie nun eine Pflegekraft für unbestimmte Zeit finden sollte, wusste sie nicht. Sie würde wieder in ihr Elternhaus ziehen und auf Renates Mithilfe hoffen. Eine andere Lösung fiel ihr nicht ein.

Das Telefon riss sie aus ihren Gedanken. Sie verließ die Terrasse und suchte das Telefon. Im Schlafzimmer fand sie es, achtete nicht auf die Nummer und meldete sich. »Ja?«

»Ich bin's.«

Ihr Vater. O bitte, lass ihn nicht wieder einen Anfall bekommen haben. Nicht wieder ihretwegen. »Was ist passiert? Geht es dir gut? Oder ist etwas mit Jonas?« Ihre Gedanken überschlugen sich. Ihr Vater, nicht Jonas, rief an. Es musste schlimm um ihn stehen, wenn er sich meldete. »Ist Jonas schon nach Ungarn gereist?«

»Nein. Was für ein Nonsens! Er hat mich überredet, dich anzurufen.«

»Ach so.« Natürlich rief er nicht freiwillig an. Sie versuchte, die aufkommende Stille auszuhalten. Sie würde sie nicht als Erste brechen: Er hatte angerufen, er wollte etwas von ihr.

Er räusperte sich. Eine Stimme im Hintergrund gab Anweisungen. Jonas war zu leise, um ihn zu verstehen.

Ein erneutes Räuspern. »Um es kurz zu machen: Es ist nett von dir, dass du die Suche nicht aufgibst. Um die Gegenwart zu verstehen, muss man die Vergangenheit kennen. So oder so ähnlich heißt es doch.«

Wieder die Stimme im Hintergrund. Louisa sah Jonas vor sich, wie er das Zitat von August Bebel richtigstellte und auf ihren Vater einredete.

»Das ist doch egal, das stimmt auch so«, herrschte er seinen Betreuer an.

Louisa musste gegen ihren Willen lächeln.

»Also, Louisa.« Er sprach sie mit Namen an. Das allein bewies schon die Besonderheit dieses Augenblicks. »Die Sache ist die: Jonas muss weg, und ich brauche jemanden, der um mich rum ist. Keinen Pfleger, ich bin kein Pflegefall. Ich komme gut allein klar. Aber ich würde vorschlagen …«

Louisas Herzschlag setzte einen Moment aus. Was schlug ihr Vater vor?

»Also, ich denke, die beste Lösung … für uns alle … für dich und Jonas, vielleicht auch für mich … Ich sag mal, wir sollten … Schreib diesem Franzmann, dass wir kommen.«

»Kannst du das bitte noch einmal sagen?« War Hedwigs Idee doch nicht so abwegig, wenn sogar ihr Vater von allein auf den Gedanken gekommen war?

»Bist du taub oder senil? Schreib diesem Fritzen, wir kommen nach Frankreich und schauen uns das vor Ort an. Dieses Hin- und Hersenden ist doch völlig nervig.«

Da war er wieder. Sein bekannter, polternder Tonfall.

Aber er machte ihr nichts aus. »Er heißt Nicolas. Nicolas Rochard. Und ich schreibe ihm sehr gerne, dass du«, sie hielt inne, »dass wir«, verbesserte sie sich, »ihn und seine Dachbodenfundstücke mit Vergnügen kennenlernen möchten.«

»Dann sind wir uns ja ausnahmsweise einig.«

Er legte auf.

Louisa starrte sekundenlang das Telefon an und zweifelte an ihrem Verstand. Hatte sie das gerade wirklich erlebt? Sie lachte in ihrer Verwirrung laut auf und schlug sich dann die Hand vor den Mund. Würde sie das wirklich machen? Mit ihrem Vater, mit dem sie es kaum eine Stunde im selben Raum aushielt, nach Frankreich fahren?

Sie rief ihre Tante an.

»Du glaubst nicht, was gerade passiert ist«, legte sie ohne Begrüßungsfloskel los.

»Du wirst es mir erzählen.« Louisa wollte gerade sprechen, als Hedwig sie unterbrach. »Aber nicht jetzt, ich habe gerade keine Zeit. Ich melde mich später.« Auch sie legte ohne Verabschiedung auf.

Das durfte nicht wahr sein. Sie glaubte zu platzen, wenn ihr nicht sofort jemand zuhören würde.

Frische Luft! Sie riss die Terrassentüren auf und stellte sich in den Durchzug. Nach einem Gang auf die Terrasse und einigen tiefen Atemzügen fasste sie einen Entschluss. Sie schrieb Monsieur Rochard, dass sie mit ihrem Vater über das Foto gesprochen habe und sie gerne mit ihm telefonieren würde. Ihre französischen Sprachkenntnisse reichten zum Telefonieren nicht aus. Aber vielleicht wäre es auf Englisch möglich? Am nächsten Tag sei sie immer erreichbar. Sie fügte ihre Kontaktdaten an und drückte mit klopfendem Herzen auf »Senden«.

Es begann die Tagesschau, als ihr Handy klingelte.

»Bonjour, Madame Ziegler«, sagte eine ihr unbekannte Stimme. »Nicolas Rochard.«

Es stellte sich heraus, dass Nicolas Rochard neben perfektem Englisch auch ein relativ gutes Deutsch sprach und verstand. Die Kommunikation zwischen ihr und ihm war kein Problem. Als sie seine angenehm dunkle Stimme hörte, hatte sie sofort eine Vorstellung von ihm, auch wenn die mit der Realität vielleicht nichts zu tun hatte. In ihrem Kopf war er nicht groß, die wenigsten Franzosen waren groß, hatte braune Haare und braune Augen.

Er nahm ihr jede Befangenheit, indem er einfach drauflos sprach. Wenn ihm ein deutsches Wort fehlte, versuchte er es auf Englisch, und erst, wenn er dann nicht weiterkam, redete er in seiner Muttersprache. Sein Dialekt irritierte sie, er hatte nichts mit dem gemein, den sie in der Schule gelernt hatte.

»Mein Vater ist sehr kompliziert«, erzählte Louisa, als er sie fragte, wie ihr Vater auf die Neuigkeiten reagiert hatte. Und sie war über sich selbst überrascht, dass sie ihm das anvertraute. »Dennoch glauben wir, auf dem Foto, das Sie geschickt haben, seinen Vater zu erkennen. Es gibt Kinderfotos und Fotos als Soldat von ihm, da ist es natürlich schwierig, eine Ähnlichkeit zu erkennen. Aber das Gesicht ist das Gleiche. Auch wenn Ihr Foto das einzige ist, auf dem er lächelt. Sie sagen, sein Name steht auf der Rückseite? Und der der Frau?«

»Ja, Manfred Ziegler und Carole Renoir. Sie sehen beide sehr glücklich aus, was ich für diese Zeit und diese Umstände beachtlich finde.«

»Ja, so ging es mir auch«, gab Louisa zu. »Haben Sie herausgefunden, wer diese Frau ist?«

»Mittlerweile ja. Es war etwas schwierig, aber es gab in der Gegend wohl nur eine Carole Renoir, und zwar die Tochter des Bürgermeisters von Les Prés, Pierre Renoir. Er hat den Krieg nicht überlebt. Das war leicht herauszufinden. Er wurde zum Kriegsende der Kollaboration für schuldig befunden, verurteilt und hingerichtet.«

»Oh«, antwortete Louisa. »Hingerichtet?«, wiederholte sie entsetzt. »Und seine Tochter?«

Ein Seufzer. »Ich weiß es nicht. Sie scheint nach Paris gegangen zu sein. Wenn ich den Briefwechsel zwischen meiner Oma Josefine und ihrer Schwester richtig verstehe, scheint sie in Paris in den Untergrund gegangen zu sein, um sich dem Widerstand anzuschließen. Dort verliert sich jedoch ihre Spur. Aber vorher …«

»Ja?«, fragte Louisa aufgeregt.

»Sie muss einige Zeit im Haus meiner Oma gewohnt haben. Ich habe noch nicht alle Unterlagen sichten können. Aber in einigen Briefen ist immer von einer Carole die Rede und dass es ihr gut geht. Und in einem Brief, datiert Februar 1943, schreibt meine Oma an ihre Schwester, sie müsse kommen, weil Carole bald so weit sei und sie planen müssten. Ihr Vater ist im Februar 1943 geboren, oder?«

Fragen über Fragen schwirrten in Louisas Kopf. »Ja, das ist korrekt.«

»Es gibt also offensichtlich eine Verbindung zwischen meiner und Ihrer Familie – und der Résistance. Und die Hintergründe, wie das alles zusammenhängt, will ich ergründen.«

Auch Louisa wollte so viel mehr erfahren. »Wissen Sie, wer das Foto gemacht hat und wie es in den Besitz Ihrer Oma kam? Wo wurde das Foto überhaupt aufgenommen?«

»Das ist die einfachste aller Fragen, die Sie gestellt haben. Die Kirche im Hintergrund auf dem Foto ist die Kathedrale Notre-Dame.«

»Paris?«

»Nein, Amiens. Unsere Kathedrale ist viel größer als die in Paris.«

Sie kannte dieses Bauwerk nicht, wollte ihre Unkenntnis aber nicht zugeben.

»Die anderen Fragen kann ich Ihnen nicht ohne Weiteres beantworten. Meine Mutter erzählt oft von ihrer Kindheit. Manche alten Leute finden die Vergangenheit aufregender als die Gegenwart. Und manchmal spricht sie von einem Henri.«

»Sie glauben also …« Die Information musste sie sacken lassen.

»Sie haben mir bestätigt, dass Ihr Vater in Frankreich geboren wurde. Dass sein Vater sich mit einer Französin eingelassen hat. Henri, Heinrich – kann das alles nur Zufall sein?«

Sie dachte über das Gehörte nach. Es klang tatsächlich plausibel, war aber nichts anderes als Spekulation. Dass sie dieser Carole ähnlich sah, wollte sie nicht erwähnen. »Aber wie geriet das Foto dann in den Besitz Ihrer Großmutter?«

»Es ist alles ein wenig kompliziert. Bis zum Kriegsende lebte meine Großtante übrigens ebenfalls in Les Prés, neben dem Haus des damaligen Bürgermeisters. Danach zog sie zu meiner Oma. Ein weiterer Zufall?« Er wartete einen Augenblick, bevor er selbst die Frage beantwortete. »Ich glaube nicht an Zufälle. Wie ich geschrieben habe, bin ich auf den Spuren meiner Familiengeschichte. Mein Opa ist im Zuge von Relève nach Deutschland gegangen – nach Berlin. Und das war schon spannend zu recherchieren. Ich …«

Louisa wurde schwindelig. So viele unbekannte Wörter. »Was ist denn Relève?«, unterbrach sie ihn.

»Der Vorgänger der STO, Service du travail obligatoire. Sie wissen nicht viel über Frankreich im Zweiten Weltkrieg?«

Louisa fühlte sich ertappt. Um ehrlich zu sein, wusste sie eigentlich nichts über das Nachbarland während dieser Jahre. Und wäre sie nicht zufällig auf die Vergangenheit ihres leiblichen Großvaters gestoßen, hätte sie sich auch nicht weiter damit befasst. Das musste sie sich eingestehen, doch nicht einem fremden Franzosen gegenüber.

»Es ist mühsam, alles am Telefon zu erklären«, sagte er gerade.

»Mein Vater ist alt, aber neugierig. Die Ungewissheit seiner Herkunft hat ihn all die Jahre belastet. Er hat mir vorgeschlagen, nach Frankreich zu reisen.«

»Amiens ist immer eine Reise wert«, erwiderte Nicolas Rochard. »Es wird nicht umsonst das Venedig des Nordens genannt.«

Sie lachte laut auf. Er gefiel ihr. »Spielen Sie den Reiseführer, wenn ich mit meinem Vater nächste Woche komme? Oder ist das zu kurzfristig für Sie?«

»Oh, là, là, Sie sind aber von der entschlussfreudigen Truppe.«

Seiner Antwort fehlte die Leichtigkeit, die sie in ihre Erwiderung gelegt hatte, und nach einem Kompliment klang es ebenfalls nicht. Gut, sie konnte nachvollziehen, dass er sich von ihr etwas überrumpelt fühlte. Aber es ging eben nicht anders. »Nun ja, in seinem Alter hat man nicht mehr so viel Zeit. So eine Reise sollte man nicht auf die lange Bank schieben. Augenblicklich geht es ihm gut.«

»Sie haben natürlich recht.« Nach einer kurzen Pause fuhr er fort. »Aktuell nehme ich mir eine Auszeit, extra für die Ahnenforschung. Wenn Sie kommen mögen: Ich hätte Zeit für Sie. Und für Ihren Vater. Um den geht es ja in erster Linie.«

Um ihn, aber auch um mich, dachte sie. »Ihre Großmutter stammt auch aus Les Prés?«

»Nein, meine Oma lebte in einer kleinen Gemeinde, Blancfossé, etwa dreißig Kilometer entfernt von Les Prés. Der Ort sagt Ihnen nichts. Meine Mutter hatte das Haus übernommen und wohnte dort.«

»Mein Beileid.«

»Warum?«

»Sie sagten ›wohnte‹. Ich dachte, es bedeutet, dass Ihre Mutter gestorben ist.«

»Nein, es bedeutet, dass sie in ein Altersheim umgezogen ist. Ich räume nun alles auf und bin auf die Kisten voller Geheimnisse aus der Vergangenheit gestoßen. Einiges werde ich an Museen weitergeben. Die Zeit des Vichy-Regimes möchten viele Franzosen am liebsten vergessen, aber solche Zeitzeugnisse sollten bewahrt werden. Denn der Widerstand gegen Pétain war hier rund um Amiens groß, wenn auch meist im Untergrund.

Und wenn meine Familie ein Teil davon war, wie auch immer geartet, will ich das wissen. Wir sind ein kämpferisches Volk. Wussten Sie, dass unser Präsident hier geboren ist?«

Wie immer er das auch meinte, dachte sie. Laut sagte sie: »Nein, das wusste ich nicht. Wir bekommen in unseren Medien wenig mit, was in Frankreich passiert, es sei denn, es wird gestreikt.«

»Wie gesagt, wir sind ein kämpferisches Volk.«

Louisa meinte, ein Schmunzeln durch die Leitung zu hören. »Monsieur Rochard, ich schaue nach einem Hotel und schicke Ihnen dann unsere Reisedaten per E-Mail. Dann können wir ein Treffen ausmachen.«

Er lachte plötzlich laut los. »Ich habe es immer für ein Gerücht gehalten, aber ihr Deutschen seid schon sehr direkt.«

Hatte sie schon wieder, ohne es zu wollen, empathielos gewirkt? »Es tut mir sehr leid, ich … also, wollte Ihnen nicht zu nahe treten«, stammelte Louisa. »Glauben Sie mir, das habe ich überhaupt nicht böse gemeint. Ich wollte nur …«

»Nein, Madame Ziegler, seien Sie unbesorgt. Ich meine es nicht böse und halte Sie keineswegs für einen schlechten Menschen. Ihr Deutschen seid bekannt dafür, effizient und produktiv zu sein. Gepaart mit Zielstrebigkeit und Fleiß. Nur um ein paar Unterschiede zu uns zu nennen. Aber wir wollen ja beide etwas herausfinden. Dabei können Ihre Eigenarten nur von Nutzen sein.«

Seine Beschreibung verunsicherte sie. Sympathisch klangen die Eigenschaften nicht, die er ihr zutraute. »Das sind nur einige unserer Eigenarten«, bemerkte sie zaghaft. »Nicht alle sind fleißig und überpünktlich. Wir essen nicht nur Kartoffeln und Sauerkraut und trinken Bier dazu, wie man immer wieder im Ausland liest. Wir mögen auch Flammkuchen und Wein. Sogar Rotwein.« Ihr unsicheres Lachen kam nicht ganz von Herzen.

»Wir werden sehen, Madame Ziegler. Ich freue mich, Sie und Ihren Vater kennenzulernen. A bientôt et au revoir.«

Louisa wurde bewusst, dass sie wenig über die Besatzungsjahre 1940–1944 in Frankreich wusste. In der Schule hatten sie das Thema nur gestreift, und in Fernsehdokumentationen hatte sie immer nur Bilder vom besetzten Paris gesehen. Adolf Hitler vor dem Eiffelturm in den frühen Morgenstunden, kurz nach Frankreichs Kapitulation. Von französischen Zwangsarbeitern oder gar einer Organisation dafür hatte sie noch nie etwas gehört.

Wieder begann ihr Kopf schmerzhaft zu pochen. Es war zu viel. Jede Menge Informationen, über die sie nachdenken musste.

Die Diskussion mit Jonas, die Zusage ihres Vaters und dann dieses eigentlich völlig absurde Gespräch mit Nicolas Rochard, der so viel mehr über die damalige Zeit wusste als sie. Sie hatte vergessen, ihn nach seinem Beruf zu fragen. In welcher Branche war ein Sabbatical selbstverständlich? Lehrer würde passen, überlegte sie, Banker oder Manager schloss sie aus.

Mitten in ihre Überlegungen klingelte erneut ihr Handy. Rinse. Der erste Kontakt nach dem überaus peinlichen Abend, als er sie nach Hause und ins Bett gebracht hatte.

»Hallo, Rinse«, meldete sie sich.

»Hallo, Louisa, wie geht es dir?«

»Wieder besser. Es tut mir leid …«

»Nein, bitte keine Entschuldigungen. Du hast viel um die Ohren gehabt. Deine Probleme mit deinem Vater, mit der Suche nach einem Betreuer … ich verstehe, dass man da mal über den Durst trinkt.« Er lachte in seiner unnachahmlich einnehmenden Art. »Ich wollte dich eigentlich ins Kino einladen. Kommenden Donnerstag startet ein Film mit Tom Cruise. Hast du Zeit und Lust?«

»Oh«, entfuhr es ihr. »Wie nett von dir. Aber ich kann leider nicht.«

Er antwortete nicht sofort. Das Schweigen begann unangenehm zu werden und Louisa setzte gerade an, es ihm zu erklären. »Ich …«

»Nein, nein, du musst keine Ausrede erfinden. Ich habe schon verstanden.«

»Nein, nein«, rief sie. »Du verstehst das falsch. Ich fahre mit meinem Vater nach Frankreich. Wir begeben uns gemeinsam auf Spurensuche.«

»Ich verstehe. Mit Jonas wahrscheinlich.«

Sie hörte Enttäuschung aus seinen Worten heraus. »Nein, ich reise allein mit meinem Vater. Ohne Jonas.«

»Ach so.« Jetzt klang seine Stimme erleichtert. »Meldest du dich, wenn du wieder hier bist?«

Ihr Herz machte einen Sprung. »Sehr gern«, antwortete sie und legte auf.

Die Kopfschmerzen waren wie von Zauberhand verschwunden.

Kapitel 40

Paris, Februar 1944

»Er ist heil angekommen!«, rief Jacques Carole zu und legte sich neben sie.

»Wer?«, erkundigte sich Carole schläfrig. Sie hatte sich im Bett in Decken eingehüllt, um die Kälte zu vertreiben.

»Raymond.«

So langsam dämmerte ihr, von wem Jacques sprach. Vier Monate waren seit der erfolgreichen Flucht Raymond Aubracs und der Razzia in der geheimen Wohnung vergangen. Er war sicher in England angekommen, die anderen Mitglieder ihrer Gruppe, inklusive der vier Neuankömmlinge, waren verhaftet und mittlerweile abtransportiert worden. In welches Lager, hatten sie nicht erfahren. Darüber redeten sie nicht. Es gab die unausgesprochene Übereinkunft, dass sie nur Erfolge erwähnten.

Dieses Zimmer, das sie in einer verlassenen Wohnung bewohnten, war die fünfte Behausung. Sie hatte ursprünglich einer Jüdin gehört, jetzt einem ihrer Nachbarn, der die Wohnung für sie bereithielt. Als Versteck ein perfekter Ort. Da sie und Jacques nur kleine Nummern im Widerstand waren, mussten sie im Verborgenen bleiben und stillhalten, bis sich ihre Gruppe neu organisiert hatte. Die Führer der einzelnen Organisationen standen im regen Austausch untereinander. Bis neue Befehle kamen, ließ sich Carole treiben. Paris war besonders. An manchen Tagen, wenn sie durch die Straßen ging, beschlich sie das Gefühl, alles wäre wie vor dem Krieg. Paris lebte, hatte eigene Gesetze. Die Frauen trugen Hüte, ihre Augen waren mit Kohle geschminkt. Manchmal keimte in Carole der Gedanke auf, Paris zu verlassen, doch sobald sie Jacques davon erzählte, winkte er ab. »Nein, niemals. Wo willst du denn hin? Wir haben geschworen, gegen die Boches zu kämpfen. Bis sie verschwunden sind. Und wenn es mich mein Leben kostet. Und der beste Ort dafür ist die Hauptstadt.«

Carole dachte an Madame Pirotte. Manchmal sogar an ihren Vater. Aber vor allem dachte sie an Henri. An seinen Duft, sein gluckerndes Lachen. Ob er inzwischen laufen konnte? Ob seine Augen noch blau und seine Haare dunkel waren? Doch Jacques hatte recht, es gab keinen Weg zurück für sie. Nicht, solange der Krieg nicht vorüber war.

Mit Jacques verband sie eine Zweckgemeinschaft. Sie brauchte ihn, wie er sie brauchte. Sie waren aufeinander angewiesen und nutzten sich gegenseitig als Wärmequelle, als Kissen, als Stützpfeiler, um nicht den Verstand zu verlieren.

Austausch von Zärtlichkeiten gab es nie.

»Lass uns in ein Café gehen. Zum Aufwärmen, Teetrinken und die Zeitungen mit dem deutschen Propagandamist lesen«, schlug Jacques vor, während er bibbernd die Fäuste gegeneinanderschlug. »Haben wir noch genug Bargeld?«

Sie nickte.

»Vielleicht gibt es Neues von dem Prozess.«

Der französischen Geheimpolizei war vor Kurzem ein Schlag gegen die FTP-MOI gelungen. Sie hatten innerhalb kurzer Zeit mehr als zwanzig Männer verhaften können.

»Weißt du es nicht? Es gab einen Prozess, sie haben alle zum Tode verurteilt.«

Jacques schnaubte. »So etwas Prozess zu nennen, ist eine Farce. Das Urteil stand doch von vornherein fest«, wetterte er. »Wie sehr ich sie hasse!« Er stand eine Weile reglos und stumm, als schickte er ein stilles Gebet ins Nirgendwo.

Untergehakt wie ein Liebespaar erweckten sie auf der Straße wenig Verdacht und gelangten ohne Probleme in ein Café nahe der Oper, die in enger Nachbarschaft zum Hotel Continental lag, in dem der Schauprozess stattgefunden hatte. Sie fanden einen kleinen Tisch in einer Nische nahe einem Fenster und nahmen Platz.

Was Carole immer wieder faszinierte, war, dass trotz der Soldaten und der Gewalt, trotz der rationierten Lebensmittelkarten und der Kämpfe und Verhaftungen Paris unbeeindruckt blieb. Die Stadt wirkte, als wäre sie immun gegen alles, was Vergnügen und Lebenswillen beschnitt.

Als hätte Jacques ihre Gedanken erraten, sagte er: »Es ist die einzige Stadt, in der ich leben kann und will. Sie ist wunderschön, unerschrocken und hat immer ein Geheimnis, mit dem man rechnen muss.«

»Du redest von ihr, als sei sie eine Frau.«

Er legte seine Hand auf ihre. »Ja, eine schöne, geheimnisvolle Frau. So wie du.«

Er sah ihr in die Augen, doch Carole zog ihre Hand zurück. Wusste er etwas über ihre Vergangenheit? Oder flirtete er mit ihr?

Sie bestellten Tee, und statt zu reden, beobachteten sie die Menschen um sich herum. Sie genossen das Stimmengewirr, die kleinen Probleme der anderen. »Er hat mich belogen, er betrügt mich. Ich bin ganz sicher«, hörten sie am Nebentisch. Trotz Krieg gab es Liebe und Eifersucht, das beruhigte sie. Als die beiden jungen Frauen verschwanden, setzten sich zwei deutsche

Offiziere an den Tisch. Für eine Schrecksekunde verkrampfte sich Carole, dann suchte sie Jacques' Hand und drückte sie fest. Das beste Mittel, um Anspannung zu verbergen. Mittlerweile verstand sie die Sprache des Feindes sehr gut und lauschte oft den Gesprächen, um an Wissen zu gelangen.

»Alle tot«, sagte der eine. Ein dicker, feister Mann, dessen Doppelkinn bei jedem Wort schwabbelte. »Gestern Abend erschossen auf dem Mont Valérien. Die befreit keiner mehr.« Er lachte laut und widerlich.

Carole brauchte eine Weile, um zu begreifen, dass sie von den verurteilten Manouchians sprachen.

Sein Gegenüber, etwas dünner und größer, aber genauso ekelhaft, bestellte Champagner. »Und die Plakate, die unsere Leute in der ganzen Stadt aufgehängt haben, werden den Menschen zeigen, dass es Verbrecher waren, die es nicht anders verdient haben.«

Der andere nickte selbstgefällig. »Sie fallen auf. Die Fotos des Abschaums, dazu die rote Farbe gefällt mir gut. Rot wie Blut.« Wieder lachten sie laut.

Carole und Jacques fassten sich an den Händen. »Lass uns gehen«, bat sie.

»Seh ich genauso.« Sie zahlten und traten hinaus an die frische Luft. Sie waren kaum fünfzig Meter gegangen, als sie abrupt stehen blieben. Ein großes, rotes Plakat blickte von der gegenüberliegenden Hauswand auf sie herab. Sie sahen Fotos von zehn Männern, die für die Résistance gekämpft hatten. Franzosen, Algerier, Polen. Junge Männer, die sich in der Gruppe Manouchian zusammengeschlossen und für die Freiheit Frankreichs gekämpft hatten. Sie verband das gleiche Schicksal: verhaftet, verurteilt und erschossen. Unter den Porträts waren Bilder ihrer Anschläge.

Davon hatten die Feinde am Tisch neben ihnen gesprochen. La Libération par l'armée du crime, lasen sie. »Befreit von der Verbrecherarmee«, flüsterte Carole entsetzt. »Nicht die sind die Kriminellen.«

»Es soll abschrecken. Da haben sie die Rechnung ohne uns Franzosen gemacht«, sagte Jacques lauter. Die Wut stand ihm ins Gesicht geschrieben. »Wir werden sie lehren, uns nicht zu unterschätzen. Wir werden sie bis in den Schlaf verfolgen, sie sollen Albträume bekommen. Sie sollen Angst vor uns haben!«

»Vor euch?«, ertönte eine kräftige Stimme direkt hinter ihnen. Carole drehte sich um und stand zwei Männern in Uniform gegenüber. Vor Schreck schlug sie sich die Hand vor den Mund. Die Offiziere aus dem Bistro waren ihnen gefolgt. Der Schwabbelige zielte mit einem Revolver auf sie, der andere hielt Handschellen bereit.

Kapitel 41

Düsseldorf, Frankreich, Juni 2023

Louisa konnte sich nicht erinnern, dass sie jemals mit ihrem Vater allein im Auto gesessen hatte. Wie seltsam. Doch die Erklärung war ganz einfach: Es hatte sich nie ergeben und hatte keine tiefere Bedeutung. Ihre Mutter hatte sie als Kind überallhin gebracht, ihr Vater hatte gearbeitet.

In ihrer Kindheit waren sie oft mit dem Auto in den Urlaub gefahren, aber da waren sie natürlich immer zu dritt gewesen. Eigenartigerweise hatte sie selbst bei den teilweise langen Autofahrten wenig mit ihrem Vater zu tun gehabt. Sie erinnerte sich an einen Sommerurlaub am Plattensee, sogar nach Spanien waren sie gereist. Ihren Vater sah sie stumm hinter dem Steuer sitzen und fahren. Hoch konzentriert und selten lächelnd. Die Pipipausen waren geplant, jeder musste sich daran halten. Nur wenn sie lang genug quengelte, hielt er auch mal außer der Reihe an. Aber ausschließlich, wenn Mutter ihn bat, weil Louisa drohte, in die Hose zu machen, wie sie sich nun erinnerte.

Es hatte jedoch auch schöne Momente gegeben. Mit einem gefüllten Picknickkorb auf dem Rücksitz hatte sie sich die Zeit vertrieben, die vorbeiziehende Landschaft bestaunt und mit dem kleinen Kopfhörer des Walkmans in den Ohren vor sich hin geträumt.

Mit diesen Bildern im Kopf hielt sie wie verabredet gegen neun Uhr vor ihrem Elternhaus an und beobachtete, wie sich kurz darauf die Tür öffnete. Jonas begleitete ihren Vater zum Auto, immer bereit, ihn zu stützen, falls es nötig wurde. Doch ihr Vater wirkte stabiler als noch vor einigen Wochen. Sonst hätte sie sich nicht darauf eingelassen, mit ihm allein nach Frankreich zu fahren. Doch auch so bestand die Gefahr, dass sie Pflegerin werden musste. Mit gemischten Gefühlen dachte sie über diese Eventualität nach.

»Gute Fahrt wünsche ich euch«, sagte Jonas, als er einen Picknickkorb auf die Rücksitzbank stellte. Vaters Reisetasche hatte er im Kofferraum neben ihrem kleinen Koffer verstaut. Er trat noch einmal zur Fahrerseite. »Ich drück die Daumen, dass alles gut wird. Und falls was ist und du mentale Unterstützung brauchst: Meine Handynummer hast du ja. Du kannst jederzeit anrufen.«

»Danke dir, ich weiß es sehr zu schätzen.« Sie wollte nicht von ihren Befürchtungen reden. Von ihrer Sorge, dass sie diesen vier Tagen mit ihrem Vater nicht gewachsen war. Aber auch der Angst vor ihren eigenen Gefühlen.

»Ich brauche keine Hilfe, das kann ich selbst«, hörte sie ihn schimpfen. Sie warf ihrem Vater einen kurzen Blick zu. Er stieg ungelenk in ihr kleines Auto und schlug Jonas' helfende Hand weg. Auch wenn ihr Vater zu breit und zu groß für den Mini wirkte, verzog er keine Miene beim Einsteigen. Als er umständlich den Gurt zum Anschnallen suchte, war Jonas schneller. Er sagte kein Wort, grinste nur spitzbübisch, während er den alten Herrn wie ein Kind sicherte. Er warf die Tür zu und stellte sich weiterhin breit grinsend auf den Bürgersteig.

Er winkte und wünschte lauthals eine gute Fahrt.

Ihr Vater sagte währenddessen kein Wort. Die gute Nachricht war, dass er auch nicht meckerte. Frei nach dem Motto: Nicht geschimpft ist genug gelobt. Zum Abschied hielt er seinen gesunden Arm hoch, ohne sich noch einmal zu Jonas umzudrehen, und sie fuhr los.

»Hast du es bequem, Vater?«, erkundigte sich Louisa, als sie einige Minuten gefahren waren.

»Sonst hätte ich mich bemerkbar gemacht.«

»Wenn du eine Pause möchtest, sag Bescheid. Es gibt jede Menge Raststätten und Tankstellen, falls du zur Toilette musst. Ich halte gerne.«

Den letzten Satz konnte sie sich nicht verkneifen, doch er kitzelte keine Reaktion hervor. Kein Mundwinkel, keine Augenbraue wanderte in irgendeine Richtung. Sie konzentrierte sich auf den Verkehr, schimpfte, als ihr Vordermann beim Abbiegen nicht blinkte, und fädelte sich auf die A 46 ein. Es lagen gut 420 Kilometer vor ihnen, etwas mehr als vier Stunden Autofahrt. So lang und so eng hatten sie noch nie zusammengesessen.

»Was weißt du über Amiens?«, brach sie das unangenehme Schweigen.

»Nicht viel. Aber Städte mit Fluss sind meist schön.«

»Welcher Fluss fließt denn durch die Stadt?«, fragte sie möglichst beiläufig, während sie einen Lkw überholte.

»Du hast die Reise geplant und weißt nichts über die Sehenswürdigkeiten?«

Der Vorwurf war nicht zu überhören. Sie hatte keine Zeit für die Planung gehabt. Die Informationen von Nicolas Rochard reichten ihr zunächst. Die Hotelempfehlung, die er ihr gegeben hatte, war preislich in Ordnung und lag zentral.

Ein wenig hatte sie sich im Internet schlaugemacht, welche Bedeutung Amiens zur Zeit der deutschen Besatzung gehabt hatte, um sich in Nicolas' Gegenwart nicht völlig zu blamieren. Über Les Prés hatte sie nichts gefunden.

»Die Somme durchfließt die Stadt«, erklärte ihr Vater und schaute dabei aus dem Fenster. »Amiens wird auch Venedig des Nordens genannt. Die Kathedrale ist weltberühmt, ebenso die schwimmenden Gärten. Jules Verne wohnte dort. In seinem ehemaligen Wohnhaus ist nun ein Museum.« Er ratterte die weiteren Informationen runter, ohne sie ein einziges Mal anzuschauen.

Sie versuchte, sich nicht darüber zu ärgern. »Wir haben vier Tage Zeit, um die Stadt zu erkunden. Wenn du magst, können wir uns alles anschauen. Herr Rochard wird sicher auch etwas geplant haben. In erster Linie fahren wir ja dorthin, um Informationen zu bekommen.«

Ein Brummen. Ob zustimmend oder ablehnend, konnte Louisa nicht erkennen, denn sein Gesicht war nach wie vor zum Fenster gedreht. Sie schaute aufs Navi. Die ersten dreißig Kilometer waren geschafft und schon tauchten Unstimmigkeiten zwischen ihnen auf. Das konnte heiter werden.

Sie wechselte das Thema. »Jonas hat uns Frikadellen eingepackt. Und Brote mit spanischem Schinken, den magst du doch so gerne.« Die Information hatte sie von Jonas, sie hätte nicht gewusst, was der Lieblingsbrotbelag ihres Vaters war. »Zu trinken gibt es Wasser mit einem Spritzer Zitrone. Für einen Kaffee halten wir an einer Raststätte, habe ich gedacht.«

Sie vernahm noch nicht einmal mehr ein Brummen. Dann eben nicht, dachte sie, schweigen wir uns an. Sie konnte auch zickig sein.

Mit stur auf die Straße gerichtetem Blick fuhr sie weiter. Sie erhöhte das Tempo, um sich von ihrem stummen Beifahrer abzulenken. Was er konnte, konnte sie schon lange.

Das Navigationsgerät schlug ihr eine halbe Stunde später eine Umgehung vor, da es auf der vorgegebenen Route zu einem Unfall gekommen war und einen Stau gab. Sie nahm die Routenänderung an, die vor ihnen liegenden Kilometer erhöhten sich um fünfzehn. Wenn es so weiterginge, würde es eine sehr lange Fahrt.

Sie warf einen kurzen Blick zur Seite. Ihr Vater blickte weiterhin stumm aus dem Fenster, ohne seine Position verändert zu haben.

Als er sie gebeten hatte, mit ihm nach Amiens zu fahren, hatte sie geglaubt, alles, wirklich alles in ihrer Beziehung würde sich ändern. Doch nun, da es so weit war, schien es ihr, als wäre es ihm peinlich, dass sie ihn schwach erlebt hatte. Als wüsste er nicht, wie er ihr nun in die Augen blicken sollte – oder am besten schnellstmöglich wieder aus dieser Nummer herauskam.

Plötzlich musste sie grinsen, als ihr die Absurdität der Situation bewusst wurde.

Zwei Sturköpfe in einem Auto, von denen keiner nachgeben wollte. Louisa erkannte in diesem Moment, wie sehr sie ihrem Vater im Wesen glich. Auch sie hatte Schwierigkeiten, Schwäche zu zeigen, und wenn sie es tat, wusste sie nicht, wie sie mit der Bloßstellung umgehen sollte.

»Wir brauchen etwas länger«, verkündete sie nach einer Weile, weil sie das Gefühl hatte, eine Brücke zu ihm bauen zu müssen. Schweigen war keine Lösung.

Daraufhin wandte er endlich den Kopf in ihre Richtung. Ein kurzer Blick, dann sah er erneut auf die Straße. »Deine Mutter hat mal gesagt, der Weg ist das Ziel. Mag stimmen.«

Vor Überraschung wusste Louisa nichts zu erwidern. Sie konzentrierte sich wieder auf den Verkehr, beschloss zu überholen, um nicht antworten zu müssen. Sie drückte auf das Gaspedal, setzte den Blinker. Die Lichthupe des SUVs auf der linken Spur, der sehr nah auffuhr, ignorierte sie.

Normalerweise hätte sie ihn vorbeifahren lassen. Doch sie fühlte sich nicht normal. Nichts war aktuell normal.

»Mama hat meistens recht gehabt. Mit allem«, sagte sie, als sie wieder auf die rechte Spur einscherte. Louisa zögerte. Ob sie von ihrem letzten Gespräch mit ihr erzählen sollte? War der richtige Zeitpunkt dafür gekommen? Unschlüssig klopfte sie mit ihren beiden Zeigefingern auf dem Lenkrad herum. Er konnte nicht fliehen, er musste zuhören, doch vierhundertzwanzig Kilometer waren eine lange Strecke, und er war unberechenbar in seinen Handlungen. Sein Schweigen konnte ebenso verletzend sein wie seine bissigen Bemerkungen.

Vater rutschte auf seinem Sitz hin und her. Sie nahm es als gutes Zeichen und gab sich einen Ruck. Jetzt oder nie.

»Weißt du, Papa, ich hatte gehofft, dass wir mal richtig miteinander reden können.«

»Über was?«

»Über uns«, beeilte sie sich zu erwidern. »Ich kann die Zeit nicht zurückdrehen, ich kann auch Mama nicht zurückbringen. Aber vielleicht schaffen wir es, wie vernünftige Menschen miteinander umzugehen, wenn wir zusammen sind. Dass du es kannst, zeigt mir ja die Tatsache, wie gut es mit Jonas funktioniert.«

Atemlos hielt sie inne. Sie hatte viel zu schnell gesprochen, aus Angst, ihr würde auf einmal der Mut fehlen. Ihre Formulierung war eine Steilvorlage für eine Antwort, die sie nicht hören wollte. Er konnte mit seinem Betreuer so umgehen, mit ihr nicht. Der Grund für sein Verhalten war sie.

Plötzlich kroch Angst in ihr hoch. Ihre Hände begannen zu schwitzen und sie umklammerte fester das Lenkrad, um nicht abzurutschen. Angst vor seiner Antwort. Die Angst, dass er Jonas viel lieber mochte als sie, dass es mit ihm etwas ganz anderes war. Ihre Eifersucht auf Jonas war nicht verschwunden. Ein steter Stachel, der pikste und quälte. War sie ihrem Vater nicht genug? Konnte er sie nicht lieben?

Er räusperte sich, als ob er etwas erwidern wollte, sein Blick blieb aber aus dem Fenster gerichtet.

»Ich war nie ein großer Redner«, setzte er dann plötzlich an. »Ich war auch kein großartiger Vater, das weiß ich nur zu gut. Deine Mutter hat mich so genommen, wie ich war. Mit ihr an meiner Seite war alles leichter und heller. Zumindest für mich. Du warst ein lebendiges, eigenständiges Kind, schon immer, und damit …« Er hielt inne, als suchte er nach Worten. »Ach, das bringt doch alles nichts.«

Sie hielt den Atem an. Er durfte jetzt nicht aufhören. »Bitte«, sagte sie, »rede mit mir.«

Er atmete einmal tief ein und aus, dann sprach er weiter. »Du hast mich häufig gezwungen, mich aus meiner Komfortzone zu bewegen. Ich hatte mein Leben eingerichtet, so konnte ich gut existieren. Ich weiß gar nicht, wie ich es erklären soll, deiner Mutter musste ich es auch nie erklären. Sie hat mich immer auch ohne große Reden verstanden.« Er seufzte.

Louisa umfasste das Lenkrad noch fester. So fest, dass die Knöchel weiß wurden.

»Ich wollte so vieles besser machen als mein Stiefvater«, sagte er.

Louisa schluckte ihre Überraschung hinunter und sah zu ihm hinüber.

Ohne sie anzuschauen, den Blick weiterhin zum Seitenfenster gerichtet, fuhr er fort. »Ich wollte wirklich ein guter Vater sein und dir deine Wünsche erfüllen. Das war meine Idee eines guten Vaters. Das Problem ist, dass das, was in meinen Augen ein perfekter Vater ist, für dich nicht genug war. Du hast ganz andere Bedürfnisse gehabt.«

Sie hörte, wie er noch einmal tief Luft holte, wagte aber nicht, ihn zu unterbrechen.

»Das habe ich jetzt erst verstanden, in den letzten Wochen. Dank Jonas. Wir haben viel miteinander gesprochen. Eher zufällig. Mir fiel es leichter, mit ihm zu reden als mit dir. Mir ist klar geworden, dass ich das Problem bin. Aber auch, dass ich mich nicht großartig ändern kann. Ich glaubte wirklich, alles richtig zu machen. Hätte mich mein Vater, also mein Stiefvater, so behandelt, wie ich dich behandelt habe, hätte es mir genügt. Aber das waren andere Umstände. Das habe ich endlich erkannt.«

Was für eine lange Rede. Irritiert bemerkte Louisa, dass die Scheiben von innen beschlugen. Ein Seitenblick zeigte ihr die Schweißperlen an seiner Schläfe. Er fingerte an seinem Kragen, als bräuchte er mehr Luft.

»Alles in Ordnung, Vater?«

Sie erhielt keine Antwort. »Vater?«, wiederholte sie lauter.

»Ja, alles gut.« Sein blasses Gesicht strafte seine Antwort Lügen.

Sie achtete wieder auf den Straßenverkehr, ihre Nervosität blieb. Ein Schild kündigte einen Rastplatz an, sie setzte den Blinker und fuhr auf die Abbiegespur.

Zwischen zwei großen Lkws parkte sie ihren Wagen, öffnete alle Fenster und ihre Wagentür, stieg jedoch nicht aus. Ruhe bewahren, mahnte sie sich mehrmals hintereinander. Die frische Luft half, einen klaren Kopf zu bekommen und wieder rational zu denken.

Sie war komplett verrückt geworden.

Die Erkenntnis kam nicht unerwartet, sie hatte in ihrem Innern geschlummert, jetzt traf sie sie mit voller Wucht. Was auch immer sie dazu bewogen hatte, dieser Reise zuzustimmen – es war die falsche Entscheidung gewesen. Mit ihrem alten, kranken Vater vierhundert Kilometer mit einem Kleinwagen nach Frankreich zu fahren war irrwitzig und gefährlich. Ihm diese emotionale Anstrengung zuzumuten war fahrlässig. Sie hätte es besser wissen müssen. Erneut warf sie ihm einen besorgten

Blick zu. Zumindest seine Blässe und die Schweißperlen waren verschwunden. »Geht es wieder?«

Er nickte, sah ihr dabei zum ersten Mal ins Gesicht und versuchte zu lächeln. »Für mich alten Mann ist es schwer, Emotionen zuzulassen und zu zeigen. Es tut mir leid. Mir geht es besser.«

Louisa fühlte sich verwirrt ob der Offenheit ihres Vaters. Unbekanntes Terrain, bei ihm wie bei ihr.

Sie stieg aus, streckte ihre Arme nach oben und dehnte sich ein paar Mal. »Sollen wir abbrechen?«

Er antwortete nicht sofort. Stattdessen mühte er sich aus dem Wagen, und sie bekam ein schlechtes Gewissen. Sie hätten mit der Bahn reisen sollen, das wäre für ihn angenehmer gewesen. Einen kurzen Moment hatte sie auch darüber nachgedacht, doch den Plan verworfen, als sie die Verbindungsmöglichkeiten gesehen hatte. Wie so häufig in Frankreich führten alle Wege erst nach Paris. Im besten Fall dauerte die Fahrt etwas über fünf Stunden, im schlechtesten sieben, und alle Varianten beinhalteten mehrmaliges Umsteigen. Eine Fahrt im Auto war ihr einfacher erschienen.

Sie hatten noch keine hundert Kilometer hinter sich, und falls die Reise in diesem Tempo weiterging, würden sie weit nach dem anvisierten Zeitpunkt in Amiens ankommen.

Die Sonne kämpfte sich durch die Wolken und sie genoss die wärmenden Strahlen. Obwohl einige Lkws auf diesem Parkplatz standen, waren alle Picknickbänke auf der Wiese frei.

»Komm, wir schauen, was Jonas uns sonst noch in den Korb gepackt hat, und stärken uns. Das Wetter spielt mit.«

Sie wollte ihm Zeit geben, sich zu sammeln, ihm Gelegenheit verschaffen, seinen Schutzpanzer, wenn auch nur teilweise, anzulegen. Und sie musste sich eingestehen: Obwohl sie sich eine solche Offenheit ihres Vaters oft gewünscht hatte, war es ihr nun unangenehm, einen seinen Gefühlen schutzlos ausgelieferten alten Mann vor sich zu sehen.

Sie nahm den Korb vom Rücksitz und ging langsam auf die Sitzgruppe aus Beton zu. Die Verantwortlichen hatten sich Mühe gegeben, Design und Funktionalität zu vereinen. Die Bodenelemente der Bänke und Tische waren Klinkersteinen nachempfunden und luden zum Verweilen ein.

Ihr Vater stand neben einer der Bänke. Erleichtert stellte sie fest, dass er wieder besser aussah.

Auch er streckte die Arme in die Luft und dehnte sich ausgiebig. Fasziniert beobachtete Louisa seine Bewegungen und war überrascht, dass er haargenau ihren Bewegungsablauf wiederholte.

Warum irritierte sie es immer noch, wenn sie Gemeinsamkeiten zwischen ihm und ihr entdeckte? Sie sollte dankbar sein. Dankbar, dass es doch mehr Ähnlichkeiten zwischen ihnen gab, als sie es sich je hatte eingestehen wollen. Das war die Grundlage für eine Erneuerung ihrer Beziehung. Ihre Mutter hatte es immer gewusst.

Sie war ihrem Vater nie nah gewesen. Aber in diesem Moment, als der gebrechliche Mann langsam auf sie zuschritt, fühlte sie eine noch nie zuvor wahrgenommene Zuneigung zu ihm. Ihr wurde tatsächlich warm ums Herz. Auch wenn sie den Ausdruck so oft gelesen hatte, hatte sie nie geglaubt, dass sich ein Muskel allein durch Gefühle wirklich erwärmen konnte. Sie wandte den Blick ab, bedeckte den Betontisch mit ihren Broten und Getränken und gab sich Mühe, mit Servietten eine gemütlichere Atmosphäre zu zaubern.

Er nahm Platz und lächelte sie an.

»Das habe ich mit deiner Mutter oft gemacht. Ins Auto gesetzt, an Rastplätzen angehalten und gepicknickt. Sie hatte immer ein Händchen dafür, Kleinigkeiten zuzubereiten, die auch nach langer Autofahrt gut schmeckten.« Er sah auf die belegten Brote.

Louisa grinste. »Wirklich? Das wusste ich nicht.« Normalerweise hätten seine Worte sie tief getroffen, weil sie sie als Vorwurf verstanden hätte, dass sie solche Dinge nicht hinbekam. Doch jetzt spürte sie, dass es nicht böse gemeint war. Es war seine Art einer zögerlichen, unbeholfenen Annäherung. Sein Versuch, die jahrelangen Missverständnisse aufzuarbeiten. Er gab sich Mühe, so wie sie.

»Spanischer Schinken ist der beste.« Ihr Vater sah glücklich aus, während er ein großes Stück abbiss und genüsslich kaute.

Louisa verkniff sich eine Bemerkung über Tierwohl und Klimaschutz und beließ es bei einem Nicken. Die zarte Pflanze des Näherkommens durfte nicht durch eine unbedachte Äußerung zerstört werden.

Die Situation war bizarr. Auf dem Rastplatz Brote zu verspeisen, während die Autos und Lastwagen an ihnen vorbeisausten. Das Brummen der Motoren hing in der Luft, ab und zu drang ein Vogelgezwitscher dazwischen. Ein Spatz kam sie besuchen und setzte sich einen Meter entfernt vor sie hin. »Schau mal, ich denke, er möchte etwas abhaben«, sagte Louisa.

»Spatzen sind frech und dreist. Sie vertreiben in meinem Garten immer die Rotkehlchen«, entgegnete er in seinem mürrischen Tonfall.

Sind Spatzen und Rotkehlchen nicht gleichberechtigt, wollte sie fragen, schluckte jedoch ihre Entgegnung hinunter. Rotkehlchen standen bei ihm tatsächlich höher im Kurs, das wusste sie.

Louisa merkte, wie anstrengend es war, jede Antwort, jedes Wort zu überdenken, um ihn nicht zu kränken und die aufkeimenden zarten Bande zu zerstören. »Ich kenn mich viel zu wenig aus«, gestand sie stattdessen.

Er lachte kurz auf. »Als Kind fandest du es langweilig, die Vögel im Garten zu beobachten. War dir zu wenig Action. Und dass ich dir die einzelnen Arten erklären wollte, fandest du ebenfalls furchtbar. Du meintest immer, dass du nicht in der Schule wärst und ich nicht dein Lehrer.«

Sie zog verlegen die Augenbrauen in die Höhe. »Heute denke ich anders darüber.«

»Erwachsene glauben immer, sie wüssten, was gut für Kinder ist. Sie empfehlen Spiele und Bücher und bestimmen, was unterstützend für ihre Entwicklung ist. Ohne die Kinder zu fragen, was ihnen gefällt und ihnen Spaß macht. Es muss auf jeden Fall pädagogisch wertvoll sein. Mittlerweile bezweifele ich dieses Vorgehen.«

»Ich denke, Eltern wollen ihre Kinder beschützen.«

Seine Miene verdunkelte sich bei ihren Worten. Sie ärgerte sich über die unüberlegte Bemerkung. Ihn hatte niemand beschützt.

»Ich habe seit meinem Geburtstag viel nachgedacht«, nahm er nach einer Weile das Gespräch erneut auf. »Deine Neugier bezüglich deiner Großeltern habe ich zunächst nicht verstanden. Die Frage, woher man eigentlich kommt, welche Gene man in sich trägt, schien mir nie wichtig. Relevant ist für mich immer der Mensch gewesen, das, was er aus seinem Leben mit den ihm gegebenen Mitteln macht.« Er starrte auf das Brot in seiner Hand. »Erst durch deine Neugier habe auch ich mich gefragt, was aus mir geworden wäre, wenn ich bei meinen leiblichen Eltern aufgewachsen wäre. Wenn der Krieg nicht gewesen wäre, wenn ich nicht herumgereicht worden wäre. Wenn wir alle nur Menschen wären und nicht plötzlich der Feind, weil wir in einem anderen Land leben. Oder eine andere Hautfarbe oder Religion haben.« Er machte eine Pause und nahm einen großen Schluck seines Zitronenwassers. »Ich war mein ganzes Leben lang vorsichtig. Ich hatte genug von verletzenden Sprüchen und Streichen, die mir gespielt wurden. In meiner Schulzeit stand ich oft am Rand und war viel allein. Wenn jemand mal nett zu mir war, geschah das stets aus Berechnung und Kalkül. Das habe ich jedoch erst gemerkt, als es zu spät war. Es gab ein Erlebnis …«

Er stockte. Sie sah ihm an, wie schwer es ihm fiel, darüber zu reden. Sie musste nicht alles wissen. Das war nicht wichtig. Wichtig war nur, dass er zum ersten Mal in ihrem Leben mit ihr sprach. Sie sah ihn auffordernd an, damit er fortfuhr.

»Ich war als Kind sehr verletzlich. Wie jedes Kind. Irgendwann habe ich mir einen dicken Schutzpanzer zugelegt. Natürlich haben mich Beleidigungen und dumme Sprüche getroffen, aber man sah es mir nicht mehr an. Es war dann eines Tages auch genug, sie haben aufgehört. Es gab ja auch keine Neuigkeiten. Ein Hurenkind ist und bleibt ein Hurenkind.«

Sie schluckte und suchte nach einer Erwiderung. »Kinder können grausam sein«, sagte sie und ärgerte sich, dass ihr nichts anderes als diese Floskel einfiel.

»Die haben nur das nachgeplappert, was ihre Eltern zu Hause erzählten. Später, als ich älter war und sie auf der Straße traf, lächelten sie mich an. Hinter vorgehaltener Hand war ich dann trotzdem der Fremde, der Angenommene. Die anderen wussten ja nicht genau, wer meine Eltern waren. Mein Vater gehörte zwar zur Familie, war aber sehr früh von zu Hause fortgegangen. Er war Soldat geworden und gefallen. Sie wussten nicht, ob und wie der Krieg ihn verändert hatte. Wenn er sich schon mit dem Feind eingelassen hatte …«

Er holte tief Luft. »Ich weiß, dass ich oft schroff und abweisend sein kann. Deine Mutter hat hinter meine Maske geschaut. Sie konnte in mir lesen wie in einem offenen Buch.«

Ihr Vater wirkte erschöpft, seine Augen blickten müde drein.

Louisa überlegte, wie sie das Thema auf etwas Erfreulicheres lenken konnte. »Wie habt ihr euch eigentlich kennengelernt? Das habt ihr nie erzählt.« Nach einem kurzen Moment des Nachdenkens fügte sie an: »Ich habe auch niemals gefragt.«

Sein Mund verlor den harten Zug und seine Stimme klang weicher.

»Auf der Kirmes.« Er lächelte sie an. »Als du noch klein warst, sind wir jedes Jahr mit dir da gewesen. Aber irgendwann hattest du keine Lust mehr. Vom Karussellfahren wurde dir schlecht, du hast dir nichts mehr aus Zuckerwatte und Losbuden gemacht. Mama und ich sind dann abends, wenn du im Bett warst, manchmal noch mal los und haben im Zelt ein Altbier getrunken. Und deine Mama musste unbedingt aufs Kettenkarussell. So haben wir fast jedes Jahr unseren Kennenlerntag gefeiert.«

»Am Kettenkarussell?«, fragte Louisa ungläubig.

»Ja, ich bin vor einundvierzig Jahren in sie hineingerannt, als wir beide aus dem Karussell stiegen. Hedwig hatte mich überredet, mit ihr zu fahren. Mir wurde übel und schwindelig. Aber sonst hätte ich deine Mutter wohl nie kennengelernt.«

Louisa konnte sich ihren Vater beim besten Willen nicht auf einem Karussell vorstellen. Autoscooter, Los- oder Schießbude – meinetwegen. Aber in diesen kleinen Sitzen, die an langen Ketten hingen, durch die Luft fliegen? »Etwas, was du mir vererbt hast«, entgegnete sie lächelnd. »Ich kann weder Achterbahn noch Karussell fahren. Mir wird sofort schlecht.«

»Achterbahn geht gar nicht.« Plötzlich lachte er laut auf. »Ich bin mal auf Drängen deiner Mutter mit in die ›Wilde Maus‹ gestiegen. Sie meinte, da würden auch Kinder begeistert mitfahren, die wäre absolut harmlos. Ich bin fast gestorben, so eine Angst hatte ich. Nicht dass du das Bild einer Heiligen von deiner Mutter hast. Sie konnte auch anders.«

Louisa stieg in sein Lachen ein. Nein, eine Heilige war sie nicht gewesen. Aber ein guter Mensch.

Hatte sie schon jemals so mit ihrem Vater zusammengesessen und von Herzen gelacht?

»Sollen wir langsam weiterfahren?«, fragte sie, als sie beide genug gegessen und getrunken hatten.

Er nickte. »Ich bin neugierig auf diesen Nicolas und was er uns über meine Mutter berichten kann. Sie scheint meinen Vater wirklich geliebt zu haben. Geliebte klingt so viel besser als Kollaborateurin. Oder Hure.«

»Hast du das wirklich geglaubt?« Louisa blieb stehen und schaute ihn nachdenklich an.

Er zuckte mit den Schultern. »Sie hat mich weggegeben.«

Darauf gab es nichts zu erwidern.

Sie legten den Weg zum Auto schweigend zurück, eng nebeneinanderher gehend. Ihre Arme berührten sich, als sie sich seiner Geschwindigkeit anpasste. Er hatte *uns* gesagt, ging ihr durch den Kopf. Als wären sie ein Team. Dieser Gedanke jagte ihr einen wohligen Schauer über den Rücken. Niemals war sie ihrem Vater so nah gewesen. Noch nicht einmal nach dem Tod ihrer Mutter, seiner Frau.

Manche Menschen einte der Tod einer nahestehenden Person, sie hatte er endgültig auseinandergebracht. Nur das gegebene Versprechen an ihre Mutter hatte verhindert, dass sie mit ihm für immer gebrochen hatte. Oft hatte sie über ihr Pflichtgefühl geflucht, doch jetzt war sie froh und dankbar. Zum ersten Mal verstand sie ihn und fühlte mit ihm. Als Kind hatte er Erniedrigung und Gewalt erfahren. Kein Wunder, dass er ein verbitterter und griesgrämiger alter Mann geworden war, der Zuneigung und Liebe nicht zeigen konnte. Sie grübelte, ob es einen Unterschied für sein Leben gemacht hätte, wären ihm die Umstände seiner Herkunft bekannt gewesen. Sie war überzeugt, dass Schweigen und Verheimlichen niemals hilfreich war. Für niemanden. Selbst, wenn die Lügen gut gemeint waren.

Sie widerstand dem Impuls, sich bei ihm unterzuhaken. Auch wenn sie sich mental nähergekommen waren, blieben Körperkontakte fremd. Doch die nächste Berührung der Arme führte sie absichtlich herbei und ertappte sich, wie sie eine Melodie summte.

Erst als sie wieder im Auto saßen, zum Abfahren bereit, stellte sie die Frage, vor der sie sich seit Beginn der Pause gefürchtet hatte. »Wir können umdrehen. Noch ist es früh genug. Ich kann mit allem leben, aber nicht damit, wenn dir auf dieser Reise etwas passiert. Die Entscheidung liegt ganz bei dir.« Sie sah ihn nicht an. »Aber bitte, sei ehrlich. Es bringt nichts, wenn ich dich in Amiens in ein Krankenhaus bringen muss.« Ihr Lächeln missglückte.

»Ich bin in Ordnung. Wirklich. Lass uns fahren. Ich verspreche dir, sollte ich eine Pause brauchen, sag ich Bescheid. Nicht nur während der Fahrt. Auch in Amiens.«

»Also gut.« Sie startete den Wagen und fuhr los.

»Auf nach Frankreich.«

Als sie eineinhalb Stunden später über die Grenze von Belgien nach Frankreich fuhren, erstaunte ihr Vater Louisa erneut.

»Wusstest du, dass deine Mutter Wassertürme geliebt hat?«

Sie fuhren gerade an einer Stadt vorbei, in deren Mitte ein riesiges weißes Exemplar stand. Fragend wandte sie ihm ihren Kopf zu. »Ach, Unsinn. Wassertürme?«, wiederholte sie. »Nein, das ist das erste Mal, dass ich davon höre.«

Er nickte. »Sie wusste alles darüber. Auf ihren Wunsch haben wir einige Male im Urlaub extra einen besichtigt. Sie mussten gar nicht pompös sein. Die Architektur war nebensächlich. Die Funktion faszinierte sie völlig.«

»Was daran? Ich meine, das sind Wasserbehälter.«

»Die Historie. Dass diese Technik schon so lange existiert und noch immer genutzt wird. In Frankreich mehr als in anderen Ländern. Und hier gibt es mit Abstand die schönsten. Der in Montpellier zum Beispiel ist wunderschön anzusehen. Andere Formen erinnerten sie an Ufos. So wie der da hinten.« Er zeigte auf den, an dem sie gerade vorbeifuhren.

Ufos, dachte Louisa. Wie absurd. Dann fiel ihr der Film »Men in Black« ein, dessen Wiederholung erst letzte Woche wieder im Fernsehen gelaufen war. In ihm waren die zwei Türme im Flushing-Meadows-Park in den USA als stillgelegte Ufos verarbeitet worden.

Bis kurz vor Amiens verbrachten sie die Fahrt schweigend, was sich nun weder belastend noch unbehaglich anfühlte. Jedes Mal, wenn ein Wasserturm in der Landschaft auftauchte, war es, als reiste ihre Mutter mit. Sie tauschten einen flüchtigen Blick und ein scheues Lächeln.

Der französische Radiosender spielte aktuelle Popsongs, dazwischen einige Chansons. Louisa summte mit und versuchte, sich darauf zu konzentrieren, die Texte zu verstehen. So sehr sie dem Treffen mit Nicolas Rochard entgegenfieberte, reiste unterschwellig auch Angst mit. Angst vor dem Unbekannten, Angst vor der Wahrheit und vor allem, was die Reise bei ihrem Vater auslöste.

Kapitel 42

Frankreich, Mai 1946

Auch wenn der Krieg vorbei war, war nicht alles einfacher geworden. Madame Pirotte hatte ihre Schwester Josefine seit einem halben Jahr nicht mehr gesehen. Immerhin sorgte der regelmäßige Briefwechsel dafür, dass sie immer auf dem neuesten Stand war, was ihre Nichten und Neffen und vor allem Henri anging. Und bald würde sich alles ändern, denn sie würde ihr Haus aufgeben und zu ihrer Schwester ziehen.

Das ehemalige Wohnhaus der Familie Renoir nebenan war leer. Pierre hatte nach der Niederlage der Deutschen Angst um sein Leben gehabt. Zu Recht. Die Widerstandskämpfer waren genauso wüst und ungerecht gegen die Kollaborateure vorgegangen wie zuvor die Deutschen gegen vermeintliche Feinde.

Pierre hatte zumindest einen Prozess bekommen, auch wenn er keine Chance gehabt hatte. Gefängnis, Vernehmungen, Urteil und Hinrichtung.

Madame Pirotte hatte sogar hier in Les Prés erlebt, wie ein wütender Mob vermeintliche Kollaborateure standrechtlich erschossen hatte. Und das war bei Weitem nicht die Ausnahme. Was sie daran am meisten ängstigte, war die unfassbare Wut auf die eigenen Landsleute, die vor niemandem haltzumachen schien. Selbst Pétain war angeklagt und zum Tode verurteilt worden. Dennoch war sie bei allem, was Pétain getan hatte, der Überzeugung, dass er ein Ehrenmann war. Er war nicht im Ausland geblieben, um sich der Gerichtsbarkeit zu entziehen. Er stand zu seinen Taten und verteidigte sich vor Gericht. Selbst das Todesurteil hatte er mit staatsmännischer Würde entgegengenommen. Mit de Gaulle hatten sie einen guten Präsidenten, der Pétain begnadigte und so verhinderte, dass ein weiterer Personenkult um einen vermeintlichen Märtyrer entstand.

Madame Pirotte glaubte weiterhin fest an Frankreich, an Freiheit, Gleichheit und Brüderlichkeit. Die Unruhen waren bald vorbei. Und damit hoffentlich auch die unwürdige Behandlung der Frauen, die sich mit einem Deutschen eingelassen hatten.

Sie seufzte und dachte an Carole, an Manfred und an Henri.

Manfred war ein Guter gewesen. Die beiden hätten ein hübsches Paar abgegeben, in einer anderen Zeit wären sie eine wunderbare Familie geworden, voller Glück und Liebe. Die Realität sah anders aus: Es gab ein geheimes Kind, einen gefallenen Soldaten und eine tote Carole. Davon ging Madame Pirotte zumindest aus, denn Caroles Spuren hatte sie nur bis zu ihrer Verhaftung und Inhaftierung in Paris verfolgen können. Nach der Kapitulation der Hauptstadt und den damit einhergehenden Unruhen hatte sie nichts mehr über sie in Erfahrung bringen können. Es gab Gerüchte über Erschießungen und geheime Gräber.

Und selbst wenn Carole überlebt hätte, wäre ein Zurückkommen schwierig geworden. Sie war die Tochter eines verurteilten Kollaborateurs. Gnädig wäre man mit ihr nicht umgegangen, zumal den Bewohnern sicherlich wieder eingefallen wäre, dass ein Deutscher in ihrem Haus gewohnt hatte. Zum Glück ahnte niemand etwas von dem Kind.

Madame Pirotte wurde jedoch nicht müde zu erzählen, dass Carole schon während ihrer Zeit in Les Prés für die Résistance gearbeitet habe, dann in den Untergrund nach Paris gegangen sei und dort für ihr Frankreich gekämpft und diesen Kampf mit dem Leben bezahlt hätte. So blieb Carole für sie noch eine Zeit lang lebendig und jeder Verdacht einer möglichen Kollaboration ihrerseits wurde im Keim erstickt.

Wenn sie es recht überlegte, schien es Madame Pirottes Karma zu sein: Alle Menschen, die ihr viel bedeuteten, starben. Ihre große Liebe Jean-Philippe, Emile, Carole.

Damals hatte sie beim Erhalt der Todesnachricht von Jean-Philippe gedacht, dass auch sie sterben würde, so heftig hatte ihr Herz geschmerzt. Trotzdem hatte sie überlebt. Doch sie hatte sich verändert. Sie wollte nicht mehr gefallen, tat alles, damit die Mitmenschen sie nicht mochten. Es hatte Zeiten gegeben, in denen es ihr egal gewesen wäre zu sterben. Carole war die Erste gewesen, die in ihrem Innern wieder etwas berührt hatte, die sich von ihrem barschen Verhalten nicht hatte abschrecken lassen. Carole war unbedarft auf sie zugegangen und hatte ihre ruppige Art ignoriert. Sie war zu einer jungen, unabhängigen Dame herangewachsen, und Madame Pirotte schrieb sich selbst auf die Fahne, dass sie einen großen Teil dazu hatte beitragen können.

Sie war unfassbar stolz auf sie. Auf ihren Mut, ihre Unerschrockenheit. Ihre Offenheit und ihren Gerechtigkeitssinn.

Sie vermisste sie.

Madame Pirotte war müde und alt geworden, fühlte sich dem Tod näher als dem Leben. Sie hatte nichts mehr, für das es sich zu leben lohnte. Bis auf diese eine Aufgabe, wie sie sich mit dem Blick auf den Küchentisch in Erinnerung rief.

Ein Brief aus Deutschland.

Manfreds Cousin hatte ihr geantwortet. Sie nahm den von dem Deutschen in Amiens übersetzten Brief erneut zur Hand und las ihn Wort für Wort.

Sehr verehrte Madame Pirotte,
herzlichen Dank für Ihren Brief. Mir fällt es nicht leicht, Ihnen diese Zeilen zu schreiben. In der Tat haben mein Vetter Manfred und ich eine rege Korrespondenz gehabt, seit er an der Ostfront war. Uns verband schon immer eine enge Beziehung. Und er wusste, dass er nicht wieder nach Hause kommen würde.

Den Tod so nah vor Augen überdenkt man sein Leben, was man getan oder auch unterlassen hat.

Manfred hat mich informiert, dass er in Frankreich die Liebe seines Lebens gefunden hat und dass diese Liaison nicht folgenlos blieb. Er bat mich inständig, wenn es mir möglich sei, mich um das Kind zu kümmern, wenn der Mutter etwas zustoßen sollte.

Nun habe ich Ihren Zeilen entnommen, dass Manfred einen Sohn hinterlassen hat und die Mutter des kleinen Henri gestorben ist. Der Krieg hat auf allen Seiten Opfer gefordert. Endlich ist Frieden und vielleicht ist es an der Zeit, diesen auch zu leben.

Manfreds Sohn an Kindes statt anzunehmen wäre mir und meiner Ehefrau ein Anliegen. Auch, um den Letzten Willen meines Vetters zu erfüllen.

Uns sind leider bislang keine eigenen Kinder vergönnt. Wir leben in guten finanziellen Verhältnissen, auch wenn es jetzt nach dem Krieg nicht so üppig ist, wie es zuvor war.

Wir haben ein Haus, einen kleinen Garten, in dem Henri spielen und toben kann.

Ich verspreche Ihnen, dass es dem Kind an nichts mangeln wird.

Hier in Deutschland hätte er eine gute Zukunft, eine Familie, die sich um ihn kümmert. Ihren Worten entnehme ich, dass er in Frankreich in ein Heim kommen würde.

Mein Vorschlag wäre, dass wir uns die Reise teilen: Wir treffen uns an oder kurz hinter der Grenze. Gerne schicke ich Ihnen Geld, damit Sie Henri für diesen großen Schritt vorbereiten können.

Ich hoffe, von Ihnen zu hören und Sie in Bälde kennenzulernen.

Hochachtungsvoll
Kurt mit Regine Ziegler

Sie legte das Blatt zurück auf den Tisch.

Die wirtschaftliche Lage war nach Ende des Krieges in vielen Haushalten noch angespannter als zuvor. Josefine hatte ihr inzwischen mehr als einmal mitgeteilt, dass sie den Kleinen nicht weiter durchfüttern konnte oder wollte. Sie war schon seit einigen Monaten kränklich und ihre Mittel wurden stetig knapper.

Madame Pirotte schossen tausend Gedanken durch den Kopf. Henri war klein genug, um neue Eltern in einem neuen Land zu verarbeiten. Hier würde er, sollte seine Herkunft bekannt werden, von niemandem Liebe oder Zuneigung erwarten können. Selbst vor Josefine hatte sie die Identität von Henris Vater bis vor Kurzem geheim gehalten und nur einen verheirateten Mann angedeutet. Das wiederum hatte Josefine zum nachsichtigen Lächeln gebracht, während sie für die Flittchen, die sich zu den Deutschen ins Bett gelegt hatten, ausschließlich Empörung übrighatte.

Die Bilder der öffentlichen Demütigungen nach der Kapitulation der Besatzer gingen Madame Pirotte nicht aus dem Kopf. Frauen, denen auf dem Marktplatz unter Beifall der aufgebrachten Menge die Haare geschoren wurden. Wie Vieh, würdelos und ekelerregend. Ein Paradebeispiel, wozu ein wütender Mob fähig war. Mit einem Ziehen im Magen erinnerte sie sich an ihre eigene Ohnmacht. Sie hatte zugeschaut, war nicht eingeschritten, hatte keine Partei für die beiden Frauen ergriffen. Sie hatte ihr Tuch so fest vor der Brust zusammengehalten, dass die Knöchel weiß hervorgetreten waren, und sich gewünscht, sie wäre an einem anderen Ort. Carole hätte ebenfalls dort sitzen können. Ihre Entscheidung, sich der Résistance anzuschließen und Henri bei Josefine zu lassen, war dennoch auch mit dem Wissen von heute der richtige Weg gewesen.

Manfred hatte sich wie jeder Vater nur das Beste für sein Kind gewünscht. Er wusste noch nicht einmal, dass es ein Junge war, wie ihr in diesem Moment bewusst wurde.

Henris Eltern waren tot. Ein Waisenjunge war selbst in einer unbekannten Familie besser aufgehoben als in einem Heim. Zumindest gab es dort familiäre Bande, wie fest die auch immer sein mochten.

Ihr Entschluss stand fest. Sie würde die Reise auf sich nehmen und Henri nach Deutschland bringen. Nicht nur bis zur Grenze, wie ein Paket, das man übergab. Wenn, dann wollte sie sehen, wo Henri aufwachsen würde. Sie wollte seine zukünftigen Eltern kennenlernen. Und falls sich das nicht richtig anfühlen würde, nähme sie ihn wieder mit. Dann würde ihr eine andere gute Lösung einfallen. Sie musste voller Achtung in den Spiegel schauen können, das war sie Carole schuldig. Und ein bisschen auch Manfred.

Noch einmal nahm sie den Weg nach Amiens auf sich, um den Deutschen zu bitten, für sie einen Brief an die deutsche Familie zu schreiben. Der Mann, der während des Krieges beschlossen hatte, der Liebe wegen in Frankreich zu bleiben, grüßte sie freundlich und ließ sie eintreten. In den Augen seiner Landsleute war er ein Verräter, ein Deserteur, dessen Handlung mit dem Tode zu bestrafen war. Die Franzosen trauten ihm ebenfalls nicht über den Weg und hielten ihn für einen Spion. »Die Zeit wird es richten«, sagte er nun auf Madame Pirottes höfliche Nachfrage, wie es ihm ginge. »Ich fühle mich wohl hier. Irgendwann werden sie mich akzeptieren. Und auch Marie wird mich irgendwann erhören.«

Sie nickte. »Wenn Sie Zeit genug haben, bestimmt.« Sie ließ ihr kehliges Lachen ertönen und er stimmte ein.

»Sie brauchen mich und meine Sprachkenntnisse, Madame?«

Sie nickte und bat ihn, ihre Zeilen zu übersetzen. Er warf ihr einen nachdenklichen Blick zu, wobei er eine Augenbraue hochzog, enthielt sich aber jeglichen Kommentars.

Als Absenderadresse gab sie die ihrer Schwester an und brachte den Brief anschließend direkt zur Post.

Bevor sie sich am nächsten Tag auf den Weg zu ihrer Schwester machte, hatte Madame Pirotte noch etwas zu erledigen. Die hintere linke Ecke ihres Gartens sah völlig unscheinbar aus. Zum Glück, dachte sie, als sie ihn nun im Licht des Vollmondes betrachtete.

Sie schaute sich um, ob sie von niemandem beobachtet wurde, und trat auf die Wiese. Augenblicklich sank sie wenige

Zentimeter ein. Die letzten Tage hatte es viel geregnet und die Erde war weich und matschig geworden. Was einerseits gut war, so würde der kleine Spaten in ihrer Hand reichen, ihre Kostbarkeiten aus der Erde zu holen. Anders, als sie sie vor der Besatzung versteckt hatte. Da war die Erde hart und trocken gewesen und sie hatte sich abgerackert, um ein großes Loch zu buddeln, das ihr Silber aufnehmen konnte. In die Zukunft Henris zu investieren erschien ihr sinnvoller, als für sich selbst etwas zu behalten. Sie konnte nichts mit ins Grab nehmen.

Die weiche Erde ließ sich gut bearbeiten, dennoch musste sie sich hinknien. Ihre Knie schmerzten, das Graben hinterließ Schmutzflecke auf ihrem Kleid und ihren Händen. Sie grub vorsichtig, um ihren Schatz nicht zu zerkratzen, und stöhnte mehrmals auf. Sie konnte sich nicht entsinnen, dass sie das Silber so tief vergraben hatte.

Endlich stieß sie auf Widerstand. Die alte Wolldecke hatte die Farbe der Erde angenommen und war ziemlich verwittert. Doch die Silberkanne war mehrfach darin eingeschlagen und unversehrt. Direkt daneben lag das Silbertablett. Die Blechdose mit der alten Pistole ignorierte sie. Bis jetzt hatte sie die Waffe nicht gebraucht, und sie würde sie auch in Zukunft nicht benötigen. Im ersten Krieg hatten ihre Eltern ihre wertvollsten Stücke, die auf keinen Fall dem Feind in die Hände fallen sollten, vergraben. Seitdem war einige Male der Standort gewechselt worden, das letzte Mal von ihr an einem heißen Augustabend.

Madame Pirotte atmete erleichtert durch. Alles war noch da. Der Notgroschen, den man nur im äußersten Notfall zu Geld machen durfte. Bisher war es nie so weit gewesen. In diesem Moment, während sie auf der matschigen Erde kniete und die Dinge betrachtete, wurde ihr klar, dass sie die Einzige war, die noch davon wusste. Josefine war zu jung gewesen, ihre

Mutter hatte nur ihrer eigenen großen Schwester davon erzählt, die mittlerweile verstorben war.

Einmal war Madame Pirotte bereits in Versuchung gewesen. Damals, als sie noch Träume hatte, als sie von einer großen Hochzeit mit ihrem Liebsten träumte. Auch wenn er nichts davon wusste, hatte sie in Gedanken ihre Zukunft geplant. Es wurde nichts daraus, er kam nicht zurück und sie hatte alle Träumereien begraben.

Schwerfällig stand sie auf und legte die wertvollen Silbergegenstände zur Seite. Sie schaufelte das Loch wieder zu, stampfte ein paarmal darauf herum und verteilte anschließend etwas Laub und Geäst auf der Stelle, sodass niemand darauf kommen konnte, dass hier etwas gelegen hatte.

Sie vergewisserte sich noch einmal, dass sie von niemandem beobachtet wurde, und ging mit ihren Schätzen ins Haus.

Der Erlös der beiden wertvollen Teile sollte reichen, um die Fahrt nach Deutschland zu bezahlen, und vielleicht blieb noch etwas übrig, um dem Kleinen etwas Geld dazulassen. Für seine Ausbildung etwa, überlegte sie.

Am nächsten Morgen suchte sie Claude Marolle de Haute auf, einen Mann, der als Antiquitätenhändler in Amiens tätig war und erst seit Kurzem in Les Prés wohnte. Es gab das Gerücht, er sei der uneheliche Sohn eines der englischen Königsfamilie nahestehenden Verwandten. Ob er tatsächlich aus einer adligen Familie stammte, wusste niemand. Unzählige Gerüchte nebst fantastischen Geschichten aus dem Krieg rankten sich um ihn, die er selbst mit immer neuen Details ausschmückte und mit seinem affektierten Gehabe anheizte. Unumstritten war jedoch, dass er sich mit Wertgegenständen und Gemälden auskannte.

Viele von Madame Pirottes Bekannten vertrauten ihm, wenn es um alten Familienschmuck, silberne Teeservices oder vergoldete Bilderrahmen ging. Er behandelte jeden fair und gab einem nicht das Gefühl, dass man über den Tisch gezogen wurde.

Der Verkauf ihrer Familienschätze verlief auch für Madame Pirotte ohne Probleme. Sie hatte sich vorher überlegt, welche Summe sie brauchte, und schätzte ebenfalls realistisch ein, dass sie diesen Betrag erzielen könnte.

Monsieur Marolle de Haute lag nur wenige Francs unter der gewünschten Summe. Was sie aber nicht daran hinderte, mit ihm zu handeln. Letztendlich bekam sie mehr, als sie erwartet hatte.

Alle Vorbereitungen waren abgeschlossen; sie konnte ihre Reise beginnen.

Dieses Mal war alles anders. Natürlich hatte sie Josefine schon oft besucht. Doch dieses Mal würde sie nur für eine Nacht bei ihr sein, wenig Zeit mit ihren Nichten und Neffen verbringen. Ein eigentlich zu kurzer Zwischenstopp, um den dreijährigen Henri auf sein neues Zuhause vorzubereiten, ihn seiner gewohnten Umgebung zu entreißen und in ein ihm unbekanntes Land zu bringen. Diese Vorstellung versetzte sie in ein wirres Gefühlschaos. Für das Problem, dass Henri keine Papiere hatte, hatten sie auch eine Lösung gefunden. Mit der Geburtsurkunde ihres Neffen, der knapp über ein Jahr älter als Henri war, hatte sie die erforderlichen Reisepapiere erhalten. Um den Rest würden sich die Zieglers kümmern müssen.

Egal wie oft sie sich selbst die Vorzüge für Henri in Deutschland aufzählte, sie würde sein bisheriges Leben von Grund auf verändern. Und ihr blieb nichts anderes übrig, als zu Gott zu beten, dass diese Entscheidung tatsächlich die richtige für den Kleinen sein würde.

Die Zieglers hatten an Josefines Adresse geschrieben, dass sie ihre Wünsche akzeptierten: Madame Pirotte würde den Jungen bringen und das Geld nicht annehmen.

Josefine hatte diese Antwort ganz anders interpretiert als Madame Pirotte.

»Nicht dass das Geizkragen sind, die auf ihrem Geld sitzen. Man kennt ja die Deutschen.«

Madame Pirotte schloss für einen Moment die Augen. Jedes Gegenargument wäre zu viel. Sie schalt sich eine törichte alte Frau, seit sie bei ihrem letzten Besuch vor wenigen Monaten in einem unbedachten Moment die wahre Herkunft Henris verraten hatte. Seitdem hatte sich Josefines Verhältnis zu dem Jungen ins Gegenteil gekehrt. Ihr Hass auf die Deutschen saß tief, was Madame Pirotte seit ihrer Ankunft an dem Umgang mit Henri beobachten konnte. So häufig hatte sie ihn früher nicht beschimpft oder bestraft. Ihre Zweifel, den Jungen zu seinen Verwandten zu geben, wurden kleiner.

Hier würde er niemals ein Vaterland haben.

Am Abend gab sich Josefine versöhnlicher.

»Ich kann gut verstehen, dass du so ein Geheimnis darum gemacht hast. Nicht auszudenken, wenn die Nachbarn es erführen. Er ist ein lieber Junge. Aber ich muss eingestehen, seit ich es weiß, kann ich ihn nicht ansehen, ohne an die grausamen Verbrechen der Nazis zu denken. An die vielen unschuldigen Toten. Hast du gehört, wie sie sich bei den Nürnberger Prozessen benommen haben? Die meisten bereuen nichts, diese verdammten angeblichen Herrenmenschen.« Angewidert schlug sie mit der Faust auf den Tisch. »Henri kann nichts dafür, das weiß ich natürlich, aber trotzdem. Ich versteh einfach nicht, wie Carole so blind sein, wie sie uns alle so verraten konnte!«

Noch nie hatte Madame Pirotte ihre Schwester dermaßen zornig gesehen. Mit vor Wut verzerrtem Gesicht, das sich rot verfärbte, saß sie ihr gegenüber.

»Sie haben den Krieg verloren. Die meisten waren verblendet. In Amiens gibt es einen, der ist desertiert. Er hat gemerkt, wie falsch es war. Im Krieg passieren schlimme Dinge. Auch habe ich Geschichten von Franzosen gehört, für die wir uns alle schämen müssten. Doch war weder Henris Vater ein Scheusal noch ist es sein Sohn. Er ist ein lieber Junge, Josefine, und seine Mutter ist im Widerstand aktiv gewesen. Und sollte ich feststellen, dass die Verwandtschaft in Düsseldorf ihn nicht mag, werde ich ihn ihnen nicht überlassen.«

»Was willst du denn stattdessen tun?«

Ihr Tonfall blieb aggressiv und ablehnend. Warum konnte sie nicht vergeben und verzeihen und hielt an diesem Hass fest? Die ganze Welt befand sich im Umbruch und Aufbruch. Man durfte nicht bis in die Ewigkeit alles, was passiert war, gegeneinander aufrechnen. Die Zeiten von Auge um Auge, Zahn um Zahn waren endgültig vorbei. Frieden war nur möglich, wenn einer den ersten Schritt tat. Warum sah Josefine das nicht?

Morgen ging ihre Reise mit dem kleinen Henri los. Sie wünschte keinen Streit mit Josefine, nicht vor dieser Fahrt ins Ungewisse. Aber ihre Schwester redete sich erst richtig in Rage.

»Denkst du auch mal an die vielen Zwangsarbeiter, ich meine unsere Männer, meinen Mann, die für die Deutschen arbeiten mussten? Im Austausch für Kriegsgefangene! Unsere Franzosen, stolze Soldaten, als Zwangsarbeiter? Bei Wasser und Brot und in zugigen Baracken. Dieser Pétain, der da zugestimmt hat, sollte einen Kopf kürzer gemacht werden, gehängt, erschossen und gevierteilt. Alles gleichzeitig.«

Madame Pirotte schüttelte nur leicht den Kopf. Sie wusste, dass sie ihre Schwester heute Abend nicht von ihrer Meinung würde abbringen können. »Ich gehe schlafen, morgen beginnt eine anstrengende Zeit. Nächste Woche wissen wir mehr.«

Josefines Augen blickten glasig. Ob zu viel Wein der Grund war oder das hitzige Gespräch, wusste Madame Pirotte nicht.

Als sie endlich im Zug nach Deutschland saßen, war Madame Pirotte viel zu aufgeregt und nervös, um die Reise zu genießen.

Das Umsteigen in Paris hatte ihre ganze Konzentration benötigt und einmal hatte auch sie Henri angeschrien, dass er nicht so trödeln sollte. Henri, der ihre Nervosität spürte, konnte kaum still sitzen und forderte sie auf, ihm eine Geschichte zu erzählen. Nach dem dritten Märchen, das sie aus ihrem Gedächtnis wiedergab, kam er immer noch nicht zur Ruhe. Sie ermahnte ihn wieder und wieder, still zu sein und nicht so rumzuhampeln. Sie selbst war angespannt und nervös. Gut, dachte sie, dass er noch so klein war. Das würde es ihm erleichtern, die andere Sprache schnell zu erlernen. Ihr Unbehagen wuchs, doch für Henri war alles ein Abenteuer. Er war zu jung, um zu verstehen, was passierte. Sie hoffte sehr, dass er nicht zu sehr weinen würde. Aber ihr wurde bei dem Gedanken ganz schwer ums Herz.

Sie nahm ein eingepacktes Brot aus ihrer Tasche und reichte es ihm.

»Hier, du hast noch nichts gegessen. Mit Käse, den du so gerne magst. Bon appétit.«

Er konzentrierte sich nun auf das Brot, aß zunächst den Käse, bevor er mit seinen kleinen Fingern ein Stück vom Brot abriss und in den Mund schob. Normalerweise hätte sie ihn ermahnt, jetzt lächelte sie ihm zu. Endlich war er ruhig und ganz mit sich selbst beschäftigt. Sie hatte noch vier Brote dabei, vielleicht reichte es, ihn ruhigzustellen und müde zu machen. Und falls das Essen nicht half, würde sie ihm vorsingen. Beim Grenzübertritt war er endlich eingeschlafen. Der Beamte warf lediglich einen kurzen Blick auf die Papiere und lächelte den schlafenden Jungen an.

Madame Pirotte atmete auf, zu tief saß noch die Erinnerung an die Kontrollen der Deutschen zu Kriegszeiten.

Als sie in den Düsseldorfer Bahnhof einfuhren, spürte sie ihren Herzschlag vor Aufregung bis zum Hals. Die Zweifel kehrten zurück. War es richtig, was sie tat? Sie blickte liebevoll auf den Jungen.

Der Bahnsteig in Düsseldorf war beeindruckend und einschüchternd gleichermaßen. Viele Menschen liefen herum, viel mehr als in ihrer Heimat. Während der Reise hatte sie aus dem Zugfenster so viel Zerstörung gesehen, dass sie fassungslos war. Sie hatte davon gehört, dass die Alliierten Bomben geworfen hatten, aber sie hatte Städte gesehen, da schien kein Stein mehr auf dem anderen zu stehen.

Was für ein Wahnsinn, schoss ihr zum wiederholten Mal durch den Kopf. Hoffentlich passierte so etwas nie wieder. Kein größenwahnsinniger Despot, der glaubte, ihm stünde die Weltherrschaft zu. Lieber Gott, schütze uns vor diesen Männern, betete Madame Pirotte inständig und schaute wieder zu dem schlafenden Henri. Ihr werdet es besser machen, dachte sie. Ihr werdet es richten. Dann schüttelte sie Henri sanft an der Schulter, um ihn zu wecken. »Wir sind da«, sagte sie.

Schlaftrunken rekelte er sich, bis er begriff, dass sie endlich aussteigen konnten.

Sie hatten wenig Gepäck dabei. Henris Kleidung brauchte in der Größe wenig Platz, daneben gab es nur Coco, den Bären, sein Lieblingskuscheltier, das ihm Josefine genäht hatte. Hätte sie damals schon gewusst gehabt, dass sein Vater ein deutscher Soldat gewesen war, hätte sie es sicher fur sich behalten. Was änderte das Wissen der Herkunft am Charakter eines Menschen? In einem Moment war ein Kind ein Wonneproppen, im nächsten ein Bastard?

Sie konnte es nicht verstehen, und akzeptieren wollte sie es schon gar nicht.

Es war schwierig, auf dem Bahnhof den Überblick zu behalten. Sie hielt Henri an der rechten Hand fest, damit er ihr nicht davonlaufen konnte, und mit der anderen trug sie den Koffer. Ihre Handtasche, in der sie alle wichtigen Papiere griffbereit hatte, hing über ihrem Handgelenk. Sie schwitzte, obwohl es zugig auf dem Bahnsteig war. Allmählich setzte ihr die Reise immer stärker zu. Ihr Alter machte ihr mehr zu schaffen, als sie zugeben wollte. Immer schneller war sie erschöpft und kraftlos. Jetzt war sie durstig, angespannt und aufgeregt. Alles auf einmal.

Madame Pirotte suchte nach einem Bahnbeamten, um nach dem Weg zu fragen. Mit dem Zettel in der Hand, auf dem die Adresse vermerkt war, schaute sie sich hilfesuchend um. Auch wenn sie mittlerweile die Sprache einigermaßen verstand, das Sprechen fiel ihr schwer. Ein Fingerzeig auf den Zettel musste genügen. Sie sah einen älteren Mann auf sich zukommen, der das linke Bein hinter sich herzog. »Kann ich Ihnen helfen, gute Frau?«, fragte er.

Sie lächelte, schüttelte den Kopf und hielt ihm den Zettel hin. »S'il vous plaît, Monsieur.«

»Ah, Sie sind Französin!« Er strahlte sie an. »Ich war ein halbes Jahr in Paris, während des Krieges. Oh, là, là, Madame, das ist meine schönste Erinnerung. Da waren meine Beine noch in Ordnung.«

Sie schaute ihn verständnislos an.

Er wechselte ins Französische und Madame Pirotte war über seine gute Aussprache überrascht. »Oh, entschuldigen Sie, Sie sprechen kein Deutsch. Ich verstehe.« Anfangs etwas holprig, kam er mit jedem Satz mehr in Fluss. »Zu Fuß ist es ein Stück Weg. Sie sollten den Bus nehmen.« Er sah sie mitleidig an. »Mit Kind und Koffer?«

Madame Pirotte verzog ihr Gesicht. Mitleid konnte sie nicht ertragen, noch nie. Plötzlich hörte sie jemanden ihren Namen rufen. »Madame Pirotte?«

Sie drehte sich um. Sie sah einen dicken Mann auf sich zulaufen, der mit roten Flecken im Gesicht hektisch mit den Armen fuchtelte. Atemlos stand er vor ihr und japste ein paar Mal nach Luft. »Kurt Ziegler. Und das ist der kleine Henri? Kommen Sie, es ist nicht weit bis zu unserem Zuhause.«

Sie saßen zu viert um den Küchentisch. Henri lag auf dem Küchensofa. Sie hatten ihm eine Wolldecke gegeben, in die er sich einkuschelte. Wenig später schlief er ein. Die Erwachsenen saßen auf harten Holzstühlen und schauten sich unsicher lächelnd an.

»Es war eine anstrengende Reise, oder?« Frau Ziegler wandte den Kopf zu dem Jungen.

»Oui, das kann man wohl sagen.«

»Probieren Sie den Kuchen, meine Frau kann sehr gut backen.«

Weil sie höflich sein wollte, nahm Madame Pirotte ein Stück. Es war ihr zu süß und mächtig. »Ich habe nicht viel Zeit, möchte noch heute den Zug zurück nehmen. Ich wollte jedoch nicht, dass Henri allein die Fahrt ...«

»Heinrich. Wir werden ihn Heinrich nennen. Damit hat er es leichter.«

»Wie schön. Natürlich.« Madame Pirotte war überzeugt, dass das neue Heim für Henri, nein, Heinrich, eine gute Lösung war. Es war ordentlich und sauber und er hatte ein eigenes Zimmer. Hier würde er es gut haben.

Einige Minuten später verabschiedete sie sich von Frau Ziegler, strich Henri noch einmal über das Haar und ließ sich von Herrn Ziegler zum Bahnhof bringen.

Im Zug wischte sie sich die Tränen aus den Augen und fühlte nach dem Brief. Es war richtig, ihn nicht aus der Hand gegeben zu haben. Henri war zu klein, und ob seine neue Mutter Caroles Brief für ihn aufbewahren würde, hielt sie für fraglich. Heinrichs neues Leben begann jetzt. Ohne Ballast.

Kapitel 43

Frankreich, Juni 2023

Das Hotel war ein typisches Exemplar einer internationalen Kette. So wie hier am Boulevard d'Alsace Lorraine sahen die Zimmer überall in der Welt aus. Die Anmeldung verlief reibungslos, weil die Hotelangestellte perfekt Englisch sprach. Louisa hatte die Rezeptionistin zuvor mit »Olá« begrüßt und sich schon eine Millisekunde später, als ihr der Fauxpas bewusst wurde, in Grund und Boden geschämt. Sie konnte es der Frau nicht verübeln, dass sie ihn mit einem spürbar aufgesetzten Lächeln und einer Begrüßung in einwandfreiem Englisch quittierte.

Ihr Vater warf Louisa einen irritierten Blick zu. »Ich dachte, du kannst die Sprache.«

Sie druckste herum. »Nun ja, eigentlich schon. Aber mein Sprachchip ist wohl noch nicht auf das aktuelle Land eingestellt«, sagte sie und versuchte mit einem Lachen, die Peinlichkeit zu überspielen. »Ich könnte dich jetzt auf Spanisch und Italienisch und sogar, wie gerade bewiesen, auf Portugiesisch begrüßen – aber spontan fällt mir nicht eine französische Vokabel ein.«

Er sah sie an, als wäre sie verrückt geworden.

Die Rezeptionistin schob ihr die Schlüsselkarten für die Zimmer hin. »Wir haben Sie im zweiten Stock untergebracht. Nummer zweihundertsechs und zweihundertsieben, direkt gegenüber. Ich hoffe, das ist in Ordnung«, fragte die junge Frau am Empfang mit einem Unterton, den Louisa seltsam fand. Erst im Aufzug kam ihr der Gedanke, dass die Dame vielleicht glauben konnte, sie seien etwas anderes als Vater und Tochter.

Louisa schob den kleinen Rollkoffer ihres Vaters und trug neben ihrem Rucksack auch ihre Reisetasche.

Sie stellte seinen Koffer vor der Zimmertür ab. »Brauchst du Hilfe beim Auspacken?«

»Auspacken lohnt sich doch nicht für die drei Nächte.«

Da war er wieder. Der barsche Unterton, der Ignoranz und Abwehr beinhaltete. »Ich hab's gern einfach«, fügte er an, als hätte er gespürt, dass die Art und Weise unangemessen gewesen war.

»Aus dem Koffer leben – warum nicht«, erwiderte sie und grinste.

»Ich bin zum ersten Mal auf mich selbst gestellt. Deine Mutter hätte die Wäsche in die Schubladen gelegt und die Hemden aufgehängt. Das ist mir zu aufwendig. Vielleicht wird es Zeit, dass ich mal meine eigenen Entscheidungen treffe.«

»Spricht nichts dagegen. Klappt es mit deinem Arm?«

»Ich komme klar.«

Es fiel ihr immer noch schwer, seine Schroffheit nicht persönlich zu nehmen.

»Wann treffen wir uns mit diesem Nicolas?«, erkundigte er sich.

»In eineinhalb Stunden. Reicht dir eine halbe Stunde zum Ankommen und Frischmachen? Dann können wir uns noch ein wenig die Stadt ansehen. Treffpunkt mit Nicolas ist die Kathedrale. Meine Idee wäre, dass wir langsam durch die

Straßen bis zur Kirche schlendern. Das Wetter spielt zum Glück mit.«

Er nickte und sie sah ihm zu, wie er die Schlüsselkarte vor das Schloss hielt und die Tür öffnete, indem er mit der Schulter dagegenstieß. Mit dem gesunden Arm nahm er den Koffer. Kein weiteres Wort mehr. Er verschwand in seinem Zimmer.

Das Öffnen ihrer Tür funktionierte erst beim dritten Versuch. Das Zimmer war geräumig, das angrenzende Bad mit Dusche funktional eingerichtet. Sie legte Tasche und Rucksack neben dem Bett ab und setzte sich darauf. Die Matratze war weich, für ihren Geschmack zu weich. Aber für drei Nächte sollte es gehen.

Sie atmete tief ein und ließ die Luft langsam wieder aus ihrer Lunge entweichen. Sie war gespannt, wie das Treffen mit diesem Nicolas verlaufen würde, und freute sich darauf. Doch etwas anderes machte ihr nach wie vor Bauchschmerzen. Wie würde es mit ihrem Vater weitergehen? Würde seine Gesundheit den Strapazen dieser Reise wirklich gewachsen sein? Diese Entwicklung konnte sie weder einschätzen noch beurteilen. Ihr blieb nur abzuwarten und die Dinge anzunehmen, wie sie kamen.

Sie erneuerte ihr Make-up und zog den Lippenstift nach. Rot, wie in Frankreich üblich. Zumindest hatte sie es so in den einschlägigen Frauenzeitschriften gelesen. Die halbe Stunde verging viel zu schnell. Sie stand noch im BH vor dem Spiegel, als es klopfte. Sie zuckte zusammen. »Ja?«, rief sie.

»Fertig? Sonst warte ich in der Lobby.«

»Ich komme gleich nach unten«, sagte sie und stand zwei Minuten später ebenfalls in der Lobby.

»Gut schaust du aus«, begrüßte er sie.

Louisa war so perplex, dass sie kein Wort herausbrachte und ihn nur mit hochgezogenen Augenbrauen musterte. Auch er hatte sich umgezogen. Das blau-weiß karierte Hemd kannte sie nicht, das dunkelblaue Sakko, das er offen trug, passte perfekt dazu. Sie dachte an die gelbe Strickjacke, die hoffentlich zu Hause lag.

»Von mir aus können wir«, sagte er und zeigte mit einer galanten Handbewegung an, dass sie zuerst durch die Drehtür schreiten sollte. Sie folgte der Geste und wartete auf dem Bürgersteig auf ihn. Auch jetzt widerstand sie dem Drang, sich bei ihm unterzuhaken, obwohl es ihr in diesem Moment als das Natürlichste der Welt erschien. Er machte es ihr plötzlich wieder leicht: Sein mürrischer Gesichtsausdruck war verschwunden, er beugte seinen Oberkörper nicht mehr so weit vor und sein Gang wirkte leichter sowie beschwingter.

Sie betrat Neuland. Zum allerersten Mal in ihrem Leben fühlte sich ein Zusammentreffen mit ihrem Vater so an, wie sie es sich immer vorgestellt und gewünscht hatte. Ohne Ablehnung, ohne Vorwürfe, ohne Unterstellungen und ohne Streit. Allein für dieses Gefühl hatte sich die Reise für sie gelohnt.

Sie hoffte sehr, dass sich sein Verhalten im Laufe des Tages nicht ändern würde. Die Furcht vor etwas, das ihren Vater wieder in das alte Muster zurückfallen ließ, schob sie zur Seite. Nur ein winziger Stachel des Zweifels blieb.

Sie tippte auf ihrem Smartphone den Treffpunkt mit Nicolas ein und startete das Navigationssystem. Ohne das Handy war sie aufgeschmissen; Karten hatte sie noch nie lesen können. »Es sind nur knapp achthundert Meter bis zur Kathedrale Notre-Dame und wir haben eine Stunde Zeit. Gehen wir langsam zu Fuß und erkunden die Stadt?«

Sie schaute ihn auf eine Antwort wartend an.

»Natürlich. Alles andere macht doch keinen Sinn. Es ist nur meine Hand lädiert, nicht meine Füße.«

Auch wenn die Hotelzimmer in jeder Stadt auf der ganzen Welt austauschbar waren, die Stadt Amiens war es nicht. Ihr Vater hatte recht: Städte mit Wasser waren immer eine Reise wert. Besonders Amiens. »Auf jeden Fall müssen wir uns die schwimmenden Gärten anschauen«, schlug sie vor. »Vielleicht können wir eine Bootsfahrt durch die Gewässer buchen? Das muss zauberhaft sein. Nicolas wird uns sicher noch viel zeigen und erzählen. Er meinte, er sei ein hervorragender Stadtführer.«

Louisa passte sich dem für sie ungewohnt langsamen Gehtempo ihres Vaters an und wunderte sich, dass es ihr nichts ausmachte. Normalerweise schritt sie energischer zum Ziel. Jetzt genoss sie das Schlendern und das Stehenbleiben an Schaufensterscheiben, um ihm eine kleine Auszeit zu gönnen. Selbst in den üblichen Handelsketten sah das Angebot in Frankreich anders aus als in Düsseldorf. Auch wenn es nicht die Königsallee war, auf der sich die Nobelmarken der Haute Couture präsentierten und wo sich vor den Geschäften lange Schlangen bildeten, um von einem Security-Mann eingelassen zu werden.

Zum wiederholten Male versuchte sie zu ergründen, was den besonderen Schick der Franzosen ausmachte. Die Frauen kleideten sich modischer, auch wenn es nur ein winziges Accessoire war, das ihr Outfit zu etwas Besonderem machte. Sie spazierten an einem Straßencafé vorbei, das mit kleinen Bistrotischen und -stühlen zum Verweilen einlud. Spontan schlug sie vor, einen Kaffee zu trinken.

»Café au Lait, das war für mich früher der Inbegriff französischer Lebensart. Wahrscheinlich bekommt man hier mittlerweile auch nur noch aufgeschäumten Cappuccino mit Kakaopulver, oder?«, bemerkte er, nachdem sie einen Tisch in der Sonne ergattert hatten.

»Warum bestellen wir nicht einfach ganz altmodisch und französisch ›deux café au lait‹ und warten ab, was passiert?«

Lächelnd gab sie ihre Bestellung in perfektem Französisch auf, wie sie erstaunt bemerkte. Nicht eine englische, spanische, portugiesische oder italienische Floskel hatte sich eingeschlichen.

Es war Donnerstag und für die meisten Franzosen ein ganz normaler Werktag. Louisa und ihr Vater genossen die Pause in der Sonne, beobachteten entspannt den Trubel um sich herum. Menschen, die sich mit Freunden trafen und einen Kaffee oder ein kaltes Getränk zu sich nahmen. Auf manchen Tischen bemerkte Louisa auch ein Glas Wein.

»Was ist das jetzt? Französischer Milchkaffee?«, fragte ihr Vater, als der Kellner zwei schüsselähnliche Tassen vor sie hinstellte.

»Ich denke ja, es ist zumindest kein Beton-Milchschaum. Wir sollten noch ein Croissant dazu bestellen und in die große Tasse eintunken. Dann würden wir zumindest landestypisch frühstücken, wenn auch sehr verspätet«, schlug Louisa lachend vor.

»Gegessen haben wir ja«, brummte Heinrich und blickte dann gedankenverloren auf die gegenüberliegende Straßenseite. Louisa erkannte nicht, was ihn so gefangen nahm. Für sie war nichts Außergewöhnliches zu erkennen: Ein Jack Russell Terrier, der an die Hauswand pinkelte; der dazugehörige Herr schaute in eine andere Richtung, als ginge ihn das überhaupt nichts an. Als der Hund sein Geschäft erledigt hatte, zog er sein Herrchen weiter. Die Frage, wer mit wem Gassi ging, war geklart. Louisa schmunzelte, doch ihr Vater verzog keine Miene. Er wirkte abwesend. Vielleicht sah er andere Bilder in seinem Kopf, die von früheren Zeiten erzählten.

Endlich brach er das Schweigen. »Ich war gestern noch mal am Friedhof.«

»Hast du dir wieder ein Taxi bestellt?«, fragte sie und dachte an den Morgen, nachdem Maria gekündigt hatte. So viel war passiert: Jonas, Nicolas. Und eine Annäherung zwischen ihr und ihrem Vater. Nicht zu vergessen Rinse. Beim Gedanken an ihn beschleunigte sich ihr Herzschlag.

»Direkt neben ihr liegt ein Mann.«

Was kam denn jetzt? Auffordernd sagte sie: »Ja?«

»Die Witwe besucht ihn beinahe jeden Tag und spricht mit ihm. So habe ich es direkt nach dem Tod deiner Mutter auch gemacht. Das wird weniger. Nicht der Wunsch, zu dem Toten zu sprechen, aber der Drang, ans Grab zu gehen.« Er schaute immer noch auf die gegenüberliegende Straßenseite. »Sie ist nett, heißt Maja. Wir unterhalten uns schon mal, und letztes Mal …«

Louisa wartete ab. Er wollte etwas loswerden, und sie hatte keine Ahnung, was.

»Sie hat vorgeschlagen, dass wir mal zusammen einen Kaffee trinken gehen.«

Ihr blieb vor Staunen einen Moment der Mund offen und sie wusste nicht, was sie sagen sollte. Jede Entgegnung, die ihr im Kopf herumspukte, fühlte sich falsch an.

»Du musst nichts sagen. Ich frag dich auch nicht um Erlaubnis. Wäre ja noch schöner. Ich bin alt genug, dass ich selbst entscheide, was ich tue. Ich dachte nur, du solltest es wissen.«

Sie unterbrach ihn. »Ich bin die Letzte, die dir vorschreibt, was du zu tun oder zu lassen hast. Aber ganz ehrlich, Vater: Es ist großartig. Ich gebe zu, im ersten Moment war ich perplex. Aber nicht, weil du ein Date hast.« Das Wort ›Date‹ klang so merkwürdig im Zusammenhang mit ihrem Vater. »Den Ort des Kennenlernens finde ich schon speziell. Wirklich auf dem Friedhof?«

»Na ja, ihr jungen Leute lernt euch im Internet kennen. Tinder oder wie das heißt. Aber wo geht man als Witwer oder Witwe am häufigsten hin? Natürlich auf den Friedhof. Die sollten dort ein Café eröffnen, glaub mir, das wäre eine Goldgrube.«

Der Friedhof, Tinder der alten Menschen. Sie konnte sich ein Lachen kaum verkneifen. »Ich freue mich, wenn du dich mit einer Frau triffst und mit ihr Zeit verbringen möchtest. Ich denke, Mama hätte nichts dagegen.«

Endlich sah er sie an.

»Und ich auch nicht«, fügte sie hinzu und dachte an die ältere Dame, die ihr auf dem Friedhof freundlich zugelächelt hatte.

Er nickte und presste die Lippen aufeinander. »Meinst du, ich kriege eine Tasse mit Henkel, wenn ich mir einen normalen Kaffee bestelle? Es geht einfach nicht.« Er hob seine gelähmte Hand hoch und zuckte die Schultern. »So viel zu meinem authentisch französischen Milchkaffee.«

Erschrocken schaute Louisa ihren Vater an. Als aufmerksame Tochter hätte sie sofort reklamieren sollen, als die Bestellung kam. Sie hatte nicht nachgedacht.

Erst als ihr Vater grinste, fiel auch ihre Anspannung ab. Plötzlich lachten sie beide aus vollem Hals, laut und von Herzen. Der junge Kellner wurde auf sie aufmerksam und kam an den Tisch. Er schaute abwechselnd auf den Kaffee, ihren Vater und sie, bis er die gut getarnte, steife Hand bemerkte. Obwohl Louisas französischer Wortschatz beschränkt war, verstand sie den Inhalt seines Redeschwalls. Mehrere Entschuldigungen, gepaart mit Erklärungen, dazu ein paar deutsche Worte – ein heilloses Wort-Wirrwarr. »Monsieur, Madame, Entschuldigung. Excusez-moi, je suis absolument désolé … Café au lait …«

Für ihren Geschmack hätten weniger Wörter gereicht, um sein Bedauern auszudrücken, doch er redete ohne Pause, sprach unverdrossen auf ihren Vater und sie ein. Mittlerweile hatten sie die Aufmerksamkeit aller Gäste auf der Terrasse erregt. Neugierige Blicke, leises Getuschel.

Louisa spürte, wie sie errötete.

Doch zum wiederholten Mal, seit sie in Düsseldorf losgefahren waren, überraschte ihr Vater mit seinem Verhalten. Er reagierte völlig locker, beinahe cool, saß lässig wie ein Filmstar auf dem eisernen Bistrostuhl und nickte den anderen zu.

Der Kellner nahm die Schale mit, und kehrte kurze Zeit später mit einer Henkeltasse zurück und stellte sie vor ihn hin. »Pour vous, Monsieur.«

»Merci«, kam die knappe, nonchalante Entgegnung ihres Vaters, und Louisa fühlte eine Welle der Bewunderung und Zuneigung, die sie noch nie für ihn empfunden hatte.

»Es ist seltsam, aber die Sprache fühlt sich vertraut an. Natürlich verstehe ich nicht alles, aber der Klang der Sprache ist nichts Fremdes.«

»Na ja, du hast die ersten Jahre deines Lebens hier gelebt. Mich wundert das nicht. Das hast du mir allerdings nicht vererbt.« Louisa grinste.

»Warum treffen wir uns eigentlich in Amiens?«, wechselte ihr Vater das Thema. »Meine …«, er zögerte, »Erzeugerin lebte doch nicht hier.«

Louisa zuckte zusammen. *Erzeugerin.* In dem Wort lagen so viel Distanz und Kälte, dass sie fröstelte.

»Aber in einer kleinen Gemeinde hier in der Nähe«, antwortete sie. »Les Prés. Auf dem Friedhof de la Madeleine liegt jedoch die Familie von Carole, ihre Mutter ist dort in einer Gruft begraben. Deine, ich meine ihre, Wurzeln befinden sich hier in der Stadt. Nicolas fährt mit uns nachher zu diesem Ort, es ist nicht weit. Und den Friedhof müssen wir uns auch anschauen.«

Er nickte versonnen. »Ich habe mich schlaugemacht. Jonas hat mir mit seinem Computer geholfen. Amiens war schon immer ein rebellischer Ort. Es gibt hier einen Gedenkstein, der den Opfern des L'ETAT FRANÇAIS von 1940–1944 und den Verbrechen gegen die Menschlichkeit gedenkt. Dort werden die Opfer Märtyrer genannt, was es aus meiner Sicht besser trifft.«

Louisa schaute zur Uhr. »Uns bleiben ja noch ein paar Tage. Weißt du, wo er aufgestellt ist? Vielleicht haben wir ja Zeit, um ihn uns anzusehen.«

Er nickte. »Dann lass uns jetzt zur Kathedrale gehen. Bin schon ganz gespannt auf deinen Nicolas.«

Sie legte das abgezählte Geld inklusive Trinkgeld auf den Tisch, stand auf und beschloss, auf die seltsame Formulierung nicht zu reagieren. Es war nicht *ihr* Nicolas.

»Die Kathedrale Notre-Dame d'Amiens gehört zum Weltkulturerbe und ist das größte gotische Bauwerk Frankreichs«, hörten sie einen Fremdenführer einer kleinen Touristengruppe erklären. Sie blieben unauffällig in Hörweite stehen. »Die einhundertzwölf Meter hohe Turmspitze ist die älteste mit Bleiplatten bedeckte Turmspitze aus Holz und überragt das Dach der Kathedrale um sechsundfünfzig Meter.«

Louisa schaute zur Uhr, es blieben noch zwei Minuten bis zur vereinbarten Zeit. Typisch deutsch, dachte sie.

Die Gruppe mit dem Reiseführer entfernte sich. Sie stand mit ihrem Vater auf einer der Treppenstufen und schaute beeindruckt an der Fassade hoch.

»Madame et Monsieur Ziegler?« Ein attraktiver Mann von schätzungsweise Mitte vierzig gesellte sich plötzlich zu ihnen.

»Sí«, erwiderte Louisa und sah den verdutzten Gesichtsausdruck des Fremden und ihren lachenden Vater. Schnell korrigierte sie sich. »Oui. Nicolas Rochard? Bonjour.«

»Oui. Ich hatte gehofft, ich wäre vor Ihnen hier«, fuhr er fort, »aber ich denke, deutsche Pünktlichkeit wird für mich immer in unerreichbarer Ferne liegen.« Er reichte ihnen die Hand. Zumindest das hatte er sich abgeschaut, wobei Louisa gegen ein Wangenküsschen nichts gehabt hätte.

»Warum ›Sí‹?«, fragte er. »Ist das ein Witz zwischen Ihnen?«

»Das erklären wir Ihnen ein anderes Mal«, kam ihr Vater ihr zuvor, wofür sie ihm sehr dankbar war.

Er umriss mit seinen Armen die Kirche. »Waren Sie schon im Innern? Das muss man gesehen haben, wenn man hier ist. Kommen Sie, ich gehe vor.«

Sie konnten gar nicht anders, als ihm zu folgen. Sie gingen durch das Seitenportal und blieben, als sie eingetreten waren, ehrfurchtsvoll stehen.

»Wow«, brach es viel zu laut aus Louisa heraus. »Was für eine Pracht!« Nicolas drehte sich zu ihr um. Sie presste die Lippen aufeinander. »Sorry«, murmelte sie. Wieder die falsche Vokabel. Jetzt war es auch egal, sie hatte sich schon vollkommen blamiert.

Fasziniert bewunderte sie die verschiedenen Altäre und die große Anzahl von Kerzen davor, die man entzünden konnte. Kleine Teelichter, etwas dickere Kerzen oder ganz lange Stabkerzen. Von fünfzig Cent pro Stück bis zwei Euro konnte man wählen. Sie spürte den unwiderstehlichen Drang, eine anzuzünden. Für den Ausgang dieser Reise und ihren Vater, für Jonas und seine Tante. Für sich selbst hatte sie kein Kleingeld mehr, stellte sie fest, als sie in das Portemonnaie blickte.

Sie warf zwei Euro in den Schlitz und begutachtete alle Kerzen, um ein besonders schönes Exemplar auszusuchen, als sich ein kleiner Junge neben sie stellte. Er redete auf sie ein, doch sie verstand kein Wort. Hoch konzentriert kramte sie in ihrer Erinnerung nach einer passenden Erwiderung – auf Französisch. »Je ne comprends pas«, sagte sie und schüttelte dabei bedauernd den Kopf. Der Junge sprach weiter auf sie ein, zeigte auf die Kerzen. Sie verstand ihn immer noch nicht. Schließlich nahm er sich eine und blickte ihr tief in die Augen. Braune Augen, dunkle Locken, eine süße Stimme. Was für ein Charmeur, dachte sie. In zehn Jahren würde er alle Frauen um den kleinen Finger wickeln. Ehe sie sichs versah, zündete er die Kerze an einer anderen an und stellte sie ganz nach vorne.

Sie hatte keine Kraft, mit ihm zu schimpfen. Auch keine Worte, wie sie erkannte, als er sie erneut anlächelte, sich umdrehte und aus dem großen Tor hinaus verschwand.

Verwundert blickte sie ihm hinterher.

Ihr Kleingeld reichte doch noch für eine Kerze. Sie zündete sie an, dachte an ihre Mutter und schickte ein kleines Stoßgebet gen Himmel: Bitte, lass die Reise für uns alle ein Erfolg werden und Vater gesund bleiben.

Sie ging weiter und fand Nicolas und ihren Vater. Sie saßen in einer Bank, beide mit geschlossenen Augen und die Hände im Schoß gefaltet.

Neben ihnen war noch Platz, doch sie wollte die anderen bunten Fenster bewundern und schritt weiter. Der Junge ging ihr nicht aus dem Kopf. Sie schob das Gefühl beiseite, in einer Kirche beklaut worden zu sein, und genoss die Vermutung, ein gutes Werk getan zu haben. Vielleicht hatte er ein Problem und glaubte an die Kraft der Kerzenopfer, hatte kein Geld und wollte nicht einfach eine nehmen.

Sie verließ die Kathedrale durch den Seiteneingang und wartete auf die Männer. Nicolas war als Fremdenführer in seinem Element und geleitete ihren Vater, wie sie im Hinausgehen gesehen hatte, gerade durch den vorderen Teil des Kirchenschiffs, während er ihm leise Erläuterungen zuflüsterte. Dass dies gar nicht der Grund für das Treffen war, schien er zu verdrängen. Vielleicht war das aber auch sein Rezept, um mit ihnen warm zu werden.

»Sind Sie gut zu Fuß?«, fragte er, als sie ebenfalls wieder ins Freie traten.

»Kommt darauf an«, entgegnete Louisa. »Mein Vater ist achtzig Jahre alt und hat gerade …«

»Stell mich doch nicht hin, als wäre ich ein alter Mann«, unterbrach er sie. »Viel wichtiger ist, dass es bald Zeit zum Abendessen ist.«

Nicolas hatte nicht zu viel versprochen. Er zeigte ihnen die schönsten Seiten der Stadt, das malerische Viertel Saint Leu, das mit seinen bunten Häusern an den Kanälen tatsächlich an Venedig erinnerte und eine besondere Stimmung verbreitete.

»Zum Abendessen habe ich mir etwas Besonderes überlegt. Dorthin fahren wir mit dem Auto.«

Sein Peugeot war etwas komfortabler als ihr Mini und natürlich überließ sie ihrem Vater den Beifahrersitz.

»Morgen früh fahren wir zum Haus meiner Oma und ich zeige Ihnen alle Unterlagen, die ich habe.« Er spähte kurz zu Louisas Vater. »Meine Mutter Veronique ist geistig nicht so fit wie Sie und lebt auch wegen körperlicher Beschwerden in einem Altersheim. Sie ist vier Jahre älter als Sie.« Er hielt an einem öffentlichen Parkplatz direkt an der Somme, und sie gingen einige Schritte zu einem kleinen Bistro.

»Ist das schön hier«, entfuhr es Louisa.

»Warten Sie ab, es wird noch schöner. Ich kann meine Mutter verstehen, dass sie von hier nicht fortwill. Es hat unsere Familie zwar Nerven gekostet, aber wir haben ein Heim in der Nähe gefunden. Die Frauen in unserer Familie sind sehr durchsetzungsstark.« Er schmunzelte.

Durchsetzungsstarke Frauen, das konnte viel bedeuten. Sogar Familiendrachen, dachte Louisa, hielt aber ihre Neugier zurück und bewunderte stattdessen die Lage des Bistros. Am Wasser gelegen, idyllisch von Trauerweiden und anderen ausladenden Bäumen umrahmt, gab die Terrasse einen wunderbaren Blick auf die Kanäle frei. Ein Kahn mit einem Trupp Ausflügler fuhr gerade an ihnen vorbei. Ein Kellner mit Strohhut begrüßte sie und führte sie zu einem Tisch.

Ein Schwan zog seine Bahnen, ein Entenpaar schlief am Ufer. Die Speisekarte bot nicht nur ein typisches Drei-Gänge-Menü, sondern auch Burger und andere Kleinigkeiten.

»Ich trinke keinen Alkohol, wenn ich mit dem Auto unterwegs bin. Aber Sie sind frei in Ihren Entscheidungen. Ich kann Ihnen den Rosé ans Herz legen. Oder, wenn Sie eher Rotwein mögen, den Landwein. Einfach, aber gut.«

Sie entschieden sich für eine halbe Flasche Rosé, stilles Wasser und für Nicolas einen alkoholfreien Gin Tonic. Und zum Essen für alle das Menü mit unterschiedlichen Nachtischen.

Nach der turbulenten Anreise, dem Kennenlernen mit Nicolas, der überwältigenden Besichtigung der Kathedrale und dem Spaziergang durch die Stadt war Louisa und ihrem Vater kaum Zeit zum Durchatmen geblieben. Jetzt, als sie ruhig am Tisch saßen, folgte ein unangenehmes Schweigen.

Alle Floskeln, die Louisa einfielen, klangen unangemessen. Das Thema, wegen dem sie hier waren, schwebte unausgesprochen in der Luft.

Da ergriff ihr Vater das Wort. »Nun mal Butter bei die Fische, wie man in Deutschland sagt. Sie haben mit meiner Tochter gesprochen und sie hat mich informiert. Sie haben Hinweise, dass sich eine Französin mit meinem Vater, einem deutschen Soldaten, eingelassen hat, obwohl sie sich in Paris dem Widerstand angeschlossen haben soll? Das klingt, um ehrlich zu sein, alles sehr seltsam. Ihre Überlegungen beruhen auf einem Foto, welches meinen Vater, das zumindest ist unumstößlich, zeigt. Das muss hier in der Stadt aufgenommen worden sein, die Kirche ist im Hintergrund zu sehen. Was wissen Sie noch?«

Einerseits hätte sie ihren Vater für diese kleine Rede umarmen können, anderseits war es genau das Verhalten, das für die meisten Franzosen so unangebracht war. Zu direkt, zu fordernd. Statt erst einmal zu essen, wenigstens anzustoßen, das Zusammensein zu begrüßen, kamen die Fakten auf den Tisch.

Louisa beobachtete Nicolas' Gesichtszüge. Zusammenpressen der Lippen, Hochziehen der rechten Augenbraue, resignierendes Nicken. »Ich verstehe Ihre Ungeduld.« Dann zum Glück ein Lächeln. »Aber ich schlage vor, da es so spät ist, dass wir das auf morgen verschieben und den Rest des Abends genießen. Das machen wir Franzosen so, und es tut uns gut, versuchen Sie es.«

Der Kellner stellte einen Korb mit Brot auf den Tisch, etwas Butter daneben und servierte die Getränke. »À vôtre santé.«

Er hob das Glas und trank einen Schluck. Louisa, hin- und hergerissen zwischen Empörung und Lachkrampf, wartete die Reaktion ihres Vaters ab. Wieder überraschte er sie.

»Sie haben recht, Monsieur Rochard. À la vôtre.«

Kapitel 44

Düsseldorf, Juni 1952

Heinrich war dankbar, dass der Regen aufgehört hatte. Die Lehrerin vorn an der Tafel sprach von Bäumen. Als wenn er nicht den Unterschied zwischen Kiefer und Tanne wüsste!

Er rutschte unauffällig auf dem harten Stuhl hin und her und schaute aus dem Fenster. Er durfte nicht zu doll rutschen, weil er dann die Aufmerksamkeit der Lehrerin erregte. Und das war nie gut. Sie war schneller am Rohrstock, als er gucken konnte, und ging ausgesprochen schmerzhaft damit um. Sie mochte Heinrich nicht, von Anfang an nicht, und er beruhigte sich damit, dass es auf Gegenseitigkeit beruhte.

Der Wind war noch ein wenig böig, aber kein Vergleich zu dem Sauwetter am Morgen. Sauwetter, so hatte seine Mutter es am Frühstückstisch genannt. Es klang wie ein Wort, das er nicht in den Mund nehmen durfte. Auf gar keinen Fall würde er es ausprobieren. Aber seine Schwester hatte es am Tisch nachgeplappert und ein Lächeln der Mutter geerntet. Auch er hatte lachen müssen, als sie ihre blauen Kulleraugen dazu aufgerissen hatte.

Egal, was Hedwig machte, sie erntete ein Lachen dafür. Heinrich konnte sich nicht erinnern, dass es bei ihm auch mal so gewesen war. Vielleicht weil er ein Junge war. Mit Jungen ging man anders um. Den Beweis gab es täglich in der Volksschule. Aber in seiner Klasse war auch kein anderer Junge, der so oft vorgeführt wurde wie er. Und den die anderen Kinder dann auslachten.

»Heinrich? Wo bist du mit deinen Gedanken? Was habe ich gerade über die Kiefer gesagt? Wiederhole den letzten Satz.«

Er zuckte zusammen. Er hatte an seine Schwester gedacht, ihr Lachen noch einmal in seinen Ohren gehört, die er für den Rest der Welt abgeschaltet hatte. Er hatte keinen Schimmer, wovon Fräulein Bäumler gesprochen hatte. Sie trat auf ihn zu. »Aufstehen.«

In seinem Eifer, ihrem Befehl zu folgen, um vielleicht einer Bestrafung zu entgehen, stand er schnell auf. Zu schnell. Der Stuhl kippte und fiel mit einem lauten Knall zu Boden. In der Stille klang der Aufprall laut nach, viel zu laut.

Er schluckte und konzentrierte sich mit seinem Blick auf die Tafel. Da standen nur zwei Begriffe: Kiefer und Tanne. Zwar war jeder mehrfach unterstrichen, was ihm aber keinen Anhaltspunkt lieferte, worum es genau gegangen war. Er versuchte sein Glück, indem er das sagte, was ihm zu den Bäumen einfiel. »Die Kiefer ist immergrün, ihre Nadeln sind weich und länger als die der Tannen.«

Das Raunen der Mitschüler irritierte ihn. Normalerweise kicherten sie hinter vorgehaltener Hand. Sollte er zufällig das Richtige gesagt haben? Hoffnung keimte in ihm auf. Hoffnung, dass ihn nicht der Rohrstock erwartete.

Auch die Augenbrauen von Fräulein Bäumler wanderten nach oben und er fühlte beinahe ihre Überraschung. Er hatte ins Schwarze getroffen.

»Nicht genau meine Worte, aber nicht schlecht.« Sie stülpte die Lippen spitz nach vorne, eine Miene, die sie stets aufsetzte, wenn sie nicht schimpfen konnte. »Setzen.«

Ungläubig setzte er sich. Er wagte weder in die Gesichter seiner Klassenkameraden zu schauen, noch siegessicher zu lächeln. Alle Gesten und Gesichtsausdrücke, die Überheblichkeit ausdrückten, endeten in Schmerz, wie er aus Erfahrung wusste. Also senkte er den Kopf ein wenig und hielt den Blick nach unten.

»Fahren wir fort«, sagte die Lehrerin und trat wieder zur Tafel. Heinrich passte nun auf, denn Fräulein Bäumler liebte es, erneut zuzuschlagen, wenn sich ein Schüler zu sehr in Sicherheit wiegte.

»Nun, Heinrich, dann erzähl mir mal, wo wir denn hauptsächlich in der Heimat Kiefern und Tannen finden. Ich meine natürlich hier in Deutschland, nicht in Frankreich, falls du das falsch verstanden haben solltest.«

Da war es wieder, das gehässige Gekicher der Mitschüler, für das zu solchen Anlässen jedoch noch nie jemand bestraft worden war. Er sackte etwas in sich zusammen. Diese Anspielungen kannte er zur Genüge. Mittlerweile waren sie nicht mehr ganz so böse. Zumindest nicht von Fräulein Bäumler. Nicht darauf eingehen, dachte er. Er hatte keine Ahnung, wie es in Frankreich aussah, auch wenn er dort geboren war, woran man ihn täglich erinnerte. Aber die Lehrerin wollte bestimmt nicht wissen, dass sich direkt hinter seinem Haus, seinem jetzigen Zuhause, ein kleiner Tannenwald befand. Er nahm all seinen Mut zusammen. »Bei uns gibt es viele Tannen. Und einige Kiefern. Direkt am Ende der Straße.«

Einige lachten. Fräulein Bäumler beließ es beim Augenzusammenkneifen. »Nun ja, das war nicht die Antwort, die ich wollte. Aber du weißt es wohl einfach nicht besser.« Sie redete weiter, beantwortete ihre Fragen selbst.

Für den Rest des Unterrichts hatte Heinrich Ruhe vor ihr. Jeden Moment war die Stunde vorbei und sie konnten gehen. Das war die nächste Herausforderung, die er bewältigen musste. Und so gut es gerade gelaufen war, wusste er, dass ihn das ein paar Boxschläge mehr auf dem Nachhauseweg kostete. Sie waren immer zu fünft und hatten über einen weiten Teil den gleichen Weg wie er. Drei von ihnen waren älter und größer. Vor allem waren sie schneller. Es nutzte Heinrich nichts, wenn er versuchte, nach Hause zu laufen. Sie holten ihn ein.

Manchmal gelang es ihm, so lange im Schulgebäude zu bleiben, dass sie aufgaben, sich trollten und er in Sicherheit nach Hause kam. Dann musste er aber rennen, sonst erwartete ihn der Kochlöffel seiner Mutter, weil er so lange getrödelt hatte.

Er wagte einen Blick zu Georg und Max. Sie lächelten Heinrich zu, was ihm Übelkeit verursachte. Welche Überraschung wartete auf ihn?

»So, als Hausaufgabe müsst ihr eine Tabelle erstellen, in der ihr die Unterschiede aller Nadelbäume erfasst. Und wenn ich sage ›aller‹, meine ich das auch.«

Ein leichtes Stöhnen, was allerdings unter dem strengen Blick Fräulein Bäumlers erstarb. Heinrich packte seine Schulsachen in die Tasche, nahm sich jedoch besonders lange dafür Zeit.

Er war, wie so oft, einer der letzten, der den Klassenraum verließ, als Fräulein Bäumler hinter ihn trat. »Mit dieser Trödelei wirst du es im Leben zu nichts bringen, Heinrich. Aber das sagt man ja den Franzmännern nach. Disziplin und Schnelligkeit sind Fremdwörter einer Nation, der nichts über ihren Rotwein geht.«

Er hatte keine Ahnung, ob es stimmte, was Fräulein Bäumler behauptete. Er war es leid, mit Menschen in einen Topf geworfen zu werden, von denen er nichts wusste. Er wusste nur, dass er zur Hälfte aus etwas Bösem zu bestehen schien, weil seine leibliche Mutter eine Französin gewesen war. »Französin« war ein Wort, das harmlos klang. Mehr Mühe hatte es ihn gekostet herauszufinden, was »Hure« bedeutete.

Er musste sechs Jahre alt gewesen sein, als ihm ein paar ältere Jungen im Vorbeigehen das erste Mal »Hurensohn« zugerufen hatten. Dabei hatten sie gelacht und Heinrich mitgelacht, denn er hatte keine Ahnung, was das Wort bedeutete. Erst als er seine Mutter beim Abendessen am Tisch gefragt hatte, was denn eine Hure sei, und sie vor Empörung rot angelaufen war, hatte er begriffen, dass es nichts Gutes war.

Sein Vater hatte sich fürchterlich echauffiert und ihn des Tisches verwiesen. Noch heute hallte ihm in den Ohren nach, wie seine Mutter sagte, das hätten sie nun davon. Damals hatte Heinrich überhaupt nicht verstanden, warum plötzlich alle Welt auf ihn böse zu sein schien.

Als er dann im Bett lag, mit knurrendem Magen, denn bis zum Tischverweis hatte er nur eine Scheibe Brot gegessen, hoffte er, dass seine Mutter hereinkäme und mit ihm reden würde. Er hörte sie vor der Tür flüstern und schwer atmen, denn ihr Bauch war in den letzten Wochen immer dicker geworden, und er hatte sich gefragt, ob sie krank war.

Tatsächlich trat sie ein und setzte sich schwerfällig auf seine Bettkante.

Erstaunt sah er sie an, richtete sich auf und suchte unauffällig nach dem Kochlöffel. Vergebens. Ihre nächsten Worte erstaunten ihn. »Du hast eine Erklärung verdient. Es tut mir leid, ich habe nicht richtig reagiert.«

Heinrich blickte irritiert auf. Seine Mutter wollte sich entschuldigen? Das hatte es noch nie gegeben.

»Nein, es tut mir leid, Mutter«, sagte Heinrich. »Ich wollte nicht frech sein. Aber dieses Wort höre ich immer wieder, wenn ich den älteren Kindern auf der Straße begegne. Sie rufen es mir hinterher, wenn ich auf dem Nachhauseweg von der Schule bin. Ich habe schon verstanden, dass es nichts Nettes bedeutet, aber ich wusste nicht, dass es so schlimm ist.«

»Ich muss dir etwas erzählen. Besser jetzt als später.«

Die Situation war ihr sichtlich unangenehm und er wünschte sich, sie würde ihm übers Haar streichen.

»Nein, du hast richtig vermutet, dass es kein nettes Wort ist. Hör zu, es ist so … Wir sind nicht deine Eltern, wie es bei deinen Schulkameraden üblich ist.«

Er schaute sie irritiert an, wagte jedoch nicht nachzufragen, wie sie das meinte. Er spürte, dass sie noch mehr sagen wollte.

»Dein Vater war ein tapferer Soldat, der in der Erfüllung seiner Pflicht gestorben ist. Er war der Vetter des Mannes, den du heute Vater nennst.«

»Aber du bist meine Mutter?«

Sie hatte geseufzt. »Nein. Deine Mutter kennen wir nicht. Sie stammt aus Frankreich und ist ebenfalls tot. Deshalb bist du bei uns. Jemand muss sich ja um dich kümmern.« Ihr Lächeln misslang. »Ich habe deine Blicke auf meinen Bauch gesehen. Ich bin nicht krank, ich bekomme nur ein Kind. Das heißt, du kriegst einen Bruder oder eine Schwester. Es ist bald so weit.«

Er konnte sich noch gut an das Gespräch erinnern, weil kurz darauf seine Schwester auf die Welt gekommen war und er gedacht hatte, alles würde von nun an wieder schöner und besser. Aber genau das Gegenteil war passiert.

Mit der Geburt von Hedwig stand er plötzlich nicht mehr im Mittelpunkt. Ab dem Zeitpunkt hatte er stets das Gefühl, er sollte gar nicht da sein. Mit Erichs Geburt ein Jahr später wurde das Gefühl noch intensiver. Nachbarn kamen ins Haus und tranken auf den Nachwuchs. »Dann habt ihr ja endlich doch noch einen richtigen Sohn bekommen«, hörte er einmal jemanden sagen. Allmählich veränderte sich alles. Es gab nicht mehr so viel zu essen für ihn, er musste es teilen, wobei teilen in seinem Fall hieß, dass er am wenigsten erhielt.

An den »Hurensohn« hatte er sich irgendwann gewöhnt. An die kleinen Essensportionen ebenfalls. Und für die Hänseleien und Prügeleien nach der Schule arbeitete er an einer Strategie. So wie jetzt.

Nach dem Verlassen des Schulgebäudes tat er erst einmal so, als wäre sein Schnürriemen aufgegangen. Während er kniete, sondierte er aufmerksam das Umfeld. Wo standen sie? Hinter welchen Bäumen oder Gebäuden hatten sie sich versteckt? Sie verrieten sich immer. Entweder durch Lachen oder Wortgefechte. Oder weil einer der Jungs seinen Schulranzen einfach irgendwo ablegte und nicht mehr daran dachte. Sie glaubten, sie wären schlau, er aber war schlauer.

An diesem Tag schien alles friedlich. Heinrich konnte kaum glauben, dass sie ihn in Ruhe lassen würden. Es wäre seit Wochen der erste Tag, an dem er ohne Flecken oder Risse an seiner Kleidung, ohne Schürfwunden an den Knien oder schmerzhafte Prellungen an den Rippen nach Hause kam. Sicherheitshalber überprüfte er auch den anderen Schnürriemen. Dann stellte er sich wieder hin und kontrollierte erneut die Umgebung. Alles ruhig, alles sicher. Vorsichtig ging er, alle Sinne gespannt, weiter. Ohne Zwischenfälle gelangte er zu seinem Lieblingsbaum an der großen Obstwiese. Die Sonne schien, die Wolken vom Morgen waren verschwunden. Ihm war warm und im Schatten der wuchtigen Eiche ruhte er sich einen Moment aus. Nur kurz, denn wenn er zu spät nach Hause kam, erwartete ihn ein Donnerwetter.

Plötzlich erblickte er Ruth, die auf der anderen Straßenseite auf jemanden zu warten schien. Sie war drei Jahre älter als er und in seinen Augen mit Abstand das hübscheste Mädchen der Schule. Alle mochten sie, sie war bei Lehrern und Schülern gleichermaßen beliebt. Für Heinrich hatte sie noch nie einen Blick übrig gehabt. Doch jetzt sah sie ihn an und winkte ihm zu. Verblüfft schaute sich Heinrich um. Meinte sie tatsächlich ihn? Niemand sonst war zu sehen. Die Menschen hatten alle Schutz vor der Mittagssonne gesucht. Langsam stand er auf, hob auch seine Hand und winkte zurück. Erst schüchtern, dann immer wilder. Sie lachte und er lächelte zurück. Für einen Moment überkam ihn ein unglaubliches Glücksgefühl. Doch plötzlich wirkte ihr Lachen auf einmal nicht mehr freundlich. Sie kicherte, dann krümmte sie sich den Bauch vor Albernheit und im gleichen Moment hörte er die Stimmen derer, denen er nicht begegnen wollte. Sie hatten ihn erwischt. Dank Ruth war er lang genug unter dem Baum geblieben, damit die Falle, die die Jungs für ihn geplant hatten, gelingen konnte. Und er war hineingetappt. Das wurde ihm in dem Augenblick bewusst, als ihn der Schwall einer Flüssigkeit traf und ihm über den Kopf lief. Gelb-bräunliches Wasser, das übel roch. Vor Schreck blieb er wie angewurzelt stehen und riss Augen und Mund auf, die er augenblicklich schloss, als er begriff, was ihn getroffen hatte. Es roch nach Latrine, nach Plumpsklo.

Ein neuer Schwall traf ihn unter dem Grölen der Jungs. Sie saßen über ihm, in den Ästen seines Lieblingsbaums. Sie lachten so laut, dass es ihm in den Ohren schmerzte. Der Ekel war übermäßig. Er würgte, und obwohl er vor den anderen wenigstens etwas Würde bewahren wollte, konnte er nicht anders, als sich zu übergeben.

Entsetzt spürte Heinrich, wie ihm die Tränen in die Augen schossen. Wie dumm er nur gewesen war. Als wenn sich ausgerechnet das hübscheste Mädchen für ihn interessieren würde. Vor Scham wäre er am liebsten unsichtbar geworden und wünschte, die Erde würde ihn verschlingen. Er stank wie ein einziges Klo, seine Kleidung war hinüber. Er konnte unmöglich so nach Hause gehen. Blinzelnd blickte er sich um.

Zwei saßen auf dem Baum, die anderen drei standen einige Meter von ihm entfernt. Die Rädelsführer: Der dicke Rudolf, der stets am lautesten rief, was ihm Georg eintrichterte – »Hurensohn«, »Bastard« –, die Begriffe hallten in Heinrichs Ohren nach. Georg war der Chef, der Planer. Daneben stand der kleine Alfred, der immer tat, was Rudolf und Georg sagten. Aus Furcht, weil man ihm sonst das Gleiche antun würde, davon war Heinrich überzeugt. Rudolf und Alfred hatten mittlerweile aufgehört zu lachen. Auch Georg lachte nicht mehr. Doch er schaute Heinrich mit einem Blick an, der ihm einen Schauer über den Rücken jagte. Aus seinen Augen sprach purer Hass.

Sie gaben ihm einen Ausblick darauf, was ihn zu Hause erwartete, wenn er in diesem Zustand ankommen würde.

Kapitel 45

Frankreich, Juni 2023

Die SMS überraschte Louisa kurz vor Mitternacht. Völlig überdreht von den Eindrücken des Tages, dem Verhalten ihres Vaters und ihren Gefühlen lag sie im Bett und konnte nicht einschlafen. Die Matratze war zu weich, die Bettwäsche zu blumig. Der Fernseher lief im Hintergrund, damit es nicht so still in dem Hotelzimmer war.

Sie dachte an die Fotos, die sie Rinse von Amiens geschickt hatte, und seine fast liebevollen Antworten. Konnte er auch nicht schlafen und wollte mit ihr reden? Sie lag falsch, die Nachricht kam von Jonas.

Kurz spürte sie ihr schlechtes Gewissen. Seit der Abfahrt in Düsseldorf hatte sie nicht mehr an ihn gedacht. Sie hatte ihm viel zu verdanken, jetzt war er selbst in großer Sorge um einen geliebten Menschen und sie hatte ihn vergessen.

Sein lapidares Wie läuft's? ließ sie schmunzeln.

Besser als gedacht, schrieb sie.

Heißt?

Vater benimmt sich gut und hält sich erstaunlich wacker. Aber wir sind noch nicht viel weitergekommen. Und bei dir? Wie geht es deiner Tante?

Er ließ sich Zeit mit einer Antwort. Seltsam, dachte sie.

Endlich sah sie auf dem Display: Jonas schreibt.

Nicht gut.

Das wusste sie ja bereits. Was bedeutet das, hakte sie nach.

Sie muss operiert werden. Hier gibt es nur ein Krankenhaus, das die OP durchführen kann. Das ist achtzig Kilometer entfernt. Und einen Termin kriegt sie frühestens in sechs Monaten.

Er hatte erzählt, dass eine rasche Operation nötig sei. Ein halbes Jahr zu warten erschien ihr fahrlässig. Es sei denn, die Ärzte stuften ihren Zustand als nicht so kritisch ein.

Dann ist es hoffentlich nicht so schlimm? Smiley.

Doch.

Sie schluckte.

So viel Zeit hat sie nicht mehr, antwortete er. In Deutschland könnte sie schneller operiert werden. Hab mit einem Arzt an der Uniklinik gesprochen.

Das ist doch prima. Was für gute Nachrichten, dachte sie und freute sich ehrlich für ihn.

Gute Nacht, schön, dass es mit Heinrich so gut läuft. Hatte ich gehofft, aber nicht erwartet. Ein lachender Smiley.

Gute Nacht! Halt mich auf dem Laufenden!

Sie wusste wenig über Jonas' Tante. Nur, dass die beiden eine innige Beziehung hatten. Während seines Studiums hatte er bei ihr gewohnt. Ein Glück, dass sie in Deutschland operiert werden konnte. Doch da meldeten sich Zweifel bei ihr. Das hatte er nicht geschrieben, nur, dass es die Möglichkeit gäbe. Sie war wieder zu kritisch, dachte sie, schob den Gedanken zur Seite und nahm die Fernbedienung zur Hand. Sie zappte durch die Programme und blieb bei den Nachrichten hängen. Die Bilder des Tages waren wie so oft in den letzten Monaten bedrückend. Stichwahlen in der Türkei. Trump war in einem Zivilprozess verurteilt worden, was ihn in den Augen seiner Anhänger zu einem Märtyrer machte, die Deutschen waren unzufrieden mit ihrer Regierung, vor allem mit dem grünen Wirtschaftsminister, und zum Überfluss gingen die Franzosen wieder auf die Straße, um gegen die Rentenreform zu protestieren. In Amiens hatten sie noch nichts davon mitbekommen.

Sie schaltete den Fernseher aus, legte sich auf die Seite und kuschelte sich in die Bettwäsche ein. Was der nächste Tag wohl bringen würde?

Nicolas wartete bereits an der Rezeption und schwenkte eine Tüte mit Croissants wild hin und her. »Bonjour«, rief er ihnen freudestrahlend zu.

»Mir sind Menschen mit guter Laune am Morgen suspekt«, brummte Louisas Vater, kniff aber dabei ein Auge zu.

Hatte sie sich verguckt, oder hatte er das wirklich getan?

»Bereit für die Fahrt nach Blancfossé, ins Haus meiner Oma?«

»Ich bitte darum«, entgegnete sie lachend, während ihr Vater stumm blieb.

Blancfossé war ein kleiner Ort, hatte ungefähr einhundertfünfzig Einwohner, wie Nicolas erklärte. Das Haus stand am Rande der Ortschaft und war so winzig, dass Louisa sich wunderte, dass hier eine große Familie gelebt haben sollte. Das Grundstück drumherum war jedoch riesig. Ein kleiner Nutzgarten befand sich rechts neben der Haustür und die Wiese hinter dem Haus reichte bis an ein Waldstück.

»In meiner Kindheit war es das Paradies. Niemand hat uns gesagt, wann wir nach Hause kommen sollten. Es gab ein paar

Verbote, aber ansonsten fühlten wir uns frei. Ich überlege noch, was ich damit machen soll.«

»Ein Ferienhaus? Tiny Houses sind doch sehr in Mode.« Louisa lachte.

»So klein ist es gar nicht. Kommen Sie.«

Die Tür war nicht abgeschlossen und sie traten ein. Die Küche verfügte über einen riesigen Gasherd in der Mitte und die Möbel waren komplett aus Holz gefertigt, was eine wohlige Atmosphäre verbreitete.

Auf dem Küchentisch lagen Kartons. Schuhkartons, wie Louisa bemerkte. Nicolas blickte sich in dem niedrigen Raum um und sprach dann weiter.

»Es ist ein seltsames Gefühl für mich. Meine Oma lebte hier mit ihren Kindern, meine Großtante hat auch bis zu ihrem Tod hier gewohnt. Meine Mutter war diejenige, die das Haus nach deren Tod übernommen hat. Damals war sie hochschwanger mit mir. Vater war viel auf Geschäftsreise, aber Mutter wollte hier nie weg. Sie war schon immer sehr verbunden mit ihrer Herkunft.«

»Sie haben gesagt, dass Sie die Kisten auf dem Speicher gefunden haben. Haben Sie mit Ihrer Mutter darüber geredet?«

»Ich habe es versucht.«

»Was bedeutet das?«, hakte sie nach.

»Sie vergisst viel. Manchmal ist sie wieder Kind. Ich weiß nicht, ob sie sich überhaupt noch an die Kartons erinnert. Darauf angesprochen, hat sie nur den Kopf geschüttelt. Ich glaube, sie hat sie einfach vergessen. Schauen Sie.«

Sie setzten sich an den Tisch, Nicolas hob einen Deckel und nahm ein paar Fotos heraus. »Das sind meine Eltern. Meine Großmutter und ihre Schwester sind hier zu sehen.« Er reichte ihnen das Foto.

»Das Baby ist Ihre Mutter?«, erkundigte sich Louisa höflich, der es auf einmal unangenehm war, in die Privatsphäre eines Mannes einzudringen, den sie kaum kannte.

»Nein, meine Mutter steht daneben.«

»Aber wer ist das Kind?«

Statt einer Antwort tippte er auf ein weiteres Foto. Louisa sah eine Frau mit einem Baby auf dem Arm. Sie stockte, beugte sich näher an das Bild heran. »Aber das ist doch …«

»Genau. Das ist vermutlich Carole Renoir. Die Ähnlichkeit auf dem Foto in Amiens mit Manfred Ziegler ist frappierend. Die Jahreszahl ist auf der Rückseite notiert. März 1943.«

Ihr Vater hatte noch kein Wort gesagt, seit sie das Haus betreten hatten. Louisa schaute ihn immer wieder besorgt an. Verstand er, was sie hier vor sich hatten?

»Hier ist wieder meine Mutter zu sehen. Es gibt nicht viele Fotos, es war damals nicht üblich.«

Er legte ein weiteres Foto vor sie hin. Louisa nahm es in die Hand und betrachtete ein Mädchen von etwa sieben Jahren mit einem Kleinkind vor dem Haus, in dem sie sich gerade aufhielten. »Das ist direkt hier vor der Tür aufgenommen worden, nicht wahr? Und der Junge ist das Baby?«

Nicolas nickte. »Ich bin mir sehr sicher. Die Jahreszahl und das Alter passen zusammen. Und ich habe meine Mutter gefragt, wer das ist. Sie sagte, das sei der kleine Henri. Seine Mutter sei fortgegangen. Und auch er sei eines Tages verschwunden. Sie hat ihn so sehr vermisst und hat nie erfahren, was aus ihm geworden ist.«

Louisa blickte ehrfürchtig von dem Foto zu Nicolas. Wenn das stimmte, dann war der Junge ihr Vater – und hier in diesem Haus geboren. Er hatte seine ersten Jahre hier verbracht. Ein Schauer lief über ihren Rücken.

»Von meiner Großtante habe ich ja erzählt, sie hat nach dem Krieg ihr Haus in Les Prés aufgegeben und ist zu ihrer Schwester gezogen, meiner Großmutter. Lucille Pirotte starb hier. Es sind ihre Habseligkeiten in diesen Kartons. In diesem hier habe ich einige Fotos und persönliche Erinnerungstücke gefunden. Auch den Briefwechsel zwischen der Familie Ziegler und Lucille Pirotte, in denen beschlossen wird, dass Henri zu seinen Verwandten nach Deutschland kommt.«

Er schob das Schwarz-Weiß-Foto von seiner Mutter und dem Baby zu ihrem Vater hin. Zögernd nahm er es in die Hand und betrachtete es eingehend. Mehr war an seiner Mimik nicht abzulesen. Er verlangte weder nach den Briefen noch nach weiteren Fotos.

Louisa stand auf. »Darf ich?«, bat sie und beugte sich über den nächsten Karton.

»Natürlich, ich denke nicht, dass Sie noch viel finden werden.«

Sie erklärte ihm nicht, dass es ihr nur darum ging, ihrem Vater Zeit zu geben, um sich zu fangen. Sie nahm einen Holzrahmen, den ein schwarzes Samtband zierte, in die Hand, auf dem ein junger Mann in Uniform zu sehen war. »Erster Weltkrieg, oder?«, fragte sie.

»Ja, wahrscheinlich ein Freund meiner Großtante. Wenn wir es aus dem Rahmen nehmen, finden wir bestimmt den Namen auf der Rückseite.«

Sie zog das Foto aus dem Rahmen. »Jean-Philippe Larroque?«

Er zuckte die Schultern und lachte dabei. »Wer kennt schon das Liebesleben alter Jungfrauen? Sie hat nie geheiratet.«

Er lachte und Louisa grinste ebenfalls, während sie sich abwandte, aber stutzte, als ein zusammengefaltetes Papier aus dem Rahmen fiel. »Schauen Sie mal. Ein Liebesbrief wahrscheinlich. Gleich wissen wir mehr über den geheimnisvollen Jean-Philippe.«

Nicolas stellte sich hinter sie und blickte ihr gespannt über die Schulter, als sie ihn auseinanderfaltete. »Pour mon fils bien-aimé Henri«, las sie und holte überrascht Luft. »Was zur Hölle ist das?«

»Ein Brief für Ihren Vater, würde ich sagen«, antwortete Nicolas ebenso überrascht. »Die Vergangenheit wird lebendig.«

Heinrich stand auf und ging zum Fenster, dann drehte er sich abrupt um und kam mit langsamen Schritten auf Nicolas zu. »Können Sie ihn bitte vorlesen?«, fragte er mit brüchiger Stimme.

Louisa schaute ihn sorgenvoll an. War es doch zu viel für ihn? Doch auch wenn er etwas blass um die Nase war, wirkte er entschlossen. »Mir geht es gut, Tochter, keine Angst.«

»Naturellement. Hoffentlich übersetze ich alles korrekt«, antwortete Nicolas.

Louisa trat hinzu. »Ich habe eine Idee.« Sie nahm ihr Smartphone zur Hand und startete eine Übersetzungsapp. »Sprechen Sie einfach hier ins Mikrofon.«

Nicolas las den Brief komplett vor und schaute dann Louisa neugierig an. Sie betätigte die Sprachausgabe ihrer App und eine künstliche Stimme erklang.

> Mein lieber Henri,
> wenn du diese Zeilen liest, bin ich tot, genau wie dein Vater. Aber du lebst. Und das ist die Hauptsache. Vielleicht kannst du nicht verstehen, warum wir getrennt sind, warum ich dich in der Obhut von Josefine, der Schwester der wunderbaren Madame Pirotte, gelassen habe. Als Erklärung habe ich nur den Umstand, dass Krieg ist. In einem anderen Leben wären wir gemeinsam mit deinem Vater

glücklich gewesen. Ich versuche, das Beste für dich zu erreichen. Eine Zukunft. Auch wenn wir nicht zusammen sein können, bist du für immer in meinem Herzen.

Bitte verzeih mir
Deine dich liebende Mutter Carole

Kapitel 46

Frankreich, Juni 2023

Louisas Vater war sehr schweigsam auf der Fahrt von Blancfossé nach Les Prés. Nicolas und Louisa warfen ihm immer wieder besorgte Blicke zu, wagten jedoch nicht, ihn anzusprechen. Sie hatten schwarz auf weiß, dass Carole die Mutter von Henri war, der von Madame Pirotte nach Kriegsende zu den Verwandten seines Vaters nach Deutschland gebracht worden war. Warum Madame Pirotte den Brief in einem Fotorahmen versteckt und nicht weitergegeben hatte, wusste keiner. Es blieb viel Platz für Spekulationen.

»Wie finden wir denn heraus, was mit Carole Renoir«, Heinrich stockte und korrigierte sich, »was mit meiner Mutter passiert ist?« Er wirkte erstaunlich gefasst, nur kurz zitterte seine Stimme, als er das Wort aussprach.

Nicolas räusperte sich. »Wir haben«, er schaute auf seine Armbanduhr, »in einer Stunde einen Termin im Einwohnermeldeamt. Vor einigen Tagen habe ich schon angefragt, aber erst gestern eine Antwort erhalten. Sie wollten das Geburtsregister von Carole Renoir heraussuchen. Zeit genug für einen Kaffee, oder?«

Es gab keine Klimaanlage in dem Besucherraum des Amtes. Nicolas hatte sich angemeldet und eine Angestellte hatte sie in einen separaten Raum geführt. Dort lag auf einem Schreibtisch ein einzelnes weißes Blatt für sie bereit. Mit Stempeln und Unterschriften, alles ganz offiziell.

Das Leben von Carole Renoir in Kurzform: ihr Name, ihr Geburtsdatum, ihr Geburtsort. Das Geburtsdatum ihrer Eltern, ihr Sterbedatum.

Bei Carole stand: Verhaftet 23. Februar 1944 in Paris. Vermisst, vermutlich bei den Unruhen der Befreiung von Paris ums Leben gekommen.

»Wir haben kein Grab. Aber ihr Geburtshaus gibt es noch. Es gehört mittlerweile der Gemeinde. Sie planen, dort ein Museum einzurichten«, berichtete Nicolas, als sie aus der Drehtür des Einwohnermeldeamtes traten. »Sollen wir hinfahren?«

Eine halbe Stunde später standen sie gemeinsam vor dem dreigeschossigen Haus, das sich abseits der stark befahrenen Hauptstraße in einer gepflasterten Gasse befand. Rechts und links flankierten es Einfamilienhäuser neuerer Bauzeit.

Im Gegensatz zu denen besaß Carole Renoirs Geburtshaus einen Erker, einen Balkon zur Straße im ersten Stock und einen weiteren im zweiten. Es war sichtlich in die Jahre gekommen. An einigen Stellen bröckelte der Putz ab, Dachschindeln fehlten, eine Fensterscheibe war zerbrochen. Die Gemeinde hatte noch viel Arbeit vor sich. Efeu war an allen Seiten an den Wänden emporgewachsen, der Vorgarten mit Unkraut überwuchert. Louisa konnte sich gut vorstellen, wie eindrucksvoll es damals ausgesehen haben musste: einem Bürgermeister und seiner aus einer reichen und einflussreichen Familie stammenden Gattin würdig. Der Garten war durch eine Steinmauer begrenzt, was die riesige Kastanie nicht daran hinderte, ihre Blätter und Blüten auch darüber hinaus zur Schau zu stellen.

Louisa malte sich aus, wie es zur damaligen Zeit gewesen sein musste. Vielleicht hatte Carole unter dieser Kastanie gesessen und sich heimlich mit Manfred getroffen. Sie hatten hier aufeinander gewartet und sich leidenschaftlich geküsst.

»Es ist gut, dass die Gemeinde das Haus wieder herrichtet«, unterbrach plötzlich eine raue, männliche Stimme ihre Gedanken. Sie drehte sich um und erblickte einen alten Mann mit Strohhut und einer Gartenharke im Arm vor sich, der sie neugierig betrachtete. »Es ist ein schönes Haus, leider hat sich niemand in den letzten Jahren darum gekümmert. Könnte es sprechen, würde es sicher viele Geschichten erzählen.«

Louisa schaute ihn wissbegierig an. Nicolas und ihr Vater gesellten sich zu ihnen und grüßten den Mann freundlich.

»Pardon«, sagte er, »ich habe mich noch gar nicht vorgestellt. Ich bin César und kümmere mich gegenüber beim Nachbarn um den Garten.«

Die Gartenarbeit schien in weite Ferne gerückt. Stattdessen stützte er sich auf der Harke ab. »Geheimnisse hat das Haus!« Gebannt warteten die drei, dass er weitersprach.

César versicherte sich, dass sie interessiert zuhörten, schob den Hut in den Nacken und begann mit leiser Stimme zu reden. »Ich weiß, dass einmal ein jüdisches Mädchen hier versteckt wurde.«

Überrascht blickten sie ihn an. »Und«, fragte Louisa atemlos, »ist alles gut gegangen?«

Er nickte schwerfällig. »Ja, zum Glück«, antwortete er. »Sonst stünde ich Ihnen nicht gegenüber, das Mädchen war meine Mutter.« Er genoss die Aufmerksamkeit, die seine Enthüllung verursachte. »Den Namen der jungen Frau, die sie hier versteckt hat, hat sie nie vergessen. Sie hieß Carole Renoir. Und sie hat meiner Mutter das Leben gerettet.«

Niemand sagte ein Wort. Zu bedeutend waren diese Neuigkeiten.

Fasziniert beobachtete Louisa, wie eine Verwandlung bei ihrem Vater stattfand. Seit Beginn der Reise schien er selbstbewusster und umgänglicher zu werden. Das Wissen, dass seine Mutter unter Lebensgefahr einen Menschen versteckt hatte, ließ ihn erschaudern. Er lehnte sich an den Zaun und schloss für einen Moment seine Augen. Als er sie wieder öffnete, atmete er einmal tief durch und sagte etwas, das Louisa eine Gänsehaut bescherte.

»Sie hat auch mir das Leben gerettet.«

Kapitel 47

Frankreich, Juni 2023

Nicolas hielt die Tür ihres Minis auf.

»Ich danke Ihnen für alles«, sagte Louisa.

»Sollten wir uns nicht so langsam duzen? Ich meine, irgendwie haben wir ja eine gemeinsame Vergangenheit.«

Er lächelte und Louisa nickte. »Du hast recht. Nicolas, au revoir.« Sie drückte ihm einen Kuss auf die Wange und stockte kurz, als er ihr die andere Wange hinhielt und »Französisch, bitte« sagte. Sie hauchte ihm einen Kuss auf die andere Seite, bevor sie lachend im Auto Platz nahm.

»Ich habe vorhin noch einmal mit der zuständigen Mitarbeiterin der Gemeinde telefoniert und ihr erzählt, was wir über Carole Renoir erfahren haben. Sie schlug vor, eine Gedenktafel an dem Museum für sie anzubringen. Sie meinte, die Chancen stünden gut, dass es genehmigt wird. Kommt ihr dann wieder? Zur Einweihung?«

»Worauf du dich verlassen kannst«, antwortete Louisa. »So etwas wie: ›Zum Gedenken an Carole Renoir, die im Kampf für die Freiheit und Menschlichkeit ihr Leben aufs Spiel gesetzt hat‹, würde mir gefallen.«

»Ja, mir auch«, bestätigte ihr Vater. »Wir kommen auf jeden Fall. Aber jetzt müssen wir los.« Er klopfte Nicolas auf die Schulter und stieg ein.

»Wir sehen uns bald wieder«, rief Nicolas, als Louisa den Motor startete und auf die Straße einbog, und winkte ihnen wie wild hinterher.

»Ihr gebt ein schönes Paar ab«, meinte ihr Vater schmunzelnd.

Louisa schüttelte den Kopf und dachte dabei an Rinse. Er gefiel ihr weitaus besser und schon morgen hatten sie sich für ein Date verabredet. Er wollte für sie kochen. Doch von ihm wollte sie ihrem Vater nichts erzählen.

»Hast du was von Jonas gehört? Wie geht es seiner Tante?«

»Ja, wir haben uns ein paarmal geschrieben. Er hat eine Crowdfunding-Kampagne für seine Tante ins Leben gerufen. Es ist wahnsinnig teuer, sie nach Deutschland zu holen und hier operieren zu lassen. Es ist schon eine hübsche Summe zusammengekommen, aber etwas fehlt noch.«

»Das sollte das kleinste Problem sein, Geld ist vorhanden. Ich übernehme gerne den Rest. Was meinst du dazu?«

»Eine super Idee.«

Er lächelte zufrieden. »Vielleicht lernt Jonas ja einen netten Arzt kennen. Ist nicht gut, wenn man allein lebt.«

Sie sah ihn verwundert an. »Jonas ist …«

»Ist das schlimm?«

»Nein, natürlich nicht.«

Sie dachte an ihre misslungene Verführung und schmunzelte. Plötzlich spürte sie die Hand ihres Vaters auf ihrem Arm. »Danke. Für alles.«

Kapitel 48

Frankreich, 1952

Madame Duflot blickte zärtlich auf das vierjährige Mädchen, das mit der Puppe auf der Decke unter der Platane spielte. Sie hatte ein paar Gänseblümchen gepflückt und begann daraus eine Kette zu basteln. »Maman, schau nur«, rief sie und hielt ihre Puppe hoch. »Eine für Lucy, eine für mich und dann mache ich eine für dich.«

Madame Duflot lächelte, während sie beobachtete, wie die Kleine versuchte, mit ihren Fingernägeln kleine Schlitze in den Stiel der Blumen zu ritzen, um weitere Gänseblümchen hindurchzuziehen. Wenn es ihr gelang, lächelte sie, wenn nicht, zog sie ihre Stirn kraus und bekam einen bösen Blick. Ganz der Papa, dachte Madame Duflot und lächelte erneut, als sie sah, wie vor Konzentration die Zunge ihrer Tochter aus dem Mund hervorlugte. Das hat sie von mir, dachte sie. »Wie wunderschön, ma petite«, lobte sie die Kleine.

Dann lehnte sie sich zurück und schloss für einen Moment die Augen. Die Holzlatten der Bank waren hart, doch das störte sie nicht. Sie war einfach nur dankbar. Dankbar für diesen friedlichen Moment. Der Krieg war lange vorbei, aber sie erinnerte sich noch gut, wie oft sie von solchen Momenten geträumt hatte. Von der Ruhe, dem Frieden. Den Augenblick zu genießen und fröhliches Kinderlachen zu vernehmen – ganz ohne Angst.

Doch noch immer schrak sie zusammen, wenn in der Nähe die Fehlzündung eines Autos zu hören war. Laute Rufe und Schreie. Und auch wenn die Albträume weniger geworden waren, gab es sie noch. Gestern Nacht war sie wieder mit wild klopfendem Herzen aufgewacht. Die Träume waren stets die gleichen: Bilder zuckten wie Blitze in ihrem Kopf. Männer, die mit ihren Gewehren auf sie zielten, blank geputzte Stiefelspitzen, die sie in den Bauch traten. Fäuste, die ihr Gesicht trafen.

Sie hatte einige Atemzüge gebraucht, um zu realisieren, dass sie in Sicherheit war.

Ihr Mann war wie immer in diesen Momenten bei ihr. Seine starken Arme hielten sie fest, mit einer Hand streichelte er über ihr Haar und redete dabei beruhigend auf sie ein. »Es ist vorbei«, wiederholte er wieder und wieder.

Erst wenn sie die Blumentapete, die weiche Bettdecke und die Gardinen am Fenster wahrnahm, wusste sie, dass er recht hatte. Langsam, zu langsam, wie sie fand, verschwanden die dunklen Bilder, die sie wieder ganz tief in ihr Unterbewusstsein schob, in der Hoffnung, dass sie diesmal für immer dortblieben.

Nach jedem dieser Albträume stand sie auf und zog sich die weiße Strickjacke über. Ein Ritual, ein Zwang, dem sie sich nicht entziehen konnte.

»Sie schläft«, sagte ihr Mann dann immer.

»Ich weiß«, erwiderte sie.

Sie brauchte den Anblick des schlafenden Kindes. Sie musste ihren Atem hören, ihren Geruch aufnehmen, und ihr leicht, ohne dass sie es spürte und erwachte, über den Kopf streichen und ihr Haar berühren. Ganz sanft.

Ihre blonden Locken erinnerten sie an ein anderes, früheres Leben. An die vielen Menschen, die sie geliebt hatte und die tot waren.

Auch gestern hatte sie wieder an dem Bettchen ihrer Tochter gestanden und an die Toten gedacht. Sie hatte nicht gemerkt, dass er ihr gefolgt war, bis sie seine Hand auf ihrer Schulter spürte. Sie schaute ihn dankbar an. »Es ist das Schönste für mich, das es gibt«, sagte sie. »Sie friedlich in ihrem Bett schlafen zu sehen.«

Er nahm sie in den Arm und zog sie fest an sich. »Ich liebe dich, Chloé.«

Sie lächelte ihn an. Sie liebte ihn auch, sprach ihn aber selten mit seinem Namen an. Noch immer hatte sie sich nicht an Jean und Chloé gewöhnt, die Namen, die nun schon so viele Jahre in ihren Pässen standen. Ihre alten Leben waren für immer vorbei, sie hatten sie hinter sich gelassen.

Sie dachte zurück an den Tag, an dem sie gemeinsam verhaftet worden waren. Die Plakatierung der Hauptstadt war als »Affiche rouge« in die Geschichte eingegangen. Doch die Regierenden hatten sich verkalkuliert. Die Darstellung der jungen Männer als Kriminelle und Terroristen hatte den gegenteiligen Effekt gehabt: Die Pariser fühlten sich den Märtyrern verbunden und noch mehr schlossen sich dem Widerstand an.

Die Zeit im Gefängnis verdrängte sie, so gut es ging. In den Wirren der Befreiung der Hauptstadt hatten sie damals gemeinsam aus dem Untersuchungsgefängnis fliehen können, hatten sich versteckt – das Leben im Untergrund kannten sie.

Auch heute redeten sie nie über das Vergangene, wichtig war die Zukunft.

Nur eine Ausnahme hatte es gegeben. In einer stillen Nacht mit viel Wein hatte er ihr erzählt, warum er die Deutschen dermaßen hasste: Sie hatten seine komplette Familie umgebracht. Vater, Mutter, zwei Brüder und eine kleine Schwester. Erschossen im Morgengrauen, einfach so, als Vergeltungsmaßnahme. Er schilderte es beiläufig, so, als müsste sie es wissen, und dann sprachen sie nie wieder davon.

Damals hatten sie sich zum ersten Mal geliebt und ohne große Worte beschlossen, dass sie zusammenblieben.

Sonst wusste sie nicht viel von ihm. Es war auch nicht wichtig. Sie war sicher, er verheimlichte Dinge aus der Vergangenheit vor ihr. So wie sie vor ihm.

Von Henri durfte er niemals erfahren. Über verzweigte Kanäle hatte sie gehört, dass er bei seinen Verwandten in Deutschland gut untergekommen war und sie ihn an Kindes statt angenommen hatten. Er hieß nun Heinrich. Und auch wenn ihr bei jedem Gedanken an ihn das Herz eng wurde, so würde sie ihn doch nie wiedersehen. Es war besser so.

Sie hatte Carole hinter sich gelassen und war Chloé geworden. Chloé Duflot, Ehefrau von Jean Duflot, dem Lehrer. Mutter der süßen Lucille.

Auf den Namen hatte sie bestanden.

Danksagung

Zum Schluss möchte ich Danke sagen.

Danke an Monika Kempf, Inhaberin der Literaturagentur Monika Kempf, die stets an mich und das Manuskript geglaubt hat.

Danke an das ganze Team von Tinte & Feder, mit dem aus einem guten Manuskript ein sehr gutes Buch wurde. Besonders danke ich der Entwicklungslektorin Ute Köhler und dem Team der Media-Agentur Gaby Hoffmann.

Danke an BKM, NEUSTART KULTUR und die VG WORT, die mich bei der Umsetzung der Idee mit einem Recherchestipendium unterstützt haben.

Danke an meine Familie, die eine immerwährende Quelle der Inspiration ist.

Ein besonderer Dank gilt meinem Mann — für alles.

Folge der Autorin auf Amazon

Wenn dir dieses Buch gefallen hat, folge Kerstin Lange auf Amazon. Dann erhältst du eine Benachrichtigung, wenn die Autorin ihr nächstes Buch veröffentlicht. Um der Autorin zu folgen, gehe bitte folgendermaßen vor:

Desktop:

1) Suche auf Amazon.de oder in der Amazon App nach dem Namen der Autorin.
2) Klicke auf den Namen der Autorin, um auf die Autorenseite zu gelangen.
3) Klicke auf den »Folgen«-Button.

Smartphone und Tablet:

1) Suche auf Amazon.de oder in der Amazon App nach dem Namen der Autorin.
2) Klicke auf einen Titel der Autorin.
3) Klicke auf den Namen der Autorin, um auf die Autorenseite zu gelangen.
4) Klicke auf den »Folgen«-Button.

Kindle eReader und Kindle App:

Wenn du dieses Buch auf einem Kindle eReader oder in der Kindle App liest, wird dir automatisch angeboten, der Autorin zu folgen, nachdem du die letzte Seite des Buches gelesen hast.

Printed in Poland
by Amazon Fulfillment
Poland Sp. z o.o., Wrocław

51656444R00268